Mark Sullivan

# Das letzte grüne Tal



TINTE & FEDER

## Das Buch

Ukraine, März 1944: Es ist tiefer Winter, als Adeline und Emil Martel mit ihren beiden kleinen Söhnen vor der Roten Armee fliehen müssen. Als Deutsche sind sie in ihrer Heimat nicht mehr sicher und es bleibt ihnen nichts anderes übrig, als sich auf den beschwerlichen Weg gen Westen zu begeben. Der aber wird von den Nazis kontrolliert. Emil, der als Soldat Gräueltaten der SS miterlebte, muss weiter um die Sicherheit seiner Familie fürchten. Besonders, als Adeline einer Jüdin bei der Flucht hilft und sie alle in Gefahr bringt. Doch Emil und Adeline, geleitet von ihrem Glauben aneinander, gehen ihren Weg gemeinsam – immer weiter Richtung Westen …

## Der Autor

Mark Sullivan ist erfolgreicher Autor von mehr als zwanzig Romanen, darunter der internationale Bestseller »Unter blutrotem Himmel«, der in 37 Sprachen übersetzt wurde. Zusammen mit James Patterson schreibt er auch die New-York-Times-Bestsellerserie »Private«. Er hat unzählige Preise erhalten, einschließlich des WH Smith Fresh Talent Awards, seine Werke wurden von der New York Times als »Notable Book« lobend erwähnt und von der Los Angeles Times zum Buch des Jahres gewählt. Mark ist begeisterter Skiläufer und Wanderer und lebt mit seiner Frau in Bozeman, Montana, wo er noch immer dankbar für das Wunder eines jeden Augenblicks ist.

MARK SULLIVAN

# DAS LETZTE GRÜNE TAL

ROMAN

Aus dem Amerikanischen von Peter Groth

TINTE & FEDER

Die amerikanische Ausgabe erschien 2021 unter dem Titel
»The Last Green Valley« bei Lake Union Publishing, Seattle.

Deutsche Erstveröffentlichung bei
Tinte & Feder, Amazon Media EU S.à r.l.
38, avenue John F. Kennedy, L-1855 Luxembourg
Mai 2021


Die Übersetzung dieses Buches wurde durch Amazon Crossing ermöglicht.

Umschlaggestaltung: semper smile, München, www.sempersmile.de
Originaldesign: Shasti O‹Leary-Soudant
Umschlagmotiv: © nathaniel gonzales / Alamy; © Ershov_Maks / Getty;
© Dmitry Kosterev / Shutterstock; © bogumil / Shutterstock
Lektorat: Rainer Schöttle
Korrektorat: Angelika Wiedmaier / Manuela Tiller
Gedruckt durch:
Amazon Distribution GmbH, Amazonstraße 1, 04347 Leipzig /
Canon Deutschland Business Services GmbH, Ferdinand-Jühlke-Straße 7,
99095 Erfurt /
CPI books GmbH, Birkstraße 10, 25917 Leck

ISBN 978-2-49670-563-8

www.tinte-feder.de

*Für all die dankbaren*
*Flüchtlinge, die dieses*
*Land täglich erneuern.*

*Ein Herz voll Liebe*
*überwindet jedes*
*Hindernis.*
*Chen Yeng*

# Vorwort

Man hat mir gesagt, ich würde keine weitere unentdeckte Geschichte aus dem Zweiten Weltkrieg finden, so wie die von Pino Lella, der mit seinem Leben zum Helden und zur Grundlage meines historischen Romans *Unter blutrotem Himmel* geworden war. Ich blieb aber hartnäckig bei meiner Überzeugung, dass es noch welche geben müsste, und deshalb las ich die vielen Briefe und Beschreibungen sehr genau, in denen mir Menschen ihre Erlebnisse aus jener Zeit mitteilten. Sie waren alle auf ihre eigene Weise faszinierend und interessant. Doch keine entsprach meinen Anforderungen, dass die Geschichte in sich berührend, inspirierend und nach Möglichkeit für mich – und entsprechend für die zukünftigen Leser – lebensverändernd sein sollte.

Dann, im November 2017, hielt ich auf Einladung des Rotary Clubs in meiner Heimatstadt Bozeman in Montana einen Vortrag über Pino. Nach der Veranstaltung sprach mich ein pensionierter Zahnarzt an und schilderte mir skizzenhaft eine Geschichte, die ihm ein Ortsansässiger erzählt hatte. Ich war sofort gebannt.

Zwei Tage später setzte ich mich ins Auto und gab die Adresse des Mannes in mein Navigationsgerät ein, um festzustellen, dass er keine vier Kilometer entfernt wohnte. Je näher ich kam, desto seltsamer fühlte ich mich, ohne jedoch den Grund dafür zu erkennen. Erst als ich in seine Auffahrt fuhr und aus dem Wagen stieg, wurde mir klar, dass ich keine zweihundert Meter von dem Haus entfernt war, in dem ich vor fast elf Jahren zum ersten Mal die Geschichte von Pino Lella gehört hatte. Jene Geschichte, die mein Leben veränderte.

Ich klopfte an die Haustür, und mein Leben änderte sich erneut.

Nachdem ich fünfzehn Minuten lang ein paar Einzelheiten über die Geschichte der Familie Martel erfahren hatte, war ich mehr als interessiert. Nach zwei Stunden wusste ich, dass ich eine Lebensgeschichte zu erzählen hatte, die ein würdiger Nachfolger jener Ereignisse war, die *Unter blutrotem Himmel* inspiriert hatten. Und ich erfuhr sie im selben Stadtteil, in dem ich das erste Mal Pinos Story gehört hatte. Konnte das ein Zufall sein?

Während der folgenden fünfzehn Monate befragte ich verschiedene Nachkommen, stellte Nachforschungen an und reiste zu den wichtigsten Schauplätzen der Geschichte, bis hin zu den Ruinen eines verlassenen Bauernhofs im äußersten Westen der Ukraine. Von dort folgte ich der Route der außergewöhnlichen und gefährlichen Reise nach Westen, die eine junge Flüchtlingsfamilie im letzten chaotischen Jahr des Zweiten Weltkriegs mit ihrem Pferdefuhrwerk unternommen hatte, oft eingeschlossen zwischen den zurückweichenden deutschen Armeen und den vorwärts marschierenden Sowjets.

Ich folgte dem Weg der Martels durch das heutige Moldawien, Rumänien, Ungarn, die Tschechische Republik und Polen, wo er sich gabelte: Ein Zweig führte weiter in den Westen, ein anderer kehrte mehr als tausendsiebenhundert Kilometer zurück in den Osten, zu der Stelle eines mörderischen sowjetischen Kriegsgefangenenlagers in den trostlosen Nachkriegstrümmern an der ukrainischen Grenze zu Belarus.

In dieser Zeit befragte ich Teilnehmer und Augenzeugen des »Langen Trecks« und Historiker, die sich mit Holocaust, Militär und Flucht beschäftigten. Sie halfen mir, die Zusammenhänge zu erkennen und die Geschichte der Martels vor ihrem Hintergrund zu verstehen. Ich hörte mir auch die Aufnahmen bereits Verstorbener über ihren Leidensweg an und wurde zunehmend ehrfürchtiger angesichts der Charakterstärke, des Lebensmuts und der Menschlichkeit, die sie trotz offensichtlich unüberwindbarer Herausforderungen und geringer Überlebenschancen bewiesen hatten.

Als ich mich an die Niederschrift des Buches machte, hatte ich alle Informationen und Kontextdetails beisammen, doch es gab noch immer Lücken in der Erzählung, die nicht vollständig mit dem zur Verfügung stehenden überschaubaren Material zu füllen und zu erklären waren.

Dafür musste ich mich auf eigene Vermutungen und Vorstellungen verlassen, um die Geschichte lebendig zu gestalten. Somit handelt es sich bei dem Folgenden nicht um einen erzählenden Sachtext, sondern um historische Fiktion, die auf einer außergewöhnlichen Geschichte aus dem Zweiten Weltkrieg und dessen Nachwirkungen basiert.

Während ich diese Geschichte beende, wird die Welt von einer Jahrhundertkrise erfasst, und der Weg in die Zukunft erscheint genauso gefährlich und unsicher, wie er für die Martels gewesen sein muss, als sie sich auf ihre Reise machten. Es ist mein Traum, dass ihre Geschichte leidenden Menschen Trost und Mut schenkt und überdies ein besseres Verständnis davon vermittelt, was einfache Menschen erleiden und auch erreichen können, selbst wenn alles verloren scheint.

# TEIL EINS
# DER LANGE TRECK

# Eins

***Ende März 1944***
***Rumänisches Gouvernement Transnistrien***

Im Licht der Morgendämmerung wehte ein kalter Wind. Bombeneinschläge hallten vom Norden und Osten. Die grollenden Kriegsgeräusche kamen mit jeder Minute näher.

Die achtundzwanzigjährige Adeline Martel eilte in dicker Winterkleidung aus der Hintertür der Küche und brachte eine Kiste voller Kochutensilien zu einem Fuhrwerk mit zwei vorgespannten Brauereipferden.

Ein beschädigter deutscher Panzer klirrte und rasselte im Morgenlicht vorbei und machte die Pferde wild, die vor dem bescheidenen Haus des kleinen Bauerndorfs Friedensthal an einen Baum gebunden waren. Hinter dem Panzer folgten Lastwagen mit verwundeten deutschen Soldaten, deren Schreie und gequältes Stöhnen Adeline noch Stunden später in den Ohren hatte. Gegen die aufgehende Sonne sah sie die Umrisse anderer Laster und Fuhrwerke aus dem Osten kommen, die wie ihres von Pferden oder Maultieren gezogen wurden.

»Mama!«, schrie ihr jüngster Sohn Wilhelm, der hinter ihr durch die Tür nach draußen gekommen war.

»Jetzt nicht, Willi«, sagte Adeline, die an der Rückseite des großen v-förmigen Fuhrwerks verschnaufte, dessen Ladefläche mit geölter Leinwand über einem Holzrahmen überdacht war.

»Aber ich muss wissen, ob ich das hier mitnehmen darf«, sagte der Viereinhalbjährige und hielt einen Stein hoch, eines seiner neuesten kostbaren Besitztümer.

»Nimm lieber deine Wollmütze mit«, sagte sie, während sie einen Platz für die Kiste suchte und sie dann zusammen mit einer weiteren, die Teller, Tassen und Backformen enthielt, neben eine dritte stellte, in der sich Krüge mit Mehl, Hefe, Salz, Pfeffer, Schmalz und anderen wichtigen Dingen für ihr Überleben befanden.

Emil kam um die andere Seite des Hauses gehastet und schleppte ein Fässchen mit Deckel heran.

»Wie viel?«, fragte sie.

»Acht Kilo getrocknetes Schweinefleisch. Zehn Kilo Rind.«

»Ich habe hinten noch Platz gelassen.«

Ein weiterer Panzer rasselte vorbei, während Adelines zweiunddreißigjähriger Mann das kleine Fass knurrend nach hinten auf die Ladefläche hob und an der Seitenwand des Fuhrwerks befestigte.

»Ich hole noch alle Zwiebeln und Kartoffeln aus dem Keller«, sagte sie. »Die Bettwäsche ist schon eingepackt.«

»Ich fülle den großen Wasserschlauch«, sagte er. Kurz darauf war aus Nordosten ein Bombeneinschlag zu hören.

Der sechseinhalbjährige Waldemar, ihr älterer Sohn, kam um das Haus herum und zog dabei eine kleine Version des großen Fuhrwerks hinter sich her. Es war ungefähr einen Meter lang, hatte Rück- und Seitenwände und auch hölzerne Achsen und Räder mit genageltem Blech um die Felgen.

»Du bist ein guter Junge, Woldi«, sagte Adeline und zeigte auf den Karren. »Den brauche ich.« Sie nahm ihm den Griff ab und drehte den kleinen Karren um. »Komm mit, schnell. Ich brauche deine Hilfe.«

Die Jungen folgten ihr in den Rübenkeller und halfen dabei, schnell die Vorräte an Kartoffeln, Zwiebeln und Rüben zusammenzuklauben und zu dem kleinen Karren zu schaffen, mit dem sie dann zurück zu dem großen Fuhrwerk eilten. Inzwischen kamen noch mehr deutsche Laster und beschädigte Panzerfahrzeuge über die Straße, dazu Dutzende Planwagen und Pferde, alle auf dem Weg nach Westen, um vor Josef Stalins Armeen zu flüchten, die wieder angriffen.

In der Luft lang ein Gestank von Pferdemist, Motorabgasen, verschüttetem Benzin und schuftenden Menschen. Das Getöse, der kalte, einen Sturm ankündigende Wind, die ekelerregende Mischung von Gerüchen und die unruhigen Pferde machten Adeline noch nervöser, während sie die Knollen aus dem Rübenkeller in Leinensäcke füllte und Emil einen großen Gummischlauch voll Wasser zusammen mit dem Brunneneimer an der Seite ihres Wagens befestigte.

Über ihren Köpfen röhrte ein paar Kilometer weiter südlich ein deutsches Kriegsflugzeug vorbei. Aus seinen Triebwerken kam Rauch.

»Mama«, sagte Woldi, »ich mag den ganzen Krach nicht.«

»Darum fahren wir auch weg«, sagte Emil und lud die Leinensäcke in den großen Wagen, dann blickte er verärgert zu Adeline. »Wir hätten mit meinen Eltern fahren sollen.«

»Um vier Uhr morgens waren wir noch gar nicht fertig, und wie üblich haben sie nicht auf uns gewartet«, erwiderte Adeline scharf. »Außerdem …«

»Außerdem was?«

Sie sah einem vorbeifahrenden Panzer hinterher, trat einen Schritt näher zu ihm und fragte leise: »Bist du dir ganz sicher, Emil? Mit den Nazis weglaufen?«

Emil antwortete im Flüsterton: »Wir können auch bleiben und auf den Bären warten, von dem wir genau wissen, dass er uns umbringt oder dich vergewaltigt und mich und die Jungen umbringt oder uns alle nach Sibirien verschleppt. Oder wir können mit den Wölfen laufen, die uns so lange beschützen, bis wir in den Westen entkommen können. Dem Krieg entkommen. Allem entkommen.«

Vor drei Tagen hatte ein deutscher SS-Offizier an ihre Tür geklopft und ihnen Schutz angeboten für den Fall, dass sie ihre Habseligkeiten packen und nach Westen gehen wollten. Nach dem Besuch hatten sie mehrere Stunden diskutiert. Jetzt schaute sie Emil an. Adeline war noch immer ganz aufgewühlt von ihrer Entscheidung, spürte aber, was sie immer bei ihm empfand: dass er neben seiner Launenhaftigkeit und Gelassenheit nicht nur ein guter, sondern auch ein erfahrener Mann war, ein Kämpfer und Überlebenskünstler.

»In Ordnung«, sagte sie. »Dann laufen wir mit den Wölfen.«

»Was ist mit unserem kleinen Karren?«, fragte Woldi.

»Für den finden wir irgendwo Platz«, sagte Emil.

Der raue Wind wehte jetzt böig. Neben Adeline erhob sich ein vertrocknetes braunes Blatt vom letzten Herbst aus dem welken Gras, drehte sich, kreiste und tänzelte auf eigentümliche, ruckelnde Weise über die Stoppeln und um sie und die Jungen herum, bis der Wind seufzend innehielt und das Blatt langsam zu Boden sank. Es erinnerte sie an einen Abend vor langer Zeit, als sie im Wind Geld gesehen hatte, einen verknüllten Schein, der auf dieselbe eigentümliche Weise vor ihr getänzelt hatte, wie eine Reaktion auf ihr verzweifeltes, spontanes Gebet.

Adeline kehrte noch einmal zurück in die Küche, seltsam berührt von dem wehenden Blatt und ihren Erinnerungen, so bittersüß wie geheimnisvoll, so ehrfurchtgebietend wie furchterregend.

*Wie jede große Veränderung in meinem Leben vom Winde verweht.*

* * *

Auf der anderen Seite des Hauses hatte Emil den kleinen Karren an die Rückseite des Fuhrwerks gebunden.

»Niemand tritt darauf, verstanden?«, sagte er seinen jungen Söhnen. »Wenn ihr hinten rauswollt, dann wartet, bis ich ihn abgenommen habe.«

Woldi nickte und Willi fragte: »Wann fahren wir los, Papa?«

»Sobald Mama zurückgekehrt ist«, sagte er, »und eure Oma und Tante hier sind. Geht noch mal aufs Klo, wenn ihr müsst.«

Die beiden Jungen rannten hinter das Haus, während die zwei Rappen Odin und Thor wegen der dicht vorbeifahrenden Panzer erschrocken auf der Stelle tänzelten. Emil musste sie besänftigen und ihnen gut zureden, bis sie sich schließlich wieder beruhigt hatten. Die Pferde waren tüchtig und gut gepflegt. Sie waren bisher dazu genutzt worden, den Pflug und Lasten zu ziehen. Emil war davon überzeugt, wenn er sie an den steileren Stellen langsamer die schwere Last ziehen lassen würde und wenn sie Lahmheit oder – noch schlimmer – einen Unfall verhindern konnten, dann würde das Gespann seine Familie weit fortbringen.

Er betrachtete das Haus, das er mit eigenen Händen gebaut hatte, und drängte jeden Gedanken an Selbstmitleid oder Gewissensbisse zurück. Ein Haus war nur ein Haus. Es würde andere geben. Emil hatte auf bittere Weise gelernt, sich von dem Gedanken zu verabschieden, irgendwas für längere Zeit in seinem Leben zu behalten. Doch für einen kurzen Moment blickte er hinauf zum Dach und sah sich vor zweieinhalb Jahren, wie er in der rund dreißig Kilometer westlich gelegenen

Stadt Dubăsari die Stahlbleche und Traversen für das Dach auf sein Fuhrwerk lud.

Er schüttelte die Erinnerung ab und drehte sich weg vom Haus und jenem Dach.

»Was der Herr gibt, nimmt Stalin wieder weg«, murmelte Emil und wollte sich nicht länger mit dem von ihm gebauten Haus beschäftigen. In seinem Kopf und seinem Herzen war es bereits zu Staub zerfallen oder zu Asche verbrannt.

*Rumms, rumms.* Im Norden begann Artilleriefeuer. *Rumms, rumms.* Die Explosionen waren noch nicht nah genug, dass die Erde bebte, doch er sah schon bald dunkle Rauchschwaden am nordöstlichen Himmel, nicht mehr als neun oder zehn Kilometer entfernt. Zum ersten Mal wurden ihm die wahren Risiken der Reise bewusst, die vor ihm und seiner Familie lag, und er hielt sich wankend an der Seite des Fuhrwerks fest. Die Erinnerungen brachten ihn zurück zu einem Tag Mitte September 1941, als er sich an die Seite desselben Wagens klammerte, eine unbarmherzige Übelkeit und die Mittagshitze spürte und die surrenden Heuschrecken hörte, während er das Gift auswürgte, das sich in seinen Eingeweiden gesammelt hatte. Er hatte wutentbrannt nach oben geblickt und die Faust mit solcher Verbitterung Richtung Himmel gereckt, dass ihm davon wieder übel wurde.

Bei der Erinnerung an jenen Tag musste Emil sich an der Wagenseite festhalten. Seine Knie drohten nachzugeben, das Herz hämmerte in seiner Brust und er bekam kaum noch Luft.

* * *

Adeline kam mit weiteren Sachen aus dem Haus gelaufen. Die Jungen kehrten vom Klohäuschen zurück.

»Fahren wir jetzt?«, fragte Willi.

»Ja«, sagte sie. Sie ging ums Haus und sah Emil, der sich gebückt mit einer Hand am Wagen festhielt und nach Luft rang, die Augen geschlossen und das Gesicht schmerzverzerrt, während er sich mit der freien Hand ans Herz fasste.

»Emil!«, schrie sie und lief zu ihm. »Was ist los?«

Ihr Mann schrak zusammen und blickte Adeline als, als wäre sie Teil eines Albtraums und dann ein verzweifelt ersehnter Traum. »Nichts.«

»Du hast ausgesehen, als hättest du etwas mit dem Herzen.«

»Es hat für eine Sekunde wehgetan«, sagte er, stand auf und wischte sich den Schweiß von der Stirn. »Aber mir geht's gut.«

»Dir geht es nicht gut«, sagte sie. »Du bist ja kreidebleich, Emil.«

»Das geht vorüber. Mir geht es gut, Adella.«

»Mama, da kommen Oma und Malia!«, rief Willi.

Adelines Besorgnis rückte in den Hintergrund, als sie die Aufmerksamkeit auf ihre Mutter richtete, welche die Zügel der zwei alten Ponys hielt, die ihr Fuhrwerk im gemächlichen Schritt in der locker zusammengefügten Karawane aus Flüchtlingen und besiegten Soldaten vorwärtszogen, die alle nach Westen wollten.

Lydia Losings Gesicht wirkte verhärmter und angespannter als gewöhnlich. Die vierundfünfzigjährige Frau war noch immer so angezogen, wie sie sich seit fünfzehn Jahren kleidete – dunkelgrau und witwenschwarz. Wie üblich redete sie auf Adelines fünfunddreißigjährige Schwester ein, die sich leicht von ihrer Mutter abgewandt hatte und kommentarlos nickte und lächelte, eine für die beiden typische Gesprächssituation. Malia war als Fünfzehnjährige von einem Maultier getreten worden, wodurch sie in mancherlei Hinsicht kindlich geblieben war, bisweilen aber auch weiser schien als viele andere. Sie blickte zu Adeline und zwinkerte ihr zu.

Ein weiteres Trommelfeuer von Kanonenschüssen begann, diesmal nah genug, dass der Boden unter ihren Füßen bebte. Vier deutsche Kampfflieger jagten über den Himmel, gefolgt von sechs sowjetischen Flugzeugen. Maschinengewehre eröffneten das Feuer.

»Wow!«, sagte Willi begeistert.

»Mama!«, jammerte Woldi und klammerte sich an Adelines Taille.

* * *

»Alle rauf!«, rief Emil und band die Pferde vom Baum los.

Als er mit den Zügeln in der Hand auf dem Kutschbock saß und überprüft hatte, dass Adeline neben ihm war und die Jungen unter der Plane hinter ihm, rief er zu seiner Schwiegermutter: »Lasst uns heute so weit wie möglich von den Kämpfen wegkommen!«

»So weit uns meine Ponys tragen!«, rief Lydia zurück.

Emil löste die einfache Bremse des Fuhrwerks und schnalzte zu den Pferden, die sich mühevoll gegen die Last anstemmten, sodass der Karren erst langsam anrollte und dann genügend Geschwindigkeit bekam, um in eine Lücke zwischen den anderen Fuhrwerken einzuscheren. Weitere Flüchtlinge, die sich, ihre Habseligkeiten in Leinensäcken, gruppenweise zu Fuß vorankämpften, stellten sich an die Seite und blickten den vorbeifahrenden Martels neiderfüllt hinterher.

Am westlichen Dorfrand kamen sie an Emils Elternhaus vorbei, dem Ort seiner Kindheit. Die Vordertür des alten Hauses stand offen. Im Hof gab es nichts Wertvolles mehr zu retten.

Emil weigerte sich, auch nur einen einzigen Gedanken an seine Kindheit oder ihr frisch zurückliegendes Leben in Friedensthal aufkommen zu lassen. Das war jetzt vorbei. Die

Person, die das erlebt hatte, gab es nicht mehr. Da waren nur noch die Trümmer eines zerbrochenen Lebens.

* * *

Die neben ihm sitzende Adeline blickte in dieselben Höfe, sah die Gespenster vergangener Beziehungen, spielende Kinder und bei der Ernte singende Eltern, deren Lebensrhythmus gänzlich an die Jahreszeiten gebunden war und von ihnen bestimmt wurde.

Sie erinnerte sich an glücklichere Zeiten. Als sie 1922 mit sieben Jahren in einem Fuhrwerk wie diesem herumgehüpft war. Adeline hatte hinten neben den von ihrer Mutter vorbereiteten Essenskörben gesessen, die sie zu den Feldern brachten, wo die Männer den Weizen ernteten. Es war schon fast Oktober, doch die Luft war noch warm und roch nach allem, was in ihrem Leben schön war. Sie gab ihrem Vater – dem Ernteleiter – den Korb, während er weiter an einer mechanischen Dreschmaschine arbeitete.

Karl hatte eine Schwäche für seine jüngere Tochter und schmunzelte, als sie ihm das Mittagessen brachte. Sie setzten sich nebeneinander in den Schatten der Dreschmaschine, blickten über die goldenen Hügel voller Weizenfelder, aßen frisches Brot mit Dauerwurst und tranken dazu kalten Tee.

Sie erinnerte sich, wie sie sich vollkommen sicher und verliebt in ihre Umgebung fühlte.

»Werden wir für immer hier leben, Papa?«, hatte die junge Adeline gefragt.

»Bis in alle Ewigkeit, mein Kind«, sagte er. »Außer natürlich, wenn sich die stinkenden Bolschewiken durchsetzen und wir dem Wind und den Wölfen ausgesetzt sind.«

Als sie jetzt, gut zweiundzwanzig Jahre später, mit ihrem Fuhrwerk zum Dorfrand von Friedensthal fuhren, erinnerte sich Adeline lebhaft daran, wie beunruhigt sie war, als ihr Vater das gesagt hatte. Danach hatte sie eine ganze Weile ständig über die Schulter nach hinten geblickt, da sie sich davor fürchtete, dass die Wölfe aus dem Wald kommen und sie verfolgen würden.

Genauso fühlte sie sich jetzt, als sie das Dorf verließen, mit der aufgehenden Sonne nach Westen fuhren und das Kanonenfeuer hinter ihnen dröhnte, vorbei an Feldern, die auf den Pflug warteten, an knospenden Bäumen und zwitschernden Vögeln über den Wipfeln und vorbei an zerstörten Träumen, die unter der grausamen Wirklichkeit von Hungersnot und Krieg begraben lagen.

Weitere deutsche Kampfflieger jagten über den Himmel in Richtung Frontlinie.

»Wohin fahren wir, Papa?«, fragte Woldi mit besorgtem Unterton.

»Nach Westen«, sagte Emil. »So weit nach Westen, wie wir können. Vielleicht bis über den Ozean, ich weiß es nicht.«

»Über den Ozean?«, fragte Adeline, überrascht und ein wenig erschrocken bei dem Gedanken.

»Warum nicht?«, erwiderte ihr Mann und sah sie an.

Sie sagte das Erste, was ihr in den Sinn kam: »Wir können doch gar nicht schwimmen.«

»Das lernen wir.«

Willi fragte: »Aber warum fahren wir denn nach Westen?«

»Weil dort das Leben besser sein wird«, sagte Emil.

Ein Pferd wieherte laut hinter ihnen in dem wogenden Durcheinander aus Karren und Fuhrwerken und Panzern und Lastern. Menschen riefen und schrien. Woldi krabbelte herum, um nach hinten zu blicken.

»Da hat ein Laster der Wehrmacht ein Fuhrwerk angefahren, ein Stückchen hinter Omas Wagen«, sagte er. »Auch ein Pferd. Alles ist umgekippt und das Pferd hat sich ein Bein gebrochen und kann jetzt nicht mehr aufstehen.«

Emil schnalzte zu Odin und Thor, um zu dem Fuhrwerk vor ihnen aufzuschließen.

Willi war noch immer durcheinander. Er kletterte auf den Schoß seiner Mutter, kuschelte sich an ihre Brust und sagte: »Erzähl mir, wie es aussieht, Mama.«

»Was denn?«, fragte Adeline, herzte und wiegte ihn.

»Der Westen. Wie sieht er aus?«

Während sie Willi über das Gesicht streichelte, blickte Adeline ihrem Sohn in die Augen, lächelte und sagte dann: »Wir kommen zu einem schönen grünen Tal, das von Bergen und Wäldern umgeben ist. Und oben auf den Gipfeln liegt Schnee. Und unten schlängelt sich ein Fluss durchs Tal, und es gibt Weizenfelder für Brot und Gärten für Gemüse, um uns zu ernähren, und Papa baut uns ein Haus, wo wir für immer wohnen und niemals auseinandergehen.«

Das schien Willi zu trösten. Der kleine Junge entspannte sich.

»Ich glaube, da gibt es auch andere Jungen, mit denen ich spielen kann«, sagte er.

Adeline lächelte über seinen Gesichtsausdruck, so unschuldig und voller Hoffnung, dass ihr das Herz überging. Sie kitzelte ihn und sagte: »Ich denke, da wird es viele Jungs zum Spielen geben, und auch viel Arbeit, die zu erledigen ist. Aber wir werden glücklich sein und du und dein Bruder werdet dort aufwachsen und eure Herzenswünsche erfüllen.«

»Was bedeutet das?«

Emil sagte: »Dass du so wirst, wie du sein willst, und nicht so, wie man es dir sagt.«

»Ich werde genau wie du sein, Papa«, sagte Willi, während ihm die Augen zufielen.

Adeline blickte zu ihrem lächelnden Mann, dann über die Schulter zu Woldi, der sich hingelegt hatte und schlummerte.

Sie sah wieder zu Emil, dessen Lächeln einem gequälten Ausdruck gewichen war.

»Geht es dir auch sicher gut?«

Er musste rülpsen. »So, das war es jetzt aber. Wahrscheinlich habe ich mich deshalb auch vorhin so komisch gefühlt.«

Nach ein paar Augenblicken sagte sie leise: »Wir werden es doch finden, Emil, oder? Ein solches Tal, das wir unser Zuhause nennen können? Einen Ort, den wir nie wieder verlassen?«

Emils Gesicht verspannte sich noch mehr. Er blickte sie nicht an, sondern zuckte nur mit den Schultern und sagte: »Jemand hat mir einmal gesagt: Wenn du immer wieder für etwas betest, dann geht es gar nicht anders und du bekommst es schließlich.«

»Das habe ich dir gesagt«, sagte Adeline lächelnd. »Und Frau Kantor hat es mir erzählt.«

»Ich weiß.«

»Das ist Gnade, Emil. Die Antwort Gottes auf unsere Gebete. Du glaubst doch noch an Gnade, oder?«

»Adeline, nach all dem, was du und ich mit eigenen Augen gesehen haben, da gibt es Tage, an denen ich nicht mehr weiß, ob Gott uns wirklich hört, geschweige denn antwortet. Doch ich kann dir sagen, woran ich glaube.«

»Woran denn?«

»Wo auch immer wir schließlich landen werden, es wird besser sein als die Hölle, die wir bereits durchgemacht haben.«

Der Treck erreichte nach einer Steigung ein Plateau und wandte sich nach Norden, sodass Adeline einen letzten Blick zurück auf ihr altes Leben werfen konnte. Der kalte Wind war stürmisch geworden. Sie hörte wieder Kanonen und sah aufsteigenden Rauch von den Höhen hinter dem Dorf.

»Du hast recht«, sagte sie. »Überall wird es besser sein als das hier.«

# Zwei

***November 1929***
***Schönfeld, Ukraine***

Die Glühbirne flackerte und ging aus. Doch die vierzehnjährige Adeline Losing hatte den Stromausfall in der kleinen Schule, die sie besuchte, bereits vorhergesehen. Sie hatte schon die Kerosinlampe über dem Waschbecken in der Schulküche angezündet, wo sie nach dem Unterricht arbeitete.

Sie schrubbte gerade den letzten großen Topf und war hungrig, was in letzter Zeit ein häufiger Zustand war. Sie spähte zu dem Beutel frischer Kartoffelschalen auf der Arbeitstheke und überlegte sich, wie ihre Mutter sie zubereiten würde, wobei ihr Hunger noch größer wurde, während sie den Topf abtrocknete und ins Regal stellte.

*Zwei Stunden*, dachte Adeline und wischte sich die Hände ab. *Zwei Stunden meines Lebens für ein paar Rubel und ein Kilo Kartoffelschalen. Ist es das wert?*

Kaum hatte sie sich die Frage gestellt, da ermahnte sie sich, nicht weiter in diese Richtung zu denken. Es konnte einen in Schwierigkeiten bringen, wenn man seine Arbeit und ihre Entlohnung hinterfragte und das unter der Herrschaft von

Josef Stalin laut aussprach. Und wenn man zu sehr darüber nachdachte, konnte es geschehen, dass einem versehentlich ein Wort herausrutschte. Und wo würde sie dann landen?

*Dem Wind und den Wölfen ausgesetzt,* wie ihr Vater zu sagen pflegte. Dort würde sie landen. An irgendeinem fernen, frostigen Ort dem Wind und den Wölfen ausgesetzt.

Adeline zog sich ihren dicken Wollmantel über, das Geschenk einer verstorbenen Tante, und sagte sich: *Nicht ich. Ich komme irgendwann an einen Ort, wo es besser ist.*

Bei dem Gedanken an einen besseren Ort wurde sie rührselig. Einen Ort, an dem sie und ihre Familie ein besseres Leben führen konnten als das ungerechte und grausame Dasein, das ihnen hier beschieden war. Sie wusste nicht viel über jenes zukünftige Leben, doch allein der Gedanke von »besser« ließ sie lächeln und sie fühlte sich gleich nicht mehr so müde, wie sie eigentlich war.

Adeline wickelte sich ein Wolltuch um den Kopf, nahm die Laterne und ihre Beutel und ging zur Küchentür. Dann trat sie hinaus in die kalte, finstere Nacht. Zitternd verschloss sie die Tür, hob die Laterne und ging westlich zur anderen Seite der Stadt und zu ihrem Zuhause.

*Eile hin,* dachte sie und beschleunigte ihre Schritte. *Das sagt Papa immer. Wenn du etwas haben willst, dann eile hin. Wenn du etwas erledigt haben willst, dann eile dich damit.*

Sie kannte niemanden, der sich mehr eilte als ihr Vater. Er war vor allen anderen auf den Beinen und abends als Letzter im Bett und jede Minute dazwischen ständig in Bewegung.

Adeline ging mit festem, schnellem Schritt durch die verlassenen Straßen der Bauernsiedlung, die es seit vier oder fünf Generationen gab, seit der Zeit Katharinas der Großen. Bereits Ende des siebzehnten Jahrhunderts galten die Ackerböden der Ukraine mit ihrer reichen, schwarzen Erde als die ertragreichsten, die wahre Rekordernten hervorbrachten, wenn sie richtig bestellt wurden.

Doch die dort lebenden Kleinbauern waren armselige Landwirte, weshalb die Kaiserin die Einwanderung Tausender deutscher Familien gestattete. Jene Volksdeutschen erhielten Land und jahrzehntelange Steuerbefreiungen und brachten im Gegenzug ihre landwirtschaftlichen Fähigkeiten ein, mit denen sie gute Erträge erwirtschafteten. Sie kamen in mehreren Wellen, betrieben Ackerbau und Viehzucht und brachten es zu einem bescheidenen Wohlstand in ihrem selbst gewählten ukrainischen Exil, wo sie mehr als ein Jahrhundert Weizen für Mütterchen Russland produzierten.

Die Volksdeutschen und dabei vor allem die sogenannten Schwarzmeerdeutschen, die zwischen Odessa und Kiew lebten, assimilierten sich niemals vollständig an die russische Kultur. Sie bauten ihre Häuser und gründeten Städte und Dörfer wie Schönfeld als Nachbildungen der in Deutschland zurückgelassenen Orte, bauten Kirchen für ihren lutherischen Glauben und Schulen, um ihre Kinder zu unterrichten und ihre Muttersprache lebendig zu halten.

Doch ein paar Generationen später hatten sich die Schwarzmeerdeutschen von Deutschland und seiner Kultur isoliert und lebten fast vollständig losgelöst von ihren Wurzeln. Dabei ging es den Schwarzmeerdeutschen und den ungefähr einer Million übrigen Volksdeutschen in der ganzen Ukraine bis 1917 insgesamt sehr gut. So war Schönfeld bis zur bolschewistischen Revolution eine blühende Kolonie gewesen, die regelmäßig ertragreiche Ernten produzierte, die dabei halfen, sich und Russland zu ernähren.

Doch das war vorbei.

An jenem Abend, als die junge Adeline durch den Ort eilte, waren die meisten anderen alten Familien bereits aus der Siedlung verbannt worden, aus ihren Häuser und von ihrem

Land vertrieben und ersetzt durch Menschen aus der Stadt, die überhaupt keine Ahnung von Landwirtschaft hatten. Das war auch der Hauptgrund dafür, dass die Sowjets Adelines Familie erlaubten, auf ihrem Familienbesitz zu bleiben: Ihr Vater war der Einzige im Ort, der noch wusste, wie man eine große Ernte einbrachte. Ohne ihn waren die Narren aus der Stadt zu ständigen Missernten verdammt, sodass alle verhungern würden.

*Doch wir sind sicher,* sagte sich Adeline auf halbem Weg durch die Ortschaft. *Das hat Mama gesagt. Sie brauchen Papa, deshalb sind wir für den Augenblick sicher. Und wir sollten auch genügend Essen für den Winter haben.*

Adeline blieb abrupt stehen, hob die Laterne ein Stück höher und blickte auf die dunkle unbewegliche Form vor ihr im hohen, welken Gras. Sie machte einen vorsichtigen Schritt, dann noch einen. Mit der vor sich ausgestreckten Laterne trat sie noch einen Schritt weiter und erstarrte.

Dem großen Straßenköter hatte man die Kehle durchgeschnitten und ihn zum Sterben in seinem eigenen Blut zurückgelassen. Das Blut war feucht, noch nicht gefroren und schimmerte im Licht der Laterne. Das erschreckte sie noch mehr, denn es bedeutete, dass jemand das Tier gerade erst getötet hatte.

Adeline hob die Laterne und blickte sich um, doch sie sah nichts als den blassen Lichtschein um sich herum und dahinter Schatten und Dunkelheit. Keine Bewegung. Kein Geräusch, nur das Klopfen ihres Herzens in den Ohren und die eigene Stimme im Kopf.

*Sag es Papa!*

Sie rannte los, die Laterne abwechselnd nach oben und zur Seite ausgestreckt, als sie auf dem langen Weg vor der letzten Abzweigung und ihrem Zuhause an einem Pferdestall vorbeikam, der dem Freund ihres Vaters gehörte.

Da fand sie den zweiten toten Hund, einen kleinen Terrier, die Kehle durchgeschnitten und in den Graben geworfen. Adeline kannte den Hund, ein freundlicher kleiner Kläffer, und ihr war nach Weinen zumute. Sie hatte ihn erst an diesem Morgen auf dem Weg zur Schule gesehen.

*Sie haben zwei getötet!*

Erschrocken rannte sie jetzt noch schneller und kämpfte mit dunklen Bildern in ihrem Kopf, die miteinander verschmolzen, bis sie von dem Tod der beiden Hunde ganz durcheinander war. Schließlich schaffte sie es zum Tor ihres Hauses, einem schönen Holzhaus, das ihr Urgroßvater vor fast einem Jahrhundert in einfachem bayerischen Stil erbaut hatte. Es hatte ein beeindruckendes Schindeldach, zwei Giebel und eine rote Bordüre an den Laibungen. Mit dem Knie öffnete sie den Türriegel, schob sich hinein und schloss die Tür mit dem Absatz hinter sich.

»Mach die Laterne aus«, rief ihr Vater vom Tisch, wo er gerade ein Ledergeschirr für seine Zugpferde reparierte. Zwei leuchtende Laternen hingen von den Dachsparren und ein loderndes Feuer brannte hinter ihm.

»Papa, ich …«

»Mädchen, mach die Laterne aus«, sagte Karl Losing. »Brennstoff ist derzeit kostbar.«

»Hör auf deinen Vater«, rief ihre Mutter Lydia aus der Küche. »Und wo sind die Schalen? Ich habe dich längst erwartet.«

Adeline schluckte ihre Verärgerung hinunter und blies die Laterne aus, als ihr elfjähriger Bruder Wilhelm mit Brennholz von hinten kam. Sie hängte die Laterne an einen Haken neben der Vordertür und legte Mantel und Tuch ab, bevor sie mit den Kartoffelschalen vorbei an Vater und Bruder in die Küche eilte, wo Lydia einen heißen Brotlaib frisch aus dem Holzofen holte.

»Schalen«, sagte Adeline und stellte den Sack hin. »Ein ganzes Kilo. Ich habe es selbst abgewogen.«

»Bist du fertig mit den Zwiebeln, Malia?«, fragte ihre Mutter und stellte das Brotblech zum Abkühlen auf den Herd.

»Wenn dem so wäre, dann würdest du es als Erste erfahren, Mutter«, sagte Adelines ältere Schwester Amalia in ihrem seltsamen Tonfall. Sie stand mit dem Rücken zu ihnen und schnitt langsam, aber stetig die Zwiebeln.

»Deck den Tisch, Adella«, sagte ihre Mutter. »Und füll den Krug am Brunnen.«

»Ich muss Papa etwas erzählen, Mama.«

»Tu, was man dir sagt.«

Adeline wusste, dass es unmöglich war, mit ihrer Mutter zu streiten, wenn sie einen Befehl erteilt hatte, deshalb nahm sie den Krug und ging zur Pumpe auf dem Hinterhof. Die Temperaturen waren gesunken und ihre Finger brannten, als sie zurückkehrte und das Wasser auf den Tisch stellte. Sie legte Löffel für sechs Personen auf den Tisch und ging dabei um ihren Vater herum, der noch in seine Arbeit mit dem Pferdegeschirr versunken war. Als die Becher und Schüsseln ebenfalls verteilt waren, stellte sich Adeline direkt vor ihn.

»Papa«, sagte sie.

»Kann es bis zum Essen warten, mein Kind?«, fragte er, ohne sie anzusehen.

»Siehst du denn nicht, dass dein Vater beschäftigt ist?«, rief ihre Mutter.

Adeline fühlte sich schmerzlich unbeachtet und brach plötzlich in Tränen aus. »Papa, bitte! Du musst mir zuhören!«

Endlich löste ihr Vater seine Aufmerksamkeit von seiner Lederarbeit und sah sie verwundert an. »Was ist denn das? Was sollen die Tränen? Worüber bist du heute so traurig?«

»Auf dem Weg von der Schule«, flennte sie, »habe ich zwei tote Hunde gesehen. Ihre Kehlen waren durchgeschnitten und das Blut war noch ganz frisch.«

Ihr Vater sah sie betroffen an. Er legte das Geschirr auf den Tisch und sagte leise: »Beruhige dich, Adella, und erzähl mir, wo du sie gesehen hast.«

Ihr Weinen ließ nach. Mit dem ausgefransten Ärmel ihres Pullovers wischte sie sich die Tränen ab.

»Wie weit von hier?«, fragte er.

»Der Zweite ungefähr dreihundert Meter«, sagte sie. »Vielleicht auch weniger.«

Ihr Vater betrachtete seine ledrigen Hände. Adeline hatte ihn immer als fast allmächtig und voller Feuer gesehen, doch jetzt wirkte er plötzlich kleiner und weniger selbstsicher.

Er sah zu seiner Frau, die in der Küchentür stand und an ihrer Schürze nestelte.

»Es ist jemand anderes, Karl«, sagte sie. »Einer der neuen Narren, die die Zähne fletschen.«

Er schluckte bemüht und nickte. »Hoffen wir es.«

Adeline konnte nicht anders, deshalb kam sie um den Tisch und schlang die Arme um ihren Vater. Er sagte nichts, strich ihr nur mehrmals über den Arm, bevor er sagte: »Ich muss meine Arbeit vor dem Abendessen erledigen, Mädchen. Geh jetzt und hilf deiner Mutter.«

Sie küsste ihn auf die Wange und zog sich zurück. Er lächelte sanft und berührte ihr Gesicht, bevor er sich wieder mit dem Lederband und der Ahle ans Geschirr setzte.

Adeline kehrte in die Küche zurück, wo ihre Mutter Zwiebeln und Kartoffelschalen in einer gusseisernen Bratpfanne umrührte.

»Mama«, sagte sie.

»Das ist für einen dieser Dummköpfe«, erklärte ihre Mutter.

»Was ist denn?«, fragte Malia.

Adeline wollte gerade antworten, doch ihre Mutter blickte sie scharf über die Schulter an und schüttelte den Kopf.

»Nichts, Süße«, sagte Adeline.

Malia entgegnete: »Ich werde nicht zusammenbrechen, nur damit du es weißt.«

»Das weiß ich.«

»Es geht mir besser als je zuvor.«

»Das tut es«, sagte ihre Mutter. »Besser, als wir es uns erträumt hatten.«

»Danke, Mama«, sagte Malia und schien den Faden verloren zu haben. »Was mache ich als Nächstes?«

»Setz dich, Liebes«, sagte Adeline. »Wir wollen essen.«

»Oh ja«, sagte ihre Schwester und strahlte.

Abgesehen von Malia und Wilhelm war die Stimmung bei allen am Tisch an jenem Abend düster. Adeline und ihre Eltern fürchteten sich vor dem, was die toten Hunde bedeuteten.

Es gab in Schönfeld keinen herumlaufenden Verrückten, der es auf Hunde abgesehen hatte. Vielmehr war die GPU – Stalins Geheimpolizei – bekannt dafür, Hunde zu töten, damit ihr Bellen die Polizei nicht verriet, wenn sie in der Nacht politische Feinde abholte.

Irgendwann während des Essens bemerkte Adeline bestürzt, dass der Löffel ihres Vaters zitterte und ihm das Essen zurück in die Schüssel fiel.

Ihre Mutter legte ihm die Hand an den Ellbogen. »Du hast die beste Ernte seit sechs Jahren eingefahren, Karl. Überall sonst gibt es Getreidemangel. Ohne dich schaffen sie es nicht.«

Er sah nicht sehr überzeugt aus. »Sie wollen nicht, dass man es gut macht, hast du das nicht gehört?« Er blickte einen Moment auf den Tisch und schlug dann mit der Faust darauf. »Zuerst bringen die Kommunisten all die klugen Leute um, die

die Dinge in den Städten erledigen. Und jetzt wollen sie es zu einer strafbaren Handlung machen, wenn man irgendwas gut macht! Was ist nur mit der Welt geschehen? Wie kann es sein, dass wir in so einem Irrenhaus gelandet sind?«

Er sah zu seiner verblüfften Frau, den Töchtern und seinem Sohn, die sich alle ein wenig vor ihm duckten. Normalerweise war Karl Losing ein ruhiger, besonnener und umgänglicher Mann. Doch jetzt waren seine Schultern zusammengesackt und in seiner Stimme schwang Zorn und dann auch Verzweiflung mit, als er sagte: »Du pflanzt kein Getreide, dann sterben die Menschen. Du pflanzt zu viel und fütterst zu viele, dann wirst du zum Volksfeind. Wie kann das richtig sein?«

»Das ist nicht richtig«, sagte Adeline.

»Kein bisschen«, sagte Malia und überraschte alle. »Wenn du schwer arbeitest, Papa, wenn du dich damit eilst, dann tust du das Richtige, denn Gott wird dir deine schwere Arbeit verlohnen.«

Die Augen ihres Vaters wurden trübe, als er hilflos auf seine hirngeschädigte ältere Tochter blickte.

»Ja, mein Liebling, doch das war zu einer Zeit, als das Leben noch einen Sinn ergab. Jetzt gibt es nur noch Wahnsinn.«

* * *

Sie kamen am nächsten Morgen um drei Uhr früh und hämmerten mit schweren Fäusten und Schlagstöcken gegen die Vordertür und weckten so die ganze Familie. Lydia begann sofort zu weinen, genau wie ihre ältere Tochter.

»Was ist los?«, fragte Adelines kleiner Bruder verschlafen aus dem Ausziehbett unter ihr.

»Pst«, sagte sie. »Ich gehe nachsehen.«

Adeline kletterte im Dunkeln aus dem Bett.

»Papa?«, fragte Adeline, als sie den kleinen oberen Flur erreicht hatte und die Umrisse ihres Vaters sah, der mit einer Laterne die steile Treppe hinuntergehen wollte.

»Bleib da, mein Kind«, sagte er sanft und blickte zurück zu ihr. »Es ist alles in Ordnung.«

Doch sie konnte nicht anders und folgte ihm, schlich zwei Stufen hinunter und blickte nach unten zur Seite, wo ihr Vater bebend vor der Tür stand.

»Aufmachen!«, rief eine Stimme auf Russisch.

Er neigte den Kopf, stellte die Laterne auf den Sims und zog den Riegel zurück. Ein Schlagstock kam aus dem Dunkel der Nacht und traf ihren Vater tief im Bauch. Er knickte zusammen, taumelte zurück und fiel zu Boden.

Adeline schrie auf: »Papa!«

Er krümmte sich und wälzte sich vor Schmerz auf den Dielen. Zwei große Männer in dunklen langen Mänteln traten ein.

»Ich bin Kommissar Karpo von der GPU«, sagte der dritte Mann hinter ihnen, der kleiner und älter war. »Genosse Losing, du bist angeklagt, ein Kulak zu sein.«

»Sie meinen jemand, der weiß, was er tut?«, keuchte er.

Einer der großen Männer versetzte ihm einen Fußtritt.

»Nein, Genosse«, sagte der Kommissar. »Ich meine jemand, der vom Volk und vom Staat stiehlt.«

»Ich habe nichts gestohlen«, sagte Adelines Vater. »Ich habe euch eine gute Ernte beschert.«

Kommissar Karpo blickte seine Männer an. »Durchsuchen. Auch hinten.«

»Wonach sucht ihr?«

»Wir werden es wissen, wenn wir es gefunden haben.«

Lydia, Malia und Wilhelm versammelten sich auf der Treppe hinter Adeline und sahen entsetzt zu, wie die Geheimpolizisten Karl Handschellen anlegten und ihn auf der Seite ausgestreckt liegen ließen, während zwei der Schläger dann die unteren Räume des Hauses auseinandernahmen. Nach zehn Minuten kam einer von ihnen mit einem großen Sack Getreide zurück.

»Habe das in einem Kasten im Schuppen gefunden«, sagte er.

Der Kommissar lächelte. »Und du sagst, du stiehlst nichts, Genosse Losing?«

»Ein Mann hat das Recht, für seine schwere Arbeit ein wenig für die Familie an die Seite zu tun.«

»Woher hast du denn diese Idee?«

Lydia schob sich an ihren Kindern vorbei und kam weinend die Treppe hinunter. »Bitte tötet ihn nicht.«

»Ihn töten?«, sagte der Kommissar belustigt. »Nein, dein Mann wird jetzt dort arbeiten, wo er lernt, besser an seine Mitmenschen zu denken: in Sibirien.«

Sie gaben ihrem Vater eine Stunde, um seine wärmsten Kleider einzupacken. Er durfte seine Frau und seine Kinder umarmen, bevor sie ihn zur Tür brachten.

Lydia jammerte: »Wie lange wird er weg sein?«

»Das ist nicht meine Entscheidung«, sagte Kommissar Karpo.

»Was wird aus uns?«

»Was aus allen Kulaken wird«, sagte er und wandte sich ab.

»Ich komme zurück!«, rief Adelines Vater, als er in die Nacht gezerrt wurde. »Ich verspreche euch, dass ich zurückkomme!«

# Drei

***Ende März 1944***
***Fünfundzwanzig Kilometer östlich der Grenze zwischen Transnistrien und Moldawien***

Im Fuhrwerk der Martels, das dem Wagen vor ihnen und den Hunderten davor folgte, die mitten in dem nur halbwegs geordneten Durcheinander der zurückweichenden deutschen Armee fuhren, erinnerte sich Adeline an das Verschwinden ihres Vaters in der Dunkelheit jener schrecklichen Nacht, als wäre es erst gestern geschehen.

*»Ich verspreche euch, dass ich zurückkomme!«*

Seit jener Nacht waren fast fünfzehn Jahre des Wartens vergangen. Adeline konnte sich noch immer an den Ausdruck im Gesicht ihrer Mutter während der Tage und Wochen nach dem Verschwinden ihres Ehemannes erinnern. Der Ausdruck einer Wunde, die sich mit jedem weiteren Jahr der Ungewissheit und des Bemühens, die Hoffnung lebendig zu halten, noch tiefer grub.

Adeline spähte über die Schulter und sah ihre schlafenden Jungen, die sich Decken um Schultern und Schoß gelegt hatten. Trotz des aufkommenden Windes erhob sie sich und stellte sich auf die Sitzbank neben Emil, während die Pferde über die Straße klapperten. Sie blickte über die Leinenplane nach hinten und sah ihre ältere Schwester neben ihrer Mutter im Fuhrwerk sitzen, wie sie den erhobenen Kopf nach links und nach rechts wandte und alles in sich aufnahm, offenbar fasziniert von der neuen Landschaft und dem sich ständig verändernden Konvoi.

Adelines Mutter war nicht so lebhaft. Lydia war hinter den Zügeln in sich zusammengesunken, als trügen ihre Schultern ein Bleigewicht, und starrte auf die Ponys, verloren in den Jahren unbeantworteter Gebete. Lydia hatte niemals die Hoffnung aufgegeben, dass Karl zurückkehren würde. Als man sie schließlich 1930 aus ihrem Haus vertrieb, hatte sie darauf bestanden, ihrem Mann einen Brief zu hinterlassen, um ihm mitzuteilen, wohin und warum sie fortgegangen waren. Sie legte ihn hinter einen lockeren Stein im Fundament, wo er seine wertvollen Dinge zu verstecken pflegte.

Als sie an die Jahre voller Mühsal, Plage und Einsamkeit dachte, die ihre Mutter durchlitten hatte, nachdem ihr Vater mitgenommen und sie schließlich auf die Straße geworfen wurden, spürte Adeline, wie ihr das Herz vor Mitleid schmerzte. Und was war mit Wilhelm, ihrem jüngeren Bruder? Sie hatte keine Ahnung, was aus ihm geworden war, nachdem die Deutschen ihn vor drei Jahren zum Kämpfen eingezogen hatten. Emils älterem Bruder Reinhold war es genauso ergangen. Er wurde von der Wehrmacht eingezogen und seiner Familie entrissen, dann hatte man Reinhold zur Verteidigung von Paris in den Westen geschickt. Seitdem hatte man nichts mehr von ihm gehört.

Adeline sah am Fuhrwerk ihrer Mutter vorbei und zu den sechs oder sieben anderen dahinter, die alle von Frauen gelenkt wurden, alle mit denselben vorgebeugten Schultern und dem verbissenen Ausdruck, alle von Stalin zu Witwen gemacht. Ihre Mutter war nicht die Einzige, die an jenem Tag geliebte

Menschen hinter sich zurückgelassen hatte. Ja, dieser Treck nach Westen im Schutze der Nazis war für Lydia und all die anderen alleinstehenden Frauen in der Kolonne ein Neuanfang. Doch zugleich war es auch das Ende ihrer Hoffnungen und Träume, dass sie jemals ihre Männer nach Hause kommen sahen.

*Wie lebt man damit?*, fragte sich Adeline traurig. *Wie kann man damit überleben?*

»Adeline«, sagte Emil und tippte ihr ans Bein, »mach die Jungen fertig. Da kommt ein Gewitter auf uns zu. Es wird uns voll erwischen.«

Adeline blickte nach Norden und sah die schnell näher kommenden dunklen Wolken. Sie weckte die Jungen und half ihnen in ihre geflickten Wolloveralls, Jacken und Mützen, bevor sie sich selbst Wollstrümpfe unter Kittel und Kleid zog und einen dicken Wollpullover unter den Mantel. Sie nahm Emil die Zügel ab, damit er sich umziehen konnte. Er hatte seine restliche dicke Kleidung angezogen, als Adeline die erste Schneeflocke auf der Wange spürte.

Er nahm die Zügel, als das leichte Schneegestöber zu dicken Flocken wurde, die liegen blieben und Flanken und Rücken der Pferde bedeckten. Er riet Adeline, zu den Jungen unter das Verdeck zu gehen.

Einen Kilometer weiter wurde der Schnee zu einem dichten weißen Schleier, der aus dem Nordwesten herangewirbelt kam und sie von der Seite traf. Die Pferde drehten die Köpfe weg vom Wind, was es unter den zunehmend tückischen Bedingungen schwieriger machte, sie zu lenken und das Fuhrwerk auf dem Weg zu halten. Der Schnee kam noch stärker von der Seite und brannte Emil in den Augen und auf den Wangen. Mit jeder Böe quietschte und stöhnte das Fuhrwerk und die Plane blähte sich und spannte über dem gebogenen Holzrahmen.

Emil sah nach hinten zu seiner Familie. »Ich will euch alle auf der rechten Seite gegen den Wind haben, damit wir nicht umkippen. Und Adeline, prüfe bitte die Knoten, die die Plane am Rahmen halten.«

Während Adeline die Jungen auf die rechte Seite setzte und nach den Knoten sah, wickelte sich Emil den Schal um Hals, Mund und Nase und zog die Mütze tief über die Augen. Doch der Schnee kam jetzt mit kräftigen Sturmböen. Er trommelte auf ihn ein, fand den Kragen seines Mantels und kroch ihm den Rücken hinunter. Er stach ihm durch die Fäustlinge in den Knöcheln und nagte an der freien rechten Seite seines Gesichts, bis seine Haut ganz wund und dann taub war.

Die Pferde trotteten weiter mit tief nach links gedrehten Köpfen, sodass ihre rechten Schultern und Flanken dem Wind ausgesetzt waren, der immer kälter und stürmischer blies. Als er merkte, dass die Pferde in Gefahr waren, hielt er das Fuhrwerk neben dem Weg an und machte seiner Schwiegermutter ein Zeichen, es ihm nachzutun. Andere Fuhrwerke rumpelten an ihnen vorbei.

Adeline und die Jungen kauerten unter ihren Decken auf der rechten Seite des Fuhrwerks. Sie saß mit dem Rücken an der Seite des Wagens, der jetzt heftig schaukelte. Entsetzt sah sie ihn an. »Wird es halten, Emil?«

»Ich weiß nicht«, gestand er, während er in einer Kiste suchte und dann lederne Scheuklappen für die Pferde herauszog.

Mit dem Unterarm schützend vor den Augen kämpfte er sich zu Odin und Thor nach vorn. Er schnallte ihnen die Scheuklappen an das Zaumzeug, um ihre Augen vor dem brutalen Seitenwind zu schützen. Dann ging er nach hinten zu Lydias Fuhrwerk, holte die Scheuklappen ihrer Ponys und legte sie ebenfalls an. Er blickte hinter sich auf den Weg und entdeckte eine Lücke im Konvoi.

Emil sprang auf das Fuhrwerk, nahm die Zügel und schlug sie den Pferden über die Rücken. Das Fuhrwerk rutschte ein paar Meter seitlich durch den Schnee, dann stellte es sich richtig und rollte vorwärts. Die Scheuklappen schienen zu helfen. Beide Pferde hielten die Köpfe jetzt höher und hatten die Ohren wachsam nach vorn gerichtet. Emil machte es jetzt so, wie es die Pferde zuvor getan hatten, und senkte den Kopf nach links, womit er den stärksten Ansturm über seine rechte Schulter und Seite abfing.

Immer wieder warf er einen Blick auf den eingeschneiten Weg und das nächste Fuhrwerk gut dreißig Meter vor ihnen, doch jenseits davon oder an den Seiten war nicht viel zu erkennen. Alles war weiß und wabernd. Emil spürte, dass sie über weites offenes Ackerland fuhren, wo es nur wenig Hindernisse gab, die den Wind abwehrten oder verlangsamten. Wären sie durch einen Wald oder einen Einschnitt in der Landschaft gekommen, dann hätten sie die Fahrt sicherlich unterbrochen und alle aufgefordert, in einer Flusssenke oder Schlucht Schutz zu suchen.

Eine starke Böe heulte auf sie zu und traf seitlich auf das Fuhrwerk der Martels. Sie wurden auf zwei Räder hochgerissen und schlugen wieder auf den Boden. Die Jungen und Adeline schrien auf.

Thor und Odin spürten den Schlag und hörten die Schreie und gruben ihre Hufe tiefer in den Boden, machten kurze, ungleichmäßige Schritte, die so schnell waren, dass das hintere Ende des Fuhrwerks durch den Schnee rutschte. Emil konnte sich nur mit Mühe festhalten, dabei glitten ihm die Zügel aus der Hand. Thor und Odin duckten die Köpfe vor der heranstürmenden Brise und dem Schnee, und bevor Emil sie noch aufhalten konnte, waren sie nach rechts vom Weg abgekommen und wurden auf dem holprigen Untergrund immer schneller.

Der Schneesturm nahm Emil die Sicht, während er sich nach vorn beugte und versuchte, an die Zügel zu kommen, die auf Odins Rücken lagen. Doch sie waren gefroren und rutschten ihm durch die Fäustlinge. Er dachte an die Bremse am linken Vorderrad, befürchtete aber, dass sie dann umkippen würden oder auf dem unebenen Grund eine Achse brechen könnte. Die Pferde waren verschreckt und völlig desorientiert und galoppierten inzwischen, wobei sie sich schräg zum Sturm hielten und dabei feuchten Schnee und Schlamm hinter sich aufwarfen. Das Fuhrwerk kippte immer wieder, bockte und rutschte, während der Schneesturm weiter auf sie einschlug.

»Halte sie auf!«, schrie Adeline. »Wir werden umkippen!«

Emil zog sich den linken Fäustling aus und beugte sich dann so weit vor, wie er konnte, um mit zwei Fingern nach den Zügeln zu angeln. Schließlich hatte er sie und wickelte sie sich dreimal um das rechte Handgelenk, bevor er auch mit der linken Hand die Zügel ergriff, die Füße fest einstemmte und gegen das Gewicht der vorwärtsrasenden Pferde nach hinten drückte.

Er zerrte an ihren Mundstücken und zwang so ihre Köpfe immer tiefer nach unten, bis sie schließlich langsamer wurden und stehen blieben. Ihre Seiten hoben und senkten sich und bebten vor Anstrengung und Furcht. Sie schnaubten laut durch ihre Nüstern und husteten, stampften mit den Füßen und drehten die Köpfe weg vom Sturm.

»Ich will nach Hause!«, jammerte Woldi.

Emil ignorierte ihn, verzurrte die Zügel, drehte den Rücken zum Wetter und kletterte auf die Sitzbank, um nach hinten zu sehen. Doch er sah nichts als wirbelndes Weiß. Keine Bäume. Keine Hecken. Keine anderen Fuhrwerke. Keinen Weg. Nichts als den Schneesturm.

»Emil!«, rief Adeline. »In welche Richtung müssen wir fahren?«

Er dachte an das Hüpfen und Rutschen, das sie hinter sich hatten, an den Schlamm und die Schneebrocken, die die Pferde aufgewühlt hatten, und sagte: »Wir folgen unserer Spur zurück.«

Die ersten paar Minuten klappte das gut. Er konnte genau erkennen, woher sie gekommen waren, doch er merkte auch, wie stark der Schnee fiel und wie schnell der Wind ihre Spuren verwischen würde. Er wollte die Pferde antreiben, doch er hatte bereits Mühe, etwas zu erkennen.

Und dann sah er ihre Wagenspuren überhaupt nicht mehr. Alles war vom Schnee bedeckt. Er reichte jetzt bis zu den Achsen des Fuhrwerks. *Wenn ich so weitermache …*

Emil mochte gar nicht weiter darüber nachdenken. Stattdessen beschloss er, von der letzten erkennbaren Spur im Zickzack weiterzufahren und darauf zu hoffen, auf Spuren zu treffen, die der Sturm noch nicht verweht hatte. Doch weil der Sturm den dichten Schneefall so stark herumwirbelte, fand er nichts. Schließlich brachte er das Fuhrwerk quer zum Wind und zog die Bremse.

»Was machen wir jetzt?«, fragte Adeline.

»Wir warten den Sturm ab«, sagte er. »Wir können nicht mehr als fünfhundert Meter von der Straße entfernt sein, doch ich weiß nicht genau, wo. Wenn wir wieder etwas sehen können, dann finden wir sie und schließen zum Treck auf.«

Er kletterte vom Wagen und spannte die Pferde aus, um sie auf der windabgewandten Seite ans Fuhrwerk zu binden. Dann stieg er von hinten in den Wagen.

»Du siehst ja wie ein Schneemann aus, Papa!«, sagte Willi unter der Decke.

Emil sah an sich herab und bemerkte, dass er von Kopf bis Fuß mit Schnee bedeckt war.

Woldi begann zu lachen. Ebenfalls Adeline, die sagte: »Zieh ihn aus oder bürste ihn ab. Du machst uns alle ganz nass, wenn du zu uns unter die Decke kommst.«

Emil kämpfte sich aus dem Mantel, dann schüttelte er ihn nach hinten aus und legte ihn an die Seite.

Ebenso verfuhr er mit den Stiefeln und seiner Hose und glitt dann unter die Decke neben Woldi. Es war warm, und auch wenn das Fuhrwerk vom Wind geschüttelt wurde, schienen Plane und Rahmen zu halten. Für den Augenblick waren sie in Sicherheit.

Der Wind ebbte zunächst nur ein wenig und dann stärker ab. Für gute fünfzehn Sekunden hob sich die Plane über ihnen ein wenig ab. Dann traf sie eine Böe, bevor sie wieder durchhing, gleich darauf heulte es erneut. Emil blickte über die Köpfe seiner Jungen zu seiner Frau, die von dem Sturm ganz verschreckt und wie gelähmt war.

»Es wird schon wieder gut werden«, sagte er.

* * *

Adeline wachte langsam aus ihrem Schlummer auf, ohne zunächst zu begreifen, wo sie sich befand, aber sie spürte, dass ihr Körper warm war und sie eiskalte Luft einatmete. Die Pferde bewegten sich gegen ihre Zügel und das Fuhrwerk und weckten sie ganz auf. Sie öffnete die Augen und sah, dass es noch Tag war, doch es schneite nicht mehr. Emil war bereits aufgestanden und nicht mehr im Wagen.

Willi rührte sich und fragte: »Sind wir schon da?«

Woldi erwiderte: »Kommt dir da draußen irgendwas grün vor?«

Adeline kitzelte Willi, kam dann unter der Decke hervor und setzte sich auf die Bank. Ihr Atem bildete kleine Wolken vor dem Mund. Der Himmel war aufgeklart und die Sonne zeigte, dass es mitten am Nachmittag war. Soweit sie es sehen konnte – und sie konnte ziemlich weit sehen –, war alles glitzernd und strahlend weiß und so blendend, dass es ihr in den Augen wehtat.

Emil kam um die Seite des Fuhrwerks herum und führte Odin und Thor an den Zügeln. »Kannst du etwas Getreide holen?«

»Ja. Wo sind wir denn? Wo ist die Straße?«

»Ich glaube, sie ist bei der kahlen Baumreihe dort hinten«, sagte er und zeigte mit seiner freien Hand. »Doch wir gehen diesen kleinen Hügel hinauf, um eine bessere Aussicht zu haben.«

»Ich sehe gar keine Fuhrwerke oder anderen Fahrzeuge.«

»Das werden wir von da oben«, sagte er und legte Odin das Zaumzeug an. »Ich verspreche dir, dass wir noch vor Einbruch der Dunkelheit auf der Straße sind und zu dem Treck aufschließen.«

Als Adeline vom Fuhrwerk sprang, reichte ihr der Schnee an manchen Stellen bis zu den Knien, doch sie konnte sehen, wo er noch tiefer war. Nachdem sie den Pferden eine ganze Büchse aus ihrem einzigen Hafersack gegeben und Emil Thor angespannt hatte, fuhren sie los, um auf den Hügel zu kommen.

»Denkst du, wir schaffen es bis oben?«, fragte sie. »Ich will nicht, dass wir stecken bleiben.«

»Wir fahren so weit, wie es geht, und ich klettere den Rest hinauf.«

Durch den Sturm war die Luft so bitterkalt geworden, dass sich der wehende Schnee wie Dampf um die Beine der Pferde und die Räder des Fuhrwerks gelegt hatte. Emil ließ sie kurz vor dem Fuß des Hügels anhalten, der vom Schnee verweht war.

»Ich bin gleich zurück«, sagte er und reichte ihr die Zügel.

Adeline sah zu, wie ihr Mann in die Verwehung marschierte, doch er kam nur so weit, bis ihm der Schnee zur Hälfte der Oberschenkel reichte, was die Jungen begeisterte, die zu lachen begannen.

»Papa ist stecken geblieben«, sagte Willi.

»Aber nicht lange«, sagte Adeline, während Emil sich den Weg zu einer Stelle mit flacherem Schnee bahnte und dann den Hügel hinaufstieg.

Er hatte ungefähr drei Viertel des Weges zurückgelegt, als Adeline über das Reden der Jungen und das Geklirr des Zaumzeugs hinweg von Süden her ein leises Rumpeln hörte, das von hinter der Baumlinie kam. Sie stellte sich auf die Sitzbank, beschirmte die Augen und sah ungefähr einen Kilometer entfernt sechs deutsche Panzer, die sich durch den Schnee in ihre Richtung kämpften.

»Gott sei Dank«, sagte sie den Jungen. »Wenn sie erst einmal hier durchfahren, dann machen sie den ganzen Schnee platt, und wir können ganz leicht von hier zur Straße kommen.«

Das Geräusch der Panzer schien plötzlich noch lauter und näher zu sein, sodass sie kaum den Klang einer rufenden Stimme hören konnte. Dann merkte sie, dass das Geräusch nicht vom Süden, sondern vom Norden kam.

Sie riss den Kopf herum und sah, dass Emil wie eine verschreckte Ziege den Hügel zu ihnen hinuntergelaufen kam, dabei immer wieder bis zu den Knien im Schnee versank und sich freikämpfte. Obwohl sie noch siebzig Meter voneinander entfernt waren, sah sie das Entsetzen auf seinem Gesicht.

»Adeline!«, schrie er.

»Mama! Guck mal da oben!«, rief Woldi.

Oben am Hügel und gut zweihundert Meter hinter Emil tauchte plötzlich das Kanonenrohr eines sowjetischen Panzers auf, gefolgt von dem riesigen Drehturm und gepanzerten

Rumpf, während die Panzerketten den Schnee und die halbgefrorene Erde darunter aufwühlten.

»Lauf!«, schrie Willi. »Lauf, Papa!«

Emil spähte über die Schulter, traf auf die tiefe Schneewehe am Fuße des Hügels, strauchelte und fiel der Länge nach vorwärts aufs Gesicht. Der Panzer hielt an, schwenkte und kam dann dröhnend den Hügel hinunter in ihre Richtung.

Emil war schon wieder auf den Beinen, ruderte mit den Armen und warf sich immer wieder nach vorn, ohne zu bemerken, dass der Panzer nach ungefähr einem Viertel des Hügels auf einem Absatz stehen geblieben war. Ein weiterer sowjetischer Panzer tauchte auf, dann ein dritter. Sie kamen rasselnd zu dem ersten Panzer und blieben stehen.

In der Zwischenzeit hatte sich Emil von dem tiefen Schnee befreit und stürmte wie eine verrückt gewordene Schneekreatur auf das Fuhrwerk zu. Er sprang auf die Bank, nahm die Zügel und brüllte: »Festhalten!«

* * *

Emil nahm eine Pferdepeitsche, die er fast noch nie benutzt hatte, und schlug sie seinen Pferden über den Rücken, während er die Zügel hart nach links zog. Odin und Thor krümmten sich und trieben nach vorn, sodass sich das Fuhrwerk fast querstellte, bevor es sich nach Süden drehte.

»Da sind Panzer vor uns«, sagte Adeline und hielt sich krampfhaft an der Seite fest.

»Was?«

»Von der Baumlinie in unsere Richtung kommend. Sie sind jetzt an einer tieferen Stelle. Sechs …«

Ein durchschlagendes Dröhnen schnitt ihr das Wort ab, gefolgt von zwei weiteren, als die sowjetischen Panzer das Feuer eröffneten. Die Pferde wieherten laut und gingen bei dem Lärm durch und galoppierten weiter nach Süden, auch als die ersten sowjetischen Schüsse in der Nähe der tiefer liegenden Stelle im Boden einschlugen, Detonation um Detonation, die Eis und Schnee und Feuer aufschleuderten, was sich in die bitterkalte Luft schraubte.

»Dreh um!«, rief Adeline. »Hinter den Sowjets sind wir sicherer.«

»Hinter den Sowjets sind wir tot«, rief er zurück und peitschte erneut auf die Pferde ein.

Die Panzer vor ihnen erwiderten das Feuer, drei Kanonen feuerten gleichzeitig, gefolgt von zweien und dann einer, alle mit blendenden Blitzen an der Mündung, sodass die Pferde langsamer wurden und nicht mehr wussten, wovor sie sich mehr fürchten sollten, bis Emil wieder auf sie einpeitschte.

Die deutschen Granaten explodierten am Hang hinter ihnen. Odin übernahm das Kommando, begann wieder zu galoppieren und brachte das Fuhrwerk rutschend hinter sich, bis Thor seinen Schritt und das Gleichgewicht fand. Das Fuhrwerk nahm Fahrt auf und seine Räder schnitten und pflügten durch den Schnee.

Ein weiterer Panzer der Roten Armee hatte hinter ihnen die Spitze des Hügels erreicht und feuerte seine Kanone ab, bevor die anderen drei Panzer sich anschlossen. Die sowjetischen Granaten schlugen wieder knapp vor der niedrigen Stelle ein, wo die deutschen Panzer standen, spuckten Flammen und Steine, ohne jedoch Schaden anzurichten. Emil konnte jetzt sehen, wie sich die Panzer bewegten und sich aus der Senke durch den Rauch und den von den Einschlägen geschwärzten Schnee aufwühlten, wobei sich die Gefechtstürme für besseren Schwung drehten und die Kanonenläufe sich anhoben.

Jetzt feuerten wieder die deutschen Panzer, bewegten sich unabhängig voneinander und wichen nach Norden durch die verschneite Ebene aus, bevor sie stehen blieben und eine weitere

Salve gegen den Hügel abschossen, von dem sich die Martels immer weiter entfernten. Dann eröffneten die Sowjets erneut das Feuer.

Vierhundert Meter trennten die junge Familie von den nächsten zwei der insgesamt sechs deutschen Panzer, die zum Stehen gekommen waren und ihre Kanonenläufe ausrichteten. Emil trieb die Pferde immer weiter in Richtung der deutschen Panzer, obwohl auf dem Feld schräg vor ihnen die russischen Granaten einschlugen und Flammensäulen und verkohlte Trümmer und Schnee in den Himmel schleuderten.

Hinter ihm im Wagen schrien Adeline und die Jungen, doch er hielt nicht an. Die beiden am nächsten stehenden Panzer krochen langsam in ihre Richtung. Die Fläche zwischen ihrem Fuhrwerk und den Panzern wurde immer schmaler. Emil lenkte die Pferde weiter nach rechts, um den Panzern auszuweichen, dann schlug er auf Odin und Thor ein, wie er es noch nie getan hatte, brutal und zielgerichtet und immer weiter und mit ganzer Kraft.

Zu ihrer Rechten feuerte ein Panzer seine Kanone ab, sodass die Pferde nach links ausscherten. Emil zog sie wieder nach rechts, sodass der nächste deutsche Panzer aus weniger als einhundert Metern Entfernung über ihre Köpfe hinwegfeuerte. Das Dröhnen war ohrenbetäubend. Die Wucht des Mündungsfeuers traf Tier und Mensch gleichermaßen. Die Pferde taumelten und Emil spürte es wie einen schweren, vibrierenden Schlag, der ihn fast den Verstand verlieren ließ, während er weiter auf die Pferde einpeitschte.

Dann rasten sie durch die Lücke zwischen den zwei Panzern.

Sie waren schon ein ganzes Stück dahinter, als die Sowjets wieder das Feuer eröffneten. Der deutsche Panzer, der ihnen am nächsten stand, wurde getroffen und explodierte, sodass

Feuer und schwarzer Rauch über den kahlen weißen Feldern aufstiegen.

Plötzlich befand sich vierhundert Meter vor ihnen ein deutscher Armeelaster, der von links nach rechts in Richtung Südwesten fuhr. Der Weg. Die Straße.

Emil hörte schließlich damit auf, die Pferde zu peitschen. In seinen Ohren klingelte es noch und ihm war schwindlig, als er die keuchenden, hustenden Pferde in die Fahrspur lenkte, die von dem vorbeifahrenden Laster gezogen wurde. Erst da blickte er über die Schulter zu seiner Frau und seinen Kindern, die in dem Durcheinander ihres vormals ordentlich gepackten Fuhrwerks lagen. Sie starrten ihn mit offenen Mündern an, zutiefst erschüttert davon, dass sie gerade ein Schlachtfeld überlebt hatten, und duckten sich noch immer bei jedem Schuss des hinter ihnen wütenden Kampfes. Er lächelte und nickte ihnen zu, dann sah er wieder zu seinen Pferden und bemerkte, dass ihre Rücken aus offenen Wunden von den Peitschenschlägen bluteten, und ihm war so elend zumute, dass er seine Schluchzer kaum unterdrücken konnte.

# Vier

Jeder Muskel in Adelines Körper zitterte. Ihr taten die Rippen weh. Ihre Kehle war wund vom Schreien. Ihre Ohren summten, und alles klang dumpf und weit weg.

Sie bemerkte, dass Willi und Woldi genauso erstaunt und erschüttert darüber waren, was sie soeben erlitten hatten, und ihr erster Impuls war es, sie zu trösten. Doch dann bemerkte sie, dass Emil mit bebenden Schultern vornübergebeugt auf der Bank saß und weinte. Sie schüttelte ihre Benommenheit ab, krabbelte auf allen vieren zu ihm und umarmte ihn entschlossen.

»Du hast uns gerettet«, sagte sie, wobei sie kaum ihre eigenen Worte hörte. »Du hast uns alle gerettet.«

Emil wischte sich mit dem Unterarm über die Augen und zeigte dann auf das Blut, das aus den Wunden der Pferde tröpfelte. Dann sah er mit einem Ausdruck tiefen Leids und Bedauerns seine Frau an.

»Ich weiß, wie sehr du sie liebst«, rief Adeline. »Aber das heilt wieder und wir alle sind nur noch am Leben, weil du und die Pferde das alles getan habt.«

Sie wusste nicht, ob er hören konnte, was sie sagte, doch er schien es zu spüren. Seine Anspannung schien etwas nachzulassen. Dann küsste er sie, stieg vom Fuhrwerk und sammelte etwas Schnee, den er über die Peitschenwunden verteilte. Die Pferde zuckten heftig zurück, blähten wegen des Schmerzes ihre Nüstern und beruhigten sich schließlich, als er immer wieder Schnee auf sie legte.

Langsam kehrte Adelines Gehör zurück, während Emil wieder auf den Wagen stieg. Behutsam nahm er die Zügel und berührte kaum ihre Schwänze, damit sie sich wieder bewegten. Das Kanonenfeuer hatte aufgehört. Es schien, als hätten die deutschen Panzer die Sowjets zurückgetrieben, nachdem sie zwei der vier Rote-Armee-Panzer auf dem fernen Hügel in brennende Kolosse verwandelt hatten.

Adeline spürte ein Ziehen am Ärmel. Willi kniete hinter ihr.

»Kannst du etwas hören?«, fragte er.

»Es wird besser.«

»Ich kann hören«, sagte Willi und grinste, schüttelte wie verrückt den Kopf und winkte auf eine Weise mit den Händen um seine Ohren herum, dass sie lachen musste.

Als er ihr Lachen mit einem Lächeln erwiderte, hellte sich ihre Stimmung noch weiter auf und machte sie für jeden Atemzug dankbar. Sie waren durch einen Schneesturm gekommen und mitten durch eine Panzerschlacht gefahren. Und hatten überlebt! Alle vier. Angeschlagen, mit Blessuren, doch ohne größeren Schaden.

Am liebsten hätte Adeline zugleich gelacht und gesungen und geweint. Sie wusste gar nicht, ob sie sich schon jemals so … lebendig gefühlt hatte! Woldi erhob sich neben seinem Bruder und wirkte verwirrt, während er auf seine Ohren zeigte.

»Mach, dass es aufhört, Mama«, sagte er, rang verzweifelt die Hände und konnte nur mit Mühe seine Tränen zurückhalten. »Passiert das jeden Tag, Mama?«

Sie merkte, wie aufgewühlt ihr älterer Junge war, und schüttelte den Kopf, während sie die Arme zu ihm ausbreitete.

Woldi zögerte und kam dann zu ihr, und sie hielt ihn ganz fest. Er hatte in den sechs Stunden seit Verlassen ihres Hauses schon so viel gesehen. Das war eine ganze Menge für einen sechseinhalbjährigen Jungen, dachte sie und hielt ihn noch fester. Dann spürte sie, dass Willi sie von hinten umarmte und dabei seine Wange an ihren Nacken legte, und auf einmal war nichts anderes mehr wichtig.

Adeline strahlte durch Tränen, die sie wegblinzelte, um Emil anzusehen, der zu ihnen herüberblickte und so glücklich wirkte, wie sie ihn noch nie gesehen hatte. *Braucht es das, um sich so zu fühlen? Dass man dem Tod so nahe kommen muss, damit man vor Glück platzen könnte, weil man so froh darüber ist, noch am Leben zu sein?*

Diese Freude ließ sie nicht mehr los. Sie bewunderte ehrfürchtig jeden einzelnen Baum und verlassenen Schuppen, jede Steinwand und jede Windmühle, die sie auf ihrem Weg sahen und die aus der weiten schneebedeckten Landschaft herausragten. Das alles waren Geschenke, die sie mit sich nehmen und niemals vergessen würde.

* * *

Emil war überrascht, dass sie schon nach einer Stunde zum Ende des Trecks aufschließen konnten. Während des schlimmsten Unwetters hatte die SS den Zug anhalten lassen und jetzt rollte der Konvoi schubweise voran, mehr schlecht als recht. Zusätzlich zu dem ganzen Durcheinander kamen deutsche Truppenverstärkungen und Nachschublaster über dieselbe Strecke, doch sie fuhren dem nach Westen ziehenden Treck in östlicher Richtung entgegen zu der ständig sich verlagernden Front direkt hinter ihnen.

»Wie weit fahren wir heute, Papa?«, fragte Woldi.

»Das können wir nicht sagen.«

»Wer kann das sagen?«

»Unsere … Begleiter«, sagte Emil, unfähig, seine Abneigung zu verbergen. »Die Wehrmacht. Die SS. Aus irgendeinem Grund haben sie die Anweisung, uns auf dem Weg nach Westen zu beschützen. Sie sagen uns, wann wir fahren und wann wir halten.«

»Warum können wir denn nicht fahren, wann wir wollen?«, fragte Willi.

»Weil wir jetzt Kriegsflüchtlinge sind, Menschen, die ihr Land zurückgelassen haben. Wir besitzen nichts, deshalb haben wir auch nichts zu sagen.«

Emil verspürte eine Hilflosigkeit, wie er sie schon seit langer Zeit nicht mehr gefühlt hatte. Es hatte ihm gefallen, für sein Leben in Friedensthal allein verantwortlich zu sein. Es gefiel ihm nicht, gesagt zu bekommen, was er zu tun hatte. Das war schon immer so gewesen, obwohl er nicht so dumm war, sich lautstark darüber zu äußern.

Er wusste, dass er der Gnade der Nazi-Eskorte ausgeliefert war und nichts bezüglich seiner näheren Zukunft zu sagen hatte. Doch so war es für seine Familie das Beste. Daran zweifelte er nicht. Wenn sie zurückgeblieben wären und auf die Russen gewartet hätten, dann wäre seine Familie auseinandergerissen worden. Er wäre nach Osten in ein Lager geschickt worden und Adeline wahrscheinlich ebenfalls, sodass die Jungen zu Staatswaisen geworden wären.

Emil wusste, dass er die richtige Entscheidung für ihr Überleben getroffen hatte. Doch es ärgerte ihn trotzdem, den Launen anderer Männer ausgesetzt zu sein, vor allem, wenn es Männer waren, die er verabscheute.

Die nächsten fünf Kilometer verloren sie an Höhe und der Schnee wurde weniger. Mit der nahenden Dunkelheit und eisiger werdenden Temperaturen schlossen sie auf zu Lydias Fuhrwerk und überholten sie. Die Jungen schrien ihr

Abenteuer im Sturm und die Flucht aus der Panzerschlacht zu dem anderen Wagen herüber, was ihre Großmutter erschreckte und ihre Tante Malia in Staunen versetzte.

Der Treck wurde wieder langsamer. Die SS teilte ihnen mit, dass die Wehrmacht alle weiteren Reisebewegungen nach Westen für die Nacht unterbrochen hatte, damit die Truppentransporter und Laster auf dem Weg nach Osten an ihnen vorbeikonnten, um Vorräte und Verstärkung an die Front zu bringen. Die Fuhrwerke hielten an, um zu campieren.

Emil bemerkte weiter vorn ein Fuhrwerk mit auffälligem Verdeck, das an einer Baumreihe neben der Strecke gehalten hatte. »Seht mal, wer da vorn lagert. Dort werden wir auch übernachten.«

Er lenkte ihr Fuhrwerk neben das andere, dessen Verdeck geschickt aus getrocknetem Schilf geflochten war.

Ein vom Alter gebeugter Mann, der wesentlich älter wirkte, kam mit einem Beil und einem Bündel Brennholz herangeschlurft und bemerkte nicht, dass sie mit ihrem Fuhrwerk neben ihm standen. Er warf das Holz zu dem glimmenden Feuer in einer Steinumrandung neben seinem Fuhrwerk und wirkte verloren. Wie immer verspürte Emil eine diffuse Traurigkeit beim Anblick seines Vaters. Johann Martel hatte sehr unter Stalin gelitten.

»Opa!«, riefen die Jungen. »Großvater!«

Willi und Woldi kletterten aus dem Fuhrwerk und rannten hinüber zu Emils Vater und dem Feuer, um sich aufzuwärmen und ihm von der Panzerschlacht zu erzählen und wie die Pferde sie gerettet hatten.

Johann lächelte die Jungen an und tätschelte ihnen mit seinen großen Händen unbeholfen die Schultern. Emil kletterte vom Wagen und sah nach den Pferden.

»Kochst du mit deiner Mutter Abendessen?«, sagte er zu Adeline.

»Und Malia«, ergänzte Adeline. »Sollen wir unser eigenes Feuer anmachen? Oder fragen wir, ob wir es uns teilen?«

»Ich werde fragen.«

Emil band Odin und Thor an einen Baum, dann nahm er ihnen das Zaumzeug ab, gab ihnen Hafer, rieb ihnen Salbe in die Wunden und entschuldigte sich erneut dafür, dass er sie so brutal gepeitscht hatte. Als er fertig war, ging er zum Feuer. Bevor er ankam, tauchte seine Mutter, eine schwierige, hartherzige Frau in den Sechzigern, hinten am Fuhrwerk auf, als ob sie sich dort versteckt und auf ihn gewartet hätte.

Karoline Martel zeigte auf ihre Enkelsöhne, die am Feuer hockten.

»Ich gehe davon aus, dass du die Verpflegung für sie aus euren eigenen Vorräten nimmst, Emil.«

»Das werden wir«, sagte er. »Obwohl es kaum Sinn ergibt, zwei Feuer anzumachen.«

Seine Mutter sah ihn mürrisch an. »Es kann nicht alles nur an deinem Vater hängen bleiben.«

»Einverstanden«, sagte er, dann rief er Woldi und Willi. »Jungs! Geht und sucht alle Äste, die ihr finden könnt, bevor es zu dunkel wird. Ich kann dort am Fluss ein paar sehen. Aber bringt nichts Feuchtes.«

Seine Söhne blickten bedauernd zu dem lodernden Feuer, standen dann aber auf und machten daraus ein Spiel, wie es Jungen zu tun pflegten. Selbst mit viereinhalb war Willi der eifrigere von beiden.

»Ich finde mehr als du, Woldi!«, rief er und rannte los.

»Wen interessiert es denn, wer mehr findet?«, sagte Woldi, als er seinem kleinen Bruder hinterherrannte. »Du musst den Größten bringen.«

»Und vor der Dunkelheit«, rief ihr Vater.

Sie gingen zum Fluss und lachten und kreischten, und für einen Augenblick war der Schrecken der Panzerschlacht vergessen. Emil ignorierte die Missbilligung seiner Mutter und sah ihnen hinterher, und sein Herz wurde ihm warm bei dem Anblick, wie seine Söhne eine Möglichkeit zum Spielen und Lachen fanden, während sie dem Krieg davonzulaufen versuchten.

Johann hüstelte etwas, dann hustete er stärker und es rasselte in seiner Brust. Er hielt inne, wurde dann aber von einem längeren Hustenanfall erfasst, der schließlich etwas Schleim hochbrachte, den er auf den Boden spuckte. Mit einem bestürzten Ausdruck trat er einen Schritt zurück.

»Du solltest dich jetzt hinsetzen, Johann«, rief Karoline besorgt und blickte dann zu ihrem Sohn. »Siehst du, das Heranschaffen des Holzes hat ihn bereits geschwächt.«

»Das ist nur ein kleiner Husten, Karoline«, sagte Johann, setzte sich aber auf einen Baumstumpf und lehnte den Rücken an ein Rad des Fuhrwerks. »Ich habe schon Schlimmeres durchgemacht.«

»Es war auch ein kleiner Husten, der dich fast in den Bergwerken umgebracht hätte«, erwiderte seine Frau.

»Ein kleiner Husten hat mich schließlich befreit, oder nicht?«

»Und sieh dich nur an«, sagte sie, noch immer verbittert darüber, dass er mitten in der Nacht von Stalins Schergen abgeholt und nach Sibirien geschickt worden war, genau wie Adelines Vater.

Als Bauer war es Johann gewohnt, draußen zu leben, doch sie hatten ihn zur Arbeit unter die Erde geschickt. Fast sieben Jahre hatte er in den Bergwerken verbracht und nach Kohle gegraben, bevor sein Husten begann und sich dann auf andere Gefangene übertrug. Nach eigenen Angaben war Johann zweimal fast gestorben, während noch mehr Männer die geheimnisvolle Krankheit bekamen. Die für das Bergwerk zuständigen Sowjets befürchteten schließlich, dass sie seinetwegen alle

Arbeitskräfte verlieren würden, und beschlossen, die kranken Männer freizulassen, anstatt sie zu behandeln oder umzubringen. Sie trieben sie aus dem Lager und sagten, dass sie nach Hause gehen sollten.

Krank und fiebrig hatte Emils Vater dann mitten im Sommer einen Güterzug bestiegen und war wochenlang in glühender Hitze nach Westen gefahren, bevor er den Weg zurück nach Südrussland fand. Er war völlig ausgemergelt, vom Husten gequält und verdreckt, als er an Karolines Tür klopfte. Sie erkannte ihren eigenen Mann nicht.

Auch nicht sein Sohn, der den Eindruck hatte, sein Vater wäre in den sieben Jahren seiner Abwesenheit um vierzig Jahre gealtert. Und es war nicht nur die geheimnisvolle Lungenkrankheit. Die Jahre in den Bergwerken Sibiriens hatten etwas mit Johann gemacht, ihn zerbrochen und ihm sein inneres Feuer geraubt. In den Jahren nach seiner Rückkehr konnte man ihn häufig dabei beobachten, wie er in die Ferne starrte und in Gedanken in einer düsteren Vergangenheit steckte, über die er nur selten sprach. Emils Mutter berichtete, er würde nachts oft schreiend aufwachen, fiebrig und schweißgebadet.

»Wo ist Resi?«, fragte Emil.

»Deine Schwester schläft«, sagte sie. »Von dem ganzen Herumwackeln des Fuhrwerks auf dem letzten Stück ist ihr ganz krank im Magen geworden. Dir ja auch, wie ich gehört habe.«

»Emil?«, rief Adeline, bevor Emil antworten konnte. »Wie sieht es mit dem Feuer aus?«

Emil wandte sich um und sah Adeline, Lydia und Malia, die Töpfe und Kochutensilien brachten.

»Wir sind bereit«, rief er. »Die Jungen bringen noch mehr Holz.«

* * *

Adeline nickte, doch beim Näherkommen ging ihr Blick von Emil zu ihrer Schwiegermutter und konzentrierte sich dann auf Karoline, die ins Feuer starrte. Sosehr sie es auch verhindern wollte, Adeline musste einfach an jene kleine Flasche mit Sahne denken und spürte, wie ihr die vertraute Bitterkeit in den Magen trat. Innerlich rüstete sie sich und ging dann zum Feuer, bückte sich und zog mit einem Stock glühende Kohle an die Seite.

Adeline war von klein auf eine warmherzige, freigebige Person gewesen, die selten ein böses Wort über irgendwen anderes verlor. Doch ihre Schwiegermutter war nicht irgendwer. Karoline war ein kaltes, herzloses Wesen. Adeline konnte es nicht ertragen, in ihrer Nähe zu sein, und ging der Frau aus dem Weg, wo immer sie konnte.

»Kein Hallo?«, fragte Karoline mit verkniffenem Mund.

Adeline blickte auf und zwang sich zu einem Lächeln. »Oh, hallo, Karoline. Es tut mir leid. Ich bin mit den Gedanken beim Essen. Danke, dass wir euer Feuer nutzen dürfen. Das ist sehr nett von euch.«

Karoline betrachtete sie einen Moment und richtete dann ihre Aufmerksamkeit auf Adelines Mutter. Lydia grüßte Emils Mutter und dankte ihr ebenfalls für das Feuer, da sie wusste, dass ein demütiges Verhalten Karoline zumeist etwas milder stimmte. Adeline stellte den Topf auf die Kohle und erhitzte einen Eintopf, den sie aus Kartoffeln, Zwiebeln und gepökeltem Schweinefleisch gemacht hatte.

»Tu die hier auch rein!«, rief Malia und eilte mit einem Bündel wildem Babyspargel heran. »Ich habe sie neben unserem Fuhrwerk entdeckt. Als hätte sie jemand extra für uns gepflanzt!«

Adelines ältere Schwester schien so erfreut darüber, dass nicht einmal Karolines Anwesenheit Adelines Lächeln verhindern konnte, als sie den Spargel entgegennahm. Es war zwanzig Jahre her, seit Malia beim Füttern der Maultiere getreten wurde, zwei Jahrzehnte waren vergangen, dass sie im Koma gelegen und niemand gedacht hatte, dass sie überleben würde. Doch Malia hatte einen starken Lebenswillen und wachte wieder auf, in mancherlei Hinsicht verändert, zugleich jedoch auch so, wie sie immer war: herzlich, gütig, liebevoll und eigentümlich witzig. Adeline hatte sie als Kind vergöttert und liebte sie noch immer über alles.

Die Jungen kehrten mit ihrem kleinen Karren zurück, den sie von der Flusssenke den Hang hinaufschoben und in dem jetzt zwei große abgebrochene Äste lagen.

Emil kam zu ihnen und betrachtete die beiden Äste eingehend im Licht des Feuers. »Na ja«, sagte er schließlich, »ich glaube, Woldis Ast ist größer.«

»Was?«, sagte Willi.

»Ich habe es dir doch gesagt!«, brüstete sich Woldi.

»Aber«, sagte ihr Vater, »angesichts der Tatsache, Woldi, dass du zwei Jahre älter und acht Kilo schwerer bist als Willi, erkläre ich es für unentschieden.«

»Was?«, sagte Woldi.

»Unentschieden!«, rief Willi und tanzte im Kreis.

Woldi wirkte niedergeschlagen, bis Emil ihn daran erinnerte, dass sie bis zum Ende ihrer Reise an jedem Abend Brennholz brauchen würden, und Adeline kam herüber, um ihn und seinen Bruder zu umarmen.

»Warum umarmst du uns, Mama?«, fragte Willi.

»Weil ihr Brennholz geholt habt.«

»Müssen wir dich dann auch dafür umarmen, weil du das Essen machst?«

»Ja, bitte«, sagte sie neckend. »Und für alles andere, was ich für euch tue.«

Hinter ihnen meckerte laut eine Mädchenstimme. »Jetzt hört schon auf mit dem ganzen Umarmen. Da bekomme ich ja zu meinem Bauchweh auch noch Kopfschmerzen.«

Adeline sah über das Feuer hinweg an ihrer Schwiegermutter vorbei und entdeckte Emils Schwester, die einundzwanzigjährige Theresa, die gerade aus dem Fuhrwerk geklettert war. Sie wurde von allen Resi genannt und trug die gleiche Kleidung wie Adeline und die anderen Frauen, eine dicke, dunkle Wolljacke und ein langes Kittelkleid, doch im Unterschied zu den anderen Frauen trug Resi ihr goldblondes Haar offen, anstatt es in ein Kopftuch oder einen Schal zu binden.

»Wie geht es dir?«, fragte ihre Mutter.

Resi hatte die Hände in die Jackentaschen vergraben. »Als würde ich erfrieren und dann ist da noch ein Nagel in meinem Kopf und ich will kotzen.«

Die Jungen lachten. Adeline schmunzelte. Sie mochte Resi. Wie bei ihrer eigenen Schwester wusste man nie, was sie sagen würde.

Natürlich tippte sich Malia an den Kopf und stimmte zu: »Könnte aber schlimmer sein. Wenn dir zum Beispiel ein Maultier gegen den Schädel tritt.«

Resi hielt inne und tippte sich an die Unterlippe. »Da will ich nicht mit dir streiten, Malia. Ein Tritt vom Maultier an den Schädel wäre wirklich schlimmer, als kotzen zu wollen, wenn man einen Nagel im Kopf hat.«

Willi und Woldi lachten wieder. Selbst Emil grinste, und Karoline sagte: »Das reicht jetzt, ihr alle. Stachelt sie nicht noch an. Resi, denkst du eigentlich jemals nach, bevor du etwas sagst?«

Emils Schwester ging mit einer geringschätzigen Geste an ihrer Mutter vorbei. »Wo wäre da der Spaß?«

»Mein Gott, was habe ich da nur in die Welt gesetzt?«, stöhnte Karoline.

Adeline bemerkt, wie Resi ihr Gesicht schmerzhaft verzog, bevor sie lächelte und sagte: »Du hast es ja nicht ganz allein gemacht, Mutter.«

Angesichts dieser Unverschämtheit blieb ihrer Mutter kurz die Luft weg. Johann schmunzelte.

Resi streckte die kalten Hände zum Feuer. »Und denk nur: Wenn Gott auch seine Hand mit im Spiel hatte, da die Geburt ein Wunder ist, wie du mir mal erzählt hast, Mutter, dann bin ich auch ein Wunder, und ich bin jetzt genau so, wie ich sein soll. Richtig?«

Karoline starrte sie an, als würde sie in einer fremden Sprache reden. Malia grinste breit.

»Johann«, beschwerte sich ihre Schwiegermutter, »wo denkt sie sich solche Sachen aus?«

Er zuckte die Schultern und schmunzelte weiter.

»In ihrem Kopf«, sagte Woldi.

Resi lachte und zeigte auf Woldi. »Ich mag es, wie mein kleiner Neffe denkt.«

Karoline warf die Arme in die Luft, blickte zu den ersten sichtbaren Sternen am Nachthimmel und sagte: »Ich gebe auf. Da komme ich einfach nicht mit.«

Resi ging ums Feuer und sprach mit den Jungen, während Adeline den Eintopf umrührte. Als sie fertig war, kam Resi zu ihr und flüsterte: »Schon einmal gemerkt, wie es immer mit Mutter ist? Was habe ›ich‹ da geschaffen? Was habe ›ich‹ aufgegeben?«

»Jetzt, wo du es erwähnst.«

»Ich glaube, tief drinnen mag sie andere Menschen nicht, weil sie sich selbst nicht mag.«

»Ich habe schon vor langer Zeit aufgegeben, deine Mutter zu verstehen«, sagte Adeline und nahm den Topf von den Kohlen.

Lydia brachte Schüsseln, die Adeline mit kochend heißem Eintopf füllte.

»Das riecht toll«, sagte Resi. »Kann ich was davon haben?«

Das hörte ihre Mutter. »Du hast hier dein Abendessen. Brötchen und Dörrfleisch.«

»Brötchen und Dörrfleisch?«, beschwerte sich Resi. »Es ist kalt draußen, Mutter. Ich würde lieber das essen, was sie haben.«

»Da bin ich mir sicher«, sagte ihre Mutter. »Doch wenn wir jetzt alle so essen, dann werden wir noch verhungern, bevor die Reise vorbei ist.«

Darauf folgte eine lange, unangenehme Stille, die schließlich von Malia durchbrochen wurde, die von ihrer Schüssel mit Eintopf aufblickte, Karoline anlächelte und sagte: »Danke schön, Fräulein Sonnenschein.«

Adeline drehte sich um und ging weg, damit man ihr Lächeln nicht bemerkte, doch Resi johlte vor Lachen. Emil versuchte, sich zurückzuhalten, und warf schließlich glucksend den Kopf zurück. Sein Vater hatte kichernd den Kopf gesenkt, bevor Lydia und die Jungen einstimmten. Schließlich lachten alle am Lagerfeuer, steckten sich gegenseitig immer wieder an und vergaßen ihre Sorgen und Schmerzen. Alle mit Ausnahme von Adelines Schwiegermutter.

Als Adeline wieder zu Karoline sah, war diese aufgestanden. Sie hatte die Unterlippe verbittert verzerrt und schnauzte Malia giftig an.

»Hast du etwa den Horror vergessen?«, fragte Karoline mit rauem Flüsterton. »Du hast wohl vergessen, wie es ist, wenn man verhungert, was? Natürlich hast du es vergessen. Nur wenn man ein halbes Gehirn hat, dann vergisst man, wie es sich anfühlt, wochenlang einen leeren Bauch zu haben. Was man alles macht, um zu überleben.«

Das Lachen erstarb. Lydia sagte: »Das ist nicht richtig, Karoline.«

»Deine Tochter ist nicht richtig im Kopf«, erwiderte Emils Mutter.

»Du gehässige Frau. Du …«

Malia legte ihrer Mutter die Hand an die Schulter und blickte dann ohne eine Spur von Selbstmitleid oder Wut zu Karoline. »Nein, ich bin nicht richtig, Frau Martel. Nicht so richtig wie du. Doch ich habe noch mehr als mein halbes Gehirn, deshalb erinnere ich mich an den Holodomor. Ich erinnere mich daran, so hungrig gewesen zu sein, dass wir das Gras vom Feld gegessen haben. Mama und Adeline und unser Bruder Wilhelm waren direkt neben mir. Wir waren auf Händen und Knien und haben geweint, weil Papa zwei Jahre zuvor in den Osten geschickt worden war, und wir hatten überhaupt nichts, und wir mussten alle davon würgen, wie das Gras im Hals pikste und dann im Bauch anschwoll. Ich erinnere mich daran, als wäre es gestern gewesen.«

Adeline hatte sich die rechte Hand an den Hals gelegt, da sie auf einmal die zähe Spreu der Grashalme auf der Zunge schmecken und den stechenden Schmerz im Bauch spüren konnte, der sich nach tagelanger Ernährung von Gras und Unkraut in ihren Innereien ausbreitete.

Karoline schien darüber erschrocken, dass die jüngere Frau so mit ihr sprach, vor allem, da Malia noch nicht geendet hatte. »Doch wir haben immer weiter Gras gegessen und alles andere, was wir finden konnten, denn wir wollten leben. Ich habe Würmer und Käfer und einen toten Vogel gegessen, weil ich leben wollte. Trotz angeschlagenem Schädel wollte ich leben, damit ich eines Tages eine Schüssel mit gutem Eintopf essen konnte, so wie heute Abend. Was hast du denn während des Holodomor gegessen, um zu überleben, Frau Martel? Was hast du getan, um es durchzustehen?«

Emils Mutter stand da und starrte eine Weile auf den Boden, bevor sie Malia ansah. »Du hast keine Ahnung«, sagte sie und ging hinter das Fuhrwerk.

* * *

Die Übrigen aßen in unbehaglicher Stille. Als das Essen beendet war, kam Willi und umarmte seine Mutter. »Ich bin müde, Mama.«

»Schlafenszeit«, sagte Adeline. »Schlafenszeit, Woldi.«

Ihr älterer Sohn döste bereits am Feuer. Emil ging zu ihm, wollte ihn aufwecken, doch dann bückte er sich, hob ihn auf und trug ihn zum Fuhrwerk. Der Junge rührte sich nicht einmal.

Adeline hatte unter der Plane bereits das Bettzeug ausgebreitet. Emil reichte ihr Woldi. Sie legte ihn auf eine Decke, bevor sie ihn mit einer anderen zudeckte. Adeline half Willi neben seinen schlafenden Bruder und versprach ihm eine zweite Decke, wenn sie zurückkehrte.

Das Feuer ging langsam aus. Nur Johann war noch auf, saß auf seinem Baumstumpf und starrte in die verschwindende Glut seines Lebens. Hinter Emils Vater waren bereits andere Lagerfeuer zu Glut heruntergebrannt, und die Stimmen ringsherum in der Dunkelheit wurden mit jeder Minute leiser.

Emil blickte über die Bäume zum klaren Nachthimmel hinauf, sah den Sternenteppich und fühlte sich ganz klein und unbedeutend, als würde sein Leben nur wenig zählen. Ein Laster fuhr vorbei und ein deutscher Soldat rief, dass die Brücken weiter vorn zur Morgendämmerung freigegeben würden und dass der Konvoi sich kurz danach wieder in Bewegung setzen würde. Emils Laune verdüsterte sich und er fühlte sich wie eine Schachfigur, hätte sich am liebsten zurückgezogen, wollte zugleich aber auch kämpfen.

»Emil?«

Er erschrak. Adeline hatte sich angeschlichen.

»Was guckst du dir an?«

Die Trance war gebrochen. »Den Mond und die Sterne.«

»Was ist mit ihnen?«

»Als ich ein Junge war, da bin ich fast jeden Abend nach draußen gegangen, um sie mir anzusehen, und jetzt denke ich fast gar nicht mehr an sie.«

Adeline trat vor und ließ sich von Emil in die Arme nehmen, legte die Wange an seine Brust und hielt ihn fest.

»Sei dankbar. Wir haben den ersten Tag hinter uns gebracht«, sagte sie.

»Irgendwie«, sagte er und erinnerte sich, wie er immer wieder auf die Pferde eingepeitscht hatte.

»Wegen dir und wegen Gott.«

Er drückte sein Gesicht in ihr Haar. »Morgen kommen wir noch weiter weg von den Panzern.«

Adeline küsste ihn und sagte: »Bleib stark, Emil.«

»Immer.«

»Und bete für uns. Gott hilft denen, die darum bitten.«

Emil reagierte darauf mit einem unverbindlichen Knurren. »Ich sehe mal nach den Pferden.«

Er wartete keine Antwort ab, sondern ging zu Odin und Thor und dachte etwas verärgert: *Beten? Pure Zeitverschwendung. Du machst das, was du willst, Adella, doch ich entscheide für mich selbst, danke. Es gibt keinen Grund, Gott einzubeziehen, wenn es ihn nicht gibt.*

Emil war wie seine Frau evangelisch erzogen worden. Sie hatte sich ihren Glauben wie durch ein Wunder bewahrt, doch Emil war der Glaube während der vergangenen fünfzehn Jahre abhandengekommen, jener Zeit voller Schicksalsschläge und Verfolgung und Situationen, die kein Mann jemals erleiden sollte und die ihn zu Entscheidungen zwang, die kein Mensch jemals treffen sollte.

Er wollte es zunächst unterdrücken, doch dann erinnerte er sich wieder an den Tag, als er seinen Glauben vollständig verloren hatte, und sah, wie er die Faust gen Himmel reckte und sich einsamer fühlte als je zuvor. Emil erschauerte und versuchte, diese verhasste Zeit zu verdrängen. Er sah nach den Pferden, überprüfte ihre Führstricke und Halfter. Sie blähten die Nüstern und schürzten die Lippen, als er neue Salbe auf ihre Wunden strich.

Als Emil zum Fuhrwerk zurückkehrte, hatte Adeline bereits die restlichen Decken genommen und eine weitere über Willi gelegt. Sie lag neben ihrem jüngeren Sohn. Emil blies die Laterne aus und kletterte neben Woldi, bevor er Adeline über die Jungen hinweg den Arm drückte und ihr gute Nacht wünschte.

Für einen Augenblick fühlte sich die Nacht kalt und still an, bis Willi flüsterte: »Erzähl es mir noch einmal, Mama, wohin wir fahren.«

»Es ist ein schöner Ort«, flüsterte Adeline schläfrig. »Er ist umgeben von Bergen und Wäldern. Und ganz oben liegt Schnee. Und unten gibt es grüne Felder und einen Fluss, der sich durch die Landschaft schlängelt. Wir werden in einem warmen Haus leben und jeden Morgen backe ich euch Brot, und es wird hinter dem Haus einen großen Garten geben und wir haben so viel Essen, dass wir gar nicht wissen, was wir alles damit machen sollen.«

Emil hatte die Augen geschlossen und versuchte, seiner Frau zuzuhören, um sich diesen magischen Ort vorzustellen. Doch trotz seiner Bemühungen bedrängten ihn die Bilder des Tages, sodass er sich nicht auf Adelines Beschreibung des Paradieses konzentrieren konnte. Er durchlebte noch einmal die Panzerschlacht, bevor er in Richtung Schlaf trieb und dabei noch das Echo von Malias Stimme am Lagerfeuer hörte. *Was hast du denn während des Holodomor gegessen, um zu überleben, Frau Martel? Was hast du getan, um es durchzustehen?*

# Fünf

***März 1933***
***Birsula, Ukraine***

In seinen unruhigen Träumen in jener Nacht war Emil wieder zwanzig Jahre alt und ging durch die nebligen Gassen einer kleinen Ortschaft nordwestlich von Friedensthal. Damals wog er weniger als fünfundfünfzig Kilo und hatte kein Gramm Fett am Körper. Auch wenn das Hungergefühl kam und ging, so schmerzte es ständig und überall, in den Gelenken, den Muskeln und den Knochen. Da sein Körper aller Fettreserven beraubt war, begann er jetzt damit, ihn von innen her aufzufressen.

Zusätzlich hatte sich Apathie eingestellt. Emils Verstand schien von einem Nebel umgeben zu sein, während er auf seiner verzweifelten Jagd nach Essen herumstreifte. Seine letzte Mahlzeit lag drei Tag zurück, als er über den Ortsrand hinaus auf die Felder gegangen war, wo er einen verschrumpelten, erdverkrusteten Kürbis entdeckt hatte, der den Winter und andere Plünderer überlebt hatte. Nachdem er ihn in einem Fluss gewaschen hatte, aß Emil den Kürbis, bis er mehr als satt war. Er hatte sich in die Sonne gesetzt und fett und glücklich gefühlt und war dort am Ufer sofort eingeschlafen. Nach dem

Aufwachen aß er den restlichen Kürbis und grinste über seinen aufgeblähten Bauch.

*Doch das war vor Tagen,* dachte Emil, während er auf den Straßen nach etwas Essbarem suchte. *Wie viel länger kann das noch dauern? Wie viel länger kann ich überleben?*

Emil hatte sich allein durchgeschlagen, seit seine Familie vor mehr als drei Jahren von ihrem Land in Friedensthal vertrieben worden war.

Sein Vater, seine Mutter und seine achtjährige Schwester Resi waren nach Perwomajsk gezogen, einer im Osten gelegenen Stadt am Bug. Zuerst hatte Emil Glück gehabt. Wegen seiner landwirtschaftlichen Kenntnisse hatte er zunächst wenig Probleme, als Feldarbeiter in einer Kolchose zu arbeiten.

Er war von Natur aus schweigsam, doch ihm entging so schnell nichts. Schon als Junge hatte er gelernt, dass im Kommunismus der Schlüssel zum Überleben darin bestand, sich still zu verhalten, seine Arbeit zu erledigen und niemals nach Höherem zu streben. Nachdem seine Eltern weggezogen waren und er sich selbst überlassen war, hatte er innerhalb von drei Monaten erfahren, dass die Leute, die aufmuckten oder versuchten, Dinge zu verbessern oder andere zu belehren, häufig verschwanden oder jung ums Leben kamen.

In jenem ersten Jahr übernachtete Emil, wo es ging, und verdiente genug, um satt zu essen zu haben. Im zweiten Jahr – 1931 – war es sogar noch besser, als er einen Traktor zum Fahren bekam.

Doch im Herbst des nächsten Jahres beschloss Josef Stalin, jede Opposition gegenüber sowjetischer Herrschaft in der Ukraine zu vernichten. Der Region wurde fast die gesamte Nahrung vorenthalten, denn es war das Ziel, das ganze Land auszuhungern.

* * *

Es war im sechsten Monat des Holodomor, als sich Emil durch Birsula schleppte, den Wind im Gesicht und verloren in dumpfen, immer wiederkehrenden Gedanken voller Furcht und Not. Dabei hatte er gar nicht bemerkt, dass er zu einer Straße gekommen war, die an der Rückseite des Eisenbahndepots und des Bahnhofs verlief.

An diesen Ort hatte Emil niemals wiederkehren wollen, doch da war er nun und sah sich um, erblickte die Leichen frisch Verhungerter und Sterbende, die an dem Zaun um das Bahndepot ausgestreckt lagen. Dazwischen und mit letzter Kraft noch auf den Beinen ein paar Hungernde, die verzweifelt am Zaun hingen und auf einen Weizenhaufen blickten, der keine achtzig Meter entfernt war.

Vier bewaffnete Soldaten standen um den riesigen Weizenberg, während andere die Körner mit Schaufeln umdrehten, um sie der Feuchtigkeit des Nebels auszusetzen, damit sie im später einsetzenden Sonnenschein verrotten würden. Mit der Menge hätte man die ganze Stadt wochenlang ernähren können. Emil wollte nicht zu dem Weizen blicken, doch er konnte nicht anders. Er ging um eine jammernde Frau herum, die ihr sterbendes Kind im Arm hielt, zu dem Zaun, und sah auf das Getreide, als wäre es eine Illusion oder ein Traum.

Er malte sich aus, was er mit den Taschen und Händen voll mit diesem Weizen machen würde. Fast konnte er das Brot im Ofen riechen.

Einer der Soldaten lachte. Emil hörte ihn, schüttelte die Fantasie aus seinem Kopf und sah zu ihm hin. *Zigarette im Mund. Trockenes Lachen. Der verhungert nicht, oder?*

Je mehr Emil über die gut genährten russischen Soldaten nachdachte, die absichtlich Lebensmittel vor den Augen der Verhungernden vernichteten, desto stärker loderte in ihm ein tiefer Zorn. Was hatte er Josef Stalin jemals angetan? Was hatte irgendwer aus seiner Familie diesem Mann angetan? Warum vertrieb man gute Bauern von ihrem Land und verweigerte dann unschuldigen Menschen das Essen?

*Warum sollte ein gerechter, ein gütiger, ein wohltätiger Gott so etwas zulassen?*

Seit jener Horror begann, war Emil bereits zwei Mal am Bahnhof gewesen, und jedes Mal war er mit einem Gefühl der Hilflosigkeit und des Zweifelns an einer höheren Macht von dort weggegangen. Bevor er diesmal in jenen dunklen Gefühlen versinken konnte, erinnerte er sich daran, wie ihm sein Vater immer gesagt hatte, dass Gott denjenigen hilft, die sich selbst helfen.

Doch dann sprach eine verschlagene Stimme in ihm: *Vertraue keiner anderen Macht als dir selbst, Emil. Willst du gerettet werden, dann rette dich selbst.*

Zugleich verunsichert wie auch ermutigt von jener Stimme beschloss Emil, dass er sich wieder aus der Stadt wagen musste. Er würde sich auf die Suche machen und so lange gehen, bis er Nahrung fand oder tot umfiel. Er grübelte, in welche Richtung er gehen sollte. Im Osten würde er vielleicht ein nicht geerntetes Rübenbeet oder Ähnliches finden. Doch stattdessen entschied er, zu dem Ackerland im Westen zu gehen, das von Flusssenken durchzogen war.

Emil wusste von seiner Zeit auf dem Bauernhof, dass nicht überflutete Flusssenken von Anfang März oft grün und mit reichlich Essbarem versehen waren, wenn man wusste, wonach man suchen sollte. Vielleicht würde er Babyfarn finden, den seine Mutter immer pflückte und kochte oder in Salzlake einlegte. Oder Sprossen von Babyspargel. Oder Pilze. Oder frische Enteneier. Oder die Überreste eines im Winter gestorbenen Hasen, noch immer gefroren im letzten Schnee.

Oder er würde so lange gehen, bis seine Beine nicht mehr mitmachten.

Emil hatte gesehen, wie verhungernde Leute im Gehen und Reden auf einmal umkippten, da ihre Beine sie nicht länger trugen. Dann lagen sie einfach da und manche von ihnen kreischten wie kleine Kätzchen, die ihre Mutter um Milch anbettelten.

*Geh nach Westen,* dachte er und riss sich von dem Zaun am Bahndepot los. *Zu den Flusssenken.*

* * *

Doch nach wenigen Häusern merkte Emil, dass er es nicht bis zum ersten Fluss schaffen würde, der fast fünf Kilometer entfernt lag. Oder falls er es doch schaffen würde, dann würde er dort sterben, wenn er nicht das Glück hätte und sofort etwas zu essen finden würde. Er war einfach zu schwach, um den ganzen Weg zu gehen und dort zu suchen.

Er brauchte nur ein wenig zu essen, das war alles. Ein wenig Nahrung, und er konnte den Weg mit ausreichend Kraft gehen, um seine nächste Mahlzeit und dann die nächste zu finden.

Es begann zu schneien. Emil setzte sich an den Straßenrand, um seine Kraft zu schonen und zu überlegen, ob er ein Obdach oder Essen suchen sollte. Auf der anderen Seite bemerkte er in dem kleinen Park eine sterbende Frau, die taumelte, dann ausgestreckt zu Boden fiel und sich nicht mehr rührte. Er empfand Mitleid für sie, und wenn er ihr hätte helfen können, dann hätte er es getan. Wenn er Essen gehabt hätte, dann hätte Emil ihr welches gegeben. Doch er erschrak nicht mehr, wenn Menschen plötzlich zusammenbrachen. Das hatte er fast täglich gesehen.

Die Erinnerung an den höhnisch lachenden, wohlgenährten Soldaten hinter dem Bahnhof erfüllte Emils Gedanken und machte ihn wieder wütend. Dieser russische Soldat würde heute Zigaretten rauchen. Er vernichtete Lebensmittel und würde heute selber gut essen, während er – Emil – nichts hatte.

Gar nichts.

Darüber ärgerte er sich und erkannte, dass es Menschen auf der Welt gab, die nicht verhungerten, und dass sogar manche Einheimische in Birsula regelmäßig mehr als genug zu essen bekamen, die mit der Partei verbunden waren, mit Josef Stalin.

Seltsamerweise verspürte Emil keinen Groll mehr, keine Hilflosigkeit. Stattdessen sagte jene verschlagene Stimme tief in ihm: *Geh und klau von ihnen, Emil. Von den Parteimännern. Klau von ihnen und rette dich selbst.*

Der Gedanke entsetzte und begeisterte ihn zugleich. Emil wusste, dass er damit riskieren würde, in ein Arbeitslager geschickt zu werden. Oder erschossen. Doch darüber dachte er nicht lange nach, denn er wusste, dass er ohnehin bald sterben würde, wenn er nichts unternahm, und er freundete sich mit dem Gedanken an, von diesen Mistkerlen zu stehlen, die ihm beim Verhungern zusahen.

* * *

Der feuchte Schnee lag einen Zentimeter hoch auf dem Boden, als Emil durch die Stadt ging und zu einer großen Datsche kam, die hinter einer hohen Mauer lag. Den Mann, der in dem Haus lebte, hatte er oft draußen bei der Kolchose gesehen. Im vorigen Dezember hatte er ihn einmal durch das Tor dieser Datsche treten sehen.

Emil wusste, dass er ein hochrangiges Parteimitglied war und die Getreideproduktion der Region überwachte. In einem Umkreis von fünfzig Kilometern um Birsula arbeitete jeder in der Landwirtschaft für ihn. Emil kannte den Namen des Parteiführers nicht und wollte ihn auch nicht kennen. Er war der eiskalte Mistkerl, der sie im Vorjahr gnadenlos dazu angetrieben hatte, eine große Ernte einzuholen. Er war derselbe eiskalte Mistkerl, der alles an Stalin übergeben hatte. Und Emil wettete, dass er die Sorte eiskalter Mistkerl war, die schlemmen konnte, während seine Nachbarn den Hungertod starben.

Für einen flüchtigen Moment erinnerte er sich an das Gebot *Du sollst nicht stehlen*, dann schob er den Gedanken beiseite. Das hier war etwas anderes. Er tat es, um zu überleben. Und er wusste genau, dass andere wesentlich Schlimmeres getan hatten, um den Horror zu überleben. Er hatte davon gehört, dass überall in der Ukraine Kinder verschwanden. Er hatte von Menschen gehört, die ihre eigenen Kinder gegessen hatten.

Emil würde nur von jemandem stehlen, der zu viel hatte.

Er ging zu dem Weg, der hinter dem Haus des Mannes und anderen an dieser Straßenseite verlief, um sich die Rückseite bei der Küche anzusehen. Wenn sie sich dort befand, dann würde es auch eine Speisekammer oder einen Vorratsschrank geben. Dort würde er Essen finden, das er stehlen konnte.

Emil betrat den Weg in der Abenddämmerung und dachte nicht weiter darüber nach, wie hungrig oder müde er war. Sein Herz raste, als er sich überlegte, wie er am besten in die Küche eindringen würde, nachdem der Mann und seine Familie und die Angestellten schlafen gegangen waren. Wann würde das sein? In vier, fünf Stunden?

Er würde sich aber klug verhalten. Zunächst würde er fünf Stunden warten und dann die Türen und Fenster überprüfen. Nach dem langen und kalten Winter würde jetzt im Frühling sicher eines unverschlossen sein. Zur Not würde er die Scheibe an einem Kellerfenster zerschlagen. Er würde hineinkommen und …

Ein Tor öffnete sich an der Rückseite des Hauses, ein ganzes Stück vor Emil. Eine Frau mit Schürze trug einen Mülleimer heraus, stellte ihn zu den anderen ans Tor und ging wieder hinein.

Auf einmal war jeder Gedanke an Einbruch verschwunden. Die Essensreste eines Mannes, der gut gespeist hatte, waren zwar nicht zu vergleichen mit dem Inhalt der Vorratskammer, doch mit seinen zwanzig Jahren war Emil von der Geschichte und den Umständen bereits so übel mitgespielt worden, dass er sein Glück nicht mehr unnötig herausforderte.

Nachdem er ein paar Momente besorgt abgewartet hatte, bis die Köchin wieder ins Haus gegangen war, und sich dabei Fantasien über Schweineknorpel oder eine alte Speckschwarte oder einen Suppenknochen hingegeben hatte, an dem er nagen und ihn für das Mark darin zerbrechen konnte, schlich Emil zu der Mülltonne. Er war so konzentriert auf das Objekt seiner Begierde, dass er gar nicht den anderen Mann bemerkte, der aus dem tieferen Schatten des Weges trat und demselben Verlangen folgte.

* * *

Schließlich sahen sie sich und blieben drei Meter voneinander entfernt stehen, die Mülltonne auf halbem Weg zwischen ihnen zu ihrer Linken. Es war schon recht dunkel, doch Emil erkannte, dass er einem wesentlich größeren und breiteren Mann gegenüberstand. Seine Größe war eindeutig, doch der Eindruck von Masse konnte auch von dem langen Mantel stammen, den der Schatten trug, sowie von seinen wilden Haaren und dem ungepflegten Bart.

Sein Flüstern klang kratzend und bedrohlich auf Russisch. »Das ist meine Mülltonne, mein Freund. Auch mein Weg. Mach noch einen Schritt und ich bringe dich um.«

Emil blieb auf der Stelle stehen, betrachtete genau die Umrisse des Mannes und sagte: »Wenn ich keinen Schritt mache, dann sterbe ich.«

In den zwei Jahren, seit er für sich selbst gesorgt hatte, und vor allem, seit Stalin den Holodomor befohlen hatte, hatte Emil schon viele Faustkämpfe und sogar Massenschlägereien wegen Essen gesehen. Und er hatte sich auch selbst schon öfter verteidigen und kämpfen müssen, als er sich erinnern konnte. Von jedem Kampf, an dem er beteiligt war oder den er beobachtet hatte, hatte er etwas gelernt und dabei festgestellt, dass es wesentlich wichtiger war, wohin man einen Mann schlug, als wie kräftig man ihn schlug. Diejenigen, die bei den Massenschlägereien überlebten und erfolgreich waren, wussten genau, wo sie einen Mann treffen mussten, um ihn umzuhauen und ihm nicht nur wehzutun, sondern ihn so stark und schmerzvoll genug zu verletzen, dass er nicht mehr kämpfen konnte, und zwar mindestens für diesen Tag.

Emil hatte bemerkt, dass die härtesten Männer unabhängig von ihrer Größe oder Statur völlig ihre Menschlichkeit verloren, wenn sie sich einmal zum Kämpfen entschieden, dass sie ihr ursprüngliches Mitgefühl für ihre Mitmenschen vollkommen ablegten. Sie schienen sich in ein ruhiges, kaltes Tier zu verwandeln und alles andere abzuschalten, außer dem Gedanken daran, auf einen jener kritischen Punkte am menschlichen Körper loszugehen, der einen Mann in die Knie zwingt oder ihn bewusstlos zu Boden wirft. Am liebsten mit einer Waffe, doch zur Not auch mit den Handballen oder dem äußeren Unterarm oder dem Schienbein, denn diese Knochen brachen nicht so leicht. Emil hatte auch bemerkt, dass diese Kämpfer schnell auf ihren Gegner losgingen, sobald sie sich für Waffe und Ziel entschieden hatten, und sofort zuschlugen und versuchten, die eine Stelle zu treffen, während sie sich mit ihrem gesamten Gewicht gegen den anderen Mann warfen.

*So kann ein David einen Goliath schlagen.* Emil betrachtete den Mann ihm gegenüber nicht länger als Menschen. Er wurde zu einem Schatten, der Schattenmann. Er richtete sich auf, hob die Arme und ging auf den Mann los, wobei es so aussah, als hätte er es auf seinen Kopf abgesehen.

Emil traf den sich aufrichtenden Schatten und ging mit dem erhobenen Unterarm in letzter Sekunde nach unten, schoss dann auf den Fußballen vorwärts und spürte, wie er mit Ellbogen und Unterarm den Oberkörper des größeren Mannes links unter dem Brustkorb traf. Er konnte schwören, dass er Rippen brechen hörte, zusammen mit dem Stöhnen des Mannes, dem die Luft aus den Lungen getrieben wurde. Emil spürte, wie er sich die eigene Schulter verstauchte, als er gegen den Schattenmann krachte und dann hinter ihm mit dem Gesicht nach unten auf den verschneiten Boden fiel.

Emil hörte ein schmerzverzerrtes Stöhnen und Ächzen und stand auf, alle Ruhe war aus ihm verschwunden, das Adrenalin pumpte durch seinen Körper und ließ ihn das Feuer in der jetzt nutzlosen linken Schulter vergessen. Er sah den Schattenmann neben der Mülltonne im Schnee auf dem Boden liegen, zusammengekrümmt auf der Seite und unfähig, an etwas anderes zu denken als den Schmerz von den gebrochenen Rippen und der gequetschten Leber.

Emil hatte im November beobachtet, wie ein anderer Mann bei einer Schlägerei um Essen einen ähnlichen Schlag ausgeteilt hatte, und das nie vergessen. Und der Schattenmann hatte angedroht, dass er Emil umbringen würde, wenn er zur Mülltonne ginge.

Emil trat an der sich windenden Gestalt vorbei und nahm die Tonne mit seinem guten rechten Arm am Griff, dann ging er davon, bevor er wieder Menschlichkeit und Besorgnis empfinden würde. Er hatte das Gefühl, dem Mann nichts zu schulden.

* * *

Ein paar Häuser weiter in einer anderen Hintergasse wurde der Schnee weniger. Emil suchte Schutz in einem leeren Holzschuppen, durch dessen Fenster etwas Licht ins Innere drang. Er nahm den Deckel von der Tonne und wollte ihn leise auf den Boden legen. Doch als ihn der strenge Geruch von ranzigem Tierfett traf, ließ er ihn krachend fallen, während er gegen seinen Würgereiz ankämpfte. Wie erstarrt blieb er eine Minute so stehen, bevor er sich zwang, die Tonne ins Licht zu neigen und hineinzublicken. Was auch immer an Schweineknorpel, Speckschwarte oder Suppenknochen darin sein mochte, es war alles bedeckt mit ranzigem Fett.

In einer anderen Zeit und an einem anderen Ort hätte Emil sich vielleicht überlegt, zu dem Weg zurückzukehren, wo er den Schattenmann zurückgelassen hatte, um seinen ursprünglichen Einbruchsplan zu verfolgen. Doch jene verschlagene Stimme in seinem Kopf hielt ihn zurück und fragte: *Wie sehr willst du überleben?*

Emil brauchte nur einen kurzen Augenblick, um seine ganze Sicht auf das Leben zu verändern und sich von Kopf bis Fuß zu verhärten, dann gab er seine stille Antwort: *Ich werde alles tun, um zu überleben.*

Er holte tief Luft, dann zog er die Sachen aus der Tonne und leckte das ranzige Fett ab. Bald würden ihn Ekel und Übelkeit überwältigen, doch das war ihm egal. Wenn er genug von dem Fett im Magen halten konnte, dann hätte er genügend Kraft, um am nächsten Morgen zu den Flusssenken zu gehen.

# Sechs

***Ende März 1944***
***Östlich von Dubăsari, Transnistrien***

Adeline wurde in der Dunkelheit von Kanonenschüssen geweckt. Nicht weit entfernt, acht, vielleicht zehn Kilometer im Nordosten, auf jeden Fall nahe genug, dass man die orangefarbenen Blitze sehen konnte, die sie in den unteren Teil des Himmels schickten. Die Pferde wieherten, als man Rufe in der Dunkelheit hören konnte. Es näherte sich ein Fahrzeug und eine Stimme erklang, elektrisch verstärkt und knisternd.

»Los! Alles auf! Die Brücken in Dubăsari sind jetzt frei von dem Verkehr in Richtung Osten. Der Treck fährt in der nächsten Stunde los!«

Adeline drängte, um ihre schläfrigen Jungen fertig zu machen und ihnen Essen zu geben und die Bettwäsche zu verstauen. Weitere Kanonen feuerten. Ihr war übel im Magen. Sie mussten weiter, doch sie konnten nicht los, bevor Emil die Pferde im Zaumzeug hatte.

Während sie kaltes Brot und Wasser für das Frühstück der Jungen bereitstellte, blickte sie zu ihrem Mann und sah im Licht der Laterne, wie er sich mit gebeugtem Kopf und hängenden

Schultern bewegte. Nach dem gestrigen Tag und nachdem er sie so kühn in Sicherheit gebracht hatte, hätte er eigentlich mit durchgestreckten Schultern und erhobenem Kinn herumlaufen müssen. Sie sehnte sich danach, Emil wieder mit leuchtenden Augen und zu allem bereit zu sehen, wie sie ihn damals 1934 kennengelernt hatte.

In dem Jahrzehnt danach war das Leben hart für ihn gewesen, für sie beide. Doch wann hatte er angefangen, sich zu verändern? Wann hatte er angefangen, an allem zu zweifeln?

Adeline erinnerte sich an eine Februarnacht im Jahre 1935, als Geld aus der Dunkelheit zu ihr geflogen kam. Sie stand in der eisigen Kälte vor ihrem Mietshaus, schmerzerfüllt und ohne Tränen. Durch ein offenes Fenster über ihr hatte sie Emil zum ersten Mal vor Verzweiflung würgen und schluchzen gehört.

*In jener Nacht zweifelten wir beide an Gott. Wie konnten wir auch anders?*

Doch Adeline erkannte, dass es nicht jene Nacht war, in der er sich in den Mann verwandelt hatte, der jetzt mit gesenktem Kopf zwischen den Pferden arbeitete. Jene Nacht war es nicht, in der ihr Mann sein Vertrauen in alles verloren zu haben schien und ihm nur noch der Glaube an sich selbst und seinen eigenen zermürbenden Arbeitswillen geblieben war.

Adeline dachte noch etwas darüber nach. Sie ahnte, dass sie es wusste, und sah sich selbst, wie sie eine Laterne anzündete, kurz nach ihrer Rückkehr nach Friedensthal im September 1941. Sie lebten vorübergehend im Haus von Karoline und Johann, während Emil ihnen ein Haus am anderen Ende der Stadt baute. Woldi war fast vier und Willi fast zwei Jahre alt. Emil war mit dem Fuhrwerk und den Pferden losgefahren, um in Dubăsari Material für das Dach und die Fenster zu besorgen. Das war die Ortschaft, die jetzt direkt vor ihnen lag. Damals wollte Emil für anderthalb, höchstens zwei Tage unterwegs sein, doch er war mehr als drei Tage fort und kam erst am vierten Morgen vor Sonnenaufgang zurück.

Adeline erinnerte sich an das Gesicht ihres Mannes im Licht der Laterne. Zuerst hatte er müde gewirkt, dann gealtert und dann verloren, als er ins Bett kam.

»Wo warst du?«, fragte sie. »Ich habe mir schreckliche Sorgen gemacht.«

»Ich wurde anderthalb Tage von deutschen Soldaten festgehalten.«

»Was? Warum denn?«

»Ich weiß es nicht. Ich weiß nicht mehr, warum irgendwer irgendwas tut.«

Adeline hatte ihm noch mehr Fragen stellen wollen, doch er hatte sie mit blutunterlaufenen Augen angesehen und gesagt: »Ich will nicht darüber reden. Niemals. Ich will jetzt schlafen. Ich muss schlafen, wenn ich das Dach fertig haben will, bevor der Schnee kommt.«

Dann hatte sich Emil umgedreht. Sie hatte lange auf seinen Rücken gestarrt, bevor sie die Laterne ausgemacht hatte. In der Dunkelheit erinnerte sie sich daran, dass jemand gesagt hatte, die Augen seien das Fenster zur Seele, und sie dachte an die Augen ihres Mannes.

*Verletzt*, hatte sie gedacht. *Vernarbt.*

Und dann hatte sie ihn zum zweiten Mal in ihrer Ehe weinen hören.

* * *

Fünfzehn Meter von seiner Frau und seinen Söhnen entfernt bewegte sich Emil in dunkler Trance, während er die Pferde für ihren zweiten Tag auf der Reise einspannte.

*Dubăsari? Da war ich nicht mehr seit … Warum führen sie uns auf diesem Weg anstatt weiter im Süden?*

Und bevor er die Ukraine für immer verlassen würde, war er jetzt kurz davor, noch einmal in die Stadt zu kommen, die er niemals wiedersehen wollte. In gewisser Weise fühlte sich das nur gerecht an, verdient. Dieser und ein paar weitere quälende Gedanken gingen ihm unentwegt durch den Kopf, während er die Pferde vorbereitete.

Andere Fuhrwerke aus dem Konvoi waren bereits losgefahren. Die Morgendämmerung stand kurz bevor.

»Was macht dir Sorgen?«, fragte Adeline, als sie das Fuhrwerk fertig beladen hatte.

»Was?«

»Du läufst herum, als würdest du das Gewicht der ganzen Welt auf den Schultern tragen.«

Emil liebte seine Frau, doch ihr Kommentar ärgerte ihn. Er fühlte, wie es in ihm loderte. Doch bevor er es rauslassen konnte, bremste er sich und zeigte auf die Flanken der Pferde.

»Ich mache mir nur Sorgen um die Pferde. Ich will keine Entzündung, denn ohne sie haben wir ein Problem.«

Sie betrachtete ihn einen Augenblick, bevor sie nickte. »Wir behalten sie genau im Auge.«

Ein paar Minuten später hielt Emil die Zügel in den Händen und schnalzte leicht zu Thor und Odin, Adeline saß neben ihm und die Jungen auf der gefalteten Plane aus Öltuch hinter der Bank. Das Fuhrwerk ruckelte und fuhr an.

* * *

Adeline stellte sich auf die Sitzbank und blickte über das Verdeck, das Fuhrwerk von Emils Eltern hinter ihnen rollte an und dahinter der Wagen ihrer Mutter. Johann hielt die Zügel, neben ihm saß Karoline und wirkte, als würde sie sich auf ein weiteres Unwetter vorbereiten. Resi lag hinter ihnen zugedeckt auf dem Rücken.

Lydia hatte schließlich nachgegeben und Malia die Zügel des Fuhrwerks überlassen. Die ältere Schwester saß stocksteif da, ein breites Grinsen im Gesicht. Adeline musste lächeln. Für sie gehörte Malia zu den besten Dingen ihres Lebens. Auch wenn die Kanonen der Roten Armee im Norden feuerten, empfand sie beim Anblick ihrer lenkenden Schwester so ein warmes, gutes Gefühl, dass es ihr egal war.

*Kann Glück so einfach sein? Auch in den schlimmsten Momenten die kleinen Freuden zu entdecken? War es nicht genau das, was Frau Kantor immer sagte?*

Bevor Adeline Emil traf, hatte sie als Köchin und Dienstmädchen bei einer älteren Witwe namens Yudit Kantor gearbeitet, die sehr nett zu ihr gewesen war und ihr eine Menge über das Leben beigebracht hatte. Während sie an Frau Kantor dachte, beschloss Adeline, dass für den heutigen Tag das Glück so einfach war, und sie prägte sich das Bild von Malia in ihrer ganzen Pracht ein und hoffte, dass sie sich für immer daran erinnern würde.

* * *

Später an jenem Morgen kamen sie immer schwerer voran, weil sich weitere Fuhrwerke und noch mehr Volksdeutsche auf der Flucht aus dem Norden ihrem Zug anschlossen. Die Martels fuhren langsam über die von Schnee und Schlamm rutschige, unbefestigte Straße, die zu einer Kreuzung hinunterführte, wo ein deutscher Offizier auf der Motorhaube eines Lasters stand und den Verkehr regelte.

Je näher sie kamen, desto besser konnte Emil den Mann erkennen: Er war stämmig und stiernackig, mit kurz geschnittenem Haar unter der unverwechselbaren schwarzen Mütze, und er trug einen langen dunkelgrauen Mantel, der offen im Wind flatterte. Emil wollte das plötzliche Unbehagen ignorieren, das ihn durchfuhr, wollte verleugnen, dass dieser Offizier derjenige war, der er zu sein schien. Doch die ganze Art, wie er dort stand und wie er sich bewegte, deutete darauf hin.

*Das kann nicht sein,* dachte Emil und verspürte einen bitteren Geschmack in der Kehle.

*Das ist er, das ist SS-Hauptsturmführer Haussmann.*

Furcht brannte in seinem Bauch, bevor sie in Entsetzen explodierte. *Er ist es! Haussmann. Wie kann das sein?*

Für einen Augenblick war Emil wie gelähmt. Dann wollte er seine Pferde und das Fuhrwerk umdrehen, um auf einer anderen Route und im Schutz anderer Nazis vor den Sowjets zu flüchten. Er hatte von Leuten gehört, die nach Nordwesten in Richtung Polen gefahren waren. Doch da waren zu viele Karren und Fahrzeuge um ihn herum, um auszuscheren.

»Was ist denn los, Emil?«, fragte Adeline.

Zuerst hörte er sie gar nicht, dann sah er sie an. »Was?«

»Es ist kalt und du schwitzt, als wärest du draußen beim Pflügen. Der Schweiß friert dir im Bart fest.«

»Ich weiß auch nicht«, sagte er und wurde noch panischer.

Dann dachte er: *Mein Bart! Meine langen Haare!*

Es waren drei Jahre vergangen, seit er dem SS-Hauptmann, der jetzt vor ihnen auf der Motorhaube des Lasters stand, Ende des Sommers 1941 das letzte Mal begegnet war, keine zehn Kilometer entfernt von hier. Damals war Emil gerade dabei, ihr neues Zuhause zu bauen, und hatte sich die Haare kurz und den Bart ganz abgeschnitten, um besser mit der Hitze klarzukommen.

*Haussmann wird mich nicht erkennen. Ich bin jetzt ein ganz anderer Mann.*

»Emil«, sagte Adeline erneut.

»Ich weiß auch nicht, warum ich so schwitze, Liebes«, sagte er und versuchte zu lächeln, während er sich den Schweiß aus dem Gesicht wischte und die Wollmütze tiefer schob, um seine

Augen zu verdunkeln, zugleich aber noch hoch genug, um nicht die schonungslose Aufmerksamkeit des SS-Offiziers zu erregen.

Als sie so weit vorgefahren waren, drehte Emil das Gesicht leicht zu Hauptmann Haussmann und sein Blick ging von dem allzu bekannten Gesicht des Mannes zu dem Totenkopfemblem an seiner Mütze und dem Kragenabzeichen, das auf eine Beförderung zum Sturmbannführer deutete.

Sturmbannführer Haussmann streckte den Arm nach rechts aus. Obwohl er sich selbst beruhigt hatte, dass er unerkannt bleiben würde, schlug Emils Herz heftig in der Brust, als er einmal winkte und dann die Pferde an der Stoßstange des Lasters mit dem SS-Offizier vorbeilenkte.

Erst als sie sicher außerhalb von Haussmanns Blickfeld waren, erlaubte sich Emil, tief einzuatmen und sich einzugestehen, dass er sich schwach und benommen fühlte.

»Nimm die Zügel«, würgte er.

Adeline ergriff sie. »Was ist denn los?«

»Mir ist schlecht«, krächzte er und erbrach sich über die Seite.

»Igitt!«, sagte Willi hinter ihm, während er weiterwürgte.

»Das hasse ich«, sagte Woldi.

Als er fertig war, ließ Emil die Zügel bei Adeline und setzte sich schlapp und elend neben sie. Je weiter sie nach Dubăsari kamen, desto stärker redete er sich ein, dass er einfach an der Schlucht vorbei und durch die Stadt nach Moldawien und weiter nach Westen fahren konnte, ohne darüber nachzudenken, was ihm dort widerfahren war. Doch das da hinten war Haussmann gewesen. Daran bestand kein Zweifel. Das Gesicht dieses Mannes würde er niemals vergessen. In seiner Erinnerung hörte er Menschen weinen und sah den aufgebrachten Haussmann, der ihn anbrüllte.

*Wie groß ist die Wahrscheinlichkeit dafür, dass Haussmann hier ist? Warum werde ich so gequält?*

Zweieinhalb Jahre waren seit dem Trauma jener Nacht im September 1941 vergangen. Doch Emil spürte es, als wäre es erst gestern geschehen, die leere Einsamkeit, die er beim Anblick dessen empfunden hatte, was ein Mann einem anderen antun konnte, und wie seine eigenen Schwächen so schonungslos enthüllt wurden, dass er die Faust gen Himmel schüttelte.

Auf den letzten Kilometern vor der Stadt weigerte sich Emil, nach Norden zu der Schlucht zu blicken. Stattdessen hielt er die Augen starr auf das Fuhrwerk vor sich gerichtet. Doch offenbar konnte er seinen inneren Aufruhr nicht ganz verbergen, denn Adeline rieb ihm den Rücken und fragte: »Wie geht es dir?«

Er sah sie an und betete, dass sie die Tränen nicht sah, die er kommen spürte.

»Besser«, sagte er heiser. »Ich denke nach.«

»Worüber?«

Emil zögerte, schluckte, dann zwang er sich zu einem Lächeln. »Über dein Tal.«

* * *

Adeline hatte zwar gehofft, dass er sich öffnen und endlich über Dubăsari reden würde, doch sie lächelte bei seiner Antwort.

»Das ist auch dein Tal.«

»Und meins«, sagte Woldi hinter ihnen.

»Ich gehe auch mit«, sagte Willi.

»Wir gehen alle«, sagte Adeline.

»Ich glaube, da wird es viele Fische im Fluss geben«, sagte Willi.

»Ganz viele«, sagte sie. »Wo immer man hinblickt, gibt es Fische, die man fangen und essen kann. Richtig, Papa? War das nicht immer dein Traum? An einem Fluss zu sitzen und einen dicken Fisch zu fangen, um ihn zu braten?«

Obwohl er nicht glaubte, dass das jemals geschehen würde, brachte Emil ein Lachen hervor. »Nur ich und eine Angel, am Flussufer. Keine andere Aufgabe. Also, das wäre wirklich toll!«

»Was ist mit dir, Mama?«, fragte Woldi. »Wovon träumst du, dass du es dort hast?«

Darüber dachte sie kurz nach. »Einen Gemüsegarten. Einen Blumengarten. Einen Rübenkeller. Und Hühner für frische Eier. Und … ach, nein. Man kann nicht alles vom Leben erbitten.«

»Was denn?«, fragte Emil.

»Das ist albern.«

»Sag es uns«, beharrte Willi.

Adeline wollte zunächst nicht, antwortete dann aber doch. »Ich will eine Puppe mit einem hübschen Kleid.«

»Eine Puppe?«, fragte Emil überrascht.

»Ich hatte nie eine, als ich aufgewachsen bin«, sagte sie und hob das Kinn. »Ist das zu viel verlangt?«

»Nein, Adella«, sagte er und tätschelte ihr das Bein. »Es ist nicht zu viel, sich eine Puppe zu wünschen.«

Das machte sie glücklich und sie lächelte einen Moment, bevor sie nach vorn zeigte und sagte: »Da vorn teilen sie wieder den Treck.«

* * *

Emil blickte die Straße entlang und sah Hunderte Meter weiter einen anderen deutschen Offizier auf einer Motorhaube, der den Verkehr lenkte. Zu seiner Erleichterung war es nicht Haussmann, sondern ein Hauptmann, den er noch nie zuvor gesehen hatte und der sie in die Richtung des Stadtzentrums von Dubăsari und zur Nordbrücke über den Dnister leitete.

Der Konvoi blieb immer wieder stehen, während sie langsam zum überfüllten Stadtzentrum fuhren. Als sie dort ankamen, sah Emil die Überreste eines hohen Stacheldrahtzauns und dahinter leere Gebäude.

Während er wieder das Weinen in seinem Kopf vernahm, hielt er den Blick fest auf die bleichen Narben auf den Pferderücken gerichtet und fragte sich, ob ihn wohl jemals die Erinnerung an diese verfluchte Stadt verlassen würde, ob er sich jemals von jener Nacht befreien könnte, in der …

Er hörte ein lauter werdendes Pfeifen, bevor die Stadt von einer gewaltigen Explosion direkt im Norden durchgerüttelt wurde, dann von einer weiteren.

»Emil!«, schrie Adeline.

»Sie beschießen die Stadt!«, sagte er und mühte sich, die Pferde unter Kontrolle zu halten.

Vor ihnen in der Reihe scheuten Pferde und bäumten sich bei den Einschlägen auf. Andere waren wohl schon aus der Stadt und zur Brücke galoppiert, denn der Treck bewegte sich jetzt viel schneller.

Drei weitere Artillerieschüsse schlugen hinter ihnen ein, während die Martels den eigentlichen Stadtkern hinter sich ließen und Emil seine Pferde erst zum Trott und dann in den Galopp zwang. Vor ihnen waren zwei andere Fuhrwerke von der Straße abgekommen und umgekippt. Vier weitere Wagen holperten über das unebene Gelände, ihre Pferde flüchteten in Panik vor dem Brüllen der Artillerie.

»Papa!«, schrie Woldi. »Wir fahren viel zu schnell!«

Emil zog bereits an den Zügeln. Thor und Odin wurden langsamer und schnauften und prusteten, als sie an einem SS-Soldaten vorbeikamen, der sie zu dem Durcheinander an der Brückenauffahrt winkte. Die lange Reihe der Wagen, die den Dnister bereits überquert hatten, schlängelte sich auf der anderen Seite zum südwestlichen Horizont. Emil warf sich vor, dass er nicht zeitiger aufgewacht war, damit sie schon in der Morgendämmerung an der Brücke hätten sein können.

»Da hinten ist Rauch und Feuer!«, sagte Woldi. »Sie haben wohl etwas Großes getroffen, Papa!«

»Mama!«, rief Willi mit weinerlicher Stimme.

»Jetzt nicht, Willi«, sagte Adeline und kletterte auf die Bank, um nach hinten zu blicken.

Emil interessierte nicht, was dort passiert war. Er konzentrierte sich auf jene Brücke, um so schnell wie möglich über den Fluss und so weit westlich zu gelangen, wie es ging. Doch am östlichen Zugang zur Brücke waren zu viele Fahrzeuge, Pferde, Fuhrwerke und Flüchtlinge zu Fuß. Der Konvoi drängte sich zusammen, stockte und löste sich dann wieder mit enervierender Langsamkeit. Manche schrien sich an. Zwei alte Männer in nebeneinanderstehenden Fuhrwerken schlugen mit ihren Pferdepeitschen aufeinander ein. Die Luft stank nach schwitzigen Pferden und verängstigten Menschen.

»Ich kann meine Mutter und Malia nicht sehen!«, sagte Adeline.

»Ich kann ihnen jetzt auch nicht helfen«, sagte Emil und biss die Zähne zusammen.

»Malia ist gefahren!«

»Ich kann ihr nicht helfen. Wo sind denn meine Eltern?«

»Vier Fuhrwerke links von uns und einen zurück. Resi sitzt zwischen deiner Mutter und deinem Vater. Sie sieht so verängstigt aus, wie ich sie noch nie gesehen habe.«

»Kannst du ihr das vorwerfen?«, sagte Emil, sah eine Lücke und zwang seine Pferde hindurch und auf die Rampe, die zur Brücke hinaufführte.

* * *

Als sie die höchste Stelle auf der Brücke erreichten, spähte Adeline wieder zurück nach Dubăsari, sah Blitze und weitere Einschläge und Rauchschwaden aufsteigen, bis die deutsche Artillerie schließlich mit Kanonen und Mörsern antwortete. Im Norden schlugen Bomben ein, wo sich Stalins zweite ukrainische Front der Roten Armee darauf vorbereitete, die Stadt zu stürmen.

»Mama, ich muss mal pinkeln«, sagte Willi.

Bevor sie antworten konnte, bemerkte sie ihre Mutter acht Fuhrwerke hinter ihnen, die regungslos neben ihrer älteren Schwester saß. »Da sind sie!«, rief Adeline. »Malia hält noch immer die Zügel!«

Woldi schrie: »Mama, Papa! Flugzeuge!«

Adelines Aufmerksamkeit sprang flussaufwärts, wo sie sowjetische Kampfflugzeuge sah, die in mehreren Wellen niedrig über den Dnister angeflogen kamen. Die ersten vier Flieger brachen in Richtung Dubăsari aus und eröffneten mit ihren Maschinengewehren das Feuer, bombardierten die Positionen der Wehrmacht. Die zweite Welle folgte ihnen. Doch die dritte Gruppe aus vier Flugzeugen kam in ihre Richtung.

»Runter!«, schrie Emil, ließ die Zügel los, erfasste Adeline bei den Schultern und tauchte halb neben die Jungen hinten ins Fuhrwerk.

Die vier Flugzeuge schossen nicht auf die Fuhrwerke auf der Brücke. Stattdessen dröhnten sie darüber hinweg und folgten ihrem Treck nach Westen und überflogen den Konvoi, bevor sie verschwanden. Die fünfte Welle sowjetischer Flugzeuge tat dasselbe, und als die Martels schließlich von der Brücke über die Grenze nach Moldawien hineinfuhren, hörten sie weit vor sich außer Sichtweite das Rattern von Maschinengewehren.

»Und ich dachte, jetzt ist es aus«, keuchte Adeline und setzte sich neben Emil auf, der bereits die Zügel ergriffen hatte und Odin und Thor zurück in die Reihe lenkte. »Ich dachte, jetzt sind wir erledigt.«

* * *

Emil hatte ziemlich das Gleiche gedacht und er schnalzte seinen Pferden zu, damit sie mit dem Fuhrwerk vor ihnen Schritt hielten. Trotz der noch immer in ihrem Rücken explodierenden Bomben verspürte er neuen Mut, da Dubăsari jetzt hinter ihnen lag und sie sich immer weiter von diesem Ort entfernten, den er nie wieder sehen wollte.

»Wir sind alles andere als erledigt«, sagte er und zog Adeline fest an sich. »Hörst du? Die Martels sind nicht einmal in der Nähe davon, erledigt zu sein.«

Adeline lächelte und küsste ihn. Er sah ganz wie der alte Emil aus! Er klang ganz wie der alte Emil! Sie liebte ihn, wenn er so war, wenn er sich auf seine eigene stille, starrköpfige Art weigerte, aufzugeben.

Willi sagte: »Ich muss pinkeln.«

Woldis Stimme zitterte: »Haben die gerade fast auf uns geschossen, Mama?«

»Nein«, sagte sie, drehte sich um und sah, wie ihr älterer Sohn zitterte und die Hände zu Fäusten geballt hatte. »Sie haben nicht auf uns geschossen. Sie haben auf die Stadt und irgendwo da vorn geschossen.«

»Kommen sie zurück? Und die Panzer?«

»Ich weiß es nicht.«

Eine Weile herrschte Stille, dann sagte Woldi: »Ich will nach Hause.«

»Wir haben kein Zuhause«, sagte Emil.

»Doch, das haben wir«, sagte Adeline entschieden. »Unsere Familie ist unser Zuhause. Wo immer wir zusammen sind, da ist unser Zuhause. Das hier ist unser Zuhause. Es spielt keine

Rolle, ob wir auf dem Bauernhof sind oder in dem schönen grünen Tal, solange wir zusammen sind.«

»Kann ich in dem grünen Tal pinkeln?«, fragte Willi.

Adeline runzelte die Stirn, warf ihrem jüngeren Sohn einen Blick zu – der saß auf den Knien und fuchtelte herum, während seine geschwollenen Wangen vor Anstrengung ganz rot wurden – und brach in lautes Lachen aus. »Du armer Kerl.«

»Das ist nicht lustig!«, sagte Willi. »Ich mach mir gleich in die Hose!«

»Oh, mach das bloß nicht!«, sagte Woldi und lachte mit seiner Mutter.

»Dann halt den Wagen an«, sagte Willi.

»Das kann ich nicht«, sagte Emil. »Das Tempo ist zu schnell und ich will nicht, dass wir zurückbleiben. Du musst es einfach noch ungefähr eine halbe Stunde zurückhalten.«

»Ich kann nicht, Papa! Ich kneife es jetzt schon mit den Fingern ab!«

»Dann pinkle hinten aus dem Fuhrwerk«, sagte Adeline und versuchte, ihr Lachen zu unterdrücken.

Willi warf ihr einen mürrischen Blick zu, bevor er selbst über den Gedanken grinsen musste. »Na gut!«

Als er zur Rückseite des Wagens krabbelte, sagte Woldi: »Die Familie hinter uns wird sehen, wie du hinten rauspinkelst, Willi. Wahrscheinlich triffst du ihre Pferde ins Gesicht.«

Willi hielt inne, reckte den Hals und sah im Wagen hinter ihnen eine ältere Frau an den Zügeln. Neben ihr saß ein junges Mädchen und dahinter drei weitere Kinder unter dem Verdeck. Ihre Pferde waren manchmal weniger als einen Meter entfernt.

»Ich kann nicht, Mama«, sagte er.

»Du wirst sie nie wiedersehen«, sagte Emil und kicherte jetzt auch.

»Ich kann trotzdem nicht«, sagte Willi. »Vergesst es. Ich mach mir einfach in die Hose.«

»Wag dich ja nicht«, sagte Adeline und biss sich auf die Lippe, um nicht wieder zu lachen. »Du wirst stundenlang in deinem eigenen Saft sitzen und holst dir noch einen Hautausschlag. Kriech an dem kleinen Karren vorbei zu der Küchenkiste in der Ecke. Da ist ein leeres Glas drin. Da kannst du reinpinkeln.«

Willi fand diese Idee entschieden besser und er krabbelte in die Ecke.

Emil sah sie an.

»Ich mache es später sauber«, sagte sie. »Oder hast du eine bessere Idee?«

Emil lächelte und schüttelte den Kopf.

Willi fand das Glas, drehte den Rücken zum hinteren Wagen und fummelte an den Knöpfen seiner Wollhose. Er machte sie auf und griff hinein, da bemerkte er, dass Adeline und Woldi ihn beobachteten.

»Dreht euch um«, sagte er mit finsterem Blick.

»Wie du willst«, sagte Adeline und drehte sich nach vorn. Sie fuhren durch eine Talsenke, die gerade zu grünen begann. In der Schlacht hinter ihnen herrschte eine Ruhepause.

»Was mache ich denn, wenn ich fertig bin?«

»Gib mir das Glas und ich kippe es zur Seite aus.«

Der Treck bewegte sich noch immer in stetem Tempo und näherte sich der anderen Seite der Senke, wo die Straße wieder nach oben führte. Nach einer Minute fragte Adeline: »Bist du fertig da hinten?«

»Nein.«

»Nein?«, sagte sie, drehte sich um und sah, dass er die Hose ganz aufgeknöpft und bis zu den Schenkeln nach unten gezogen hatte.

Willi blickte noch immer mürrisch. »Es will nicht raus, Mama. Als hätte es Angst!«

Adeline brach wieder in Lachen aus. Woldi guckte zunächst mit angewidertem Gesicht zu seinem Bruder, dann presste er die Hand vor den Mund, um seine Belustigung zu verbergen. Emil spähte über die Schulter und begann auch zu lachen. Es war ansteckend. Man konnte es nicht zurückhalten.

Selbst Willi lachte so heftig, dass ihm die Tränen über das Gesicht liefen und er Schwierigkeiten hatte, das Glas richtig zu halten. Dann spritzte etwas Pipi aus ihm und traf die Plane neben Woldi.

Adeline kreischte lachend los. Woldi schrie auf und rollte sich weg. »Pinkel in das Glas, du Idiot!«

»Wenn du noch mehr auf die Plane pinkelst, dann machst du sie sauber, Willi«, sagte Emil.

Willi klemmte sich das Glas über den Schoß. »Ich konnte nicht anders«, gluckste er.

Adeline drehte sich wieder um. Sie hatte vergessen, wie gut es sich anfühlte, so richtig zu lachen, die Panzerschlachten und Bombardements für den Moment zu vergessen. Lachen war wie eine heiße Dusche für die Seele nach einem langen, kalten Tag.

»Oh«, sagte Willi.

»Er pinkelt!«

»Danke, Woldi«, sagte Emil. »Gratulation, Willi.«

Adeline begann erneut zu lachen. Eine halbe Minute verging.

»Er pinkelt ganz schön lange«, sagte Woldi.

»Genug jetzt«, sagte Emil.

Einen Moment später rief Willi: »Ich bin jetzt leer und der Karren hinter uns ist ziemlich weit zurück, Mama. Ich kippe es aus. Dann musst du es nicht machen.«

»Danke, Willi«, sagte sie. »Und finde einen Platz für das Glas, der nicht in der Küchenkiste ist.«

»Mach ich«, sagte er. »Und ich suche einen Lappen, um das Pipi von der Plane zu wischen.«

Sie blickte zu Emil und zwinkerte ihm zu.

Ein paar Minuten später kroch Willi auf ihren Schoß, kuschelte sich an sie und sagte: »Wann kommen wir dort an?«

Adeline küsste ihn auf den Kopf und sagte: »In Gottes Zeit.«

»Das ist ganz schön lang«, sagte Woldi.

»Manchmal ist es das. Und manchmal arbeitet Gott im Nu.«

»Und die meiste Zeit arbeitet er überhaupt nicht«, sagte Emil. »Manchmal ist Gott so taub, dass man denkt, er ist gar nicht …«

Adeline warf ihm einen scharfen Blick zu und sagte: »Das ist genug.«

»Was? Sie können die Wahrheit auch schon lernen, wenn sie jung sind, Adella.«

»Und welche Wahrheit ist das?«, fragte sie in einem Ton, der ihm zeigte, dass er sich auf ganz dünnem Eis befand.

Emil zögerte und sagte dann: »Gott wird nicht auf Schritt und Tritt für sie da sein.«

»Natürlich ist er das. Wenn sie ihn darum bitten.«

»Ich sage ja nur, dass sich ein Mann um sich und um das, was seins ist, selbst kümmern muss, Adeline. Wenn irgendein unsichtbarer Gott daran beteiligt ist, dann bin ich ganz dafür. Doch ich habe aus eigener Erfahrung gelernt, dass man es nicht erwarten kann, und du solltest es auch nicht, und die Jungen sollten es ebenfalls nicht. Und jetzt will ich nicht mehr darüber reden.«

Der Wind drehte sich und blies etwas stärker und zwang Adeline dazu, den Schal neu um sich zu wickeln, während sie Emil an den Zügeln betrachtete. *Ist er noch immer von Dubăsari vernarbt?*

Jedes Mal, wenn sie das Thema nach jenem Morgen angesprochen hatte, als er im September 1941 nach Hause gekommen war, war er wütend geworden und weggegangen, genau wie seine Mutter es am Vorabend getan hatte.

*Er sagte, er wurde von den Nazis festgehalten. Was war geschehen? Ist da etwas in ihm, das ich nicht kenne? Und niemals kennen werde?*

# Sieben

Jene Fragen ließen Adeline keine Ruhe, bis sie sich dazu zwang, an das Lachen zu denken, das sie gerade geteilt hatten, und daran, dass sie sowohl eine Panzerschlacht als auch eine Bombardierung überlebt hatten. Sie fühlte sich dankbar, während sie sich immer weiter von der Grenze entfernten und die Sonne im Bogen zum westlichen Horizont kam. Jeder Baum und jede verlassene Hütte, jede Felswand oder Windmühle, an der sie vorbeikamen, schien zu strahlen und ihre Aufmerksamkeit auf sich ziehen zu wollen.

»Was ist das, Mama?«, fragte Willi und zeigte nach vorn auf die Straße.

Adeline stand auf und beschirmte ihre Augen mit einer Hand gegen die niedrig stehende Sonne. Zu beiden Seiten der Straße ragten massive, verbogene Dinge aus dem Boden. Sie konnte Männer und Tiere erkennen, die sich dazwischen bewegten.

Beim Näherkommen wurden sie zu Lastwagen und anderen Fahrzeugen, verbogen, zerrissen und durchlöchert von Maschinengewehrsalven. Deutsche Soldaten peitschten auf Maultiere ein, um die Trümmer von der Straße zu schaffen. Sie kamen durch die Zerstörung, die die sowjetischen

Kampfflugzeuge früher am Tag verursacht hatten. Adeline war schockiert, als sie entstellte Leichen sah, die in den grotesken Haltungen eingefroren waren, in denen sie starben. Als sie am dritten toten Soldaten vorbeikamen, wurde ihr bewusst, dass ihre Söhne ebenfalls hinsahen. Sie drehte sich um. Willi und Woldi starrten mit weit aufgerissenen Augen entsetzt auf die Szenerie.

»Setzt euch nach hinten und guckt nicht raus«, sagte sie. »So etwas müsst ihr in eurem Alter nicht sehen.«

»Lass sie doch, Adeline«, sagte Emil. »Ich will, dass sie es sehen und verstehen, was ein Mensch einem anderen antun kann.«

»Warum?«, wollte sie wissen.

»Damit sie erkennen, dass Menschen im Krieg getötet werden. Es ist nicht etwas, was man nur von Weitem sieht. Es sollte sich schon von klein auf in ihren Köpfen einbrennen.«

Adeline starrte ihn an und fühlte einen Anflug von Zorn. »Ich will sie davor bewahren, Emil.«

»Das kannst du nicht.«

Sie schüttelte den Kopf. »Manchmal liebe ich dich mehr als alles andere auf der Welt. Und manchmal verstehe ich nicht einmal die Hälfte von dir, Emil Martel.«

Er nickte. »Das klingt ungefähr richtig.«

Vor Einbruch der Dunkelheit hielten sie an und schlugen ihr Lager neben der Straße auf. Emils Eltern und Schwester kamen kurz danach neben ihnen angerollt, gefolgt von Lydia und Malia. In dieser zweiten Nacht machten sie sich nicht die Mühe, ein Feuer anzuzünden. Sie aßen Dörrfleisch und den Rest des Brotes, das Malia in der Nacht vor ihrer Abreise gebacken hatte. Dazu tranken sie Wasser.

Emil rieb im Laternenlicht wieder Salbe in die Wunden der Pferde, striegelte sie und sagte ihnen, wie sehr er ihre schwere Arbeit zu schätzen wisse.

Als Adeline ihre Söhne im Wagen unter die Decken packte, konnte sie ihn zu den Pferden sprechen hören. »Es tut mir leid, Jungs, doch es ging um Leben oder Tod. Unsere Leben und eure.«

Sie zog Stiefel und Strümpfe aus und legte sie beiseite, bevor sie neben Woldi unter die Decke kroch, der den restlichen Tag sehr still gewesen war.

Emil kletterte mit der Laterne in den Wagen.

»Mama, ich wünschte, Gottes ›bald‹ wäre schon morgen«, sagte Woldi.

Adeline drückte ihn fest und sagte: »Das tue ich auch.«

Emil blies die Laterne aus, während sich der Wind nach Südwesten drehte. Die Temperaturen stiegen langsam.

»Tag zwei«, sagte er. »Wir haben es geschafft.«

»Zusammen«, sagte Adeline und lächelte verschlafen im Dunkeln.

Sie hatten es geschafft, wie sie es auch immer wieder während ihrer Ehe geschafft hatten, und wie sie es getan hatte, bevor sie Emil kennenlernte. Obwohl sie von den vergangenen sechsunddreißig Stunden emotional und körperlich erschöpft war, betete Adeline und dankte für die bisherige wundersame Reise ihrer Familie, bevor sie in tiefen, dunklen Schlaf sank. Als sie schließlich träumte, da war es so, als wäre die Zeit von einer Panzersalve getroffen worden, und mehr als ein Jahrzehnt war verschwunden.

* * *

***Oktober 1933***
***Birsula, Ukraine***

Die achtzehnjährige Adeline stand in der kleinen Ortschaft auf Zehenspitzen in einer koscheren Fleischerei und betrachtete staunend, wie der Metzger ein ganzes frisches Hühnchen in Papier wickelte. Ein frisches Hühnchen. Wann war es das letzte Mal gewesen, dass sie so etwas gesehen oder sich auch nur den Gedanken an so etwas erlaubt hatte?

Und sie wusste genau, dass sie davon probieren würde. Natürlich, denn sie würde es schließlich zubereiten, oder etwa nicht?

Adeline hätte sich das Lächeln nicht einmal aus dem Gesicht wischen können, wenn sie es versucht hätte. Ein frisches Hühnchen grillen. Ein frisches Hühnchen essen, während nur Monate zuvor … Und jetzt war sie hier und lebte auf großem Fuß!

Der Metzger legte das Päckchen auf den Tisch. »Sag Frau Kantor, dass sie eine gesegnete Frau ist. Das ist das erste Hühnchen, das ich seit Monaten anbieten kann. Ein Wunder, dass du gerade jetzt gekommen bist.«

»Vielen Dank, Herr Berman«, sagte Adeline, lächelte und steckte das Hühnchen in einen Beutel, den sie sich über die Schulter gehängt hatte.

Aufgeregt eilte sie nach draußen. Eine kühle Brise schlug ihr ins Gesicht und erinnerte sie daran, dass der Winter nicht mehr weit entfernt war. Doch der Gedanke daran machte ihr nicht so viel Sorgen wie noch vor einem Jahr oder im Jahr davor.

Nachdem Adeline und ihre Mutter und Schwester von ihrem Bauernhof vertrieben wurden, hatte man sie zur Arbeit in eine Kolchose in der hügeligen Landschaft außerhalb von Birsula geschickt. Die Kleinstadt lag ungefähr zweihundert Kilometer nördlich von Odessa. Monatelang hatte sie barfuß in drückender Hitze und beißender Kälte Fässer mit Schlamm und Stroh gestampft und mit ihren nackten Füßen für Ziegel vermischt. Manchmal dachte sie, ihre Beine würden wie Eiszapfen an einer Traufe im Winter einfach abbrechen, und manchmal, wenn sie besonders niedergeschlagen war, hatte sie sich gefragt, ob sie jemals wieder auf ein besseres Leben hoffen konnte. Um ihr Leiden noch zu verschlimmern, hatte Stalin im Herbst 1932 die Lebensmittelversorgung unterbunden.

Als Adeline jetzt den Fleischer mit dem Hühnchen verließ, erinnerte sie sich daran, wie sie während des Holodomor vor Hunger Hühnchen halluziniert hatte und schwören konnte, dass sie in der Luft direkt vor ihren Augen dampfende Teller mit den Eiernudeln ihrer Mutter und tranchiertem Geflügelbraten gesehen hatte. Später war sie so schwach gewesen, dass sie an einem eiskalten Tag in den Schlammfässern zusammengebrochen war, sich eine Lungenentzündung zugezogen hatte und nur knapp überlebte.

Schlimm waren die Monate des Hungerns für sie und sie war sich ganz sicher, dass ihr Leben sich niemals wieder verbessern würde, doch dann hörte Malia gegen Ende der Genesung Adelines von einer freien Stelle in der Stadt, einer Tätigkeit im Haushalt. Adeline bekam die Stelle und mit der Geschwindigkeit eines Fingerschnipsens hatten sich ihre Lebensumstände zum Besseren geändert.

*Fast sechs Monate,* dachte sie, während sie mit dem Hühnchen im Beutel in eine breite Gasse trat, vorbei am Hintereingang einer Bäckerei, die bereits für den Tag geschlossen hatte, und dann weiter entlang der rückwärtigen Zäune einer Reihe großer Häuser. Sie trat durch das Tor des dritten Hauses und die Stufen hinauf zu einer Hintertür.

Im Innern zog sie ihre Stiefel aus und die Pantoffeln an, die sie im Haus tragen sollte, und brachte den Beutel mit Lebensmitteln in die Küche. Sie hatte ihn gerade abgestellt, als aus einem anderen Raum die muntere Stimme einer Frau auf Russisch rief: »Adelka, bist du schon so schnell zurück?«

»Ja, Frau Kantor«, sagte Adeline, zog sich die Schürze an und trat ins Vorderzimmer, wo eine alte Frau mit einer Decke über dem Schoß und einem schwarzen Pullover über den Schultern am Fenster saß.

Auf dem Tisch vor Frau Kantor standen eine Teekanne und ein schlichtes Service. Gegenüber von Adelines Arbeitgeberin saß eine Frau Ende zwanzig. Sie trug ein einfaches braunes Kleid, Schal und Kopftuch. Neben ihr auf dem Boden lag ein großes Buch.

»Esther, das hier ist mein heimlicher Schatz«, sagte Frau Kantor. »Ihr Name ist Adeline. Ich nenne sie Adelka. Was sie in der Küche macht, ist reinste Zauberkunst!«

Esther lachte. »Du meinst Hexerei?« Als Adeline darüber das Gesicht verzog, winkte Esther mit den Händen. »Nein, nein. Ich möchte nicht andeuten … Ah, egal. Was kochst du denn heute, Adeline?«

»Was auch immer sie bei ihrer täglichen Wanderung gefunden hat«, sagte Frau Kantor, bevor Adeline noch antworten konnte. »Sie findet das, was verfügbar ist, und dann weiß ich nicht, was sie dort hinten in der Küche macht, doch es ist magisch.«

Adeline neigte lächelnd ihren Kopf. »Vielen Dank, gnädige Frau. Ich liebe es zu kochen.«

»Das merkt man.«

»Also?«, fragte Esther. »Was hast du heute gefunden?«

Adeline warf den Kopf hoch, blickte von Esther zu Frau Kantor und holte aufgeregt Luft, bevor sie damit herausplatzte: »Ein ganzes frisches Hühnchen!«

Esther rang nach Luft und Frau Kantor schlug die Hände auf die Beine. »Nein! Wo?«

»Herr Bermans Laden. Ich bin gerade hineingegangen, als das Hühnchen geschlachtet wurde!«

»Koscher?«, fragte Esther.

»Ja, gnädige Frau. Ich meine, davon gehe ich aus. Von Herrn Berman?«

Frau Kantor gab ein leises Jubeln von sich und schüttelte die hagere Faust über dem Kopf. »Ich werde meinen Sohn und seine Familie einladen! Das ist ein Grund zum Feiern!«

Zu Adelines Überraschung teilte Esther die Begeisterung ihrer Arbeitgeberin nicht. »Sind Sie sicher, Frau Kantor? Wo noch immer so viele hungern?«

Die alte Frau wurde ruhig, nickte dann jedoch. »Ich weiß, dass die Menschen noch immer hungrig sind, Liebes, doch ich bin mir auch sicher, wenn Moses ein Hühnchen gefunden hätte, als er durch die Wüste gewandert ist, dann hätte er es vor allen Stämmen Israels versteckt und mit seiner Familie gegessen.«

Esther schnaubte, obwohl ihre Hand an den Mund ging, und sagte: »Frau Kantor!«

»Was denn?«

»Seien Sie froh, dass der Rabbi nicht hier ist und Sie hört.«

Frau Kantor warf gackernd den Kopf zurück. »Nun, es gibt manche Dinge, von denen Rabbis nichts hören sollten, doch was eine echte Hühnersuppe betrifft, ich denke, da würde er mich unterstützen.«

»Wenn Sie ihm auch einen Teller einschöpfen!«, sagte Esther.

»Das ist richtig!«, schmunzelte die alte Frau und sah zu Adeline. »Wie groß ist denn unser Hühnchen, Liebes?«

»Eine gute Größe, gnädige Frau.«

»Genug für meinen Sohn, seine Frau und Tochter? Und für meine Freundin Esther?«

»Oh, Frau Kantor, ich kann nicht«, sagte Esther. »Ich bin nur vorbeigekommen, um Hallo zu sagen.«

Frau Kantor warf ihr einen Blick zu. »Sie sind vorbeigekommen, als mitten in der Wüste ein Hühnchen aufgetaucht ist, sozusagen.«

Esther lachte. »Nun, es wäre … sehr nett, einmal kosten zu dürfen.«

»Sie bekommen mehr als das«, sagte Frau Kantor. »Ich habe den Appetit einer Maus. Wie lange wird es dauern, Adelka?«

Adeline dachte darüber nach und sagte: »Bis Sonnenuntergang? Vielleicht kurz danach?«

»Plant ein wenig später«, sagte die alte Frau sowohl zu Adeline als auch zu Esther.

Esther lächelte und stand auf. »Ich habe noch ein paar Dinge zu erledigen, doch ich komme zurück.«

Als Esther gegangen war, drehte Frau Kantor den Kopf zu Adeline und fragte: »Nun?«

Adeline erschrak, da sie ganz gefesselt von dem Gespräch der beiden Frauen im Raum stehen geblieben war, und jetzt errötete, schnell einen Knicks machte und sagte: »Es tut mir leid, Frau Kantor. Brauchen Sie noch etwas, bevor ich anfange?«

Das Gesicht der alten Dame wurde sanfter. »Ich brauche ein Schläfchen, Liebes. Bitte stell das Buch auf das Regal in der Küche. Und bevor du den Vogel zubereitest, könntest du zum Haus meines Sohnes gehen und seiner Frau die Neuigkeit mitteilen?«

»Ja, gnädige Frau«, sagte Adeline und hob das Buch auf.

»Weißt du, wo sie wohnen?«

»Das tue ich.«

»Kluges Kind«, sagte sie und legte sich die Decke auf dem Schoß zurecht. »Dann geh jetzt. Hast du auch genug Holz für den Ofen?«

»Ich denke schon«, sagte sie und eilte zurück in die Küche.

Sie stellte das Buch in das Regal, bevor sie den Deckel der Kiste anhob, wo das Brennholz aufbewahrt wurde, und feststellte, dass es doch weniger war, als sie aus ihrer Erinnerung vom Feuermachen am Morgen gedacht hatte.

»Ich werde noch mehr Holz holen müssen, wenn ich draußen bin, gnädige Frau«, rief sie und ließ den schweren Deckel los.

Von der Erschütterung fiel das Buch, das sie in die Küche gebracht hatte, vom Regal und auf den Boden hinter ihr.

Frau Kantor rief: »Dann mach aber schnell!«

»Ja, gnädige Frau!«, rief sie zurück, während sie sich bückte, um das Buch aufzuheben, und sah, dass es eine gebundene Sammlung von Illustrationen und Zeichnungen war und sich bei einem Bild geöffnet hatte, das ein schönes grünes Tal zeigte, umgeben von schneebedeckten Bergspitzen und einem Fluss, der sich durchschlängelte. Adeline war in der flachen Ukraine aufgewachsen und hatte noch nie eine solche Landschaft gesehen und fand sie so verzaubernd, dass sie lange darauf blickte.

»Gehst du, Mädchen?«, rief Frau Kantor.

»Jetzt sofort!«, rief sie zurück, schlug das Buch zu und stellte es zurück ins Regal, so, dass es von einem anderen, schwereren Buch gestützt wurde.

* * *

Sie zog sich wieder Mantel und Stiefel an und hatte das Bild noch immer im Kopf, als sie durch die Straßen zum Haus von Frau Kantors Sohn eilte und dann zur Hintertür kam. Sie fand die Köchin, informierte sie darüber, dass sie den Nachmittag und Abend freihätte, und bat sie, der Frau des Doktors mitzuteilen, dass sie alle eingeladen waren, nach Sonnenuntergang bei Frau Kantor zu essen.

Als Nächstes ging sie zu einem Markt, um Eier für die Nudeln zu kaufen, und kam dann zu dem Platz, wo Männer Brennholz verkauften, doch die waren für diesen Tag schon gegangen. Adeline ging zu einer anderen Stelle, wo sie normalerweise Holz finden konnte, doch auch dort gab es nichts.

Adeline sah nach der Sonne, die sich bereits zum westlichen Horizont neigte, und ihr wurde schlagartig und verzweifelt bewusst, wie schnell die Zeit verging. Sechs Menschen würden bei Sonnenuntergang zum Abendessen kommen und sie hatte nicht ausreichend Holz, um das Hühnchen zu kochen und die Suppe zu machen.

Adeline stellte sich vor, wie Frau Kantor sich ärgern und sie feuern würde, während sie erschrocken zurück zum Haus eilte und sich fühlte, als würde ihr das Leben wieder einen Knüppel zwischen die Beine werfen, um ihr etwas wegzunehmen, wofür sie lange hart gekämpft hatte. Als sie die Küche betrat, war sie erfüllt von dieser Furcht. Nach den Jahren des Hungerns und der Entbehrung konnte sie nicht ausreichend Holz finden, um Hühnersuppe zu machen, und würde deshalb jetzt entlassen werden.

»Adeline!«, rief Frau Kantor.

»Ja, gnädige Frau«, sagte sie und bemerkte das Zittern in ihrer Kehle.

»Kommt mein Sohn?«

»Ich glaube schon«, sagte sie. »Ich habe es der Köchin gesagt.«

»Kommen sie alle?«

»Ja.«

»Was ist mit dem Brennholz?«

Adeline spürte, wie die Angst wieder hochkam und in ihr zu lodern begann. Während das Gefühl immer intensiver wurde, fühlte sich Adeline immer schwächer.

»Bitte«, flüsterte sie und schloss die Augen. »Hilf mir.«

»Adeline?«

Sie öffnete die Augen, wollte der alten Frau die Wahrheit sagen und um Vergebung und Rat bitten, als sie durch das Küchenfenster eine Bewegung auf dem Weg hinter dem Haus bemerkte. Sie blinzelte und lächelte. »Ich bekomme es gerade, gnädige Frau!«

Adeline lief nach draußen und folgte einem jungen, breitschultrigen Mann, der vornübergebeugt ging, da er eine unmögliche Menge Brennholz auf dem Rücken trug.

»Entschuldigung!«, rief sie. »Kann ich etwas von dem Brennholz kaufen?«

Er wurde nicht langsamer. »Nein.«

»Ach, bitte, ich habe auch Geld.«

»Das ist schon bezahlt«, sagte er und ging weiter. »Es gehört dem Bäcker.«

Adeline wurde wieder von Angst erfasst und sie rief: »Bitte, Herr, könnten Sie mir nicht ein paar Stücke verkaufen? Ich werde meine Stelle verlieren, wenn ich kein Holz für unseren Ofen bekomme. Bitte!«

Für einen schrecklichen Augenblick befürchtete sie, er würde einfach weitergehen, doch dann blieb er stehen und drehte sich, um sie anzusehen. »Verlierst deine Stelle?«

»Ich muss ein Hühnchen kochen«, sagte sie und mühte sich, die Fassung zu bewahren.

»Du hast ein Hühnchen?«

»Die Frau, für die ich arbeite, hat eins.«

»Das muss eine ziemliche Frau sein.«

»Ihr toter Mann war ein Doktor, und ihr Sohn ist auch ein Doktor.«

Darüber dachte er nach. »In Ordnung.«

»In Ordnung?«

Er nickte und ließ das Bündel von seinem Rücken herunter. »Der Bäcker weiß nicht, wie viel ich geschlagen habe.«

Adeline klatschte begeistert in die Hände. »Oh, vielen Dank! Danke schön!«

Der junge Mann stand einen Augenblick da und betrachtete sie. Langsam löste sich sein erschöpfter Ausdruck und ein Lächeln trat auf sein Gesicht. »Wie viel willst du?«

»Vier große Stücke, bitte. Oh, Sie sind ja so nett.«

Er band sein Bündel los und gab ihr davon vier große Holzstücke.

»Sie haben mich gerettet«, sagte sie und reichte ihm das Geld. »Ich werde Ihnen ewig dankbar sein!«

Er nahm es und sagte: »Wenn ich gewusst hätte, dass Brennholz eine schöne junge Frau so glücklich macht, dann hätte ich mir schon vor langer Zeit eine Axt gekauft.«

Er war von der Arbeit ganz schmutzig und stank auch danach, doch sie fand es schön, wie er lächelte und sie anblickte, als ob er sie wirklich sehen würde. Sie merkte, dass ihr sein Lächeln und seine Augen so sehr gefielen, dass es ihr peinlich war, und sie errötete und blickte zu Boden.

»Es tut mir leid«, sagte er. »Das hätte ich nicht sagen sollen.«

»Nein«, sagte sie, blickte noch immer nach unten, lächelte jedoch. »Das war nett und lustig. Vielen Dank, aber ich muss jetzt das Hühnchen kochen und mit den Eiernudeln anfangen.«

»Wie heißt du?«

Sie zögerte. »Adeline. Adeline Losing.«

Er lächelte erneut. »Das ist ein schöner Name. Ich bin Emil Martel.«

# TEIL ZWEI
# DIE REINBLÜTIGEN

# Acht

Als Emil am dritten Tag ihrer Reise im Dunkeln aufwachte, bemerkte er, dass dichter warmer Nebel aufgekommen war und das Land bedeckte. Er ging zu seinen Pferden, fütterte sie und rieb ihnen im Licht der Laterne wieder Salbe auf die Peitschenwunden. Obwohl er in keine Richtung mehr als dreißig Meter weit sehen konnte und nichts hörte, was nach einem großen Motor klang, hatte er das ungute Gefühl, als würden jeden Augenblick Panzer oder Flugzeuge mit Maschinengewehren durch den Nebel brechen.

Seine Instinkte erwiesen sich als richtig. Er hatte Odin und Thor gerade eingespannt, da hörte man im Nebel lautes Pfeifen. Jene deutsche Stimme warnte über das Megafon, dass die sowjetischen Kräfte in der Nähe waren und in ihre Richtung kamen. Deshalb würde der Konvoi in fünfzehn Minuten losfahren.

»Die Jungen haben noch nichts gegessen«, rief Adeline unter dem Verdeck.

»Sie sollen beim Fahren essen. So machen wir das alle.«

Sie nickte. »Ich binde alles fest, abgesehen von dem Essen fürs Frühstück und Wasser.«

Als sich Adeline abwandte, musste Emil lächeln, genauso wie damals, als er sie das erste Mal draußen auf dem Weg hinter

Frau Kantors Haus gesehen hatte, als sie wegen des Brennholzes für ihre Hühnersuppe so verzweifelt war. Von Anfang an hatte sie ihm in jeder Hinsicht das Gefühl gegeben, dass er gebraucht wurde.

*Vielleicht ist das alles, was ich im Leben brauche,* dachte er. *Adelines Liebe. Die Liebe meiner Jungen.*

Als die Wagen in dem warmen Nebel anfuhren, gab es das vorherzusehende Durcheinander, das durch den Schlamm noch verstärkt wurde, der bald die Bäuche und Flanken der Pferde bedeckte und die Peitschenwunden auf dem Rücken sprenkelte. Speichen, Felgen und Achsen wurden ebenfalls davon überzogen.

Während der nächsten paar Stunden wirkte der Treck wie ein gespenstisches, mehrgliedriges Schlangenwesen, das durch den Schlamm glitt und im Nebel immer wieder auftauchte und verschwand. Wegen der widrigen Umstände – schlammiger Untergrund und keine richtige Sicht – kamen die Fuhrwerke ins Rutschen, manche krachten zusammen und überschlugen sich. Emil musste all sein Können aufbringen, um sein Gespann auf der rechten Spur zu halten.

Zweimal an diesem Morgen trafen sie auf Wagen, die bis zu den Achsen im Schlamm feststeckten.

Einer davon war das Fuhrwerk von Emils Eltern, deshalb hielt er an und half, damit sie ihr Gefährt freibekamen und weiterfahren konnten. Karoline, seine Mutter, wirkte höflicher als gewöhnlich, sein Vater Johann schien von den widrigen Bedingungen unberührt. Resi war seit Dubăsari unfähig, das Bett zu verlassen.

»Sie schläft und kann nichts lange im Bauch halten«, sagte Karoline.

»Ich werde ihr heute Abend etwas für den Magen zubereiten, wenn wir anhalten«, sagte Adeline.

Emils Mutter sah sie nicht an, nickte aber.

An jenem Tag fuhren sie zügig und weit, kamen in die Stadt Chişinău in Moldawien – wo Zwangsarbeiter, die Hitler in jedem besetzten Land rekrutierte, Befestigungen für die Wehrmacht bauten – und an der anderen Seite wieder heraus, wobei sie Geschichten von weiteren Kämpfen hörten, die sich im Südosten ereigneten. Der Nebel hatte sich vor dem Mittag verzogen und enthüllte eine Landschaft, die während der letzten Jahrzehnte immer wieder besetzt, erobert und rückerobert worden war. Im Augenblick gehörte das Land etwas dubios zu Rumänien, es war Hitlers Belohnung für den rumänischen Diktator Ion Antonescu, der den deutschen Truppen im Sommer 1941 erlaubt hatte, nach Osten zu marschieren, um Stalin anzugreifen.

Emil interessierte sich nicht für die Politik oder dafür, wer das Land gerade kontrollierte, das er und seine Familie an jenem Tag durchquerten. Er wollte nur so weit wie möglich nach Westen kommen, damit er für den Rest des Lebens keinen weiteren Kommunisten mehr sehen musste. Für den Augenblick musste er es tolerieren, im Schutz der Nazis zu reisen, doch sobald sich eine Gelegenheit fände, vor den mordenden, unmenschlichen Mistkerlen nach Westen zu entkommen, dann wollte er genau das tun. Währenddessen hielt er die Augen wegen Sturmbannführer Haussmann ständig offen.

*War das dort hinten wirklich Haussmann gewesen? Hatte ich ihn mir vielleicht nur eingebildet? Nein. Er war es gewesen. Doch warum befand er sich außerhalb von Dubăsari? Warum war er von allen SS-Männern in der Ukraine ausgerechnet derjenige, der dort den Verkehr lenkte? Warum war er derjenige, der uns in die Stadt gewiesen hatte?*

Diese Fragen ließen Emil fast an seinem Verstand zweifeln, deshalb verdrängte er sie unbeantwortet und sagte sich, dass es nur einer der grausamen Zufälle des Lebens war. Nachdem Haussmann in den ersten Tagen der deutschen

Besatzung seine dreckige Arbeit gemacht hatte, war er jetzt in irgendeiner Funktion damit beauftragt, die Flucht der deutschen Flüchtlinge nach Westen zu begleiten. Das war es. Wahrscheinlich würde Emil den Mann niemals wiedersehen, und wenn doch, dann würde er mit Adeline und den Jungen in die entgegengesetzte Richtung fahren.

An jenem dritten Abend ihrer Reise hielt der Konvoi schließlich an und lagerte auf dem Lande zwölf Kilometer südwestlich von Chişinău. Die ganze Nacht hindurch grollten Kanonenschüsse so nah, dass Emil und Adeline immer wieder aufwachten.

Am vierten Tag ihrer Reise begann es früh zu regnen, sodass der Weg noch schlammiger wurde und sie es kaum fünfzehn Kilometer weit schafften. In der fünften Nacht fielen die Bomben so nah, dass die Familie Martel ihre Fuhrwerke verließ und sich in einen großen Durchlass unter der Straße flüchtete.

Die Röhre erbebte bei jeder Explosion. Sie konnten das Wiehern der Pferde und die Schreie der Menschen ohne Schutz hören. Doch sie waren in Sicherheit. Von dem Zeitpunkt an suchte Emil für ihre nächtlichen Lager immer nach solchen Tunneln oder anderen verstärkten Betonkonstruktionen wie Brückenpfeiler, um daneben oder darunter zu campieren.

* * *

Nach einer Woche Quälerei hielt der Treck einen Abstand von zehn bis fünfzehn Kilometern zur Nachhut der Wehrmacht, die versuchte, die Streitkräfte der 1. Sowjetischen und 2. Ukrainischen Front zurückzuhalten. Doch es herrschte die ständige Angst, von ihnen eingeholt zu werden. Es war auch möglich, dass die sowjetischen Panzer aus einer anderen Richtung kamen oder die Kampfflugzeuge der Roten Armee zurückkommen würden.

»Wir sind zwischen zwei Armeen gefangen«, sagte Emil spät am siebten Abend zu Adeline.

Sie lagerten an einem Brückenpfeiler westlich der moldawischen Ortschaft Hîncești. Die Jungen schliefen bereits und Emils Magen war so voll, wie er seit Beginn ihrer Flucht nicht mehr gewesen war. Er hatte einen guten Meter entfernt von dem Betonpfeiler ein horizontales Loch in die Böschung gegraben. Die Jungen hatten Holz gesammelt und er hatte ein Feuer gemacht, bevor er die heiße Glut in den improvisierten Ofen getan hatte. Aus ihrem kostbaren Vorrat an Mehl und Hefe hatten Adeline und ihre Mutter einen Teig gemacht, den sie in Pfannen getan und auf die Kohlen geschoben hatten.

Das frisch gebackene Brot hatte selbst mit der angebrannten Kruste so köstlich geschmeckt, dass Emil bestimmt zwanzig Minuten zufrieden gewesen war. Doch dann war seine Sorge wegen der Panzer und Flugzeuge zurückgekehrt.

»Hast du mich nicht gehört?«, flüsterte er etwas lauter zu Adeline, die sich gerade neben dem noch immer warmen Ofen unter die Decken legte. »Wir sind gefangen zwischen zwei Armeen. Hitlers angeschlagene Männer vor uns und ein paar fähige Männer hinter uns, die versuchen, alle Soldaten Stalins aufzuhalten.«

Er fühlte sich, als würde ihm die Luft wegbleiben. »Wenn ich wirklich darüber nachdenke, wo wir sind und was wir tun und was mit uns in den kommenden Tagen passieren könnte, dann ist es so, als würden meine Gedanken immer schneller laufen, Adeline. Sie rennen los und wiederholen sich immer wieder, wie ein Sturm in meinem Kopf.«

Adeline kam zu ihm und umarmte ihn. »Jeder fühlt sich manchmal so. Ich erinnere mich daran, was mir Frau Kantor einmal gesagt hat: ›In jedem Sturm gibt es einen sicheren Ort.‹«

»Den habe ich aber nur selten gefunden«, sagte Emil.

»Das hast du aber, als die Panzer letzte Woche zu schießen begonnen haben. Du hast uns alle sicher bis hier gebracht, oder etwa nicht?«

Aus irgendeinem Grund war Emil darüber nicht so enthusiastisch wie Adeline. »Wir haben noch einen weiten Weg zu gehen, bis ich das Gefühl haben werde, dass ich euch in Sicherheit gebracht habe.«

»Dann komm und schlaf ein wenig. Bald wird es schon wieder hell werden.«

Emil wollte gerade unter die Decke krabbeln, die Augen schließen und sich von allem erholen. Doch da hörte er Männerstimmen, die oben an der Böschung nicht weit von ihren Pferden und dem Fuhrwerk sangen und lachten. Auf irgendeine Weise fühlte er sich davon angezogen.

»Emil?«, rief Adeline leise.

»Ich will noch mal kurz nach den Pferden sehen«, sagte er und kletterte mit der Laterne die Böschung zur Straße und der Brücke hoch.

Thor und Odin waren angebunden und sicher, wo er sie gelassen hatte. Das Fuhrwerk wirkte unberührt. Doch das Singen und Lachen war lauter und lärmender geworden. Sie sangen ein altes deutsches Trinklied. Er hatte das Lied schon seit Jahren nicht mehr gehört, doch er erkannte es aus der Zeit, als er in einer Brauerei in Perwomajsk gearbeitet hatte, dem Ort, wo die Jungen geboren wurden.

Emil ging in Richtung des Singens. Er wusste nicht, warum. Vielleicht wollte er nur anderen Männern nah sein und hören, wie sie dieselbe Zwangslage zu überleben versuchten. Er hatte oft das Gefühl, dass es abgesehen von seinem Vater nur Frauen gab, mit denen er sprechen konnte. Je näher er kam, desto deutlicher hörte er den Alkohol bei ihrem Singen heraus. Emil war kein großer Trinker, doch die Herstellung von Wein und Bier hatte ihm immer gefallen. Und gelegentlich genoss er die Leichtigkeit, die er nach einem Glas oder zwei oder drei verspürte.

Das Singen erstarb und ging in raues Gelächter über, als er auf eine Lichtung auf der anderen Straßenseite trat. Vor einem Halbkreis aus Fuhrwerken brannte ein Feuer wie ihres. Vier Männer, die er nicht kannte, tranken aus Blechtassen. Der Größte von ihnen, ein großer, langgliedriger Kerl von Anfang vierzig, sah Emil näher kommen und hörte zu reden auf. Die anderen taten es ihm gleich.

Emil hob die Hände. »Ich wollte euch nicht unterbrechen«, sagte er auf Deutsch. »Ich hatte das Singen gehört. Ich glaube, es ist schon eine ganze Weile her, dass ich Männer bei einem Getränk singen gehört habe.«

Der Lange sagte: »Das klingt fast so, als hätte deine Frau ein Auge auf dein Trinken.«

Die anderen Männer lachten und Emil schloss sich an, bevor er sagte: »Es lief darauf hinaus, dass wir entweder ein kleines Fässchen mit selbst gemachtem Wein oder einen kleinen Karren mitnehmen, den ich letztes Jahr Weihnachten für meine Söhne gebaut habe. Der Karren gewann mit drei zu eins.«

Der Lange schmunzelte und bat Emil näher. »Komm, nimm dir auch was zu trinken. Ich heiße Nikolas. Und wie ist dein Name, Freund? Woher kommst du? Und wie alt sind deine Söhne?«

* * *

Emil sagte es ihnen. Nikolas stellte die anderen Männer so schnell vor, dass er nur wenig von ihren Namen mitbekam. Doch im Licht des Feuers und aus der Nähe bemerkte er die Qualität ihrer Kleidung. Sie trugen neuere Wollmäntel, Hosen und Mützen. Man reichte ihm eine Blechtasse Rotwein. Er trank davon und fühlte sich, als hätte man ihm eine kurze Atempause von der Angst vor den Sowjets gewährt.

Er erfuhr, dass Nikolas und seine Freunde ebenfalls Flüchtlinge waren, die unter dem Schutz der SS vor Stalin davonliefen. Sie kamen aus der Stadt Rastadt westlich des Bugs. Emil erzählte ihnen, dass er ein paar Jahre in Perwomajsk nördlich von Rastadt gelebt hatte, bevor er zum Hof seiner Familie in Friedensthal zurückgekehrt war.

»Schon mal in Bogdanowka gewesen?«, fragte Nikolas. »Das ist nicht weit südlich von Perwomajsk.«

»Ich erinnere mich an eine Kolchose in der Gegend«, sagte Emil. »Wir haben von ihnen Gerste gekauft, als ich in der Brauerei in Perwomajsk gearbeitet habe.«

»Was hast du dort gemacht?«

»Das meiste war körperliche Arbeit. Korn schleppen. Korn einfüllen. Mischen.«

»Wie bist du zu dem Treck gekommen?«, fragte Nikolas.

Emil sah ihn verblüfft an. »Äh, deutsche Offiziere sind in unser Dorf gekommen und haben uns gesagt, dass die Sowjets kommen würden, und wenn wir nicht sterben wollten, dann hätten wir zwei Tage Zeit zum Packen.«

»Nein, ich meine, was hat dich dafür qualifiziert? Warst du beim Selbstschutz?«

Emil wusste, was er meinte, und verspürte Unbehagen. Nikolas hatte danach gefragt, ob er Mitglied der »Selbstschutz« genannten Miliz war, die nach dem deutschen Einmarsch 1941 von den Nazis gegründet wurde und deren Mitglieder ausnahmslos aus der deutschen Bevölkerung der Region stammten.

In dem von Rumänien kontrollierten Gouvernement Transnistrien gehörte es zu den Aufgaben des Selbstschutzes, die volksdeutschen Gemeinden und Siedlungen vor marodierenden rumänischen Truppen zu beschützen. Doch Emil wusste auch, dass es noch mehr über diese Milizionäre zu erzählen gab, und darüber, was sie getan hatten. Wesentlich mehr.

Eigentlich wollte er sofort wieder gehen, sagte stattdessen jedoch: »In Friedensthal gab es keinen Aufruf zur Teilnahme am Selbstschutz oder etwas Ähnliches. Das ist ein winziger Ort mitten in einem Meer aus Kornfeldern. Die Rumänen haben uns nie belästigt.«

Nikolas nickte und betrachtete Emil eindringlich, der das Bedürfnis verspürte, die Stille zu überwinden.

»Warst du in Rastadt beim Selbstschutz?«, fragte er.

»Wir alle«, sagte Nikolas und hob seine Tasse zu den anderen Männern. »So haben wir gezeigt, dass wir gute Deutsche waren, die es wert sind, nach Hause ins Vaterland geführt zu werden. Mit den richtigen Papieren, um es zu beweisen. Die hast du auch, oder? Diese Dokumente, Emil?«

Emil nickte. »Seit den ersten Tagen des Einmarsches. Es war nicht schwer zu beweisen. Meine Mutter hatte unsere Familienbibel, die über Generationen den ganzen Weg zurück bis nach Deutschland weist, und dazu alle unsere Geburtsurkunden von der Kirche.«

»Und sie haben dich nicht in die Wehrmacht eingezogen? Dich nach Stalingrad geschickt?«

»Das wollten sie zuerst, doch ich habe ihnen gesagt, dass ich der letzte nützliche Mann in meiner Familie bin und für die Deutschen ein besserer Bauer als Soldat sei. Sie sagten mir, dass ich zu unserem Bauernhof zurückkehren und mit dem Anbau beginnen soll, und das haben wir gemacht.«

»Wie schön für dich«, sagte Nikolas, doch er klang unzufrieden.

Emil trank noch mehr von dem Wein und man bot ihm eine zweite Tasse an und dann eine dritte, während die Männer der Bürgerwehr ihre Lieder sangen, rührselig wurden angesichts des hinter sich zurückgelassenen Lebens und gespannt auf eine

Zukunft ohne die Sowjets. Als Emil fast die dritte Tasse geleert hatte, verabschiedete sich einer der Männer für den Abend.

Emil wusste, dass er zu seiner Familie zurückgehen sollte. Doch dann goss ihm Nikolas noch ein wenig Wein ein. Der letzte Schluck, wie er sich selbst sagte, während die anderen beiden Männer Nikolas' Angebot ablehnten und erklärten, dass sie jetzt schlafen gehen würden.

»Wir wissen nie, wohin uns das Leben führt«, sagte Nikolas, als sie gegangen waren.

»Ich versuche, das Leben zu leben«, sagte Emil. »Und nicht, dass das Leben mich lebt. Nicht mehr.«

»Du bist betrunken, mein Freund.«

»Ein wenig«, sagte Emil und hob seinen Becher. »Dank dir.«

Nikolas stieß mit ihm an und sie tranken und schwiegen, wie es Männer zu tun pflegten. Emil betrachtete behaglich die Glut des kleiner werdenden Feuers und dachte, er sollte jetzt wirklich zurückgehen, sonst würde er am Morgen Kopfschmerzen haben, als Nikolas sprach.

»Wie viele?«

Emil sah ihn an und bemerkte, dass der Mann ihn anstarrte. »Wie viele was?«

Nikolas deutete mit der Hand eine Pistole an und schloss das linke Auge. »Wie viele Juden musstest du erschießen, um dein Land zurückzubekommen und bei diesem Treck mitzufahren?«

Emil fühlte sich, als hätte man ihn geschlagen, und sah wohl auch so aus.

Nikolas grinste und nickte. »Aha, das habe ich mir gedacht. Du musstest etwas für sie tun, für die Deutschen. Jeder hat es gemacht. Sonst hätten sie dich nicht mitgenommen, würden dich und deine Frau und deine Söhne nicht beschützen. Du warst ein Schütze wie ich, nicht wahr, Emil?«

Plötzlich erinnerte sich Emil lebhaft daran, wie er auf eine Luger in seiner Hand starrte. In seinem Kopf schwirrte es und sein Magen gluckste. Er hatte zu viel Wein getrunken.

»Ich wusste es«, sagte Nikolas selbstgefällig. »Ich sehe es in deinem Gesicht, Emil. Wie viele?«

Emil schüttelte den Kopf, doch Nikolas gab sich damit nicht zufrieden. Er kam näher und baute sich vor Emil auf. »Wie viele stinkende bolschewistische Juden musstest du erledigen, um einen Platz in diesem Treck zu bekommen?«

»Keinen.«

Nikolas grinste ihn höhnisch an. »Blödsinn. Verdammt, ich habe kein Problem damit, es zu sagen, und das solltest du auch nicht. Wir haben da eine gute Sache gemacht, eine noble Sache, indem wir die Erde von den verlausten Itzigs befreit haben. So hat es für uns angefangen. Die Rumänen haben alle ihre Juden auf diesen Bauernhof in Bogdanowka geschickt und die Jidden sind an Typhus gestorben, weil die Läuse sie angesprungen haben. Das hätte glatt zu einer Epidemie führen und jeden im Umkreis von Hunderten von Kilometern umbringen können – Deutsche, Russen, Ukrainer, wirklich jeden –, wenn man das nicht unter Kontrolle gehalten hätte. Die Nazis wussten, dass sie keine andere Wahl hatten, deshalb hatten wir vom Selbstschutz in Rastadt auch keine Wahl. Achtzehn Tage hat es gedauert, bis wir alle erschossen hatten, und dann noch mal zwanzig Tage, um ihre Kleider auszukochen oder zu verbrennen.«

*Achtzehn Tage lang haben sie Leute erschossen?,* dachte Emil entsetzt und starrte auf die neue Kleidung des Mannes, bevor er ein paar Schritte nach rechts ging und Adelines Brot und drei Becher Wein auskotzte.

»Was soll's?«, sagte Nikolas. »So haben wir uns alle gefühlt, das eine oder andere Mal, wegen dem, was wir gemacht haben.

Lass es raus, danach fühlst du dich besser. Und so wie ich es sehe, hatten wir wirklich keine andere Wahl, oder?«

Emil drehte sich um und starrte ihn an, die Säure brannte ihm noch im Hals, als er sagte: »Du hattest die Wahl. Und ich habe in meinem ganzen Leben niemanden erschossen oder umgebracht. Wir sind wegen einer alten Bibel auf diesem Treck und weil ich ein guter Bauer bin und geschickt mit den Händen. Danke für den Wein.«

Er nahm seine Laterne und ging in Richtung ihres Fuhrwerks zurück in die Dunkelheit, während Nikolas betrunken brüllte: »Blödsinn! Ich habe das in deinem Gesicht gesehen. Es braucht einen Mann wie mich, um einen Mann wie dich zu kennen, Emil. Du siehst sie, wenn du schläfst, oder? Du hörst sie auch. All die verlausten Ratten, die du umgelegt hast!«

* * *

Als er das hörte, rannte Emil blindlings los, um Abstand zwischen sich und Nikolas zu bekommen, zugleich befürchtete er, dass Adeline womöglich etwas von dem irren Gerede eines betrunkenen Mörders mitbekommen würde. Er strauchelte und wäre fast hingefallen, konnte sich aber noch fangen und wurde etwas langsamer. Nikolas hatte aufgehört zu schreien.

»Ich habe niemals …«, murmelte Emil zitternd, nachdem er die Laterne angezündet hatte und die Straße zur Brücke fand. »Niemals.«

Er ging an seinen Pferden vorbei und stolperte die Böschung hinunter. Dann löschte er das Licht und kroch zu seiner schlafenden Frau und den Kindern. Keiner rührte sich, als Emil hinter Woldi unter die Decke schlüpfte.

Dann lag er wach auf dem Rücken und hörte Nikolas' grausame Stimme in seinem Kopf: *Ich habe es in deinem Gesicht gesehen.* Er hörte weinende Menschen, dann das trockene Knallen von Pistolen, sah ihre Mündungsblitze hinter Hauptmann Haussmann in der Dunkelheit, der vor ihm stand und ihm eine geladene Luger zuwarf.

Diese Erinnerungen hatten sich so tief in Emil eingeätzt, dass es ihm den Atem nahm. Er fühlte sich einsam und allein und das Gefühl verstärkte sich noch, als er an Nikolas dachte, der achtzehn Tage lang Juden erschossen hatte.

*Er ist eine Bedrohung für mich. Ich weiß nicht, warum, doch das ist er. Ich spüre es tief in mir.*

Emil schloss die Augen und erkannte, dass er sich von Nikolas fernhalten und sich dabei allein auf sich selbst verlassen musste, und gewiss nicht auf Gott, der einen Mann erschaffen hatte, der achtzehn Tage am Stück unschuldige Menschen erschossen hatte.

Und dann fragte er sich ängstlich, ob das Treffen mit Nikolas und der Anblick von Haussmann ein Teil seiner bitteren Bestrafung für jene Nacht außerhalb von Dubăsari war. Im Einschlafen dachte er noch: *Als du die Entscheidung getroffen hast, Emil, warst du genauso schuldig wie Nikolas.*

# Neun

***Anfang April 1944***
***Zwölf Kilometer östlich der rumänischen Grenze***

Es vergingen vier weitere Tage und fünf Nächte und die Martels sahen ebenso viele Rumänen wie Deutsche auf dem Rückzug. Wann immer sie an einer Gruppe marschierender Wehrmachtssoldaten vorbeikamen, betrachtete Adeline eingehend ihre Gesichter, da sie sich noch immer an der unwahrscheinlichen Hoffnung festklammerte, doch noch ihren jüngeren Bruder Wilhelm – Willis Namensvetter – unter ihnen zu sehen. Oder Emils älteren Bruder Reinhold. Doch sie entdeckte sie nicht.

Seit sie unter jener Brücke westlich von Hîncești gelagert hatten, war Emil schweigsam geworden und brütete vor sich hin. Adeline hatte gelernt, ihren Mann in Ruhe zu lassen, wenn er so war, und so konzentrierte sie sich ganz darauf, ihn und die Jungen zu unterstützen, während sie durch schlammiges Tiefland fuhren, das von Flusssenken durchzogen wurde, und zu bewaldeten Kämmen hinaufkletterten, die wegen des liegen gebliebenen Eises und Schnees an manchen Stellen tückisch waren.

Zu beiden Seiten des Weges lagen die Überreste der zerstörten deutschen Kriegsmaschinerie. Sie sahen erfrorene Soldaten, an denen die Krähen pickten, verkohlte aufgegebene Panzer, Transportlaster, die bis zu den Achsen im Schlamm steckten. Und die gesprengten schwarzen Mündungen der Artilleriegeschütze, die die Wehrmacht lieber in die Luft gejagt hatte, als sie Stalins Kräften zu überlassen.

Die anstrengende Reise dauerte inzwischen zwölf Tage und die ersten Teilnehmer des Trecks starben aufgrund der Belastungen, vor Entkräftung oder an irgendwelchen Krankheiten. Es verging keine Stunde, ohne dass sie an einem Karren vorbeikamen, der am Rand des Weges angehalten hatte, damit die Überlebenden ihre Toten begraben konnten.

»Als ich heute Morgen Wasser geholt habe, hat eine Frau berichtet, dass sie annehmen, es sei Typhus«, sagte Adeline, während sich der Treck nach Nordwesten in Richtung der rumänischen Grenzstadt Iași wandte.

»Läuse«, sagte Emil und dachte an Nikolas. »Die Läuse haben es übertragen.«

»Ich habe die Jungen gestern Abend überprüft.«

»Wir werden uns jeden Abend überprüfen, bis es vorbei ist.«

Der Konvoi hielt an. Kurz darauf erfuhren sie, dass die Panzer und Soldaten der 2. Ukrainischen Front nach West-Nordwest zogen, da sie versuchen wollten, die Deutsche Heeresgruppe Süd in zwei Teile zu trennen. Die SS-Männer, die den Treck begleiteten, ließen sie zwei Stunden warten, bevor sie den Konvoi nach Süden und weg von Iași leiteten.

Eine Stunde nach dem Richtungswechsel kam die Sonne heraus, was Adeline als ein gutes Zeichen betrachtete. Die Temperaturen stiegen, je weiter sie nach Süden rollten. Während die Stunden vergingen, dösten die Jungen unter dem Verdeck. Emil war an den Zügeln, blickte sich um und ließ die Umgebung auf sich wirken.

»Wonach suchst du?«, fragte sie.

Er runzelte die Stirn. »Ich weiß nicht, ob ich nach irgendwas suche. Ich sehe mich nur um, weil ich nicht vorhabe, jemals wieder auf diesem Weg zurückzukehren.«

»Macht dich das glücklich oder traurig?«

»Dass ich nie wieder zurückkehre? Das macht mich glücklich.«

»Gut. Und ich dachte schon, du hättest vergessen, glücklich zu sein.«

Er sah sie an, den Mund leicht geöffnet. »Es tut mir leid, Adella. Ich bin nur so mit meinen Sorgen um dich und die Jungen beschäftigt, und ob es richtig war, mit den Deutschen zu gehen und nicht auf eigene Faust den Weg in die Freiheit zu suchen.«

»Kennst du denn den Weg in die Freiheit?«

»Ich glaube, ich würde ihn erkennen, wenn ich ihn sehe«, sagte er schmunzelnd.

Er blickte sie an und sie lächelte. »Erinnerst du dich an Frau Kantor?«

»Wäre sie nicht gewesen, dann hätte ich mich wohl nicht in dich verliebt.«

»Oh, wie süß«, sagte sie und vergaß, was sie ihm sagen wollte, beugte sich vor und gab ihm einen Kuss auf die Wange.

Er legte den Arm um sie und sie kuschelte sich an seine Brust, während die Sonne aufstieg und die Luft wärmer wurde. Trotz seiner düsteren Stimmung fühlte sich Adeline in Emils Armen sicher, und das Fuhrwerk und die Pferde bewegten sich so sanft im Rhythmus, dass ihr die Augen schwer wurden und sie kurz danach eindöste.

* * *

***Oktober 1933***
***Birsula, Ukraine***

In Adelines Träumen schwärmten Frau Kantor und ihre Gäste von der Suppe mit Huhn und Eiernudeln. Esther nannte sie »einen Triumph«, was Adeline erröten ließ, denn sie dachte dasselbe. Sie hatte sich selbst einen halben Teller genommen und konnte sich nicht daran erinnern, wann etwas jemals so gut geschmeckt hatte. Und dann war da noch dieser gut aussehende, witzige junge Mann, der ihr das Brennholz verkauft hatte.

Emil. Er hatte sie zum Lächeln gebracht. Vielleicht änderte sich ihr Leben erneut zum Besseren.

An dem Abend nach der Hühnersuppe sah sie Emil auf dem Weg zur Bäckerei und auch am Abend darauf. Sie ärgerte sich, dass er kein einziges Mal zum Haus gesehen hatte, da er doch genau wusste, dass sie dort arbeitete. Am dritten Abend war es genauso, und sie war auf eine Weise verletzt, die sie selbst überraschte, denn sie hatte doch nur ein paar Minuten mit ihm gesprochen. Was hatte sie denn erwartet?

Adeline stand an der Spüle und schrubbte wie eine Wilde an den Töpfen, nachdem er am dritten Abend in Folge einfach vorbeigegangen war, als sie zufällig durch das Küchenfenster blickte und Emil am Hintertor stehen sah. Er wirkte verlegen und winkte ihr zu.

Adeline winkte zurück, trocknete sich die Hände, überprüfte ihre Frisur im Spiegel und ging nach draußen. »Mehr Holz zu verkaufen?«, fragte sie.

»Äh, nein. Aber, ähm, braucht ihr was? Ich kann dafür sorgen, dass ihr genug bekommt.«

Adeline lächelte. »Du kannst jeden Tag ein wenig bringen, wenn du magst.«

Emil errötete, lächelte und nickte. »Das kann ich machen. Ich … das würde ich gern machen.«

Von jenem Tag an hörte ihre Unterhaltung nicht mehr auf. Natürlich unterbrachen sie ihr Gespräch während des Tages, wenn sie voneinander getrennt waren und arbeiteten, doch anschließend machten sie direkt da weiter, wo sie aufgehört hatten, wobei sie sich ganz schrecklich nach dem anderen sehnten. Manchmal hatte Adeline das Gefühl, als könnte sie jeden Satz von Emil zu Ende sprechen, und ihr tat das Herz weh, wenn sie sich trennten.

Doch als Emil sie am ersten Jahrestag ihres Treffens fragte, ob sie ihn heiraten wolle, war Adeline hin- und hergerissen und bat um Bedenkzeit. Sie liebte es, für Frau Kantor zu kochen und zu sorgen. Und zum ersten Mal in ihrem Leben hatte sie einen festen Lohn und verdiente mehr Geld als Emil mit seinem Brennholz. Auf der anderen Seite himmelte sie Emil an. Er war witzig, fleißig, und auch wenn er nicht so lange auf der Schule gewesen war wie sie, so war er doch klug und gewitzt. Er war ein Mann, der überleben würde. Doch würde er sich entwickeln und gedeihen? Würde sie mit ihm ein besseres Leben haben können, als wenn sie allein bliebe?

Am nächsten Morgen bemerkte Frau Kantor ihre Sorgen und Adeline berichtete ihr von ihrer Zwangslage und endete mit: »Ich habe es hier so gut und Sie sind so freundlich zu mir. Wir haben genug zu essen, und Sie geben mir einen warmen Platz zum Schlafen. Was soll ich machen? Er sammelt Brennholz für seinen Unterhalt.«

Frau Kantor sah sie lange an, bevor sie antwortete: »Es wird mir das Herz brechen, wenn du gehst, Adelka, doch es ist besser, eine arme Ehefrau zu sein als ein reiches Dienstmädchen. Du hast gesagt, Emil sei ein guter Mann, also wirst du die Liebe kennenlernen, wenn du mich verlässt. Du wirst Kinder haben, du wirst eine Familie gründen. Und das wird gewiss eine großartige Familie sein!«

Ihre Arbeitgeberin hatte diese letzte Aussage mit solcher Begeisterung gesagt, dass sie fast ihr Wasserglas umgekippt hätte. Deshalb brach Adeline in lautes Lachen aus, was Frau Kantor sehr erfreute.

»Lach nur«, sagte sie und drohte ihr augenzwinkernd mit dem Zeigefinger. »Lachen hält dich jung. Lach mindestens einmal am Tag. Zweimal ist besser.«

»Das ist leicht«, sagte Adeline.

»Nicht immer. Darf ich dir noch einen anderen Rat geben, der mir in meinem Leben geholfen hat?«

»Bitte«, sagte sie.

Frau Kantor bat sie auf den Stuhl ihr gegenüber, auf dem ihre Freundin Esther gesessen hatte. Adeline nahm zögernd Platz, dann lächelte sie die ältere Frau an.

»Meine Liebe«, sagte Frau Kantor, »nach einundachtzig Jahren auf dieser Erde bin ich zu der Überzeugung gelangt, dass es unsere Aufgabe im Leben ist, auszuharren, gütig zu sein, die Vergangenheit ständig hinter uns zu lassen und uns nicht zu lange mit der Zukunft aufzuhalten. Wenn du zurückblicken musst, dann suche in jeder Grausamkeit, die man dir angetan hat, die Schönheit und den Nutzen darin. Wenn du über die Zukunft nachdenken musst, dann versuche, keine Erwartungen zu haben. Vertraue in Gott, dass er dich leitet. Verstehst du?«

Adeline verstand nicht alles, was die ältere Frau ihr sagte, doch sie nickte.

»Gut«, sagte Frau Kantor. »Denn wenn du das tust, meine Liebe, dann wirst du Gottes Segen erleben und dir alles an Glück und Überfluss verdienen, was das Leben zu bieten hat, solange du einen Teil davon an die weniger Glücklichen gibst. Verstehst du?«

Adeline begriff noch immer nicht ganz, was Frau Kantor ihr erzählte, doch sie nickte erneut. Ihre Unsicherheit war wohl an ihrem Gesicht abzulesen, denn ihre Arbeitgeberin seufzte.

»Ich versuche, dir die Schlüssel zu einem langen und glücklichen Leben zu geben, Adeline«, sagte Frau Kantor. »Hör mir weiter zu. Unsere Aufgabe im Leben ist es, auszuharren, gütig zu sein, die Vergangenheit ständig hinter uns zu lassen und uns nicht zu lange mit der Zukunft aufzuhalten. Wenn du zurückblicken musst …«

Die Stimme der alten Frau wurde unscharf und verschwand und wurde in Adelines Traum von einer anderen Erinnerung überlagert, einer späteren Erinnerung, die wesentlich bitterer war und Narben hinterließ.

* * *

### *13. Januar 1936*
### *Perwomajsk, Ukraine*

Die zwanzigjährige Adeline fühlte sich schwächer und hilfloser als zu jedem anderen Zeitpunkt ihres Lebens, als sie auf ihren kleinen Jungen herabblickte, den süßen Waldemar, der jammernd auf ihrem Arm lag und noch immer versuchte, an ihren schmerzhaften, trockenen Brustwarzen zu saugen, die Arme so dünn, seine Haut so durchscheinend und eng am Knochen, dass sie laut schluchzte.

Emil legte ihr die Arme um die Schultern. »Meine Freunde versuchen, Sahne für ihn zu besorgen. Wir werden etwas finden, da bin ich mir ganz sicher.«

»Wir gehen beide los und fragen Fremde«, sagte sie voll Panik. »Jeden, den wir treffen. Gehe du zuerst zu deiner Mutter. Sag ihr, dass sie sich um ihren Enkel kümmern soll, während wir beide versuchen, ihn am Leben zu halten.«

Kurz nach der Hochzeit war das Paar nach Perwomajsk gezogen, weil Emils Mutter dort hingezogen war und sagte, dass es in der kleinen Stadt vier Stunden östlich von Birsula Arbeit gäbe. Zunächst bekam Emil eine Stelle als Feldarbeiter und dann in der Brauerei. Trotz ihrer bescheidenen Lebensumstände gefiel ihnen das Leben als Frischvermählte und bald darauf wurde Adeline schwanger.

Als Adeline im August 1935 schon weit im sechsten Monat gewesen war, hatte sie noch immer auf dem Feld gearbeitet. Der Monat begann feucht und wurde dann heißer, sodass die Mücken zahlreich vom Bug herüberkamen und sie nicht genau sagen konnte, welcher Stich ihr die Krankheit beschert hatte. Doch als sie am 1. September in den siebten Monat kam, litt Adeline an den zehrenden Symptomen der Malaria. Der erste Anfall begann mit einem wohltuenden, drückenden Gefühl im Nacken, das zur Benommenheit führte und dann in einen köstlichen Schlaf in völliger Dunkelheit überging, der so vollständig und tröstend war, dass sie erst von brennendem Gelenkschmerz und zunehmendem Fieber aufwachte.

Adeline hatte jeden Tag Fieber, halluzinierte die lang erwartete Rückkehr ihres Vaters, bis die Temperatur erneut nach oben schoss und sich wieder normalisierte und sie schweißgebadet zurückließ. Innerhalb von Minuten war sie bis auf die Knochen abgekühlt und zitterte so heftig, dass keine Decke sie wärmen konnte.

Schließlich schlief sie ein und empfand erneut jenes angenehme, drückende Gefühl im Nacken, während der Malaria-Kreislauf aufs Neue begann. Mit jedem weiteren der Anfälle, die im Abstand von sechs bis acht Stunden einsetzten, wurde Adeline schwächer und war außerstande, Nahrung im Magen zu behalten. Sie verlor Gewicht und fürchtete um das Baby, das in ihr wuchs, konnte aber nichts tun, bis Emil endlich einen Arzt fand, der ihr Chinin verabreichte.

Bis Ende September und in den Oktober hinein verbesserte sich Adelines Zustand und sie hatte fast zwanzig Tage keinen Anfall mehr gehabt, als es November wurde und die Geburt ihres ersten Kindes näher rückte. Am 12. November nähte sie für die Wiege, die Emil gebaut hatte, eine Decke. Das Baby in ihrem Bauch war lebhaft und trat sie die ganze Zeit und sie liebte das Gefühl.

Es war noch früh am Nachmittag, doch sie war sehr müde und legte ihre Handarbeit beiseite und schloss die Augen, als sie fast sofort den vertrauten, verhassten, angenehmen Druck im Nacken spürte. Sie fiel in einen traumlosen Schlummer und wachte mit Malariafieber auf, das anders war als die vorherigen Anfälle, mit höherer Temperatur und so starken Kopfschmerzen, dass sie glaubte, ihr Trommelfell müsse platzen.

Emil erzählte ihr später, dass er ihr kalte Umschläge machen musste, während sie im Kauderwelsch mit unsichtbaren Menschen sprach. Sie nahm mehr Chinin, doch es war jetzt nicht so wirksam wie zuvor. Am fünften Tag brachte sie unter Fieber und langen, heftigen Wehen einen Sohn zur Welt, dem sie den Namen Waldemar gaben.

Er war sehr klein bei der Geburt und wog kaum zwei Kilogramm, und obwohl sie so krank war, hatte sie doch die intensivste Freude ihres Lebens erfahren, als sie ihr erstgeborenes Kind an die Brust legte und sah, wie er ihre Milch trank. Er war alles, was sie sich jemals gewünscht hatte. Als Emil die Arme um sie beide legte, hatte sie sich vollständiger und glücklicher als je zuvor gefühlt.

Doch die Malaria ließ sie nicht los. An einem Tag war Adeline symptomfrei und hatte am nächsten wieder Fieber. Die Malaria nagte an ihr und machte sie mürbe. Während eines weiteren Anfalls zwischen Weihnachten und Neujahr fragte sie sich, ob sie jemals wieder gesund werden würde. Dann versiegte ihre Milch; mehr als ein unregelmäßiges Tröpfeln vermochte ihr ausgemergelter Körper nicht mehr hervorzubringen.

Am Anfang der zweiten Januarwoche 1936 kämpfte Waldemar ums Überleben, da er kaum genug Nahrung bekam. Adelines Fieber hatte endlich aufgehört, sie aß wieder und kam langsam zu Kräften. Doch sie war kaum in der Lage, ihrem Baby auch nur eine Mahlzeit am Tag zu geben, ganz zu schweigen von sieben oder acht, die er zum Wachsen benötigte.

Sie waren mit dem Baby zu dem Arzt gegangen, der Adeline das Chinin verabreicht hatte, und er sagte, dass das Baby sofort Milchfett benötigte. Er riet ihnen, eine Säugamme zu finden oder frische Sahne aus einer Molkerei zu beschaffen, um ihn so lange zu ernähren, bis sie wieder ganz bei Kräften wäre und die Milch zurückkäme. Doch sie fanden keine Säugamme und Sahne war in Perwomajsk mitten im Winter unmöglich zu bekommen.

»Ich gehe wieder los«, sagte Emil.

»Ich komme mit dir«, insistierte Adeline.

Emil holte seine Mutter. Karoline war vor Weihnachten auf die Hüfte gestürzt und ging jetzt am Stock.

»Er ist sehr schwach«, sagte Adeline.

»Das sehe ich«, erwiderte ihre Schwiegermutter.

Adeline wollte Karoline ein paar Anweisungen geben, doch die ältere Frau hob abwehrend die Hände. »Ich habe selbst schon ein paar von ihnen aufgezogen.«

Adeline und Emil gingen an diesem Tag auf die Straße und liefen stundenlang herum, fragten wirklich jeden, wo sie Sahne für ihr krankes Kind finden konnten. Obwohl es nach fast neunzehn Jahren unter kommunistischer Herrschaft natürlich einen Schwarzmarkt für solche Dinge gab, war niemand in der Lage oder vertrauensvoll genug, ihnen zu helfen.

An jenem Abend musste Emil arbeiten. Adeline begleitete ihn bis zur Brauerei. Als sie dort angekommen waren, begann sie zu weinen. »Ich kann ihm keine Milch geben und deshalb wird er sterben. Alles nur wegen mir.«

Emil nahm sie in die Arme und hielt sie fest. »Wir finden eine Lösung, um …«

»Emil?«, fragte ein Mann.

Sie blickten auf und Emil erkannte einen Arbeitskollegen aus der Brauerei.

»Ich habe etwas Sahne für deinen Sohn gefunden«, sagte er. »Ich habe es in der Wohnung bei deiner Mutter gelassen.«

Adelines Stimmung wechselte sofort. Sie küsste Emil auf die Wange und lief nach Hause, während er zur Arbeit ging. Sie erreichte das bescheidene Mietshaus, in dem sie wohnten, stieg in die dritte Etage und betrat ihre Wohnung.

»Wo ist es?«, fragte sie, noch bevor sie die Tür hinter sich geschlossen hatte.

Ihre Schwiegermutter fragte zurück: »Wo ist was?«

»Das Fläschchen Sahne«, sagte Adeline.

»Ach, was weiß denn dieser Doktor schon?«, höhnte Karoline. »Ich habe versucht, dem Baby einen Löffel zu geben, und es hat alles wieder ausgespuckt, sobald es drinnen war. Genauso war es beim zweiten und dritten Mal. Da habe ich es selbst getrunken.«

Adeline starrte ihre Schwiegermutter ungläubig an. »Du hast es getrunken?«

»Nicht alles«, schnaubte Karoline indigniert. »Und wie gesagt, es hat ihm kein bisschen gutgetan. Und außerdem hatte ich schon seit fünf Jahren keine echte Sahne mehr, vielleicht noch länger.«

Adeline kreischte los: »Du … du hasserfüllte Hexe, verschwinde aus meinem Haus! Du hast gerade deinen eigenen Enkelsohn umgebracht!«

»Nichts dergleichen habe ich getan«, rief Karoline. »Jeder mit zwei Augen im Kopf kann sehen, dass es ihm deshalb so schlecht geht, weil du ihm keine Milch geben kannst! Dass ich etwas Sahne getrunken habe, hat damit überhaupt nichts zu tun!«

Sie schlug die Tür hinter sich zu.

Der acht Wochen alte Waldemar war bereits zu schwach. Als Adeline ihm etwas von der verbliebenen frischen Sahne geben wollte, spuckte er sie tatsächlich wieder aus, und auch jeden weiteren Löffel. Er bekam Husten, der ihn noch weiter schwächte. Zwei Abende später kam Emil nach Hause zu Adeline, die das Baby im Arm wiegte. Es war eng eingewickelt und atmete mühevoll.

»Er stirbt jetzt«, sagte sie. »Er öffnet nicht mehr die Augen.«

»Nein«, entgegnete Emil mit kratziger Stimme. »Er stirbt nicht.«

»Das tut er«, sagte sie. »Ich spüre es. Können wir ihn zusammen halten?«

Ihr Mann wurde von Traurigkeit übermannt und er kam zu ihr, damit sie gemeinsam ihren kleinen Sohn zwischen sich hielten und stundenlang trauerten, bis er seinen letzten Atemzug machte und ihn mit einem schwachen, endgültigen Röcheln herausließ, das Adeline den letzten Rest ihrer Beherrschung nahm. Sie begann zu würgen, zu schluchzen, zu stöhnen und empfand einen Schmerz, den sie noch nie erlebt hatte, schlimmer als bei der Geburt, die ganze Qual ihres zerbrechenden Herzens.

Emil blieb für sie stark und hielt sie, als es am schlimmsten war. Mehr als eine Stunde saß er bei ihr und ließ sie nicht los, sagte kein einziges Wort, bis sie sagte: »Wir müssen ihn beerdigen. Wir brauchen einen kleinen Sarg.«

Er zögerte, dann erwiderte er: »Ich bin diesen Monat noch nicht bezahlt worden. Wir haben kein Geld für den Zimmermann.«

Adeline sah ihn dumpf an. »Was?«

»Wir haben es nicht.«

»Was dann?«

»Ich weiß es nicht«, sagte er niedergeschlagen. »Ich weiß nicht.«

»Wir können unser Kind nicht einfach im Boden vergraben!«

»Ich weiß, doch ich …«

Adeline drückte ihrem Mann das gewickelte tote Kind in die Arme. »Halt du ihn. Ich … Ich kann jetzt nicht hier sein. Ich kann einfach nicht.«

Sie stellte sich auf ihre wackligen Beine, nahm Mantel und Hut und ging hinaus in die anbrechende Morgendämmerung. Es war Mitte Januar im Norden der Zentralukraine. Eigentlich hätte es eiskalt und schneebedeckt sein sollen. Doch Kälte und Unwetter waren noch nicht gekommen. Alles um sie herum war trostlos in Braun- und Grautönen, als sie sich auf die Vordertreppe des Hauses setzte, nach Südosten blickte und nach den ersten Anzeichen von Licht am Horizont suchte.

Doch dort sah Adeline nur Dunkelheit und ihre Trauer kämpfte gegen ihre Benommenheit an.

Sie senkte den Kopf und betete.

»Du musst einen Grund dafür haben, dass du ihn mir genommen hast«, sagte sie und versuchte, nicht mehr zu weinen, was ihr aber nicht gelang. »Ich weiß nicht, warum … Ich weiß nicht, warum du mich hast krank werden lassen, warum er sterben musste. Doch bitte lass mich mein Baby nicht in die kalte Erde legen wie etwas, das man einfach wegwirft. Bitte lass es nicht zu, dass ich das mit meinem gesegneten kleinen Jungen tun muss.«

Adeline war unfähig, irgendwas zu tun, und blieb dort mit den Armen um die Knie im Dunkeln sitzen, während ihr die Tränen über das Gesicht liefen, bis sie tief am östlichen Himmel ein rosafarbenes Glühen auftauchen sah. Dann hörte sie durch ein geöffnetes Fenster über ihrem Kopf die gequälten Töne ihres stolzen, stoischen Mannes, der zum ersten Mal in ihrer Ehe weinte.

Das traf sie bis ins Innerste und versetzte sie in eine überirdische Benommenheit, in der sie sich zum Himmel drehte, auf dem die Finger jener glühenden rosigen Farbe wuchsen und sich ausdehnten. Adeline war zu diesem Zeitpunkt so verzweifelt, dass sie kaum die kommende Morgendämmerung bemerkte, als sie sich fragte, wie viel Schmerz eine Frau ertragen konnte, bevor ihr Verstand genauso zerbrach wie ihr Herz.

Sie hörte von oben, wie Emil gegen etwas schlug und dann Gott verfluchte. Adeline verbarg ihr Gesicht in den Händen. Sie hatte gehört, was mit Paaren geschah, wenn ein Kind starb. Sie fragte sich, ob ihre Ehe vorbei sei, und fühlte sich schlimmer als verlassen. Sie fühlte sich wie auf die Seite geworfen, wie Müll, nichts im Angesicht des Himmels.

Eine Brise kam auf. Fröstelnd hob Adeline den Kopf, wollte den Mantelkragen enger um den Hals ziehen. Obwohl sie noch im dunklen Schatten saß, waren die rosafarbenen Finger der Morgendämmerung jetzt lang und schön geworden, die Spitzen fast schon über ihrem Kopf, als die Sonne endlich aufging und eine schwache Krone goldener Strahlen auf den Horizont schickte.

Sie sah zu, wie das Licht stärker wurde, und dachte: *Wie kann etwas so Schönes an einem so grausamen Morgen geschehen?*

Der Wind wurde böig. Im Augenwinkel bemerkte sie im eiskalten Wind eine Bewegung, etwas fiel, kreiste herum und tanzte auf seltsam ruckartige Weise. Es flatterte und hob sich, dann fiel es wieder, als der Wind seufzend innehielt, drehte sich im Kreis und kam ungefähr einen Meter vor ihr zum Liegen.

Adeline starrte ungläubig auf die gelbweiße Zwanzig-Rubel-Note, mehr als genug, damit Emil für Waldemar einen Sarg kaufen konnte.

Da begann sie wieder zu schluchzen.

* * *

»Adella«, sagte Emil und schüttelte sie sanft an der Schulter. »Alles ist gut.«

Adeline schrak auf, sah sich einen Moment völlig verwirrt um, bevor sie den Blick auf Odin und Thor richtete, die das Fuhrwerk zogen. Dann sah sie wieder zu Emil. »Ich hatte einen bösen Traum.«

»Einen Albtraum«, sagte er. »Du bist ja ganz durcheinander.«

»Du hast länger geschlafen als ich, Mama«, sagte Willi hinter ihr.

»Und als ich«, sagte der zweite Waldemar, der im Oktober 1937 auf die Welt gekommen war, einundzwanzig Monate nach dem Tod ihres ersten Kindes.

Sie drehte sich auf der Sitzbank um und sah ihre Jungen auf den gefalteten Decken liegen, die Ellbogen aufgestützt, das Kinn in der Hand. Sie lächelte, beugte sich vor und küsste beiden die Stirn.

»Warum hast du das gemacht?«, fragte Woldi.

»Weil du und dein Bruder die Wunder sind, die euer Vater und ich und Gott gemacht haben. Und weil ich euch la-la-la-liebe.«

Willi lachte und Woldi ebenfalls, bevor er an ihr vorbeiblickte und sich Entsetzen auf seinem Gesicht abzeichnete. »Vor uns auf dem Hügel stehen sechs Panzer, Mama«, sagte er.

Adeline drehte sich um, legte die Hand als Sichtschutz an die Brauen und sah die deutschen Panzer auf der Anhöhe, drei zu jeder Seite des Konvois. Ihre Kanonenrohre standen in einem schrägen Winkel und zielten über die Fuhrwerke hinweg.

Willi sagte: »Ich lasse die Finger in den Ohren, bis wir an ihnen vorbei sind.«

Woldi runzelte die Stirn und steckte dann ebenfalls die Finger in die Ohren.

Adeline sagte: »Vielleicht ist es keine schlechte Idee, wenn wir auch die Finger in die Ohren stecken.«

Ihr Mann antwortete nicht. Emil hatte den Blick auf etwas konzentriert, das vor ihnen, rechts vom Konvoi, näher als die Panzer war. Sie konnte sehen, dass ein Fuhrwerk neben dem Treck stand, daneben ein Fahrzeug der Wehrmacht. Ein paar Männer gingen dort herum.

Sie sah Emil an, der seine Aufmerksamkeit jetzt auf die andere Seite des Weges gerichtet hatte. Doch als sie näher kamen, blickte er wieder angespannt dorthin.

Oben am Hang dröhnten die Motoren der Panzer. Dann rollten sie los und teilten sich in zwei Reihen, ihre Ketten wühlten den Schlamm auf und warfen ihn hinter sich in die Luft. Adeline steckte sich die Finger in die Ohren, den Blick auf die Panzer gerichtet, die schneller wurden und auf sie zukamen.

Odin und Thor begannen zu zittern, zu beben und zu schnauben. Sie erinnerten sich.

»Alles gut, Jungs«, rief Emil ihnen beruhigend zu. »Das sind nur große Pferde.«

Adeline hatte das andere Fuhrwerk und das Fahrzeug der Wehrmacht vergessen, bis sie fast auf einer Höhe waren. Sie sah zu Emil, der aufmerksam auf zwei der Männer am Fahrzeug blickte.

Einer der beiden war ein großer, langgliedriger Mann in dicker Wollkleidung, der andere ein SS-Offizier. Sie standen im Halbprofil und beobachteten die näher kommenden Panzer.

# Zehn

Nikolas und Sturmbannführer Haussmann drehten ihre Rücken zu den rechts an ihnen vorbeikommenden Panzern und dem Schlamm, der hinter ihnen in die Luft geworfen wurde. Emil wollte Adeline am liebsten die Zügel geben und zu seinen Söhnen nach hinten klettern.

Doch sein Fuhrwerk war keine zwanzig Meter von den beiden Männern entfernt. Emil hatte nicht einmal mehr die Zeit, den Kopf zu senken und in die andere Richtung zu blicken, damit sie ihn womöglich nicht erkennen würden.

Die Panzer schwenkten ab. Sturmbannführer Haussmann betrachtete das Fuhrwerk vor den Martels und dann für einen Moment Emil, bevor sein Blick zu Adeline ging, wo er einen Moment verharrte, um dann zu dem nächsten Wagen in der Reihe zu sehen. Nikolas sah Adeline und die Jungen hinter ihr nur flüchtig an, bevor er Emil fixierte und ihm wissend zulächelte und nickte, als sie an ihm vorbeifuhren. Die Geste fühlte sich schmierig an, wie Verbrecherehre, und Emil drehte sich der Magen um.

»Wer war der Mann?«, fragte Adeline. »Warum hat er dich so angegrinst?«

»Ich habe keine Ahnung«, sagte Emil und wollte zurückblicken.

»Er hat dir zugenickt.«

»Hat er das? Ich dachte, er hätte gelächelt. Vielleicht war er nur freundlich.«

Er sah kurz zu seiner Frau, die skeptisch blieb. »Es fühlte sich nicht besonders freundlich an.«

Woldi und Willi begannen, sich hinter Emil zu rühren, was ihm einen Grund dafür gab, über die Schulter und unter dem Verdeck hindurch nach hinten auf die Straße zu blicken. Nikolas und Haussmann sahen ihnen hinterher.

»Sie beobachten uns«, sagte Adeline, die sich auch umgewandt hatte. »Wer sind die?«

Emil sah seine Frau an und schüttelte den Kopf. »Ich weiß es nicht.«

»Der SS-Offizier sah genau wie derjenige aus, der am zweiten Morgen die Richtung für den Konvoi angezeigt hat.«

»Tat er das?«

»Emil, du erinnerst dich an Gesichter. Das tust du immer.«

»Ich habe ihm wohl nicht so viel Aufmerksamkeit geschenkt, Adella«, sagte er und sah wieder zurück. »Wie auch immer, jetzt sind sie außer Sicht.«

Doch für die restliche Fahrt des Tages war weder Nikolas noch Haussmann aus Emils Gedanken verschwunden. Sie kamen an weiteren Panzern und Besatzungen zu beiden Seiten der Route vorbei und sahen Wehrmachtssoldaten, die sich an den Hängen eingruben, und noch mehr rumänische Soldaten, die ihre Lager aufschlugen.

Die Familie Martel hielt für die Nacht an einem Bach mit kaltem, klarem Wasser. In der Senke fanden die Jungen leicht Holz für ein Feuer, das ihr Großvater schnell angezündet hatte. Emil grub für Adeline am Bachufer einen neuen Ofen. Sie machte Brot, während ihre Mutter und Schwester eine Suppe mit Zwiebeln, Kartoffeln, Rüben und getrocknetem Schweinefleisch zubereiteten. Woldi fand eine Handvoll wilden Spargel, den sie auch in den Topf gaben.

Als die Sonne unterging, schickte sie Strahlen in dramatischen Rot- und Violetttönen über ihre Köpfe.

»Das ist schön«, sagte Emil. »Der Himmel.«

Adeline blickte von ihrem Schneidbrett auf und begann zu lächeln, bevor sie verwundert den Kopf neigte und dann traurig wurde.

»Was ist los?«, fragte er.

»Ich weiß auch nicht. Ich habe solche schönen Strahlen nur ein einziges Mal gesehen, an das ich mich erinnern kann«, sagte sie und zögerte, während sich ihre Augen mit Tränen füllten.

»Für mich sieht ein Sonnenuntergang wie der andere aus«, sagte Resi. »Wann können wir essen?«

»Du bist auf?«, fragte Emil.

»Ich fühle mich, als hätte ich eine ganze Woche geschlafen«, sagte Resi und gähnte.

»Du hast eine Woche geschlafen«, sagte Adeline und schob ihre Trauer beiseite.

»Deshalb bin ich wohl so hungrig.«

»Ich bringe ihr einen Teller«, sagte Karoline, die rübergekommen war.

»Mir geht es gut, Mama«, sagte Resi. »Ich bin durchaus in der Lage, einen Suppenteller zu tragen.«

»Hier«, sagte Malia und reichte Resi einen dampfenden Teller. »Die Kartoffeln sind vielleicht noch ein wenig knackig, doch das füllt dich besser.«

Adeline reichte ihr ein Stück Brot. Resi lächelte und dankte ihr. Die Jungen waren die Nächsten, dann die Frauen, von den Ältesten zu den Jüngsten, gefolgt von den Männern. Emil wartete bis zum Schluss mit dem Essen, doch da war noch mehr als genug, um an diesem Abend seinen Magen zu füllen.

Während sie aßen, wurde der Himmel nachtdunkel. Sie schürten das Feuer und machten die Laterne an. Der Wind frischte auf, pfiff durch die Baumzweige und ließ das Feuer lodern, knacken und so heftig Funken sprühen, dass ein kleiner Vulkan aus glühender Asche aufplatzte und hoch in den Himmel leuchtete.

* * *

Auf der anderen Seite des Feuers bemerkte Emil unten am Flussbett eine Bewegung in den Schatten der windgebeutelten Flammen. Kurz darauf tauchte ein Mann an der Böschung auf, ein Gewehr über der Schulter und eine Flasche in der Hand. Er näherte sich dem Feuer, wo man die olivbraune Winteruniform eines rumänischen Soldaten erkennen konnte. Er war recht klein, weniger als einen Meter sechzig groß und ungefähr Mitte zwanzig.

»Guten Abend«, sagte er auf Deutsch, lächelte und blickte sie alle auf eine seltsame, strahlende Weise an, während er die Flasche hob. »Ich bin Korporal Gheorghe von der 3. Rumänischen Armee. Der Mond und die Sterne habe mich mit Honigwein zu euch gebracht. Ich habe gerade den Fluss überquert, mich kalt gefühlt und dann euer Feuer gesehen. Können wir verhandeln? Wein gegen Wärme?«

Emil spürte sofort, dass etwas mit diesem Mann nicht stimmte. Warum war er im Flussbett gewesen? Woher kam der Wein? Als er kurz zu Woldi und Willi blickte, die neben ihrer Mutter saßen, bemerkte er, dass die beiden Jungen den Mann mit finsterem, misstrauischem Blick beobachteten. Doch nicht Adeline. Sie schien von ihrem Besucher belustigt zu sein.

»Ich würde gern etwas Honigwein nehmen, Korporal Gheorghe«, sagte Resi.

»Das wirst du nicht«, sagte ihre Mutter.

»Ich nehme was«, sagte Emils Vater.

»Ich auch«, sagte Adeline. »Woher habt Ihr den Honigwein? Und warum kann ein rumänischer Korporal Deutsch sprechen?«

Er kam zum Feuer und lächelte alle an, als er den Korken von der Flasche nahm. »Ich habe den Honigwein vom Lager eines SS-Offiziers an der Straße gestohlen.« Er ging zu Johann und goss ihm etwas in seinen Becher, während er sagte: »Wisst ihr, was die Sterne und der Mond und das Allmächtige sagen? Was ich tun werde, wenn der Krieg vorbei ist und ich nach Hause komme?«

Emil wollte ihm sagen, dass es ihn nicht interessierte, was er tun würde, wenn der Krieg vorbei wäre, und dass es eine der dümmsten Sachen sei, die er je gehört hatte, Alkohol von einem SS-Offizier zu stehlen.

Doch Adelines ältere Schwester Malia fragte: »Was werdet Ihr tun?«

»Ich werde Imker«, sagte der Korporal. »Mache Honig. Verkaufe Honig. Ich liebe Honig.«

Er kam mit dem Wein zu Karoline, die den Kopf schüttelte und auf ihre Tochter zeigte. »Auch nichts für Resi.«

»Ich bin einundzwanzig, Mama«, protestierte Resi.

Karoline sah sie an und sagte: »Da geht es nicht ums Alter, Resi, und das weißt du genau.«

Resi schnaubte, verschränkte die Arme, schloss die Augen und sagte nichts mehr.

»Warum denn Imker?«, fragte Malia, als er Adeline und Lydia etwas Wein einschenkte.

Der Rumäne blickte Emil fragend an, der den Kopf schüttelte. Der Korporal machte ein trauriges Gesicht mit einer Schmolllippe, bevor er zu Malia ging und sagte: »Bienen und Honig sind gut für Männer und Frauen und kleine Jungen. Wenn du Honig isst, dann wirst du stark und niemals krank. Wenn du gestochen wirst, dann macht dich das noch stärker.

Und wenn du von dem Gelée royale isst? Dann lebst du und lebst und lebst. Und so ein Imker, der muss nicht das ganze Jahr schwer arbeiten. Es ist ein schöner Traum. Jede Nacht träume ich, der Krieg sei vorbei. Verrückter Stalin, durchgedrehter Hitler, alle weg, tot, in der Hölle. In meinem Traum, da werfe ich mein Gewehr weg, laufe nach Hause, züchte Bienen, mache Honig und finde eine gute Frau, die ich glücklich machen kann.« Er lächelte Malia an. »Meine Frau und ich werden lange leben. Kein Krieg. Nur Liebe für alle. Zusammen süßen Honig machen, ja?«

Sie errötete, ließ das Kinn sinken und sagte: »Das klingt wirklich wie ein Traum, Korporal.«

»Träume werden wahr«, sagte er grinsend. »Das weißt du, oder?«

Sie blickte verwirrt auf und spähte zu ihrer Mutter. Lydia schüttelte den Kopf und sagte: »Träume sind Schäume, Korporal Gheorghe. Sie werden nicht wahr.«

»Nein, nein, Träume werden wahr«, sagte er, nahm seinen Helm ab und zeigte oberhalb des rechten Ohrs auf eine noch frische Narbe über einer eingedrückten, halbmondförmigen Vertiefung in seinem Schädel. »Der alte Korporal Gheorghe? Bevor ihn die Granate traf? Er hat das Leben gehasst. Er hat jeden Tag gelitten, dunkel und zornig, und hat auf erschrockene Stimmen in seinem Kopf gehört. Warum ich? Warum nicht ich? Wer wird mich erschießen? Er hat nicht an Gott geglaubt. Er hat nicht daran geglaubt, dass Träume wahr werden.«

Der rumänische Soldat legte sich die Hand aufs Herz und riss die Augen auf. »Doch dann traf mich die Granate und ich war bewusstlos. Ich wachte auf und alles war anders. Ich war Teil von allem und von jedem. Ich habe es gesehen. Ich habe es gefühlt. Ich habe es verstanden! Schütze Kumar hatte recht! Träume werden wahr, wenn man sie in seinem Herzen behält und aus dem Herzen heraus handelt. Jede Nacht, genau hier in meiner Brust, weiß ich, dass ich dafür geboren bin, um Honig zu machen, eine schöne Frau zu finden und noch mehr Honig zu machen.«

Er lachte, berührte noch einmal die Narbe mit seiner rechten Hand und schloss die Augen, sein Gesicht so selig, wie ein Männergesicht sein konnte. »Ich kann warten. Ich habe Geduld und Frieden und keine Angst. Ich weiß, dass ich in meinem Herzen bereits Imker bin. Was auch geschieht, ich bin ein Imker.«

Emil war inzwischen zu dem Schluss gekommen, dass der Rumäne entweder ein Verrückter oder ein Betrunkener oder beides war. Er fühlte sich ein wenig ablehnend, als er sagte: »Ihr habt uns noch gar nicht erzählt, wo Ihr Deutsch gelernt habt.«

»Oh, meine Großmutter war Österreicherin«, sagte er und öffnete wieder die Augen. »Ich habe viele Jahre bei ihr gelebt, nachdem meine Mutter gestorben ist.«

Malia sagte: »Und wo wart Ihr, als die Granate eingeschlagen ist?«

Die Verzückung schwand aus dem Gesicht des Korporals, das sich verdunkelte. Er nahm die Hand vom Herzen und griff nach der Flasche Honigwein. Nachdem er sich einen großzügigen Schluck in den Mund hatte laufen lassen, schluckte er ihn hinunter, erschauerte und sah sie mit einem gehetzten Ausdruck an.

»Stalingrad«, sagte er. »Am Bogen des Don.«

* * *

Im Verlauf der nächsten Stunde, während das Feuer bis zur Asche herunterbrannte und der restliche Honigwein getrunken wurde, erzählte der Imker seine Geschichte der längsten und blutigsten Schlacht, die jemals auf Erden geschlagen wurde. Obwohl er dem Mann noch immer nicht traute, hörte Emil gebannt zu, als Korporal Gheorghe beschrieb, wie er seine Heimatstadt Bîrlad im Osten Rumäniens verließ und im Juli 1942 in Sommeruniform auf einen Truppenzug einbestellt wurde. Zwei Tage später stieg der Imker aus dem Zug und marschierte neun Tage zu einer Stellung bei der Ortschaft Serafimowitsch, mehr als hundert Kilometer nordwestlich von Stalingrad.

»Es war Steppenland südlich des Cotul Donului, des Donbogens«, sagte er. »Offenes Land. Wenig Bäume. Viel Wind. Und es war heiß. Schütze Kumar, der verrückte kleine Inder, fand den Wind und die Sonne gerade richtig. Ich habe es gehasst.«

Schütze Kumar war ein Soldat in der Einheit des Rumänen, der schwer beim Graben von Schützengräben, Schützenlöchern und Buden für Maschinengewehrnester und Kanonen mitarbeitete. Beim Eingraben ihrer Stellung an einer ungefähr zwei Kilometer vom Flussbogen entfernten Erhöhung erfuhr Korporal Gheorghe, dass der Vater von Schütze Kumar ein indischer Auswanderer war, der seit dreißig Jahren in Bukarest lebte, dort eine Textilfirma besaß und Kumars Mutter geheiratet hatte, eine hübsche rumänische Frau. Sie hatten drei Kinder, Kumar war das Älteste.

Der Rumäne trank wieder von dem Honigwein und sagte: »Schütze Kumar war noch kleiner als ich, doch er war doppelt so stark. Und später, als es kälter als kalt wurde? Da zitterte er nicht. Er setzte sich einfach hin, schloss die Augen, lächelte sein kleines Lächeln und atmete zehn Minuten tief und langsam. Und dann ging es ihm gut und er kehrte zu seiner Arbeit zurück. Schließlich fragte ich Kumar, ob er gebetet hatte. Er sagte, nein, er würde meditieren. Ich sagte ihm, dass ich keine Ahnung hatte, worüber er da sprach. Er sagte, beim Beten spricht man mit Gott. Und Meditation ist dann, wenn man zuhört.«

Er hielt inne und lächelte. »Zu dem Zeitpunkt dachte ich, Schütze Kumar ist ein bisschen verrückt und …«

»Ich dachte, ihr wolltet uns von der Schlacht erzählen.« Verloren in dem weitschweifigen Gerede war Emil aufgestanden, um nach den Pferden zu sehen.

»Und wie ich am Kopf getroffen wurde, ja«, sagte der Korporal. »Das kommt noch.«

Obwohl die sowjetische Luftwaffe in den folgenden Monaten mehrfach die Position von Korporal Gheorghe bombardiert hatte, blieben der Imker, Schütze Kumar und der Rest der 3. Rumänischen Armee größtenteils unbeschadet bis weit in den Herbst 1942 hinein, der ungewöhnlich mild war und Windstürme und Tornados über Südrussland brachte.

Gheorghe sagte: »Im November kam die Rote Armee zu den Anhöhen auf der anderen Seite des Dons. Panzer. Geschütze. Viele Divisionen.«

Bei der Erinnerung hatte sich das Gesicht des Imkers verhärtet. Er sagte, Schütze Kumar hatte eine Vision, als er meditierte. Darin griffen die Sowjets in der Nacht an und er wurde getötet.

»Ich sagte ihm, er sollte nicht so denken, sondern kampfbereit sein, und Kumar lächelte mich nur an. Ich ging schlafen und hatte diesen Traum, dass ich die Schlacht überlebte, mitten hindurchging, Imker wurde und ein langes, glückliches Leben führte.«

Am 22. November 1942 griffen in den frühen Morgenstunden vor Sonnenaufgang drei sowjetische Armeen die Rumänen an, die weit verstreut auf einer hundert Kilometer breiten Front von Korporal Gheorghes Position am Bogen des Dons bis nach Osten in Richtung Stalingrad lagen.

»Schnee und Wind waren gekommen, der erste große Wintersturm«, erzählte der Imker und blickte nach oben in den Nachthimmel. »Ich konnte die Panzer nicht hören, doch

Schütze Kumar meinte, er konnte sie im Leerlauf hören. Dann schossen Kanonen und Mörser und trafen unsere Anhöhe überall. Schütze Kumar war am anderen Ende des gebogenen Schützengrabens, nicht weit entfernt, vielleicht vierzig Meter. Ich sage euch, als die Granaten einschlugen, da legte er einfach sein Gewehr ab und setzte sich hin, die Augen geschlossen, dabei dieses alberne kleine Lächeln im Gesicht.«

Der Rumäne hielt in seiner Geschichte inne, um ihnen den Rest des Honigweins anzubieten, doch alle lehnten ab. Malia fragte: »Was ist passiert?«

Er blickte traurig ins Feuer. »Beim ersten Licht traf eine Mörsergranate Schütze Kumar und er war hinüber, wie roter Schnee, der vom Wind verweht wird.«

»Was?«, sagte Resi erschrocken. »Wirklich?«

»Traurig, aber wahr. Und dann gab es in dem Schneesturm große Blitze wie Blitzschlag. Und *rumms!* Ich wurde auch getroffen und alles wurde dunkel.«

Die behandschuhten Finger des Rumänen gingen zu der Narbe und der Vertiefung an der Seite seines Kopfes, bevor er seine Aufmerksamkeit vom Himmel löste und sie mit aufgerissenen Augen ansah.

»Mit dem Gesicht nach unten wachte ich im Schnee auf. Es war Tag. Meine Ohren dröhnten und summten. Mein Kopf fühlte sich zerbrochen an. Ich war vom Schnee bedeckt und spürte, dass ich hier in meinem Kopf verletzt war und aus Nase und Ohren blutete. Es fielen noch mehr Bomben. Noch mehr Kanonen feuerten. Panzer kamen. Und Gewehrschützen. Und MG-Schützen. Doch ich war benommen und die Zeit schien langsamer zu vergehen, bis ich Tausende Sowjets in weißer Kleidung den Fluss überqueren und im Sturm den Hügel erklimmen sah. Ich sah, wie sie sechs Männer ein Stück weiter unterhalb erschossen, und hörte sie sagen: »Macht keine Gefangenen.«

Der Korporal machte eine Pause, wie gelähmt und entsetzt, während er sich an den Moment seines nahen Untergangs erinnerte. Sein Körper bebte auf einmal, doch nicht vor Angst, wie Emil bemerkte, sondern mit einer seltsamen Freude, die ihm plötzlich aus der Brust zu springen und aus dem Gesicht zu strahlen schien. Er sah sie alle an und grinste wie ein Verrückter.

»Die russischen Soldaten, sie rannten an mir vorbei, als wäre ich unsichtbar!«, sagte er. »Dann kamen noch mehr, und es war dasselbe. Und genau da wusste ich, dass ich nach der Mörsergranate anders war, als wäre etwas in meinem Kopf geradegerückt worden. Ich war ganz ruhig, voller Frieden, und während ich die Schlacht überblickte, die um mich herum tobte, da wusste ich in meinem Herzen, dass Schütze Kumar recht hatte. Ihr, ich, das Feuer, das Universum, alles ist das Allmächtige. Und wenn man es weiß, wenn man das annimmt, dann werden Träume wahr, denn du bist in dem Allmächtigen und das Allmächtige ist in dir.«

Da wollte Emil ihn unterbrechen, denn das alles klang völlig verrückt, doch er bemerkte, wie Malia und Adeline und Resi von dem Rumänen gebannt zu sein schienen.

»Was habt Ihr dann gemacht?«, fragte Malia.

Korporal Gheorghe lächelte sie an. »Ich nahm mein Gewehr, stieg aus dem Graben und ging durch den Schneesturm, mitten durch die Schlacht.«

Er erzählte, dass er tote sowjetische Soldaten in weißen Overalls sah und sich von einer Leiche die Kleidung genommen hatte. Er sagte, dass die russischen und rumänischen MG-Schützen an ihm vorbeischossen. Die Bomben fielen, Geschütze brüllten und Panzer rasselten weniger als anderthalb Meter neben ihm vorbei, während er zu viele seiner Kameraden begrub.

Korporal Gheorghe sagte, er sei tagelang durch Schlachten und ihre Trümmer gegangen, habe die Brutalität, das Gemetzel gesehen und viel zu viele Tote. Deutsche, Sowjets und Rumänen gleichermaßen, Zivilisten und Soldaten. Er hatte die Rucksäcke toter Rumänen durchwühlt. Wenn er Essen oder etwas Nützliches fand, dann begrub er die Soldaten. Um nicht im Schnee liegen zu müssen, schlief er immer dort, wo die Bomben zuletzt eingeschlagen waren.

»Der Boden war schwarz, warm und roch nach verbranntem Öl«, sagte er. »Am dritten oder vierten Morgen kam ein Nebel auf, und ich ging mitten hinein. Als ich aus dem Nebel wieder heraustrat, war die Schlacht am Cotul Donului vorbei und ich sehr lebendig.«

Er richtete seine Aufmerksamkeit auf Malia, lächelte breit und sagte: »Deshalb weiß ich, dass ich eines Tages Imker sein werde, eine gute Frau finden und ein Honigleben führen werde.«

Adelines ältere Schwester errötete erneut und kicherte: »Ein Honigleben.«

»Nun«, sagte ihre Mutter Lydia und stand gereizt auf. »Ich hatte genug und du ebenfalls, Malia. Wir müssen am Morgen weiter, um unser eigenes Honigleben zu finden.«

Der Rumäne schien das witzig zu finden und lachte und verneigte sich. Lydia und eine widerwillige Malia verließen das ausgehende Feuer zusammen mit Adeline, die Willi auf dem Arm trug, während Woldi schläfrig neben ihr zum Wagen und zum Bett trottete.

Karoline zwang Resi und Johann, ebenfalls mit ihr zu gehen. Und dann waren da nur noch Emil und der rumänische Soldat im letzten glimmenden Licht des Feuers.

»Verstehst du, Martel?«, fragte Korporal Gheorghe. »Das Allmächtige, Gott, das Göttliche, die universelle Intelligenz, wie auch immer man es nennt, es ist alles dasselbe. Das Eine hört uns und hilft uns, bewegt für uns den Mond und die

Sterne, wenn wir auf die richtige Weise bitten. Und Träume werden wahr.«

Emil fühlte sich im Innern bleischwer, als er den Kopf schüttelte und zurückblaffte: »Es gibt keinen Gott, kein Allmächtiges, kein Göttliches, keine universelle Intelligenz, kein Bewegen von Mond und Sternen wegen Träumen. Nur deine eigene schwere Arbeit und was du dir selbst erschaffst und wovor du dich verstecken kannst. Das ist alles!«

Der Rumäne berührte seine Kopfnarbe. »Ich bin durch den allerschlimmsten Krieg gegangen und wurde nach der Mörsergranate nicht mehr angerührt. Ich habe Tausende sterben sehen, Martel. Doch ich nicht. Ich bin hier, an deinem Feuer.«

»Wenn das stimmt, was Ihr sagt, dann seid Ihr ein glücklicher Mann«, sagte Emil. »Das gestehe ich Euch zu. Gute Nacht, Korporal Gheorghe. Habt ein gutes Leben.«

Gheorghe legte die Hand auf sein Herz und legte dann für einen Moment den Kopf zurück, die Augen geschlossen, bevor er sie wieder öffnete und Emil mit ausgestreckter Hand anblickte. »Ich habe das Gefühl, dass ich dich wiedersehe, Martel. Ja, ich bin mir dessen sogar ganz sicher. Es wird geschehen, wenn der Mond und die Sterne sich bewegen.«

Emil schüttelte dem Verrückten widerwillig die Hand. »Sicher, bestimmt, und viel Glück mit dem Honig.«

»Kein Glück«, sagte er, während er sein Gewehr und die leere Flasche nahm. »In meinem Herzen bin ich bereits Imker.«

Er kicherte und ging davon, hinunter zur dunklen Flusssenke. Als Emil zu den Pferden ging, um nach ihnen zu sehen, konnte er hören, wie der rumänische Korporal zu sich selbst sprach, während er durch das Gebüsch brach. Die Nacht war still geworden, als Emil unter die Bettdecke kroch.

»War der verrückt, Emil?«, flüsterte Adeline.

»Am Kopf getroffen und völlig durchgeknallt«, flüsterte er zurück. »Schlimmer als Malia.«

Er befürchtete, dass sie ihm diese Aussage womöglich übel nehmen würde, doch stattdessen sagte Adeline: »Ich habe nicht die Hälfte von dem verstanden, was der Mann gesagt hat, doch meine Schwester schien alles verstanden zu haben. Sie scheinen die Welt etwas anders zu sehen, oder?«

»Wie gesagt: am Kopf getroffen. Schlaf jetzt.«

# Elf

Adeline wachte in der kühlen Finsternis der Nacht von einem schrillen Pfeifton auf, dem eine Explosion folgte, keine fünfzehnhundert Meter von ihnen entfernt. Sie brachte den Boden unter ihnen zum Beben. Ein weiteres Pfeifen folgte, kurz darauf eine neue Explosion, die noch gewaltiger klang, noch näher bei ihnen war.

Die 4. Ukrainische Front griff von Osten her an.

»In die Unterführung!«, schrie Emil. »Hol Willi! Ich nehme Woldi!«

Adeline zog sich schnell die Schuhe an, nahm Willi und krabbelte mit ihm unter dem Wagen hervor, als sie hörte, dass ihre Mutter und Schwester nach ihr riefen.

»Wohin?«, rief Malia, als eine weitere Granate einschlug.

»Zu mir!«, schrie Adeline zurück. »Zu mir!«

»Ruf weiter!«

Es gab einen gewaltigen Blitz, als eine Bombe das Lager der Wehrmacht in ihrer Nähe traf. Die Druckwelle warf Adeline aus dem Gleichgewicht und sie strauchelte kurz, als sie Emil mit Woldi und Willi vor sich sah, die zum Flussbett und der Unterführung gingen.

Sie war wie erblindet, als die Einschläge stoppten, ging aber weiter in die Richtung, wo sie Emil das letzte Mal gesehen hatte. Dann schlug eine weitere Granate ein und er war da, streckte seine kräftigen Arme aus, um Willi entgegenzunehmen und danach sie, und er führte sie in das kalte Wasser, wo sie sich in die Röhre ducken sollten.

Adelines Schuhe und Füße waren nach zwei Schritten durchnässt. Doch als die nächste Bombe losging, kümmerte sie das nicht mehr. Die Explosion klang gedämpft, fast entfernt.

»Ich kann nichts sehen, Mama«, sagte Woldi tiefer in der Röhre.

»Mir ist kalt«, sagte Willi. »Wo soll ich mich hinstellen?«

»Geh zu Woldi«, sagte Adeline. »Und kalt ist uns allen, aber für den Augenblick sind wir in Sicherheit.«

Als Willi Woldi erreicht hatte, kam Adeline zu ihnen und erklärte ihren Söhnen, dass sie sich mit den Rücken gegen die Wand der Röhre drücken sollten, um die Füße aus dem Wasser zu heben und an die gegenüberliegende Wand zu stützen. Es platschte.

»Mama!«, schrie Willi. »Ich bin reingefallen!«

»Steh auf«, rief Emil vom Eingang zu der Röhre.

»Ja, steh schnell auf«, sagte sie und ihr Magen zog sich zusammen, da sie wusste, dass es gefährlich für ihn wurde, kalt und nass, wie er nun war. »Komm zu mir.«

Adeline spürte Willis eiskalte kleine Hände an ihren Beinen, griff in der Dunkelheit danach und zog ihn hoch. Ihre Beine und ihr Rücken schmerzten von dem Zug, der auf sie ausgeübt wurde, doch sie hob ihren bereits zitternden Sohn an ihre Brust und umarmte ihn.

»Es ist gut«, murmelte sie in sein Ohr. »Mama hat dich.«

»Mir ist so kalt.«

»Wir bleiben hier nur so lange, bis Papa sagt, dass wir wieder rauskönnen.«

Seine eiskalten nassen Finger suchten in der Dunkelheit nach ihren Wangen. Sie küsste sie und nahm sie in ihre eigene trockene Hand.

»Warum müssen wir das machen?«, fragte Woldi in der Dunkelheit. »Das hier gefällt mir überhaupt nicht.«

»Manchmal muss man Sachen machen, die man gar nicht machen will, um am Leben zu bleiben«, sagte Emil. »So schlimm es auch ist, so ist es doch besser, als beim Fuhrwerk zu sein.«

»Und wenn das Fuhrwerk weg ist?«, fragte Woldi. »Wenn Thor und Odin tot sind?«

»Mir ist kalt, Mama«, sagte Willi und wand sich in ihren Armen.

»Denke an einen Ort, wo dir ganz heiß war«, sagte sie. »Der heißeste Ort, wo du jemals warst. So heiß, dass du einfach nur in den Schatten willst und schwitzen.«

Dann wurden alle still und jeder suchte in seiner Erinnerung nach einem heißen Tag. Aus Gründen, die sie nicht ganz verstand, schweiften Adelines Gedanken nach Perwomajsk, wo am 9. August 1941 eine Hitzewelle herrschte.

* * *

Es war drückend heiß. Adeline trug den fast zweijährigen Willi auf dem Arm, neben ihr ging der fast vierjährige Woldi. Sie kehrten gerade vom Einkaufen zurück zu ihrer Wohnung, wobei sie nur wenig vorzuweisen hatten. Beim Gehen blickte sie aufmerksam in alle Richtungen, da sie noch immer damit beschäftigt war, die neue Weltordnung zu verstehen. Vor einer Woche war die deutsche Armee einmarschiert und hatte die Stadt besetzt, und sie hatte soeben erfahren, dass die Wehrmacht ihren jüngeren Bruder Wilhelm eingezogen hatte, damit er gegen die zurückweichende Rote Armee kämpfte. Er hatte die Stadt bereits verlassen.

Es gab Gerüchte, dass weitere schlechte Veränderungen kommen würden. Jeden Abend hörten sie durchs offene Fenster Schießereien in der Stadt. Doch Emil meinte, dass das Leben unter den Deutschen für sie besser werden könnte, als es unter den Russen war. Stimmte das auch? Sie war eine Volksdeutsche und sprach sowohl Russisch als auch Deutsch, doch sie fühlte sich keinem dieser Länder besonders verbunden, und ganz bestimmt auch nicht Stalin oder Hitler.

»Mama?«, sagte Woldi. »Es ist so heiß. Ich habe Durst.«

»Wir sind fast zu Hause. Da trinken wir Wasser.«

»Kannst du mich tragen?«

»Was mache ich dann mit Willi?«

»Oh«, sagte er und blickte zu Boden.

»Adeline? Bist du das?«, fragte hinter ihr eine Frau mit ängstlicher Stimme.

Adeline erkannte die Stimme nicht, blickte über die Schulter und sah eine verzweifelt wirkende, ängstliche Frau von Ende dreißig, die Bauernkleidung und ein Kopftuch trug. Zuerst erkannte sie sie nicht. Doch dann bewegte die Frau ein wenig den Kopf und Adeline erinnerte sich.

»Frau Kantors Freundin«, sagte Adeline lächelnd. »Esther.« Es waren fast acht Jahre vergangen.

»Pst. Ich heiße jetzt Ilse«, sagte Esther, sah sich um und lächelte dann zu Woldi und dem Baby. »Beides deine Jungen?«

Adeline fand es seltsam, dass sie ihren Namen geändert hatte, erwiderte aber das Lächeln. »Ja.«

»Ein Segen für dich. Frau Kantor hat mir von eurem ersten Kind erzählt. Das tut mir so leid.«

Adeline verspürte eine Welle der Trauer. Fünf Jahre waren vergangen und sie war zu der Überzeugung gelangt, dass sie den Schmerz über den Verlust von Waldemar ein ganzes Leben mit sich herumtragen würde. Sie drückte Woldi, der neben ihr stand. »Das sind jetzt meine kostbaren Geschenke. Wie geht es dir?«

Esther beugte sich vor, legte ihre zitternden Finger auf Adelines Handrücken und sagte in einem Flüsterton, dem Weinen nahe: »Die Nazis erschießen jetzt Juden in Bogopol, auf der anderen Seite des Flusses, und ich … Ich brauche deine Hilfe. Oh Gott, bitte, ich habe sonst niemanden, an den ich mich wenden kann.«

* * *

Fast drei Jahre später in der Dunkelheit des Abflusskanals, die Bomben fielen immer seltener, riss sie der in ihren Armen zitternde Willi aus ihrer Erinnerung. »Mir ist so kalt, Mama.«

Adeline rief: »Emil?«

Er rief zurück: »Die Bombardierung geht noch weiter, doch es scheint, als hätten sie ein anderes Ziel. Ich glaube, wir können wieder rauskommen. Lydia? Malia? Folgt mir.«

»Gott sei Dank«, sagte Lydia. »Ich hasse es, in diesen Dingern zu sein.«

Adeline hörte, wie sie durch die Röhre gingen. »Willi, geh runter von mir und geh zu Oma.«

»Im Wasser?«, fragte er mit klappernden Zähnen.

»Ja. Jetzt.«

Willi kletterte von ihr herunter. Sie drehte sich auf ein Knie und stand dann gebückt auf, den Hinterkopf an der Decke der Röhre.

»Wir sind draußen«, rief ihre Schwester.

»Geh weiter, Willi«, sagte Adeline. »Mama ist direkt hinter dir. Woldi, mir hinterher.«

Ein paar Augenblicke später traten sie aus der Röhre. Dreißig Minuten hatten sie darin ausgeharrt. Der Morgen dämmerte.

Wie Emil richtig angenommen hatte, ging die Bombardierung weiter, hatte sich aber nach Osten zu den Hügeln verlagert, wo sich die deutschen Truppen befanden, weit genug von ihnen entfernt, dass sie für den Augenblick sicher schienen. Adeline nahm Willi hoch, der heftig zitterte.

»Direkt zum Fuhrwerk«, sagte sie und kletterte zusammen mit Woldi die Böschung hinauf.

Sie waren gerade oben angekommen und hatten ein paar Schritte in Richtung Fuhrwerk gemacht, als sie erneut das Pfeifen und Krachen der Artillerie hörten, als würden die Sowjets die deutsche Front in unterschiedlichen Entfernungen im Osten und Westen mit Salvenbombardements eindecken. Jeden Augenblick konnte es auch bei ihnen zu einem weiteren Einschlag kommen.

Adeline sprintete zum Fuhrwerk.

»Kletter rein!«, sagte sie zu Willi und hob ihn hoch. »Geh nach hinten und zieh deine ganze Kleidung aus.«

»Nein, Mama«, sagte er. »Mir ist so kalt.«

»Geh rein und zieh die Sachen aus. Ich hole Decken!«

Adeline ließ sich auf die Knie fallen. Sie konnte jetzt Flugzeuge hören, gefolgt von weiteren Pfeifgeräuschen und Explosionen, die immer näher nach Süden kamen. Der Boden wackelte.

Woldi schrie: »Mama!«

Sie zerrte die Bettwäsche unter dem Fuhrwerk heraus und sah ihren älteren Sohn nach Osten zeigen, wo eine Feuerwand loderte.

»Ich sehe es«, sagte sie und versuchte, nicht in Panik zu geraten. »Geh jetzt rein.«

Woldi kletterte auf die Bank, nahm die Bettwäsche entgegen und warf sie unter das Verdeck. Sie stieg neben ihm ins Fuhrwerk und spürte, wie der Wagen schaukelte.

Sie hatte gar nicht bemerkt, dass Emil dabei war, die Pferde einzuspannen. Sie half Willi und Woldi dabei, die nassen Kleider auszuziehen, und wickelte beide Jungen in die Decken.

Willi war ganz blau und zitterte noch immer. Ein weiteres Artilleriegeschoss schlug noch näher ein.

»Wir müssen los!«, schrie Adeline zu Emil. »Sie bombardieren von Süden nach Norden. Sie werden uns erwischen!«

Emil sprang auf den Kutschbock und ergriff die Zügel.

»Festhalten!«, schrie er und schlug dann gegen die Flanken von Thor und Odin. Die großen Pferde schossen vorwärts und warfen Adeline aus dem Gleichgewicht. Sie fiel seitlich auf die Töpfe und Pfannen, die ihr die Rippen quetschten.

Sie stöhnte auf, blickte dann hinten aus dem Wagen und sah, wie Emils Vater auf seine Pferde einpeitschte, während sich Karoline und Resi hinter ihm unter dem Verdeck verschreckt an der Bank festhielten. Dahinter fuhr Malia den Wagen ihrer Mutter, schrie aus voller Kraft und peitschte mit den Zügeln auf die Flanken ihrer Ponys.

Schlamm spritzte auf. Sie kamen ins Rutschen, während die Räder durch den Matsch glitten. Der Wagen schaukelte heftig in die eine Richtung, dann in die andere. Adeline war sicher, dass er sich gleich quer stellen würde. Doch Emil und ihre zuverlässigen Pferde glichen das Schaukeln aus und kämpften sich über den feuchten Untergrund auf der anderen Seite des Baches, bevor sie auf festeren Boden kamen. Wo sie zuvor gelagert hatten, schlug jetzt Artilleriefeuer zurück und warf rote und orange Flammenblitze durch die Dämmerung.

Thor und Odin nahmen Tempo auf und brachten Abstand zwischen sich und das Trommelfeuer, fünfhundert Meter und dann tausend. Doch andere Flüchtlinge waren ebenfalls in ihren Wagen unterwegs und kamen jetzt von beiden Seiten vor ihnen aus dem Wald auf die Straße, sodass sie langsamer wurden.

Willi und Woldi zogen sich die Decken über die Köpfe und schliefen ein. Adeline kletterte auf die Bank neben Emil. Sie blickten einander an und lächelten. Sie streckte die Hand aus, die er nahm und drückte.

»Ich bin froh, dass du so gut damit umgehen kannst, wenn die Bomben um dich herum fallen«, sagte er.

Sie brach in ein Grinsen aus. »Du bist aber auch nicht schlecht.«

Eine Stunde später kamen sie über eine Anhöhe, die ihnen einen Ausblick nach vorn gewährte, wo noch mehr Wagen auf einer ziemlich breiten Straße verteilt waren, die über einen steilen Hang verlief. Einige Wagen weiter voraus im Westen waren auf die linke Spur ausgeschert. Rechts von ihnen lagen weitere Trümmer an der steilen Böschung. Zwei Wagen hatten sich ineinander verkeilt und waren mitsamt ihren Pferden und Menschen umgekippt und die Böschung hinuntergerutscht.

Männer und Frauen rannten über die Straße und die Böschung hinunter zu den Trümmern. Als die Martels sich dem Schauplatz näherten, waren deutsche Soldaten aufgetaucht und hielten die Fahrzeuge auf der Straße zum Weiterfahren an. Beim Näherkommen sah Adeline, dass zwischen den Wagentrümmern verletzte Pferde lagen, tote Menschen und zahlreiche Verwundete.

Sie schloss die Augen und versuchte, in Gedanken weit weg zu jenem fantastischen grünen Tal zu kommen, und stellte sich dazu am klaren Himmel nach einem Sommerregen einen Regenbogen vor. Doch die Leidensrufe einer Frau drängten sich durch ihre Gedanken.

»Helft mir, bitte«, rief sie. »Bitte. Lieber Gott, hilf mir doch jemand!«

Sie hörte eine andere Frau sagen: »Wir sind ja hier. Wir helfen, so gut wir können.«

Adeline öffnete die Augen und sah ein paar Meter vor sich auf der rechten Seite zwei Frauen auf den Knien an der Straße, die sich um eine Frau kümmerten, die man die Böschung hochgebracht hatte. Ihr Gesicht war zerschunden, dreckig und blutig. Beide Beine waren eindeutig gebrochen. Aus dem einen Unterschenkel ragte ein Knochen heraus.

»Oh Gott«, stöhnte die Frau. »Helft mir doch, bitte! Ich habe sonst niemanden!«

Adeline starrte der Frau im Vorbeifahren hinterher und vernahm in ihrem Kopf eine andere Stimme, die ähnliche Worte sagte.

* * *

***9. August 1941***
***Perwomajsk, Ukraine***

An jenem heißen Tag legte Esther ihre zitternden Finger an Adelines Handrücken, während sie Willi hielt. »Ich brauche deine Hilfe. Oh Gott, bitte. Ich habe sonst niemanden, an den ich mich wenden kann.«

»Sie erschießen Juden?«, fragte Adeline, während sich Willi in ihren Armen wand.

Vor Angst klang Esther verzweifelt, als sie sagte: »Ich habe es mit eigenen Augen gesehen. Alte Frauen im Rollstuhl erschossen. Männer getreten und geschlagen. Können wir irgendwohin, wo es sicher ist? Darf ich dir sagen, was ich brauche?«

»Ja, aber wir haben kein …«

»Geld? Ich brauche kein Geld. Ich habe Geld, mein Liebes. Können wir bitte irgendwohin, damit wir nicht auf der Straße sind? Wo ich angehalten werden könnte?«

Willi quengelte auf ihrem Arm. Er war eindeutig hungrig. Woldi sagte: »Ich habe Durst, Mama.«

Esthers Verzweiflung rief in Adeline Erinnerungen an die Frau wach, die häufig bei Frau Kantor im Haus und dabei immer sehr freundlich gewesen war.

»Ja, natürlich«, sagte Adeline und lächelte der armen, aufgelösten Frau zu. »Wir werden alles tun, was wir können, um zu helfen, nicht wahr, Woldi?«

»Ich habe Durst, Mama.«

»Nun, nimm Tante Esth…, nimm Tante Ilses Hand. Wir gehen sofort nach Hause.«

Fünfzehn Minuten später waren sie in der Küche ihrer winzigen, trostlosen Wohnung, Woldi trank hastig Wasser und Adeline stillte Willi. Esther hatte sich ihr gegenüber auf einen Stuhl gesetzt.

»Danke, Adeline«, sagte sie zum zehnten Mal. »Du bist ein Segen.«

»Wie kann ich helfen?«

Esther griff in ihre Handtasche und zog ein weißes Papier mit einem Namen und einer Adresse heraus, das sie über den Tisch schob.

»Dieser Mann ist Fälscher«, sagte sie. »Mein Cousin in Odessa hat mir den Kontakt gegeben. Es gibt jetzt einen Schwarzmarkt für Dokumente, die die eigene Vergangenheit auslöschen können. Meine Mutter war jüdisch. Deshalb könnte ich erschossen werden, Adeline. Ich habe dem Mann die Hälfte im Voraus bezahlt, damit er meine Papiere ändert, sodass meine Mutter und mein Vater Nachkommen deutscher Siedler waren. Doch der Fälscher lebt in Bogopol, und ich traue mich nicht wieder dahin.«

»Du willst, dass ich für dich die Papiere hole?«, fragte Adeline unsicher.

»Und ihm das restliche Geld bezahlst«, sagte Esther. »Ich bezahle dich auch dafür, Adeline.«

Adeline musste schlucken. Wenn die Nazis Juden erschossen, dann würde man sie erschießen, wenn sie einem Juden half, oder nicht? Doch das hier war Frau Kantors Freundin. Und sie war immer sehr nett gewesen.

»Das musst du nicht«, sagte Adeline schließlich.

»Ich bestehe darauf.«

»Ich sage trotzdem Nein«, sagte Adeline und bemühte sich zu lächeln. »Ich bin mir sicher, dass du mich irgendwann einmal auf andere Weise entlohnen wirst.«

Esther sah aus, als würde sie zu weinen anfangen. »Dann machst du es?«

»Du bist eine Freundin von Frau Kantor. Das ist das Mindeste, was ich tun kann. Wann soll ich gehen?«

»Morgen«, sagte sie. »Er meinte, dass es morgen fertig wäre.«

»Gut. Dann bleibst du hier, bis ich die Papiere bringe.«

Esther schluchzte vor Erleichterung und hielt Adelines Hand. »Du bist ein guter Mensch«, sagte sie. »Ein sehr guter Mensch, Adeline. Frau Kantor hatte recht über dich.«

»Wie geht es ihr?«

»Oh, wusstest du das nicht? Sie ist letztes Jahr entschlafen, Gott sei ihrer Seele gnädig. Ich habe sie die Woche davor noch gesehen, und als ich sagte, dass ich herziehen würde, meinte sie, dass ich dich besuchen soll. Und jetzt habe ich dich gefunden. Und du bist jetzt hier und hilfst mir. Als hätte sie es gewusst.«

Adeline erinnerte sich noch gut daran, wie Frau Kantor immer zu lachen pflegte, und war zutiefst betrübt, dass ihre fröhliche Seele nicht mehr auf der Welt war.

»Sie hat mir sehr viel beigebracht«, sagte Adeline. »Ich habe sie geliebt.«

»Und sie hat dich geliebt.«

Die Vordertür der Wohnung ging auf und wieder zu. Emil, müde und erhitzt von der Arbeit in der Brauerei, kam herein und steckte den Kopf durch die Küchentür.

* * *

Adelines Schulter zuckte immer wieder. Sie fuhr auf, war sich nicht sicher, wo sie war oder welche Zeit es war, dann sah sie die Flüchtlingswagen vor sich und Emil neben sich.

»Da kommt noch ein Sturm«, sagte er und zeigte zum westlichen Horizont, von wo dunkelviolette Wolken auf sie zugerast kamen.

Fast eine ganze Stunde kam der Regen in Strömen herab und zwang Emil dazu, die ganze Zeit den Kopf gesenkt zu halten und es den Pferden zu überlassen, den Fuhrwerken vor ihnen zu folgen und auf der rutschigen Straße zu bleiben. Er kauerte sich in seinen Mantel und zog sich die Mütze tief über die Ohren.

»Ich sollte mal übernehmen«, sagte Adeline. Sie war bei den Jungen unter dem Verdeck.

»Es ist nicht nötig, dass wir beide leiden«, sagte er. »Außerdem klart es jetzt auf.«

Das stimmte. Der Regen war immer schwächer geworden, während der Wind jetzt aus dem Süden kam. Als der Treck anhielt, waren sie nah an der rumänischen Grenze bei Bîrlad.

Vor Einbruch der Dunkelheit kam der Laster mit dem Lautsprecher und gab allen die Anweisung, ihre Papiere für eine Überprüfung bereitzuhalten, bevor sie dann Transitpapiere von der rumänischen Regierung erhielten. Die Martels waren erschöpft. Nach dem Essen kletterten sie sofort hinten in den Wagen und schliefen ein.

# Zwölf

Emil wachte vor der Morgendämmerung auf und sah nach den Pferden. Adeline stand kurz danach auf und bereitete ein Frühstück aus Dörrfleisch, dem restlichen Brot und gekochten Rübenscheiben. Kein Festmahl, doch auf jeden Fall besser als Grashalme. Und noch wichtiger: Ihre Söhne würden nicht hungern. Nach dem Tod ihres ersten Sohns hatten sie und Emil geschworen, dass das nie wieder passieren würde.

Während Emil aß, weckte Adeline die Jungen, überprüfte sie auf Läuse und zog sie an. Sie halfen ihr beim Falten und Verstauen der Bettwäsche, bevor sie ihr Dankgebet sprachen und ihr Frühstück aßen.

»Lieber Gott, wir danken dir für dieses Essen und unsere Sicherheit«, sagte sie. »Alles, um was wir dich bitten, ist ein weiterer sicherer Tag, vielleicht etwas einfacher als gestern, weg vom Krieg. Amen.«

»Amen«, sagte Woldi.

»Amen«, sagte Willi.

Emil sagte nichts. Er blickte nach Westen zu der zerfurchten Straße an die rumänische Grenze und sah ein Fahrzeug der Wehrmacht in ihre Richtung kommen. Es kam heran und parkte direkt gegenüber von ihrem Lager.

An der Beifahrerseite stieg Nikolas aus, und SS-Sturmbannführer Haussmann, der Nazi aus Emils Albträumen, kam hinten aus dem Fahrzeug. Der stiernackige Offizier mit dem kurz geschorenen Haar stellte sich auf und brüllte: »Ich bin SS-Sturmbannführer Haussmann und habe im Auftrag von Reichsführer Himmler die Verantwortung für diesen Treck und seine Sicherheit. Ich überprüfe von jedem Fuhrwerk und jedem Familienmitglied die Papiere. Ihr zeigt sie mir oder Herrn Nikolas, der uns bei der Durchsicht der Unterlagen hilft. Los jetzt! Oder ihr erhaltet keine Erlaubnis, die Grenze nach Rumänien zu überschreiten und unter dem Geleitschutz der SS zu verbleiben!«

Emil war vor Schreck wie erstarrt und hatte das Gefühl, nicht mehr richtig sehen zu können. Wie durch einen Tunnel sah er den SS-Offizier und seinen willigen Helfer. Aus irgendeinem Grund vernahm er in seinem Kopf Adelines Stimme, die einen Satz wiederholte, den sie von ihrem schon lange verschwundenen Vater gehört hatte: *Dem Wind und den Wölfen ausgesetzt.*

Haussmann und Nikolas überquerten die Straße, um die Dokumente einer anderen Familie zu überprüfen, die dort lagerte. Emil musste schlucken und ging mit steifen Bewegungen zum Wagen und griff unter die Bank an die Kiste, die dort am Boden festgenagelt war. Er öffnete sie, holte ein altes Lederbündel hervor und zog die Dokumente heraus.

Als er sich umdrehte, stand Haussmann auf der Straße und sprach zu Nikolas. Der große Mann zeigte auf das Lager der Martels und folgte dem Offizier, sein Blick begegnete dem von Emil und ein öliges Lächeln trat ihm auf die Lippen.

Der SS-Offizier kam vor und blickte zu Emil. »Papiere, Herr …?«

»Martel«, sagte Emil und konzentrierte sich auf einen Punkt oben zwischen Haussmanns dunklen Augen, als er ihm die Papiere reichte. »Emil Martel.«

»Wir haben denselben Vornamen«, sagte Haussmann. Er guckte nicht auf die Papiere, betrachtete stattdessen Emil, sah ihn fest an und fragte: »Und woher haben Sie diese Unterlagen, Herr Martel? Wer hat bestätigt, dass Sie deutsch genug sind, um von der Reichs-SS beschützt zu werden?«

Emil verspürte Entsetzen, als er in Haussmanns Augen blickte, zwang sich aber dazu, den Blick nicht abzuwenden, als er sagte: »Ein deutscher Offizier kam zu unserem Haus und …«

»Welcher Offizier?«, entgegnete Haussmann scharf. »Wann und wo, Herr Martel?«

Der Tonwechsel erschütterte Emil und er löste den Blick von dem SS-Offizier. Er hörte das Beben in seiner Stimme, als er sagte: »Ich kann mich spontan nicht an seinen Namen erinnern, Herr Sturmbannführer. Er war Offizier beim Sonderkommando R der Volksdeutschen Mittelstelle in Perwomajsk, wo wir Mitte August 1941 gelebt haben. Sein Name steht irgendwo auf den Papieren.«

»VoMi, Sonderkommando R, hmm«, sagte Haussmann und prüfte schließlich die Papiere in seinen Händen. »Ja, das sehe ich. Und auf welcher Grundlage wurde das Zertifikat erteilt?«

»Wir hatten unsere Geburtsurkunden und unsere Familienbibel. Sie geht zurück bis zu der Zeit, als unsere Familie im Jahre 1806 aus Deutschland kam.«

»Hm«, sagte der SS-Offizier und blickte zu Nikolas. »Ich kann es kaum glauben, dass Sie eine Bibel hatten, die Stalins Säuberungen überlebte. Haben Sie diese Bibel bei sich, Herr Martel?«

Er erstarrte einen Moment. »Ich? Äh, nein.«

»Nein?«, sagte Haussmann und trat einen Schritt näher.

Bevor Emil noch antworten konnte, platzte Adeline dazwischen: »Karoline hat sie. Meine Schwiegermutter.«

»Das hat sie!«, rief Resi. »Wir haben sie!«

»Ich habe sie!«, sagte Karoline. »Sie ist hier!«

Sturmbannführer Haussmann lächelte kalt zu Adeline, dann zu Emil, bevor er sich zu Karoline drehte, die entschlossen zu ihm gehinkt kam, wobei sie sich auf den Stock stützte, und eine alte Bibel trug, während Johann hinter ihr herschlurfte.

Mit kräftiger Stimme sagte sie: »Emils Urururgroßvater trug diese Bibel bei sich, als er Deutschland verließ, um dem Aufruf von Katharina der Großen zu folgen, die Land in Russland anbot. Darin steht der Name von jedem Martel in unserer Familie. Deshalb wurden wir alle bestätigt. Und deshalb hat man uns unser Land von den Kommunisten zurückgegeben. Und deshalb sind wir auf diesem Treck unter Ihrem Schutz, Sturmbannführer.«

Zum ersten Mal seit Jahren wollte Emil seine Mutter am liebsten umarmen. Er spähte zu Nikolas, der jetzt weniger selbstgefällig wirkte. Und es schien, als hätte Haussmann ihn nicht erkannt.

Karoline reichte ihrem Mann die Krücke und schlug die Bibel auf den hinteren Seiten auf, die die ganze Abstammungslinie der Martels zeigte, mit Tinte aufgeschrieben, die immer blasser wurde, je weiter sie von Generation zu Generation bis zurück nach Deutschland reichte.

Der SS-Offizier folgte den Namen mit seinem behandschuhten Finger und stoppte. »Gustav Martel, geboren am 4. März 1789 in Hannover, Deutschland. Gestorben 12. Dezember 1842 in Friedensthal, Russland.«

»Dort war unser Land, seit mehr als einem Jahrhundert«, sagte Karoline. »Das mussten wir für immer zurücklassen.«

Wenn Haussmann irgendwelches Mitleid für sie empfand, dann zeigte er es nicht. Er schloss die Bibel, reichte sie ihr und sagte: »Ich bitte vielmals um Verzeihung, Frau Martel. Wir werden nicht länger an der Echtheit Ihrer Papiere oder der Blutreinheit zweifeln. Sie sind frei, die Grenze zu überschreiten.«

* * *

Als Haussmann sich umdrehte, um den Martels ihre Dokumente zurückzugeben, verspürte Emil eine Welle der Erleichterung. Der SS-Offizier würde weiterfahren und niemals merken, dass sich ihre Wege schon einmal gekreuzt hatten. Und Nikolas würde gehen und keinen weiteren Gedanken mehr an ihn verschwenden.

Doch dann neigte der Sturmbannführer den Kopf und hielt die Papiere gerade außerhalb von Emils Zugriff.

»Kenne ich Sie, Herr Martel?«, fragte er und richtete seine toten Augen erneut auf Emil.

Emils Entsetzen war jetzt vollkommen, doch er zwang sich erneut, den Mann anzublicken. »Nein, Herr Sturmbannführer. Das glaube ich nicht.«

Haussmann stand da und sah auf die Papiere. »Perwomajsk. Nein, da war ich nie. Und wo ist dieses Friedensthal?«

»Sechzig Kilometer südöstlich von Birsula. Ein kleines Dorf, das von der Siedlung Glückstal gegründet wurde.«

Der Offizier dachte darüber nach und zuckte dann die Schultern, schüttelte den Kopf und sagte: »Da muss ich mich wohl vertun, Herr Martel.«

Emils Gefühle hatten sich wieder so schnell in die andere Richtung gedreht, als er das Wort »vertun« hörte, dass er einen Moment brauchte, bis er merkte, dass Haussmann ihm die Papiere gab.

Er nahm sie, nickte schwach und sagte: »Danke, Herr Sturmbannführer.«

»Sie wurden nicht in die Armee eingezogen, als wir einmarschiert sind, Herr Martel?«, fragte Haussmann und betrachtete ihn erneut.

»Der Bruder meiner Frau wurde eingezogen. Wenn ich gegangen wäre, dann hätte es keinen Mann mehr in der Familie gegeben, um die Felder zu bestellen. Die VoMi beschloss, dass ich besser Nahrungsmittel produziere, als zu kämpfen.«

Der SS-Offizier dachte einen Augenblick darüber nach und blickte zu Nikolas, während er zu Emil sagte: »Und Sie waren kein Mitglied des Selbstschutzes in Ihrer Region?«

»Wir lebten in einem winzigen Ort inmitten eines Meeres aus Getreidefeldern«, erwiderte Emil. »Ich habe dort in drei Jahren nur von einem einzigen Verbrechen gehört, als ein rumänischer Soldat eine Witwe vergewaltigt hat und erwischt wurde.«

»Hm«, sagte Haussmann. »Wussten Sie, dass alle Männer deutscher Abstammung über dreißig Mitglieder des Selbstschutzes sein mussten? Und einen Fahneneid ablegen?«

»Nein«, sagte Emil. »Das wusste ich nicht. Wie gesagt, wir lebten …«

Haussmann schnauzte ihn plötzlich an: »Heben Sie die rechte Hand zum deutschen Gruß, Herr Martel, als würden Sie hier und jetzt den Führer persönlich begrüßen!«

Emil hatte das Gefühl, als sollte er sowohl geprüft als auch vor seiner Familie gedemütigt werden, doch er streckte den Arm zum Nazigruß aus.

»Wiederholen Sie mir, Herr Martel: Als Träger reinen deutschen Blutes schwöre ich Adolf Hitler, dem Führer aller Deutschen, bis zum Tode treu zu sein, mein Bestes zu geben und all meinen Vorgesetzten absolut gehorsam zu sein. Heil Hitler!«

Emil schluckte seinen Stolz hinunter, sagte sich, dass er alles tun sollte, was nötig wäre, um diesen Mann loszuwerden, und wiederholte den Schwur zum zweiten Mal in seinem Leben und zum zweiten Mal auf Haussmanns Befehl. Während er das tat, sah er den SS-Offizier nicht so, wie er jetzt war, sondern wie vor fast drei Jahren, ein jüngerer Hauptmann, der ihn neben einer abgelegenen Schlucht außerhalb von Dubăsari anbrüllte.

Als Emil geendet hatte, stand er mit erhobenem Arm da und blickte zu Haussmann, der schließlich die Andeutung eines Lächelns auf seinem Gesicht zuließ.

»Sie können den Arm jetzt senken, Herr Martel. Seien Sie sicher auf Ihrer heutigen Reise.«

»Danke, Hauptm… Sturmbannführer«, sagte er.

Wenn Haussmann es mitbekommen hatte, dass er ihn mit Hauptmann ansprach, dann zeigte er es nicht. Stattdessen nickte er zu Adeline und dann zu Emils Mutter, bevor er zum Fahrzeug ging und Nikolas ihm folgte. Sie stiegen ein, und als sie losfuhren, hörte er die beiden streiten, obwohl er nicht sagen konnte, worüber.

Als sie schließlich außer Sichtweite waren, wurden Emils Knie weich wie Gummi. Er lehnte sich gegen einen Baum und ihm war bewusst, dass die Jungen keine dreißig Meter von ihm entfernt waren – Willi am Wagen und Woldi darin – und ihn finster beobachteten. Er war so verschwitzt, als hätte er stundenlang schwer gearbeitet, und hatte im Magen ein flaues Gefühl wie in der Nacht, als er mit Nikolas gesprochen hatte. *Achtzehn Tage hat es gedauert, um alle zu erschießen.*

Adeline kam zu ihm und umarmte ihn.

Emil sagte: »Ich wollte das nicht sagen.«

»Ich weiß.«

»Ich musste. Für dich und für die Jungen.«

»Und für dich.«

»Ich fühle mich ganz elend.«

»Das musst du nicht«, sagte seine Mutter. »Du hast getan, was du tun musstest, Emil.«

Sein Vater nickte traurig und sagte dann: »Wir tun alle, was wir tun müssen, mein Sohn.«

Emil wollte seinem Vater widersprechen und ihm sagen, dass es Grenzen gab, die ein Mann einfach nicht überschreiten durfte, doch stattdessen sagte er nur: »Danke, Papa.«

Er merkte, dass Resi, Lydia und Malia ihn anblickten, um zu wissen, wie es nun weiterging. »Vergessen wir das bitte. Lasst uns packen und über die Grenze fahren und so schnell wie möglich weg von hier.«

Sie hörten auf ihn und packten zusammen. Adeline blieb bei ihm.

»Du zitterst ja«, sagte sie leise.

»Tu ich das? Das spielt keine Rolle. Mit uns ist jetzt alles in Ordnung.«

Adeline lehnte sich ein Stück zurück und sah ihn an. »Kennst du ihn, Emil? Haussmann?«

Er sah sie nicht an.

»Emil?«

»Papa, wann fahren wir?«, rief Woldi aus dem Wagen.

»In ein paar Minuten«, sagte Emil und zeigte, dass er sich aus ihrer Umarmung lösen wollte.

Adeline hielt ihn fest und flüsterte: »Ich bin deine Frau. Hast du etwa Geheimnisse vor mir?«

»Natürlich habe ich Geheimnisse vor dir. Manche Geheimnisse teilt man nicht. Manche Erinnerungen soll man vergessen. Du weißt ganz genau, dass es so ist.«

* * *

In ihrem Herzen wusste Adeline, dass es so war. Sie hatte selbst tiefes Leid erfahren und schwer gelitten. Obwohl sie es nicht wollte, konnte sie doch das brutale Gefühl des echten Leidens auf Befehl in sich hervorrufen. Doch viele der schmerzenden

Einzelheiten vom Verlust ihres Vaters, dem qualvollen Hungern und dem Zusehen, wie ihr Erstgeborener in ihren Armen starb, waren langsam aus ihren täglichen Gedanken verschwunden, wie welke Blätter, die im Wind zerbröseln.

»Ja, das weiß ich«, sagte sie und wurde sanfter. »Doch beantwortest du mir wenigstens die eine Frage? Kennst du ihn, Emil? Sturmbannführer Haussmann?«

Emil verzog das Gesicht, bevor er seufzte und sagte: »Haussmann war einer der Offiziere bei der SS-Gruppe, die mich in Dubăsari festhielt, als ich im September nach unserer Rückkehr nach Friedensthal das Material für unser Dach kaufen wollte.«

Adeline erinnerte sich, wie Emil in jener Nacht nach Hause gekommen war, wie geschwächt und niedergeschlagen er gewirkt hatte. Wie er zum zweiten Mal in ihrer Ehe geweint hatte. Ihr Herz brach aufs Neue. »Was hat Haussmann dir angetan?«

»Du wolltest nur eine einzige Frage stellen.«

Adelines Gefühle nagten an ihr, bis sich eines durchsetzte.

»Du musst mir nicht erzählen, was du in jener Nacht durchgemacht hast«, sagte sie. »Sag mir nur, ob Haussmann und der andere Mann eine Gefahr für unsere Jungen sind. Für uns.«

Nach einem Moment sagte Emil: »Sie sind für jeden auf der Erde eine Gefahr. Sie töten unschuldige Menschen und rauben guten Menschen die Seele. Und bitte, Adeline, lass es uns dabei belassen. Ich habe genug gelitten, nur weil ich Haussmann wiedergesehen habe.«

Adeline wollte das nicht auf sich beruhen lassen, doch sie konnte sehen, wie aufgewühlt Emil war.

»In Ordnung«, sagte sie schließlich. »Und danke.«

»Gern geschehen«, sagte er und ging zu den Pferden.

»Ich liebe dich, Emil Martel«, rief sie hinter ihm her.

Er blickte sich zu ihr um und lächelte etwas bittersüß, wie sie fand, bevor er sagte: »Ich liebe dich auch, Adeline Losing.«

Artillerie dröhnte im Osten, näher als zuvor, so nah, dass sie die harten Einschläge deutlich hören konnten. Alle anderen, die um sie herum gelagert hatten, drängten hektisch zum Aufbruch.

»Rein mit euch«, sagte Adeline, hob Willi hoch und half ihm hinten in den Wagen. »Krabbel rüber zu Woldi.«

Sie setzte sich auf die Bank, nahm die Zügel und sah zu, wie Emil die Pferde losband.

»Lös die Bremse«, sagte er.

Adeline löste die Bremse, ließ den Wagen mit den Pferden ausreichend zurückrollen, sodass sie am Baum vorbeikamen. Emil kletterte neben sie hoch, übernahm die Zügel und schnalzte zu den Pferden, als gerade eine neue Salve Kanonenschüsse im Westen zu hören war.

»Sie kommen wieder näher«, sagte sie, als sie losrollten.

»Das ist mir egal«, sagte er. »Nichts wird uns ab jetzt davon abhalten, nach Westen zu kommen. Wir fahren Tag und Nacht, wenn es nötig ist.«

* * *

Eine Stunde später kamen sie auf der Straße zu der Kleinstadt Bîrlad über die Grenze nach Rumänien hinein. Der Grenzübergang war schwer befestigt und wurde von mehr als zweihundert rumänischen Soldaten bewacht, die besorgt am Treck vorbei nach Osten und zu den näher kommenden Kämpfen blickten. Um sich abzulenken und den Kopf freizubekommen von den Ereignissen des Morgens und der Bedrohung durch Sturmbannführer Haussmann, betrachtete Adeline die rumänischen Soldaten, von denen manche noch sehr jung waren, doch sie konnte darunter den Korporal Gheorghe von vor zwei Nächten nicht finden.

»Hat Korporal Gheorghe nicht gesagt, dass er aus dieser Stadt sei?«, fragte sie, als sie am Grenzübergang vorbei waren.

Emil zuckte die Schultern. »Ich kann mich nicht mehr daran erinnern.«

»Er war seltsam, doch es war interessant, ihm zuzuhören, oder?«

Emil runzelte die Stirn. »Hast du ihn immer noch nicht aufgegeben? Der Kopf des Mannes war von einer Bombe getroffen worden, Adella.«

»Und Malia ist am Kopf getreten worden, und auch wenn sie das besonders und auf eigene Weise interessant macht, so war Korporal Gheorghe doch … nun ja, sehr anders. Er war …«

»Was?«

»Mir fällt das richtige Wort nicht ein. Ergriffen? Auf eine gute Weise?«

»Ergriffen?«

»Ich sagte doch, mir fehlt das richtige Wort, aber seine Geschichte lässt mich nicht mehr los, wie er nach dem Granatentreffer am Kopf tagelang unversehrt durch das Schlachtgetümmel gewandert ist, als ob ein Engel oder ein Geist bei ihm war, der ihm den Weg frei gemacht und ihn beschützt hat.«

»Ihn beschützt hat, damit er Imker werden kann?«

»Vielleicht. Und warum auch nicht? Das ist sein Traum, oder?«

Emil verzog das Gesicht. »Wer weiß, ob überhaupt irgendwas davon stimmt? Vielleicht hat er das alles auch bloß erfunden. Womöglich ist das wegen der Kopfverletzung einfach seine Art zu denken. Wer weiß? Jedenfalls war er verrückt, und das ist alles.«

Adeline betrachtete ihren Mann unentschlossen, dann sah sie von ihm weg, als der Wagen durch eine Furche im Boden holperte. Sie blickte über die Ebene, die sie gerade überquerten, und dachte an Korporal Gheorghe.

»Ich glaube, es war die Wahrheit«, sagte sie schließlich. »Als er davon erzählte, wie er schneebedeckt im Graben aufgewacht war und wie er dann zwischen den Kugeln hindurchging … Ich weiß nicht, hat er da nicht irgendwie gestrahlt, Emil? Hat er nicht glücklich ausgesehen? Also, so richtig glücklich?«

Emil drehte sich ungehalten zu ihr und sagte: »Wenn ich so viel Honigwein getrunken hätte wie er, dann hätte ich auch gestrahlt. Und ich will jetzt nicht mehr darüber reden. Korporal Gheorghe liegt hinter uns, Adeline. Aus und vorbei.«

Sie wunderte sich, warum Emil so gereizt auf den Imker und seine Geschichte reagiert hatte. Doch dann schob sie den Gedanken beiseite und erinnerte sich daran, wie der Korporal mit Malia geflirtet hatte. *Das hatte er doch, oder etwa nicht?*

Wegen des verstörenden Besuchs von Haussmann hatte Adeline bisher noch keine Gelegenheit gehabt, mit ihrer älteren Schwester über Korporal Gheorghe zu reden, doch sie musste schmunzeln, als sie sich daran erinnerte, wie Malia selbst in der Anwesenheit des Imkers gestrahlt hatte, als ob sie irgendwie miteinander verbunden wären. War das nicht interessant? War das nicht … nun ja, wunderbar? Sie kam zu dem Ergebnis, dass sie womöglich mit eigenen Augen ein kleines Wunder gesehen hatte, wenn das der Funke und die erste Flamme von Liebe war.

Adeline senkte den Kopf und bedankte sich. Auch wenn die evangelische und alle anderen Religionen unter Stalin verbannt und die Kirchen verrammelt oder umgewidmet waren, hatten ihre Eltern ihr von klein auf einen starken christlichen Glauben vermittelt, auf den sie sich in ihrem Leben schon wiederholt verlassen hatte. Ihr Glauben hatte sicher auch manchmal geschwankt, doch sie hatte ihn niemals aufgegeben. Und sie hatte niemals aufgehört zu glauben, dass Gott für sie und ihre Familie einen Plan hatte.

Sie blickte zu ihrem Gatten, dem felsenfesten, bärenstarken Emil, und erinnerte sich daran, wie er in ihren Armen gezittert hatte, nachdem Haussmann gegangen war. Sie schloss die Augen und betete, dass ihr Mann seinen Glauben bewahrte.

*Wir schaffen das nicht allein,* dachte sie. *Es ist unmöglich ohne Hilfe zu schaffen.*

* * *

Der Konvoi zog sich stundenlang wie eine Raupe beim Überqueren eines Zweigs auseinander, quetschte sich dann langsamer werdend zusammen, um sich anschließend wieder lang zu machen und dann erneut zusammenzudrücken, während sie durch Bîrlad und auf das dahinterliegende hügelige Weideland fuhren, das Adeline an die Landschaft um Friedensthal erinnerte. Auch wenn es seit einigen Tagen kein nennenswertes Gewitter mehr gegeben hatte, waren die Flussniederungen morastig geblieben. Einzelne Fuhrwerke blieben stecken oder rutschten von den Holzplanken, die die SS über die schlimmsten Schlammstellen gelegt hatte.

Wann immer der Konvoi stehen blieb, konnte Adeline noch das ferne Kriegsdröhnen hinter ihnen hören. Und immer wieder flogen deutsche oder sowjetische Kampfflugzeuge über ihre Köpfe hinweg und erinnerten sie daran, dass die Gefahr nie weit entfernt war und unmittelbar vor ihnen lauern konnte, hinter einer Biegung oder auf der nächsten Anhöhe.

Gleichzeitig erkannte sie, dass sie fast mehr Angst vor dem hatte, was vor ihr lag, als dass die Kriegsfront von hinten zu ihnen aufschloss. War das nicht seltsam? Sie hatte keine Ahnung, warum das so war, doch es war so.

Um die Gedanken von ihrer ungewissen Zukunft abzulenken, übte Adeline mit den Jungen an deren Buchstabenkenntnissen und Mathematik. Sie machte ein Spiel daraus, damit sie es genossen und nicht als lästige Aufgabe ansahen. Irgendwann hatte sie Emil sogar zum Lachen gebracht, obwohl sie bemerkte, dass er von seiner Begegnung mit Sturmbannführer Haussmann aufgewühlt und verdrossen war.

Doch je weiter sie sich von der rumänisch-moldawischen Grenze entfernten, desto weniger hörte Adeline vom Krieg. Am frühen Nachmittag klarte der Himmel auf und die Aprilsonne schien auf sie herab. Die Jungen machten hinten im Wagen ein Nickerchen. Adeline dachte an Emil und wie aufgewühlt er vorher war. Doch sie war auch stolz darauf, dass er seinen starrsinnigen Stolz hinuntergeschluckt und zu ihrem Segen und dem ihrer Söhne den Treueschwur vor Haussmann wiederholt hatte.

Emil würde sie immer beschützen. Genau wie sie würde er alles Nötige dafür tun, um ihr grünes Tal zu finden und ein neues Leben zu beginnen. Langsam wurde sie in der Wärme duselig und müde. Ihr fielen die Augen zu und sie versuchte, sich daran zu erinnern, wann sie schon einmal in so einem Zustand gewesen war, zunächst zu Tode erschrocken von jemandem wie Haussmann und anschließend so erleichtert, dass sie schlafen musste.

* * *

***10. August 1941***
***Perwomajsk, Ukraine***

Emil stand in ihrem spartanischen Schlafzimmer und knöpfte sein Hemd zu. Verärgert sagte er: »Ich habe vielleicht nur fünf Klassen die Schule besucht, doch du hättest mich wenigstens fragen können, ob es eine gute Idee ist, deiner Freundin zu helfen.«

»Wenn sie meine Freundin ist, dann ist es sicher eine gute Idee, ihr zu helfen«, entgegnete Adeline. »Wir sind das schon letzte Nacht durchgegangen. Ich werde ihr diese Dokumente holen.«

»Was ist, wenn sie dich erwischen?«

»Warum sollten sie? Ich trage ein Baby bei mir.«

Er wurde wütend. »Willi bringst du auch noch in Gefahr? Weißt du, was diese Deutschen machen? Mein Freund bei der Brauerei hat erzählt, dass er gesehen hat, wie sie einem Mann mit dem Gewehrkolben den Schädel eingeschlagen haben, weil er sich geweigert hat, mit dem neuen Regime zu kooperieren.«

»Und Juden wie Esther werden umgebracht, nur weil sie Juden sind. Du hast gesagt, die Deutschen wären gut für uns. Sie sind auch nicht besser als Stalin.«

»Wenn wir unser Land zurückbekommen, dann sind sie besser als Stalin«, blaffte er zurück, während er zum Waschbecken ging und seinen Rasierer nahm.

»Du hast dich gerade rasiert«, sagte sie. »Was machst du jetzt?«

»Ich stutze meinen Schnurrbart, damit er wie der von Hitler aussieht.«

»Das tust du nicht!«

»Guck es dir an«, sagte er. »Und dann gehe ich mit meiner Mutter und unseren ganzen Familienpapieren und der Bibel, um die Deutschen zu bitten, uns unser Land zurückzugeben.«

Eine Minute später drehte er sich um und sah sie an, den briefmarkengroßen Schnurrbart an der Oberlippe. Er lächelte und kam zu ihr, um sie zu küssen.

»Nicht damit im Gesicht«, sagte sie. »Nicht einmal, wenn du das Land zurückbekommst.«

Da sah Emil sie an und ließ den Blick über ihre Gesichtszüge streifen, während in seinen Augen sowohl Zärtlichkeit als auch Furcht lag.

»Warum guckst du mich so an?«, fragte Adeline.

»Ich präge mir dein Gesicht ein. Für den Fall, dass es das letzte Mal ist, dass ich es sehe.«

»Emil!«

»Denk an die Bestrafung für das Spiel, das du da spielst.«

»Ich spiele kein Spiel. Ich erledige etwas für eine alte Freundin.«

»Viel Glück damit«, sagte er, verließ den Raum und schlug die Tür hinter sich zu.

Sie hörte die gedämpften Stimmen von Woldi und Esther, dann wurde die Wohnungstür geöffnet und zugeschlagen. Adeline holte tief Luft. Sie war der festen Überzeugung, das Richtige zu tun, indem sie Esther half, und betete, dass sie dabei beschützt würde.

Nachdem sie sich fertig angekleidet hatte, trat Adeline ins Hauptzimmer, in dem nur der kleine Willi in der Wiege schlief, die Emil ihm gebaut hatte. In der Küche aß Woldi sein Frühstück, während Esther ihn dabei mit offensichtlichem Entzücken betrachtete.

»Er ist so hübsch!«, sagte Esther. »Frau Kantor hätte ihn geliebt.«

Adeline lächelte, während sie im Hauptzimmer Kleider faltete. »Was blieb ihr auch anderes übrig?«

Esthers Gesicht wurde besorgt und sie kam zu ihr und sagte leise: »Dein Ehemann scheint nicht sehr glücklich zu sein, Adeline. Und was ist mit dem Bart?«

»Er denkt an das, was für unsere Familie das Beste ist, und versucht, unseren alten Bauernhof zurückzubekommen.«

Ihr Ausdruck wurde noch besorgter. »Ich verstehe.«

»Doch ich tue das, was für dich und für mich am besten ist«, sagte Adeline. »Ich würde mit mir selbst nicht mehr leben können, wenn ich nicht versuchen würde, dir zu helfen.«

Esther brach in Tränen aus und umarmte Adeline. »Gott segne dich.«

* * *

Die drückende Hitze kündigte sich bereits an, als Adeline die Wohnung verließ, nachdem sie Willi gestillt und gewickelt hatte. Sie hatte ihn in eine Trage vor den Bauch gebunden, die sie sich aus zwei Tüchern geknüpft hatte. Er hing glucksend und quiekend da, als sie sich auf den langen Weg nach Bogopol machte, das auf der anderen Seite des Bugs östlich des Kreises Golta lag, wo die Martels lebten.

Zu diesem Zeitpunkt, weniger als acht Tage nach der Besetzung von Perwomajsk durch die Nazis, hatte es bereits Verhandlungen zwischen den Deutschen und den Rumänen gegeben. Der Bug stellte die Trennlinie dar. So befanden sich die Menschen in Golta theoretisch im neuen Protektorat Transnistrien unter rumänischer Kontrolle, während Bogopol und zunehmend die Gegend im Osten in deutscher Hand lag. Die Brücke über den Bug nach Bogopol war in einen großen Kontrollpunkt umgebaut worden, wo sich Adeline in die Warteschlange einreihte. Sie hatte ihre Papiere und die von Willi bei sich und zeigte sie einem mürrischen deutschen Wachtposten, mit dem sie auf Deutsch redete, was seine Laune sichtlich verbesserte.

»Wie ist sein Name?«, fragte er.

»Wilhelm«, antwortete sie. »Wir nennen ihn Willi.«

»Ich heiße auch Willi«, sagte er und winkte sie durch.

Als sie Esthers Anweisungen folgend durch die Straßen ging, bemerkte Adeline Gebäude, die mit Zäunen und Stacheldraht versehen waren. Fast an jeder Ecke standen deutsche Soldaten. Je weiter sie sich von der Brücke entfernte, desto weniger wurden es, und auf der Straße mit den alten Lagerhäusern, wo sich die Adresse befand, die ihr Esther gegeben hatte, war gar keiner. Sie klopfte an die Tür, bekam aber keine Antwort. Willi begann sich zu regen. Sie klopfte erneut, diesmal lauter. Noch immer erhielt sie keine Reaktion.

»Hallo!«, rief sie und schlug gegen die Tür. »Ist da jemand?«

Sie hörte nichts und wusste nicht, was sie tun sollte. Sie hatte nur diese Adresse bekommen. Esther kannte nicht einmal den Namen des Fälschers. Willi begann zu quäken und zu weinen.

Adeline gab sich geschlagen und trat von der Tür des Lagerhauses zurück, während sie ihren Jungen mit dem Fingerknöchel am Mund ablenkte. »Pst«, sagte sie. »Mama wird …«

Da hörte sie hinter sich ein Knarren. Eine Frau sagte: »Geduld gehört wohl nicht zu Ihren Tugenden, was?«

Adeline drehte sich um und sah eine wesentlich ältere Frau, die sich die Hüfte hielt, als hätte sie Schmerzen, und sie anblickte.

»Wen suchen Sie?«, fragte sie.

Adeline antwortete, wie Esther es ihr gesagt hatte: »Ilse Koch.«

»Ah, da haben Sie Glück. Ilse Koch ist gerade angekommen.«

Adeline folgte der älteren Frau in ein muffiges, heißes Gebäude, das nur spärlich beleuchtet war und in dem es nach Getreidespreu roch, und dann ein paar wackelige Holzstufen hinauf zu einem Dachboden, wo ein alter Mann mit einer Juwelierslupe über einen Zeichentisch gebeugt war. Die Frau ging zu einem Schrank und zog einen Umschlag heraus, den sie öffnete. Sie guckte auf das Bild und dann zu Adeline.

»Da gibt es ein Problem«, sagte sie.

»Ich hole es für Ilse Koch.«

Der Mann hob den Kopf mit der Lupe. »Das geht nicht. Sie muss selbst kommen. Das haben wir ihr gesagt.«

»Ich weiß, aber …«

»Kein Aber«, sagte er. »Wenn Sie mit Papieren erwischt werden, die nicht zu Ihnen gehören, dann wird man Ihnen Fragen stellen, und wenn sie Fragen stellen, dann können sie uns finden.«

»Sie werden die Papiere nicht finden«, sagte Adeline. »Ich warte, bis mein Baby in die Windel gemacht hat, dann lege ich die Dokumente unter seinen Rücken zwischen diese beiden Tücher. Wenn es sein muss, werde ich mit den Wachtposten auf Deutsch reden, damit sie mir von ihrem Schätzchen zu Hause erzählen.«

* * *

Und genau so versuchte sie es. Doch auf dem Weg zurück über die Brücke zu ihrer Wohnung in Golta traf sie auf rumänische Wachtposten, die kaum Russisch und gar kein Deutsch sprachen. Es war fast Mittag und brutal heiß, doch sie fingen an, ihr Schwierigkeiten zu machen, da sie an einem einzigen Tag über die Brücke hin und wieder zurück gegangen war. Dann drehte der Wind und der Gestank aus Willis vollen Windeln trat ihnen in die Nasenlöcher.

Das Baby weinte wieder, als sie fünfzehn Minuten später an ihrer Wohnung ankam. Sie klopfte zweimal leise, einen Moment später öffnete sich die Tür und sie glitt hinein.

Esther schloss hinter ihr die Tür. Woldi spielte auf dem Boden und verzog angewidert das Gesicht. »Willi stinkt!«

»Gott sei Dank«, sagte Adeline, griff zwischen die beiden Tücher, die Willi hielten, zog die gefälschten Papiere heraus und reichte sie Esther.

Sie drückte sie an die Brust und begann zu weinen. »Danke, Adeline. Dank dir aus tiefstem Herzen. Du hast mir … du hast mir eine Zukunft geschenkt, ein Leben.«

»Schlimm genug, dass du diese Papiere brauchst, um überhaupt ein Leben zu haben«, sagte Adeline. »Und jetzt muss ich ganz schnell diesen kleinen Mann hier säubern.«

Als sie fertig war und Willi in der Wiege schlief und auch Woldi bereits schlummerte, begann Esther, ihre Sachen einzusammeln.

»Du musst nicht sofort gehen«, sagte Adeline.

»Es ist besser, wenn ich fort bin, bevor dein Mann zurückkehrt.«

»Wohin gehst du?«

»Ich habe außerhalb der Stadt ein paar Sachen gelagert. Und dann weiß ich noch nicht. Das lasse ich von einer Macht entscheiden, die größer ist als ich. Doch ich habe von Argentinien gehört. Oder Palästina. Irgendwo dahin würde ich gern.«

Adeline kannte keinen dieser Orte, doch sie wünschte Esther alles Gute und umarmte sie an der Tür.

»Möge Gott dich beschützen«, sagte sie.

»Und dich auch«, sagte Esther. »Mir fehlen die Worte.«

Adeline legte die Hand auf ihr Herz, öffnete die Wohnungstür und Ilse Koch war aus ihrem Leben verschwunden.

* * *

***Mitte April 1944***
***Zentralrumänien***

Die Martels befanden sich fast am Ende des langen Trecks, als sie langsam in westliche Richtung rollten.

Hinter ihnen wehrten die deutschen und rumänischen Armeen erfolgreich die Sowjets ab und verhinderten ihren ursprünglichen Versuch, vom Norden nach Rumänien einzudringen. Dennoch lenkte die SS den Konvoi in der Stadt Onești nach Südwesten in Richtung Târgu Secuiesc.

Da hatten sie bereits die hügelige Graslandschaft des östlichen Rumäniens hinter sich gelassen und kletterten jetzt aufwärts durch laublose Hartholzwälder unterhalb schneebedeckter Bergspitzen. Das Wetter war wild und unbeständig. Regen. Schneeregen. Hagel. Schnee. Der schlammige Untergrund war ein ständiges Risiko.

Und da es nur wenig erwachsene Männer auf dem Treck gab, fühlte sich Emil verpflichtet, anzuhalten und den Familien mit Frauen und kleinen Kindern zu helfen, die im Morast stecken geblieben waren oder einen Unfall gehabt hatten. Wenn sie bis über die Achsen im Schlamm feststeckten, dann ließ er sie den Wagen entladen, spannte Thor und Odin aus und band sie vor die Pferde des leeren Fuhrwerks, um sie freizubekommen, während er selbst das hintere Ende stützte, damit die Räder und Achsen nicht brachen. Der Anblick von Menschen, die Gräber für ihre frisch Verstorbenen gruben, war inzwischen alltäglich geworden. Emil wandte jedes Mal den Blick ab, wenn sie an solchen Stellen vorbeifuhren.

In der Nähe der Ortschaft Oituz mussten sie auf dem Weg eine Reihe steiler Serpentinen überwinden, wo der Schlamm sehr dünn war, fast wie Schmiere, als sie zu einem gerade umgekippten Wagen und einer jammernden Frau und ihren drei Kindern aus Kiew kamen. Ihr Vater war tot, nachdem er bei dem Sturz aus dem Wagen geschleudert worden und mit dem Kopf auf einen Felsen aufgeschlagen war.

»Halte an, Emil«, sagte Adeline. »Wir müssen der armen Frau helfen.«

Er seufzte, zog aber die Zügel, damit die Pferde anhielten. Er band Odin und Thor an einen Baum, der bereits grüne Knospen trug, und spannte sie aus, während Adeline, Woldi und Willi zu der Frau und ihren Kindern gingen, um sie zu trösten.

Als Emil damit fertig war, ging er den Hügel hinab, um die Pferde der Frau von dem Wrack auszuspannen. Zuvor untersuchte er den Wagen und stellte fest, dass er abgesehen von der hölzernen Seitenverkleidung und dem Verdeck größtenteils in Ordnung war.

»Emil«, sagte Adeline und kam zu ihm, »sie bittet darum, dass du ihren Vater begräbst.«

Er wollte die Augen schließen und sagen: *Alles, nur das nicht.* Stattdessen erinnerte er sich daran, dass sich ein Mann in solchen Zeiten voller Herausforderungen nur auf sich selbst verlassen konnte, und rüstete sich innerlich für die Aufgabe.

»Kannst du den Spaten für mich holen, der seitlich an unser Fuhrwerk gebunden ist?«, fragte Emil schließlich. »Ich muss mich erst um die Pferde kümmern.«

Als er die Pferde vom umgekippten Wagen losgebunden hatte, kehrte Adeline mit der Schaufel zurück. Emil blickte nicht zu dem toten Großvater, als er an dem umgekippten Wagen und den Frauen und Kindern vorbeiging. Er wählte eine passende Stelle und begann zu graben, während er sich einredete: *Das ist nur ein Loch im Boden. Nichts weiter.*

Die Erde war lockerer als gedacht, doch zehn Spaten tiefer traf er auf Wurzeln und Felsen. Er hätte bestimmt noch zwei Stunden gebraucht, um das Loch zu graben, wenn nicht Woldi mit einer alten, schweren deutschen Hacke gekommen wäre, die an einer Seite eine Stahlspitze hatte, eine Schneidhaue an der anderen.

»Die Frau meinte, das hat ihrem Vater gehört«, sagte Woldi.

»Das wird helfen«, sagte Emil und wechselte zu der Hacke, schlug gegen die Felsen und hackte die Wurzeln.

Eine Stunde später war das Loch tief genug, damit der Körper nicht von Tieren gerochen und ausgegraben werden würde. Adeline und die Frau wickelten ihren Vater in eine Decke. Zum Glück war der Mann schon alt gewesen und wog nicht sehr viel. Emil konnte ihn über der Schulter tragen und ohne Unterstützung zu dem Grab bringen.

*Das ist nur irgendein Gewicht. Nichts anderes als ein Sack Getreide.*

Er tat zwei Seile unter den Körper. Adeline nahm das Ende des einen Seils und die Frau das Ende des anderen. Auf der anderen Seite des Grabs hielt Emil die anderen Enden beider Seile. Zusammen ließen sie langsam den Körper in das Loch hinab. Als die Leiche auf dem Boden lag, sagte er Adeline und der Frau, dass sie die Enden der Seile loslassen sollten, und er wickelte sie auf.

Ihm war schlecht und er wollte zurück zu ihrem Wagen.

»Emil«, sagte Adeline, »wir müssen ein Gebet sprechen.«

»Dann mach das«, sagte er. »Es wird bald dunkel, und ich will ihren Wagen vorher auf die Straße bekommen. Ich begrabe ihn, wenn ihr fertig seid. Mein Beileid für den Verlust Ihres Vaters, gnädige Frau.«

Er musste Adeline nicht ansehen, um zu wissen, dass sie nicht glücklich über ihn war, dennoch ging er zu ihrem Fuhrwerk. Während er zwei Seile an die Seite des umgestürzten Wagens band, hörte er, wie Adeline die andere Frau und die Kinder im Gebet anleitete.

»Unser Vater, der du bist im Himmel, geheiligt werde dein Name«, sagte Adeline und der Rest stimmte ein. »Dein Reich komme, dein Wille geschehe, wie im Himmel, so auf Erden …«

Emil zwang sich dazu, nicht mehr länger zuzuhören, und zog die anderen Enden der Seile den Hügel hinauf zu seinen

Pferden. Als er sie an ihr Zaumzeug gebunden hatte, wartete er, bis ein anderer Wagen vorbeigefahren war, bevor er das Gespann antrieb. Ächzend und knarrend stellte sich der umgekippte Wagen auf der anderen Seite des Grabens aufrecht. Er spähte auf der Strecke nach vorn und entdeckte eine flachere Stelle in der Grabenwand, die ein Wagen überqueren konnte. Er spannte die Pferde der Frau wieder an ihren Wagen und führte sie dann an der flachen Stelle über den Graben, wo er sie an der anderen Straßenseite festband.

Er kehrte zurück und bemerkte, dass Adeline auf ihn zukam und ihn dabei missbilligend ansah. »Das war grob und instinktlos von dir, einfach so wegzugehen.«

»Nein, Adeline, es war praktisch. Ich habe das Loch gegraben. Ich habe meinen Respekt erwiesen. Ich habe den Wagen zurück auf die Straße gebracht und jetzt werde ich ihren Vater begraben. Bis ich damit fertig bin, wird die Sonne fast untergegangen sein und wir müssen uns nach einem Rastplatz umsehen. Danke, dass du ihr geholfen hast.«

Adeline schluckte, doch dann nickte sie. »Ich traue dir einfach nicht genug zu, Emil. Es tut mir leid, dass ich etwas gesagt habe.«

# Dreizehn

Die Tage zogen gleichförmig dahin, darunter auch Adelines neunundzwanzigster Geburtstag am 20. April, und wurden zu Wochen, die sich aneinanderreihten, während die Martels langsam ihren Weg durch Rumänien fortsetzten, zunächst südwestlich nach Braşov, um bergiges Gelände zu umgehen, und dann in nordwestlicher Richtung auf einer steilen und gewundenen Strecke nach Sighişoara. Die Kämpfe am Boden waren eine Weile hinter ihnen zurückgeblieben, obwohl es weiterhin die ständige Bedrohung der sowjetischen Bomber gab, die rumänische Brücken und Ausfallstrecken zu zerstören suchten, die den Deutschen zur Verfügung standen.

Der Frühling hatte gegen den Winter gekämpft und schließlich gewonnen, während sie durch Siebenbürgen fuhren. In den Tälern leuchtete Ende April das Laub an den Bäumen limettenfarben und schillernd in der warmen Brise. Die Schneedecke auf den südlich gelegenen Karpaten wurde kleiner. Zu beiden Seiten der Straße blühten Wildblumen in betörenden Teppichen aus Scharlachrot, Kanariengelb und Violett. Sie erfüllten die Luft mit süßen, betäubenden Düften, die zu der trügerischen Annahme verleiten konnten, dass es so etwas wie Krieg gar nicht gab, nichts dergleichen wie Hass zwischen den Menschen oder Ländern oder Religionen.

Sie kamen über eine Anhöhe südlich von Târgu Mureş, und vor ihnen bot sich eine schöne Aussicht auf ein grünes Tal mit sanften, bewaldeten Hügeln und üppigen Wiesen voller Wildblumen.

»Ist das unser schönes grünes Tal, Mama?«, fragte Willi.

»Noch nicht«, sagte Adeline, »aber es ist auch sehr schön.«

»Oh«, sagte Willi und klang entmutigt.

Adeline wuschelte ihm durchs Haar und sagte: »Das ist das schöne grüne Tal, wo du heute bist, Willi. Also freu dich und sei dankbar.«

Emil spähte zu seinem jüngeren Sohn und sah, wie er lächelte, was ihn selbst zum Schmunzeln brachte und er sich endlich wieder einmal gut fühlte. Seit mehr als zwei Wochen hatte er weder Major Haussmann noch Nikolas gesehen. Da die Straßen nach Westen wegen der vielen Flüchtenden immer voller und verstopfter wurden, hatte die SS den Konvoi in verschiedene Gruppen aufgeteilt und sie auf unterschiedlichen Strecken nach Westen geschickt. Womöglich waren die zwei Männer für immer aus seinem Leben verschwunden. Auf Nimmerwiedersehen.

Nach einer weiteren Woche auf ihrer beschwerlichen Reise kamen sie durch Cluj-Napoca und Emil begann zu hoffen, dass sich für sie schließlich doch noch alles zum Guten wenden würde. In Cluj wurde der Treck erneut geteilt, einige Flüchtlinge schickte man nach Norden zum Bahnhof der Stadt Dej, die anderen weiter nach Westen. Gut sechs Tage nach jener Teilung erreichten die Martels an einem heißen Nachmittag Oradea, eine Stadt im Chaos.

Oradea grenzte an Ungarn. Obwohl Deutschland, Ungarn und Rumänien in den letzten Tagen des April 1944 Achsenpartner waren, gab es einen heftigen Konkurrenzkampf bei der Nutzung von Eisenbahn und Straße. Als sie in die Stadt fuhren, war gerade eine ganze Division der Wehrmacht mit dem Zug angekommen, die jetzt weiter nach Osten marschieren wollte. Fußsoldaten, Laster und Artillerie verstopften die mittelalterlichen Straßen der Stadt, die erst vor Kurzem schwer bombardiert worden war.

Die Martels und die anderen Familien des Trecks kamen nur schleppend vorwärts, bis sie nach mehreren Stunden den kleinen Bahnhofsvorplatz erreichten, der vollgepackt war mit Fuhrwerken und Pferden und vielen Schwarzmeerdeutschen, die einen verzweifelten Eindruck machten. Zahlreiche Frauen hatten die Arme um ihre Pferde gelegt und weinten, was sich Emil nicht erklären konnte. Ein Lautsprecher begann zu plärren.

Emil erkannte die Stimme sofort und spürte Übelkeit in sich aufsteigen. Er musste Sturmbannführer Haussmann nicht sehen, um ihn zu erkennen.

»Von hier aus fahren Sie mit dem Zug nach Budapest, wo Sie bis zu Ihrer Weiterfahrt nach Schlesien Schutz finden werden«, sagte Haussmann. »Ihre Fuhrwerke können nicht mit auf diesen Zug, da es keinen Platz auf Tiefladern gibt. Die Pferde können ebenfalls nicht mitkommen. Die Wehrmacht nimmt sie als Gegenleistung für Ihre Sicherheit. Sie können in den Zug mitnehmen, was Sie selbst tragen, ziehen oder schieben können, doch mehr nicht. Ich wiederhole: Was auch immer Sie allein tragen oder ziehen oder schieben können, nicht mehr! Sie haben zwei Stunden Zeit, um Ihre Habseligkeiten zu nehmen und den Zug zu besteigen.«

Emil achtete nicht auf Adelines Klagen, sondern starrte auf seine Pferde, spürte bereits jetzt, wie ihm ihre beruhigende, zuverlässige Präsenz fehlen würde. Er liebte Pferde, vor allem diese beiden, die so gutherzig waren. Ihm gingen verschiedene Szenen durch den Kopf, doch keine war so stark wie jene, als Thor und Odin am ersten Tag ihrer Reise für ihn durch die Panzerschlacht galoppiert waren, furchtlos und mutig, als wären sie erfahrene Kriegspferde, die an das Krachen der Granaten und die zerstörerischen Explosionen gewöhnt wären.

»Emil!«, sagte Adeline scharf.

Stirnrunzelnd blickte er zu ihr und bemerkte, dass seiner Frau die Tränen über das Gesicht liefen.

»Was sollen wir mitnehmen?«, fragte sie. »Wie viel können wir tragen? Warum haben wir das alles überhaupt so weit mitgenommen?« Sie warf sich in seine Arme und schluchzte. »Sie wollen, dass wir nichts mehr haben, Emil, dass wir zu Menschen ohne jede Vergangenheit werden!«

Emil hielt seine bebende und zitternde Frau fest in den Armen und fühlte sich genauso hilflos wie sie.

»Nein, Mama«, sagte Woldi und streichelte ihr den Rücken. »Wir können mehr mitnehmen, als wir tragen können. Wir können doch den kleinen Karren nehmen. Weißt du?«

»Da passt aber nur wenig rein«, sagte Willi.

Bis zu dem Zeitpunkt hatte Emil sich immer wieder darüber geärgert, dass sie den kleinen Karren mitgenommen hatten. Jeden Abend musste er ihn von der Rückseite des großen Fuhrwerks binden und jeden Morgen musste er ihn erneut festschnallen, bevor sie losfuhren. Doch jetzt erwies sich das Spielzeug, das er seinen Söhnen als Weihnachtsgeschenk gebaut hatte, als nützlichster Gegenstand von allen.

Trotzdem beschloss Emil, den Karren ein wenig zu verändern, bevor sie losgingen. Er ließ die hölzerne Zugstange vorn, sägte aber Stücke aus der Seite des großen Fuhrwerks, aus deren Leisten er einen Schubbügel machte, den er an der Rückseite des kleinen Karrens befestigte.

Aus dem Öltuch des Verdecks vom Fuhrwerk schnitt er ein rechteckiges Stück, wickelte sein Werkzeug darin ein und legte es vorn in den kleinen Karren. Adeline wählte eine Bratpfanne, einen Topf zum Wasserkochen, zwei Brotformen, zwei große und vier kleine Schüsseln, fünf Löffel und alle sechs Küchenmesser.

Emil schnitt zwei weitere Stücke aus dem Verdeck; in eins wickelte er das Besteck und die Kochutensilien in das andere. Die beiden Packungen stellte er auf die Werkzeuge. Die Lebensmittel und Trockenspeisen kamen zusammen mit der Bettwäsche und den paar zusätzlichen Kleidungsstücken, die sie besaßen, nach oben und vorn in den kleinen Karren.

Den hinteren Platz überließ er Adelines Mutter und Schwester. Als sie ihre Sachen hineingetan hatten, legte er ein paar aufgewickelte Seile obenauf, dann band er die restliche Ölplane zum Schutz darüber. An die eine Seite hängte er den großen Wasserschlauch, den sie seit Friedensthal benutzt hatten. Daneben band er den Brunneneimer, während Adeline hinten im großen Wagen herumwühlte und plünderte, wie es ein Seemann bei einem sinkenden Schiff tun würde. Emil suchte nicht weiter nach irgendwelchen Kostbarkeiten. Für ihn war der Inhalt des Fuhrwerks bereits vom Winde verweht, freie Beute für Wölfe und Geier.

*So war es schon immer und so wird es immer bleiben,* dachte er leicht verbittert. *Wir kommen mit nichts hinein, und wir gehen mit nichts hinaus.*

Adeline kam mit einem Umschlag heraus, in dem sich ihr Hochzeitsfoto und noch ein paar andere Bilder befanden. Er lächelte, als sie es ihm zeigte.

»Wie jung wir noch waren«, sagte er.

»Das waren wir, oder? Und so unschuldig.«

»Und sieh uns jetzt an«, sagte Emil. »Noch immer verliebt.«

Adeline blickte ihn mit feuchten Augen an und nickte.

Ein paar deutsche Soldaten tauchten auf. Einer von ihnen begann, die Leinen der Pferde zu lösen.

»Hoppla!«, sagte Emil. »Wartet eine Sekunde.«

Der Soldat starrte ihn an. Emil ignorierte ihn, ging zur Vorderseite der Tiere, stellte sich zwischen die beiden und neigte den Kopf. Er spürte ihren warmen Atem an seinen Ohren und wie gut es sich anfühlte, neben ihnen zu sein, diesen magischen Geschöpfen.

»Danke euch beiden«, flüsterte er. »Ihr habt uns gerettet. Wir werden euch niemals vergessen.«

»Beeilung!«, rief der Soldat verärgert.

»Schon gut«, sagte Emil und trat zurück.

Der Soldat nahm die Zügel. Emil tätschelte Thor an der Schulter. Woldi, Willi und Adeline streichelten Odins Flanke, während die beiden Pferde dem Soldaten folgten. Dann waren die Pferde, das große Fuhrwerk und ihre restlichen Habseligkeiten viel zu schnell verschwunden.

* * *

Die Martels waren angesichts dieses neuerlichen katastrophalen Verlustes wie benommen.

Emil gelang es zuerst, damit seinen Frieden zu machen. »Adeline und Malia nach hinten an den Schubbügel. Ich ziehe vorn an der Stange. Willi soll an die linke Seite des Karrens und Woldi an die rechte. Oma Lydia geht hinterher. Alle in Position!«

Emil blickte hinüber zu seinem Vater, der einen kleinen Karren mitgebracht hatte, den er immer auf seinem Hof benutzt hatte. Johann war an der Schubstange, während Karoline und Resi vorn zogen.

Langsam gingen sie zu dem wartenden Zug und der Menschenmenge, die darin Zuflucht suchte. Andere hatten ebenfalls kleine Karren oder Wägelchen dabei. Die weniger Glücklichen hatten aus den Planen ihrer Fuhrwerke Pakete fabriziert und torkelten unter den unmöglich schweren Lasten vorwärts. Und viel zu viele kamen mit nichts als den zerlumpten Kleidern am Leib zum Zug.

Emil führte sie weg von der Menge, die um Plätze in den Frachtwaggons nah der Lokomotive kämpfte. Stattdessen gingen sie zum anderen Ende des Zuges. Die Türen des letzten Waggons waren zur Seite geschoben und es war darin noch ziemlich leer. Sie nutzten ihre Seile und rohe Gewalt, um ihre vollen Karren in den Laderaum zu hieven, der nach Stroh und ungewaschenen Menschen roch. Dann banden sie die zwei Karren zusammen an die Holzwand in der hinteren Ecke des Güterwaggons.

Willi und Woldi kletterten hinauf und setzten sich wie stolze Prinzen auf die so entstandene Plattform. Ihre Tante Resi ließ sich über dem Karren ihrer Eltern nach hinten sinken, faltete die Hände vor dem Bauch und schloss die Augen, während immer mehr Flüchtlinge mit ihren restlichen Habseligkeiten in den Waggon stiegen.

Bald war der Raum unangenehm voll. Die SS ließ die Schiebetüren zu beiden Seiten des Waggons offen und hängte lange schwere Ketten vor die Öffnungen. Adeline verstand sofort den Grund dahinter: Sie brauchten Luft. Während sich mehr und mehr Leute in den Waggon gedrängt hatten, war die Luft immer dicker geworden mit dem Geruch von abgestandenem menschlichen Schweiß und der Angst vor dem Unbekannten. Sie selbst fühlte sich langsam eingeschlossen, eingezwängt in eine immer erdrückendere Enge.

»Ich werde versuchen, mich für eine Minute an die Tür zu stellen«, sagte sie Emil.

»Ich komme mit dir«, sagte Malia.

»Ich komme auch mit!«, sagte Willi.

»Du bleibst bei Papa«, sagte Adeline entschieden und kämpfte gegen die Panik an, die in ihr aufkam.

Sie schob und drückte sich langsam durch die Menschen, entschuldigte sich immer wieder, stieg aber beharrlich über Füße und ging um Rücken herum und zwischen Habseligkeiten hindurch. Sie musste unbedingt an die frische Luft oder sie würde schreien. Schließlich kam sie an die offene Tür und hielt sich am Türrahmen fest, atmete gierig die frische Luft ein. Malia stellte sich neben sie und tat es ihr nach.

»Ich konnte nicht mehr atmen«, sagte Malia. »Fast hätte ich um mich geschlagen, um rauszukommen.«

»Ich auch«, sagte Adeline und lachte leise, legte sich die Hand an die Brust und ihr noch immer heftig pochendes Herz. »Ich dachte …«

Der Zug fuhr an und warf sie fast um. Adeline musste nach ihrer Schwester greifen, damit sie nicht umfiel, während alle im Waggon überrascht aufschrien. Langsam quietschten die Zugräder zwischen nervösem Gelächter vorwärts, und bald wurden die Sorgen über das Zurückgelassene ersetzt durch das Gerede darüber, was sie erwartete. Nachdem sie rund hundertfünfzig Meter aus dem Bahnhof gerollt waren, wurde der Zug wieder langsamer und kam zum Stehen.

Die Aussicht vor ihnen raubte Adeline und Malia fast den Atem. Sie blickten hinaus über einen ruhigen und friedlichen Nebenarm des Crişul Repede, eines Flusses, in dem sich perfekt der violett unterlaufene Himmel spiegelte, dazu die aufgewühlten Gewitterwolken und die Strahlen des letzten goldenen Lichts, die auf einen Teich neben der wunderschönen fahlen Ruine eines großen Gebäudes auf der anderen Seite fielen.

»Wie ein Gemälde sieht das aus«, sagte Malia.

»Das tut es«, sagte Adeline verzückt von dem Anblick. »Das Dach, seine Kuppel ist ganz eingestürzt, trotzdem ist es so … schön. Ich frage mich, was das wohl für ein Gebäude war? Dass es so strahlt.«

Hinter ihr sagte eine Frau: »Das war eine jüdische Synagoge. Die Deutschen haben sie im letzten Jahr gesprengt.«

* * *

Der Zug rollte wieder an und nahm langsam Fahrt auf, ließ die verwunschenen, schönen Narben von Oradea und ganz Rumänien hinter ihnen zurück. Adeline verstand noch immer nicht, warum Hitler die Juden so sehr hasste, wie sie auch nicht verstand, warum Stalin sein eigenes Volk verhungern ließ, nachdem er die Pfarrer und Priester ermordet und die Gotteshäuser niedergebrannt hatte.

*Was bringt Menschen dazu, so böse Dinge zu tun? Waren sie überhaupt menschlich? Erkannten sie denn nicht, dass der Glaube immer weiterlebt, selbst wenn man jemanden umbrachte oder einen heiligen Ort zerstörte? Sahen sie nicht, dass auch in gebrochenen Herzen und Ruinen immer etwas strahlt?*

Adeline spürte den Wind an ihrem Gesicht, als der Zug schneller wurde, und versuchte, all das aus ihrem Kopf zu verbannen und den warmen Wind und Geruch des kommenden Regens und der Nacht zu genießen. Doch sie musste an Frau Kantors Freundin Esther denken und fragte sich, wo sie hingekommen war, ob sie es nach Argentinien oder Palästina geschafft hatte. Sie konnte es sich nur vorstellen. Diese Orte klangen so weit weg, so aufregend, so erschreckend, so gut, dass sie erschauerte.

*Irgendwo ein ganz neues Leben. Frei sein, um zu tun, was man will. In Frieden.*

Sosehr Adeline sich auch bemühte, so kam ihr doch kein anderes Bild in den Sinn als jene Zeichnung des geheimnisvollen grünen Tals aus Frau Kantors Buch.

»Macht es dir Angst?«, fragte Malia und unterbrach ihre Gedanken. »Nichts zu wissen?«

Im Zwielicht fuhren sie durch Farmland, in der Ferne Blitze und Donnergeräusche. Sie blickte zu ihrer älteren Schwester. »Was nicht zu wissen?«

»Wo wir sein werden, wenn diese Reise vorbei ist.«

Für eine Sekunde blickte sie Malia überrascht an. Es war nicht das erste Mal, dass ihre Schwester ihre Gedanken zu kennen schien oder sie zumindest reflektierte.

»Nicht so sehr«, sagte Adeline. »Ich habe den Glauben, dass wir genau da landen werden, wo wir hinsollen.«

»Aber wo wird das sein?«

»Emil sagt, wir werden die Freiheit erkennen, wenn wir sie sehen.«

»Und alles andere ist nur ein Zwischenstopp auf dem Weg zu deinem grünen Tal?«

»Oder ein Schritt in diese Richtung. Ich glaube, so ist es.«

Zu Adelines Überraschung umarmte ihre ältere Schwester sie auf einmal und sagte: »Danke, dass du da bist. Dass du mir hilfst. Und Mutter. Ich … ich würde es nicht ertragen, wenn wir alle auseinander wären.«

Dann brach sie in Tränen aus. »Ich weiß nicht, was ich ohne dich tun würde, Adeline.«

So aufgewühlt hatte sie Malia seit Jahren nicht mehr gesehen, und sie erwiderte die Umarmung und sagte: »Du wirst niemals ohne mich sein. Ich bleibe immer bei dir. Ich bin doch deine kleine Schwester, oder etwa nicht? Ich brauche doch meine große Schwester!«

Malia löste ihre Umarmung, blinzelte die Tränen zurück und sah Adeline mit einem liebevollen Lächeln an. »Ja, das stimmt.«

* * *

***27. April 1944***
***Budapest, Ungarn***

Der Zug fuhr die ganze Nacht und erreichte im ersten Licht der Morgendämmerung die Stadt. Ungarn und Deutschland waren zuvor im Krieg Verbündete gewesen, doch im März 1944 hatte Hitler einen Schlag gegen Ungarn geführt und seine Streitkräfte hatten die Stadt besetzt. Die Martels sahen Panzer und schwere Befestigungen um den Betriebshof vor dem Bahnhof Budapest-Keleti.

Auf dem Bahnsteig wurden sie von Soldaten der Waffen-SS erwartet. Um ein heilloses Durcheinander zu vermeiden, ließ die SS den Zug waggonweise entladen, von hinten nach vorn, sodass die erweiterte Martel-Familie zu den Ersten gehörte, die ausstiegen und ihre kleinen Karren über den Bahnsteig schoben und zogen, während sie mit offenen Mündern das verzierte Innere des Bahnhofs bewunderten: die gemeißelten Marmorsäulen, die große, gewölbte Decke und das Spinnwebskelett des riesigen Bogenfensters am anderen Ende. Selbst mit all den Naziflaggen, die von den Sparren hingen, empfand es Adeline als den atemberaubendsten Ort, den sie je besucht hatte.

Sie kamen zu Doppeltüren, wo die Wachtposten ihre Papiere überprüften. Willi hing an Adelines Kleid, während Woldi entschlossen neben ihr marschierte. Sie traten durch die Türen hinaus auf einen Platz, wo sie von einem Trommelfeuer fremder Geräusche empfangen wurden, das einer Ansammlung exotischer Sehenswürdigkeiten, Gerüche und Sprachen entstammte. Adeline blickte aufmerksam in alle Richtungen und versuchte, alles in sich aufzunehmen, vor allem die hohen beeindruckenden Gebäude, aufwendig und ehrfurchtgebietend nach ihrem tristen Leben in der ländlichen Ukraine. Alles wirkte so fantastisch, dass sie dachte, sie sei womöglich in einen himmlischen Traum geraten.

Dann sah sie Emil erstarren und wusste, warum. Ihr verträumter Zustand verflog, denn als sie den Platz verließen, stand Sturmbannführer Haussmann vor ihnen auf der Treppe eines großen Gebäudes mit einer riesigen Naziflagge, die aus den oberen Fenstern herabhing. Er beobachtete, wie seine Soldaten die Flüchtlinge lenkten. Als die Martels unter Haussmanns Blicken vorbeigingen, spürte Adeline die Bedrohung des Mannes, noch bevor sie sich wagte, zu ihm aufzublicken und zu sehen, wie er belustigt auf ihre Familie herabblickte.

»Schick die Martels ins Südlager«, rief Haussmann nach unten. »Die ganze Familie.«

Der Soldat vor ihnen trat an die Seite und zeigte zu ein paar anderen Familien, die bereits nach Süden gingen und von Soldaten der Waffen-SS begleitet wurden.

»Warum müssen wir hier entlang?«, sagte Adeline »Die anderen gehen weiter nach Norden.«

Ihr Mann blickte mit kreidebleichem Gesicht zu ihr zurück. »Ich weiß es nicht.«

Sie gingen nur ein paar Häuser weiter, bevor sich die Soldaten nach rechts zu einem großen Eisentor in einer hohen Steinmauer wandten. Die Familien voraus folgten ihnen und verschwanden aus Adelines Sichtfeld.

»Mir gefällt das nicht, Emil«, sagte sie.

»Mir gefällt es auch nicht. Doch im Augenblick sehe ich keine andere Möglichkeit, du etwa?«

Als sie das Tor erreichten, wies ein Wachtposten sie hindurch und in einen großen gepflegten Garten, wie Adeline zuerst dachte, mit Dutzenden Reihen von weißen Steinen vor einer Marmorsäule in der Mitte. Doch dann erkannte sie mit wachsendem Unbehagen, dass die weißen Steine Grabstätten waren. Man hatte sie auf einen weitläufigen Friedhof geführt.

# Vierzehn

Emil erkannte die Grabsteine vor Adeline, erinnerte sich an Haussmann in jener Nacht außerhalb von Dubăsari und spürte, wie seine Knie zu Gummi wurden und sich sein Magen verkrampfte.

»Emil«, rief Adeline.

»Ich weiß«, sagte er, ohne sie anzusehen, sondern blickte zu dem jungen SS-Offizier, der sich mit einem kurzen Nicken zu ihm drehte.

»Hinter dem Friedhof finden Sie einen Platz zum Lagern«, sagte er und zeigte nach Südosten zu einer Baumreihe. »Eigentlich ist das ein großer Park. Mit Gräbern. Doch wegen der Mauern und den Wachtposten ist das für Sie und Ihre Familie der sicherste Platz. Der Park im Norden hat keine Mauern und dort sind Flüchtlinge in der Nacht angegriffen worden.«

Emil holte tief Luft. *Womöglich war Haussmann einfach nett gewesen, als er uns hergeschickt hat, was bedeutet, dass er noch immer keine Ahnung hat, wer ich bin.*

»Danke«, sagte er erleichtert. »Wie lange werden wir hier sein?«

Der Offizier blickte auf seine Uhr und wirkte jetzt ein wenig ungehalten. »Bis ein Zug frei wird, um Sie nach Norden zu bringen. Innerhalb der nächsten Stunde wird ein Laster mit frischem Wasser kommen und in der südwestlichen Ecke des Parks werden Latrinen eingerichtet. Benutzen Sie die. Genau wie Sie wollen auch wir hier keine Krankheiten.«

Emil führte seine Familie den Weg entlang, vorbei an der spitzen Marmorsäule, an der sie kurz anhielten und sie anstarrten, bevor sie weiter zu einem Weg neben einer Reihe Robinien kamen, der in einen schattigen Hain mit grasbedeckten Lücken bog, die fast alle mit einem Denkmal oder einer Statue in Erinnerung an vergangene Könige oder Staatsmänner oder Dichter versehen waren.

An den ersten sechs oder sieben passenden Lagerplätzen gab es bereits andere Familien. So zogen und schoben sie ihre schweren Karren weiter, ohne dass sich einer beschwerte. Emil spähte zurück und bemerkte, dass alle von dem Ort wie gebannt waren. Die Bäume wurden weniger und der Pfad schmaler, als sie ein offenes Mausoleum mit prachtvollen Granit- und Marmorkolonnaden betraten, die den breiten Pfad flankierten. An den Rückwänden der Kolonnaden befanden sich von einer Seite zur anderen Krypten.

»Da«, sagte er und zeigte auf zwei dunkle, fast verkohlt wirkende Krypten im rechten Säulengang. »Wir können dort unter dem Dach schlafen, falls es regnet. Und es sieht aus, als hätte jemand schon zuvor dort ein Feuer gemacht.«

Er zog den kleinen Karren hoch auf eine flache Stelle. Adeline wirkte unglücklich und deutete mit der Hand zu den versengten Reliefs von Dämonengesichtern an den Grüften.

»Ich mag sie nicht«, sagte sie, blickte sich um und zeigte dann den Säulengang entlang zu einer anderen Krypta mit einem großen Engel darauf. »Dort würde ich mich besser fühlen.«

»Da stimme ich zu«, sagte Malia.

»Ja«, sagte Karoline.

Emil wusste, dass es sinnlos war, mit drei Frauen zu streiten, und zog den kleinen Karren hinüber vor die Krypta mit der Statue des geflügelten Engels. Er warf der Statue nur einen flüchtigen Blick zu, bevor er sich wieder an die Arbeit machte.

Es tauchten noch weitere Familien auf, während die Martels ihre Sachen auspackten, und begannen ebenfalls, unter den Dächern der Kolonnaden zu lagern. Als ihre Karren geleert waren, machte sich Emil auf die Suche nach Brennholz und Wasser, während Woldi und Willi im Karren standen, als wäre es ein Streitwagen. Er schob den Wagen mit seinen Jungen gegen einen stetigen Strom aus Flüchtlingen aus dem Zug über den Weg zurück, den sie vorher durch den Park und über den Friedhof gekommen waren.

Am Eingangstor war soeben der Wasserwagen eingetroffen. Emil war froh, dass er seinen Wasserschlauch füllen konnte, bevor die Schlange zu lang wurde, als sich Nikolas aus der Menge der Flüchtlinge löste.

Zunächst schien er Emil gar nicht zu bemerken. Doch dann sah ihn Nikolas und kam herüber und stellte sich in seiner ganzen Größe vor Woldi und Willi, die ihn misstrauisch beäugten.

»Gute frische deutsche Abstammung«, sagte Nikolas und nickte mit einem öligen Lächeln zu Emil. »Du musst stolz auf deine Blutlinie sein. Ich weiß, der Sturmbannführer war es.«

Emil hasste diesen Mann. Tief in seinem Innern wusste er, dass Nikolas nicht nur ein eiskalter Mörder war, sondern auch ein Denunziant, jemand, der sich wie ein Schwein in der Not eines anderen suhlte. Wenn Emil es zuließ, dann würde Nikolas ihn weiter reizen und nach Schwächen suchen, die er ihm nicht bieten würde. Er wusste, dass es Zeiten gab, in denen man kämpfen musste, und andere, in denen man besser abwartete. Deshalb sagte er jetzt nichts.

Nikolas' Lächeln verschwand. Er neigte leicht den Kopf und betrachtete Emil eingehend.

»Da ist irgendwas mit dir, Martel. Irgendwas ist da seltsam.«

»Was kümmert es dich?«

»Weil es im Selbstschutz zu meinen Aufgaben gehörte, den Befehlshabern die Wahrheit über Menschen zu erzählen, die viele Lügen erzählten. Wie du, Martel.«

Emil hatte keine Ahnung, was, wenn überhaupt, Nikolas über ihn in der Hand hatte, doch es war besser, sicherzugehen, als dass es einem hinterher leidtat. »Ich bin hier, weil ich Wasser für meine Familie hole«, sagte Emil. »Mehr nicht.«

Nikolas wirkte, als wollte er weiterreden, doch Emil schob sich an ihm vorbei und stellte sich in die Warteschlange. Als er zurückblickte, war der Mörder gegangen.

Nachdem er den Wasserschlauch gefüllt hatte, suchten Emil und die Jungen nach ausreichend Holz für ein Kochfeuer. Ein Stück weiter auf dem Friedhof fanden sie ein paar im Winter von den Bäumen gefallene Äste in einem Dickicht neben zahlreichen SS-Soldaten, die dort herumstanden und rauchten.

Während er die abgebrochenen Äste einsammelte, kam Emil ein Stück näher zu den Soldaten und hörte, wie einer verächtlich sprach. »Warum bewachen wir diese dummen Bauern überhaupt? Ist das etwa die Zukunft des Reichs? Das ist ja wohl ein Scherz.«

»Laut Reichsführer Himmler ist das kein Scherz«, sagte ein anderer Soldat. »Oder möchtest du dem Gestapo-Chef erklären, dass er damit falschliegt, wer reines arisches Blut hat und wer nicht? Ihre Vorfahren haben Deutschland verlassen und sind größtenteils unter sich geblieben, wobei sie mehr als ein Jahrhundert lang große Bauernhöfe und Siedlungen in ihrer Isolation hatten. Wer hätte da wohl reineres arisches Blut?«

Emil trug eine Ladung Brennholz zum Karren, half den Jungen, die mit den Armen voll Holz dastanden, und ging wieder zurück, um noch mehr zu holen.

Der lautstarke Soldat sprach noch immer. »Immerhin sind das jetzt fast die Letzten. Jetzt kommen nur noch wenige. Auf Nimmerwiedersehen sage ich da nur. Bringt endlich die Züge.«

»In den nächsten paar Tagen wird es sicher keine Züge geben«, sagte sein Kamerad. »Himmler hat sie für all die Jidden außerhalb von Budapest bestellt. Sie fangen am Durchgangsbahnhof Kistarcsa an. Das sind diejenigen, die zuerst nach Norden gebracht werden.«

»Ratten«, sagte der Laute und spuckte aus. »Nehmt sie alle, sage ich. Werdet sie für immer los.«

»Papa!«, rief Woldi.

Emil nahm einen letzten Ast von der Dicke seines Handgelenks und kehrte zurück zu seinen Söhnen. Er wusste nicht genau, was »nach Norden bringen« zu bedeuten hatte, doch im Licht ihres früheren Gesprächs über die reinen Stammlinien ahnte Emil den Sinn und fühlte sich hin- und hergerissen. Die Nazis ermordeten noch immer Juden und er und seine Familie sollten sie offenbar ersetzen.

* * *

Emil kehrte mit seinen Söhnen zurück und stellte fest, dass das lange Mausoleum jetzt fast voll war mit Familien, die sich an den Krypten und zwischen den Statuen längst verstorbener ungarischer Monarchen ein vorübergehendes Zuhause eingerichtet hatten.

»Und ich hatte gedacht, wir hätten den Platz für uns allein«, sagte Emil und zog den kleinen Karren und die Jungen hoch zu ihrem Lager.

»So ein Glück haben wir nicht«, sagte Adeline. »Guck mal zum hinteren Ende, auf der anderen Seite.«

Emil tat so, als hätte er sie nicht gehört, während er sich umdrehte, um zunächst Willi und dann Woldi vom Wagen zu heben. Doch dabei ließ er zweimal ausgiebig den Blick über das ganze Mausoleum schweifen und stellte fest, dass Nikolas dort mit zwei der Männer lagerte, die in jener Nacht in Moldawien mit ihm am Lagerfeuer gesessen hatten.

Er setzte Woldi ab und sagte: »Stapel das Holz neben Opa. Mach einen schönen Stapel.«

Ausgestattet mit einer Aufgabe griff Woldi in den Wagen und ging mit dem Arm voller Holz. Willi tat es ihm nach. Als Emil wieder über den Hof blickte, lehnte Nikolas an einer verzierten Steinsäule und lächelte zu ihm rüber, die Hand zu einem spöttischen Hitlergruß erhoben. Emil erwiderte die Geste nicht und zeigte dem Mann keine sichtbare Reaktion, bevor er Woldi und Willi bei der letzten Ladung Brennholz half.

Doch sein wacher Verstand hatte den höhnischen Gruß als direkte Drohung für sich und seine Familie begriffen. Emil erkannte, dass er nicht länger abwarten konnte, wie auch immer das Verhältnis dieses Mannes zur SS war. Es war an der Zeit, seine Familie zu beschützen, und je eher, desto besser.

Er wartete, bis es fast dunkel wurde, dann entschuldigte er sich und verließ den Lagerbereich, ging direkt an Nikolas und seinen zwei Freunden vorbei, wurde langsamer, um sie anzusehen, und spuckte in ihre Richtung auf den Boden. Dann verließ er den Hof, folgte dem ständigen Strom anderer Flüchtlinge, die von den Lampen angezogen wurden, die die SS um die Latrinen des Lagers aufgestellt hatte.

Er ging durch die dunkelsten Schatten, sodass er sich immer wieder unbemerkt zu den Kolonnaden umblicken konnte. Keine zwanzig Sekunden später erkannte er die große Gestalt Nikolas', der hinter ihm herschlenderte. Da verließ

Emil die Schatten und blieb auf dem restlichen Weg zu den Latrinen sichtbar, wo es überfüllt war. Das nutzte er zu seinem Vorteil und machte sich etwas kleiner, um besser in der Menge unterzutauchen. Dann richtete er sich gerade lange genug auf, um gesehen zu werden, wie er sich zu den lang gestreckten, niedrigen Latrinenzelten vordrängte.

Im Innern nutzte er weder die Urinale noch die Toiletten, sondern ging direkt durch das Zelt hindurch und an dem vorgegebenen Ausgang auf der anderen Seite wieder hinaus.

Er blieb an der Ecke stehen, bis er sah, wie Nikolas vom anderen Ende her das Latrinenzelt betrat, und ging dann schnell zurück in Richtung des offenen Mausoleums, der Kolonnaden und ihrer Lager, wobei er ein kleines Stück neben dem direkten Weg blieb. Hundert Meter entfernt von den elektrischen Laternen um die Latrinen blieb er stehen, kam im Schatten einer Statue wieder zu Atem und beobachtete dann den Ausgang der Toilette.

»Das Einzige, worauf sich ein Mann verlassen kann, das ist er selbst«, murmelte Emil und spürte, wie seine Entschlossenheit bis zu einem Punkt wuchs, an dem er auch in Zeiten extremen Hungers und furchtbarster Entbehrung gewesen war.

Nikolas tauchte am Ausgang der Latrine auf und drehte den Kopf. Emil wartete einen Moment, dann winkte er wie eine Windmühle mit dem Arm, während er ins letzte Licht der Latrine hinaustrat. Seitlich zum Licht hielt er inne, dann ging er drei lange, langsame Schritte in die Dunkelheit.

* * *

Emil machte zwei weitere Schritte aus Nikolas' Blickfeld heraus, bevor er sich hinter ein großes Monument hockte, in die Tasche griff und ein Klappmesser herauszog, mit dem er die Tiere auf dem Bauernhof zu töten pflegte.

*Das Einzige, worauf sich ein Mann verlassen kann, das ist er selbst,* dachte er erneut. Sein Herz raste. Er atmete tief ein, versuchte, seine Nerven zu beruhigen, während seine Nachtsicht immer besser wurde.

Kiesel knirschten auf dem Weg, langsame Schritte *näherten* sich. Emil stellte seine Füße um, kauerte sich tief und presste die linke Seite gegen das Monument.

Nikolas kam näher, war gleichauf mit dem Denkmal und blieb für eine gefühlte Ewigkeit stehen, wie Emil es empfand. Schließlich machte er einen weiteren Schritt und noch einen, und dann war er da, zumindest seine großen, dunklen Umrisse, die über und vor Emil aufragten, der aus der Hocke hochschoss, sich mit den Beinen abstieß und seine breiten Bauernschultern und den Körper tief und fest von der Seite gegen das rechte Knie des viel größeren Mannes trieb.

Es knackte. Nikolas bäumte sich auf und fiel mit einem heulenden Schmerzensschrei stöhnend zu Boden. Emil stürzte sich auf ihn und drückte den Kopf des Mannes mit seiner kräftigen linken Hand nach unten, mit der Wange gegen den Kies. Mit der rechten Hand hielt er die Klinge an Nikolas' Kehle.

»Mein Knie!«, schrie Nikolas und wand sich. »Da ist was gebrochen!«

»Das ist mir egal«, sagte Emil und drückte ihm das Gesicht in die Kiesel. »Dir ist es doch auch egal.«

»Was? Mir ist es nicht egal. Mein Bein ist …«

»Ich habe hier ein Schlachtermesser in der Hand, Nikolas«, sagte Emil und senkte die scharfe Klinge des Messers tiefer. »Fühlst du es am Hals?«

Der Mann hörte auf, sich zu winden, der feurige Schmerz im Knie war vergessen.

»Tu das nicht«, sagte er. »Bitte. Hab Mitleid.«

»Ich werde dir mehr geben, als du mir gegeben hast«, sagte Emil. »Du hast die Wahl, Nikolas. Bleib weg, guck mich nie wieder an, meine Frau und meine Söhne, und du wirst leben. Oder ich komme zurück und breche dir jeden einzelnen Knochen im Leib und schneide dir die Kehle von einem Ohr zum anderen auf, wie bei einem Ferkel.«

* * *

Kurz darauf kehrte Emil zurück in den Hof des Mausoleums. Sein Herz schlug noch immer wild, als er an den anderen Flüchtlingsfamilien vorbeikam, die um ihre kleinen Feuer saßen. Das Feuer seiner Familie war bereits bis auf die Glut heruntergebrannt, auf der Adeline und Malia das Essen zubereiteten. Die restliche Familie wirkte hungrig.

Er musste lächeln, als er zu ihnen kam, den Schatten der Engelsstatue bemerkte, der sich vom Licht des Feuers bewegte.

»Wo warst du denn die ganze Zeit?«, fragte Adeline.

»Es gab eine lange Schlange«, sagte er. »Jemand meinte, dass der Durchfall umgeht.«

Woldi fand das lustig. Emil setzte sich zu seinem älteren Sohn auf die Marmorstufen der Kolonnade, die Statue im Rücken, legte den Arm um Woldi und blickte zu seiner Familie, während er zutiefst befriedigt war.

*Ihr seid alle in Sicherheit,* dachte er. *Ihr werdet nie erfahren, was ich gerade tun musste oder was ich zuvor für euch getan habe. Doch für den Augenblick seid ihr in Sicherheit.*

* * *

Adeline half Resi beim Schrubben der Töpfe. »Dir scheint es besser zu gehen.«

»Ich fühle mich auch besser«, sagte Resi. »Ich muss mich nicht mehr übergeben. Doch da sind andere Dinge, über die ich mich schlecht fühle. Wie Mama sagt, ist es nicht schwierig, etwas Schlechtes in unserem Leben zu finden.«

»Was ist schlecht in deinem?«

»Abgesehen von Mama?«, sagte sie, bevor sie nervös lachte. »Ich habe überhaupt keine Ahnung, ob mein Freund noch lebt oder nicht.«

»Du hast einen Freund?«, fragte Adeline lächelnd. »Seit wann?«

»Seit vier Monaten«, sagte Resi. »Als ich für die Woche nach Balta musste.«

Adeline erinnerte sich vage. »Wer ist er?«

»Ein Junge aus Odessa, der eingezogen wurde, um für die Deutschen zu kämpfen«, sagte Resi. »Sein Name ist Stephan. Er ist zwanzig und der bestaussehende Junge, den ich je gesehen habe.«

Adeline hörte die Traurigkeit in ihrer Stimme. »Weiß er, wo du bist? Wo du hinfährst?«

Emils Schwester schüttelte den Kopf und wischte sich Tränen von der Wange. »Ich habe seiner Mutter in Odessa geschrieben, doch keine Antwort erhalten.«

»Gib ihr Zeit«, sagte Adeline. »Der Krieg ist noch nicht vorbei.«

* * *

Sie verbrachten sechs Tage auf dem Friedhof, und Emil sah kein einziges Mal, wie der humpelnde Nikolas in seine Richtung blickte. Als sie am sechsten Tag ihr Abendessen beendeten, wurden sie darüber informiert, dass sie ein Zug nach Norden in die Region Warthegau bringen würde, der am nächsten Morgen um neun Uhr dreißig vom Bahnhof Keleti abfahren sollte.

Emil wollte nicht in Richtung Polen weiterreisen. Er wollte in den Westen, jetzt noch mehr als zuvor. Während sie in Budapest waren, hatte er mit mehreren deutschen Soldaten gesprochen und erfahren, dass die westlichen Alliierten in Sizilien kämpften und kurz davor waren, ganz Italien zu besetzen. Für Emil war es nur noch eine Frage der Zeit, bis es noch weitere Invasionen geben würde, und bald würden die westlichen Alliierten in ganz Europa aufräumen. Seine Familie sollte auf jeden Fall auf alliiertem Territorium sein, wenn der Krieg zu Ende ging.

Während der langen Tage auf dem Fuhrwerk hatte er erkannt, dass der Großteil seines Lebens von Eroberungen und Diktatoren bestimmt worden war. Die Bolschewiken hatten den Zaren abgesetzt und Stalin die Ukraine verwüstet. Dann war es Hitler, der es getan hatte. Und nun war es erneut Stalin. Emil beschloss, dass er dorthin ziehen wollte, wo es keine erobernden Armeen gab, was nach seiner Auffassung hieß, dass sie über den Ozean mussten und damit so weit weg wie möglich von ihrem Herkunftsort.

»Warum bist du so nachdenklich?«, fragte Adeline, als sie den kleinen Karren packten.

»Ich will nicht nach Polen«, sagte er. »Ich will in den Westen.«

»Wir können von Polen aus in den Westen«, sagte sie. »Die Deutschen werden uns dort Essen und einen Platz zum Wohnen geben. Das habe ich von vielen gehört.«

»Was nützt uns Essen und eine Wohnung, wenn Stalin vor den anderen Alliierten nach Polen kommt?«

»Ich weiß es nicht«, sagte sie gereizt, was für sie ungewöhnlich war. »Wie ist denn dein Plan, Emil? Sollen wir etwa den Treck verlassen? Allein und zu Fuß und ohne jeden Schutz?«

Er dachte kurz darüber nach, dann runzelte er die Stirn. »Nein, ich glaube nicht.«

»Dann fahren wir morgen mit dem Zug in den Norden, und vom Warthegau gehen wir so schnell weiter in den Westen, wie wir können.«

* * *

An jenem frühen Maimorgen war es für die Jahreszeit bereits ungewöhnlich heiß in Budapest. In der dicken Kleidung, die sie bei sich hatten, war es fast schon unerträglich. Adeline zog den Jungen kurze Hosen und Unterhemden an, bevor die Martels ihre zwei kleinen Karren über den Friedhof und hinaus auf die Hauptstraße schoben und zogen.

Bis zum Bahnhof war es nicht weit, doch die Straße hatte eine leichte Steigung und die Sonne war drückend heiß. Keine hundert Meter vom Bahnhof entfernt ließ Resi den Griff des Karrens los, legte die Hand an die Stirn, ging hinüber auf die andere Seite der Straße und erbrach sich so heftig, dass sie sich hinknien musste. Adeline war zuerst bei ihr.

»Mir geht es gut«, keuchte Resi. »Es ist die Hitze. Ich konnte es einfach nicht zurückhalten.«

Adeline half ihr auf. Karoline gab ihr einen Lappen, um sich den Mund abzuwischen, und Emil gab ihr den Schlauch mit Wasser, was sie ein wenig zu beleben schien, bevor sie den Pulk der Flüchtlinge erreichten, die alle in den Bahnhof wollten.

»Es dauert noch eine Stunde und fünfzehn Minuten, bis wir losfahren, und es sind schon so viele hier«, sagte Karoline. »Wird es da überhaupt genug Platz für uns geben?«

Karolines Befürchtungen waren begründet. Als sie in den Bahnhof traten und über den Bahnsteig gingen, waren viele Waggons bereits mit Menschen und ihren Habseligkeiten gefüllt.

»Dieser Zug scheint kürzer als der zu sein, mit dem wir gekommen sind«, sagte Woldi, der mit Willi oben auf dem kleinen Karren saß.

»Er hat recht«, sagte Emil. »Adella, nimm meinen Platz ein. Ich werde vorlaufen und uns einen Platz reservieren.«

Sie kam herum und nahm die Stange des Karrens, während ihre Mutter und Schwester weiterschoben. Emil verschwand in der Menge auf dem Bahnsteig.

Adeline blickte im Vorbeigehen auf die bereits gefüllten Waggons und sah die Gesichter der Menschen, die von allem getrennt waren, was sie je gekannt hatten, manche verschreckt, manche resigniert und ein paar erwartungsvoll, so wie sie. Sie fragte sich, was sie noch alles Neues und Unbekanntes in den nächsten Tagen sehen würde, wie diesen Bahnhof, das prachtvollste Gebäude, in dem sie jemals gewesen war. Sie senkte den Blick und sah Emil, der sich seitlich aus dem Waggon neigte, der direkt hinter dem bedeckten Kohlenwagen und der Lokomotive war.

»Ich habe Platz für die Karren, doch ein paar von uns müssen sich oben aufs Dach setzen«, sagte Emil.

»Ich gehe aufs Dach«, sagte Resi.

»So krank, wie du bist?«, fragte ihre Mutter.

»Der Wind wird mir guttun, Mama, meinen Magen beruhigen«, sagte Resi. »Ich weiß ganz genau, dass ich wieder krank werde, wenn ich reingehe. Außerdem macht es bestimmt Spaß, auf einem Zug zu reiten.«

Karoline sah aus, als wollte sie mit ihr streiten, doch dann sagte sie nur: »Mach, was du willst.«

Mit vereinter Kraft hoben sie beide Karren in den Waggon und banden sie zusammen an die Wand neben der offenen Tür. Bald drängten sich weitere schwitzende Menschen hinter ihnen hinein, setzten sich auf ihre Karren, Säcke oder Habseligkeiten. Johann, Karoline und Lydia beschlossen, trotz der drückenden

Hitze im Waggon zu bleiben. Nachdem Emil zwei Seile um die Hüften seiner Jungen gebunden hatte, um sie vor dem Herunterfallen zu bewahren, ließ sich Adeline dazu überreden, mit ihnen und Malia auf das Dach des Waggons zu klettern.

Um den Rand des Daches lief ein niedriges Geländer. Resi war bereits oben, hatte die Beine unter das Geländer geklemmt und ließ ihre nackten Füße an der Seite herunterbaumeln.

»Hier oben ist es nicht so heiß«, sagte Resi aufgeregt. »Zum Glück hat Mama Höhenangst. Das wird so lustig werden!«

»Bestimmt wird das lustig werden«, sagte Malia, setzte sich neben Resi und schob ebenfalls die Beine unter das Geländer. Sie trat ein paarmal lächelnd mit den Füßen in die Luft. »Und deine Mutter meint es nur gut.«

»Tut sie das?«, sagte Resi. »Ich bin es leid, dass sie mir immerzu erzählt, was ich zu tun habe und wie ich es zu tun habe.«

»So hat sie es eben gelernt«, sagte Adeline. »Pass nur auf, eines Tages wirst du es ganz genauso bei deiner eigenen Tochter machen.«

Resi sah aus, als wäre ihr etwas unwohl, rieb sich den Bauch und rülpste leicht.

»Oh, das hoffe ich nicht.«

Die Zugpfeife gellte. SS-Soldaten trieben die letzten Flüchtlinge in den Zug. Die Dächer ihres Waggons und aller nachfolgenden Wagen waren jetzt voller Menschen, die versuchten, sich beim Hinsetzen einen sicheren Halt zu verschaffen, bevor der Zug anfuhr.

Eine Minute später tat er es, spuckte Rauch aus seinem antiken Schornstein, ächzte und stöhnte und nahm dann langsam Fahrt auf. Sie verließen den Schutz des Bahnhofsdaches. Die Sonne brannte gnadenlos auf sie herab, während sie an deutschen Soldaten und Artillerieteilen auf Flachbettwaggons im Betriebshof vorbeifuhren.

Sie verließen den Betriebshof und der Zug machte eine Schleife nach Südwesten durch die Stadt und dann weiter Richtung Norden, ungefähr parallel zur Donau, während sie allmählich schneller wurden. Der Wind blies den Lokomotivrauch von ihnen weg, sodass Adeline aufgeregt die Brücken über die Donau betrachten konnte und hoch auf einem Hügel die alte und mächtige Burg der ungarischen Könige sah.

Resi begann, ein altes Trinklied über einen beseelten Wanderer auf der Suche nach Liebe zu singen, und Adeline und Malia und viele andere auf dem Waggon stimmten ein. Für ein paar Momente spürte Adeline, wie sich ihre Stimmung hob, sie war fast beschwingt und leicht und sie fragte sich, ob sich wohl so die Freiheit anfühlte.

Bis sie die Stadtgrenze von Budapest hinter sich gelassen hatten, war Adeline zu dem Schluss gekommen, dass die Lokomotive entweder sehr alt oder sehr beschädigt war, denn sie stieß immer wieder dichte Schwaden dunklen Rauchs aus und schien außerstande, sehr schnell zu fahren. Doch bei ihrer jetzigen Höchstgeschwindigkeit und solange man sich direkt unter dem Schornstein befand, machte der Wind die kräftige Sonne mehr als erträglich. Es war … nun, nett und angenehm. Fast wie die Freiheit, beschloss sie.

»Ich mag es, hier oben zu fahren, Mama«, sagte Willi grinsend.

»Ich auch«, sagte Adeline, lächelte und strich sich die Haare aus den Augen.

Woldi lehnte sich mit der Brust gegen das Geländer, um nach vorn auf die Strecke zu blicken. »Jetzt kommt gleich ein Tunnel!«

Sie fuhren in die Dunkelheit, wo sich die Geschwindigkeit noch schneller anfühlte. Willi schrie vor Freude aus voller Kraft, was alle zum Lachen brachte. Im nächsten Tunnel schloss sich Resi an, und bald taten es alle, schrien jedes Mal vor Freude, wenn sie aus dem Licht in die Dunkelheit und dann wieder ins Helle kamen.

Irgendwann grinste Resi und lachte dann laut auf, als sie zu Adeline und den Jungs blickte, die alle den nächsten Tunnel erwarteten. »So gut habe ich mich nicht mehr gefühlt, seit wir von zu Hause weg sind. Ich kann mich gar nicht daran erinnern, schon einmal so glücklich gewesen zu sein, Adeline.«

»Wir sind mitten in einem Abenteuer«, sagte Woldi.

»Das sind wir, oder?«, entgegnete Resi und sah aus, als wäre sie in diesen Gedanken verliebt.

»Ja«, sagte Willi, »denn man weiß nie, was noch passieren wird.«

* * *

Nachdem sie fünf Stunden unterwegs waren, hielt der Zug in der Nähe der ungarischen Ortschaft Tata oberhalb einer grasbedeckten Lichtung, die zu einem kleinen Teich hinunterführte. Einer der Zugführer stieg zusammen mit Sturmbannführer Haussmann aus der Lokomotive, der den Zug entlangging und verkündete, dass es eine halbstündige Unterbrechung gäbe, da weiter vorn Militärzüge vorbeimussten. Es war ihnen freigestellt, aus den Waggons zu steigen, sich zu erleichtern oder eine Zigarette zu rauchen, doch Haussmann sagte ihnen auch, dass sie in der Nähe des Zuges bleiben sollten.

Die Sonne brannte jetzt wieder intensiv auf sie herab, da sie sich nicht mehr bewegten.

»Ein hübscher See«, sagte Malia. »Sieht aus, als ob man darin schwimmen könnte.«

»Ich bin dabei«, sagte Resi, grinste und zog sich die Schuhe an.

»Bist du nicht«, sagte Adeline.

»Sieh zu«, sagte Resi und stand auf.

Malia klatschte in die Hände und lachte. »Und wenn Karoline dich erwischt?«

»Oh, und was macht sie dann?«, fragte Resi und zwinkerte den Jungen zu, während sie die Leiter hinabkletterte. »Ich kann schwimmen, sie nicht.«

»Ich will auch ins Wasser, Mama«, sagte Willi. »Es ist so heiß.«

»Ich auch, Papa«, sagte Woldi zu Emil, der beim letzten Halt auch nach oben geklettert war.

»Keiner von uns kann schwimmen«, sagte Emil. »Und ich will nicht, dass ihr ertrinkt.«

Resi sprang inzwischen von der unteren Sprosse der Leiter und winkte allen zu, bevor sie durch das üppige Frühlingsgras hinunter zum See ging, der ungefähr hundert Meter entfernt war. Andere Leute stiegen ebenfalls aus ihren Waggons, einige rauchten, andere gingen pinkeln. Doch niemand außer Resi ging zum Wasser. Sie erreichte das Ufer, drehte sich zurück zum Zug und winkte ihnen wild zu, bevor sie sich wieder umdrehte und ins Wasser stieg. Sie machte einen weiteren unbeholfenen Schritt und dann einen dritten, bevor sie das Gleichgewicht verlor, nach vorn fiel und unterging.

Resi kam nicht wieder hoch.

Sie kam einfach nicht hoch.

Adeline spürte, wie sich in ihrem Hals ein Kloß bildete, bis Resis Kopf auf einmal wieder aus dem See auftauchte. Sie spuckte einen Wasserstrahl aus, drehte den Kopf zurück und kreischte vor Vergnügen, bis sie wieder untertauchte.

»Wo hat sie so schwimmen gelernt?«, fragte Malia.

»In der Schule in Perwomajsk«, sagte Emil. »Als sie ein kleines Mädchen war, da machte sie es wie ein Fisch und …«

Die Zugpfeife schrillte. Major Haussmann kam an die Seite des Zuges geeilt und rief: »Alle zurück an Bord! Die Strecke vor uns ist wieder frei. Zurück in den Zug oder Sie bleiben hier!«

Unten im See tauchte Resi wieder an die Oberfläche. Emil legte die Hände an den Mund und rief ihr zu: »Wir fahren, Resi!«

Zuerst hörte sie ihn nicht. Alle begannen zu schreien und ihr zu winken. »Komm zurück zum Zug! Wir fahren!«

Adeline merkte, dass Resi ihnen zuerst nicht glaubte. Schließlich sollten sie dreißig Minuten bleiben. Doch dann gellte die Zugpfeife ein zweites Mal und Resi schwamm schnell zum Ufer. Sie stieg aus dem Wasser, zog ihr triefnasses Kleid hoch und lief den Hang hinauf, wobei sie ihrer eigenen Spur zurück durch das hohe Gras folgte.

»Komm schon, Resi!«, schrie Malia.

Und jetzt johlten alle und riefen ermunternd in ihre Richtung. Resis Grinsen wurde immer breiter, je näher sie zu ihnen kam. Sie war klatschnass und ihre Kleider waren voll Gras und Adeline merkte, dass sie niemanden kannte, der wie ihre Schwägerin war. Resi war hübsch und klug und sehr witzig. Es kümmerte sie nicht, was andere Menschen über sie dachten, wenn sie so verrückte Dinge wie das hier tat. Sie war … nun … auf eine Weise frei, die Adeline niemals zuvor gekannt hatte. Wie Emil sagte, dass man Freiheit erkennen würde, wenn man sie sah.

Emils Mutter steckte den Kopf aus dem Waggon und blickte zu ihrer Tochter, als Resi an der vorderen linken Ecke des Waggons die Leiter erreichte.

»Was hast du dir nur dabei gedacht?«, schrie Karoline sie an.

»Ich habe gar nicht gedacht, Mama«, sagte Resi, während sie nach der Leiter griff und mit dem rechten Fuß auf die erste Sprosse trat. »Ich bin geschwommen und es hat sich großartig angefühlt!«

Sie hob den linken Fuß, um ihn auf die zweite Sprosse zu stellen, als der Zug plötzlich kurz ruckelte und sich bewegte und dann noch ein zweites Mal mit solcher Kraft, dass Resi zur Seite und nach vorn von der Leiter geschleudert wurde. Beim Fallen drehte sie sich so, dass sie mit dem Gesicht in das Gras und den Schotter fiel, Brust und Bauch unterhalb der Eisenbahnschwelle und die Unterbeine quer über den Schienen. Die Kupplung zwischen Kohlenwagen und ihrem Waggon befand sich oberhalb direkt hinter.

Alles geschah so schnell, dass Adeline kaum schreien konnte, als Resi fiel, bevor die Lokomotive seufzte und der Zug wieder nach vorn ruckelte. Die Räder des Waggons rollten langsam über Resis Beine und zerteilten sie in der Mitte der Wade.

# Fünfzehn

Emil sprang auf dem Waggondach hoch und brüllte zum Lokführer, dass sie den Zug sofort anhalten sollten. Offensichtlich hatte auch Sturmbannführer Haussmann von der Lokomotive aus den Unfall bemerkt, denn er rief dasselbe, bevor die Bremsen einrasteten und die Räder und Schienen aufkreischen ließen, was die Entsetzensschreie nicht übertönen konnte, die aus den überfüllten Waggons kamen, während Resi zuckend über die Böschung in das Gras am Rand der Lichtung rollte.

Emil drängte zur Leiter und sah, wie das Blut aus den Stümpfen spritzte, wo zuvor ihre Beine gewesen waren. *Stopp die Blutung,* sagte er sich immer wieder, als er die Leiter hinunterrutschte. *Stopp die Blutung oder Resi stirbt.*

Er landete hart auf dem Boden und fuhr herum, sah, dass der SS-Offizier schon fast bei seiner Schwester war. Emil lief zu ihnen und riss sich dabei den Gürtel aus der Hose.

Haussmann hatte auch bereits seinen Gürtel genommen und suchte nach einer geeigneten Position, wo er nicht von dem Blut bespritzt wurde. Emil kümmerte sich nicht darum, er drängte zu seiner Schwester und kniete sich neben sie. Er konnte sehen, dass sie ohnmächtig war, als er den Gürtel oberhalb des linken Stumpfes um ihr Bein legte und festzog, um die pulsierende Blutung zu stoppen. Ihm gegenüber hatte der SS-Offizier dasselbe mit ihrem rechten Bein gemacht und rief jetzt nach einem Arzt.

Allmählich wurde sich Emil der schreienden Menschen bewusst, während er versuchte, seine Schwester zu trösten, die zitterte, als wäre es unter null Grad, während er sich fühlte wie in einem heißen Dunst.

»Rette sie!«, schluchzte seine Mutter. Er blickte auf und sah Karoline am Zug stehen, die selbst im Gesicht blutete, da sie aus dem Waggon gefallen war, als sie gesehen hatte, wie die Beine ihrer Tochter durchtrennt wurden. Hinter ihr stand sein Vater, der sich bemühte, sie auf den Beinen zu halten, während sie jammerte, die eine knochige Hand vor dem Mund, die andere entsetzt ausgestreckt.

»Rette sie«, schluchzte Karoline erneut und sah dann hoch in den glühenden Himmel. »Nimm mich, Gott, aber rette sie. Sie ist alles, was wir noch haben.«

Adeline kam zu Emil geeilt. »Was kann ich tun?«

»Wir haben die Blutung gestoppt«, sagte Sturmbannführer Haussmann und legte seine blutigen Finger an Resis Hals. »Doch sie braucht Morphium, Blut und einen Chirurgen.«

Vom hinteren Zugteil kam Ernst Decker mit einer Tasche angelaufen. Er war Ende zwanzig, Arzt und SS-Unterfeldwebel. Ihm folgten zwei Soldaten mit einer Trage. Beim Anblick von Resis Beinen erbleichte Unterfeldwebel Decker nicht, sondern befahl Emil ruhig, an die Seite zu treten, bevor er ihre Vitalwerte überprüfte und dann fragte: »Wie lange sind die Druckverbände schon dran?«

»Eine Minute«, sagte Haussmann. »Nicht mehr.«

»Ich will sie an einem stabileren Platz«, sagte er. »Und nicht mitten in der Sonne.«

»Wir bringen mehr Leute aufs Dach und machen für sie im Waggon Platz«, sagte Emil und blickte vorsichtig zu Haussmann, der wie versteinert war. »Es tut mir leid, Herr Sturmbannführer. Sie ist meine Schwester.«

Haussmann schien ihn erneut eingehend zu mustern. Hatte er Emil erkannt? In dem Augenblick war es Emil egal und er erwiderte den Blick, bis der Major nickte.

»Macht das. Bringt eure Schwester im Waggon an die Tür, wo es Luft gibt.«

Unterfeldwebel Decker nahm eine Glasspritze und gab Resi eine kleine Dosis Morphium, damit sie während des Transports sediert war. Nach ein paar Augenblicken war es getan, sie wurde auf der Trage in den Waggon gehoben und damit über die Karren der Martels gelegt, wo sich Decker an die Arbeit machte.

Emil wollte gerade in den Waggon klettern, um dem Arzt zu helfen, als er Woldi vor der Kupplung stehen und nach unten blicken sah. Er kam zu seinem älteren Sohn, der fassungslos zu seinem Vater aufblickte.

»Sie sehen nicht viel anders aus als zuvor, außer ganz oben, wo die Räder sie zerquetscht haben. Darunter sind sie genauso, wie sie waren, als Tante Resi sie noch hatte.«

Emil sah hin und bemerkte, dass er recht hatte. Die schweren Räder, das Gewicht der Kohlen und die Schiene darunter hatten dafür gesorgt, dass die Beine relativ sauber abgeschnitten waren.

»Was machen wir mit ihnen, Papa?«, fragte Woldi. »Oder lassen wir sie einfach hier?«

Emil hasste es, doch er nickte. »In dieser Hitze sammeln sich dort bereits Bakterien. Wenn wir losfahren, dann sind sie wahrscheinlich innerhalb weniger Stunden weg, von den Bussarden und Krähen genommen.«

Er konnte sehen, dass sein älterer Sohn die Vorstellung zunächst verstörend fand, doch schließlich nickte Woldi, ging an Emil vorbei und kletterte die Leiter hoch. Adeline tauchte in der offenen Waggontür auf und sagte: »Emil, der Arzt braucht dich, und deine Mutter hat einen Anfall.«

»Geh mit Woldi nach oben«, sagte er beim Einsteigen. »Ich denke, dass es auch bei ihm recht bald da oben einen Nervenzusammenbruch gibt. Er hat Resis Beine gesehen.«

Adeline schloss die Augen und nickte.

In dem vollen Waggon war die Luft zum Ersticken und seine Mutter jammerte. Emil ging zu ihr und sagte, dass sie die Dinge nicht noch schlimmer machen solle, als sie bereits waren. »Es geht nicht um dich. Es geht um Resi und darum, dass sie überlebt.«

»Ich muss etwas tun!«, sagte Karoline. »Mein Gott, ich halte das nicht aus!«

Emil erwiderte einen Moment nichts, dann sagte er: »Wenn du noch immer an Gott glaubst, Mutter, dann solltest du jetzt vielleicht beten.«

Er ging an Resis Seite, während er seinen eigenen fehlenden Glauben an Gott oder irgendeine höhere Macht bestätigt sah. Kein anständiger Geist hätte es zugelassen, dass so eine tragische Sache einem wilden, aber unschuldigen Geschöpf wie seiner Schwester zustieß. Kein gerechtes Universum hätte sie auf eine Bahre neben die Tür eines vollgepackten, stickigen Waggons im nördlichen Ungarn gelegt mit einem SS-Arzt, der ihr einen intravenösen Zugang in den Arm stach, während ihre Unterschenkel, Füße und Schuhe auf den Schienen lagen.

»Kennen Sie ihre Blutgruppe?«, fragte Decker.

»0 negativ«, sagte Emil. »Ich bin auch 0 negativ. Die Kommunisten haben uns alle getestet. Wir mussten es wissen.«

»Sie sind ein universeller Spender. Ich will, dass Sie sich für die Transfusion ein wenig höher an ihre Seite legen.«

Emil blickte an seinem Vater vorbei und sah dort zahlreiche Holzkisten. Er ging zu der Besitzerin – einer Frau mit zwei kleinen Kindern – und fragte, ob er die Kisten für seine Schwester nutzen durfte. Sie war damit einverstanden, solange er sie ihr zurückgeben würde, damit sie den Platz nicht verlor.

Nachdem Emil zwei Kisten bewegt und gestapelt hatte und obenauf saß, ein Stück über seiner Schwester, arbeitete Decker als erfahrener Schlachtfeldarzt schnell und effizient, und bald floss das Blut aus Emils linkem Arm in Resis rechten. Haussmann tauchte an der Tür des Waggons auf und fragte: »Wie lange dauert es, bis sie stabilisiert ist?«

»Vierzig Minuten?«

»Sie haben zehn«, blaffte der Major. »Seien Sie kreativ.«

Der Unterfeldwebel wollte erst widersprechen, sagte dann jedoch: »In Ordnung, Sturmbannführer.«

Decker befahl Emil zu warten. Er sei in einem Augenblick zurück.

»Müssen Sie nicht irgendwann die Druckverbände lösen?«, fragte Emil.

»Wenn ich das richtig mache, dann müssten wir in ungefähr zehn Minuten in der Lage sein, sie zu entfernen«, sagte er und stieg aus dem Zug. Er ging nach vorn und kletterte in die Lokomotive, wo Emil ihn nicht länger sehen konnte.

Emil blickte hinüber zu Resis Gesicht, das ramponiert und angeschwollen und von dem Sturz ganz verdreckt war. Er war mehr als ein Jahrzehnt älter als seine Schwester, mehr ein Vater für seine Jungen als für sie ein Bruder. Er fühlte sich schuldig, dass er oft schroff gegenüber Resi gewesen war, vor allem in den letzten paar Jahren, als ihre Launen zwischen Wirbelsturm und Orkan geschwankt hatten, alles noch verstärkt durch diese Reise, ihre anhaltende Übelkeit und jetzt das hier.

Er sah, wie Decker wieder aus der Lokomotive herunterkletterte, wobei er in der einen Hand einen rauchenden

Blecheimer am Handschuh trug, aus dem ein Holzgriff ragte. Der Arzt kehrte zurück, stellte den rauchenden Eimer auf den Boden des Waggons und kletterte hinein. Der Rauch stank herb und beißend. Einige Leute begannen zu husten und würgen. Emil blickte in den Eimer und sah die Eisenspitze eines Schürhakens zwischen glühend roten, rauchenden Kohlen aus dem Feuerkasten der Lokomotive.

»Was machen Sie mit dem Ding?«, wollte Karoline wissen. »Sie werden sie doch nicht damit verbrennen! Sie hat schon genug durchgemacht …«

Decker drehte ihr den Rücken zu und sagte: »Sie muss noch ein bisschen mehr durchmachen, damit sie am Leben bleibt.«

Er blickte zu Emil und überprüfte Resis Blutdruck. »Besser«, sagte er. »Wer ist noch 0 negativ in Ihrer Familie?«

»Ich«, sagte Johann, der größtenteils still gewesen war und sich alles aus dem drückend heißen Schatten angesehen hatte. »Ihr Vater.«

»Dann sind Sie der Nächste«, sagte er und entfernte den Transfusionsschlauch von Emils Arm.

Als Emil aufstand, war ihm zunächst etwas schwindlig, doch er konnte an die Seite gehen, während Decker die Nadel am Transfusionsschlauch austauschte und Johann sich neben seine geliebte Tochter setzte. Erst da, als der Arzt ihm die Nadel in den Arm stach, bemerkte Emil, dass Johann weinte.

Decker sah es auch. »Dank Ihnen und Ihrem Sohn wird sie überleben, Herr Martel, und wegen dem, was ich tun werde. Das verspreche ich Ihnen.«

Johann nickte. »Tun Sie es. Manche Dinge sind den Schmerz wert.«

An der Seitentür tauchte eine erschöpft wirkende, hübsche Frau von Ende zwanzig auf, die Emil vage bekannt vorkam. Sie hielt einen Korb mit zwei darin schlafenden Babys. Sie blickte zu dem improvisierten Operationstisch und dann nach oben, als Adeline vom Dach nach unten rief: »Marie? Bist du das?«

»Adeline?«, sagte die Frau überrascht. »Ich wusste gar nicht, dass du in diesem Zug bist. Ich bin gekommen, weil ich von dem Unfall gehört hatte und sehen wollte, ob ich helfen kann.«

»Ich komme sofort runter und nehme die Zwillinge«, sagte Adeline.

Während Decker die Wunden reinigte und sie für das vorbereitete, was zu tun war, kletterte Adeline nach unten. »Emil, erinnerst du dich an meine Cousine Marie aus Birsula? Sie hat dort in einem Krankenhaus gearbeitet.«

»Bei den Chirurgen«, sagte Marie.

»Dann kommen Sie her«, sagte Decker. »Ich kann Hilfe gebrauchen.« Der Arzt blickte rüber zu Emil. »Ich werde Sie brauchen, um sie festzuhalten. Ich habe keinen Ether, und selbst mit dem zusätzlichen Morphium, das ich ihr geben werde, kann es sein, dass sie sich aufbäumt.«

»Sie wollen sie quälen!«, sagte Karoline und wandte sich ab, während sie wieder losjammerte.

Marie blickte zu dem Geschehen. »Keine Zeit zum Überklappen und Vernähen?«

»Nein.«

Draußen trieb sie Sturmbannführer Haussmann zur Eile an. »Sie haben noch vier Minuten. Wir sind jetzt im Zeitplan von Berlin. Himmler persönlich.«

Der Unterfeldwebel nickte. Marie gab Resi eine weitere Spritze. Decker zog sich Handschuhe an, um den Schürhaken aus dem noch immer qualmenden Eimer zu nehmen. Die Spitze des Hakens glühte dunkelorange wie ein reifer Kürbis.

»Jetzt festhalten!«, befahl der Arzt.

Emil presste den rechten Oberschenkel seiner Schwester auf die Decke unter ihr. Marie nahm ihr linkes Bein. Decker ging zu dem rechten Stumpf, besah ihn sich genau und berührte dann mit der Spitze des rot glühenden Eisens die erste der drei durchtrennten Arterien, aus denen Resis Blut gespritzt war. Es gab ein zischendes Geräusch und es roch nach versengtem Fleisch, bevor Resi zusammenzuckte, sich aufbäumte und aus irgendeiner nicht vom Schock oder den Opiaten betäubten Tiefe ihres Bewusstseins aufschrie. Sie drehte die Hüften und bäumte sich weiter auf und befreite sich fast aus Emils und Maries Griff.

»Festhalten!«, schrie Decker. »Sie darf nicht den Transfusionsschlauch abreißen!«

In Panik warf Emil sich mit seinem ganzen Gewicht auf die rechte Hüfte und den Oberschenkel seiner Schwester, Adelines Cousine tat dasselbe. Johann ergriff Resis Arme. Zusammen drückten sie sie nach unten, während Decker mit seiner brutalen Arbeit fortfuhr, die zwei anderen großen Blutgefäße am rechten Bein ausbrannte, bevor er sich zum linken Bein wandte. Als er endlich sein Werk beendet hatte, war Emil wegen Resis Jammern den Tränen nah, das bei der sechsten Berührung mit dem glühenden Eisen zu einem Wimmern abgeflacht war, bevor sie ins Delirium fiel.

* * *

Unterfeldwebel Decker reichte Sturmbannführer Haussmann den Feuereimer und den Schürhaken und sagte: »Wir werden sie desinfizieren und bandagieren. Die kleineren Arterien und Venen werden von allein Gerinnsel bilden. Wenn es zu keiner Infektion kommt, dann wird sie es überleben, bis es ein Chirurg im Warthegau richtig machen kann.«

»Gut gemacht, Unterfeldwebel«, sagte Haussmann. »Heil Hitler!«

Decker und Marie verteilten über den Wunden und vor allem über den offenen Knochenhöhlen großzügig

Wasserstoffperoxid und Jodsalbe. Als sie trocken waren, löste er vorsichtig an jedem Bein den Druckverband und beobachtete die Wunden. Er konnte nur ein geringes Aussickern entdecken und schüttete Sulfapulver über die Stümpfe, legte mehrere Schichten Umschläge an, die er von Marie halten ließ, und umwickelte sie dann in mehreren Lagen mit braunem Verbandsmull, bis es wie große Fäustlinge aussah, wo zuvor ihre Unterschenkel gewesen waren.

Es ertönte ein schrilles Pfeifen. Der Zug ruckte wieder und rollte an.

Marie fuhr herum, ging zur offenen Seitentür und rief nach oben: »Adeline?«

»Wir haben die Zwillinge hier oben«, rief Adeline zurück.

Emil verdrängte mit aller Kraft den Gedanken, dass sie Resis Beine dort auf den Schienen zurückließen, wo sie sie verloren hatte. Während der Zug schneller wurde und der See und die Ortschaft Tata hinter Frühlingswäldern und grünen Wiesen verschwanden, sah er zu, wie Decker den Transfusionsschlauch von seinem Vater nahm, und empfand auf einmal eher Wut als Mitleid für Resis Notlage.

*Wäre sie nur nicht zum Schwimmen nach unten gegangen. Hätte sie doch nur ein einziges Mal in ihrem Leben gehört, dann wäre sie … dann wäre sie …* Zunächst kam ihm in den Sinn: … *noch ganz,* doch stattdessen dachte er: … *nicht meine Schwester.* Von dem Augenblick an, als Resi als Baby ihr erstes Wort gesagt hatte, hatte sie ihren eigenen Kopf gehabt. Die meisten Kinder sagten Mama oder Dada, doch Emils kleine Schwester hatte »Nein« gesagt. Und seitdem war sie eine eigenwillige Person geblieben.

Es verging eine halbe Stunde und dann eine Stunde. Die Hitze und gnadenlose Sonne des Nachmittags quälte sie weiter, während sie langsam in Richtung Bratislava rollten. Resis Blutdruck blieb stabil. Ihre Wunden waren noch einmal versorgt worden und die Gerinnung hatte begonnen. Emil war sich sicher, dass Resi das Schlimmste überstanden hatte, als Marie sagte: »Ich muss meine Jungen beim nächsten Halt füttern.«

»Und ich habe in den hinteren Waggons kranke Männer, um die ich mich kümmern muss«, sagte Unterfeldwebel Decker.

»Ich bleibe hier bei ihr sitzen«, sagte Emil, kurz bevor seine Schwester stöhnte und sich aufbäumte. Ein Krampf zitterte durch ihren Körper, der danach erstarrte und in sich zusammensank.

Decker und Marie eilten an ihre Seite.

»Was ist passiert?«, fragte Karoline. »Was geschieht mit ihr?«

Der Arzt hatte sein Stethoskop herausgeholt und horchte auf ihr Herz, während Adelines Cousine die Hände auf Resi legte, um sie zu beruhigen.

»Der Herzschlag ist hoch, doch er beruhigt sich wieder«, sagte Decker zu Emil. »Dieser Anfall könnte alles Mögliche sein, verursacht von der natürlichen Art des Körpers, mit einem Schock umzugehen.«

Zehn Minuten später packte Decker seine Utensilien zusammen, als die Pfeife der Lokomotive schrillte und sie wegen eines anderen Zugs zum Stehen kamen, der vor ihnen kreuzte. Marie war nicht von Resis Seite gewichen, die Hände auf ihrem Bein und Bauch, und sie achtete auf Anzeichen eines weiteren Krampfes.

Der setzte ein, als der Zug stehen geblieben war, ein kürzerer Anfall als der erste, doch nicht weniger erschütternd. Emils Schwester bäumte sich auf und verkrümmte sich mit einem inneren Krampf, bevor sie wieder zusammensank.

Resi keuchte und stöhnte.

»Was geschieht mit ihr?«, schrie Karoline.

»Ich weiß es auch nicht«, sagte Decker.

»Ich glaube, ich weiß es«, sagte Marie und fasste an Resis Kleid. »Sie hat Wehen.«

»Wehen?«, sagte Emil. »Resi? Nein.«

»Ihre Fruchtblase ist geplatzt«, sagte Marie, dann blickte sie zu seiner Mutter. »Wie weit ist sie, Frau Martel?«

Karoline sagte einen Augenblick nichts, dann blickte sie sich um, besorgt und entrüstet, dass es keine Möglichkeit gab, der Realität zu entkommen. »Drei, vielleicht dreieinhalb Monate«, sagte sie und klang niedergeschmettert. »Sie hat es mir erst an dem Abend gesagt, bevor wir diese wahnsinnige Reise begonnen haben.«

»Nun, sie wird ihr Baby zusammen mit ihren Beinen verlieren«, sagte Marie und blickte dann zu Emil, während Decker aus dem Waggon kletterte und versprach, bald zurückzukehren. »Ich bleibe bei ihr. Aber kannst du Adeline und Malia bitten, nach unten zu kommen und mir hier zu helfen? Ich muss schnell meine Babys füttern und wickeln, bevor es deiner armen Schwester noch schlechter geht.«

Emil kletterte aufs Dach. Er half Adeline und Malia, den Korb nach unten zu heben, in dem Maries Zwillinge lagen, dann sah er zu, bis seine Frau und seine Schwägerin sicher über die Leiter nach unten geklettert waren, bevor er sich eingestand, dass er vollkommen erschöpft war, schlimmer als nach seinen längsten Arbeitstagen auf dem Feld oder in der Brauerei, mehr als todmüde. Nachdem er seine ganze Energie und Liebe an seine Schwester gegeben hatte, war er jetzt völlig ausgelaugt und verspürte nur noch das Bedürfnis nach Schlaf.

Er setzte sich zwischen seine Söhne, klemmte die Beine unter das Geländer und ließ sie baumeln, wie es Resi noch vor wenigen Stunden gemacht hatte. Er umarmte Willi und Woldi, und als der Zug wieder anrollte in Richtung Norden, legte er sich zurück, tat die Mütze auf das Gesicht und fiel in einen tranceähnlichen Schlaf, während er die Geräusche um sich herum weiter wahrnahm – das Reden seiner Söhne, das Schlagen und Quietschen der Zugräder, das leise dröhnende Puffen der Lokomotive –, auch als sich der Schrecken des Unfalls immer wieder in seinem Kopf abspielte.

*Es gibt keinen Gott,* sagte seine innere Stimme. *Keine gute Macht hätte ihr so die Beine genommen. Unsere Bitten werden von keiner unsichtbaren Macht im Himmel erhört. Wir sind allein. Tagtäglich kämpfen wir ums Überleben und können uns auf niemanden verlassen, außer auf uns selbst.*

* * *

Als Emil aufwachte, waren sie bereits an Bratislava vorbei und rollten nördlich in Richtung Trnava. Die Sonne stand schon niedriger und wurde immer wieder von Gewitterwolken im Westen verdeckt. Sie fuhren durch alte Weinberge, wo die geschwollenen Knospen kurz vor der Blüte standen, und kamen in eine hügelige grüne Landschaft mit kleinen Bauernhöfen in engen Tälern und dahinter schneebedeckten Bergen.

Er gähnte und setzte sich auf, sah auf einem Feld angebundene Pferde grasen und wurde schmerzlich an Odin und Thor erinnert. Was war wohl ihr Schicksal? Was taten sie für die Nazis?

»Das ist ein schönes grünes Tal«, sagte Willi, »aber es ist nicht unseres.«

Emil schüttelte seine Schlaftrunkenheit ab und wollte seinem jüngeren Sohn sagen, dass er nicht an solchen Blödsinn glauben sollte. Welche Farbe das Land um ihr neues Zuhause auch immer haben würde, es wäre zweifellos auch streng und grausam und bis zu einem gewissen Grad von Leiden durchwirkt. Er wollte Willi sagen, dass diese Tatsachen im Leben unvermeidbar seien und dass er nicht daran glaubte, dass es einen Ort auf der Erde gab, wo ein solches Paradies existierte, wie es Adeline beschrieben hatte.

Stattdessen sagte Emil aber nur: »Nein, das ist es nicht. Wir fahren an einen Ort namens Lodz in Polen.«

»Wie ist es da, Papa?«, fragte Willi. »In Lodz?«

»Ich weiß es nicht«, sagte er. »Das werden wir zusammen herausfinden.«

Sie verstummten und Emil hoffte, dass der Zug bald wieder anhalten würde, damit er nach unten gehen und nach seiner Schwester sehen konnte, als Woldi fragte: »Papa, warum ist das mit Tante Resi passiert?«

Er seufzte und umarmte seinen älteren Sohn erneut. »Ich weiß es nicht. Manchmal ist das Leben grausam.«

Woldi war ein paar Augenblicke still, bevor er sagte: »Zuerst war es mir gar nicht recht, dass wir ihre Beine und Füße und ihre Schuhe so dagelassen haben.«

»Mir auch nicht«, sagte Emil. »Es gefällt mir noch immer nicht.«

»Doch dann habe ich mich daran erinnert, wie du gesagt hast, die Vögel würden sie wahrscheinlich finden, und dann habe ich mich besser gefühlt, weil ihre Beine dann wie ein Vogel davonfliegen würden.«

Emil blickte zu Woldi und lächelte darüber, wie er die Welt zu sehen schien, aus einer etwas seltsamen, doch immer interessanten Perspektive.

»Willst du eines Tages fliegen?«, fragte Emil.

Woldi grinste. »Vielleicht. Warum nicht?«

»Das stimmt«, sagte Emil. »Warum nicht?«

»Ich werde Sachen bauen«, prahlte Willi.

»Was zum Beispiel?«, fragte Emil neugierig, da er auch gern Dinge baute.

Sein jüngerer Sohn zeigte auf eine prachtvolle alte Villa an einem Hang. »Wie das da.«

»Nein, das wirst du nicht«, sagte Woldi. »Das ist viel zu groß.«

»Das ist nicht zu groß«, sagte Willi. »Oder, Papa?«

Die Villa sah tatsächlich riesig aus, viel größer als alles, was Emil jemals gebaut oder an dessen Bau er teilgenommen hatte. Vielleicht lag es daran, dass er gesehen hatte, wie sich Resis Leben in einem Augenblick zum Schlimmen verändert hatte, vielleicht wollte er seinem Sohn auch nur die Verzweiflung ersparen, niemals irgendeinen Traum zu haben, doch irgendwas in ihm sagte, dass er Willi mit seiner Vorstellung vom Leben nicht entmutigen sollte, wie auch immer sie war.

»Warum nicht?«, sagte Emil.

# Sechzehn

An jenem heißen Tag im Mai 1944, als die Sonne gerade über der östlichen Tschechoslowakei unterging, verlor Resi Losing ihr Baby. Marie leitete sie an und half Adeline und ihrer Schwester durch das ganze Martyrium. Karoline weigerte sich zu helfen und saß still wie Johann da, der neben ihr stand, während ihre bewusstlose Tochter in den Wehen lag, um ihren toten Sohn auf die Welt zu bringen.

Marie klemmte die Nabelschnur ab, zerschnitt sie und gab Adeline das Baby. Resis zusammengekauerter Sohn war nass von Flüssigkeit und Blut und passte in ihre Hand. Malia kam dazu, betrachtete ihn und begann zu weinen.

»Das arme Ding starb, als er am Daumen genuckelt hat«, sagte sie und legte die Hand an ihre Lippen.

Adeline sah, dass sie recht hatte, und spürte, wie ihr eigenes Herz an jenem Tag wieder aufgerissen wurde. »Ein kleines Wunder, das niemals eine Chance hatte.«

»Wunder!«, schnaubte Karoline hinter ihnen empört. »Wohl eher eine tödliche Sünde, Zeugnis der Wollust vor Gott und den Menschen. Merkt euch meine Worte. Wegen ihrer Unzucht nahm ihr der Herr die Beine und diese … diese Sünde in deinen Händen.«

Adeline, ihre Schwester und ihre Cousine waren so bestürzt über das Gift in der Stimme von Resis Mutter, dass sie sich zu ihr umdrehten und sie im Schatten ansahen. Genauso wie viele andere, die in der Nähe standen.

Adeline war sich dessen bewusst, kümmerte sich aber nicht darum, als sie sagte: »Er ist dein Enkelsohn, Karoline. Wenn du solche Dinge sagst, dann solltest du ihn dabei ansehen. Ein Viertel seines Blutes stammt von dir.«

Ihre Schwiegermutter beugte sich ein Stück vor, sodass man ein Auge und eine zuckende Wange in einem Lichtstrahl sehen konnte. »Wirf dieses Ding aus der Zugtür, sonst mache ich es.«

Auf einmal stellte sich Johann vor sie und erschreckte den ganzen Waggon, als er losbrüllte: »Das wirst du nicht tun! Und ich will nichts mehr von dir hören, Frau! Denkst du etwa, ich habe die Bergwerke und den elendigen Weg nach Hause überlebt, um mir dein ständiges Gemecker anzuhören? Du willst dies, du fürchtest das, du verdammst jenes, du vergleichst dieses, zerstört jenes. Der ist gut und der ist schlecht. Und all das mit deiner verbitterten messerscharfen Zunge!«

Karoline war gegen die Vorderwand des Waggons gesunken und ihre Stimme klang milder, als sie ansetzte: »Johann, ich möchte nicht …«

»Halt deinen Mund, du böses Weibsstück!«, fuhr er seine Frau an. »Halt deinen Mund, oder bei Gott, ich werfe dich mit eigenen Händen aus diesem Zug und bin dich für immer los!«

Es folgte eine lange, bestürzte, unangenehme Stille, in der sich Adeline mit jedem kranken Gefühl bestätigt fühlte, das sie jemals gegenüber Emils Mutter empfunden hatte, doch sie wurde sich auch bewusst, dass sie Resis Sohn für das Begräbnis beim nächsten Halt vorbereiten sollte.

Karoline sagte verbittert: »Vielleicht helfe ich dir ja sogar, Johann, und tu dir damit einen Gefallen. Ich spring einfach selbst aus dem Zug, bevor Resi aufwacht. Dann bist du mich für immer los.«

»Es geht schon wieder los«, flüsterte Malia in Adelines Ohr. »Sie dreht den Spieß um und spielt die Verfolgte.«

»Dann mach es endlich und beeil dich damit«, erwiderte Johann schließlich und verließ sie, um zu Resi zu gehen.

* * *

Bevor die Landschaft völlig dunkel wurde, die langsam an ihnen vorbeiglitt, wickelte Adeline das Baby in etwas Verbandsmull, den Decker für die Versorgung von Resis Wunden zurückgelassen hatte. Maries Söhne Rutger und Hans begannen, sich in ihrem Korb zu regen und zu quäken.

Marie bat Adeline und Malia, Resi mit dem restlichen Wasser aus dem Eimer so gut wie möglich zu säubern, wobei sie darauf achten sollten, dass die Verbände trocken blieben.

»Wir wollen keinen Wundbrand«, sagte sie, während sie sich setzte und einen ihrer beiden Jungen an die Brust legte. Adeline staunte über Maries Durchhaltevermögen. Ihre Cousine war kleiner und schlanker als Adeline und wirkte trotzdem so viel kräftiger und offensichtlich auch stark genug, um Milch für zwei Babys zu haben.

Malia hängte eine angezündete Laterne in die offene Tür des Waggons außerhalb des Luftzugs und begann damit, Resis Unterleib mit einem feuchten Tuch zu säubern. »Marie, erzähl uns von deinem Mann, dem Chirurgen.«

Adeline hatte in dem Jahr mehrmals Briefe mit Marie ausgetauscht und kannte ihre Geschichte zum Teil, sodass sie ihr jetzt die Qual ersparen wollte. »Malia, vielleicht gibt es bessere Dinge, über die man reden kann«, begann sie.

»Das ist schon in Ordnung, Adella«, sagte Marie. »Die Sowjets haben Klaus mitnehmen wollen, als ihre Armee im Juli 1941 die Ukraine verließ, doch es gelang ihm, sich lange genug zu verstecken, bis er dann schließlich ein Jahr nach der deutschen Besetzung von der Wehrmacht mitgenommen wurde.«

Zu dem Zeitpunkt hatte Marie schon fast zwei Jahre für Dr. Klaus Werner gearbeitet, und er hatte ihr genügend Dinge beigebracht, dass sie für ihn in der Chirurgie sehr nützlich war.

»Ich war in ihn verliebt, doch er schien das gar nicht zu bemerken«, sagte Marie, nahm den einen Jungen von ihrer linken Brust und legte das andere Baby an die rechte. »Er war zwölf Jahre älter als ich. Als die Deutschen von seinen chirurgischen Fähigkeiten erfuhren, zogen sie ihn ein. Ich wollte mit ihm gehen, doch mich schickten sie zu meiner Familie aufs Land. Klaus sagte, dass er mir schreiben würde, und ging.«

Mit gebrochenem Herzen und voller Sorge hatte Marie monatelang auf ein Zeichen von dem Chirurgen gewartet. Dann kamen Anfang Dezember gleich zwei Briefe, in denen er sein Leben in einem Militärspital südlich von Stalingrad beschrieb: die unzähligen Verletzten, die langen, höllischen Stunden, in denen er Menschen zu retten versuchte, die der Krieg zerfetzt hatte, und die dürftigen Bedingungen, unter denen er lebte.

»Am Ende des Briefs schrieb er, dass er mich vermisste«, sagte Marie und strahlte im Licht der Laterne. »Er sagte, er würde mein Lächeln und den Klang meiner Stimme vermissen.«

»Da bist du bestimmt glücklich gewesen!«, sagte Malia.

»Ich war froh«, sagte Marie. »Danach hatte ich nichts mehr von ihm gehört, bis er im vergangenen Jahr am 24. März an meine Tür klopfte. Er hatte einen ganzen Monat Fronturlaub und kniete sofort nieder und fragte mich, ob ich ihn heirate.«

Malia klatschte in die Hände. »Das ist ja so romantisch! Und du hast Ja gesagt!«

»Ich habe Ja gesagt und am nächsten Tag haben wir geheiratet«, sagte sie. »Ich konnte gar nicht glücklicher sein. Er war als der Klaus zurückgekehrt, den ich kannte und liebte, zärtlicher, als ich es mir hätte vorstellen können, zusammen mit einem anderen Klaus, den ich nicht kannte: ein Fremder, verfolgt von all dem, was er überlebt hatte, ein Arzt, der sich davor fürchtete, zurück in den Krieg zu ziehen.«

Sie machte eine Pause, räusperte sich und sprach weiter. »Doch wir lebten die wahre Liebe. Diesen gemeinsamen Monat werde ich für immer in mir tragen. Und bevor er ging, machten wir diese wunderschönen kleinen Jungen.«

Eins der Babys löste sich von ihrer Brust und hustete. Marie hob es an die Schulter und tätschelte ihm den Rücken, bis es ein Bäuerchen machte. Malia säuberte Resi zu Ende und deckte sie zu, fühlte an ihrer Stirn, ob sie Fieber hatte, während sie vor sich hin lächelte und erwartungsvoll zu Marie blickte, damit sie die Geschichte beendete.

»Liebt er sie auch so sehr?«, fragte Malia.

Marie wurde betrübt. »Ich habe nur noch einmal von Klaus gehört, seit er wieder weggegangen ist, im letzten November, bevor die Babys geboren wurden und bevor der Dnjepr fiel und wir flüchten mussten.«

»Ich bin mir sicher, dass er irgendwo direkt hinter uns ist«, sagte Malia.

Ihre Cousine sagte eine Weile nichts, rieb ihrem Kind den Rücken und stillte noch immer das andere. Doch dann kam ein ängstlicher und schmerzlicher Ausdruck über ihr Gesicht und sie stöhnte: »Das befürchte ich auch. Er ist da irgendwo hinter mir. Nicht bei mir und unseren Söhnen. Womöglich für immer.«

* * *

Während eines für eine Stunde angesetzten Haltes in der Nähe der tschechoslowakischen Ortschaft Cervenik nahm sich Emil eine Schaufel von den Zugführern und ging mit Johann und Adeline mit einer Laterne ein Stück weg von den Schienen. Sie gruben ein Loch und legten das in Mull gewickelte Baby hinein, sprachen ein Gebet und verschlossen die Grube.

»Danke«, sagte Johann zu Emil. »Es tut mir leid, dass deine Mutter solche Dinge gesagt hat. Es tut mir noch mehr leid, dass ich solche Dinge gesagt habe.«

»Ist schon gut, Papa«, sagte Emil und tätschelte ihm den Rücken. »Es war für alle ein schrecklicher Tag, auch für Mutter.«

Sein Vater nickte seufzend und trottete zu dem Zug.

Adeline fiel Emil in die Arme.

»Ich vermisse noch immer unseren Kleinen«, sagte sie.

»Wir werden ihn immer vermissen«, sagte er. »Er war unser Erstgeborener.«

Während sie den Hang zurück zum wartenden Zug hinaufgingen, erinnerte sich Adeline daran, wie Johann zornentbrannt explodiert war. Es war wirklich das erste Mal, dass sie Emils Vater wütend gesehen hatte.

»Ich habe deine Mutter nur ein anderes Mal so erlebt«, sagte sie. »Als sie die Sahne trank, um mir das Herz rauszureißen, bevor unser erster Waldemar starb. Kalt. Herzlos. Böse von innen, wie dein Vater sagte.«

»Und sie hat kein Wort mehr gesagt, seit er sie so angeschrien hat?«

»Keinen Pieps.«

»Nun, das ist dann wohl ein erstes Mal in ihrem ganzen Leben«, sagte er lachend, was Adeline ebenfalls zum Lachen brachte, bevor sie ihn umarmte.

»Ich liebe es, dass du meine Stimmung so verbessern kannst«, sagte sie. »Du bist ein guter Ehemann, ein guter Vater und ein sehr guter Mann, Emil Martel.«

Adeline hatte gehofft, dass ihr Mann diese Worte als echtes Lob annehmen würde, doch sein Gesicht verdunkelte sich kurz, bevor er sie in dem Laternenlicht anlächelte. »Und du bist die feinste Frau, die ich je gekannt habe. Ich werde mich zuerst zu Resi setzen, wenn du magst. Damit du ein wenig schlafen kannst.«

Adeline betrachtete ihn für einen langen Augenblick und dachte wieder daran, dass es Seiten von Emil gab, die für sie noch immer ein Geheimnis waren und es womöglich für immer bleiben würden. Sie kamen zum Zug, wo sie Unterfeldwebel Decker begegneten, der gerade den Waggon verließ, nachdem er Resi eine weitere Dosis Morphium verabreicht hatte, damit sie gut durch die Nacht kam.

»Wann wird sie aufwachen?«

»Ich denke, morgen«, sagte Decker und ging.

Sie schafften es, Resi und die Trage so weit anzuheben, dass sie Bettwäsche aus den Karren darunter nehmen konnten. Emil brachte alles auf das Waggondach, wo sie die Jungen zusammengerollt und schlafend vorfanden, die Sicherheitsleinen noch immer fest um die Taille gebunden.

Er half Adeline dabei, die Decken über und um ihre Jungen zu legen, bevor sie dasselbe für sich tat. »Mach die Seile nur los, wenn der Zug steht«, flüsterte er. »Ich werde dich aufwecken, wenn du an der Reihe bist, um nach ihr zu sehen.«

Er ging mit der Laterne zur Leiter.

»Emil«, flüsterte sie laut genug, dass er sich umdrehte. »Ich liebe dich. Und danke.«

Ihr Mann blickte sie an, als würde sie in einer fremden Sprache reden, doch dann nickte er. »Ich liebe dich auch. Und gern geschehen.«

Emil ging die Leiter hinunter, bevor sie noch etwas sagen konnte. Dann lag sie mit geschlossenen Augen da und dachte an ihn, bevor Bilder und Klänge von Resi in ihrem Kopf auftauchten: wie sich Resi auf dem Weg zum Bahnhof übergeben hatte; wie Resi vor Vergnügen jauchzend aus dem Seewasser kam, so wild und so frei; wie Resi auf die Schienen fiel; wie Resi schrie, als Decker ihre Stümpfe ausbrannte.

Immer mehr und immer schneller blitzten die Bilder in ihr auf, während sie um Schlaf kämpfte: Marie entbindet Resis totgeborenen Sohn und Adeline hält ihn, ein Wunder ist gestorben, so winzig und so traurig und so kostbar. Sie wollte weinen, so benommen und niedergeschlagen fühlte sie sich jetzt oben auf dem Zug, vertrieben und heimatlos, ein Kriegsflüchtling ohne ein Zuhause, außer dem einen, das sie aus einer Zeichnung in einem Buch herbeigezaubert hatte.

*War es erst heute Morgen, dass wir Budapest verlassen haben?*, dachte Adeline, als sie in den Schlaf trieb. *Wie kann es sein, dass so viel Hoffnung und Tragik in einen einzigen Tag passt?*

* * *

Emil weckte sie kurz vor der Morgendämmerung im Dunkeln, als sie durch die tschechische Ortschaft Puchov fuhren. Die Jungen schliefen noch. Der Zug rollte mit Schrittgeschwindigkeit.

»Wie geht es ihr?«, flüsterte Adeline, während sie unter der Decke hervorkam.

»Ein paar Albträume, doch sie hat durchgeschlafen«, sagte er.

»Deine Mutter?«

»Du meinst die Sphinx?«

Auch wenn sie gerade erst aufgewacht war, musste Adeline bei dem Gedanken lachen, dass Karoline noch immer nicht sprach. Sie küsste ihn auf die Wange, nachdem er sich unter die Decke gelegt hatte, und kletterte dann die Leiter hinunter. Johann wartete dort, um ihr zur offenen Waggontür zu helfen.

Sie dankte ihm und drückte sich an Marie und ihren Zwillingen vorbei, die auf dem Boden schliefen, bis sie bei Resi war. Sie legte die Hand an die Stirn ihrer Schwägerin und fand sie warm, aber nicht fiebrig. Sie nahm die Laterne, um sich die Verbände anzusehen, die langsam durchweichten. Im ersten guten Tageslicht würde sie ihrer Cousine beim Wechseln helfen.

Als Adeline die Laterne wieder an den Haken hängte, bemerkte sie, dass sich Resi bewegte, nicht mit einem Schmerzensruck, sondern ein langsames Rühren, ihre Schultern verlagerten sich, ihr Kiefer wurde schlaff und dann schluckte sie, bevor sie die Augen öffnete. Die Augen drehten sich unruhig, als könnte Resi den Blick nicht fokussieren. Sie schluckte, schloss die Augen und öffnete sie erneut. Zunächst war ihr Blick wieder unstet, bevor sie ihn unruhig auf Adeline richtete.

»Wo bin ich?«, krächzte sie.

Adeline nahm die Hand ihrer jungen Schwägerin und murmelte: »Du lebst, Resi. Du hattest einen schlimmen Unfall, doch du lebst.«

Sie verzog das Gesicht und sagte: »Es tut weh. Überall.«

»Ja, da wird bald ein Mann kommen, der dir hilft.«

Johann kam hinter Adeline hervor, legte seine riesengroße Hand auf die Schulter seiner Tochter und hatte Tränen in den Augen. »Resi.«

»Papa«, sagte sie und lächelte, während sie die Augen schloss und ein wenig mit dem Kopf wackelte.

Resi holte zweimal tief Luft, bevor sie plötzlich erstarrte und Adelines Hände umklammerte. Sie zog die Wangen zurück, kniff den Mund zusammen und riss die Augen auf.

»Ich bin gefallen«, sagte sie.

»Ja«, sagte Adeline.

»Ich bin an den Schienen gelandet.«

»Auf den Schienen«, sagte ihr Vater.

Resi schien verwirrt, bevor sie mit einem Ausdruck an die Decke blickte, der zwischen Unglauben und völligem Entsetzen schwankte.

»Nein«, sagte sie schließlich. »Sagt mir, dass sie nicht …« Dann grinste sie wie übergeschnappt. »Nein, ich fühle … ich kann sie fühlen! Seht ihr?«

Damit kämpfte sich Resi hoch und blickte an ihrem Kleid hinunter, sah auf einmal die blutigen, runden Bandagen um ihre Stümpfe, wo ihre Füße, Knöchel und Unterschenkel gewesen waren. Sie starrte sie an, zerrte die Hand aus Adelines Griff und fasste danach.

»Sie sind da! Ich fühle sie! Sie sind unter den Bandagen! Ich fühle sie doch!«

Karoline tauchte am Fuß der Trage auf und blickte zur Tür, da sie nicht in der Lage zu sein schien, ihre Tochter direkt anzusehen.

»Mama?«, sagte Resi. »Ich kann sie fühlen.«

Adeline fürchtete, dass ihre Schwiegermutter wieder in den Verdammungssermon aus der Vornacht fallen würde. Doch stattdessen sprach Karoline mit kalter Stimme. »Du fühlst ihre Geister, Resi«, sagte sie. »Meine Mutter kannte Soldaten, die ihre Beine im Ersten Weltkrieg verloren hatten, und sie schworen noch Jahre später, dass sie sie fühlen konnten.«

Da wichen aller Elan und alle Kraft aus Resi. Sie blinzelte ihre Mutter ausdruckslos an und sah dann zu ihren verbundenen Stümpfen. Sie hob das linke Bein und der Schmerz durchfuhr sie, dann knickte sie es am Knie ein. Nachdem sie dasselbe mit dem rechten getan hatte, brach sie in Tränen aus.

»Jetzt wird Stephan niemals kommen, um mich zu heiraten!«, schluchzte sie und warf sich zurück auf die Liege. »Oh Gott, er wird mich mit dem Baby allein lassen! Wir werden auf den Straßen Deutschlands betteln müssen, das sonderbare beinlose Mädchen aus Russland mit einem Kind!«

Resi wurde hysterisch und ließ sich nicht mehr beruhigen, gequält und voll Schmerz, der für Adeline unvorstellbar war, bis Marie an ihrer Seite auftauchte. Inzwischen war die Sonne aufgegangen. Der Zug wurde langsamer.

Marie nahm Resis Hand. Als Resi versuchte, sie zurückzuziehen, hielt Marie sie fest am Handgelenk und strich ihr über den Unterarm, während sie sagte: »Ich habe viele Kinder entbunden, Resi, und habe auch zwei eigene. Siehst du sie dort im Körbchen?«

Resis Tränen versiegten, und sie öffnete die Augen, um trübe zu dem Korb zu blicken, den Adeline zu ihr geneigt hatte, damit sie die Kinder im zunehmenden Licht sehen konnte.

»Meine Söhne sind mein größter Segen und mein größter Fluch«, sagte Marie. »Gott gibt dir nur dann Kinder, wenn er glaubt, dass du dazu bereit bist, deinen größten Segen und deinen größten Fluch zugleich in deinen Armen zu halten.«

Resi wand sich vor Schmerz und griff mit der linken Hand an ihr linkes Bein.

»Meine Beine brennen wie Feuer. Beide.«

»Der Arzt kommt jetzt«, sagte sie. »Doch verstehst du, was ich dir sage, Resi? Gott hat beschlossen, dass du noch nicht dazu bereit warst, Mutter zu werden. Es tut mir leid.«

»Was?«

Karoline sagte: »Du hast das Baby verloren, Resi.«

Für einen Augenblick schien es so, als hätte Resi ihre Mutter nicht gehört, und war ganz auf Marie konzentriert. Dann runzelte sie die Stirn, ihre Augen wurden stumpf und sie zog langsam die Hand von Adelines Cousine weg. Sie legte den

Kopf in die Arme, wandte sich ab und wollte die Beine hochziehen, nur um vor Schmerz aufzuschreien und sich zu winden.

Unterfeldwebel Decker kam heran. Karoline sagte: »Gott sei Dank. Helfen Sie ihr aus dem Elend. Ich glaube nicht, dass ich noch mehr davon ertragen kann.«

Der Arzt nickte, stellte sich bei Resi vor und fragte, ob er ihre Beine untersuchen könne.

»Nein!«, schrie Resi. »Nein, das dürfen Sie nicht!«

»Ich gebe Ihnen zuerst eine Dosis gegen die Schmerzen, ja?«

Resi antwortete nicht. Decker nahm die Spritze und eine Ampulle Morphium und gab ihr eine ordentliche Dosis. Innerhalb von Minuten hatte sie ganz zu weinen aufgehört und sich auf den Rücken gelegt, blickte benommen nach oben, während Decker die Verbände aufschnitt und die Stümpfe untersuchte, wobei er feststellte, dass sich die kleineren Arterien und Venen tatsächlich geschlossen hatten.

»Keine Anzeichen einer Entzündung, die ich sehen kann«, sagte der Arzt. »Sie können froh sein, dass Sie leben, Resi.«

Sie lachte leise. »Ich muss zugeben, Sie haben es geschafft, dass ich mich im Augenblick ziemlich gut fühle, doch ich weiß, wenn dieses Zeug nachlässt, dann wäre ich lieber tot.«

# Siebzehn

Der Zug kroch in trockener, windiger Hitze nach Norden durch hügelige und dann bergige Landschaft, vorbei an Zilina und Cadca, bevor er gegen Mittag bei Bohumin über die Grenze nach Polen fuhr. Am Nachmittag hielt der Zug auf Ackerland unmittelbar östlich der Stadt Lodz, die die Deutschen in »Litzmannstadt« umbenannt hatten.

Emil und Adeline saßen mit den Jungen oben auf dem Waggon, als Sturmbannführer Haussmann aus der Lokomotive stieg und den Zug entlangging, wobei er rief, dass alle mit ihren Habseligkeiten aussteigen sollten. Die Menge strömte aus den Waggons weg vom Zug und überquerte eine Landstraße.

Die Sonne und der Wind waren fast infernalisch, als sie Resi auf der Liege nach unten brachten, danach die zwei kleinen Karren der Martels und den Rest. Die Jungen waren aufgeregt, nach der siebenundzwanzigstündigen Zugfahrt endlich wieder draußen zu sein, und spielten trotz der Hitze Fangen.

Sturmbannführer Haussmann kehrte zurück zum Anfang des Zuges und sagte: »Das Mädchen wird mit den anderen verletzten Soldaten zum Militärspital gebracht.«

»Ich gehe mit ihr«, sagte Karoline.

»Niemand geht mit ihr. Sie alle sind in Quarantäne. Im Zug hat sich ein Fieber ausgebreitet, und wir dürfen es nicht riskieren, die Stadt anzustecken.«

Ein junger, korpulenter Arzt namens Präger kam zu ihnen, um Decker dabei zu helfen, Resi zu einem der Krankenwagen zu bringen. Seit Stunden hatte sie nichts mehr gesagt, doch es gelang ihm, eine Verbindung zu ihr herzustellen, indem er an ihren etwas verdrehten Sinn für Humor appellierte.

Während Decker eine weitere Spritze vorbereitete, damit Resi die holprige Fahrt zum Militärkrankenhaus durchstehen würde, hockte sich Präger neben sie und sagte: »Meine ältere Schwester hat bei einem Unfall auf dem Bauernhof ein Bein oberhalb des Knies verloren.«

Resi zeigte keine Reaktion.

»Lange Zeit kam sie nicht über den Verlust ihres Beines hinweg, bis sie dann anfing, Amputierten-Witze zu erzählen.«

Resi verzog angewidert das Gesicht. »Daran ist überhaupt nichts witzig.«

»Nein?«, fragte Präger. »Was sagt der Fahrer zu dem einbeinigen Mann, der mitgenommen werden will?«

Sie starrte ihn an. »Ich habe keine Ahnung.«

»Hüpf rein.«

Resi schloss die Augen und presste die Lippen zusammen, um nicht zu grinsen.

»Wie nennt man eine einbeinige Frau mit Holzbein?«

Sie öffnete skeptisch ein Auge. »Wie?«

»Stilblüte«, sagte er.

Resi verzog säuerlich den Mund und sagte dann: »Und wie nennt man eine Frau ohne Beine?«

Er lächelte sie an, während Decker auf den Kolben der Spritze drückte, und sagte: »Hübsch.«

Vielleicht waren es die Medikamente, deren Wirkung gerade einsetzte, oder irgendein Gefühl oder der sanfte

Unterton in seiner Stimme, vielleicht waren es auch alle drei, doch etwas in Resi öffnete sich und wurde weicher. Sie lächelte Präger schwach an, bevor sich ihr Kopf schlaff zur Seite drehte und er mit Decker die Trage anhob und sie wegbrachte, während Johann hinter ihr herrief und versprach, dass er sie finden und zu ihr kommen würde, sobald er das durfte.

Die Deutschen holten die Flüchtlinge waggonweise, wobei sie hinter dem Kohlenwagen begannen. Die Martels zogen und schoben ihre Karren hinter vier Soldaten her, die sie und die anderen Flüchtlinge über eine staubige, heiße Straße durch brachliegende Felder führten, die noch immer auf den Pflug warteten.

Emil zog und Adeline und ihre Mutter Lydia schoben. Malia war zu dem anderen Karren gegangen, um Karoline und Johann zu helfen. Die Jungen trotteten hinterher. Da er am nächsten hinter den Soldaten war, die ihnen vorausgingen, konnte Emil den Großteil ihres Gesprächs verfolgen.

»Wie ein Uhrwerk«, sagte einer von ihnen.

Ein anderer sagte: »Gestern ist noch mehr von dem Ungeziefer weggegangen, gerade rechtzeitig, damit dieses frische Blut ihre Plätze einnehmen kann.«

»Aber zuerst runter mit den Kleidern und den Käfern«, sagte ein Dritter angewidert, während sie eine Anhöhe erreichten und vor sich vier Gebäude sahen, auf jeder Straßenseite zwei.

Auf einem Schild stand »Einwandererzentralstelle (EWZ)«.

Die Soldaten hielten zwischen den vier Gebäuden und vor ihnen tauchte Sturmbannführer Haussmann auf.

»Hier werden die Männer und Frauen kurz getrennt. Die Jungen bleiben bei ihren Vätern. Haben sie keinen Vater und sind jünger als vier Jahre, dann gehen sie mit ihren Müttern und Schwestern. Über vier Jahre, dann gehen sie mit den Männern. Halten Sie die Papiere bei sich«, fuhr Haussmann fort. »Ihre

Habseligkeiten werden markiert und Ihnen zurückgegeben, sobald es erlaubt ist. Bitte treten Sie durch die Vordertüren, die Männer zu meiner Linken, die Frauen zu meiner Rechten.«

* * *

Emil küsste Adeline, dann nahm er die Jungen bei der Hand und ging mit seinem Vater den Weg entlang, um die stählernen Doppeltüren in der ungefähr drei Meter hohen, mit Stacheldraht besetzten Ziegelmauer zu öffnen. Auf der anderen Seite traten sie in eine Art Innenhof mit Soldaten, die hinter langen Tischen und Kleiderhaufen warteten, die hinter ihnen lagen.

»Ausziehen!«, schrie ein Soldat. »Nehmen Sie Ihre Papiere und ziehen sich aus. Lassen Sie Ihre Kleidung hier und geben dann Ihre Papiere ab, damit sie aufbewahrt werden. Alphabetisch: links von A bis M, rechts von N bis Z!«

Woldi starrte entsetzt zu Emil. Es gefiel ihm gar nicht, sich nackt auszuziehen, doch Emil sagte: »Mach es, wie der Soldat gesagt hat.«

Willi zog sich sofort aus und tänzelte dann herum, lachte und ignorierte die missbilligenden Blicke der Männer, die in den Hof kamen. Woldi gehorchte schließlich auch. Er hielt sich die Hand vor den Schritt und folgte Emil und Willi und seinem Großvater zu dem Soldaten, der ihre Papiere entgegennahm.

»Keine Sorge«, sagte der Soldat. »Sie erhalten sie auf der anderen Seite zurück. Bitte durch diese Türen.«

Im Innern führten sie Soldaten zu Stühlen, wo ihnen die Haare abgeschnitten wurden. Emils und Johanns Bärte – lang und buschig von der sechswöchigen Reise nach einem langen Winter – wurden ebenfalls bis auf die Stoppeln abgenommen.

Die Jungen rieben sich unsicher über ihre raspelkurzen Haare, während Emil mit ihnen und seinem Vater durch eine weitere Tür in einen niedrigen Raum mit Abflüssen im Betonboden ging. Erneut wurden sie von Soldaten hereingewunken, dann brüllten sie: »Wenn der Befehl kommt, dann müssen alle die Augen schließen und sie mit den Händen bedecken. Sollten Sie die Augen öffnen, dann werden sie von der Dusche verbrannt, die die krankheitserregenden Läuse auf Ihren Körpern tötet. Ich wiederhole: Nicht die Augen öffnen, bevor der zweite Befehl gegeben wird!«

»Habt ihr gehört?«, fragte Emil die Jungen, die zum ersten Mal in ihrem Leben zu den Röhren und Duschköpfen über sich blickten. In ihrem Haus in Friedensthal hatte es kein fließendes Wasser gegeben. Sie waren daran gewöhnt, das mit dem Eimer hochgezogene Brunnenwasser zu trinken und darin zu baden.

»Wir schließen unsere Augen«, sagte Woldi schließlich. »Wir warten auf den Befehl.«

Noch mehr Männer und Jungen drängten sich hinter ihnen in den Entlausungsraum.

»Willi?«

Sein jüngerer Sohn stellte sich aufrecht, schloss die Augen und bedeckte sie übertrieben mit den Händen.

»Guter Junge«, sagte Emil.

»Ruhe!«, brüllte ein Soldat. »Hört auf den Lautsprecher!«

Die Türen wurden geschlossen und alles Licht war verschwunden. Die Jungen hängten sich an Emil, bis eine Stimme per Lautsprecher sagte: »Bedecken Sie die Augen mit den Händen. Beugen Sie die Köpfe. Schließen Sie die Augen und warten Sie auf die Anweisung, sie wieder zu öffnen.«

Mit Chemikalien vermischtes Wasser, das nach Teer roch, regnete ein paar Minuten auf sie herab und hörte dann auf. Ihnen wurde befohlen, die Augen weiter geschlossen und bedeckt zu halten. Nach einer gefühlten Ewigkeit begann eine zweite Dusche, länger als die erste und ohne den scharfen Geruch.

Als das Wasser ausging, öffneten sich Türen an der nahen Wand. Sie traten hinaus in einen grasbedeckten Bereich in der Sonne. Fünfzehn Meter entfernt parkten acht Militärlaster, je vier gegenüber und mit den Rückseiten einander zugewandt. Soldaten luden haufenweise Kleider aus den Wagen.

»Nehmen Sie zuerst Ihre Dokumente zurück«, brüllte ein Soldat in Uniform. »Dann gehen Sie zu den Kleidern. Sie sind alle ausgekocht worden. Es gibt Hosen, Hemden, Jacken und Schuhe aufgeteilt in klein, mittel und groß. Nehmen Sie sich für den Moment von jedem eins oder zwei. Sie bekommen weitere Kleidungsstücke, wenn Ihnen eine Wohnung zugeteilt wurde.«

Emil wartete nur ein paar Minuten in der Reihe, bevor sie ihre Dokumente zurückerhielten. Sie brauchten nicht lange, um Kleidung und Schuhe zu finden, die halbwegs passten. Emil war überrascht, wie sich der Stoff der Hose und des Hemdes anfühlte, die er jetzt trug. In seinem ganzen Leben hatte er noch nie so feine Kleidung getragen. Die Anzugjacke, die er entdeckt hatte, war fast neu und makellos, abgesehen von ein paar abgerissenen gelben Fäden auf der linken Brust.

»Mir ist heiß«, sagte Willi.

»Dann zieh erst mal deine Jacke aus.«

»Ich will meine kurze Hose.«

»Wir finden eine kurze Hose für dich«, sagte Emil und war überrascht, als sie tatsächlich eine fanden.

Mit der neuen Kleidung am Leib und ein paar weiteren Stücken im Arm wurden sie zu einem anderen großen Hof geführt, wo sie auf ihre Familien warteten. Nicht lange danach kamen Malia und die beiden Großmütter auf der anderen Seite des Hofs aus den Türen, mit neuen Kleidern und Schuhen, doch völlig kahl geschoren. Keine von ihnen wirkte darüber sehr glücklich.

Es gefiel ihnen noch weniger, als Willi und dann auch Woldi anfingen, auf sie zu zeigen und zu lachen. »Ich hasse Läuse«, sagte Malia und band sich ein Tuch um den Kopf.

»Wenn wir sie hatten, dann sind sie jetzt weg«, sagte Adelines Mutter.

»Wo ist Adella?«, fragte Emil.

»Sie hilft Marie, Kleider für die Babys zu finden«, sagte Malia.

* * *

Karoline zog sich ebenfalls ein Tuch über den Kopf. Sie ging zu Johann und sagte: »Ohne den Bart und das wilde Haar erkenne ich dich gar nicht.«

»Das könnte ich auch sagen«, sagte er.

Sie verstummten und standen unbeholfen da.

Emil hatte ihre Beziehung niemals richtig verstanden, die zwischen Gleichgültigkeit und gelegentlichem Hass schwankte, eine Ehe mit einer klaffenden Wunde von den Jahren der Trennung; als keiner wusste, ob der andere noch lebte oder tot war.

Adeline kam mit einem von Maries Söhnen auf dem Arm in den Hof, dahinter ihre Cousine mit dem anderen Jungen. Sie trug jetzt einen dunkelblauen Rock, eine graue Bluse von guter Qualität und ein blaurotes Kopftuch um den Kopf. Auch wenn ihr Haar geschoren war, fand Emil, dass sie in dem Licht des späten Tages strahlend aussah.

Für sie begann ein neues Leben. Das konnte er spüren. Sie hatten auf sich selbst vertraut, um das endgültige Verlassen ihres Landes durchzustehen, und sich auf eine lange und beschwerliche Reise begeben. Sie hatten es bis Polen geschafft, wo doch so viele unterwegs gestorben waren. Resis Unfall war eine sinnlose Tragödie, doch ihre Reaktion darauf, als Präger sie als »hübsch« bezeichnet hatte, gab ihm Hoffnung, dass sich seine kleine Schwester erholen und den Weg zu einem besseren Leben finden würde.

»Wer ist denn der fremd aussehende Mann?«, fragte Adeline und winkte mit einer Hand des Babys zu Emil, als sie zu ihm kam.

»Ich weiß, wer du bist«, sagte Emil. »Ich würde dich überall erkennen, Adeline Martel.«

Sie küssten sich. Er schob ihr Kopftuch beiseite, um sich ihren Haarschnitt anzusehen. »Das steht dir gut.«

»Rechne nicht damit, dass es so bleibt«, sagte sie.

Der Hof füllte sich, als immer mehr Flüchtlinge aus der Entlausungsstation traten und dabei ihre fast neue Kleidung trugen. Dann kamen SS-Soldaten und führten ihre Gruppe fast drei Kilometer weit zu Fuß zu einem großen Lager aus Gebäuden und Zelten, das von einem hohen Holz-Draht-Zaun umgeben war.

In dem Lager wurden sie registriert, bekamen die Temperatur gemessen, sodass alle Erkrankten identifiziert und ausgesondert wurden, und dann wurden ihnen Zelte am anderen Ende eines Appellplatzes östlich des größten Gebäudes im Lager zugewiesen. Die erweiterte Familie Martel erhielt drei Zelte, die für alle außer Johann groß genug waren. Marie und die Zwillinge quartierten sich bei Malia und Lydia ein. Es gab Paletten mit frischen Strohmatratzen und Decken und da waren Handtücher und Seife und eine Laterne an einem Pfosten. Nach den langen Wochen, die sie vor dem Krieg davongelaufen waren, auf der Erde unter dem Fuhrwerk geschlafen und sich während der Bombardierungen in Abflusskanäle gekauert hatten, fühlten sich diese einfachen Quartiere fast zu gut an, um wahr zu sein.

Und erst das Essen! Als sie an dem großen Gebäude neben dem Appellplatz vorbeigegangen waren, hatten sie es gerochen. Offenbar wurde etwas Herzhaftes gekocht und es wurde Brot gebacken. Nachdem sie ihre Habseligkeiten eingeräumt hatten, wurden sie zurück zu dem Gebäude geleitet, in dem sich ein weitläufiger Speisesaal befand. Sie mussten sich anstellen und bekamen Eiernudeln und Schweinewürstchen und Zwiebeln und Apfelsoße und frische Brötchen mit Butter. Die Jungen erhielten Milch mit geschmolzener Schokolade. Emil und Adeline bekamen kleine Krüge mit hopfigem, schaumigem Bier.

»Das ist ja ein Festmahl!«, sagte Adeline und schüttelte den Kopf angesichts des Tellers, den sie trug.

»Und alles ist für uns?«, wunderte sich Malia.

»Damit habe ich nicht gerechnet«, sagte Emil, als sie sich an lange Tische mit Bänken setzten.

Woldi begann sein Essen zu verschlingen, sobald er sich hingesetzt hatte. Er schaufelte die Nudeln und das Fleisch so schnell in sich hinein, dass seine Mutter ihn bremsen musste. »Aber es schmeckt so gut«, protestierte er mit vollen Backen.

»Du wirst noch ersticken, und wo wäre dann das Gute?«, sagte Malia.

»Hör auf deine Tante und mach etwas langsamer«, rügte ihn Adeline. »Genieße dieses Geschenk des Himmels.«

Wo auch immer es hergekommen war, es fühlte sich auch für Emil wie ein Geschenk an. Er aß jede Gabel und jeden Löffel mit Essen, als wäre es seine erste Mahlzeit. Er schlürfte das Bier und schmatzte mit den Lippen. In seinem Kopf drehte es sich ein wenig, und langsam ließ er die Schultern sinken. Er blickte zu Adeline und den Jungen, und mit jedem Schluck Bier – sein erster Alkohol seit jener Nacht mit Nikolas – fühlte er sich leichter, entspannter und in der Lage zu lachen.

Wann war es das letzte Mal so gewesen? Das letzte Mal, dass er nicht die ganze Zeit dafür kämpfen musste zu überleben? Damit seine Familie überlebte? Am zweiten Tag der Reise? Als Willi pinkeln musste und er das Fuhrwerk nicht anhalten konnte?

Wann auch immer es zuletzt gewesen war, mit dem zweiten Bier glitt das restliche Gewicht der ständigen Sorge und Verantwortung von ihm ab und erlaubte es Emil, sich gut zu fühlen, so gut, dass er Adeline bei der Hüfte fasste, sie herumdrehte und küsste, während die Jungen und Malia johlten und klatschten.

»Ich liebe dich«, sagte er.

»Du bist betrunken.«

»Ich liebe dich trotzdem.«

Sie waren nicht so weit im Westen, wie Emil sich das hätte vorstellen können, irgendwo auf der anderen Seite des Ozeans, doch das Schlimmste schien vorbei. Er spürte es tief in seinem Innern. Sie hatten einen Albtraum durchgemacht, doch sie hatten überlebt, um ein Mahl wie dieses genießen zu können und jetzt nur noch bessere Tage vor sich zu haben.

Nachdem sie mit vollen und dicken Bäuchen fertig gegessen hatten, spazierten die Martels durch das immer voller werdende Flüchtlingslager, fanden die Latrinen und Duschen und die Tore im Zaun, die zum Krankenhaus und anderen Gebäuden außerhalb der Umzäunung führten. Eine Stunde später gingen im Zwielicht und den Schatten des späten Tages die Flutlichter an, und Lautsprecher riefen sie zum Appellplatz am Speisesaal. An dem einen Ende befand sich eine Art niedriger Bühne mit Naziflaggen, die zu beiden Seiten eines großen Funkmikrofons auf einem Ständer flatterten.

Sturmbannführer Haussmann trat auf die Bühne und ging zum Mikrofon.

»Kann ich davon ausgehen, dass Sie Ihre Mahlzeit nach der langen Reise genossen haben?«, fragte er.

Die Menge brüllte zustimmend.

»Das war ein Willkommensgeschenk für Sie von Reichsführer Heinrich Himmler, der die Trecks persönlich veranlasst hat, mit denen Sie und mehr als hunderttausend andere gerettet wurden. Weil Sie Teil des Trecks waren, der als Letzter angekommen ist, wollte Reichsführer Himmler Sie eigentlich persönlich begrüßen, doch er ist zurzeit unabkömmlich. Der Reichsführer hat Ihnen aber eine Nachricht geschickt, die ich Ihnen vorlesen soll.«

Der Sturmbannführer zog ein Stück Papier aus seiner Brusttasche und begann zu lesen:

»›Ich heiße die letzten Schwarzmeerdeutschen zu ihrer Ankunft im Warthegau herzlich willkommen. Sie sind sehr wichtig für das Dritte Reich und den Führer, treues und reines deutsches Blut, das nun ins Vaterland heimkehrt, um unsere arischen Wurzeln nach einem Jahrhundert der Trennung zu stärken. Sie müssen wissen, dass ich Sie als entscheidenden Teil einer wachsenden deutschen Zukunft betrachte, in der der Judäa-Stalinismus vollständig und dauerhaft vernichtet sein wird. Sie sind jetzt in Quarantäne und werden es noch ein paar Wochen sein, bis die Ärzte sagen, dass Sie sich unbesorgt der allgemeinen Bevölkerung anschließen können. Doch bald werden Sie ein Zuhause erhalten und eine Möglichkeit, dem Reich zu dienen. Ich heiße Sie erneut willkommen und gratuliere Ihnen. Gezeichnet, Heinrich Himmler, Reichsführer der Schutzstaffel.‹«

Andere SS-Soldaten begannen zu klatschen, als Sturmbannführer Haussmann den Brief senkte und erwartungsvoll zu den Flüchtlingen blickte, die ebenfalls zu klatschen begannen. Bald klatschten alle und einige pfiffen ihre Zustimmung.

Haussmann ließ den Applaus anschwellen und ein paar Minuten andauern, bevor er die Hände hob, um weiterzusprechen. »Sie werden sich gleich in Reihen aufstellen, damit Ärzte und Krankenschwestern einen kurzen Blick auf Sie werfen können, bevor wir Sie zum Schlafen entlassen. Morgen müssen Sie Ihre Papiere bei sich haben, um Ihre deutsche Abstammung zu beweisen und Ihren Umsiedlerausweis zu erhalten. Zu Ihrem Antrag gehören der Einbürgerungsantrag, Stammblatt, Volkstumsausweis und Lebenslauf.«

Adeline beugte sich vor und flüsterte in Emils Ohr: »Haben wir die alle?«

Er nickte. »Antrag zur Einbürgerung, Familienstammbaum, Ausweis und unsere Lebensgeschichte.«

Haussmann sprach weiter: »Damit ist meine Aufgabe, Sie zu beschützen, jetzt beendet, doch ich werde noch in der Gegend bleiben, bis Sie Ihre festen Häuser erhalten. Ich weiß, dass es eine anstrengende Reise war, doch jetzt sind Sie in Sicherheit. Und was noch wichtiger ist, wie es Reichsführer Himmler selbst gesagt hat: Ihr reines arisches Blut ist jetzt ebenfalls sicher.«

Dann kam Musik aus den Lautsprechern.

Haussmann nahm Habachtstellung ein und streckte den rechten Arm zum Nazigruß aus.

»Heil Hitler!«, brüllte er. »Willkommen im Dritten Reich!«

* * *

An der Bühne stand eine größere Gruppe halb betrunkener Flüchtlinge, die den Gruß sofort erwiderten und »Heil Hitler!« riefen. Bei den Martels und den anderen Schwarzmeerdeutschen war die Antwort verhaltener.

Haussmann stand da, wirkte ungehalten und bellte: »Sieg!«

Alle Soldaten im Lager streckten einen Arm aus und riefen: »Heil!«

Der Sturmbannführer blickte zu den Flüchtlingen: »Sieg!«

»Heil!«, dröhnten die Soldaten und viele Flüchtlinge.

»Sieg!«

»Heil!«

Beim achten Mal bemerkte Emil, dass jeder Flüchtling, jedes Mitglied seiner Familie, er eingeschlossen, Adeline und seine zwei Jungen, zu Haussmann rief und den Arm im Gleichklang nach vorn und nach oben streckte.

Der SS-Offizier hörte auf, den Arm noch immer in Grußposition, die Arme aller anderen im Lager ausgestreckt. Eine Schallplatte wurde über Lautsprecher abgespielt, zunächst hörte man Rauschen und Knacken, das schließlich übertönt wurde von schmetternden Trompeten und mitreißenden Trommelwirbeln und einem Chor aus Männern und Frauen, die das »Horst Wessel«-Lied sangen, die Hymne der Nazipartei. Jeder Soldat sang mit. Einer nach dem anderen stimmten die Flüchtlinge mit ein. Wenn sie den Text nicht kannten, dann bewegten sie nur die Lippen, während die Aufnahme des Lieds von Adolf Hitlers Braunhemden abgespielt wurde.

Als die Aufnahme endete, trat Haussmann wieder ans Mikrofon.

»Heil Hitler!«, brüllte er und warf den Arm hoch.

»Heil Hitler!«, riefen die Flüchtlinge mit mehr Enthusiasmus.

»Heil Hitler!«

Die Flüchtlinge riefen noch lauter zurück. Emil bemerkte erneut, dass beim achten Mal das ganze Lager mit einer monströsen Stimme »Heil Hitler!« brüllte.

Haussmann lächelte. »Sehr gut. Stellen Sie sich jetzt in die Reihen vor eins der zehn Zelte hier für eine kurze medizinische Untersuchung, danach können Sie sich zurückziehen.«

Die Martels gingen zu der kürzesten Schlange, die an der Bühne vorbei zu einem Arzt und einer Krankenschwester führte, die beide einen Mundschutz trugen und die Flüchtlinge einen nach dem anderen untersuchten.

Emil bemerkte, dass Nikolas ein ganzes Stück vor ihnen in der Reihe der volksdeutschen Flüchtlinge stand, fast schon beim Arzt angekommen war. Als Nikolas an Haussmann vorbeikam, nickte ihm der SS-Offizier zu.

»Ich bin müde, Papa«, sagte Willi.

»Mir tut der Bauch weh«, sagte Woldi.

Emil löste seine Aufmerksamkeit von Haussmann und Nikolas, als Adeline sagte: »Das passiert, wenn du zu schnell isst, nachdem du wochenlang nicht viel bekommen hast.«

Die Reihe bewegte sich jetzt schneller. Emil spähte nach oben und sah den SS-Offizier noch immer auf der Bühne stehen, keine zehn Meter entfernt, als ein jüngerer Soldat mit einem Papier zu Haussmann kam, das er entgegennahm und las. Als Emil an ihm vorbeikam, hob der Sturmbannführer kurz den Kopf, sah ihn an und nickte. Emil nickte zurück und ging weiter.

Ein wenig später blickte Emil verstohlen zurück auf die Bühne und bemerkte, dass Haussmann ihm hinterherblickte. Ihre Blicke trafen sich. Der SS-Offizier hob eine Braue, und er verzog den Mund zu einem harten Grinsen, bevor er nickte und drohend den Zeigefinger bewegte.

Emil drehte sich um und spürte, wie ihm das Herz nach unten rutschte. *Was sollte das bedeuten?*

Er wagte nicht, noch einmal zurückzublicken, obwohl ihm die Unsicherheit ein Gefühl der Furcht verursachte. Er musste seinen ganzen Willen aufbringen, um dem Arzt zu antworten, der Emil, Adeline und die Jungen untersuchte, nachdem er ihnen die Temperatur gemessen und sie nach Fieber oder anhaltenden Erkrankungen während der vergangenen drei Monate befragt hatte. Emil berichtete ihm wahrheitsgemäß, dass er seit fünf Jahren nicht mehr krank gewesen war. Und Adeline fügte hinzu, dass Woldi im Vorjahr krank gewesen, doch Willi allgemein sehr gesund war. Der Arzt winkte sie weiter.

Inzwischen war es Abend geworden. Willi war so müde, dass Emil ihn auf die Schulter nahm und ihn zurück zum Zelt trug. Beim Gehen fragte Woldi: »Mama? Ist Heinrich Himmler Gott?«

»Was? Nein! Worüber sprichst du da?«

»Malia meinte, dass das Abendessen ein Geschenk des Himmels sei, und der Offizier sagte, es sei ein Geschenk von Himmler«, sagte Woldi. »Wie ergibt das einen Sinn?«

»Das tut es nicht«, sagte sie müde. »Von wem auch immer es auf der Erde kam, so war es für uns ein Geschenk von oben. Das glaube ich ganz fest.«

Ausnahmsweise gab sich Woldi damit zufrieden, und bald darauf hatte Adeline die beiden Jungen auf ihren Pritschen im Zelt zu Bett gebracht.

»Müssen sie nicht pinkeln?«, fragte Emil.

»Sie meinten, dass sie zu müde sind«, sagte Adeline.

»Ich muss aber.«

»Ich auch«, sagte sie.

Sie ließen Malia auf die Jungen aufpassen, nahmen die Laterne und gingen zur Latrine. Emil war schnell fertig und wartete draußen auf Adeline, als Nikolas auftauchte und mit einem wissenden Lächeln im Gesicht einen Meter von ihm entfernt stehen blieb.

Emil erstarrte und sagte: »Ich nehme an, ein kaputtes Knie war wohl nicht genug, dass du hörst.«

»Ich höre ganz gut«, sagte Nikolas und sein Lächeln wurde hämisch. »Ich habe genau gehört, was mir Sturmbannführer Haussmann vor ein paar Momenten erzählt hat. Wo jetzt deine Haare und der Bart ab sind, da hat er dich erkannt, Martel. Er weiß jetzt wieder, wer du bist.«

# TEIL DREI
# DEM WIND UND DEN WÖLFEN AUSGESETZT

# Achtzehn

Adeline kam aus der Latrine und sah einen großen Mann von Emil weghumpeln, der ihm hinterherblickte und im Laternenlicht zutiefst aufgewühlt wirkte.

»Was ist los, Emil?«

»Nur müde«, sagte er, wobei er ihrem Blick auswich.

»Ist das nicht der Mann, der an der rumänischen Grenze mit dem SS-Offizier zu uns kam?«

»War er das?«, fragte Emil. »Er hat mich gefragt, wo das Krankenhaus sei, und ich habe es ihm gezeigt. Bist du dir da sicher?«

Adeline war sich ziemlich sicher, doch sie entschied sich zu Emils Gunsten, und sie gingen schweigend zurück zum Zelt. Er zog sich sofort die Jacke aus und schlüpfte unter die Decke. Sie machte die Laterne aus und kam zu ihm, nahm ihn von hinten in die Arme und kuschelte sich an ihn.

»Sie schlafen«, flüsterte sie.

»Was?«

»Du weißt schon. Wenn du willst?«

Es folgte eine lange Stille. »Ich bin mehr als müde.«

Adeline drehte sich von ihm weg auf den Rücken und schloss die Augen. Sie konnte spüren, wie die Spannung in

Wellen von ihrem Mann ausging. Sie hatte gelernt, dass sie ihm Raum gewähren musste, wenn er so war. Wenn Emil mit etwas beschäftigt war, dann brauchte er seine Zeit und kam dann wieder auf sie zu, sobald er das Problem gelöst hatte. So war er nun einmal, und sie schlief mit dem Gedanken ein, dass er vielleicht recht hatte: Manche Dinge waren es nicht wert, dass man sie kannte.

* * *

Am folgenden Tag befragte man die Familie Martel fünf Stunden lang und sichtete ihre Unterlagen. An acht verschiedenen Stationen wurden sie jeweils von sechs Einwanderungs- und Nationalisierungsbeamten über alles befragt, von ihrer persönlichen Geschichte zu möglichen Beschäftigungen bis hin zum Wert des Landbesitzes, den sie zurückgelassen hatten. Sie wurden auch fotografiert und einer vollständigen medizinischen Untersuchung unterworfen, zu der als Teil der von Himmler persönlich beauftragten Rassenforschung auch das ausführliche Vermessen ihrer Schädel-, Kiefer-, Arm- und Beinknochen gehörte.

Am Ende der Prozedur erhielt jede Familie ein gerahmtes Bild von Adolf Hitler und vorläufige Umsiedlungsausweise. Außerdem teilte man ihnen mit, dass sie in dauerhaftere Unterkünfte umziehen würden, sobald die Quarantäne aufgehoben war.

Die neuen Bewohner im Großdeutschland des Führers gewöhnten sich schnell an den militärischen Alltagsrhythmus im Flüchtlingslager. Obwohl die Jungen von Geburt an Deutsch und etwas Russisch gesprochen hatten, wurden sie innerhalb weniger Tage in eine improvisierte Schule eingeschrieben, wo sie das Buchstabieren, Lesen und Schreiben von richtigem Deutsch lernten, dazu die Grundlagen der Mathematik. Den

Erwachsenen wurde Arbeit zugeteilt. Malia und Marie arbeiteten in der Wäscherei, während Adeline in die Küche kam, was ihr gut gefiel, da sie gern kochte und täglich Neues von den Köchinnen dort lernte. Johann fegte die Wege zwischen den ersten acht Zeltreihen. Emil musste die Latrinen leeren, was er mit stoischem Gleichmut tat. Er sagte sich immer wieder: *Meine Familie ist sicher. Das Essen ist nicht mehr das, was es am ersten Abend war, doch wir werden ernährt und bekommen einen Platz zum Wohnen. Das Reinigen der Latrinen ist das Mindeste, was ich tun kann.*

An jedem Abend kehrte Emil ins Zelt zurück, nachdem er den Overall ausgezogen hatte, den ihm Haussmanns Männer gegeben hatten, und nachdem er sich unter der Dusche mit einer scharfen Laugenseife gereinigt hatte, die bei ihm einen merkwürdigen, bleibenden Geruch hinterließ. Die Tage vergingen und es wurde Mitte Juni 1944 und Adeline hörte kein einziges Mal, dass sich ihr Mann über sein stinkendes Schicksal beschwerte.

Ungefähr zu jener Zeit bemerkte Adeline langsam, dass die in die Küche gebrachten Lebensmittel sowohl an Qualität als auch an Quantität nachließen. Und sie hörte eine der Köchinnen erzählen, dass Rom an die Alliierten gefallen sei und sich die Wehrmacht in Frankreich in offenem Kampf gegen die Alliierten befände, weshalb Arbeitskräfte und Nachschub aus allen Regionen des Reichs in den Westen nach Frankreich und in den Süden nach Italien verlagert wurden.

Als sie leise Emil davon berichtete, wurde er ganz aufgeregt, denn es bedeutete, dass die westlichen Alliierten nach Europa einmarschiert waren und es auf Hitler abgesehen hatten.

»Siehst du das denn nicht?«, flüsterte er. »Die Alliierten? Sie sind unser Tor in den Westen, Adella. Wir müssen es nur bis zu ihnen schaffen und uns ergeben.«

Sie sah ihn an, als hätte er den Verstand verloren. »Du willst durch Polen und Deutschland nach Frankreich fahren, an der ganzen Wehrmacht vorbei und mitten durch den Kampf, und lange genug leben, um dich zu ergeben? Zunächst einmal bist du gar kein Soldat. Und ich auch nicht. Wir können uns gar nicht ergeben.«

»Das spielt doch keine Rolle. Wenn wir es zu den Alliierten schafften, wie auch immer wir das tun, dann wären wir *ihre* Flüchtlinge. Wir können für sie arbeiten, Adeline. Wenn ich es muss, dann werde ich mein restliches Leben Toiletten reinigen. Vielleicht schicken sie uns als Dank für unsere schwere Arbeit nach Westen über den Ozean.«

Adeline runzelte die Stirn. »Das ist ein reichlich großes Vielleicht, wenn ich zwei kleine Jungen habe, eine Mutter und eine Schwester, an die ich denken muss, ganz zu schweigen von deinen Eltern und meiner Cousine und den Zwillingen. Und Resi. Willst du, dass deine Schwester durch Bomben und Granaten läuft, um sich zu ergeben?«

»Nein«, sagte er. »Wir werden Resi tragen, wenn wir müssen. Und die Kugeln werden uns verpassen.«

»Also, jetzt klingst du ganz wie Korporal Gheorghe. Und dabei hast du nicht einmal einen Schlag vor den Kopf bekommen.«

Sie wollte witzig sein, doch es machte ihn sofort wütend. »Das stimmt: Ich habe keinen Schlag vor den Kopf bekommen. Und ich bin ganz und gar nicht wie der verdammte Korporal Gheorghe!«

Sie hob beide Hände. »Nimm dir die Zeit, um darüber nachzudenken, Emil. Wir können das Lager nicht verlassen, deshalb können wir im Augenblick sowieso nicht nach den Alliierten sehen.«

* * *

Für ein paar Tage war Emil ruhig, bis sich im Lager herumsprach, dass die Quarantäne bald aufgehoben würde und sie in feste Unterkünfte in der Kleinstadt Wielun ziehen würden, die ungefähr zweiundzwanzig Kilometer entfernt im Südwesten lag. Emil hatte angefangen, mithilfe eines Buches, das die Jungen in der Schule bekommen hatten, die Position der Sterne in der nördlichen Hemisphäre zu studieren.

»Jahrelang hast du überhaupt nichts gelesen«, sagte Adeline. »Warum interessiert dich das so?«

Er sah sie finster an. »Vielleicht habe ich die Schule nur fünf Jahre besucht, doch ich kann lesen und schreiben, und ich bin nicht blöd.«

Sie wurde rot. »Das habe ich nie gesagt, dass du es bist, Emil. Ich habe mich nur gewundert.«

»Wenn man die Position der Sterne kennt, dann kann man sich nachts zurechtfinden, Adella. Ich glaube, das könnte nützlich sein, um zu den Alliierten zu gelangen und *ihre* Flüchtlinge zu werden.«

»Nachts gehen?«

»Ja. Nur nachts.«

»Da werden wir ganz schnell hinfallen«, sagte sie. »Wir werden uns die Nase und die Beine brechen.«

Emil seufzte. »Oder wir finden unseren Weg in die Freiheit.«

Jeden Tag versuchte er, hinter den Latrinen der SS-Soldaten Neuigkeiten über den Krieg zu erfahren und herauszufinden, wie lange sie brauchen würden, um bis zu den Westalliierten zu gelangen. Nachts stand Emil draußen und betrachtete die Position des Polarsterns im Verhältnis zu den Sternbildern. Doch jedes Mal, wenn er Adeline gegenüber das Thema ansprach, nach ihrer Entlassung aus dem Lager nach Westen zu flüchten, wurde sie ungehalten.

»Ich werde das nicht machen«, sagte sie schließlich.

»Das wirst du«, erwiderte Emil. »Irgendwann muss man sich dafür entscheiden, wo und wie man sein Leben verbringen will – in Sklaverei oder in Freiheit –, und wenn man die Freiheit wählt, dann muss man durch das Niemandsland rennen, während einem die Kugeln um die Ohren pfeifen, um dort anzukommen. Ich glaube nicht, dass es einen anderen Weg gibt. Wenn wir so ein Leben wollen, dann müssen wir dafür den Tod riskieren.«

* * *

Eines Tages Ende Juni wurden sie in der Morgendämmerung geweckt und darüber informiert, dass sie ihre Sachen packen und sich auf dem Appellplatz melden sollten, wo Sturmbannführer Haussmann schon am Mikrofon stand und wartete.

»Ihre Quarantäne ist vorbei«, sagte Haussmann. »Die Sachen, die Sie am Bahnhof abgegeben haben, werden Ihnen nun wieder ausgehändigt, und Sie erhalten eine Adresse, einen Schlüssel und eine Wegbeschreibung für Ihr Zuhause. Dazu bekommen Sie eine Erklärung der Lebensmittelrationierungen, was wichtig ist, wenn Sie essen wollen. Wenn Sie in Ihrem neuen Zuhause angekommen sind, dann müssen sich die Erwachsenen bei ihrer Einwandererzentralstelle melden, um eine zu ihren Fähigkeiten passende Arbeit zu erhalten.«

»Was ist mit Resi?«, sorgte sich Emils Mutter.

»Ich habe es dir gesagt, Mutter«, sagte Emil. »Die Ärzte haben mitgeteilt, dass sie sich erholt hat und zu uns nach Wielun gebracht wird, sobald sie reisefähig ist.«

Ihnen wurde befohlen, sich für das Verlassen des Lagers waggonweise in Gruppen bereitzumachen, wie sie auch angekommen waren, sodass die Martels unter den Ersten waren. Kurz darauf traten sie zum ersten Mal seit fünf Wochen durch die Tore. Es war ein schöner, warmer Sommertag. Ihr kleiner

Karren wurde vom Laster abgeladen und alles war genau so, wie sie es zurückgelassen hatten, sogar die getrockneten Lebensmittel.

Emil erhielt die Schlüssel, die Wegbeschreibung zu ihrem Viertel in Wielun und ihre ersten Rationskarten. Er betrachtete die Landkarte, die ihr neues Zuhause zeigte, das auf drei verschiedenen Wegen erreichbar war. Er war gerade tief versunken in der Berechnung der unterschiedlichen Routen, als er Sturmbannführer Haussmann hörte: »Martel?«

Emil blickte auf und sah Haussmann in ungezwungener Haltung vor sich stehen, der ihn genau betrachtete. Er spürte, wie sich sein Magen verkrampfte. Er hatte angenommen, dass sie diesen Mann für immer los wären, als sie durch das Tor getreten waren. Doch nun stand Haussmann da.

Er senkte die Karte und entgegnete: »Ja, Herr Sturmbannführer?«

»Auf ein Wort, bevor Sie gehen«, sagte der SS-Offizier. »Unter vier Augen.«

»Natürlich, Herr Sturmbannführer«, sagte Emil und fühlte sich noch elender als zuvor. Er blickte zu seiner Frau und seinen Kindern und fragte sich, ob es jetzt das letzte Mal sei, bevor er dem SS-Offizier folgte, der am Lagerzaun entlang über einen Hügel und dann hinunter in eine Senke ging, wo sie von der Straße aus nicht gesehen werden konnten.

Der Sturmbannführer drehte sich zu ihm, die gezogene Luger in der Hand. Er hatte denselben zornig belustigten Ausdruck, den Emil vor langer Zeit in Dubăsari auf Haussmanns Gesicht gesehen hatte. Entsetzt streckte Emil die Arme hoch.

»Ich war mir sicher, dass ich Sie schon einmal gesehen habe, selbst mit dem ganzen Haar und dem Bart«, sagte Haussmann. »Doch als die Haare weg waren, da wusste ich, dass Sie es sind. Was seltsam ist, denn seit jener Nacht habe ich Zehntausende

Gesichter gesehen. Doch Ihres blieb mir im Gedächtnis. Warum ist das so, Martel?«

Emil überlegte, ob er stumm bleiben sollte, sagte dann aber: »Ich weiß es nicht, Herr Sturmbannführer.«

»Ich weiß es aber«, sagte Haussmann und lachte bitter. »Ihr Gesicht ragte heraus, weil es zu dem ersten echten Feigling gehörte, den ich in der Ukraine gesehen habe. Sie erinnern sich, oder, Bauernjunge?«

Emil holte tief Luft und sagte: »Herr Sturmbannführer, jene Regel war …«

»Ich gebe überhaupt nichts auf die Regel irgendeines anderen Feiglings«, schäumte er und wackelte mit der Pistole.

»Himmlers Regel«, sagte Emil.

»Was weiß denn eigentlich Reichsführer Himmler? War er etwa mit Gewehren und Pistolen im Feld, hat er das Judenproblem gelöst? Nein. Ich war im Feld und ich habe sein Judenproblem gelöst. Ich hätte dich in jener Nacht erschießen sollen und habe es nicht getan. Und jetzt habe ich wunderbarerweise die Gelegenheit, das in Ordnung zu bringen.«

Haussmann hob die Pistole und Emil blickte zitternd über den Pistolenlauf hinweg zu dem Nazi. »Jetzt erschießen Sie mich einfach?«

»Ich habe es schon einmal getan.«

»Warten Sie, bitte«, würgte Emil. »Seitdem bin ich ein guter Deutscher gewesen. Bitte, ich will nur ein besseres Leben für meine Familie. Ich bitte Sie, machen Sie meine Frau nicht zur Witwe und lassen meine Söhne ohne Vater sein. Der Vater meiner Frau wurde nach Sibirien gebracht und man hat nie wieder von ihm gehört. Sie würde es nicht ertragen, so allein zu bleiben.«

Haussmann drückte ab.

* * *

Adeline blickte noch immer zu der Anhöhe, hinter der Emil mit Sturmbannführer Haussmann verschwunden war, als sie den trockenen Knall der Pistole hörte und heftig zusammenzuckte. Sie riss die Hand an den Mund, taumelte nach links und streckte den Arm aus, um sich an dem kleinen Karren festzuhalten.

»Nein«, keuchte sie schwach.

»Mama?«, sagte Woldi und eilte zu ihr. »Was ist passiert?«

Adeline stand schockiert da, starrte auf den Hügel und die Stelle, wo sie Emil zuletzt gesehen hatte, während sie stumm aus der Tiefe ihrer Seele zu Gott rief, dass er ihn schonen und beschützen soll.

*Bitte, Gott, wenn es jemals einen guten Mann gegeben hat, einen guten Vater und einen guten Ehemann, dann ist das Emil Martel. In all den Jahren, die ich ihn kenne, ist er niemals davon abgekommen, das Richtige zu tun. Kein einziges Mal. Er verdient etwas Besseres als das. Er verdient …*

Ein zweiter Schuss zerschmetterte den Morgen.

* * *

Emil kniete auf dem Boden und bebte am ganzen Körper. Es dröhnte in seinen Ohren, und er war sich sicher, dass er sterben würde, denn die beiden Schüsse waren dicht an seinem Kopf vorbei in die Böschung dahinter gegangen. Ein drittes Mal würde Haussmann nicht danebenschießen.

Er blickte auf und sah, dass der Nazi ihn angrinste und die Luger senkte.

»Das reicht«, sagte Haussmann. »Dich so zu sehen, bebend und kurz davor, dir in die Hose zu scheißen. Es ist genug. Ich hatte mich daran gewöhnt, sie sterben zu sehen, wie das Blut und das Leben aus ihnen sickerte. Doch vor ungefähr einem Jahr erkannte ich, dass ich das Flehen und die Reaktion auf den ersten absichtlich verfehlten Schuss mehr genoss als das Töten selbst. Es reicht mir, dich am Boden zu sehen, Martel. Steh auf und geh zu deiner Familie.«

Emil fühlte sich schwach wie ein Lamm und traute dem Mann nicht, als er wackelig aufstand und mit glasigen Augen zu Haussmann blickte. »Ich kann gehen?«

»Ja, aber glaube nicht für eine Sekunde, dass deine Bestrafung vorbei ist«, sagte der SS-Offizier. »Es wird auch noch weitergehen, wenn ich weg bin. Dafür habe ich gesorgt. Und während du und deine Familie in den kommenden Monaten leiden werdet, möchte ich, dass du über dein Verhalten in jener Nacht in Dubăsari nachdenkst. Deine Feigheit.«

Er zeigte auf Emils Jacke. »Du sollst daran denken, dass du nur deshalb diese Kleider tragen und in dem Haus wohnen darfst, weil es Menschen wie mich gibt. Und ich will, dass du entscheidest, ob du wirklich ein Teil des Dritten Reiches sein oder ob du nicht doch lieber unter Stalin und seinen dreckigen Jidden leben willst.«

* * *

Willi hatte zu weinen begonnen. »Mama! Wo ist er?«

Adeline konnte nicht antworten. Sie war noch immer auf jene Stelle am Hügel fixiert, wo sie Emil zuletzt gesehen hatte, und betete noch immer zu Gott, dass er ihn zurückbringe, als sie eine Bewegung bemerkte.

Woldi, der auf den Karren gestiegen war, schrie: »Das ist er! Es ist Papa!«

Adeline rannte in Richtung Emil, als er den Hügel erstieg. Woldi und Willi kamen hinterher. Doch er hob die Hände, schüttelte den Kopf und lief zu ihnen, die langsamer wurden.

»Was ist passiert?«

»Eine Ratte«, sagte er blass und schwitzend, als wäre er seit einer Stunde gelaufen, und zeigte zu ihrem Karren. »Lasst uns gehen! Los jetzt!«

Sie wollte mehr von ihm erfahren, konnte aber erkennen, dass er nicht in der Stimmung war, von ihr bedrängt zu werden.

»Sie sagten, da kommen bald Lastwagen für uns.«

»Das ist mir egal.«

Sie nahmen ihre Positionen vor und hinter dem kleinen Karren ein. Emil ging los und zog ihn eilig über das offene Gelände. Adeline, Malia und Lydia keuchten und hatten ihre Mühe, um bei seinem Tempo mitzuhalten.

»Mach langsam, Emil«, stöhnte Adeline. »Wir kommen nicht mit.«

»Dann ziehe ich ihn allein, bis wir im Wald sind«, sagte er und strengte sich noch mehr an.

Die anderen gingen hinterher und nur Emil und Adeline zogen den Karren weiter in zügigem Tempo, als sie zehn Minuten später über eine Anhöhe in den Schatten des Laubwaldes kamen. Erst da verlangsamte Emil seine Schritte und knurrte: »Genug. Es reicht jetzt.«

Mit der Zugstange der Karre in der Hand beugte sich Emil vor und rang nach Luft. Dann musste er würgen und übergab sich heftig.

»Mein Gott, Emil!«, sagte Adeline und eilte an seine Seite. »Was ist denn passiert?«

»Ich brauche nur etwas Wasser«, sagte er. »Wegen des schnellen Gehens.«

Sie brachte ihm einen Becher Wasser, blickte sich um und sah die Jungen zu ihnen laufen. Emil trank hastig das Wasser. Dann zwang er sich zum Aufstehen und wischte sich über das Gesicht, um seine Söhne in Empfang zu nehmen.

»Es geht uns gut«, sagte Emil, legte die Arme um sie und warf verstohlene Blicke zu Adeline. »Wir kommen jetzt zu unserem neuen Zuhause. Nie wieder müssen wir an diesen Ort oder diesen Mann denken.«

# Neunzehn

Lastwagen kamen an ihnen vorbei. Einer blieb stehen, damit sie ihre Karren aufladen konnten. Zwei Stunden später erreichten sie Wielun, die erste Stadt, die Hitler 1939 bei dem Einmarsch in Polen angreifen ließ. Ein beträchtlicher Teil der Stadt war noch immer zerstört von dem Wüten der Wehrmacht und den Bombardierungen der Luftwaffe. Die übrigen Gebäude standen entweder leer oder wurden von verbitterten Polen bewohnt, die wütend zu den Schwarzmeerdeutschen blickten, während diese ihre bescheidenen Habseligkeiten auspackten und sich daranmachten, ihren neuen Platz in der Welt zu finden.

Die Ladefläche des Lasters hatte kein Verdeck gehabt, sodass Adeline bei der Fahrt sehen konnte, dass es in der Umgebung hauptsächlich Ackerland gab. Vieles davon lag brach, was sie überraschte und ihr zugleich Sorgen bereitete. Wenn keine Pflanzen angebaut waren, was sollten sie dann essen? Die Trockenwaren, die sie aus dem Osten mitgebracht hatten, würden nicht lange halten.

Sie äußerte ihre Befürchtungen gegenüber Emil, während sie auf der Suche nach ihrem neuen Zuhause durch die engen Gassen und Bombentrümmer gingen.

»Sie haben gesagt, dass wir Rationskarten bekommen«, sagte Emil. »Außerdem will ich hier nicht lange bleiben. Irgendwann müssen wir nach Westen, Adeline.«

»Irgendwann. Aber nicht jetzt. Die Jungen brauchen für eine Weile ein ruhiges Leben, und ich auch.«

Dann fanden sie die angegebene Adresse: ein baufälliges, graues, dreistöckiges Haus, das dringend renoviert werden musste. Der Vorderaufgang des Gebäudes war abgesackt. Die Eingangstür hing schief in den Angeln und quietschte, als Emil sie mit dem Schlüssel öffnete. Sie gab den Blick frei auf einen engen Flur und eine noch schmalere Treppe, die in die Dunkelheit hinaufführte.

Im Haus gab es sechs Wohnungen, zwei auf jeder Etage. Die Wohnungen im Erdgeschoss waren unbewohnbar. Emils Eltern und Adelines Cousine Marie mit den Zwillingen nahmen die zwei Wohnungen in der ersten Etage. Emils Familie und Adelines Mutter und Schwester bekamen die Wohnungen in der zweiten Etage.

Die Luft im Innern war heiß und ranzig von menschlichen Ausdünstungen. Als sie die Treppe hinaufgingen, machten die Stufen knackende Geräusche, als würden sie unter ihren Füßen nachgeben.

»Ist das sicher?«, fragte Lydia und hielt sich mit beiden Händen an dem wackligen Geländer fest.

»Lasst uns nacheinander hoch- und hinuntergehen, bis wir sicher sind«, sagte Emil.

»Spürst du den Luftzug?«, fragte Adeline. »Der kommt durch die Wand.«

»In der Not frisst der Teufel Fliegen«, sagte Karoline, als sie in ihre Wohnung ging.

Adeline stieg eine weitere Etage hoch und öffnete die Tür zu ihrer Wohnung, ein schmaler Raum mit drei Stühlen, einem Holztisch und einer Küche am hinteren Ende. Die Spüle war voll mit Geschirr, der Boden bedeckt mit toten Fliegen und Mäuse- und Rattenköteln. Wie auch die Teller mit schwarzem, nicht mehr zu identifizierbarem Essen auf dem Tisch und die Birnen der flammenlosen Laternen.

»Es sieht aus, als wären sie in Eile gegangen«, sagte sie. »Wahrscheinlich während der Bombardierung.«

»Hier stinkt es«, beschwerte sich Willi.

»Und es ist heiß«, sagte Woldi. »Mir gefällt es hier nicht.«

»Wir haben keine Wahl«, sagte Adeline. »Wir müssen sehen, was wir daraus machen können. Aber es ist wirklich heiß hier drinnen. Geht nach draußen, passt schön auf unseren Karren auf und bleibt zusammen.«

Nachdem die Jungen gegangen waren, fand sie mit Emil die Quelle des Gestanks – zwei tote Ratten in dem engen Schlafzimmer, das ein kleines Fenster und zwei Holzbetten ohne Bettwäsche hatte. Die Wände waren übersät mit Zahlen, Gleichungen und geometrischen Beweisen, die mit Bleistift aufgezeichnet waren und die sie aus ihrer Schulzeit kannte. Von einem Nagel an der Rückseite der Tür hingen ein vergessener zerlumpter Pullover und ein zerrissenes Hemd.

»Nun«, sagte Adeline und nahm die völlige Trostlosigkeit ihres neuen Zuhauses in sich auf, »ich denke, von hier an kann es eigentlich nur noch bergauf gehen.«

* * *

Emil versuchte, sie anzulächeln. Doch er kam immer mehr zu der Überzeugung, dass Sturmbannführer Haussmann diese Wohnung und dieses Haus extra für ihn und seine Familie ausgewählt hatte, damit sie alle für das litten, was er dem SS-Offizier im September 1941 angetan hatte. Und hatte er nicht gesehen, dass Nikolas in ein wesentlich schöneres Haus gegangen war? Natürlich hatte er das. Nikolas war belohnt worden, während Emil und seine Familie bestraft wurden.

»Kein fließendes Wasser«, sagte Adeline, als sie in der Küchenecke stand.

»Dann müssen wir den Gemeindebrunnen finden«, sagte Emil. »Und die Latrine.«

»Das wird helfen«, sagte Adeline, als sie in der Ecke nach einem stoppeligen Reisigbesen und einer Kehrschaufel griff. »Könntest du das machen? Mit den Jungen losgehen und Wasser finden? Dort in der Ecke stehen zwei Eimer. Und bevor du gehst, öffne bitte alle Fenster.«

Sie zog sich das Tuch vom Kopf und wickelte es um Mund und Nase. Emil musste grinsen. Wenn sich seine Frau ans Putzen machte, dann war sie ein Wirbelwind. Nachdem er für sie die Fenster geöffnet hatte, nahm er die Eimer und ging nach unten, blickte auf dem Weg kurz in die Wohnungen von Marie und seinen Eltern, die ebenfalls karg und in erbärmlichem Zustand waren.

Draußen schüttelte Johann den Kopf, als er Emil sah.

»Die Fenster sind undicht«, sagte sein Vater. »Im Winter wird es kalt sein.«

»Ich werde morgen nach anderen Unterkünften fragen«, sagte Emil.

»Wir gehen und suchen Wasser«, sagte Woldi. »Möchtest du mitkommen, Opa?«

Johann dachte darüber nach. Als er hörte, wie Karoline im Haus über etwas zu schimpfen begann, nickte er und nahm die beiden Blecheimer, die er in seiner Wohnung vorgefunden hatte. Auf der Straße begegneten sie einem Polen, der genug Deutsch sprach, um sie zu dem öffentlichen Brunnen ein paar Straßen weiter zu leiten.

Bis sie dort waren, in der Reihe gestanden, das Wasser genommen hatten und wieder in den zweiten Stock zurückgekehrt waren, hatte Adeline die meisten Fliegen und den Kot der Nagetiere aufgewischt und aus dem Fenster geworfen. Sie fand ein Stück Seife in der Spüle unter dem Stapel Teller und Pfannen. Sie und Emil nutzten den verschlissenen Pullover und das Hemd als Wischlappen, um die Böden und Betten mit dem Seifenwasser zu säubern.

Da die Jungen jetzt den Weg zum Brunnen kannten, gab Emil ihnen die Aufgabe, Wasser nachzuholen. Mit dem Inhalt der nächsten zwei Eimer wuschen sie das Geschirr, die Töpfe und Pfannen und verschafften sich dann einen Überblick über die Küche. Erst danach begannen sie, ihre restlichen Habseligkeiten aus dem kleinen Karren zu holen.

Ihr Ofen brannte nicht, doch der Herd von Adelines Mutter hatte eine Flamme. An dem Abend backte sie dort die restlichen Zwiebackbrötchen. Aus den Trockenwaren und zwei angeschlagenen Zwiebeln, die Adeline am Morgen ihrer Abfahrt aus der Küche des Quarantänelagers stibitzt hatte, bereitete sie eine Suppe.

Sie warteten mit dem Essen, bis die Sonne untergegangen war und es ein wenig abkühlte. Im Laternenlicht fassten sich alle auf Adelines Wunsch an den Händen und dankten Gott für ihre Errettung von den Sowjets und für das Essen und das Dach über ihren Köpfen.

Sie bemerkte, dass Emil ihre Dankbarkeit nicht teilte. Er hatte zwar einen unerschrockenen Ausdruck im Gesicht, doch sie merkte, wie er über ihre Lebensumstände brütete.

Nachdem die Jungen eingeschlafen waren, sagte sie: »Das hier ist nicht für immer, mein Lieber.«

»Ich weiß«, sagte er, »doch ich hatte nicht erwartet, dass wir ein schlechtes Leben gegen ein schlimmeres eintauschen.«

»Dann machen wir uns selbst ein besseres Leben. Du hast doch nicht erwartet, dass es vom Himmel fallen würde, oder? Ein besseres Leben?«

»Ich erwartete nicht, dass irgendwas vom Himmel fällt. Ich bin bereit, dafür zu arbeiten.«

»Du arbeitest härter als jeder andere, den ich kenne, Emil.«

»Außer dir«, sagte er und nahm sie in die Arme. »Meine Königin.«

Adeline lachte. »Eine Königin mit ihrem König und den Prinzen in ihrem großartigen neuen Palast.«

»Du hast dein grünes Tal vergessen.«

»Niemals.«

Sie küssten sich und hielten einander für eine lange Zeit. Als sie sich voneinander lösten, um sich bettfertig zu machen, sahen sie Blitze durch die offenen Fenster und hörten Donner. Sie stiegen in die niedrigen Betten und hielten einander, während der Regen auf das Dach trommelte. Innerhalb weniger Minuten hörte Adeline Wasser tropfen und neben ihr auf den Boden spritzen.

»Nur noch aufwärts«, sagte Emil und hielt sie noch fester.

* * *

Die Tage vergingen. Die Jungen kamen in die Schule, schlossen Freundschaften und waren bald den ganzen Tag über draußen auf der Straße und spielten bis zum Abend. Adeline bewältigte das deutsche System der Essensrationierungen und schaffte es, anständige Mahlzeiten auf den Tisch zu stellen. Als Emil die VoMi-Beamten aufsuchte und um andere Unterkünfte bat, lehnte man seinen Wunsch ab und warf ihm Undankbarkeit vor, obwohl man ihn vor den Judeo-Bolschewisten gerettet hatte.

Adeline bekam Arbeit in der Stadtbäckerei zugeteilt und Emil sollte auf den wenigen Feldern arbeiten, die gepflügt und besät wurden. Stundenlang hackte er in der Hitze, ohne sich zu beschweren, glücklich über das vertraute Gefühl des

Werkzeuges in seinen Händen und der Befriedigung, die er bei gut getaner Arbeit empfand. Als er noch ein Junge war und bevor seine Familie von ihrem Land vertrieben wurde, und auch später, als die Nazis es ihnen zurückgaben, hatte er genauso geschuftet, lang und hart, Tag für Tag. Es gefiel ihm. Diese Art ursprünglicher Arbeit passte zu ihm. Es fühlte sich ehrlich an.

Während er den Boden mit seiner Hacke bearbeitete, bemühte sich Emil, nicht an Sturmbannführer Haussmann zu denken, doch es gelang ihm nicht ständig. Immer wieder musste er an die Angst denken, die ihn ergriffen hatte, als Haussmann das erste Mal schoss und dabei nur knapp seinen Kopf verfehlte. Diese Erinnerung reichte aus, dass ihm das Herz in der Brust sprang und Adrenalin durch die Venen schoss und alles Weitere vernebelte, was geschehen war, vor allem nach Haussmanns zweitem Schuss.

Was hatte der SS-Offizier gesagt? Irgendwas über die Kleidung, die man ihm gegeben hatte, und die Wohnung, in der sie leben würden, und dass er entscheiden sollte, ob er Teil eines größeren Deutschlands sein wollte. Er konnte sich jedoch nicht mehr genau an Haussmanns Worte erinnern.

Spielte es überhaupt eine Rolle? Mit jedem vergangenen Tag kümmerte es ihn weniger. Vielleicht hatte Haussmann veranlasst, dass sie in ein Drecksloch gesteckt wurden, doch er war aus ihrem Leben verschwunden. In der Zwischenzeit kehrte Emil zu alten Gewohnheiten zurück, die er vormals in der Ukraine unter Stalin entwickelt hatte. Er tat alles, was er konnte, um keine unangemessene Aufmerksamkeit zu erregen. Er machte seine Arbeit. Er ging nach Hause. Er verbrachte Zeit mit seiner Familie. Er betrachtete den Nachthimmel und träumte vom Westen, doch nicht als ein erfundenes grünes Paradies aus Adelines Fantasie, sondern als einen Ort, wo er von der Regierung in Ruhe gelassen wurde, um sich aus eigener Kraft ein neues Leben aufzubauen.

* * *

Während der Juli in den August überging und dieser sich dem September 1944 näherte, bemerkte jemand, wie hart und fleißig Emil auf den Feldern arbeitete. Sein Name war Claude Wahl und er war ein rotgesichtiger Unterfeldwebel der Wehrmacht, der im Juli 1941 in der Nähe von Minsk verwundet worden war. Sowjetische Bombensplitter hatten Wahl die Hüfte gebrochen, sodass er sich nur noch in einem seltsamen Gang vorwärtsbewegen konnte und nicht mehr kampffähig war. Die VoMi hatte ihn beauftragt, mit den neuen volksdeutschen Immigranten zu arbeiten und die Bauernhöfe in der Gegend um das Flüchtlingslager Wielun zu beaufsichtigen.

Wahl war genau wie Emil Anfang dreißig und auf einem Bauernhof aufgewachsen. Er verfügte auch über eine ähnliche Arbeitsmoral. Eines Tages, als Emil gerade seine Feldarbeit beendet hatte, sprach Wahl ihn an und lud ihn auf ein Bier zu sich nach Hause ein. Emil war bei dem Gedanken unwohl und er wollte ablehnen, doch Wahl bestand darauf.

»Warum?«, fragte Emil.

»Weil du der am schwersten arbeitende Mann auf meinen Feldern bist und ich wissen will, wie ich die anderen Männer dazu bringen kann, genauso zu arbeiten.«

Wahl wohnte auf derselben Straße wie Nikolas in einem schönen Haus mit fließendem Wasser und Elektrizität, meilenweit entfernt von den Lebensumständen der Martels. Der Unterschied war so stark, dass sich Emil über das Schicksal seiner Familie ärgerte und er am liebsten sofort wieder gehen wollte. Wahl akzeptierte das jedoch nicht, sondern goss für ihn und sich selbst helles Bier aus einer Kanne in Glaskrüge.

Nach dem langen Tag auf dem Feld tat das kühle Bier sehr gut, als es durch Emils Kehle floss, und seine Meinung über Wahl verbesserte sich ein wenig.

»Ich habe in einer Brauerei gearbeitet, und das Bier hier ist sehr gut«, sagte er. »Wo kommt es her?«

Wahl strahlte. »Im Winter macht mein Vater Bier auf unserem Hof bei Stuttgart. Das ist sein Hefeweizen. Nur für den Sommer aus Weizen gemacht.«

»Großartig«, sagte Emil, und als Wahl ein Stück Salami, Käse und Brot holte, merkte er, dass er seinen Chef immer mehr mochte.

»Also«, sagte Wahl, nachdem Emil von allem ein paar Stücke genommen hatte und mit Bier herunterspülte, »was bringt einen Mann dazu, so schwer zu arbeiten wie du?«

Emil wusste nicht, was er darauf antworten sollte. Schwere Arbeit war alles, was er je gekannt hatte.

»Das Erste, woran du denkst«, sagte Wahl und grinste. »Das ist die Antwort. Das Erste.«

»Hunger«, sagte Emil.

Das Grinsen des Deutschen verschwand. »Du hast gehungert?«

Emil nickte. »Zweimal. Wegen Stalin.«

Wahl dachte einen Augenblick nach. »Und warum lässt dich das Hungern jetzt schwer arbeiten?«

»Wenn du dich daran erinnerst, wie du tagelang nichts gegessen hast und auch keine Hoffnung darauf hattest, am nächsten Tag etwas zu essen … wenn du dich an dieses Gefühl erinnern kannst, dann arbeitest du härter, um sicherzugehen, dass du so etwas nie wieder erleben musst. Nach einer Weile macht man es einfach immer so.«

Wahl dachte darüber nach und lächelte dann. »Nun, ich glaube nicht, dass ich jemanden hungern lassen werde, damit er irgendwann härter arbeitet.«

»Danke dafür«, sagte Emil und hob das Bier zu ihm.

Der Deutsche betrachtete ihn eingehend. »Schlägst du dich einfach nur durch oder hast du einen Plan für dein Leben, Emil?«

»Das verstehe ich nicht.«

»Einen Plan. Das Leben, über das du nachdenkst, wenn du nachts wach im Bett liegst.«

»Ich denke darüber nach, wie ich meine Frau und meine Familie beschützen kann und was wir morgen essen werden und wann wir irgendwo anders schlafen werden.«

»Das heißt sich durchschlagen.«

»Dann schlage ich mich durch und das ist eine gute Sache.«

»Das ist es, doch lass mich dich fragen: Was denkst du, wenn du zu den Sternen guckst?«

Emil sah Wahl misstrauisch an. »Woher weißt du, dass ich mir die Sterne ansehe?«

»Macht das nicht jeder, der schon einmal auf einem Bauernhof gearbeitet hat?«

Emil zögerte, da er nicht genau wusste, wie er darauf am besten antworten sollte. Doch etwas war da an dem Mann, dass er ihm bereits vertraute.

Er sagte: »Wenn ich älter bin, dann möchte ich genug zum Leben haben, ohne mir Sorgen über das Essen oder eine trockene und warme Unterkunft machen zu müssen, und dann will ich angeln gehen. Jeden Tag, wenn ich will.«

»Angeln?«, fragte Wahl und lächelte.

»Ich bin als Junge immer angeln gegangen«, sagte Emil. »Das war eine Möglichkeit, an Essen zu kommen, als uns die Kommunisten nichts gaben. Doch es war viel mehr als das. Man wusste nie, wann der Fisch anbeißen würde. Darin lag … ich weiß auch nicht … etwas Geheimnisvolles.«

»Das kann ich verstehen«, sagte Wahl. »Doch das ist, wenn du ein alter Mann bist. Was ist denn mit jetzt? Was kommt als Nächstes, wenn du von hier wegkommst?«

»Ich will in den Westen«, sagte er und bereute es sofort.

Wahl neigte den Kopf. »Wie weit nach Westen?«

Emil wollte das Thema wechseln, doch er merkte bereits, dass er den deutschen Unterfeldwebel aufmerksam gemacht hatte und ihn nicht mehr losbekam.

»So weit ich kann«, sagte er schließlich. »Über den Ozean.«

»Warum? Was glaubst du dort zu finden?«

Emil wusste, dass das Bier seine Zunge gelockert hatte und dass er bereits zu spät für das Abendessen war und schon zu viel gesagt hatte. Doch er blickte Wahl direkt in die Augen und sagte: »Freiheit. Ist es nicht das, was jeder Mann will, wenn es darauf ankommt?«

Wahl zeigte zuerst keine Reaktion, hielt den Blick fest auf Emil gerichtet, bevor er nickte. »Das ist richtig. Und als jemand, der Interesse an dir gefunden hat, Herr Martel, rate ich, diesen Teil deines Plans niemandem gegenüber zu wiederholen, bevor dieser Krieg nicht vorbei ist.«

* * *

Adeline war wütend auf Emil, als er mit einer Bierfahne spät nach Hause kam und ihr gestand, dass er Wahl davon erzählt hatte, wie er – ein neuer Immigrant in Hitlers Großdeutschland – davon träumte, auf der Suche nach Freiheit und einem Platz zum Angeln in den Westen zu gehen.

»Bist du verrückt?«, rief sie. »Sie werfen uns ins Gefängnis oder schlimmer!«

»Wir leben in einem Gefängnis«, rief er zurück. »Guck dir das hier an!«

»Es ist das, was wir im Augenblick haben«, sagte Adeline und wurde kälter. »Und wenn du etwas Besseres willst, dann solltest du darauf achten, uns in Sicherheit zu lassen und den Deutschen nicht erzählen: ›Danke für den Schutz, doch wir wollen zu den Alliierten im Westen.‹«

»Das habe ich nie gesagt«, sagte Emil. »Doch du hast recht. Es war dumm. Ich werde mich ab jetzt von Wahl fernhalten und es nicht wieder erwähnen.«

Doch zwei Nachmittage später, am 25. August 1944, kam Emil vom Feld und wollte nach Hause, als der gehbehinderte Unterfeldwebel wieder auf ihn wartete.

»Komm auf ein Bier, Martel«, sagte Wahl.

»Danke, Unterfeldwebel, doch ich muss …«

»Komm schon. Ich will dir etwas zeigen, was dich interessieren wird.«

Emil seufzte und folgte Wahl zu seinem Haus, während ihm der Deutsche vom Leben auf seinem Hof erzählte und ihm Fragen über Adeline und die Jungen stellte. Auch wenn Emil sich bemühte, seine Antworten bewusst kurz und vage zu halten, gelang es dem Unterfeldwebel, ihn dazu zu bringen, frei und offen zu sprechen.

In Wahls Küche war der Ablauf wie zuvor: Bier, Würstchen, Käse und Brot. Doch anstatt das Essen auf einem Teller auf den Tisch zu stellen, tat er es auf ein Schneidbrett und bat Emil, die Bierkrüge zu nehmen und ihm zu folgen. Emil zögerte und war etwas unsicher. War das womöglich eine Falle?

Wahl verließ die Küche und folgte einem kurzen Flur zu einer verschlossenen Tür, die er mit einem Schlüssel öffnete und dann dort das Licht anmachte. Er lächelte Emil an. »Das wird dich interessieren.«

Emil schluckte und folgte Wahl. Er betrat den Raum, während der Unterfeldwebel das Schneidbrett mit dem Essen darauf

auf einen Metalltisch stellte. Abgesehen von zwei Stühlen und einem Reiseschrank, der mit einem Vorhängeschloss gesichert war, war der Raum leer.

Emil dachte an die Geschichten, die er zu Hause von Männern gehört hatte, die andere in den Untergang lockten, indem sie sich als deren Freunde ausgaben und sie dazu brachten, frei zu sprechen. Man folterte sie und schickte sie dann nach Sibirien. Waren die Nazis genauso? War es das, was ihm bevorstand, weil er mit Wahl gesprochen hatte?

»Warum sind wir hier?«, fragte Emil und hörte das Zittern in seiner Stimme, während Wahl ihm den Rücken zudrehte und sich vor den Schrank hockte.

Wahl hantierte am Schloss und antwortete nicht. Emil begann zu schwitzen und nahm einen Schluck Bier. »Bitte, Herr Unterfeldwebel. Worum geht es hier?«

»Der Weg nach Westen«, sagte der Deutsche und stand auf, in den Händen eine Kiste mit Stahlrippen. Er löste den Verschluss und hob den Deckel. »Hast du schon einmal Kurzwelle gehört?«

Aus der Kiste zog er ein Radiogerät und stellte es auf den Tisch neben das Essen und das Bier.

Emil starrte es an. »Die SS sagte, dass es hier verboten sei. Wird man nicht dafür erschossen, wenn man das hat?«

Wahl lachte. »Das würde ich wohl, wenn ich nicht viele Jahre Wehrmachtfunker gewesen wäre, bevor die Bombe mich erwischt hat. Und es gibt Zeiten, wo meine Vorgesetzten hier ihre Vorgesetzten in Warschau oder Berlin erreichen müssen. Doch heute Abend machen wir keine Übertragung.«

Emil runzelte die Stirn. »Was heißt Übertragung?«

»Wir können nichts sprechen«, sagte er und stellte das Radiogerät an. »Aber wir können zuhören.«

Emil hatte noch nie ein Kurzwellengerät gehabt, da es auch unter Stalin verboten war, deshalb beobachtete er jetzt fasziniert, wie Wahl das Radiogerät an einen Lautsprecher anschloss und dann an ein Kabel, das zum Fenster hinaus zu einer Antenne führte, die sich auf dem Dach befand. Der Unterfeldwebel legte einen Schalter um und eine rote Birne glühte auf.

»Was hören wir uns an?«

»Was jeder Mann will«, sagte Wahl.

# Zwanzig

Aus dem Lautsprecher drangen pfeifende Geräusche und lautes Knistern. Der Unterfeldwebel drehte an den Knöpfen und bald hörte man durch das elektrische Rauschen hindurch Stimmen in Sprachen reden, die Emil nicht verstand. Ein Gemurmel, das ihn verunsicherte, da es ihm bewusst machte, wie wenig er von der weiten Welt wusste.

Nach einigem Suchen fand der Unterfeldwebel eine deutsche Männerstimme aus Berlin, die die Siege der Nazis in Frankreich, Belgien und Ungarn beschrieb, wo die Streitkräfte des Führers heroisch die Südarmee Stalins zurückhielten. Wahl drehte erneut am Regler des Radios und blieb bei einer Stimme, die Emil nicht verstand oder erkannte.

»London«, sagte Wahl und blickte zu ihm. »BBC auf Englisch.«

Der Unterfeldwebel drehte ganz vorsichtig am Rad und sagte dann: »Und jetzt die deutschsprachige Sendung der BBC. Hör dir an, wie sehr sich die Nachrichten von der Berliner Version unterscheiden.«

Die BBC-Sprecherin sprach ein perfektes Deutsch und kam sofort zum Punkt, beschrieb die Befreiung von Paris und wie Charles de Gaulle die Truppen über die Champs-Elysées anführte, berichtete dann von den noch anhaltenden Schlachten anderswo in Frankreich und Italien, wo die Alliierten trotz erbittertem und verzweifeltem deutschen Widerstand beträchtliche Fortschritte machten. Die Sprecherin berichtete auch von Rumäniens kürzlich erfolgter Aufgabe unter den Sowjets und der Bombardierung von Budapest durch die Rote Armee, bevor sie zu Nachrichten aus dem Südpazifik wechselte.

Emil sagte: »Das klingt, als gäbe es überall Krieg.«

»Nein, das klingt so, als würde Deutschland verlieren«, sagte Wahl und hob die Hände. »Siehst du, ich habe es gesagt: Das Vaterland verliert und die Alliierten gewinnen an fast jeder Front. Es ist nur noch eine Frage der Zeit, bis Hitler zwischen Eisenhower und Stalin eingeklemmt ist. Es ist nur noch eine Frage der Zeit, bis Berlin fällt. Und du und ich müssen dafür bereit sein.«

Nachdem er Wahls Haus verließ, hatte Emil so vieles, was er Adeline berichten wollte, dass er am liebsten durch die Straßen nach Hause gelaufen wäre. Sein Instinkt und seine Erfahrung sagten ihm aber, dass er besser langsam gehen sollte, um nur irgendein Feldarbeiter zu sein, den jeder übersehen oder als unwichtig abtun würde.

Als er jedoch endlich ihr Haus erreicht hatte, sprang Emil die Treppe hoch, stampfte an den offenen Türen der Wohnungen seiner Eltern und Maries vorbei, wo er die Zwillinge schreien hören konnte, und eilte über die zweite Treppe hinauf zu ihrer Wohnung, wo Adeline allein mit gesenktem Kopf und dem Rücken zur Tür am Küchentisch saß.

Er schloss die Tür hinter sich. »Du wirst nicht glauben, was heute passiert ist.«

Emil kam um sie herum. Sie blickte nicht auf. Er hockte sich neben sie und sagte: »Ich habe heute die Freiheit gehört, Adella. Zumindest ihre Stimme.«

Adeline hob den Kopf und sah ihn mit verschwommenen Augen an, die immer wütender blickten. »Du hast schon wieder getrunken. Ich kann es riechen.«

»Ein Bier«, sagte er. »Und du hast … geweint?«

»Vielleicht habe ich das. Darf ich das etwa nicht?«

Er warf die Arme in die Luft. »Natürlich darfst du das, aber hör mir doch mal eine Sekunde zu. Wo sind die Jungen?«

Sie blickte verärgert weg. »Sie spielen. Ich habe ihnen gesagt, dass sie vor Einbruch der Dunkelheit nach Hause kommen sollen.«

»Gut«, sagte er. »Wir haben jetzt einen Freund. Unterfeldwebel Wahl.«

Ihr Ausdruck wurde erst ungläubig, dann ablehnend. »Das weißt du gar nicht. Was ist denn, wenn er mehr ist, als er zu sein scheint? Was ist, wenn er ein Mitglied der Gestapo ist und dich entlarven will?«

Adeline war normalerweise ein sehr freundlicher Mensch, deshalb war Emil über ihren Ton erstaunt. »Das ist er nicht.«

»Woher weißt du das so genau?«

Emil ließ sie schwören, es niemandem zu sagen, nicht ihrer Schwester oder Mutter oder Cousine oder irgendeiner Bekanntschaft, und dann beschrieb er ihr seinen zweiten Besuch bei Unterfeldwebel Wahl, sein Kurzwellengerät und die Nachrichten vom deutschen Dienst der BBC.

»Wenn Paris gefallen ist, so bedeutet das, Hitler verliert im Westen«, sagte Emil aufgeregt. »Die Sowjets haben Rumänien eingenommen, bombardieren Budapest und nähern sich Polen. Deutschland wird eingeklemmt, Adeline. Sie werden verlieren.«

»Warum glaubst du einem Radio?«, sagte sie wegwerfend. »Ich dachte, wir haben gelernt, alles zu ignorieren, was von einer Regierung im Radio gesagt wird.«

»Das war anders«, beharrte er. »Das hier kam aus dem Westen, aus England, wo die Menschen frei sind, die Wahrheit zu sagen. Wahl sagt, dass die Wehrmacht sich irgendwann nach Berlin zurückziehen wird, und wenn sie schließlich aufgeben, dann wollen wir so schnell wie möglich zu den Amerikanern oder Briten, oder wir werden von den Sowjets erwischt und …«

Adelines Wut war zwar verschwunden, doch jetzt wirkte sie wie geistesabwesend.

»Verstehst du denn nicht?«, sagte Emil. »Bitte tu das nicht einfach so ab. Wahl sieht es auch so.«

Sie drehte den Kopf und sah ihn ausdruckslos an. »Sieht was?«

»Der Westen, Adella – Freiheit, was wir wollen, die Alliierten –, sie kommen zu uns! Wir müssen bereit sein, zu ihnen zu gehen, oder die Sowjets kommen von hinten und holen uns und wir gehen womöglich alle nach Sibirien oder noch schlimmer.«

Adeline blinzelte ein paar Mal, nahm in sich auf, was er gesagt hatte, bevor sie die Hände auf den Tisch fallen ließ. »Gut, ich gebe auf. Wann gehen wir auf dieses Selbstmordkommando?«

»Es ist kein Selbstmordkommando«, sagte Emil und lächelte, während er sich ihr gegenüber hinsetzte und ihre Hände nahm, die trotz der spätsommerlichen Hitze ganz kalt waren. »Deshalb ist Unterfeldwebel Wahl so wichtig für uns. Wir werden erfahren, wann die Zeit reif ist, um wegzulaufen, denn er kann jede Nacht in der deutschen Sendung der BBC hören, wo die Alliierten sind.«

Adeline schüttelte den Kopf, als wollte sie Spinnweben abschütteln. »Warum sollte er das tun?«

»Weil er auch nach Westen geht«, sagte Emil. »Er wird uns helfen, wenn er kann.«

»Aber warum sollte er das tun? Warum redet er überhaupt mit dir?«

»Er hat gesagt, dass er gesehen hat, wie ich härter als jeder andere gearbeitet habe, und wollte mit mir darüber reden. Es gibt noch ein paar gute Menschen auf der Welt, Adeline. Selbst unter den Deutschen.«

»Das hoffe ich«, sagte sie. »Wann denkt denn dein Freund, dass wir gehen werden? Morgen? Nächste Woche? Vor dem Winter?«

»Wahl meint, dass der Krieg vor Weihnachten vorbei sein könnte, und wir sollten uns darauf vorbereiten, loszugehen, sobald die Alliierten über den Rhein gekommen sind und sich Berlin nähern.«

Adeline schloss für einen Moment die Augen, öffnete sie dann und seufzte. »Immerhin muss ich noch nicht so bald darüber nachdenken.«

»Du musst darüber nachdenken. Du musst …«

»Nein, das muss ich nicht!«, schrie sie. »*Du* musst darüber nachdenken! Ich muss über andere Dinge nachdenken, vielen Dank!«

Emil starrte sie mit aufgerissenen Augen an. Adeline erhob nur ganz selten ihre Stimme. Seine Frau konnte entschlossen sein, doch sie schrie fast nie.

»Warum schreist du mich an?«, wollte er wissen.

Adeline wollte ihn böse ansehen, doch ihr Blick war verloren und schließlich brach sie in Tränen aus. »Ich weiß auch nicht. Ich sollte nicht … aber ich …«

Er kam zu ihr und sie stand auf und ließ sich von ihm in die Arme nehmen, während sie schluchzte. »Ich sollte mich nicht darum kümmern, aber ich tue es. Es kümmert mich, Emil. Es kümmert mich, kümmert mich.«

»Was ist denn los? Was kümmert dich? Wer kümmert dich?«

Sie brauchte ein paar Momente, um sich zu fassen, und trat schluchzend von ihm zurück.

»Ich habe heute Morgen sauber gemacht. Da habe ich etwas gefunden.«

* * *

Adeline ging in die Ecke, wo der Besen und das Kehrblech standen. Sie stellte beides an die Seite, dann trat sie mit der Schuhspitze auf die Bodendiele an der Rückwand. Die Diele hob sich ein Stück, sodass sie sie anheben konnte.

Sie griff in den Zwischenraum darunter und zog ein dickes, eselsohriges Buch mit gebrochenem und angebranntem dunklen Ledereinband heraus. »Das ist eine jüdische Bibel. Glaube ich«, sagte sie und öffnete dann das Buch, um ihm eine Schrift zu zeigen, die ihn ratlos machte.

»Welche Sprache ist das?«, fragte er.

»Hebräisch«, sagte sie und schluchzte erneut los. »Ich habe so eine im Haus von Frau Kantor in Birsula gesehen. Sie nannte es Tanach, glaube ich.«

Emil runzelte die Stirn. »Aber warum weinst du?«

Sie wischte sich mit dem Ärmel ihrer Bluse die Tränen ab. »Ich bin wegen Wasser zum Brunnen gegangen, um hinterher die Kleider zu waschen, und ich habe mit einer der polnischen Frauen gesprochen, die auch Deutsch können, und ich habe ihr erzählt, was ich unter den Dielenbrettern gefunden habe und …«

Adeline wirkte wieder wie verloren. »Sie hat mich gefragt, wo wir wohnten, und als ich es sagte, meinte sie, dass das ganze Haus einmal jüdisch war. Dann sagte sie, dass alle Flüchtlingswohnungen in Wielun einmal Juden gehört haben. Jede. Und weißt du, was den Juden auch gehört hat, wie sie mir sagte?«

Emil war erschüttert und ahnte die Antwort. »Was denn?«

Adeline hob den Stoff ihres Blusenärmels, als ob er dornig wäre.

»Unsere Kleider«, sagte sie und Tränen liefen ihr übers Gesicht. »Sie sagte, man hat die Juden gezwungen, alle Kleider auszuziehen, bevor sie umgebracht wurden, und wir haben ihre Kleider bekommen, nachdem man sie ausgekocht hatte. Die Frau sah aus, als wollte sie mich dafür anspucken, dann ist sie gegangen.«

Emil war betroffen und musste an Scheinwerfer denken, deren Lichter durch das Zwielicht schnitten.

Adeline sagte: »Verstehst du nicht, Emil? Wir tragen die Kleider guter Menschen wie Frau Kantor und Esther. Vielleicht von den guten Menschen, die genau hier gelebt haben. Menschen, die geliebt haben und Kinder hatten und …«

Sie würgte. »Das macht uns zu einem Teil davon, oder nicht? Ihr Hass? Ihr Morden? Ich fühle mich so schmutzig und beschämt, Emil. Ich weiß nicht mehr, was ich machen soll.«

Emil musste sich hinsetzen. Sein Kopf dröhnte von Unterfeldwebel Wahls Bier und jetzt wirbelten Schuld und Bedauern und Hass darin herum. Er hatte nie darum gebeten, die Kleidung eines toten Mannes zu tragen. Er hatte nie darum gebeten, dass die SS in Dubăsari war, als er dort Teile für den Hausbau besorgen wollte. Er hatte Haussmann nie darum gebeten, von ihm ausgewählt zu werden, und …

»Emil!«, rief Adeline. »Ich will, dass du mir zuhörst!«

»Ich höre dir zu!«, donnerte er zurück, bevor er die Stimme senkte. »Ich höre dich, Adeline. Du bist nicht Teil von dem, was sie getan haben. Es kribbelt mir auf der Haut, dass dieses die Kleider sind, die man uns gegeben hat. Wenn ich könnte, dann würde ich sie ausziehen und mir andere kaufen, doch ich kann es nicht und du auch nicht.«

»Was machen wir denn jetzt? Ich meine, wir leben mit den Geistern um uns herum, Emil. Wir tragen ihre Kleider und wir schlafen in ihren Betten. Wie sollen wir damit leben?«

»Wir werden das nicht lange machen. Und bis wir uns neue Kleider kaufen können, danken wir den Geistern für ihre Kleider und für ihre Betten, und wir machen so weiter. Wenn die Lage umgekehrt wäre, dann würde ich mir wünschen, dass sie es auch so tun. Das Leben geht weiter, Adeline. Sie waren schon weg, bevor wir hergekommen sind. Es ist ja nicht so, dass wir sie rausgeworfen haben.«

Sie hörten die Jungen lachen und rufen und ihre Schritte über die Treppe poltern. Emil nahm ein Tuch, tauchte es in den Wassereimer und reichte es Adeline. Sie wusch sich die Tränen aus dem Gesicht, bevor sie zu lachen begann und Woldi und Willi die ausgestreckten Arme entgegenhielt, die mit roten Gesichtern und so verschwitzt und glücklich in die Wohnung stürmten, wie es nur kleine Jungen können.

* * *

Adeline konzentrierte sich auf ihre Familie, versuchte aber auch nicht zu ignorieren, wessen Kleider sie trug und in wessen Bett sie nachts lag. In den folgenden Wochen und Monaten gab es jedoch Momente, wo sie es fast vergaß und die Kleider ihre zu sein schienen und nicht die eines Geistes, wie auch die Wohnung eher den Lebenden als den Toten zu gehören schien.

Ende September kehrte Resi zurück in ihr Leben. Doktor Präger brachte sie nach Hause, derselbe Arzt, der sie auch zum Krankenhaus gebracht hatte. Johann war glücklich, während Karoline nur wenig Emotionen zeigte, als ihre Tochter im Rollstuhl ankam, eine Decke über dem Schoß und glasige Augen und für Adelines Wahrnehmung sichtbar gealtert. Resi schien eher resigniert als glücklich darüber, ihre Eltern und den Rest der Familie zu sehen, bis die Jungen um die Ecke gelaufen kamen. Ihr Ausdruck wurde auf einmal schalkhaft.

»Wollt ihr meine Beine sehen?«, fragte sie.

Woldi schien das nicht zu wollen, doch Willi kam direkt zu Resi und sagte: »Ich will.«

Resi warf die Decke zurück und zeigte ihre künstlichen Beine. »Rumpelstil«, sagte sie und zeigte auf ihr linkes Bein. »Das rechte heißt Hüpfer. Sie haben verschiedene Längen, deshalb muss ich den Überblick behalten. Hüpfer ist länger.«

»Kannst du denn auf Rumpelstil und Hüpfer gehen?«, fragte Woldi, der jetzt auch neugierig war.

»Mit Krücken«, sagte Präger. »Sie kann sogar Treppe steigen.«

»Das muss sie auch«, sagte Johann.

»Sie ist jetzt so weit«, sagte der Arzt und hockte sich neben Resi. »Es ist Zeit für mich zu gehen. Ich habe heute Nacht Dienst.«

»Kommst du zurück?«, fragte sie und wirkte, als fürchtete sie seine Antwort. »Es ist weit bis Lodz.«

»So weit ist es auch nicht, Resi«, sagte Präger. »Außerdem, wie könnte ich auf deine Schönheit und deinen Humor verzichten?«

Resi errötete, bevor sie fragte: »Lässt du mir meine Medizin da?«

»Hier, bitte«, sagte er und reichte ihr einen Beutel. »Sieh zu, dass es eine Weile ausreicht. Und hier die Krücken. Der Rollstuhl sollte mit nach oben. Sie darf am Anfang nur kurz auf den neuen Beinen sein und sollte jeden Tag üben.«

Dann ging Präger. Resi erhielt Applaus, als sie aus dem Rollstuhl aufstand und die Stufen hinaufkletterte, wobei sie sich mehr am Geländer hochzog, als dass sie die Krücken benutzte. Johann brachte ihr den Rollstuhl nach oben und sie setzte sich hinein. Der Schweiß tropfte ihr von der Stirn, als sie sich umsah.

»Wen haben wir geärgert, dass wir so eine Wohnung bekommen haben?«, fragte Resi.

* * *

Im folgenden Monat versuchte Adeline, mindestens einmal am Tag ihre Mutter und Schwester und Resi und Marie zu besuchen.

Lydia wirkte jetzt glücklicher, wo sie sich in ihren Wohnungen eingerichtet hatten, so deprimierend sie auch waren. Und Malia schien immer glücklicher zu sein, oder zumindest amüsierter, wenn sie zusammen mit ihrer Mutter wohnte. Nachdem sie vom Maultier getreten wurde, hatte Lydia sie stundenlang im Arm gehalten und ihr gesagt, dass sie leben und zu ihr zurückkommen würde. Adeline hatte immer gewusst, dass ihre Verbindung ganz besonders war, und es akzeptiert, so gut es eine Tochter konnte.

Marie wirkte erschöpft und war immer dankbar dafür, wenn Adeline an ihre Tür klopfte und ihre Hilfe anbot. Die Zwillinge waren jetzt schon fast sechs Monate alt. Die Gefühle ihrer Cousine schwankten jedes Mal, wenn sie über ihren vermissten Ehemann – den Chirurgen – sprach.

»Wie kann ich ihn überhaupt finden?«, fragte Marie eines Tages sorgenvoll und weinte. »Und wie wird er mich finden?«

Adeline erinnerte sich an Frau Kantors Ratschlag und sagte: »Du musst Gott vertrauen, dass ihr wieder zusammenkommt. Es sind schon verrücktere Dinge geschehen, Marie.«

»Erzähl mir eine.«

Adeline erzählte ihr von Korporal Gheorghe und Stalingrad.

»Hast du ihm das geglaubt?«, fragte Marie.

»Das habe ich. Das tue ich noch immer.«

Adeline wusste nie, welche Stimmung sie erwartete, wenn sie mit Resi auf einen Spaziergang ging. Ihre Schwägerin ging entweder mit ihren künstlichen Beinen an Krücken oder Adeline schob sie im Rollstuhl, damit sie an die frische Luft kam. Es gab Tage, an denen Resi zufrieden wirkte, sie mit glasigen Augen anlachte, wenn Adeline zu ihr kam und mit ihr über die Zukunft sprach, wenn sie allein waren. Doch häufiger kam es vor, dass Resi sich zutiefst elend fühlte und ihren Eltern und Emil und Gott Vorwürfe machte, dass sie sie gerettet hatten.

»Ich sollte tot sein«, sagte sie immer wieder. »Wer lebt denn so? Niemand wird jemals eine Frau ohne Beine haben wollen. Ich bin nutzlos, Adeline.«

»Für mich nicht«, sagte Adeline. »Du bist mutig und lebendig, weil du von Natur aus eine Kämpferin bist, genau wie dein Bruder. Er wird vom Leben umgeworfen und steht gleich wieder auf. Du bist genauso.«

»Das bin ich nicht und ich hasse mein Leben, unser Leben. Haben wir denn schon einen guten Tag in unserem Leben gehabt? Irgendwer von uns?«

»Ich hatte viele wunderbare Tage in meinem Leben.«

»Dann nenn mir einen.«

»Der Tag, an dem Woldi geboren wurde. Der Tag, an dem Willi geboren wurde. Der Tag, an dem ich Emil kennenlernte. Der Tag, an dem ich ein Hühnchen für Frau Kantor fand. Du wirst auch solche Tage haben, Resi. Ich weiß aus Erfahrung, dass die Schatten nicht für immer bleiben. Das Glück wird schließlich auch zu dir kommen.«

* * *

Adeline bemühte sich, nicht an Emils Plan zu denken, nach Westen in Richtung Kriegsfront zu laufen, wenn sie nahe genug war, und versenkte sich ganz in ihre Arbeit und die Familie. Doch dann erinnerte sie sich wie aus dem Nichts an die Geister in ihrer Kleidung und der Wohnung, was zu weiteren Gedanken an Schuld und Verzweiflung führte. Nach einer Weile schienen sich diese Gedankenkreise zu verbinden und wurden in ihrem Kopf zu einer großen Acht: Die Schuld der Vergangenheit wölbte sich immer wieder zu der Angst über die Zukunft, wo sie an ihre Lebensmittelvorräte und den kommenden Winter dachte, was zu einer anderen Acht aus den Erinnerungen ans Hungern führte, die zu ihrer schrecklichen Angst führten, wieder Hunger zu erleiden und wieder fast zu verhungern.

Zum Glück konnte Emil bei der Ernte ausreichend Obst, Gemüse und Getreide abschöpfen, um damit ihre Essensrationen zu ergänzen, die mit jeder Woche kleiner wurden. Mehrmals in der Woche ging Emil auch zu Wahl nach Haus, um Kurzwelle zu hören und mit dem Unterfeldwebel auf die Karten zu gucken, wo sie die Positionen der Alliierten verfolgten. Sie hörten von der ersten V2-Rakete, die in London einschlug, und von der Angst, dass Hitlers Superwaffe das Blatt wenden würde. Doch dann befreiten die Alliierten Luxemburg und starteten die Operation »Market Garden« mit Fallschirmjägern, die versuchten, die wichtigen Brücken über den Rhein einzunehmen.

Über Wahls Radio hörten sie Hitlers Aufruf an alle Männer zwischen sechzehn und sechzig, sich dem Volkssturm anzuschließen, um die Alliierten bis auf den letzten Tropfen deutschen Blutes zu bekämpfen, und über Schlachten entlang des sogenannten »Westwalls«, der westlichen Verteidigungslinie der Nazis. Am 21. Oktober 1944 eilte Emil nach Hause, um Adeline zu erzählen, dass Aachen eingenommen worden war, die erste Stadt des Vaterlandes, die gefallen war.

Emil und Wahl waren sicher, dass sie innerhalb weniger Tage packen und losgehen würden. Doch der deutsche Widerstand erwies sich als erbittert. Mehr als zehntausend alliierte Fallschirmjäger starben und weitere sechstausend wurden bei der Operation Market Garden festgesetzt. Der Rhein fiel nicht, was alle Hoffnung darauf vernichtete, dass der Krieg bis Weihnachten vorbei sein würde.

Während dieser Zeit durchlebte Resi eine Reihe wilder Gefühlsschwankungen: Mal war sie gewohnt sarkastisch, dann schläfrig und zurückgezogen, dann wieder johlend vor Lachen, gefolgt von Tagen, an denen sie zutiefst verbittert war und wütend auf jedes Familienmitglied losging, das ihr vor die Augen kam.

»Warum ist mir das geschehen?«, fragte sie sich immer wieder.

Doch erst Ende November wurde sie unruhig, ungestüm und dann schrecklich krank. Marie und ihre Kenntnisse als Krankenschwester waren nötig, um zu erkennen, dass Resi, die sich bei der Medikation selbst überlassen war, abhängig von den Schmerzmitteln geworden war. Da ihre Vorräte jetzt geschwunden waren, hatte sie Entzugserscheinungen. Marie kontaktierte Präger, der eine neue Lieferung Tabletten zu Marie schickte, um sie Resi dosiert zu geben und sie von den Opiaten zu entwöhnen.

Anfang Dezember 1944 wehte starker Nordwind und brachte Schnee. Der eiskalte Wind fand jeden Riss und jede Lücke im Haus, in dem es Tag und Nacht pfiff. Sie nutzten alles, was sie finden konnten, um damit die Risse zu stopfen und zu verschließen, und drängten sich um ihre Kohleöfen. Emil erkrankte an Schüttelfrost, er bekam niedriges Fieber und einen Husten, der nicht mehr aufhörte. Am 12. Dezember war er schwach und hustete Schleim und hatte immer wieder hohe Fieberanfälle, die Adeline und die Jungen erschreckten, weil er dabei häufig schreiend von ungesehenen Schrecken fantasierte und dann in unerklärlicher Scham und Bedauern weinte und stöhnte. Mehr als einmal glaubte Adeline, dass Emil sagte, er sei verdammt und es gäbe nichts, was er dagegen tun könne.

# Einundzwanzig

In den Albträumen und Halluzinationen aufgrund seines hohen Fiebers reiste Emil zurück in der Zeit und sah sich Qualen ausgesetzt, die er jahrelang verdrängt und in den tiefsten Winkeln seines Kopfes weggesperrt hatte. Doch während er schwitzend, zuckend und sich windend in seinem Bett in Wielun lag, versagten die Riegel und Schlösser, hinter denen jene Erinnerungen gefangen gewesen waren, und die Ereignisse kehrten zurück.

* * *

***15. September 1941***
***Dubăsari, Transnistrien***

Um Dachzubehör für das Haus zu kaufen, das er gerade für Adeline und die Jungen in Friedensthal baute, war Emil auf seinem Weg mit den Pferden über eine Nebenstraße in die Stadt gekommen, eine zweispurige Abkürzung, die ihn gegen drei Uhr an jenem Nachmittag nach Dubăsari brachte. Als er bei dem Holzlager im Süden der Stadt ankam, begann es fast gleichzeitig zu regnen, und er wusste, dass die Abkürzung für seine Pferde zu schlammig und morastig sein würde, wenn sie im Regen und der Dunkelheit Last zu transportieren hätten. Als er das Holzlager verließ, beschloss Emil deshalb, die nördliche Strecke durch Dubăsari zu nehmen. Es war ein wesentlich längerer Weg zurück nach Friedensthal, doch die Straßen waren besser.

Er war nicht mehr in Dubăsari gewesen, seit sein Vater nach Sibirien geschickt und seine Familie von ihrem Land vertrieben worden war. Während er durch die Stadt fuhr, war er überrascht, an wie viel er sich noch erinnern konnte und wie viel er nicht mehr kannte. In der Nähe des Stadtzentrums bemerkte Emil einen hohen Stacheldrahtzaun, an den er sich nicht erinnern konnte, der um zahlreiche Gebäude herum verlief und von zwei SS-Wachtposten an einem Tor bewacht wurde.

Hinter der Stadtgrenze verlangsamte sich der Verkehr an einem deutschen Kontrollposten. Als er den Anfang der Schlange erreicht hatte, zeigte er einem SS-Soldaten seine Papiere, der sie genau betrachtete.

»Sind Sie aus Dubăsari?«

»Friedensthal«, sagte Emil. »Das ist ungefähr dreißig Kilometer von hier entfernt. Ein Bauerndorf.«

»Warum sind Sie nicht in der Wehrmacht?«

»Ich bin der einzige arbeitsfähige Mann in meiner ganzen Familie, der noch da ist«, sagte er. »Die VoMi hat beschlossen, dass es besser für Deutschland wäre, wenn ich auf meinem Hof bleibe und Weizen für das Vaterland anbaue.«

Der Soldat sah ihn skeptisch an. »Haben Sie sich nicht im Selbstschutz registriert?«

»Ich weiß gar nicht, was das ist.«

»Eine Bürgerwehr, um Ihr Dorf vor den rumänischen Schweinen zu beschützen. Und eine Möglichkeit, um uns zu zeigen, dass Sie ein wahrer Deutscher und eine nützliche Person sind.«

»Das werde ich mir ansehen«, sagte Emil und rechnete damit, dass ihn der Wachtposten weiterließ.

Stattdessen starrte ihn der Soldat weiter an. »Bringen Sie Ihre Pferde und das Fuhrwerk nach da hinten zu den Bäumen. Man wird darauf aufpassen.«

»Bitte, meine Frau erwartet mich. Wir haben zwei kleine Söhne und …«

»Das ist ein Befehl«, bellte der Wachtposten. »Bringen Sie Ihr Fuhrwerk dort hinten zu den anderen. Man wird darauf aufpassen.«

»Aufpassen? Warum?«

»Weil Sie woanders zu tun haben«, sagte der Wachtposten kalt. »Beweisen Sie Ihren Wert und Ihre Treue zum Vaterland.«

* * *

Emil tat, wie ihm geheißen, und lenkte Odin und Thor mit dem Wagen hinüber zu zwei Armeelastern und zahlreichen anderen Fuhrwerkgespannen mit Pferden, die an einen Zaun neben einem zweispurigen Weg angebunden waren, der nach Norden verlief. Der Regen hatte aufgehört. Im Westen brach die Wolkendecke auf und enthüllte die sinkende, blutrote Sonne. Die Luft wurde frischer, deshalb zog er seine Jacke an und kletterte vom Bock, um die Pferde anzubinden. Als Emil sich ein paar anderen Zivilisten anschließen wollte, tauchte das spätere Objekt seiner nächtlichen Schrecken zum ersten Mal in seinem Leben auf.

Es kam in einer dunklen Uniform angeschlendert und sagte: »Ich bin Hauptsturmführer Haussmann vom Einsatzkommando 12, Einsatzgruppe D. Ich habe gehört, dass ihr eure Treue zu Deutschland und unserem Führer Adolf Hitler beweisen wollt.«

Emil wollte erst sagen, dass er nichts dergleichen tun wolle, sondern nur nach Hause fahren, doch er nickte zusammen mit den anderen Männern.

»Und ich gehe davon aus, dass niemand von euch Liebe für den Juden und den Bolschewiken empfindet?«

Bei der Frage war Emil unbehaglich zumute, da er daran dachte, wie Adeline in Perwomajsk ihr Leben für diese Esther riskiert und wie sehr sie ihre Arbeitgeberin in Birsula geliebt hatte, Frau Kantor. Doch nachdem die anderen Männer verneinend die Köpfe schüttelten, tat Emil es ihnen gleich.

Haussmann zeigte auf den Weg und sagte: »Folgt diesem Weg drei Kilometer nach Norden. Dort werdet ihr andere Offiziere treffen, ich komme dann direkt hinterher.«

»Wann kommen wir wieder zurück, Herr Hauptsturmführer?«, fragte Emil. »Ich habe eine Frau und Söhne, die zu Hause auf mich warten.«

Haussmann betrachtete ihn zum ersten Mal eingehend. »Ich interessiere mich einen Scheißdreck für deine Frau oder deine Söhne. Du hast eine anstrengende Nacht vor dir, Bauernjunge.«

* * *

Der Weg verlief zwischen reifen Weizenfeldern, die auf die Ernte warteten, und führte dann aufwärts durch eine Landschaft mit Felsen und Einschnitten, die man an einem anderen Tag in den letzten roten Lichtstrahlen der Sonne durchaus als schön bezeichnet hätte. Das Zwielicht wurde immer dunkler, als Emil in der Ferne die ersten Schüsse vernahm, zuerst einen und dann eine Salve, einen weiteren Schuss und eine zweite Salve. Diese Geräusche gefielen ihm gar nicht und er wollte wieder umkehren.

Er konnte sehen, dass zahlreiche andere Männer ebenfalls kehrtmachen wollten. Doch jener SS-Hauptmann hatte gesagt, dass er ihnen unmittelbar folgen würde. Emil überlegte, dass er einfach ein Stück neben dem Weg zurückkehren konnte. Doch würden sie es ihm erlauben, seine Pferde und das Fuhrwerk zu nehmen und zu fahren? Sein Gefühl sagte Nein. Sein Gefühl sagte ihm auch, dass sie ihn wahrscheinlich umbringen würden.

Emil ging weiter in die Dämmerung hinein, roch den sauberen Duft des Windes nach dem Regen und hörte weitere Schüsse und dann Schreien und Jammern, das mit jedem weiteren Schritt immer deutlicher zu den Stimmen Unschuldiger wurde, die um Gnade flehten.

Emil wurden die Beine schwer. Sein Atem ging flach und das Herz hämmerte ihm in der Brust. *Sie erschießen Juden und Bolschewiken, oder? Deshalb hatte er gefragt. Genau wie Esther gesagt hatte, dass sie es in Bogopol tun würden. Moment, sind wir etwa die Nächsten? Schicken sie uns her, um uns zu erschießen?*

In den zwei Monaten, seit die Nazis die Ukraine besetzt hatten, hatte Emil öfters gehört, dass Volksdeutsche zusammengeschlagen und erschossen wurden, um als Exempel dafür zu dienen, was einem widerfuhr, wenn man nicht ihren Befehlen folgte. Er beschloss, in einem weiten Bogen zurückzulaufen und zu versuchen, die Pferde und das Fuhrwerk zu bekommen. Doch als er langsam ans Ende der Gruppe zurückgefallen war und losrennen wollte, blendeten von hinten Scheinwerfer über ihn und die Felder.

* * *

Emil fühlte sich, als hätte er einen Schlag in die Magengrube bekommen. Das musste Hauptsturmführer Haussmann sein, der hinter ihnen in einem Fahrzeug den Weg hochkam. Wenn er jetzt davonlaufen würde, dann würde man ihn sofort sehen.

Er hatte einen sauren Geschmack im Hals und schloss zu den anderen auf, den Weg weiter hoch und über eine Anhöhe, wo er ein paar Hundert Meter voraus Scheinwerferstrahlen von links nach rechts durch die dunkle Dämmerung schneiden sah. Zu beiden Seiten des Wegs wuchs flaches Gestrüpp und zu seiner Rechten erhob sich ein steiler Hügel. Die Autoscheinwerfer schienen auf etwas dahinter gerichtet zu sein.

Beim Näherkommen erkannte Emil, dass die Scheinwerfer von sechs großen Wehrmachtslastern stammten, die im Abstand von dreißig Metern nebeneinander parkten. Hinter den Fahrzeugen und jenseits des Scheinwerferlichtes konnte man undeutlich schwankende, dunkelgraue Gestalten ausmachen, die sich bewegten. Es wurde wieder geschossen, diesmal so nah, dass er zusammenzuckte und langsamer ging. Er merkte, dass die Schüsse hinter jenem Hügel abgefeuert wurden, wohin die Scheinwerfer leuchteten.

Das Fahrzeug hinter ihnen kam angedröhnt. Seine Scheinwerfer trafen Emil von hinten und beleuchteten das Gelände vor ihnen und man sah jetzt, dass SS-Soldaten an der Rückseite der Laster herumliefen und die Schemen dahinter nach vorne drängten. Die schwankenden dunkelgrauen Umrisse waren jetzt deutlich als Menschen zu erkennen, gebückt, manche bekleidet und andere nackt, Männer, Frauen und Kinder, die hinter den Hügel in den dunkelsten Rand der Nacht schlurften.

»Du da, Volksdeutscher«, rief Hauptsturmführer Haussmann. »Kletter hinten drauf. Wir nehmen dich den restlichen Weg mit.«

Emil wollte nicht auf die offene Ladefläche des Fahrzeugs klettern. Er wollte dem Laster ausweichen und um sein Leben laufen. Doch die Angst vor einer Kugel zwischen den Schulterblättern hielt ihn zurück und brachte ihn dazu, mit den anderen Männern hinter der Fahrerkabine hochzuklettern.

Der Laster fuhr an und überwand die letzten hundertfünfzig Meter, seine Scheinwerfer schnitten immer tiefer in die nördlichen Schatten, enthüllten Reihe um Reihe verzweifelter, jammernder Menschen, die unter den aufmerksamen Augen der mit Maschinengewehren bewaffneten SS-Soldaten auf der Anhöhe über ihnen nach Osten trotteten.

Der Laster fuhr um den Hügel und hielt fast sofort in einem Einschnitt an seiner nördlichen Flanke, ein Stück außerhalb des Scheinwerferlichts. Entsetzt blickte Emil über das Dach der Fahrerkabine, sah dort Männer, die ihre Frauen festhielten, Mütter mit ihren verängstigten Kindern an der Hand und sechs ältere Männer mit wallenden weißen Bärten, den Rücken zum Rand einer tiefen Senke, die in die Dunkelheit abfiel.

Acht SS-Soldaten standen dreißig Meter von den Juden entfernt und luden ihre Gewehre und Pistolen nach. Es gab insgesamt fünf dieser aus acht Männern bestehenden Einheiten, die an der langen Senke verteilt standen, ihnen gegenüber die Reihen zitternder und betender Menschen, manche aufrecht mit Blick zu den Waffen, andere knieten auf dem Boden, alle flankiert von der langen Reihe, die darauf wartete zu sterben.

*Bitte, Gott,* betete Emil. *Lass das nicht geschehen. Lass nicht zu, dass sie es tun.*

* * *

Ein etwas kleinerer SS-Offizier kam in dem Moment hochgeeilt, als Haussmann gerade aus dem Wagen stieg. Er salutierte und sagte: »Heil Hitler.« Haussmann erwiderte den Gruß und fragte: »Wie viele sind zu vermelden, wenn Oberleutnant Nosske kommt, Hauptmann Drexel?«

»Wir haben gerade erst angefangen, Hauptsturmführer Haussmann.«

»Wie viele bisher?«

»Einhundertsiebenundachtzig.«

Zwischen den beiden Männern herrschte eine spürbare Rivalität, doch dann begann das Schießen, und die Mütter und ihre Kinder, die Jungen und die Alten, die Liebenden und die Geliebten, die Einsamen und die Verlorenen und die aneinandergeklammerten Familien und die sechs alten Männer mit ihren buschigen Bärten, die im Westwind wehten, zuckten von den Einschlägen der Schüsse, bevor sie in sich zusammensackten und wie umgeworfene Puppen nach hinten in die Senke fielen. Der Patronenhagel setzte sich fort, die Feuerlinie hinauf und hinunter, von einem Erschießungskommando bis zum nächsten, bis niemand mehr an der Kante stand und Emil entsetzt den Blick abwandte. Er legte die Stirn auf das Dach der Fahrerkabine und jeder Muskel seines Körpers zitterte unkontrolliert, bis er merkte, wie es in seinem Innern brodelte. Er sprang vor und erbrach sich über die Seite des Lasters. Einige andere Männer übergaben sich ebenfalls.

Als das Schießen aufgehört hatte und erneut das Weinen und Jammern um Gnade begann, bellte Haussmann: »Ihr alle: Runter da. Es wartet Arbeit auf euch! Runter!«

»Ich habe nicht gekotzt«, sagte ein jüngerer Mann mit einem öligen Bart und einer schmutzigen Jacke und Kappe. Er lächelte und zeigte eine Zahnlücke im Unterkiefer. »Ich möchte mehr Juden sterben sehen.«

»Name?«, schnurrte Hauptmann Drexel.

»Helmut.«

»Helmut, du bist genau die Sorte Mann, die wir für das neue Großdeutschland brauchen«, sagte Drexel. »Wir werden sehen, wie du dich heute Abend so machst. Wenn wir zufrieden sind, dann empfehlen wir dich bei der VoMi für zukünftige bezahlte Aufträge.«

Helmut grinste Emil an, der es kaum schaffte, vom Laster herunterzuklettern, und dabei mit dem Gleichgewicht kämpfte.

Der Boden schien unter seinen Füßen zu wanken, und alles um ihn herum wirkte verzerrt.

»Vier von euch werden sich bei Hauptmann Drexel beweisen«, sagte Haussmann. »Die übrigen vier kommen mit mir.«

Helmut ging sofort an Haussmanns Seite, wie auch zwei andere. Doch die anderen vier waren bereits zu Drexel gegangen, sodass Emil keine Wahl hatte und zu Haussmann musste.

Weitere Juden wurden zu der Schlucht geführt. Kinder wimmerten, Männer und Frauen weinten kläglich. Er konnte sie hören, doch er konnte sie nicht ansehen.

*Bitte, Gott, mach mich nicht zu einem Teil davon,* betete er. *Und bitte lass mich niemanden töten. Ich flehe dich an. Ich bin sicher vieles, doch ich bin gewiss kein Mörder.*

»Jeder von euch wird einer Einheit zugeteilt«, sagte Haussmann. »Von euch wird erwartet, alles zu tun, was man euch sagt, bis wir für die Nacht fertig sind. Danach könnt ihr nach Hause gehen.«

Neue Opfer wurden zum Rand der Senke geführt und gezerrt. Haussmann nahm eine Luger aus der Fahrerkabine und ging dann mit ihnen zum nächsten Erschießungskommando. Die acht SS-Männer luden oder reinigten grimmig ihre Waffen, ein paar hatten brennende Zigaretten zwischen den Lippen. Emil kam es vor, als würden die Männer unnatürlich faulig riechen, als wären ihre Herzen und Seelen von dem Massenmord so verdorben, dass der unsichtbare, bösartige Eiter durch ihre Haut drang und aus ihren Lungen kam. Als einer von ihnen in ihre Richtung blickte, sah Emil die totesten Augen, die er je bei einem lebendigen Menschen gesehen hatte. Dann drehte sich der Wind um hundertachtzig Grad, kam jetzt aus dem Osten und brachte ihnen den Gestank der verrottenden Körper in der Senke.

Emil kämpfte gegen das Würgen an. *Wie viele liegen schon da unten?*

»Wer will dem Führer zuerst seine Treue beweisen?«, fragte Haussmann, hielt die Luger hoch und winkte damit.

»Ich«, sagte Helmut.

Haussmann ignorierte ihn, blickte zu Emil und hielt ihm die Pistole am Lauf entgegen. »Du zuerst, Bauernjunge. Zeig uns, dass du jemand bist, auf den sich das Reich verlassen kann.«

*Gott, bitte nicht. Alles, nur das nicht.*

Emil wusste nicht, was er tun oder wie er darauf antworten sollte, deshalb rührte er sich nicht. Haussmanns Gesicht versteinerte und er kam näher, den Kolben der Luger noch immer vor ihm ausgestreckt, bis er direkt vor Emil stand.

»Ich sagte, nimm die Luger.«

Emil hatte noch nie in seinem Leben eine Waffe gehalten und griff ungeschickt danach, behutsam, überrascht über das Gewicht der geladenen Pistole in seiner Hand, als der Nazi sie losließ.

»So«, sagte Haussmann.

Der SS-Offizier trat einen Schritt zurück und zeigte dann auf ein paar Juden, die vor das Exekutionskommando geführt wurden, darunter ein junger Mann, der neben zwei kleinen Mädchen kniete, die ihn umklammerten und weinten. Der junge Mann starrte durch seine Tränen trotzig zu den Männern und bereitete sich auf den Tod vor.

»Diese drei Jidden da«, sagte Haussmann und zeigte genau auf sie. »Töte sie. Jetzt.«

Emil sah den Offizier, als würde er in einem langen Tunnel stehen, und hörte ihn in einer Sprache reden, die er nicht verstand. Er blickte auf die Luger und dann hoch zu Haussmann, der sagte: »Komm jetzt, Bauernjunge. Zeig uns, was für Blut in dir fließt.«

*Bitte, Gott. Lass mich das nicht tun. Ich … Diese Menschen sind gut. Sie sind unschuldig.*

»Erschieß sie endlich!«, brüllte Haussmann.

Die Zeit schien sich zu verlangsamen. Wie in Trance verstand Emil, dass sie alle seine Bewegungen beobachteten. Er blickte zu dem jungen Mann und den zwei kleinen Mädchen in seinen Armen.

Der junge Mann sah jetzt zu Emil. »Tun Sie das nicht«, sagte er. »Bitte, Herr, Sie wissen, dass es falsch ist. Sie wissen es!«

»Töte sie!«, schrie Haussmann.

Emil blickte wieder runter auf die Luger … und spürte, wie ihm heißer, salziger Schweiß von der Stirn in die Augen lief, brannte, ihn erblinden ließ.

Er geriet in Panik, machte einen Schritt und spürte, wie er in ein zuvor ungesehenes Loch oder einen Schacht oder etwas Ähnliches fiel. Während er stürzte, gellte Emil: »Ich kann nicht! Ich kann nicht …«

# Zweiundzwanzig

***23. Dezember 1944***
***Wielun, Polen***

Adeline tauchte den Waschlappen in den Eimer mit eiskaltem Wasser, während Emil sich unruhig bewegte und schwitzte, nachdem er wieder vom Fieber brannte. Er stöhnte: »Ich kann nicht. Ich kann nicht … sehen.«

»Dann mach die Augen auf, Papa«, sagte Willi von der Tür, als Adeline das kalte Tuch erneut auf Emils fiebrige Stirn legte.

»Pst«, sagte Adeline und blickte streng zu ihrem jüngeren Sohn. »Dein Vater könnte …«

»Er macht die Augen auf!«, schrie Willi und schob sich an ihr vorbei. »Guck nur, Mama!«

Sie guckte, und es stimmte. Emils Augen öffneten sich flatternd, starrten glasig und versuchten, sie zu fokussieren. Schließlich sagte er mit schwerer Zunge: »Krank.«

»Ja, mein Lieber, du warst eine lange Zeit krank«, säuselte sie. »Elf Tage. Doch da bist du nun. Jetzt kann man dich wohl nicht mehr aufhalten, oder?«

Er lächelte und schloss die Augen. »Elf Tage?«

»Morgen ist Heiligabend, aber ich habe das Gefühl, als hätte ich das beste Geschenk bereits aufgemacht.«

Adeline holte ihm heißen Tee und etwas dünne Suppe, doch sie brachte es nicht übers Herz, ihm zu sagen, dass die Rationen in der Vorwoche fast vollständig gekürzt worden waren. Sie hatte genügend Mehl und Zucker beiseitegetan, um Plätzchen und ein letztes anständiges Essen für Weihnachten zu machen, doch danach hatten sie nur noch für ungefähr eine Woche Vorräte.

Am folgenden Abend hielten die Martels einen improvisierten Gottesdienst ab, wobei sich die ganze Familie in die oberen zwei Wohnungen und den Flur dazwischen drängte. Weil es Malias Geburtstag war, sangen sie ihr alle ein Ständchen, bevor Adeline aus der Familienbibel die Weihnachtsgeschichte nach Lukas vorlas und ihren Dank dafür aussprach, dass sie alle noch am Leben waren, wo doch der Krieg und der Treck so viele mit sich genommen hatte. Emil hatte zunächst von seinem Krankenbett aus zugehört, doch dann bestand er darauf aufzustehen, als Unterfeldwebel Wahl vorbeikam und zwei große Bierflaschen mitbrachte.

Wahl schien von ihren Lebensumständen entsetzt, setzte sich aber zu ihnen und trank. Während Adeline, Malia und Lydia alte Lieder sangen und sie den Jungen beibrachten, erzählte er Emil von der Schlacht, die gerade in den französischen Ardennen tobte, wo Schneestürme die Alliierten nach acht Tagen brutaler Kämpfe in die Defensive gezwungen hatten. Der Unterfeldwebel erzählte ebenfalls, dass er für zwei Wochen nach Lodz müsse, doch auf jeden Fall zeitiger zurückkehren würde, wenn ihm zu Ohren käme, dass sich der Kriegsverlauf hin zu einem Zusammenbruch des Nazi-Regimes gedreht hätte.

Später in der Nacht brachte Adeline die Jungen ins Bett und wickelte eine Decke um Emil und küsste ihn auf die Stirn.

»Du hast mich erschreckt«, sagte sie. »Ich dachte schon, ich würde dich verlieren.«

»Niemals«, sagte er und rieb ihr über den Arm. »Niemals.«

* * *

Am Neujahrsabend traf ein arktischer Sturm mit Böen von bis zu sechzig Kilometern in der Stunde auf Europa. Es folgten zwei der kältesten Monate seit Beginn der Wetteraufzeichnungen. Im westlichen Polen sanken die Temperaturen auf fünfundzwanzig Grad unter null. Das Haus der Martels bebte im Sturm. Die gefühlte Kälte des Sturms erreichte minus fünfzig Grad und überforderte ihre kleinen Kohlenöfen. Die vier Familien drängten sich in der Wohnung von Adeline und Emil, da sie dem Wind abgewandt nach Süden lag. Sie nutzten ihre gesammelten Kohlerationen, um ein Feuer brennen zu lassen.

Doch die Lebensmittelvorräte waren fast aufgebraucht und Adeline war sich nicht sicher, ob es irgendwann in nächster Zeit neue Rationen geben würde. Am 2. Januar 1945 erkrankte Willi an Fieber. Am folgenden Tag traf es Malia und dann Resi. Am Morgen des 5. Januar hatte Emil einen Rückfall.

Am Abend des 6. Januar 1945 gab Adeline Emil und Willi die restliche Gemüsebrühe und Woldi, der auch krank geworden war, das letzte Stück Brot. Für sie gab es nicht mehr genug zu essen. Nachdem sie mit ihrer Mutter und Schwiegermutter gesprochen hatte, ging sie müde und hungrig ins Bett und beschloss, sich am nächsten Morgen auf die Suche nach Essen zu machen.

Als sie aufwachte, schneite es leicht und war etwas unter null Grad. Sie zog jeden Fetzen Kleidung an, den sie besaß, nahm einen Leinensack und ging hinaus in die eisige Kälte. Mit dem Hungergefühl im Magen und der Erinnerung an echtes

Hungern in der Vergangenheit ging Adeline bis zum Stadtrand, wo sie ein SS-Soldat anhielt und fragte, wohin sie wollte.

»Nach Lodz«, sagte sie. »Um Medizin und Essen zu finden. Meine Söhne sind krank und am Verhungern.«

»Woher hast du das Geld?«, fragte er misstrauisch.

»Ich werde meinen Ehering verkaufen. Und den meiner Mutter. Und meiner Schwiegermutter.«

Er musste die Verzweiflung in ihrer Stimme gehört haben, denn er winkte den nächsten Laster auf dem Weg nach Norden heraus. Als sie dem Fahrer erzählte, dass ihre Familie krank und am Verhungern war und dass sie nach Lodz wollte, war er freundlich zu ihr und ließ sie vorn in der Fahrerkabine sitzen.

* * *

Zwei Stunden später ließ der Fahrer sie am Stadtrand von Lodz heraus. Sie ging in die kleine Stadt und fragte, wo sie Essen vom Schwarzmarkt kaufen konnte. Man schickte sie zu einem Geschäft in der Nähe und sie machte sich auf den Weg, fand Lebensmittel in den Regalen, hauptsächlich Grundnahrungsmittel, doch mehr als genug, um die Familie am Leben zu erhalten.

Der Ladenbesitzer weigerte sich jedoch, die Eheringe von Adeline, Karoline oder Lydia als Bezahlung zu akzeptieren, und verlachte sie als »wertlos«.

»Bring mir Reichsmark«, sagte er. »Oder, noch besser, bring mir Gold.«

Der nächste Ladenbesitzer sagte ihr dasselbe, genau wie derjenige danach und auch der vierte und der fünfte. In ihrer Verzweiflung ging sie sogar zum VoMi-Büro, da sie um Essensrationen bitten wollte, doch es war dunkel und verschlossen.

Adeline fühlte sich wie das fallende Blatt, das ihr an jenem ersten Tag ihres Trecks aufgefallen war: vertrocknet und braun verschrumpelt, vom Winde verweht auf einer seltsamen, planlosen Reise, die für sie jetzt nutzlos und bedeutungslos wirkte. Ihre ganze Familie war notleidend. Ihr Mann war schlimmer krank, als sie ihn je erlebt hatte. Und ihre Jungen waren kurz vor dem Verhungern, obwohl sie sich geschworen hatte, dass das niemals geschehen sollte. In einem Augenblick fühlte sie sich wütend und hilflos und im nächsten schrecklich allein. Ihre Kehle war wie zugeschnürt und sie schluckte dagegen an, war wild entschlossen, zu kämpfen und sich nicht geschlagen zu geben. Abgesehen von Resis Freund, Doktor Präger, kannte sie niemanden in Lodz. Doch wie sollte sie ihn finden? Sie konnte es nicht, denn es würde sie zu viel Energie kosten. Adeline kannte den Ablauf beim Hungern, die verschiedenen Stationen des Verhungerns und wie sie einen langsam auslaugten. Bevor sie noch mehr Energie verlor, sollte sie besser eine Mitfahrgelegenheit zurück nach Wielun finden, um ihrer Familie zu sagen, dass sie eine Weile ohne Essen auskommen mussten.

Auf einmal wurde Adeline von Emotionen überwältigt. Sie fühlte sich hilflos und vom Leben missachtet, vertrieben, heimatlos, geflüchtet und so wertlos wie die Eheringe, die sie bei sich trug. Ihr Herz schlug heftig in der Brust und schmerzte. Ihr wurde schwindlig und ihr Kopf fühlte sich unter den Tüchern heiß an, dann ging es einfach nicht mehr weiter. Sie blieb mitten auf der Straße stehen, Schneeböen wehten ihr ins Gesicht, und sie blickte auf in den bleischweren Himmel. Entflammt im Leid und ihrer verzweifelten Liebe, die aus dem tiefsten Innern ihrer Seele nach oben drang, hob Adeline bittend die Arme und flehte Gott um Hilfe für ihre Familie an.

»Bitte, hilf mir, Herr«, flüsterte sie. »Ich weiß nicht, wohin ich gehen soll. Ich weiß nicht, was ich tun soll. Bitte, wir sind doch schon so weit gekommen. Wir haben schon so vieles durchgemacht. Das kann doch nicht umsonst gewesen sein. Es kann doch nicht sein, dass wir so weit kommen sollten, nur um dann hier zu sterben. Ich habe nicht einmal Gras, das ich meinen Söhnen zu essen geben kann!«

Hinter ihr hupte ein Laster. Sie zuckte zusammen, das Herz dröhnte ihr in der Brust und sie blickte hinter sich zu dem Fahrer, der sich aus dem Fenster beugte.

»Gehen Sie verdammt noch mal von der Straße, Frau«, rief er. »Oder wollen Sie etwa überfahren werden?«

Innerlich bebend eilte Adeline aus dem Weg und der Laster fuhr an ihr vorbei, während der Fahrer den Kopf über ihre Dummheit schüttelte.

* * *

Adeline fühlte sich verlorener als je zuvor und hatte den Eindruck, als würde das gesamte Gewicht der Welt zwischen ihren Schulterblättern liegen, während sie durch die Ortsmitte von Lodz ging, vorbei an den illegalen Lebensmittelgeschäften, die sie abgewiesen hatten. Der Schnee hatte aufgehört, wurde aber noch immer von einem eisigen Wind aufgewirbelt. Die grauen Wolken am Himmel dünnten aus und wurden vereinzelt von blassrosa Streifen durchzogen, während die nachmittägliche Sonne um die Kontrolle des Winterhimmels kämpfte.

Adeline ignorierte die Leere in ihrer Magengrube, während sie sich dem anderen Ende des Marktviertels näherte und beherrscht wurde von einem Wirbelsturm an Fragen. *Wie werde ich nur vor Einbruch der Dunkelheit ohne Geld eine Mitfahrgelegenheit finden? Wie werde ich Emil und den Jungen sagen können, dass ich nichts für sie habe? Wie kann ich nach Hause kommen und …?*

Aus dem ersten Laden, den Adeline zuvor aufgesucht hatte, kam eine Frau geeilt, die den Mantelärmel zum Schutz gegen den wirbelnden Wind vors Gesicht hielt. Sie stieß direkt gegen Adeline, sodass beide auf der Straße zu Boden fielen.

»Das tut mir so leid«, sagte die Frau auf Deutsch und krabbelte auf dem Boden herum, um Adeline aufzuhelfen und dann, um ihre Tasche zu nehmen, die sie fallen gelassen hatte. »Ich habe Sie gar nicht gesehen.«

»Das war nur meine Schuld«, sagte Adeline. »Ich habe gar nicht darauf geachtet, wo ich gehe, und …«

Die Frau hob den Kopf, um Adeline anzublicken. Beide waren verwirrt, als sie versuchten, die andere einzuordnen, hier im Schnee, Jahre später und mehr als zwölfhundert Kilometer von ihrem letzten Treffen entfernt. Doch dann erkannten sie sich und sahen sich staunend an.

»Adeline?«, sagte Esther. »Bist du das wirklich?«

Adeline nickte und brach in Tränen aus, warf dann die Arme um Frau Kantors Freundin. »Du wurdest zu mir geschickt. Ich hatte niemanden, an den ich mich wenden konnte, und du wurdest zu mir geschickt.«

* * *

Zwanzig Minuten später saß Adeline in Esthers großer, hübsch eingerichteter Wohnung im vierten Stock eines ansehnlichen Hauses vor einem mit Kohle gefüllten Ofen und einem wild lodernden Feuer. Auf dem Weg hatte Adeline trotz ihres Hungers wissen wollen, wie Frau Kantors Freundin aus Perwomajsk in der Ukraine nach Lodz in Polen gekommen war, doch Esther hatte Adeline flüsternd daran erinnert, dass ihr Name Ilse sei und dass sie still sein sollte, bis sie das Haus erreicht hatten.

Während Esther jetzt Teewasser kochte und frisches Brot und zwei kalte gekochte Würstchen holte, erklärte sie, dass sie mit den gefälschten Dokumenten, bei deren Beschaffung ihr Adeline geholfen hatte, einen Platz in einem der ersten begleiteten Trecks nach Westen bekommen hatte.

»Ist das der Grund, weshalb du so eine schöne Wohnung hast?«

»Unter anderem«, sagte Esther und stellte ihr den heißen Tee hin. »Eigentlich hasse ich diese Wohnung. In gewisser Weise ist es ein Gefängnis aus Erinnerungen, die nicht meine sind.«

Das war eine kryptische Aussage, die Adeline jedoch verstand. »Andere Juden haben hier vor dir gelebt.«

Esther neigte überrascht den Kopf. »Ja. Woher wusstest du das?«

»Bei uns ist es dasselbe. Ich trage sogar ihre Kleidung.«

»Das tue ich auch«, erwiderte sie. Und dann beschrieb Esther, während sie Adeline beim Essen zusah, wie sie nach Lodz kam, als im Getto noch siebzigtausend Juden lebten. Manchmal war sie dort gewesen und hatte die Juden untereinander auf Jiddisch reden hören und wäre am liebsten zu ihnen gegangen.

»Doch ich habe mich nicht getraut«, sagte sie und blickte weg, mehr gequält als traurig. »Als dann immer mehr Flüchtlingstrecks aus dem Osten kamen, begannen die Nazis damit, das Getto in Lodz zu leeren. Zehntausende von ihnen wurden im August in Züge gebracht. Sie sind jetzt alle weg.«

Tränen liefen ihr über die Wangen. »Ich habe in ihrer Kleidung und ihren Häusern gelebt, zunächst innerlich zerrissen und schuldig, denn ich wusste, was aus ihnen geworden ist, und fragte mich immerzu, warum ich gerettet wurde und sie nicht. Doch dann hab ich angefangen, es anders zu betrachten, trotzig, verstehst du? Denn ich habe sie genarrt, die Nazis. Ich war eine Jüdin. Ich bin eine Jüdin, die direkt unter ihren …«

Sie lachte, ließ den Kopf sinken und schüttelte ihn.

*Zehntausende?*, dachte Adeline. »Bist du dir sicher, dass sie alle tot sind?«

»Sie sind nicht zurückgekehrt«, sagte Esther. »Willst du noch mehr essen, bevor du gehst?«

Adeline lehnte dankend ab und zog dann die Eheringe hervor. »Ich weiß, sie sind nicht viel wert, doch könntest du sie für Reichsmark oder Gold verkaufen? Dann kann ich meiner Familie Essen bringen. Sie sind alle krank und hungrig und …«

Esther schob ihre Hand weg und schüttelte den Kopf. »Ich kann sie nicht annehmen und das werde ich auch nicht.«

Damit stand sie auf und verließ den Raum. Adeline fühlte sich entsetzlich, offenbar hatte sie die Frau beleidigt oder ihr irgendwie das Gefühl gegeben, ausgenutzt zu werden.

Esther kehrte mit einem Bündel Reichsmarkscheinen zurück und reichte es Adeline. »Das ist eine Schuld, die ich gern zurückzahle. Es sollte dir eine Weile helfen.«

Adeline starrte entgeistert auf das Geld. Noch nie in ihrem Leben hatte sie so viel Geld in der Hand gehabt. »Ich kann das nicht annehmen. Es ist viel zu viel. Was wirst du dann tun?«

»Ich komme schon zurecht«, sagte Esther. »Ich habe noch mehr, und auch Gold. Doch an deiner Stelle würde ich das Geld lieber früher als später ausgeben. Denn wie ich gehört habe, werden die Alliierten bald die westliche Front in Frankreich durchbrechen. In einigen Wochen werden sie Berlin einnehmen, und dann wird die Reichsmark wertlos sein. Du solltest jetzt gehen. Die Schwarzmarktläden schließen um sechs Uhr, und ich bekomme gleich Besuch. Wenn du heute Abend keine Fahrmöglichkeit nach Hause findest, Adeline, dann kannst du gern gegen halb acht zurückkehren, die Nacht bei mir verbringen und dann am Morgen nach Hause fahren.«

»Oh«, sagte Adeline, die sich trotz des Essens noch immer etwas schwach fühlte und bedauernd zum Feuer blickte, dann aber aufstand. »Danke. Vielleicht werde ich das tun. Wenn das für dich in Ordnung ist?«

»Es ist mehr als in Ordnung. Kauf deiner Familie Essen und wir sehen uns dann in ein paar Stunden.«

Adeline fühlte sich wesentlich besser als vor dem Zusammenstoß mit Esther, zog ihren Mantel, das Kopftuch und die Fäustlinge an und ging mit dem leeren Sack über der Schulter aus der Wohnung, die neben einem offenen Treppenhaus lag. Adeline stieg die erste Etage hinunter und horchte auf den Hall ihrer Schritte, als ein älterer deutscher Offizier die Stufen hinaufkam und an ihr vorbeiging. Als sie die zweite Treppe hinunterging, hörte sie dreimal lautes Klopfen an einer Tür über ihr. Adeline wartete einen Moment, bis eine Tür geöffnet wurde. Sie konnte schwören, dass sie ihn sagen hörte: »Guten Abend, Ilse-Schätzchen!«

* * *

Die Tür wurde geschlossen. Adeline eilte die letzten Stufen hinunter und trat hinaus in die bittere Kälte, während sie dachte: *Wer bin ich, dass ich mir ein Urteil darüber erlaube, wie Esther es zu überleben schafft, wo sie doch eins der Zielobjekte dieses Krieges ist?*

Sie kehrte zu dem ersten Laden zurück und begann damit, verschiedene Waren in großer Menge vom Regal zu nehmen und auf die Verkaufstheke zu legen – Mehl, Zucker, Salz, Hefe, Trockenwurst, Frischwurst, Eipulver, Milchpulver, drei Tafeln Schokolade –, bis der Verkäufer nach hinten ging und mit dem Ladenbesitzer zurückkehrte, der ihr vorher gesagt hatte, dass die Ringe wertlos seien.

»Ich hoffe, Sie haben Reichsmark oder Gold«, sagte er, während er ihre Waren betrachtete. »Und zwar eine ganze Menge.«

»Reichsmark«, sagte sie. »Und ich habe eine Menge.«

»Wirklich?«, fragte der Ladenbesitzer skeptisch. »Woher haben Sie es?«

»Von der anderen Seite der Stadt«, sagte sie und hob das Kinn. »Ich habe einen Händler gefunden, der den Wert von edlem Schmuck kennt. Er hat unsere Ringe ›unvergleichlich‹ gefunden und mir die Summe gezahlt, die ich verlangt habe.«

Damit zog sie das Geldbündel heraus und wartete, damit der Angestellte und der Ladenbesitzer eine Weile staunen konnten, dann fragte sie: »Wie viel macht das?«

* * *

Als Adeline um halb acht an Esthers Tür klopfte, da fühlte sie sich mehr als nur ein wenig schuldig, dass sie eine weitere Mahlzeit genießen und an einem warmen, gemütlichen Platz schlafen würde, während ihre Familie litt.

Einen Moment später öffnete Esther misstrauisch die Tür, sah Adeline und lächelte.

»Es freut mich, dass du zurückgekehrt bist«, sagte sie mit einem leichten Lallen, als sie die Tür ganz aufzog. Sie trug ihren Morgenrock. »Die Straßen müssen schrecklich sein und …«

Esther lachte, klatschte und zeigte auf die beiden vollen Beutel, die Adeline trug. »Du hast den ganzen Laden leer gekauft!«

»Dank dir«, sagte Adeline. »Du hast uns gerettet.«

Sie trat ein, stellte die Beutel ab und umarmte Esther, die sich gerade eine Zigarette anzünden wollte.

»Oh, Liebes«, sagte sie und erwiderte Adelines Umarmung. »Und du hast mich gerettet, und wir alle retten uns an jedem Tag, irgendwie. Deshalb sind wir Überlebende, Adeline.

Deshalb sind wir noch immer da. Jetzt geh rüber ans Feuer und lass dich aufwärmen.«

Adeline ließ sie los und fühlte sich ein wenig unbeholfen, lächelte aber und ging zum Ofen.

Esther zündete sich die Zigarette an und nahm einen Zug, dann griff sie nach der leeren Weinflasche auf dem Tisch und verschwand in der Küche. Ein paar Minuten später kehrte sie mit einer weiteren Weinflasche, Käse und noch mehr Brot und Trockenwurst zurück.

»Ich werde dich noch mindestens zweimal richtig füttern, bevor du gehst«, sagte sie. »So wirst du stark genug sein, um dich um Emil und deine teuren Jungen zu kümmern.«

Nachdem Adeline ihre Portion gegessen und zwei Gläser Wein getrunken hatte, erzählte sie Esther, wie sehr Emil zu den westlichen Alliierten flüchten wollte, wenn die Zeit so weit wäre.

»Ich glaube, diese Zeit kommt früher als gedacht«, sagte Esther. »Von hohen Stellen habe ich erfahren, dass die Sowjets jetzt vierzig Kilometer von Warschau entfernt sind. Ich habe eine Tasche gepackt und all mein Gold in den Mantelsaum eingenäht.«

»Und das wirst du auch versuchen? Zur Seite der Alliierten zu gelangen?«

»Ich habe schon einmal unter Stalin gelebt«, sagte sie. »Das möchte ich kein zweites Mal erleben.«

»Wohin wirst du gehen? Zu gehen versuchen?«

»Argentinien«, lachte Esther. »Gefällt es dir nicht auch, wie das klingt? Ar-gen-ti-ni-en. In meinem Traum lerne ich einen gut aussehenden Latino-Mann kennen und wir werden leidenschaftlich ineinander verliebt sein und leidenschaftliche Kinder haben. Ich meine, warum denn nicht?«

Adeline fühlte sich beschwipst und sagte: »Ja, warum denn nicht?«

»Warum soll man leben, wenn man keinen Traum mehr hat?«

»Das glaube ich auch.«

»Was ist dein Traum? Wohin willst du gehen?«

Adeline zögerte, beschrieb dann aber jenes schöne grüne Tal zwischen schneebedeckten Gipfeln von dem Bild, das sie in dem Folio-Buch im Hause von Frau Kantor gesehen hatte.

»Das klingt nach einem Traum«, sagte Esther. »Und wo liegt das Tal?«

»Ich weiß es nicht«, sagte Adeline. »Irgendwo im Westen, glaubt Emil. Vielleicht über den Ozean, in Amerika oder Kanada.«

»Oder Ar-gen-ti-ni-en«, sagte Esther, stand auf, wackelte mit den Hüften und goss den Rest der Flasche in ihr Glas.

Nachdem sie den Wein ausgetrunken hatte, fühlte sich Adeline eher benommen als beschwipst und sagte: »Ich glaube, du bist eine der mutigsten und stärksten Frauen, die mir je begegnet sind.«

»Nein«, sagte Esther und zündete sich eine weitere Zigarette an. »Das bin ich nicht.«

»Das bist du. Du hast es ganz allein hergeschafft.«

»Nicht allein. Mit den Dokumenten, die du mir beschafft hast.«

»Doch du hast sie benutzt und bist ganz allein hergekommen. Und jetzt gehst du auf dieselbe Weise nach Ar-gen-ti-ni-en. Dazu gehören innerer Mut und Stärke.«

Esther dachte nach, nahm einen Zug von der Zigarette und entspannte sich. »Wahrscheinlich tut es das. Dafür danke ich Frau Kantor.«

»Ich danke ihr für viele Dinge«, sagte Adeline. »Ich vermisse sie. Noch immer.«

»Ich auch«, sagte Esther. »Hat sie dir jemals eins ihrer *Geheimnisse für ein glückliches Leben* erzählt?«

»Einige davon.«

»Ich muss zugeben, dass ich mich manchmal frage, ob alle ihre Geheimnisse wahr und echt sind.«

»Wie zum Beispiel?«

Esther zuckte die Schultern. »Einmal hat sie mir erzählt, dass sie der Überzeugung sei, das Leben geschehe dir nicht. Vielmehr geschieht es für dich und dein ganzes Leben ist eine gesegnete Reise der Entdeckung. Doch man sieht das Leben erst klar und kann es genießen, wenn die Reise fast am Ende ist.«

»Dein Leben ist nicht vorbei«, sagte Adeline.

»Das weiß ich«, sagte sie. »Doch ich glaube nicht, dass ich jemals verstehen werde, warum so viele Menschen um mich herum, Menschen wie ich, umgebracht oder verfolgt wurden. Und ich werde niemals verstehen, warum ihr Leben so enden musste. Wo ist da die gesegnete Reise der Entdeckung?«

# Dreiundzwanzig

Am frühen Morgen des 9. Januar 1945 lag Emil zitternd und hustend in seinem Bett, genau wie seine Söhne in dem Bett über ihm. Er sah den Dampf seines Atems durch die eiskalte Luft treiben, die noch immer Risse in den Wänden fand, doch er zwang sich unter der Decke hervor und setzte sich auf.

Mit klappernden Zähnen und ein wenig benommen ging er zum Vorraum und dann zum Fenster, um erneut nach draußen zu blicken, ob Adeline zurückkehrte. Auch wenn er immer wieder von Fieberanfällen ergriffen wurde, so hatte er doch mitbekommen, wie sie fortgegangen war und dass bereits mehr als ein Tag vorbei war, seit sie sich auf den Weg nach Lodz gemacht hatte. Doch womöglich hatte der Sturm ihre Reise verzögert, sagte er sich, während er nach den Jungen sah, die beide schliefen, beide mit fiebrig geröteten Gesichtern, obwohl es bei Willi nachzulassen schien.

*Wird das jemals aufhören?* Emil kroch zurück in sein Bett. *In meinem ganzen Leben bin ich nicht so krank gewesen – jetzt schon seit mehr als drei Wochen.*

Während er die Wollmütze tiefer zog und die Decke enger um sich wickelte, dachte er, dass das einzig Gute an ihrer Erkrankung darin bestand, dass er und die Jungen kaum

Appetit hatten, was recht hilfreich war, wenn man fast kein Essen mehr hatte. Besser als tot, dachte er, doch dann fielen ihm die Kleidung ein, die er trug, und die Wohnung, in der er wohnte, und all die Dinge, die er getan hatte, um den Krieg zu überleben.

*Als wollte man uns quälen,* dachte Emil, als sein Fieber wieder anstieg und er die Augen schloss. *Quälen für etwas, das ich nicht getan habe …*

* * *

### *15. September 1941*
### *Außerhalb von Dubăsari, Transnistrien*

»Erschieße sie endlich!«, brüllte Hauptsturmführer Haussmann.

Emil sah zu dem jungen Mann, der die zwei weinenden Mädchen am Rande der Senke hielt, in die Scheinwerfer blinzelte und ihn bat, es nicht zu tun.

Emil wandte sich von ihm ab, sah zu dem Nazi und wusste, dass er sterben würde.

»Ich kann nicht«, sagte er und hielt Haussmann die Luger hin.

»Du kannst nicht?«, sagte der SS-Offizier. »Oder willst nicht?«

Emil hielt den Blick auf den SS-Mann gerichtet und sagte: »Kann nicht und will nicht.«

Der Nazi starrte ihn an, sah dann hinüber zu dem Erschießungskommando, das ebenfalls herüberblickte, wurde sichtbar zorniger, bis er seine eigene Luger aus dem Holster zog, Emils Hand mit der Waffe darin beiseiteschob und die Mündung seiner Pistole an Emils Nasenwurzel drückte.

»Entscheide dich, Bauernjunge«, sagte der SS-Hauptmann. »Sie sterben sowieso. Du musst entscheiden, ob du lebst oder mit ihnen stirbst.«

Hinter Emil begann ein anderes Erschießungskommando zu feuern, was ihn noch mehr entsetzte, bis er nur noch den Lauf der Luger und Haussmanns Zorn sehen konnte, bevor seine Frau und seine Söhne vor seinem inneren Auge auftauchten. Seine Liebe für sie war plötzlich überwältigend. Würde er Adeline und den Jungen irgendwas Gutes damit tun, wenn er jetzt starb, anstatt diese Leute zu töten? Adeline würde Witwe sein und Woldi und Willi wären vaterlos. Das alles traf ihn mit voller Wucht, ein so mächtiger Schlag, dass er alle Überzeugungen über Bord warf, die er immer für richtig gehalten hatte, und damit auch seinen Glauben an einen wohltätigen Gott. Emil hatte darum gefleht, nicht in diese Lage gebracht zu werden, und hier war er jetzt. Es gab darin keinen Gott, überhaupt keinen Gott. Es gab nur Adeline und Woldi und Willi, und was er tun würde, um zu überleben und sie zu beschützen.

»In Ordnung«, sagte er kalt zu Haussmann. »Ich mache es.«

Der SS-Offizier lächelte und senkte die Waffe. »Eine kluge Entscheidung.«

Emil fühlte sich, als wäre er außerhalb seines Körpers, der einem Fremden zu gehören schien. Er verlagerte die Luger in seiner Hand und drehte sich zu dem jungen Mann und den kleinen Mädchen.

Da erfasste ihn jemand von hinten an der Schulter und schüttelte ihn. Der Griff wurde fester, schüttelte ihn heftiger.

* * *

Langsam verschwand der Albtraum.

Emil wachte so weit auf, dass er trübe die Augen öffnete und Adeline sah, die auf ihn herabblickte, die Hand an seiner Schulter, ein breites Lächeln in ihrem hübschen Gesicht und die Wangen von der Kälte ganz rosig.

»Ich hoffe, du hast gut geschlafen, während ich fort war«, sagte sie und strich ihm zärtlich über den Bart. »Ich habe euch allen etwas zu essen und auch Kohle für den Ofen gebracht. Er brennt bereits. Hast du schöne Träume mit mir gehabt?«

Emil erinnerte sich flüchtig an jenen Augenblick, als er beschlossen hatte, die drei Juden zu töten, jenen Moment, als er seinen Glauben an Gott verloren hatte, und er sagte: »Ich fühle mich schon besser, nur weil ich dich sehe. Ich war vor Sorgen ganz krank, als du letzte Nacht nicht gekommen bist.«

»Ich musste erst den Sturm abwarten und dann heute Morgen eine Fahrgelegenheit finden, als er vorbei war«, sagte Adeline. »Steh auf und hilf mir beim Kochen, oder leiste mir wenigstens Gesellschaft. Ich muss dir eine Geschichte erzählen.«

Er stöhnte bei dem Gedanken, aufzustehen und hinaus in die Kälte zu gehen.

»Auf!«, sagte sie, lächelte ihn an und zog an seiner Decke.

Er schaffte es, sich auf die Ellbogen aufzustützen, und schreckte zurück. »Du bist eine grausame Frau, Adella!«

Sie lächelte und kitzelte ihn. »Oh ja, ich halte dir die Waffe an den Kopf.«

Emil starrte sie einen Moment ungläubig an, als die Erinnerungen an jene Nacht zurückzukehren drohten.

Erneut spürte er den kalten Stahl von Haussmanns Pistole zwischen den Augen, sah den Zorn des SS-Offiziers und merkte, wie er sich von seinem Überlebensinstinkt leiten ließ und zu einem Wilden wurde, einem Gottlosen, der dazu bereit war, zwei kleine Mädchen und einen jungen Mann zu töten, damit er zurückkehren konnte, um seine Frau und Söhne zu beschützen.

*Würde sie diese Entscheidung jemals verstehen?*, fragte sich Emil, während er in Adelines verwundertem Gesicht suchte. *Wie konnte sie das? Ich verstehe jenen Augenblick ja selbst nicht.*

»Hey«, sagte Adeline in einem tröstenden, besorgten Tonfall. »Oder willst du einfach hierbleiben und ich bringe dir etwas zu essen?«

Erst da roch er etwas Herzhaftes und fast unbeschreiblich Köstliches in der Luft. »Was kocht denn da?«

Sie lächelte und flüsterte: »Frische Würstchen und Zwiebeln. Ich will, dass der Geruch die ganze Wohnung erfüllt, in den Flur dringt und alle zu unserem Festmahl ruft.«

»Festmahl?«

»Festmahl«, sagte sie lächelnd und erhob sich. »Jetzt steh auf und komm raus. Wir lassen die Jungen so lange schlafen, wie sie es brauchen.«

Sie verließ den Raum. Emil warf die Decke zurück, setzte sich und stand dann auf, ohne sich benommen zu fühlen. Er ging hinaus in den kleinen Wohnbereich, überrascht darüber, wie warm ihn der Kohlenofen gemacht hatte und wie gut die Gerüche waren, die aus dem kleinen Kochbereich drangen, wo Adeline die Würstchen und Zwiebeln umdrehte. Und der Tisch! Er war bedeckt mit mehr Speisen und Zutaten, als er seit Jahren gesehen hatte.

»Woher hast du das alles?«, fragte er verwundert.

Adeline tippte an den Pfannenrand und drehte sich um, grinste und sagte: »Es war ein Wunder, Emil. Du wirst es nicht glauben.«

* * *

Und Adeline hatte recht. Zunächst glaubte ihr Emil die Geschichte nicht, wie sie mit Esther zusammengestoßen war, nachdem sie Gott um Hilfe angefleht hatte, und dass die Frau es ihr mit so viel Geld vergolten hatte, dass sie für einen ganzen Monat Essen kaufen konnte, vielleicht sogar noch mehr. Er war in jenem Moment jedoch der Überzeugung, dass Gott nicht auf Gebete wie das von Adeline hörte, da es keinen Gott gab, den er sehen oder hören oder berühren konnte. *Das Einzige, worauf wir uns verlassen können, das sind wir selbst.*

Adeline hatte sich auf sich selbst verlassen, und dann war da ein … Zufall. Das war alles. Das Glück trifft jeden irgendwann einmal. Er kam zu dem Ergebnis, dass Adeline einfach Glück gehabt hatte, und er lächelte angesichts der Gerüche und des Geldbündels auf dem Tisch, von dem Adeline sagte, dass es am Vorabend noch ein ganzes Drittel dicker gewesen war.

»Woher hat Esther denn das ganze Geld, um so viel wegzugeben?«, fragte er.

»Ich habe sie nicht gefragt, und sie hat es nicht gesagt«, erwiderte Adeline und ging zurück zum Ofen, als es an der Tür klopfte und Malia und ihre Cousine Marie die Köpfe hereinsteckten.

»Was ist das für ein Geruch?«, kreischte Marie.

»Der Himmel«, sagte Adeline. »Der erste Gang kommt sofort.«

* * *

Die Martels erzählten niemandem von dem Essen und aßen während der folgenden zwei Wochen vier Mahlzeiten am Tag, während sie auf dem Schwarzmarkt die doppelte Ration an Kohle kauften. Willi und Woldi erholten sich beide vom Fieber, nahmen ebenfalls an Gewicht zu und wurden kräftiger.

Emil machte tägliche Spaziergänge unter den arktischen Bedingungen, ging zu Unterfeldwebel Wahls Hütte und fand sie jedes Mal verlassen vor. Langsam machte er sich Sorgen, denn er wusste nicht, was im Kriegsverlauf geschah, wo die Westalliierten in Deutschland und die Sowjets in Polen waren.

»Ich müsste jeden Tag hören, wo sie sind, und Unterfeldwebel Wahl hätte schon vor einer Woche zurückkehren sollen«, wunderte er sich am 17. Januar gegenüber Adeline.

Als er an jenem Nachmittag später unterwegs war, wurden Schnee und Wind wieder stärker und die Straßen leerten sich, während die Menschen zu ihren Unterkünften eilten. Emil versuchte sein Glück und glitt durch das hintere Tor zu Wahls kleinem Haus und versuchte es an der Küchentür. Sie war jedoch verschlossen.

Eigentlich wollte er das nicht tun, doch dann formte er mit bloßen Händen einen großen Schneeball und schlug damit eine Glasscheibe oberhalb des Türgriffs ein. Er wagte es nicht, im Innern Licht anzumachen, da er sich aber ein wenig im Haus auskannte, konnte er sich im Dunkeln zu dem Zimmer vortasten, wo Wahl das Radio aufbewahrte. Er machte kurz das Licht an, nur um festzustellen, dass es nicht da war, woraufhin ihn der Mut verließ.

Dann überprüfte er Wahls Schrank und fand es dort. Nachdem er ihm schon mehrfach dabei zugesehen hatte, hatte er das Radio schnell aufgebaut. Er hörte sich die deutsche Sendung der BBC an und erfuhr bald, dass die Schlacht in den Ardennen vorbei war und die Alliierten gesiegt hatten. Die 1. und die 3. US-Armee hatten sich verbunden, trafen jedoch auf erbitterten Widerstand, als sie versuchten, den Rhein zu überqueren. Und die Sowjets hatten Warschau zurückgewonnen.

Diese letzte Information war alles, was Emil hören musste. Die Rote Armee befand sich also weniger als fünfundsiebzig Kilometer von ihnen entfernt. Selbst unter schlechtesten Bedingungen konnte ein Panzer an einem Tag fünfundsiebzig Kilometer zurücklegen, vielleicht etwas weniger. Er überlegte, ob er nicht das Kurzwellenradio in den Schutzkasten stecken und einfach mitnehmen sollte. Doch auch wenn die Nazis verloren, war es wahrscheinlich noch immer Grund genug, dafür erschossen zu werden, wenn man mit einem Radio erwischt wurde. Deshalb beschloss er widerwillig, das Radio dort zu lassen, wo es war, zusammen mit einer Notiz für Unterfeldwebel Wahl, um ihm für seine Freundlichkeit zu danken. Draußen schlich er um das Häuschen und zurück auf die Straße, die zu seiner Wohnung führte. Auf der anderen Straßenseite zündete jemand mit einem Streichholz seine Zigarette an.

Nikolas trat vor und sagte: »Ich wohne auf dieser Straße, Martel, und ich glaube nicht, dass die VoMi besonders freundlich mit einem Dieb umgehen würde, der in eins der Häuser einbricht.«

»Ich bin kein Dieb«, sagte Emil.

»So sieht es aber aus«, sagte Nikolas. »Hungrige Menschen haben sich gefragt, woher plötzlich das ganze Geld und das Essen kommt. Deshalb habe ich beschlossen, dir zu folgen. Na, jetzt wissen wir es.«

Emil erkannte, dass er erneut in direktem Konflikt mit diesem Mann war. *Hat er noch immer Kontakt mit Haussmann? Hören die Nazis hier in Wielun auf ihn? Spielt das überhaupt noch eine Rolle, wo die Deutschen überall zurückweichen müssen?*

»Du weißt überhaupt nichts«, sagte Emil schließlich und ging weiter. »Ich bin kein Dieb, Nikolas. Ich überprüfe nur das Haus meines Chefs, wie er mich gebeten hat.«

»Das bezweifle ich!«, rief ihm Nikolas hinterher.

»Dein Zweifel interessiert mich nicht«, sagte Emil und ging um die Ecke, außer Sichtweite.

Als er zu Hause ankam, war ihre Wohnung mehr als warm, und Adeline hatte bereits frisches Brot aus dem Ofen gezogen und schöpfte die Suppe in Teller.

Emil schloss die Tür und sagte: »Wir müssen packen und so schnell wie möglich weg von hier.«

Sie blickte auf. »Ich weiß. Sie haben es uns gerade gesagt.«

»Was? Wer denn?«

Adeline tat die Schöpfkelle zurück in den Topf. »SS-Soldaten. Übermorgen werden wir näher nach Deutschland gebracht.«

* * *

Im Morgengrauen des 19. Januar 1945 kamen deutsche Militärlaster zum Lager Wielun. Wie zuvor durften sie nur das mitnehmen, was sie mit ihrem kleinen Karren transportieren konnten. Zum Glück besaß Familie Martel insgesamt drei kleine Karren, sodass sie fast alle Nahrungsmittel mitnehmen konnten, die Adeline in Lodz gekauft hatte.

Während der holprigen Fahrt saß Adeline bei ihrer Cousine Marie und den beiden Zwillingsjungen.

»Sie werden hübsch und pummelig«, sagte sie, als sie Rutger hielt, den größeren Zwilling.

»Dank deinem Essen und deiner Freundlichkeit«, sagte Marie und hielt den kleineren Hans. »Ich glaube, bald werden sie zu krabbeln anfangen.«

»Manchmal brauchen wir gar nicht mehr, um wieder hochzukommen: Essen und Freundlichkeit.«

Als sie durch Breslau kamen – ein wichtiger Zwischenstopp auf der Strecke nach Deutschland und eine strategische Position mit Brücken über die Oder –, sahen sie Wehrmachtssoldaten und Zwangsarbeiter der Organisation Todt, ausgemergelte und erschöpfte Männer in grauer Arbeitsuniform mit dem Buchstaben E auf der linken Brust, die Hitlers letzten Befehl erfüllten und die Stadt in eine bewaffnete Festung verwandelten. Zwei Stunden später rollten sie nach Liegnitz, eine wesentlich lebendigere und ansehnlichere Ortschaft als Wielun. Dennoch waren ihre Unterkünfte schlimmer. Doch sie hatten Geld, und mit Geld ging alles. Während der Winter weiter mit Eis und Schnee auf sie einschlug, konnte Emil auf dem

Schwarzmarkt genügend Kohle kaufen, um die ganze Familie warm zu halten.

Emil versuchte ebenfalls alles, um Neuigkeiten über die Sowjets und die westlichen Alliierten zu erfahren. Flüchtlinge wurden häufig von Gaunern und Schwarzmarkthändlern angesprochen, und er hatte Glück. Kurz nach ihrer Ankunft in Liegnitz begegnete er auf der Straße einem jungen Mann, der ihm geschmuggelte Zigaretten verkaufen wollte.

»Gefangener Amerikaner«, flüsterte der Junge. »Camel, Lucky Strike.«

Emil entgegnete, dass er mehr an einem kleinen Kurzwellenempfänger interessiert sei.

»Kein Übertragungsgerät«, sagte Emil. »Nichts Illegales. Nur einen Empfänger.«

»Dafür kann ich trotzdem erschossen werden«, sagte der Junge. »Das wird auf jeden Fall einiges kosten.«

Ein paar Tage später überreichte er Emil für die Hälfte der restlichen Reichsmarkscheine der Martels einen Beutel. In dem Beutel befand sich ein verbeulter, kakigrüner Kurzwellenempfänger Radione R3, der aus einem Wehrmachtsdepot gestohlen war.

»Sei vorsichtig«, sagte der Junge. »Mein Freund sagt, es gibt Sicherungen, aber keine Ersatzkristalle oder Senderöhren. Du bekommst es so, wie es ist.«

Emil wartete bis tief in die Nacht, bevor er das Radio anstellte und die deutsche Sendung der BBC suchte. Er hörte von einer Konferenz in Jalta mit dem amerikanischen Präsidenten Roosevelt, dem britischen Premierminister Churchill und Stalin. Er erfuhr, dass die Sowjets im Norden die Oder überquert hatten und jetzt weniger als achtzig Kilometer von Berlin entfernt waren. Die Amerikaner und die Briten kämpften noch immer im Westen Deutschlands und hatten mit erbittertem Widerstand zu tun. Er hörte ebenfalls einen Ortsnamen, den er erst einmal zuvor vernommen hatte, nämlich auf dem Friedhof in Budapest: Auschwitz. Der Sprecher beschrieb die Szene, als die Sowjets das Konzentrationslager am 27. Januar befreit hatten. Emil schloss die Augen, zutiefst betroffen angesichts der Dinge, die die Nazis getan hatten.

Er wollte es nicht, doch seine Gedanken kehrten unvermeidlich zurück zu jener Nacht in Dubăsari, als Hauptsturmführer Haussmann ihm eine Waffe an den Kopf gehalten und ihm gesagt hatte, dass er sterben würde, wenn er die drei Juden nicht umbrächte. Er hörte sich sagen: *Einverstanden, ich mache es.* Er hörte Haussmann antworten: *Eine kluge Entscheidung.*

Als Emil in jener Nacht einschlief, fühlte er sich krank und elend und er fragte sich, ob er dazu verdammt sei, für den Rest seines Lebens von dieser Entscheidung verfolgt zu werden.

Während Emil in den folgenden Wochen nachts Kurzwelle hörte, erfuhr er, wie die Sowjets Lodz einnahmen und Budapest eroberten, wie die westlichen Alliierten Feuerbomben auf Dresden warfen und die Rote Armee Breslau belagerte, um dann kurz am westlichen Ufer der Oder zu pausieren, sich neu zu versorgen und darauf vorzubereiten, nach Ostdeutschland einzudringen. In der Nacht des 24. Februar hörte er, dass die Alliierten neuntausend Bomber über das Vaterland schickten.

*Wahl hatte recht,* dachte Emil, gähnte und stellte das Radio aus. *Die Nazis sind geschlagen, selbst wenn sie es nicht wahrhaben wollen.*

Er stand auf und durchquerte den Raum, um das Radio wieder an sein Versteck in einem Metallschrank zu stellen, doch er stolperte über eine Beule im Fußboden. Das Radio rutschte ihm aus den Händen und krachte polternd über den Fußboden.

»Nein!«, rief er, nahm es hoch und wollte es anstellen. »Nein, nein, nein.«

Es funktionierte nie wieder.

* * *

Vier Tage später, es war der letzte Tag im Februar, sah Emil Wehrmachtssoldaten in Lastwagen steigen und Liegnitz verlassen. Er ging auf einen Spaziergang nach draußen, sah weitere volle Lastwagen abfahren und bemerkte dann zwei Soldaten der Waffen-SS, die sich mit Rasierklingen die kleinen Blutgruppentätowierungen von der Haut kratzten, die sie unter dem linken Oberarm trugen.

»Diese Mistkerle wussten, dass man sie gefangen nehmen und wahrscheinlich umbringen würde, weil sie Mitglieder der SS waren«, sagte er Adeline, als er wieder in der Wohnung war. »Wir müssen morgen los und zu den Alliierten gelangen.«

»Wie denn?«, wollte Adeline wissen. »Die Deutschen sind weg.«

»Zur Not gehen wir zu Fuß«, sagte er.

Adeline zögerte nur kurz, dann packte sie erneut ihre bescheidenen Habseligkeiten zusammen. Ihre Mutter und ihre Schwester taten es ihr nach. Marie fühlte sich krank und brauchte Unterstützung, doch sie wollte auch nicht auf die Sowjets warten, um mit ihren Söhnen wieder zurück in die Ukraine geschickt zu werden. Als Emil jedoch am Abend an die Tür seiner Eltern klopfte und in ihre Wohnung trat, saßen seine Mutter, sein Vater und seine Schwester am Kohleofen.

»Kommt, packt eure Sachen«, sagte er. »Wir müssen früh los.«

Karoline erwiderte: »Wir kommen nicht mit.«

»Was? Ihr müsst kommen. Ihr wisst ganz genau, was sie mit euch tun werden, wenn …«

»Wissen wir das?«, fragte Resi. »Wir sprechen nur Russisch mit ihnen. Sie werden gar nicht wissen, wer wir sind. Und außerdem kann ich nicht nach Deutschland gehen und du kannst mich nicht tragen.«

»Der Rollstuhl.«

Johann schüttelte den Kopf. »Der wird die Reise nicht überstehen. So ist es nun einmal, mein Sohn. Wir bleiben und hoffen auf das Beste.«

In jener Nacht machten die Temperaturen einen Sturzflug. Der März begann ungemütlich mit Schneetreiben, das nach der Morgendämmerung immer stärker wurde. Während sie auf das Ende des Sturms warteten, diskutierte Emil weiter mit seinen Eltern und seiner Schwester. Er versuchte sie davon zu überzeugen, dass ihre Aussichten am besten wären, wenn sie es zu den westlichen Alliierten schaffen würden. Sie wollten nichts davon hören und Karoline berichtete, sie hätte Gerüchte gehört, dass die Sowjets sie sogar wieder auf ihr eigenes Grundstück lassen würden.

»Glaub das nicht«, sagte Emil. »Kein Wort. Sie werden alles sagen. Alles machen.«

Er stand am Fenster und betrachtete die verschneiten Straßen. Jedes Mal, wenn er einen Konvoi mit Wehrmachtslastern in Richtung Deutschland fahren sah, lief er nach draußen und bat um eine Mitfahrgelegenheit für seine Familie und ihre drei Karren. Doch jedes Mal lehnten sie ab, auch wenn er nur für seine kleine Familie fragte.

Jenes reine Blut, das Reichsführer Heinrich Himmler so gerühmt hatte, dass es aus der Ukraine geholt wurde, um Großdeutschland zu bevölkern, war jetzt unerwünscht, abgeschrieben, vergessen und sich selbst überlassen. Emil fühlte sich zugleich entmutigt und allein, dennoch ungebrochen. Er hatte sich schließlich schon in anderen schwierigen Situationen auf sich verlassen können, oder etwa nicht?

*Wette niemals gegen mich. Ich bin schon aus schlimmeren Situationen herausgekommen.*

* * *

Am Morgen des 4. März 1945 hörte der Schnee schließlich auf, doch die heulenden Ostwinde hatten zu tiefen Verwehungen geführt, sodass sie fünf weitere Tage feststeckten. Zum Glück für die Martels mussten die Sowjets mit demselben üblen Wetter kämpfen und lagerten am Abend des 9. März noch immer an der Oder, als Emil feststellte, dass andere Volksdeutsche genau wie sie ihre Karren packten. Die Martels aßen eine letzte Mahlzeit Kartoffelpüree mit Sauerkraut und gingen mit dem Plan zu Bett, am nächsten Morgen früh aufzubrechen.

Als Emil am 10. März in der Morgendämmerung aufstand, sah er durchs Fenster, wie andere Flüchtlinge ihre Karren bereits in Richtung Deutschland schoben. Eine Stunde später kämpfte Emil mit den Tränen, als er seine Eltern und seine Schwester in dem Bewusstsein umarmte, dass es womöglich das allerletzte Mal war. Er wünschte ihnen alles Gute.

»Wir werden uns wiedersehen«, versprach Resi aus ihrem Rollstuhl. »Ich weiß es, genau wie Korporal Gheorghe wusste, dass er Stalingrad überleben würde.«

Er verdrehte die Augen, lächelte aber. »Ich verlasse mich darauf.«

Dann packte Emil ihre letzten Sachen in zwei kleine Karren auf dem Bürgersteig vor dem Haus. Die Sonne schien kräftig und der Schnee schmolz, es war frühlingshaft, fast mild nach den kalten Stürmen, die sie in den vorausgegangenen Monaten erlebt hatten. Er wollte den anderen Flüchtlingen folgen, die zuerst nach Süden gingen, um dann auf die Hauptstraße Richtung Westen zu gelangen. Mit etwas Glück konnten sie fünfzehn Kilometer am Tag schaffen, sodass sie in ungefähr acht Tagen an die deutsche Grenze kommen würden. *Von dort sehen wir weiter, wie wir zu den westlichen Alliierten gelangen und …*

Plötzlich bekam Emil einen heftigen Stoß in den Rücken versetzt, der ihn fast auf den kleinen Karren geworfen hätte. Er fand sein Gleichgewicht und drehte sich um, da er nachsehen wollte, wer ihn gestoßen hatte. Vor ihm standen zwei polnische Milizionäre. Einer von ihnen zielte mit dem Gewehr auf ihn.

»Deutsch?«, fragte der Gewehrträger auf Deutsch.

Emil nickte. »Volksdeutscher.«

»Hände hinter den Kopf«, sagte er. »Du kommst mit uns. Du musst aufräumen. Hier und dann in der Sowjetunion.«

Erstaunt antwortete Emil: »Nein, nein, meine Familie, wir wollten gerade weg.«

Adeline war zusammen mit den Jungen, ihrer Mutter, Schwester und Marie mit den Zwillingen aus dem Haus gekommen.

»Du gehst nirgendwohin, du kommst mit uns«, sagte der Soldat, während sich der andere hinter Emil stellte. »Marsch!«

»Emil!«, schrie Adeline in Panik.

»Lasst mich wenigstens von meiner Familie Abschied nehmen«, sagte er.

»Nein«, sagte der Soldat. »Marsch!«

Emil spürte einen weiteren Schlag zwischen die Schulterblätter und ging los, als wäre er nicht er selbst, genau wie in jener schicksalhaften Nacht in Dubăsari, weg von seinem Körper, auf dem Weg in die Verdammnis.

»Papa! Papa!«, schrien Woldi und Willi.

Emil blickte über die Schulter und sah, wie sie in Tränen ausbrachen. Adeline rannte neben den Milizionären her, die Hände flehend erhoben.

»Bitte, er hat nichts Falsches getan«, sagte sie auf Russisch. »Er ist kein Soldat. Wir sind Bauern aus der Ukraine. Könnt ihr nicht unseren Akzent hören?«

»Dein Akzent interessiert uns nicht, und es interessiert uns auch nicht, woher ihr seid oder was ihr tut«, sagte der erste Milizionär. »Wir haben den Befehl, alle Deutschen zu finden, einschließlich aller volksdeutschen Männer, und sie festzuhalten, bis wir sie den Sowjets übergeben.«

»Nein«, rief Adeline entsetzt. »Nein, nein, nein, wohin bringt ihr ihn?«

»Er wird eine Weile dabei helfen, in Polen aufzuräumen«, sagte der Soldat hinter Emil. »Und dann tief in den Osten. Wahrscheinlich Sibirien.«

»Nein!«, kreischte Adeline und klammerte sich an den Ärmel des ersten Soldaten. »Das könnt ihr nicht tun! Bitte, mein Vater ist nie aus Sibirien zurückgekehrt!«

Er gab ihr einen Stoß, sodass sie in den Schnee fiel, und blaffte sie an: »Das interessiert uns nicht, du Schlampe.«

Erschrocken von dem Fall rappelte sich Adeline hoch auf die Knie und schrie hysterisch: »Emil! Emil! Was soll ich denn jetzt machen?«

Emil sah über die Schulter zu der Liebe seines Lebens und seinen teuren Söhnen, die ihr zu Hilfe kamen, und rief: »Geht nach Westen, Adeline! Geht so weit nach Westen, wie ihr könnt, und ich verspreche dir, dass ich dich finden werde!«

# Vierundzwanzig

Adeline spürte die Hände ihrer Söhne, die sie umarmten und zu trösten versuchten. Sie hörte ihre Stimmen, die Fragen stellten, verstand sie aber nicht und konnte die Jungen auch nicht anblicken. Sie kniete einfach wie gelähmt auf der Straße und starrte den immer kleiner werdenden Umrissen von Emil hinterher, ihrem Mann, ihrem Leben, der ihr geraubt wurde, wenige Minuten vor ihrer endgültigen Flucht nach Westen in die Freiheit. Die große Ungerechtigkeit dieses Verlustes wurde noch verstärkt durch den letzten Anblick, den sie von ihrem Mann hatte – wie er in sein Schicksal trottete, mit ungebeugtem Kopf und ungebrochenem Willen.

*Daran werde ich mich erinnern,* dachte Adeline benommen. *Dieses Bild werde ich in meinem Herzen tragen, bis …*

In ihrem Kopf hallten Emils letzte Worte – *Ich verspreche dir, dass ich euch finden werde* – gegen die letzten Worte ihres Vaters – *Ich verspreche euch, dass ich zurückkommen werde!*

*Doch mein Vater ist nie zurückgekehrt,* dachte sie verbittert und fühlte sich gebrochener als je zuvor. *Er ist niemals zurückgekehrt. Er …*

»Adeline«, sagte Marie. »Bitte, steh auf. Du bringst die Jungen ganz durcheinander.«

Obwohl sie noch immer wie betäubt war, hörte Adeline die Worte ganz deutlich und blickte auf, um ihre Cousine neben sich knien zu sehen. Marie sah sie voll Besorgnis und Verständnis an, was der Härte ihrer eigenen verlorenen Liebe entsprang. Dann spürte sie eine kleine Hand, die ihr die andere Schulter tätschelte, und sah sich um zu Woldi, der weinte.

»Mama, kommt Papa zurück?«, schluchzte er.

Adeline zögerte, während sie plötzlich erkannte, dass ihr Glaube an Gott, an das Leben, an sich selbst in großer Gefahr war. Sie spürte die Furcht, Emil nie wiederzusehen, wie einen Nachtvogel, der seine Klauen in ihr Herz schlug und die eine Sache an der Wurzel gepackt hatte, die sie immer hatte weitermachen lassen: ihre feste Überzeugung davon, dass ihr Leben irgendwann und irgendwie besser werden würde, wenn sie sich den Glauben an Gott und ihren Traum von jenem mythischen grünen Tal im Westen bewahrte.

»Mama?«, flennte Woldi. »Bitte sag, dass er zurückkommt.«

Sie leckte sich über die Lippen und schluckte, bevor Willi sagte: »Er kommt zurück, Mama. Richtig? Er ist nur für eine Weile weg, oder?«

Der zitternde Unterton in der Stimme ihres jüngsten Sohnes sprach etwas Mächtigeres an als ihre eigene Angst. Der mütterliche Instinkt, ihre Jungen zu beschützen, durchströmte Adeline und übertönte für einen Moment ihr verzweifeltes Verlangen danach, mit der Situation klarzukommen und zu trauern.

»Ja«, sagte sie und breitete die Arme für ihre Jungen aus. »Papa kommt zurück. Er wird uns finden.«

Sie kamen in ihre Arme und Adeline hielt sie fest, ohne zu wissen, ob sie für mehr zu Gott beten oder ihn dafür verdammen sollte, dass er ihr den Ehemann und den Söhnen ihren Vater geraubt hatte.

»Adeline?«, sagte Marie erneut. »Da kommt ein Laster. Du musst aufstehen.«

Sie löste sich von Woldi und Willi, zwang sich ein Lächeln auf die Lippen und einen Funken Optimismus in die Augen und sagte: »Nun denn, wir müssen jetzt einfach unser eigenes Abenteuer machen, bis euer Vater kommt, um uns zu finden. Einverstanden?«

Die Jungen wischten sich mit den Ärmeln die Augen und Wangen und nickten. Sie lächelte wieder, stand auf und strich sich den Dreck vom Kleid, bevor sie die Jungen bei der Hand nahm, ihrer Cousine dankbar zunickte und dann versuchte, mit entschlossenem Schritt zurück zu dem kleinen Karren und ihrer Mutter und älteren Schwester zu gehen.

* * *

Malia und ihre Mutter standen neben ihrem Karren und blickten voll Mitleid zur näher kommenden Adeline und den Jungen. Ihre Schwester rührte sich zuerst, kam zu Adeline und umarmte sie. »Wir werden überleben und er wird zurückkommen.«

»Natürlich wird er das«, sagte Adeline.

Lydia war ungewöhnlich emotional, als sie die Hand ihrer Tochter ergriff und küsste und dann sagte: »Ich wollte niemals, dass auch du diese Last zu tragen hast, Adella. Niemals.«

Adeline erinnerte sich daran, wie ihr Vater in die Nacht hinausgezerrt wurde und schwor, dass er zurückkehren würde. Sie hörte Emils letzte Worte: *Geht nach Westen, Adeline. Geht so weit nach Westen wie möglich, und ich verspreche, dass ich euch finden werde.*

»Ich weiß«, sagte Adeline und bebte innerlich, als sie die Wange ihrer Mutter küsste. »Doch ich habe gesehen, wie stark du für uns gewesen bist, und jetzt muss ich stark sein.«

»Mama?«, sagte Willi und zog an ihrem Rock.

Sie blickte hinunter auf ihren jüngeren Sohn. Sein Gesicht war mit Staub und getrockneten Tränen verschmiert, doch das Entsetzen, seinen Vater zu verlieren, war einer überraschenden Ernsthaftigkeit und Neugierde gewichen.

»Gehen wir jetzt ohne Papa nach Westen?«, fragte er. »Er hat gesagt, dass wir das tun sollen, oder? So weit nach Westen, wie wir können, und er wird uns finden, ja?«

Adeline starrte ihn einen Augenblick an, dann blickte sie zu dem kleinen Karren, der bereits gepackt und dafür bereit war, Emils verrückte Idee in die Tat umzusetzen, es zu den westlichen Alliierten zu schaffen und sich als Flüchtlinge zu ergeben. Sie wusste, dass er es ernst gemeint hatte, doch sie dachte immerzu an das letzte Mal, als sie zwischen zwei Armeen gefangen waren, an den Schneesturm, die kämpfenden Panzer und die brutale Art, wie Emil die Pferde blutig gepeitscht hatte, um sie zu retten.

Konnte sie das tun? Hatte sie diesen Mut und diese Entschlossenheit? Hatte Emil recht gehabt? Führte der einzige Weg in die Freiheit durch einen Hagel aus Bomben und Granaten?

»Mama?«, sagte Woldi. »Gehen wir? Oder etwa nicht?«

Ihre süßen, unschuldigen Jungen warteten auf ihre Anweisung, und sie wusste, dass die Entscheidung, die sie traf, ihre jungen Leben für immer verändern würde, zum Guten oder zum Schlechten. Sie fühlte sich ängstlich und allein, und dann hörte sie in der Ferne im Nordwesten eine Explosion, die Woldi erschreckte, sodass er sich an ihr Bein klammerte.

»Ich will wieder ins Haus«, jammerte er. »Ich will nicht wieder in die Nähe von Panzern.«

Als sie sah, wie verstört ihr Sohn reagierte, traf Adeline ihre Entscheidung und blickte zu Mutter und Schwester. »Wenn es irgendwo in unserer Nähe Kämpfe gibt, dann werden wir es nicht in den Westen schaffen. Ich kann nicht zulassen, dass die

Jungen so etwas noch einmal durchmachen. Wir bleiben hier, bis sich die Situation beruhigt und … die Umstände sicherer sind.«

»Oh«, sagte Willi und runzelte die Stirn. »Aber Papa hat doch gesagt: ›Geht so weit nach Westen, wie …‹«

»Ich weiß, was er gesagt hat, Willi«, erwiderte sie scharf. »Doch willst du erleben, wie es ist, wenn man zu Fuß zwischen Panzerkanonen und Männern hindurchläuft, die von beiden Seiten auf uns schießen?«

Wegen der plötzlichen, scharfen Reaktion seiner Mutter trat er einen Schritt zurück. »Nein, Mama.«

»Gut. Dann möchte ich, dass du und Woldi mir helft, so wie Papa es gewollt hätte, dass ihr es tut. Wir laden zuerst den kleinen Karren aus und bringen alles wieder nach oben.«

Als sie die Stufen hinaufgingen und an der Wohnung von Emils Eltern vorbeikamen, flog die Tür auf und Karoline sah sie verwundert an. »Ich dachte, ihr seid schon alle weg.«

»Soldaten haben Papa mitgenommen«, verkündete Willi. »Er geht nach Sibirien.«

Emils Mutter starrte ihren Enkelsohn an, dann sah sie die Bestätigung in Adelines feuchten Augen und wurde fast ohnmächtig, bevor sie sich am Türrahmen festhielt und Johann und Resi die Neuigkeit zurief. Sie kamen an die Tür, wobei Emils Vater Resi im Rollstuhl schob, und Adeline erzählte ihnen, was gerade vor dem Haus geschehen war, als sie unmittelbar vor ihrer Abfahrt waren.

Karoline empfing die Nachricht wie einen weiteren Schlag gegen ihren gequälten Körper und ihre Seele, war zunächst fassungslos über die Ungerechtigkeit, dann wütend und schließlich verbittert. Innerhalb weniger Momente war der Schock über das, was ihrem Sohn widerfahren war, zu einer Bestätigung des unendlichen Leidens geworden, das ihr Los im Leben war.

»Warum sind wir alle überhaupt so weit gekommen?«, fragte Karoline Johann. »Wir hätten in Friedensthal bleiben können und Emil wäre es genauso ergangen.« Sie blickte zu Adeline. »Dir wäre es genauso ergangen, Adeline, auch wenn wir nicht bis hier gekommen wären. Das ist es, was sie unseren Männern und uns antun.«

Die Wut und Niedergeschlagenheit in Karolines Augen war so beherrschend, dass Adeline fast ebenfalls von dem Groll erfasst wurde, der tief in ihrer Schwiegermutter schwelte.

Dann fauchte Karoline: »Begreif es doch endlich, Adeline. Das werden sie auch mit deinen Jungen machen.«

Adeline war erschüttert und sie explodierte vor Wut. »Das wird niemals geschehen, du übelmeinende Hexe! Ich werde sie beschützen und nach Westen bringen, sobald es einen günstigen Zeitpunkt gibt. Und dein Sohn wird zurückkommen und uns finden, denn ich weiß, was er für ein Mann ist.«

Karoline verzog das Gesicht zu falschem Mitleid, doch bevor sie noch antworten konnte, sagte Lydia vom Treppenabsatz: »Weißt du, Adeline, das habe ich anfangs und noch viel zu viele Jahre danach ebenfalls gesagt.«

Adeline fuhr herum, blitzte ihre Mutter wütend an und schrie: »Was? Soll ich etwa denken, dass Emil tot ist und niemals zurückkehren wird, wo er doch erst dreißig Minuten fort ist? So kann ich nicht denken, Mutter! Ich werde die Hoffnung nicht aufgeben! Nicht jetzt. Niemals!«

Lydia neigte den Kopf, und als sich Adeline wieder zurück zu Karoline wandte, war bei der älteren Frau ein wenig von der Bosheit verschwunden. »Du kannst die Hoffnung nicht aufgeben. Ich habe es getan, nachdem Johann sechs Jahre fort war. Ich habe die Hoffnung aufgegeben. In meinem Kopf war Johann tot. Fünfzehn Monate später hat er an meine Tür geklopft.«

»Und sieh mich an«, sagte Johann. »Ein Wrack von einem Mann.«

»Du bist kein Wrack«, sagte Adeline. »Und ich verspreche dir, dass Emil auch kein Wrack sein wird.«

* * *

Emil konzentrierte sich darauf, einen Fuß vor den anderen zu setzen. Dabei versuchte er, sich nicht von der misslichen Lage zerbrechen zu lassen, die er sein ganzes Leben zu vermeiden versucht hatte, bevor er einen Weg zurück zu Adeline gefunden hatte. Während er mit den zwei polnischen Milizionären durch die Straßen von Liegnitz immer weiter fort von seiner Familie ging, erkannte er seinen Fehler, dass er seine deutsche Herkunft zugegeben hatte. Er war kein Soldat, doch das spielte keine Rolle. Für sie war er das letzte Überbleibsel einer Besatzungsarmee im Rückzug. Er hätte mit ihnen Russisch sprechen sollen, doch das hatte er versäumt, und jetzt konnten sie alles mit ihm tun, was sie wollten, und würden es wahrscheinlich auch. Was das betraf, so war er völlig machtlos, in anderer Hinsicht jedoch nicht.

Er erinnerte sich daran, was sein Vater ihm kurz nach seiner Rückkehr aus dem sibirischen Gefangenenlager im eiskalten Osten erzählt hatte. Das war eine der seltenen Gelegenheiten, wo er darüber gesprochen hatte, wie er unter der Erde in einem Bergwerk Zwangsarbeit verrichtet hatte. Emil hatte ihn gefragt, wie er es geschafft hatte zu überleben. Johann hatte ihm geantwortet, dass es zum Teil Glück war und zum Teil auch daran lag, was er gelernt hatte. So hatte Johann zum Beispiel trotz der schweren Arbeit auf dem Bauernhof das Glück gehabt, von all dem guten Essen ein wenig pummelig zu sein, als ihn die Stalinisten mitgenommen hatten. Durch den zusätzlichen

Bauchspeck hatte er die Reise in den Osten überlebt, auf der viele bereits gestorben waren.

Emil dachte an das viele Essen, das sie seit Adelines Begegnung mit Esther gehabt hatten, und wie viel Gewicht und Kraft er zurückerlangt hatte. In dieser Hinsicht schien er in der Lage, eine lange Reise zu überleben. Was er als Vorteil verbuchen konnte.

Sein Vater hatte ihm auch erzählt, dass er sich bemüht hatte, in Gegenwart eines sowjetischen Wachtpostens niemals Deutsch zu reden. Das schien sie wütend zu machen und oft gab es Schläge. Emil beschloss, von diesem Zeitpunkt an nur noch Russisch zu reden. Vielleicht konnte er jemanden davon überzeugen, dass die beiden Milizionäre ihn ganz falsch eingeschätzt hatten.

Johann hatte berichtet, dass er nur ganz wenigen Menschen in den Lagern vertraut hatte. Jeder war zunächst ein potenzieller Informant. Vertrauen sollte etwas sein, mit dem man ganz sparsam umgehen sollte. Wichtig war es auch, Erkrankungen nach Möglichkeit zu vermeiden. Emils Vater war fanatisch darauf bedacht gewesen, sich zu reinigen, nachdem er die Mine und die Latrinen verließ. Außerdem hatte er sich dazu gezwungen, alles zu essen, was man ihm vorsetzte, wie grässlich es auch war, und viel von dem saubersten Wasser zu trinken, das er finden konnte.

»Am wichtigsten war es, so lange durchzuhalten, wie man konnte«, hatte sein Vater gesagt. »An jedem Tag, den man überlebte, hatte man die Möglichkeit, freizukommen oder zu flüchten. Ich bin zweimal entkommen, doch sie haben mich jedes Mal zurückgeholt und gnadenlos verprügelt. Dann wurde ich krank.«

Als Emil das zum ersten Mal hörte, war er überrascht. Er hatte seinen Vater nie als einen Mann angesehen, der eine Flucht wagen würde. Doch jetzt, da er selbst ein Gefangener war, merkte er, dass er Johann auf einer tieferen emotionalen Ebene mehr als zuvor verstand, und er schwor sich, diesen vier Überlebensstrategien zu folgen sowie anderen, von denen er an jenem Tag vor langer Zeit gehört hatte.

*Ich kann mich nur auf mich selbst verlassen,* dachte er. *Doch in gewisser Weise hat mein Vater mich vorbereitet.*

Emil war sicherlich besser vorbereitet als die fünfzehn Männer hinten im Lastwagen, in den sie ihn eine Stunde später steckten. Sie waren nervös, mager, misstrauisch und blickten ihm nicht in die Augen, als wüssten sie intuitiv, dass sie niemandem trauen durften. Er setzte sich neben der Hintertür auf eine Bank und beobachtete, wie noch weitere Männer unter Bewachung zu anderen Lastern geführt wurden.

Nachdem sie eine Stunde gewartet hatten, startete der Laster mit einem röchelnden Geräusch. Als sie losfuhren und immer mehr Abstand zwischen Emil und seine Familie brachten, hätte er schwören können, dass er Nikolas und zwei andere Männer von dem Treck und dem Lager in Wielun in einen anderen Laster steigen sah.

Sie fuhren nach Osten. Mit jedem vorbeiziehenden Kilometer fühlte sich Emil mehr vom Leben betrogen. Seit ihrer Abfahrt aus Friedensthal hatte er sich fast ein ganzes Jahr nach Kräften bemüht, seine Familie in den Westen zu bringen, und jetzt fuhr er in die entgegengesetzte Richtung. Im Norden und Osten hörte er gelegentlich Granateinschläge und wusste, dass die Rote Armee nicht weit entfernt war. Zwei Stunden später glitzerte die Mittagssonne auf der Oder, als sie sich Breslau näherten, und er konnte sehen, dass die Sowjets die Stadt umzingelt hatten. Mörsergranaten explodierten in der Festung, die die Nazis gebaut hatten.

Sie wandten sich für einige Kilometer nach Norden und bogen dann zurück zum Fluss. Kurz darauf sah Emil den ersten sowjetischen Panzer und dann einen weiteren und dann sieben

Stück, die alle ungehindert nach Westen fuhren. Er beobachtete sie und die sowjetischen Truppentransporter, die den Panzern folgten, und erkannte, dass er kläglich versagt hatte. Er hatte zu den westlichen Alliierten gewollt und es war ihm nicht gelungen. Man hatte ihn gefangen genommen und würde ihn bald an Stalins Männer übergeben. Und Adeline, Woldi und Willi waren dort hinten, genau auf der Route der Panzer, die an ihm vorbeifuhren, dem Wind und den Wölfen ausgesetzt.

Er erinnerte sich daran, wie die Milizionäre Adeline auf den Boden geworfen hatten, und versuchte seine Wut darüber zu nutzen, um in sich die Überzeugung wachsen zu lassen, dass er überleben würde, was auch immer er zu erdulden hatte. Doch sosehr er sich auch bemühte, es wollte ihm nicht gelingen. Immerzu dachte er an Adeline und die Jungen und spürte in seinem Herzen den ersten bitteren Tropfen der Verzweiflung.

* * *

Diese Verzweiflung wurde während der folgenden sechs Wochen stärker, in denen Emil und zunächst Hunderte, dann Tausende anderer Volksdeutscher von der polnischen Miliz zur Arbeit gezwungen und dabei wie Sklaven behandelt wurden. Sie wurden nicht mehr in Lastwagen transportiert, sondern gingen in langen Zweierreihen unter der Aufsicht bewaffneter Wachen, wobei sie von einer kriegszerstörten Kleinstadt zur nächsten zogen, täglich zwölf bis vierzehn Stunden damit verbrachten, die Trümmer eingestürzter Häuser zu entfernen und Straßen freizulegen, damit weitere sowjetische Truppen zur Kriegsfront gebracht werden konnten.

Emil bemühte sich, kein Wort zu sprechen, wenn er nicht von einem der polnischen Wachtposten angesprochen wurde, und antwortete dann nur auf Russisch. Doch er horchte in beiden Sprachen und erfuhr so die Neuigkeit, dass die Alliierten

Hitler an allen Fronten zurückdrängten. Die Sowjets bereiteten sich darauf vor, Berlin aus dem Osten anzugreifen, während sich die Amerikaner und Briten ihren Weg vom Westen erkämpften, obwohl sie immer wieder von Nestern heftigen Widerstands verbliebener Wehrmachtskräfte aufgehalten wurden.

Während der März 1945 in den April überging, wich die brutale Kälte, unter der ganz Europa gelitten hatte, steigenden Temperaturen, sodass Emils dicke Kleidung unerträglich wurde. Er hatte sich daran gewöhnt, die meiste Kleidung bei sich zu tragen, wo auch immer er hinging, und bei der Arbeit legte er sie dahin, wo er sie sehen konnte. Er dachte ständig an seinen Vater und folgte Johanns Anweisungen, hielt den Kopf geduckt, arbeitete ohne Kommentar oder Beschwerde, trank nur das Wasser, das ihm von den Wachen gegeben wurde, aß ebenfalls alles, was ihm gereicht wurde, und schlief, wann immer und wo immer er konnte.

Die Gefangenen verbrachten ihre Nächte in verlassenen Scheunen oder im Wald, oft Seite an Seite im Dreck, während die Wachen den Befehl hatten, jeden Flüchtenden zu erschießen. Emil hatte nach einer Möglichkeit zur Flucht gesucht, doch sie wurden so eng kontrolliert und waren nicht mehr als hundert Mann in einer Gruppe mit acht bewaffneten Milizionären, die sie beobachteten.

Es ging das Gerücht herum, dass sie nach Ende des Kriegs noch viel weiter nach Osten gehen würden, doch bislang schienen sie sich in einer trägen Schlangenlinie von einer kriegszerstörten Ortschaft zur nächsten zu bewegen, manchmal nach Norden, manchmal nach Süden und sogar ein paarmal nach Westen. Emil begann zu hoffen, dass man ihn irgendwo in der Nähe von Deutschland einsperren würde, sodass er nicht weit gehen musste, um seine Familie zu finden, wenn ihm die Flucht gelingen würde. Doch wo würden sie sein?

Er hatte Adeline aufgefordert, so weit wie möglich nach Westen zu gehen, doch jetzt befürchtete er, dass er sie damit in Gefahr gebracht hatte. Er stellte sich vor, wie sie seinem Auftrag getreu nach Westen gegangen war, obwohl auf sie geschossen wurde und sie Bomben ausweichen mussten, und er redete sich ein, dass sie es irgendwie zu den Alliierten schaffen würden. Oder war er ein völliger Narr gewesen und hatte sie alle in den sicheren Tod geschickt?

Diese Frage nagte an Emil, wann immer er sich unter den aufmerksamen Blicken der Milizionäre niederlegte und in den Schlaf flüchtete. Er hatte Albträume, in denen Adeline, Woldi und Willi draußen inmitten eines schlammigen Schlachtfeldes waren, verletzt und nach ihm um Hilfe schreiend. Doch in jenen dunklen Träumen schien er immer hinter einem Zaun zu stehen, und er umfasste den Stacheldraht so fest, dass das Blut von seinen Händen tropfte, während er ihnen zurief, dass er sie gefunden hätte. Er war nach Westen gekommen und er hatte sie gefunden.

* * *

Vier Wochen nach Emils Festnahme ersetzten sowjetische Wachen die polnischen Milizionäre, doch die Aufgaben blieben in jeder Ortschaft, die sie erreichten, dieselben: Trümmer beseitigen, Ziegelsteine stapeln, am Leben bleiben.

Am ersten Tag unter sowjetischer Kontrolle hörte er, wie ein gedrungener Wachmann mit plattem Gesicht namens Lebedew prahlte: »Stalin holt sich Berlin. Das ist sicher. Bis zum Tag der Arbeit wird die rote Flagge auf dem Reichstag flattern!«

»Vielleicht sogar schon davor«, entgegnete Alexei – ein hagerer Junge, der nicht älter als zwanzig Jahre alt war –, der dem älteren Lebedew immer zu folgen schien.

Schließlich griffen die Sowjets Berlin am 16. April 1945 an. Zwei komplette Armee-Einheiten kämpften sich von Süden und von Osten gegen Hitlers Hauptstadt vor. Eine dritte russische Armee überrannte die Deutschen vom Norden.

Innerhalb von vier Tagen war die Stadt eingekesselt. Die offene Schlacht im Nahkampf mit den letzten glühenden Anhängern Hitlers entfaltete sich in derselben brutalen Hitze, die auch Emil zu spüren bekam. In den folgenden zehn Tagen starben mehr als achtzigtausend Rotarmisten, während sie Berlin der Kontrolle der Nazis entrissen. Am 30. April beging Hitler Selbstmord. Seine Generäle ergaben sich zwei Tage später, und die ungefähren Grenzen von Ost- und Westdeutschland wurden dort gesetzt, wo die verschiedenen alliierten Armeen ihren Vormarsch stoppten.

An dem Tag, als der Krieg endete, befand sich Emil in einer kleinen polnischen Ortschaft südlich von Kielce und schleppte mit freiem Oberkörper in der höllischen Hitze zerbrochenen Beton und Ziegelsteine, als er die beiden Wachtposten wieder reden hörte.

»Ich habe dir ja gesagt, dass die rote Flagge bis zum Tag der Arbeit über dem Reichstag wehen würde«, sagte Lebedew, grinste und zündete sich eine Zigarette an. »Ich wünschte, ich wäre dort, um es mir anzusehen.«

»Ich wünschte, ich wäre zur Feier dort«, sagte sein Kamerad Alexei. »Ich habe gehört, dass sie den Wodka in Lastern gebracht haben, und jede deutsche Frau steht einem zur Verfügung. Niemand hält dich auf.«

»Stattdessen müssen wir zusehen, wie diese deutschen Schweine Ziegel schleppen, und morgen mit ihnen weiter nach Osten marschieren, nicht einmal in die Nähe von Berlin. Ich habe selbst den Befehl gesehen.«

»Wie weit?«

»Fast zweihundertfünfzig Kilometer«, sagte Lebedew verbittert. »Wahrscheinlich zwei Wochen zu Fuß, bis wir den Zug erreichen.«

* * *

*Zwei Wochen?,* dachte Emil missmutig, als er früh am Morgen des 3. Mai 1945 den ersten Schritt in den verhassten Osten machte. *Und die Sowjets dürfen jede Frau vergewaltigen, die sie sehen. Einschließlich meiner Adeline.* Der Gedanke machte ihn so krank und wütend, dass er einen der Männer mit bloßen Händen umbringen wollte, die ihn bewachten, doch er wusste, dass er dann in der nächsten Minute sicher tot wäre. Und wohin würde das seine Familie führen?

Sie gingen in Marschformation, immer zwei nebeneinander, und täglich kamen alle paar Kilometer weitere Gefangenengruppen dazu, darunter viele mit deutscher Armeeuniform, bis Emil bei zweitausenddreihundert den Überblick verlor und mit dem Zählen aufhörte. Einer von ihnen war eindeutig Nikolas. Emil konnte ihn fünfzehn Männer vor sich links sehen, wie er leicht humpelte.

Die Hitze jenes Tages nahm mit der Luftfeuchtigkeit zu. Sie bekamen viermal Wasser, und Emil trank jedes Mal zwei Drittel und tränkte mit dem Rest seine Mützenkrempe, um den Kopf kühl zu halten. Gegen drei Uhr nachmittags war es über fünfunddreißig Grad heiß bei wolkenlosem Himmel und die schwächsten Männer begannen zu taumeln und umzufallen. Der Mann neben Nikolas war einer der Ersten. Nikolas ignorierte ihn und ging einfach weiter. Der nächste Mann in der Reihe trat über ihn hinweg, wie auch die nachfolgenden acht.

Emil blieb stehen, ergriff den Mann unter den Achseln und versuchte, ihm auf die Beine zu helfen.

»Lass ihn liegen!«, schrie Lebedew. »Geh weiter. Schließt die Reihen!«

Emil ließ den Mann widerwillig in den Staub sinken, trat um ihn herum und eilte weiter, um die Lücke in der Reihe zu schließen. Er hörte, wie Lebedew den gefallenen Gefangenen anschrie, dass er eine letzte Chance hatte, um auf die Beine zu kommen. Dann hörte er den Russen nach Alexei rufen, um ihn zu erledigen und in den Graben zu werfen. Emil spähte zurück und sah, wie der junge Soldat herankam und dem gefallenen Mann ohne Zögern eine Kugel in den Kopf schoss.

Von dem Schuss wurden ein paar Gefangene vor Emil panisch und verließen die Formation. Einige rannten los. Ein paar Wachen schrien auf Russisch und schossen in die Luft, um sie aufzuhalten, doch das verursachte nur noch mehr Unruhe in den Reihen. Ein uniformierter deutscher Gefangener wollte die Unruhe als Ablenkung zur Flucht nutzen und sprintete von der Menge weg in ein brachliegendes Feld, rannte in Richtung des Waldes, der ungefähr einhundertfünfzig Meter entfernt war.

Er hatte etwas mehr als die Hälfte des Weges geschafft, als Lebedew ihn bemerkte, nach vorn lief, sich auf ein Knie niederließ, zielte und dem Flüchtenden zehn Meter vor dem Waldrand in den Rücken schoss. Der Anblick, wie er in seinem aufspritzenden Blut nach vorn stürzte, war genug für die übrigen Gefangenen, um sich zu beruhigen und wieder in die Reihe zurückzukehren. In der ganzen Aufregung änderte sich die Position der Gefangenen in der Reihe, so auch die von Emil. Als sie wieder losmarschierten, sah er nach links und fand neben sich den humpelnden Nikolas, einen elenden Ausdruck im Gesicht.

»Du hättest dir auch einen anderen Platz zum Stinken suchen können, Martel«, sagte Nikolas.

»Was macht das Knie?«

Nikolas sah ihn hasserfüllt an. »Wird jeden Tag besser. Bald geht es mir wieder gut genug, um dir ein Messer in den Rücken zu rammen, wenn du nicht aufpasst.«

»Doch, ich werde aufpassen«, sagte Emil. »Und wenn du das versuchst, dann nehme ich dein Messer und schiebe es dir in den Arsch und drehe die Klinge ein paarmal. Wenn du das versuchst, Nikolas, dann stirbst du blutscheißend.«

Das brachte den groß gewachsenen Mann in Rage, doch er erwiderte nichts, sondern blickte nur starr geradeaus, biss die Zähne zusammen und humpelte neben Emil weiter, Schritt für Schritt, Stunde um Stunde, bis ein Halt auf freiem Feld angekündigt wurde. Nach elf Stunden Marschieren hatten sie fast dreißig Kilometer zurückgelegt und zehn Männer sterben gesehen.

Lebedew wies Emil, Nikolas und die anderen Gefangenen zu einer Gruppe vereinzelt stehender Bäume an einem Feld, das vor Kurzem abgeerntet worden war. Alexei ging mit ihnen und ließ sie die Köpfe ins Wasser tauchen, als sie durch einen Bach wateten. Obwohl das kühle Wasser eine willkommene Erfrischung bot, ließ sich Emil fast sofort an einem der Bäume fallen, dankbar für den Schatten und das grüne Gras. Er wusste, dass er sich ausruhen musste, wenn sie zwei ganze Wochen so marschieren würden.

Nikolas fand eine andere Stelle zum Ausruhen. Andere Männer kehrten zum Wasser zurück und tranken davon, doch Emil hatte etwas weiter oben Kühe gesehen und fand es zu riskant. Obwohl er äußerst durstig war, wartete er zwei Stunden, bis ein Lastwagen mit Lebensmitteln und Wasser kam. Das Essen bestand aus dünner Kohlsuppe, einem großen Stück Brot und genügend Wasser, um den Kanister zu füllen, den man ihnen gegeben hatte.

Emil schlang das Essen und das Wasser hinunter. Er stellte sich noch einmal für Wasser an, trank alles aus und legte sich dann schließlich hin, bevor die Sonne unterging. Er nutzte seine Kleidung als Kissen und nahm den Wasserkanister und die Schuhe in die Arme, damit sie ihm nicht gestohlen wurden. Dann gestattete er sich zum ersten Mal seit Beginn des Marsches, an Adeline, Woldi und Willi zu denken. Mit ihren Gesichtern vor sich schlief er ein, sah sich selbst, wie er sie umarmte, den Jungen ein stilles Gutenachtlied sang und ihnen eine gute Nacht wünschte.

# Fünfundzwanzig

***12. Mai 1945***
***Bei Puławy, Polen***

Der letzte Teil des Marsches war für Emil der schlimmste. Während der vergangenen drei Tage hatten sie nichts anderes getan, als durch die Hitze zu laufen, wobei sie meistens über Felder und aufgerissenen Boden gegangen waren, um die Straßen für den sowjetischen Militärverkehr freizuhalten. Stündlich brachen Gefangene zusammen und starben.

Emil war wie benommen aufgewacht, kaum erholt vom Schlaf und mit Bauchschmerzen. Er merkte bereits, dass die Hitze wieder erbarmungslos sein würde, und fragte sich, ob er durchhalten würde, wenn es wieder so ein langer Marsch wäre. Sein Magen war so empfindlich, dass er nicht einmal seine Ration Brot essen konnte, und er verkleckerte die Hälfte des Wassers aus seinem Kanister, bevor er einen Schritt machte. Bis zum Mittag waren sie zehn Kilometer gelaufen, und die Temperatur war wieder gestiegen, wobei die Luft so feucht war, dass der diesige Horizont vernebelt wirkte.

*Einen Schritt und dann den nächsten,* sagte sich Emil. *Einen Schritt und dann den nächsten.*

Doch am frühen Nachmittag brach der schreckliche Durst seine Entschlossenheit. Er suchte überall nach Wasser. Als sie an einem Teich vorbeikamen, wollte er hingehen und hineinspringen, wie es seine Schwester an jenem Tag am See gemacht hatte, als sie ihre Beine verlor. Doch er konnte erkennen, dass Lebedew und Alexei nicht in der Stimmung waren, den Gefangenen etwas zu gewähren, was sie selbst nicht tun durften.

Emils Zunge und seine Kehle fühlten sich so ausgetrocknet an wie der Boden der Felder, die sie überquerten. Seine Augenlider waren klebrig vom Schweiß und seine Lippen salzverkrustet. Einige Male war ihm so schwindlig, dass er meinte, er würde zusammenbrechen. *Und wenn ich falle und nicht wieder hochkomme?*

Unter den heftigen Schmerzen der Hitzeerschöpfung infizierte sein gequälter Körper auch seinen Verstand. Er vernahm die Rufe von Lebedew und Alexei und sie wurden zu Hauptsturmführer Haussmann, der ihn anschrie. Sosehr er sie auch zu unterdrücken versuchte, so konnte er nicht verhindern, dass die schrecklichen Erinnerungen an jene Nacht mit voller Macht zurückkehrten. In fiebernder Trance taumelte Emil weiter in Richtung Osten und sah Ausschnitte jener Nacht, als würden sie sich wiederholen.

* * *

***15. September 1941***
***Außerhalb von Dubăsari, Transnistrien***

»Einverstanden«, sagte Emil. »Ich werde es machen.«

»Eine kluge Entscheidung«, sagte Hauptsturmführer Haussmann und winkte mit dem Lauf seiner Waffe zu dem entsetzten jungen Mann, der noch immer bei den zwei jungen

Mädchen am Rand der Senke hockte. »Dann mach es. Beweise, dass du für das neue Deutschland bereit bist, Bauernjunge.«

Während Emil sich bewusst war, dass Haussmann seine Waffe noch immer aus wenigen Metern Entfernung auf ihn gerichtet hielt, spürte er, wie er im Innern verhärtete und an einen Ort ging, wo er bereits oft gewesen war. Auf dem Bauernhof hatte er Tiere schlachten müssen, und er versuchte, die Juden genauso zu sehen, als er sich in jener Nacht zu ihnen drehte. Er versuchte, sie in Gedanken zu Tieren zu machen, keine Menschen, und er war auch kein Mensch. Und wenn er es nicht tun würde, dann würden die drei Kinder trotzdem sterben und die Überlebenschancen von Emil und seiner Familie zusammen mit ihnen.

Der junge jüdische Mann bat ihn erneut, flehte Emil an, nicht zu schießen, während dieser näher kam und die Waffe hob, um zu zielen. Während sich sein Blick auf die Brust des jüdischen Jungen fokussierte, war Emil innerlich kalt, skrupellos, bereit zum Mord.

»Mach es, oder ich schieß dir den Kopf weg!«, schrie Haussmann hinter ihm.

Als Emil langsam den Finger am Abzug krümmte, da hatte er den jüdischen Jungen und die beiden Mädchen in seinem Kopf bereits getötet, um seine Frau und seine Söhne wiedersehen zu können.

Da erklang hinter ihm ein Ruf.

»Hauptsturmführer Haussmann, treten Sie zurück und runter mit der Waffe!«

Emil fühlte sich noch immer wie in einem Albtraum und spähte über seine Schulter. Im Licht der Lasterscheinwerfer erkannte er die Umrisse eines SS-Offiziers mit einer Habichtsnase, der zu ihnen kam. Haussmann warf einen Blick in die Richtung, senkte seine Waffe und salutierte.

»Obersturmbannführer Nosske!«, rief er.

Nosske zeigte auf Emil. »Waffe runter.«

Haussmann sagte: »Ich dachte, Sie wären nach Kiew gegangen.«

»Noch nicht«, blaffte Nosske, der Haussmanns Vorgesetzter zu sein schien. »Haben Sie diesem Mann gedroht, ihn umzubringen, wenn er keine Juden erschießt, Haussmann?«

Haussmann nickte eifrig. »Ich fand, er müsste seine Treue gegenüber dem Vaterland beweisen, um …«

»Er wird es auf andere Weise tun«, sagte Nosske. »Reichsführer Himmler selbst hat sich vor drei Monaten übergeben, als er dabei zugesehen hat, wie fünfzehn Männer erschossen wurden. Im Anschluss daran lautete sein ausdrücklicher Befehl, dass niemand zur Teilnahme gezwungen werden soll, außer er wünscht es.«

»Bei allem Respekt, Herr Obersturmbannführer Nosske, dieser Mann ist ein Feigling, dieser Mann …«

»Wird keine Juden erschießen, außer er wünscht es«, sagte der SS-Obersturmbannführer entschieden. »Geben Sie ihm eine andere Aufgabe, Haussmann. Geben Sie ihm eine Schaufel, um sie alle zu begraben, und finden Sie jemand anderen, der sie zu erschießen bereit ist, und machen Sie schnell. Wir haben bis zum Sonnenaufgang noch zweitausend zu erledigen.«

*Zweitausend?*, dachte Emil, der jetzt unkontrolliert zitterte und stumm zu Nosske und Haussmann starrte. Dieser erkannte, dass Widerspruch zwecklos war, und riss Emil die Luger aus der Hand. Er ging zu Helmut, dem jungen Mann mit dem fehlenden Zahn, und reichte ihm die Pistole. »Dann los. Zeig dem Bauernjungen, wie ein echter neuer Deutscher aussieht.«

Helmut nickte, schob sich mit einem Ausdruck der Verachtung an Emil vorbei, bevor er direkt zu den drei Juden ging. Zuerst erschoss er das Mädchen zur Linken, dann das zur Rechten und schließlich den leidenden älteren Jungen. Mit dem Stiefel schob er die Leichen in die Dunkelheit der Senke dahinter.

»Wie Schweine im Stall erschießen«, sagte er zu Emil, bevor er Haussmann und Nosske angrinste. »Registrieren Sie mich. Ich könnte das den ganzen Tag machen.«

Emil blickte auf die Stelle, an der nur Augenblicke zuvor die jungen Juden gehockt und um Gnade gefleht hatten. Er fühlte sich benommen und ihm war schlecht. *Ich hätte sie erschossen. Ich hätte diese Kinder ermordet. Wie hätte ich das …? Wie …?*

Und dann wurde Emil der erste Satz von Helmut bewusst, und er erkannte, dass er und dieser zahnlose Kerl sich dieselbe Geschichte erzählt hatten: Die Juden waren keine Menschen. Sie waren Tiere.

»Martel!«, rief Hauptsturmführer Haussmann und riss Emil aus seinen Gedanken.

Er drehte sich zu dem SS-Offizier und seinem Befehlshaber, sah, wie Nosske zu einer Schaufel auf dem Boden zeigte. »Nimm sie, oder er wird dich erschießen.«

Emil nickte, senkte den Kopf und nahm schnell die Schaufel. Weiter nördlich an der Senke knallten wieder Gewehr- und Pistolenschüsse und mit ihnen erhob sich das Geschrei der Verdammten. Emil hatte das Gefühl, als wäre er in die Hölle gekommen, ohne den Grund dafür zu kennen, und er hatte Mühe, sich auf Haussmann zu konzentrieren, der nach Süden zu der Senke zeigte.

»Geh dahin und schaufle den Kalk von dem Haufen auf die Arbeit der letzten Nacht«, sagte der SS-Hauptmann mit einem verachtenden Unterton.

Zuerst wollte Emil fragen, wie lange er schaufeln musste, bevor er nach Hause gehen konnte, doch dann überlegte er es sich noch einmal. Er nickte und drehte sich weg, da bekam er einen Fußtritt gegen die rechte Hinterbacke, sodass er nach vorn stolperte und fast hingefallen wäre.

Am liebsten hätte sich Emil umgedreht und Haussmann mit der Schaufel den Schädel eingeschlagen, doch er wusste, dass er dann ein toter Mann gewesen wäre. Stattdessen richtete er sich auf, hielt den Kopf gesenkt und hinkte zu dem Kalkhaufen im Schatten hinter dem Scheinwerferlicht. Der Nachtwind drehte, kam jetzt aus dem Südosten und der Richtung der Senke. Zusammen mit der Brise kam auch der Gestank der Leichen, die den ganzen Tag in der Sonne verwest waren.

Er würgte und würgte immer weiter. Erneut gingen Gewehrschüsse los und erneut schrien Menschen. Als Emil endlich wieder aufrecht stehen konnte, sah er im Norden durch das Licht der Scheinwerfer hindurch die lange Reihe der Juden, die darauf warteten, erschossen zu werden. Die meisten schienen sich jetzt in ihr Schicksal ergeben zu haben, wie Tiere abgeschlachtet zu werden. Mit dem Unterschied, dass sie keine Tiere waren.

Emil atmete nicht mehr durch die Nase, ging zu dem Kalkhaufen und fing zu schaufeln an. Er weinte, da er immerzu an seine Entscheidung denken musste, jene drei Juden zu erschießen, und wie schnell er sich angepasst hatte, wie er sie zuerst als Menschen, als Kinder gesehen hatte und dann als Tiere, und wie er sich ganz schnell als Werkzeug gesehen hatte, nicht als ein Mensch. Auch wenn er das nur für seine Familie getan hatte. Er würgte und schluchzte, während er die ersten Schaufeln Kalk über den Rand der Senke in die Dunkelheit und die Verwesung dort unten ausschüttete. Tief im Innern fühlte er sich, als hätte er selbst diese drei Kinder umgebracht. Schließlich war er dazu bereit gewesen, es zu tun, oder etwa nicht? Er hatte sich dafür entschieden, auf jeden eine Kugel abzufeuern, oder etwa nicht?

Sein Herz und sein Verstand sagten Emil, dass er es beschlossen hatte und dass er ein Mörder war. *Ich habe die Grenze überschritten. Ich habe bereits damit gelebt.*

Doch er war dazu gezwungen worden, oder nicht? Er hatte Gott angefleht, ihn nicht zu einem Teil davon werden zu lassen, doch er war dort hingesetzt worden, und da hatte er beschlossen, drei Kinder zu töten, und er hatte einen Weg gefunden, es zu rechtfertigen, ungeachtet der Waffe an seinem Kopf. *Sie waren zum Sterben verurteilt, egal, wer den Abzug krümmte. Sie waren Tiere. Ich war nur ein Werkzeug.*

*Nein, das waren sie nicht. Sie waren so menschlich wie dein eigenes Fleisch und Blut. Und nein, du warst kein Werkzeug der Zerstörung, das nicht denkt, nicht fühlt. Du, Emil, warst ein kaltblütiger Mörder und damit nicht anders als Helmut.*

Er machte immer weiter damit und quälte sich, während er stundenlang schaufelte und das Schießen immer weiterging. Bei jedem Schuss fuhr er zusammen, durchlebte noch einmal, wie die drei Kinder erschossen wurden. Er dachte an Adeline und fragte sich, was sie an seiner Stelle getan hätte. Er senkte den Kopf, fühlte sich noch kleiner, als er genau erkannte, wie sie reagiert hätte. Ihre Gedanken wären bei den Sterbenden und den Toten gewesen. Nicht bei ihr selbst.

*Adeline hätte für ihre Seelen gebetet,* dachte er und war verwirrt, entrüstet und fühlte sich winzig, wie ein Staubkorn in der Zeit. *Sie hätte für ihre Seelen gebetet, und ich kann den Sinn darin nicht mehr sehen. Tot oder lebendig, niemand hört zu.*

Und so verließ Emil Martel im Dunkel jener Nacht, als zweitausend Juden ihr Leben verloren, der Glaube an einen wohltätigen Gott, das Vertrauen an sich selbst und an das allgemeine Gute im Menschen. Als er am folgenden Tag auf dem Weg zurück nach Friedensthal und zu seiner Familie war, schüttelte er die Faust gen Himmel und verfluchte einen grausamen Gott für sein trauriges Schicksal.

* * *

Emil stolperte und stürzte mit dem Gesicht voraus in das Unkraut des überwucherten Feldes, das die Gefangenen gerade überquerten, und wurde aus seiner Trance gerissen.

»Aufstehen!«, bellte jemand, während er über Emil stieg. »Lebedew kommt!«

Emil zwang sich auf die Knie und dann auf die Beine, dabei hatte er das Gefühl, als würde er gleich wieder umfallen. Doch er biss die Zähne zusammen, wurde wütend und marschierte weiter.

Er erinnerte sich an jenen Augenblick vor fast vier Jahren außerhalb von Dubăsari, als er seinen Glauben verloren hatte, und er erkannte, dass sich seine Überzeugungen seither nicht geändert hatten. Es gab keinen Gott. Trotz der Dinge, die Adeline sagte, gab es keine Hilfe von oben. Niemand konnte ihm dabei helfen, einen Fuß vor den anderen zu setzen. Er hatte niemanden, auf den er sich verlassen konnte, außer sich selbst.

Und dieser Marsch? Mit jedem weiteren Schritt empfand er es stärker als eine Bestrafung dafür, dass er in jeder Hinsicht ein Mörder war, der nur den Abzug nicht betätigt hatte.

* * *

Fast drei Tage nach seinem Umfallen in der brütenden Hitze setzte Emil mit purer Willenskraft einen Fuß vor den anderen. Und fast drei Tage steigerte er sich immer weiter hinein und litt daran, was er in Dubăsari geworden war – ein Monster, das sich in nichts von Helmut oder Haussmann unterschied.

*Ich bin ein Monster geworden, und das ist die Qual, die ich erleiden muss, wenn ich Adeline, Woldi und Willi jemals wiedersehen will,* sagte er sich immer wieder. *Ich muss den Schmerz auf mich nehmen, die Qual akzeptieren und weitertrotten.*

An jedem Tag brachen immer wieder Männer vor Erschöpfung zusammen. An jedem Tag wurden Männer für ihre Schwäche erschossen. Allein die Toten ließen Emil weitergehen, obwohl er sich eigentlich nur in den Schatten legen und schlafen wollte.

Gegen Ende des dritten Tages schlugen Blitze in der Nähe ein und Donnergrollen brachte den Boden unter Emils müden Füßen zum Beben. Es war ihm egal. Lebedew hatte ihnen kurz vorher mitgeteilt, dass sie noch knapp zwei Kilometer von dem Bahnhof entfernt wären, wo der Zug nach Osten auf sie wartete.

*Die letzten zwei Kilometer,* hatte Emil gedacht und erschöpft gelächelt. *Es gab Momente, da wäre ich am liebsten stehen geblieben und hätte mir von ihnen eine Kugel durch den Kopf schießen lassen, doch jetzt bin ich hier. Ich habe es geschafft.*

Dann kam der Wind mit Regen, stürmisch und nass. Emil und zahlreiche andere Gefangene zogen die Hemden aus und ließen sich vom Regen den Dreck herunterspülen, während sie sich nach hinten lehnten und den Mund weit öffneten, um vom Himmel zu trinken. Irgendwo tief in seinem Innern wollte Emil seinen Sieg lauthals herausbrüllen, dass er es so weit geschafft hatte, wo doch so viele Männer auf dem Weg umgefallen waren – nach seiner Zählung waren es fast zweihundert.

Doch er wusste, dass so ein Jubeln nur Aufmerksamkeit erregen würde, und die erste Regel seines Vaters zum Überleben eines sowjetischen Gefangenenlagers lautete, so wenig Aufmerksamkeit wie möglich zu erregen. Emil blieb still, als sie nach Lublin kamen, das genauso aussah wie die vielen anderen Kleinstädte und Ortschaften, durch die sie gekommen waren – in Ruinen oder bombenvernarbt oder mit Kratern. Und wie es in den anderen Orten geschehen war, kamen auch hier die Menschen auf die Straße, um die Gefangenen auf Polnisch und Russisch zu beschimpfen und zu verhöhnen, indem sie sie fragten, wie es sich anfühlte, verprügelt und nach Osten getrieben zu werden.

»Viel Spaß in Sibirien, du deutsches Schwein!«, gellte ein kleiner Junge und warf einen Stein auf Emil, der ihn an der Schulter traf.

Der Junge ließ einen Freudenschrei los, der sich in ein höhnisches Lachen verwandelte. Emil trottete weiter, seine Begeisterung über den Regen war verflogen. *Der Junge war nicht viel älter als Woldi, und er hasste mich. Ich habe diesem Kind niemals etwas zuleide getan, dennoch hasste er mich so sehr, dass er sich darüber gefreut hat, als er mich mit einem Stein traf.*

Er kam zu der Überzeugung, dass Hass die Welt regierte. Hass herrschte in jeder schrecklichen Erfahrung, die er in seinem Leben durchgemacht hatte. Und in Dubăsari war er ihm erlegen, oder etwa nicht?

Der Kreislauf innerer Qualen begann für Emil aufs Neue, als sie um eine Ecke bogen und zu einem Betriebshof geführt wurden, in dem sie ein langer Güterzug erwartete, die Waggontüren weit geöffnet. Das Gewitter war abgezogen und damit auch sein kurzlebiger Stolz, dass er den Marsch überlebt hatte. Die Schatten und Dunkelheit in diesen Waggons sprachen zu Emil in einer Sprache, die er nicht verstand, doch sie fühlten sich an wie ein langsames Sägen in seinem Verstand und seinem Bauch.

Wo würde er aus dieser Dunkelheit wieder herauskommen? Und schlimmer noch, wer würde er dann sein? War er dazu bestimmt, im Osten zu sterben? Oder zurückzukehren wie sein Vater, ein sanfter Mann, der tief im Innern zerbrochen war?

Lebedew und Alexei ließen sie anhalten. Emil stand da und schloss für einen Moment die Augen, um den Zug auszusperren, der ihn noch weiter wegbringen würde, und er stellte sich das klarste Bild von Adeline und den Jungen vor, das er heraufbeschwören konnte. Er erinnerte sich an den Moment, wo sie alle an jenem Abend zusammen waren, nachdem Adeline mit ausreichend Essen für die ganze Familie aus Lodz zurückgekehrt war. An dem Abend hatte Adeline gestrahlt. So schwach Emil auch gewesen war, nachdem das Fieber endlich verschwunden war, so fühlte er sich jedes Mal stärker, wenn sie ihn an jenem Abend beim Essen angelächelt hatte.

*Nun, ist es nicht das, was die Liebe macht?,* dachte er. *Sie macht dich stärker?*

Lebedew begann, Befehle zu brüllen.

»Nehmt eure Rationen und steigt in den Zug.«

»Was glaubt ihr, wohin er uns bringt?«, fragte Nikolas Alexei und Lebedew.

Emil hatte gar nicht bemerkt, wie sie den Betriebshof betreten hatten.

Alexei grinste. »Ich habe gehört, dass ihr bei der Ankunft Winterkleidung bekommt.«

Lebedew feixte und fügte hinzu: »Lass dir von niemandem die Handschuhe klauen, sonst fallen dir nach fünfzehn Minuten die Finger ab.«

Emil fühlte sich krank und schloss erneut die Augen. *Sibirien.*

»Nehmt eure Rationen und steigt in den Zug!«, rief Lebedew erneut. »Ich will keinen von euch dreckigen, wertlosen Mistkerlen jemals wiedersehen.«

Nach der Zugfahrt nach Budapest und dann nach Lodz wusste Emil, dass es entscheidend war, einen guten Stehplatz zu bekommen, um das zu überleben, was nach einer ein- oder zweiwöchigen Reise nach Sibirien aussah, abhängig von der Stärke der Lokomotive und dem Zustand der Strecke. Als die Sonne langsam unterging, nahm er seine Rationen und kletterte in einen fast leeren Waggon am Ende des Zuges. Er nahm seine Position an der kurzen Seite der Tür ein und stählte sich für die lange, vor ihm liegende Fahrt.

* * *

## *18. Mai 1945*
## *Poltawa, Ukraine*

Drei Tage verteidigte Emil erfolgreich seine Position an der Tür. Als sie geschlossen war, wurde die Luft im Waggon schnell erstickend und widerlich, doch er fand einen Spalt, der ihm frische Atemluft und einen Streifen Sicht gewährte, während der Zug in einer Geschwindigkeit nach Osten rollte, die irgendwo zwischen Kriechen und Trotten lag.

Bei dieser Geschwindigkeit wurden die Waggons in der zermürbenden Hitze und Feuchtigkeit zu Särgen. In Emils Waggon waren fünf Männer gestorben, die vom Marsch geschwächt waren. In den anderen Waggons starben die Männer in größerer Zahl. Er hatte gesehen, wie mindestens dreißig Leichen nach draußen getragen wurden.

An jenem Morgen, als eine Leiche aus einem benachbarten Waggon gehoben wurde und zahlreiche andere Gefangene ausgestiegen waren, um sich zu erleichtern und die Beine auszustrecken, versuchten zwei Männer die Flucht und rannten davon. Doch die sowjetischen Rotarmisten, die den Zug bewachten, erledigten sie, bevor sie fünfzig Meter weit gekommen waren.

Ein paar Stunden danach hielt Emil die Lippen und ein Auge an den Spalt in der Tür gedrückt und bemühte sich nach Kräften, nicht an die Trostlosigkeit seiner Situation zu denken. Das war eins der anderen Dinge, die ihm sein Vater über das Überleben des Gulags erzählt hatte. *Je schlimmer es war, desto weniger dachte man. Man musste einen Weg finden, um in sich hineinzugehen, einen Ort finden, zu dem niemand kommen konnte, und einfach sein. Wie ein Bär im Winterschlaf.* An diesem Punkt seiner Gefangenschaft glaubte Emil, dass er diesen Platz tief in seinem Innern gefunden hatte, und er sagte sich, dass er eine Woche im Zug durchhalten konnte, sogar zwei, indem er einfach ein Auge an den Spalt in der Tür hielt, sich die vorbeiziehende Landschaft ansah, frische Luft atmete und an gar nichts dachte.

Die Bremsen quietschten. Langsam kam der Zug zum Stehen. Als die Tür zurückglitt, hielt Emil die Hand als Schutz gegen die strahlende, heiße Sonne an die Brauen und sah, dass sie an einem großen brachliegenden Feld angehalten hatten, daneben befand sich ein weiteres und noch eins. Er roch Pferde und Kühe und blickte sich um, da er den Eindruck hatte, dass ihm das Land vertraut war. Zu vertraut.

Die Soldaten sagten ihnen, dass sie aussteigen und sich auf dem Feld versammeln sollten. Als sie das getan hatten, stellte sich ein muskulöser sowjetischer Offizier auf die Ladefläche eines Lasters und sprach durch einen Verstärker.

»Willkommen im Kriegsgefangenenlager Poltawa. Ihr seid hier, um Schadenersatz zu leisten für Adolf Hitlers zerstörerische Aggressionsakte gegen das sowjetische Volk. Hitler hat Poltawa im Jahre 1941 besetzt und er hat es zu seiner Basis für die Bomber gemacht, die Stalingrad und Moskau angegriffen und Zehntausende unschuldige Russen getötet haben. Die Alliierten hatten keine andere Wahl und haben Poltawa und seinen Flugplatz bombardiert, außerdem hat es hier eine langwierige Schlacht mit eurer Armee gegeben. Ihr seid jetzt hier, um das wiederaufzubauen, was zerstört wurde. Wenn das getan ist, dann werdet ihr nach Hause gehen. Keinen Tag früher.«

*Poltawa.* Emil wusste jetzt, wo er war, und er fühlte sich ein wenig besser. Er war wieder zurück in der Ukraine, weit im Osten, fast an der russischen Grenze, gut vierhundertachtzig Kilometer von da entfernt, wo er mit Adeline und den Jungen vor vierzehn Monaten die Reise begonnen hatte.

*Ich bin weit weg von da, wo ich Adeline zurückgelassen habe, doch ich bin nicht in Sibirien,* dachte er. *Aus der Ukraine kann ich flüchten. Das habe ich bereits einmal getan. Ich kann es auch wieder tun.*

Obwohl er bei diesem Gedanken lächeln musste, bewahrte Emil seinen düsteren Ausdruck, als die Soldaten die Gefangenen in Reihen aufstellten, damit sie neue Kleidung erhielten: einen Satz Gefangenenuniform, einschließlich Mütze, Jacke und Arbeitsstiefeln. Sie wurden ermahnt, ihre Kleidung zu schonen. Es würde keinen Ersatz geben.

Nachdem sie in Zelten neben den Eisenbahnschienen entlaust wurden und ihre alte Kleidung zurückließen, marschierten sie in die Stadt. Obwohl die Hitze drückend war, verlief der Weg neben einem gluckernden Bach durch einen schattigen Wald, wo es nach Kiefern und Wildblumen roch, bis sich der Wind drehte und Emil nur noch gelöschtes Feuer und brennende Chemikalien roch.

Sie ließen den Wald hinter sich und gingen im heißen, silbrigen Sonnenlicht eine Anhöhe hinauf, die ihnen einen ersten Blick auf Poltawa bot. Die Stadt war einmal die Heimat von dreihunderttausend Menschen gewesen, doch mehr als achtzig Prozent der Stadt lagen in versengten Trümmern, eine Einöde des Kriegs, wo sich weniger als sechstausend Menschen durchs Leben kämpften.

Emil blickte hinab auf das ruß- und bombengeschwärzte Labyrinth aus flachen, zerbrochenen Mauern, verbogenen Stahlgerippen und zerfetzten, aus den Trümmern ragenden schwarzen Spitzen, das sich bis zum Horizont erstreckte, und er spürte, wie seine Entschlossenheit schwand. Obwohl er nicht an Gott oder den Himmel glaubte, sagten ihm seine Augen, dass er davor war, die Hölle zu betreten.

# Sechsundzwanzig

***27. Juni 1945***
***Liegnitz, Polen***

Mehr als dreieinhalb Monate nach Emils Festnahme erhob sich die Sonne über dem Gebäude, das der erweiterten Familie Martel für fast fünf Monate ein Zuhause gewesen war. Adeline und die Jungen standen auf der Straße vor dem Haus neben ihrem kleinen Karren. Ihre Mutter und Schwester, Emils Eltern und Resi waren ebenfalls dort mit ihren vollgeladenen Karren und Wägelchen.

Karoline sagte: »Ihr solltet alle mit uns kommen. In einer Woche werden wir wieder in Friedensthal sein. Ein Ort, den wir kennen. Ein Leben, das wir kennen.«

»Die Sowjets lügen euch an«, sagte Adeline knapp. »Ihr werdet zu einem Leben zurückkehren, das schlimmer ist als das, was wir bisher schon kennen. Und außerdem hat Emil mir gesagt, dass ich nach Westen gehen soll und dass er mich finden wird.«

Ihre Schwiegermutter sah aus, als hätte sie etwas Faules im Mund, bevor sie sagte: »Sieh es doch endlich ein, Adeline.

Deine Mutter hat recht. Emil ist weg und wird nicht zurückkehren. Genau wie dein Vater.«

»Das glaube ich nicht«, sagte Adeline und ballte die Hände. »Das werde ich niemals glauben.«

»Dann heißt es auf Wiedersehen«, sagte Karoline.

Adeline nickte und sagte Willi und Woldi, dass sie sich von ihren Großeltern und ihrer Tante verabschieden sollten. Resi hatte Tränen in den Augen, doch Karoline blickte sie kaum an, bevor sie den Jungen das Haar zerzauste. Nachdem Adeline Resi und Johann umarmt hatte, sagte Karoline: »Komm einen Augenblick zu mir, Adella.«

»Ich werde meine Meinung nicht ändern.«

»Das weiß ich«, sagte sie, bevor sich beide weit genug von den anderen entfernt hatten, um nicht gehört zu werden.

Karoline blickte ihr so mürrisch wie immer in die Augen und fragte: »Kannst du mir verzeihen, bevor wir für immer auseinandergehen?«

Adeline wusste genau, worauf sie sich bezog, auf jenen Zwischenfall vor langer Zeit, als der erste Waldemar am Verhungern war und Karoline trotzdem von der Sahne getrunken hatte, die ein Freund für ihn vorbeigebracht hatte, bevor er dann zwei Tage später gestorben war. Über Jahre hinweg hatte sie ihrer Schwiegermutter Vorwürfe gemacht und sich eingeredet, dass sie diesem boshaften Weibsstück ihre gierige und gefühllose Tat niemals würde verzeihen können.

Doch als sie jetzt dastand, da horchte sie nicht auf ihren Verstand, sondern auf ihr Herz. »Ich vergebe dir, Karoline. Du hast seinen Tod nicht verursacht. Meine Malaria hat es getan. Er wäre mit oder ohne die Sahne gestorben. Ich habe es dir so lange vorgeworfen. Das war ungerecht von mir.«

Die Züge ihrer Schwiegermutter wurden weich und sie ergriff fest Adelines Unterarm, bevor sie hervorwürgte: »Dank dir. Ich weiß nicht, was an jenem Tag in mich gefahren war.

Ich … Pass auf deine Jungen auf. Sie haben ganz viel von Emil in sich, weißt du?«

Karolines harter Ausdruck kehrte zurück, bevor sie noch einmal nickte und zu ihrem Karren ging. Sie stellte sich hinter die Schubstange, während Johann die Zugstange vorn ergriff. Resi, die auf dem Karren saß, winkte ihnen zu, ihr Gesicht rot vor Anspannung, bevor sie in Schluchzen ausbrach.

»Wenn Emil dich findet, dann sag ihm, dass er mich auch finden soll«, sagte sie, bevor ihre Eltern den Karren in Richtung Bahnhof anschoben und -zogen, um mit der Eisenbahn zurück in die Ukraine und ins kleine Friedensthal zu gelangen.

* * *

»Werden wir sie je wiedersehen, Mama?«, fragte Woldi mit Tränen in den Augen, als sie verschwanden.

»Ich weiß es nicht«, sagte sie.

Er schien sehr aufgewühlt, deshalb fügte sie hinzu: »Wenn es Teil von Gottes Plan ist, dann werden wir das.«

Sie stellte sich an die Vorderstange ihres kleinen Karrens, Emils übliche Position, bevor sie zurückblickte zu Woldi und Willi an der Schubstange und dann hinüber zu ihrer Schwester und ihrer Mutter und der Cousine mit den Zwillingen im Karren.

»Bereit?«, fragte sie.

Lydia und Malia nickten. Marie ebenfalls.

Willi sagte: »Ich bin bereit, in den Westen zu gehen.«

Woldi fragte besorgt: »Aber wie wird Papa wissen, wo er uns findet, nachdem wir hier weggehen?«

»Ich habe dem Besitzer einen Brief für ihn gegeben, falls er zuerst herkommt«, sagte sie. »Darin steht, dass wir nach Berlin gehen, um in die britische oder amerikanische Zone zu kommen, wo wir auf ihn warten werden.«

»Er wird niemals dazu kommen, es zu lesen«, sagte Lydia.

Malia, die neben ihr an der Schubstange ihres Karrens stand, sagte: »Mutter, du musst lernen, manchmal einfach die Schnute zu halten.«

Lydia starrte ihre ältere Tochter an, hob dann das Kinn und blickte weg, während sie sagte: »Ich weiß nicht, warum sie uns nicht hierbleiben lassen.«

Malia sagte: »Niemand in Polen will uns hier. Wenn wir nicht zurück nach Friedensthal gehen, dann haben wir keine andere Wahl.«

Adelines Schwester hatte recht. Wie jedes andere Land, das von Hitlers Armeen besetzt wurde, hatte auch Polen beschlossen, alle Menschen deutscher Abstammung aus seinen Grenzen zu vertreiben, unabhängig von ihrer Rolle im Krieg. Sie hatten achtundvierzig Stunden Zeit zum Packen bekommen, um entweder mit dem Zug in den Osten zurückzukehren oder zu Fuß in den Westen.

Marie hatte angesichts des Fiebers ihres achtzehn Monate alten Sohnes Rutger um Extrazeit gebeten, doch das wurde abgelehnt. Das kranke Kind jammerte in Maries kleinem Karren und Adelines Cousine wirkte überfordert, als sie sich zum Aufbruch bereit machten.

»Dann mal los!«, sagte Adeline. »Lasst uns so weit gehen, wie wir es heute schaffen.«

Sie nahm die Stange des Karrens, warf einen letzten Blick nach Osten über die Straße zu der Ecke, hinter der Emil vor mehr als drei Monaten verschwunden war, drehte dann den Kopf nach Westen und ging los. Sie waren weniger als einen Kilometer zu den Randbezirken der Stadt gegangen, wo sie sich einem stetigen Strom anderer Flüchtlinge auf dem Weg nach Westen anschlossen, als Willi fragte: »Mama, wie weit ist Deutschland?«

»Einhundert Kilometer«, sagte Adeline und spürte, dass ihre Füße bereits zu schmerzen begannen.

»Und Berlin?«, fragte Woldi.

»Fast dreihundert.«

»Ohhh«, stöhnte Willi. »Da werden wir niemals ankommen.«

* * *

An jenem ersten Tag schafften sie bis zum Sonnenuntergang zwölf Kilometer. Adeline hatte keine Zeit, sich zu fragen, ob Emil irgendwo im fernen sowjetischen Osten den Sonnenuntergang sah. Während des Tages war sie zur Anführerin der Familie geworden und musste entscheiden, wo sie für die Nacht lagern sollten und was sie essen und wo jeder von ihnen schlafen würde.

Adeline ließ die Jungen einen Ofen am Ufer eines Baches graben, dann machte sie Suppe und erwärmte das Brot, das sie am Vortag gebacken hatte, und verteilte das im März auf dem Schwarzmarkt gekaufte Dörrfleisch, als die Reichsmark noch Wert besaß. Während Willi und Woldi das Feuer nährten, spülte sie mit Malia das Geschirr.

»Kannst du es glauben, dass sie endgültig weg sind?«, fragte Malia. »Resi, Johann, Fräulein Sonnenschein?«

»Ich werde Resi und Johann vermissen«, sagte Adeline.

»Irgendwas in meinem Bauch sagt mir, dass sie es bereuen werden.«

»Das habe ich ihnen auch gesagt, doch sie hat nicht auf mich gehört.«

»Was gibt es sonst Neues über sie?«

Adeline erzählte Malia, warum Karoline sie beiseite gebeten hatte.

»Willst du mir etwa sagen, dass sie womöglich doch eine Seele hat?«

»Vielleicht.«

»Vielleicht können sich die Menschen ändern. Vielleicht können dich die Menschen überraschen, wenn sie lange genug leben.«

Adeline wurde plötzlich von Gefühlen übermannt und nahm ihre ältere Schwester in die Arme.

»Was war das denn?«, fragte Malia, als sie sich trennten.

»Das war ein Dank«, sagte Adeline. »Dass du du bist und dass du hier bist und für deine kleine Schwester einstehst. Und wegen der Sache, die wir vorhin mitbekommen haben.«

Ihre ältere Schwester schluchzte. »Ich denke, da wird es noch viel von geben.«

»Nicht mit mir«, sagte Adeline. »Ich werde kratzen und beißen, bis sie bluten, wenn sie kommen.«

Später am Abend lag sie zwischen ihren Söhnen auf dem Boden, betrachtete die restliche Glut im Feuer und hörte, wie Marie ihre Zwillinge zu beruhigen versuchte. Rutger hatte während des Tages einen trockenen Husten entwickelt, und Hans hatte jetzt ebenfalls Fieber bekommen. Doch Adeline konnte die Gedanken nicht von dem jungen Flüchtlingsmädchen losbekommen, das nicht älter als sechzehn war und das von zwei Sowjets von der Straße weg und in einen Schuppen gezerrt wurde.

Sie alle hatten das Schreien gehört, auch die Jungen, die erschraken und fragten, was mit dem Mädchen geschah. Adeline hatte gesagt, dass sie es nicht wusste und es auch nicht wissen wollte, und sie hatte sich selbst gesagt, dass sie so etwas nicht mit sich machen lassen würde. Egal was, doch sie würde sich nicht von irgendwelchen Tieren vergewaltigen lassen. Doch als sie da auf dem Boden lag, inmitten eines verrückten Chors von Insekten und Nachtvögeln, die sie vom Boden der Flussaue riefen, wusste sie, dass sie sich in ihrem ganzen Leben noch nie so ängstlich und allein gefühlt hatte, obwohl ihre Mutter und Schwester weniger als zehn Meter von ihr entfernt waren.

Emil war weg und mit ihm ihr unverrückbarer Glaube an Gott und ihre Fähigkeit, zu überleben und ihre Söhne am Leben zu halten. Während des ganzen Trecks aus der Ukraine war ihr Glauben stark geblieben und sie war überzeugt gewesen, dass Gott an ihrer Seite ging. Jetzt erkannte sie, dass tatsächlich Emil an ihrer Seite geblieben war, und ohne ihn fühlte sie sich verlassen, in den Wind geworfen, von der Gnade vergessen.

Es war die hundertste Nacht, seit sie das letzte Mal Emil gesehen hatte und er ihr zurief, sie solle nach Westen gehen, als Adeline die Augen schloss und zu Gott betete, ihn zu retten und sie und die Jungen sicher in den Westen zu bringen, wo er sie finden konnte. Und in der hundertsten Nacht, seit sie ihn das letzte Mal gesehen hatte, schlief sie ein, gequält von einer dunklen Stille, die ihr Herz noch stärker schmerzen ließ.

* * *

Am nächsten Tag schoben und zogen Adeline und die Jungen den kleinen Karren vierzehn Kilometer weiter. Am dritten Tag schafften sie zehn. Die Jungen beschwerten sich kein einziges Mal, denn sie sahen die unzähligen anderen Flüchtlinge auf den Straßen, alle in Richtung deutschen Boden. An jenem dritten Nachmittag regnete es eine Weile, was allen außer Maries Söhnen guttat, die vom Fieber brannten und von dem rasselnden, würgenden Husten geschwächt waren, der ihre Lungen strapazierte.

In jener Nacht lagerten sie in einem verlassenen Silo, und das Wimmern und Weinen der Zwillinge und Maries tröstende Worte hallten durch das hohe Gebäude. Schließlich beruhigten sich Maries Söhne. Adeline fiel in einen tiefen, traumlosen Schlaf, der von Maschinengewehrsalven unterbrochen wurde.

Patronen durchlöcherten den Silo über ihnen, ließen dünne Strahlen des Sonnenlichts herein und machten alle vor Angst hysterisch.

Wie es begonnen hatte, so hörte das Schießen auch auf einmal wieder auf. Als sie lachende Männer hörten, riefen sie, dass Menschen im Silo waren. Falls die Männer es gehört hatten, dann war es ihnen egal, denn sie durchlöcherten den oberen Silo mit ein paar weiteren Schüssen, bevor sie wieder aufhörten.

Willi weinte und klammerte sich an Malia. Woldi war still geworden, doch er hielt sich fest an Adeline. Lydia schluchzte. Ebenso Marie, die sich über ihre Zwillinge gebeugt hatte, um sie zu beschützen.

Adeline zitterte von der Aufregung und befahl Woldi, bei Willi zu bleiben, ging zu der Klapptür des Silos und drückte sie auf. Sie duckte den Kopf nach draußen und sah drei russische Soldaten davongehen, Wodkaflaschen in der Hand, Maschinenpistolen über der Schulter. Hinter ihnen auf der Straße waren Hunderte Flüchtlinge bereits wieder auf dem Weg und strömten in Richtung zerbrochenes Vaterland.

Als sie sich zurückdrehte, wischte sich Willi gerade die Tränen aus den Augen. Woldi saß auf dem Boden des Silos und starrte schweigend nach unten. Malia und Lydia blickten in die Ferne. Und Marie war noch immer über die kleinen Jungen gebeugt und weinte mit leisem, furchtbarem Stöhnen.

»Es ist jetzt vorbei«, sagte Adeline. »Sie sind weg. Ein paar betrunkene Soldaten, das war alles.«

Sie ging zu ihrer Cousine, die noch immer stöhnte, bückte sich zu ihr und rieb ihr den Rücken. »Ich sagte, es ist vorbei, Marie. Sie sind jetzt weg.«

Maries Brust hob und senkte sich stark und sie stöhnte erneut. »Lass es aufhören, Adella. Bitte lass es aufhören.«

»Hey«, sagte Malia und kniete sich neben sie. »Was ist los, Süße?«

Endlich hob Marie den Kopf, ihr Ausdruck war gequält und ihre Augen wie blutrote Untertassen. »Mein kleiner Junge ist nicht mehr«, flüsterte sie, »und ich weiß nicht, was ich machen soll.«

Adeline war verwirrt und dann entsetzt, als sie zu den Zwillingen blickte. Sie sah Hans in seinen Stoffwindeln, wie er sich auf der Decke krümmte, die dicken Bäckchen fieberrot, und daneben sein Bruder, reglos, kalt und blau.

* * *

Während Malia und die Jungen draußen ein Grab schaufelten, blieb Marie im Silo, wobei sie den quäkenden kleinen Jungen auf ihrem Schoß fast ignorierte, während sie stumm zu dem Tuch blickte, das seinen Zwillingsbruder bedeckte.

Adeline blieb die ganze Zeit über bei ihr. »Hans möchte essen«, sagte sie sanft.

»Das will er, doch er tut es nicht, wenn sein Fieber so hoch ist wie jetzt«, erwiderte Marie wie betäubt. »Rutger hat vor zwei Tagen dasselbe gemacht.«

Woldi steckte den Kopf herein. »Es ist fertig, Mama.«

Marie verzerrte vor Schmerz das Gesicht. Sie hielt Adeline Hans hin. »Ich trage Rutger.«

»Nein.«

»Ich trage meinen Jungen«, beharrte sie.

Adeline erinnerte sich an den Tag, als sie ihren Erstgeborenen begraben hatte, nahm Hans und sah zu, wie ihre Cousine den toten Jungen in das Tuch wickelte und ihn nach draußen trug. Als sie Rutger ins Grab senken wollte, wäre sie fast hinter ihm hergefallen, doch Malia ergriff sie und hielt sie fest.

Lydia begann, das Vaterunser zu beten. Malia schloss sich an. Adeline war unfähig, den Worten viel Stimme zu geben, während Marie sich die Seele aus dem Leib schluchzte.

Nachdem sie das Grab mit Erde gefüllt hatten, sagte Marie: »Ich bin noch nicht bereit, ihn zurückzulassen. Ich kann nicht.«

»Du musst«, sagte Adeline, reichte Hans an Malia und ging zu ihrer Cousine. »Du hast einen anderen Jungen, an den du denken und um den du dich kümmern musst.«

»Aber ich werde nie wieder hierherkommen.«

Adeline ging zum Grab, nahm eine Handvoll Erde und wickelte sie in das Tuch, das sie von ihrem Kopf nahm. »Du nimmst diese Erde mit dir, und wenn du ein Zuhause findest, dann vergräbst du es und stellst ein Kreuz auf, damit du richtig trauern kannst. Doch so schwer es auch ist, du musst ihn jetzt zurücklassen und an Hans denken.«

Marie hatte einen herzzerreißenden Ausdruck im Gesicht, als sie das Taschentuch nahm, das die Graberde enthielt. Sie presste es an ihre Brust, während sie zum Karren trottete. Adeline kannte diese vorgebeugte, gequälte Haltung nur zu gut und trauerte mit Marie, wobei sie genau wusste, dass das Einzige, was den Schmerz ihrer Cousine lindern würde, Zeit und die Freude anderer Kinder sein würde.

* * *

***2. Juli 1945***
***Bei Wykroty, Polen***

Adeline und ihre Familie waren nur noch weniger als sechsundzwanzig Kilometer von der deutschen Grenze entfernt, trotteten in der erbarmungslosen Hitze über eine Straße, die vollgestopft war mit Flüchtlingen und sowjetischen Armeelastern, als Marie zu schreien begann, weil Hans zu atmen aufgehört hatte. In Panik versuchte die Krankenschwester Mund-zu-Mund-Beatmung und schlug ihrem Sohn auf die Brust. Doch ihr zweiter Sohn lebte nicht mehr, und mit ihm war auch Maries Verstand gegangen.

Nach einem ersten qualvollen Trauerausbruch schien Adelines Cousine nichts mehr von dem zu hören, was man ihr sagte. Auch als Adeline ihr erklärte, dass die Schlacke neben den Eisenbahnschienen der einzige Ort war, an dem sie Hans begraben konnten. Ihre Cousine sah ausdruckslos zu, als Malia ihren zweiten Sohn begrub, und reagierte auch nicht, als Adeline ihr ein Tuch mit der Asche seines Grabes gab.

Marie legte es in ihren Karren neben das Bündel mit der Erde von Rutgers Grab und schob dann ihr Wägelchen energisch in Richtung Deutschland. Adeline und die Jungen hatten Schwierigkeiten, mitzuhalten. Marie blickte nicht zurück. Kein einziges Mal. Und sie schien auch nicht zu weinen.

Eine Stunde später stockte vor ihnen der Verkehr. Ein Laster mit jungen Sowjetsoldaten rollte an ihnen vorbei und kam zum Stehen. Die Soldaten tranken Wodka und sangen laut. Sie bemerkten Marie, die ihren Karren schob, die Bluse durchgeschwitzt und ihre Brüste geschwollen von der Milch. Einer von ihnen rief ihr etwas auf Russisch zu.

»Schöne Frau, warum so allein? Komm mit uns und wir werden feiern!«

Marie antwortete nicht, sondern ging einfach seitlich an ihrem Laster vorbei. Der Soldat stand auf und blickte um das Verdeck herum zu ihr.

»Hast du ihre Titten gesehen?«, fragte er seine Freunde. »Solche Granaten!«

Seine Freunde brüllten vor Lachen und schienen Adeline und ihre Jungen nicht zu bemerken, die gerade an ihrem Laster vorbeikamen. Kurz danach sah sie, dass sich die Fahrzeuge vor ihnen wieder in Bewegung setzten, und hörte die Bremsen des Lasters hinter ihnen seufzen. Er rollte an ihr vorbei und sie sah, wie sich derselbe Soldat seitlich aus dem Laster lehnte.

»Schöne Frau!«, rief er, als der Laster wieder an Marie vorbeikam. »Du sollst nicht so allein sein. Komm mit uns. Wir werden unseren Spaß haben.«

Der Laster blieb stehen. Falls Marie ihn gehört hatte, so zeigte sie es nicht. Sie ging einfach in demselben zügigen Tempo weiter, das sie eingeschlagen hatte, seit sie das Grab von Hans zurückgelassen hatten. Und Adeline und die Jungen eilten erneut an dem Laster vorbei und wurden wieder übersehen.

Der Soldat schien wild entschlossen. Als sein Laster ein drittes Mal an Marie vorbeikam, streckte er den Arm mit einer vollen Wodkaflasche aus und rief: »Schöne Frau, vergiss dein elendes Flüchtlingsleben! Komm mit mir. Wir werden den ganzen Weg bis Berlin trinken und feiern!«

Der Laster fuhr weiter und kam gute fünfzig Meter an Marie vorbei, bevor er wieder anhielt. Adelines Cousine blieb nicht stehen, als sie ihren Karren losließ und zu dem Laster ging. Die Soldaten sahen, was sie tat, und fingen an, ihr aufmunternd zuzurufen und mit den Wodkaflaschen zu winken.

»Komm schon, schöne Frau!«, rief der Soldat, der sie die ganze Zeit angesprochen hatte. »So eine Gelegenheit wirst du nie wieder bekommen!«

»Marie!«, rief Adeline. »Mach das nicht!«

Doch dann fuhr der Laster wieder an und ihre vor Trauer zerstörte Cousine rannte los. Die russischen Soldaten drehten durch und riefen und schrien ihr zu. Marie lief schneller und erreichte den Laster. Viele Hände streckten sich zu ihr aus und zogen sie hoch in den Wagen.

Man drückte ihr eine Flasche Wodka in die Hand, während bereits viele Hände über ihren Körper wanderten. Zum Entzücken der Soldaten begann Marie, ihren Körper gegen die Hände zu drücken, dann hob sie die Flasche an den Hals und trank.

Der Laster fuhr schneller und ihre Cousine trudelte aus Adelines Leben wie ein Blatt im Wind.

# Siebenundzwanzig

***3. Juli 1945***
***Poltawa, Ukraine***

In den fünf Wochen seit seiner Ankunft im Gefangenenlager hatte Emil gelernt, den Wind zu lieben. Schon der Gedanke daran, wie er über seine Haut strich, reichte aus, um die Nächte durchzustehen. Die Sowjets brachten Emil, Nikolas und sechshundert der verbliebenen zweitausend Gefangenen im weitläufigen Keller des Museums von Poltawa unter. Die oberen Stockwerke waren bei der Bombardierung zerstört worden.

Sie schliefen mit einhundert Männern pro Raum auf langen, niedrigen, roh gezimmerten Stockbetten ohne Matratze. Die vielen Körper in dem verschlossenen Raum produzierten eine fürchterliche Hitze und Feuchtigkeit, die so stark war, dass die ganze Nacht das Wasser von der Decke und den oberen Betten tropfte. Emil konnte sich nicht entscheiden, was schlimmer war: draußen in der gleißenden Sonne oder drinnen in dem feuchten Loch des Schlafraums, vollgestopft mit all den stinkenden Männern, die im Schlaf schnarchten, stöhnten, furzten, jammerten und um Errettung flehten.

Die sanitären Bedingungen waren mehr als abscheulich. Die Männer gingen nach draußen, setzten sich auf flache Bretter und schissen in einen langen Graben, den sie alle drei Tage neu gruben und zudeckten. Das städtische Wasser war verseucht. Die Gefangenen erkrankten fast unmittelbar an Ruhr und Parasiten. Emil konnte die betroffenen Männer die ganze Nacht stöhnen und schnellen Schrittes zu den Latrinen eilen hören.

Alle schliefen in ihrer Kleidung, sodass sie schnell aufstehen und aus dem Keller des Museums gebracht werden konnten, um dann sechs Häuser weiter zu einer improvisierten Essensausgabe zu gelangen, die vor den Ruinen des Rathauses von Poltawa eingerichtet worden war. Einige in der Stadt verbliebene Frauen kochten für die Gefangenen, deren Speiseplan aus dünner Gemüsesuppe, einem Pfund Brot für den ganzen Tag, Rüben, Kartoffeln und gelegentlich einem Stück Rückenspeck bestand.

Andere Männer beschwerten sich, doch Emil schloss die Augen und stellte sich vor, dass jede Mahlzeit von Adeline gekocht wurde. Während er die Suppe löffelte, schmeckte er die Hühnersuppe mit den selbst gemachten Eiernudeln. Wenn er in das Brot biss, dann stellte er sich den mit frisch gepflückten Beeren gefüllten Strudel vor, den sie immer im Herbst gemacht hatte. Und wenn er sich den Rückenspeck in den Mund steckte, dann genoss er es, als wäre es ihr feinstes Schnitzel.

Man hatte sie in Gruppen eingeteilt. Die ersten Gruppen waren dazu bestimmt worden, sich um den Wiederaufbau der hauptsächlichen Wasserleitungen, des Rathauses und des Museums zu kümmern.

Emil und Nikolas waren einer Gruppe aus zweihundert Mann zugewiesen worden, die den Auftrag hatte, das Krankenhaus wieder aufzubauen. Dabei waren sie zunächst an allem beteiligt: die Trümmer von den Ruinen der Einrichtung wegräumen, die Reste des Fundaments ausgraben und dann Holzformen für den Beton bauen.

Als die Formen am Platz waren, musste Emil mit einer Gruppe Kalk, Lehm und Flugasche für den Zement vermischen und diesen dann mit Sand, Kies und Ofenschlacke, um Beton zu machen, der in die Formen gegossen wurde. Durch diese Aufgabe blieb er etwas außerhalb der hektischen Betriebsamkeit beim Aufbau des Krankenhauses, was ihm nur recht war. Die Wachen beachteten ihn kaum, während er den Beton mischte. Er hielt den Kopf gesenkt, arbeitete schwer und blieb still.

*Ich kann das überleben,* sagte er sich während jener ersten Tage immer wieder. *Ich werde diesen Ort überleben, doch nur, wenn ich mich allein auf mich selbst verlasse. Keine Verbündeten bedeutet keinen Verrat.*

Emil blieb ebenfalls wachsam, was Gelegenheiten zur Flucht betraf. Bisher hatte es jedoch keine gegeben. Am Krankenhaus wurden sie bewacht. Sie wurden beobachtet, während sie zu den Mahlzeiten gingen und auf dem Weg zurück zum Museumskeller. Waren sie erst einmal unten und in den Holzbetten, dann ignorierte Emil die anderen Männer, die sich neben ihm rührten, und versuchte, sofort einzuschlafen und an einen tieferen, dunkleren Ort zu gelangen, wenn das nächtliche Leiden begann.

Doch wenn er mitten in der Nacht von Stößen oder Tritten oder lautem Schnarchen aufgeweckt wurde, dann dachte er an Adeline und Willi und Woldi, um sich neuen Mut und Hoffnung zu geben, damit er einen weiteren Tag durchhielt.

* * *

### *5. Juli 1945*
### *Cottbus, Deutschland*

Als sie sich der ersten größeren Stadt im sowjetisch besetzten Ostdeutschland näherten, war Adeline noch immer aufgewühlt von Maries Entscheidung, zu den Russen in den Laster zu springen. Doch dann blickte sie zurück zu ihren Jungen, die hinter ihr den Karren schoben. *Was würde ich tun, wenn mir beide genommen oder getötet würden?*

Dieser Gedanke verfolgte sie während der folgenden vier Tage bei jedem Schritt, den sie in der glühenden Hitze und Feuchtigkeit machte. Als sie in einem Wald in der Nähe von Falkenberg an eine Weggabelung kamen, rief Adeline zur Rast. Ihre Mutter kam zu ihr gehumpelt und setzte sich im Schatten auf einen Felsen.

»Ihr könnt ohne mich weitergehen«, sagte sie. »Ich werde hierbleiben.«

Adeline seufzte. »Auf diesem Felsen, Mutter? Hier im Wald?«

»Nein«, schnauzte Lydia und zeigte auf den Wegweiser. »Ich gehe in diese Stadt und finde heraus, wer dort zuständig ist, und dann bitte ich um einen Platz, an dem ich bleiben kann.«

»Mutter«, sagte Adeline, »wir sind zu Fuß nur noch vier Tage von Berlin entfernt. Vier Tage davon entfernt, zu den Westmächten zu finden und …«

»Hör jetzt auf mit dem Unsinn!«, rief ihre Mutter und schlug sich mit ihrer knochigen kleinen Faust auf das Bein. »Das war Emils verrückte Idee, nicht meine und nicht deine. Was auch immer daraus wird, so wissen wir doch, wie es unter Stalin funktioniert. Je schneller wir uns niederlassen und anpassen, umso besser. Gib es endlich zu, Adeline. Karoline hatte recht. Emil ist fort, genau wie sein Bruder. Er wird niemals den Weg zurück zu dir finden. Verschwende nicht dein Leben damit, auf ihn zu warten. Dein alberner Traum von einem grünen Tal ist vorbei.«

Adeline war überrascht von der grimmigen Verbitterung, die sie bei der alten Frau bemerkte. »Es ist nicht vorbei, Mutter, solange ich nicht aufgebe. Mein Ehemann, den ich liebe und dem ich vertraue, hat mir gesagt, dass ich so weit nach Westen gehen soll, wie ich kann, und dass er mich finden wird. Damals habe ich es ihm geglaubt. Und ich glaube es ihm auch jetzt.«

»Ich habe deinem Vater auch geglaubt, als er sagte, er würde zurückkehren.«

Adeline ignorierte sie und blickte zu Malia. »Wir können für sie hier einen Platz finden und du kannst mit uns kommen.«

Ihre ältere Schwester lächelte traurig und nahm Adelines Hand in ihre. »Mein Platz ist bei Mutter, das weißt du.«

Adeline sah Malia an und beide blinzelten ihre Tränen zurück. »Ich habe dir einmal gesagt, dass ich es nicht ohne dich schaffe.«

»Ich weiß, doch jetzt musst du«, sagte Malia. »Ich will nicht, dass du gehst, doch du musst tun, was du für richtig hältst.«

»Wir werden einander wiederfinden, ja?«

»Das liegt in den Händen einer Macht, die viel größer ist als wir, meine Liebe«, sagte Malia und nahm Adeline in die Arme. »Doch nimm meine Liebe mit dir, wohin auch immer du gehst. Und ich werde deine Liebe mit mir nehmen. Und hoffentlich werden wir eines Tages wie deine Freundin Frau Kantor in der Lage sein, die Schönheit in jeder Grausamkeit zu erkennen, die wir zu erdulden hatten. Auch diesen Augenblick.«

Als sie sich aus den Armen ihrer größeren Schwester löste, fühlte es sich an, als würden ihr Wurzeln aus der Brust herausgerissen. Das Gefühl verstärkte sich noch, als Adeline zu ihrer Mutter ging, die sie nicht anblickte, als sie sagte: »Versprich mir nichts.«

»Das werde ich nicht, Mutter«, sagte Adeline. »Dann heißt es also Lebwohl.«

Für ein paar herzzerreißende Momente dachte sie, Lydia würde bei ihrem Auseinandergehen kalt bleiben. Doch dann bebten die Schultern ihrer Mutter und sie stand auf, um ihre Tochter zu umarmen.

»Du warst immer mutiger als ich«, flüsterte Lydia. »Wie dein Vater.«

»Den Rest habe ich von dir«, sagte Adeline und ihr schnürte sich die Kehle zu, als sie spürte, wie mager ihre Mutter während ihres letzten Weges in die Freiheit geworden war.

Als sie sich voneinander lösten, rief Adeline die Jungen, damit sie sich von ihrer Oma und Tante Malia verabschiedeten. Woldi war stoisch, doch Willi begann zu weinen, als er Malia umarmte. Und dann mussten sie gehen.

»Ich kann hier nicht sitzen bleiben und zusehen, wie ihr geht«, sagte Malia. »Lasst uns alle zur gleichen Zeit losgehen.«

Adeline nickte und konnte die Tränen nicht mehr zurückhalten, die ihr über die Wangen liefen, als sie an die Vorderseite ihres kleinen Karrens ging und die Zugstange ergriff. Sie wischte sich die Tränen ab, dann blickte sie zu den Jungen, zwang sich zu einem Lächeln und sagte: »Auf geht's. Die Martels sind unterwegs zu einem neuen Abenteuer.«

Mit einem schwachen letzten Winken zu ihrer Mutter und ihrer älteren Schwester drehte sich Adeline weg, zerschnitt innerlich die Bindungen und war von Angst erfüllt, doch sie machte einen Schritt in die Richtung, die sie einschlagen wollte, und dann noch einen und einen dritten. Später würde sie denken, dass dieser erste Schritt, den sie an jenem Tag machte, weg von ihrer Vergangenheit und hin zu einer unsicheren Zukunft, wie ein Sprung von einer Klippe zu einer anderen war und zugleich der zweitmutigste Akt ihres Lebens.

* * *

Am 16. Juli 1945 gingen Adeline, Woldi und Willi eine Straße entlang, die durch wunderschöne Felder voller rubinroter, violetter und weißer Wildblumen führte, die im leichten dunstigen Nebel leuchteten. Die Kühle der nördlichen Brise fühlte sich nach den vielen Tagen in der Hitze gut an. Sie lächelte, als die Sonne herauskam und wieder verschwand, durch den Nebel schimmerte und ihr eine Lichtershow schenkte, die sie erkennen ließ, wie sehr sie Blumen liebte. Ihre Farbtönungen, ihre Zartheit und ihre Form. Ihre tragisch kurze Zeit auf der Erde.

»Es ist ziemlich schön hier, Mama«, sagte Woldi.

»Das ist es«, sagte Adeline.

»Ist das unser Tal?«, wunderte sich Willi. »Ich kann gar keine Berge sehen.«

»Außer Blumen und Nebel kann ich auch nicht viel sehen, doch das reicht für den Augenblick«, sagte Adeline, entspannte sich und fühlte sich etwas weniger besorgt über ihre Zukunft.

Willi lief von der Straße und pflückte einen Strauß Blumen, mit dem er ihnen hinterherkam. »Damit du sie dir den ganzen Tag ansehen kannst, Mama«, sagte er, was sie sehr rührte, und sie verliebte sich gleich noch mehr als zuvor in ihren kleinen Jungen.

Ungefähr eine Stunde später erreichten sie die südöstlichen Vororte von Berlin. Was sie während der nächsten fünf Stunden sahen, ließ Adeline an ihrer Entscheidung zweifeln, ihre Mutter und Schwester zurückzulassen und allein mit den Jungen weiterzugehen. Sie war noch nie in einer so großen Stadt wie Berlin gewesen, deshalb spürte sie zunächst die Aufregung des Neuen. Doch als der Nebel sich auflöste und sie immer tiefer in Hitlers gefallene Hauptstadt kamen, erkannte sie bald, dass auch fast zehn Wochen nach der Kapitulation der Nazis Berlin noch immer eine Ruinenlandschaft war, ein zutiefst vernarbter und verletzter Ort, ein verkohltes, gequältes Labyrinth, in dem die Gerüche von Bombenruß, verbrannten Chemikalien und Tod um die Vorherrschaft kämpften. Bei der Schlacht um Berlin, dem Kampf um jede einzelne Straße und Gebäude um

Gebäude, um Trümmer und Ruinen, waren einundachtzigtausend Sowjets, hunderttausend deutsche Soldaten und hundertfünfundzwanzigtausend Zivilisten ums Leben gekommen. Abhängig von dem jeweiligen Standort und der Windrichtung wurde der Todesgestank mal stärker oder schwächer. Manche Leichen hatte man offensichtlich nicht gefunden, geborgen und begraben oder verbrannt.

Überall waren Rotarmisten und Gefangene, die die Trümmer aufräumten. Sie stapelten verwendbare Ziegelsteine und luden den Rest in Kipplaster. Wann immer sie an einer Gruppe Gefangener vorbeikamen, betrachtete Adeline ihre Gesichter und hoffte, dass sie womöglich Emil darunter entdecken würde. Doch keiner dieser Männer bei ihrer schweren körperlichen Arbeit ähnelte ihm.

*Ob auch Emil solche Arbeiten verrichten muss? Geht es ihm wie diesen Gefangenen?*

Je weiter sie im mal stärker, mal schwächer werdenden Nebel ins Zentrum Berlins kamen, desto mehr zeigte sich die Stadt als ein zerrissener, fremdartiger Ort, in dem viele Gebäude verkrüppelt waren. Nur noch Gerippe oder Trümmer waren von ihnen übrig. Auf diesem riesigen Friedhof sah sie Tausende Menschen in Wohnungen hausen, von denen einzelne Wände fehlten, oder unter Tüchern und Planen inmitten der Zerstörung. Adeline und die Jungen kamen an Hunderten ausgebrannten Häusern vorbei, Frauen wuschen die Wäsche in Eimern mit Wasser aus den Hydranten, ihre vom Bombenruß verschmierten Kinder spielten auf den Bergen aus Ziegelsteinen und verbogenem Metall.

Sie hörte, wie sie sich untereinander auf Deutsch unterhielten, und alle erzählten davon, dass sie noch immer unter Schock standen von der heftigen Straßenschlacht der letzten neun Kriegstage in Berlin und dass ihnen wohl ein jämmerliches

Schicksal bevorstand, jetzt, da Hitler tot und das Großdeutsche Reich zerstört war.

*Ihr habt keine Ahnung von dem Leid, das euer Hitler verursacht hat,* dachte Adeline verärgert. *In diesem Karren ist alles, was wir noch besitzen, und ich habe nicht einmal genug Essen, um meine Kinder heute Abend satt zu kriegen.*

Ein Gefangener aus einer der Zwangsarbeitergruppen hob ein Stück Zement auf, drehte sich um und kam mit so leeren Augen auf sie zu, dass sie erschauerte. Er erinnerte sie an Johann, als er aus Sibirien zurückgekehrt war – ein gebrochener Mann –, und ihr wurde schlecht bei dem Gedanken, dass Emil womöglich in einem ähnlichen Zustand zurückkehren würde.

Adeline und die Jungen gingen mit ihrem kleinen Karren gute drei Kilometer in die Stadt hinein, bis sie schließlich an einem sowjetischen Kontrollpunkt von einem Soldaten angehalten wurden, der ihre Papiere sehen wollte. Sie sprach Russisch mit ihm, was ihn zu verwirren schien, während sie ihn anlog und behauptete, sie habe keine Papiere. Sie erzählte ihm eine komplizierte Geschichte, dass sie von der deutschen Armee aus der Ukraine verschleppt und dabei von ihrem Ehemann getrennt wurde.

»Mir wurde gesagt, er sei hier, würde im westlichen Berlin arbeiten«, sagte sie in flehendem Tonfall. »Wir versuchen, ihn zu finden.«

Der Soldat blickte zu Woldi und Willi, die von den letzten paar Wochen des Gehens verschmutzt und erschöpft waren. Adeline dachte absichtlich an Emil und begann zu weinen. Der Wachtposten verzog angewidert das Gesicht und winkte sie weiter.

Als sie den ersten britischen Soldaten sah, warf sie den Kopf zurück und jubelte. Die Jungen blickten sie an, als wäre sie verrückt geworden.

»Wir haben es geschafft, Jungs! Wir sind da, wo Papa uns haben wollte! Im Westen, bei den Alliierten!«

Adeline eilte zu einem der britischen Soldaten und wollte fragen, wo sie etwas zu essen und eine Unterkunft finden konnten. Doch er sprach kein Deutsch. Als er hörte, dass sie es auf Russisch versuchte, zeigte er zurück auf die Straße, aus der sie gekommen war, zuckte mit den Schultern und drehte sich weg.

Sie ging weiter und dachte, dass sie doch irgendwo einen amerikanischen oder britischen Soldaten finden würde, der Russisch oder Deutsch verstand. Kurz darauf blickte sie mit den Jungen auf die Ruine einer Kirche und ihren zersplitterten Turm: Eine Seite war noch vollständig erhalten und kaum angesengt, doch auf der anderen befand sich nur noch ein schwarzer Schlund, wo der Turm einen Streifschlag aus der Luft bekommen hatte und zerspalten wurde. Sie konnte nicht glauben, dass die eine Seite unberührt geblieben war und die andere zerstört und verbrannt. Sie starrte noch einen Augenblick gedankenverloren auf die gesplitterte Spitze, bevor sie weitergingen.

Wäre es ein klarer Tag gewesen, dann hätte sie womöglich die Sonne zur Orientierung nutzen können, um weiter in den Westen und tiefer in die britische Zone zu gelangen. Doch gegen Mittag verdunkelte sich der Himmel und es regnete. Sie eilten Schutz suchend durch die Straßen, wobei sie jedes Gefühl für die Richtung verloren und sich verliefen.

»Wohin gehen wir?«, fragte Woldi, als sie sich in ein leeres Haus drängten.

»Ich weiß nicht«, sagte Adeline, so müde, dass sie sich ganz verwirrt und unsicher fühlte.

Willi sagte: »Ich bin zu müde zum Gehen, Mama.«

»Und ich bin durstig«, sagte Woldi. »Und hungrig.«

In Adeline brodelte es vor Verärgerung und dann Wut. Angesichts des Regens und der erbarmungslosen Unsicherheit um sie herum hätte sie fast ihre Furcht herausgelassen, dass sie allein es in den Augen der Jungen nicht würde bewältigen können: es in den Westen zu schaffen, Emil zu finden, Essen und Wasser für ihre Kinder zu beschaffen. Doch sie tat es nicht. Stattdessen holte sie tief Luft und gab ihnen das letzte Wasser aus dem Karren und das letzte Stück Brot, das sie in einer Bäckerei vor der Stadt gekauft hatte.

* * *

Der Regen ließ schließlich nach. Sie gingen weiter und waren bald im Tiergarten, dem riesigen bewaldeten Park mitten in der Stadt, in dem die Briten ihr Lager errichtet hatten. Männer waren damit beschäftigt, Bäume abzusägen und das Land zu lichten.

Sie versuchte es bei zwei weiteren britischen Soldaten. Keiner sprach Deutsch. Doch einer verstand etwas Russisch.

»Ich brauche Essen für meine Kinder«, sagte sie.

»Da lang«, sagte er und zeigte aus dem Park hinaus.

Adeline wusste nicht, dass sich der weitere Verlauf ihres Lebens entschieden hatte, als sie sich mit ihren Söhnen und dem kleinen Karren in diese Richtung wandte. Eine Stunde später kamen sie zu dem bombardierten Reichstag und sie erkannte, dass sie in die falsche Richtung gegangen waren. Eine riesige sowjetische Flagge – blutrot mit goldenem Hammer und goldener Sichel – flatterte auf der beschädigten Kuppel. Die Sonne kam hinter den Wolken hervor und traf auf das wehende Tuch, das in der Kombination seiner Farben erglühte wie Gelbsucht und Fieber. Das bedeutete Tyrannei, sagte sich Adeline, eine Krankheit, ein Fieber, ein Gift in der Leber der Menschheit. Die Arbeiterfahne, jene fauligen Farben, und die Naziflagge hatten über fast jeder Ungerechtigkeit und allem Leid geweht, die sie durchlebt hatte. In dem Moment dachte sie daran, umzukehren und in der britischen Zone um Essen zu bitten.

Woldi sagte: »Mama, ich will nicht mehr gehen.«

Sie hörte ihn, doch sie antwortete nicht.

»Mama«, fiel Willi ein. »Ich bin hungrig und …«

Adeline hielt es nicht mehr aus. Sie fuhr herum und sah ihre Söhne wütend an. »Ich weiß, dass ihr müde und hungrig und durstig seid, aber ich kann auch nicht hexen. Ich kann nicht einfach mit einem Fingerschnipsen Sachen herbeizaubern oder indem ich die Augen schließe und mir wünsche, sie wären hier.«

Die Jungen erschraken von ihrem ungewöhnlich barschen Tonfall und wichen einen Schritt zurück.

Sie bemerkte es und fühlte sich sofort schrecklich. Sie ging zu ihnen, ging vor ihnen in die Hocke und umarmte sie. »Ich werde uns Essen besorgen, so schnell ich kann. Bitte, ich bin genauso hungrig und müde wie ihr. Einverstanden?«

Willi drückte sie fest. »Ja, Mama. Ich bin auch gar nicht so hungrig.«

»Ich auch nicht«, sagte Woldi.

Adeline legte die Stirn für einen Moment an die Köpfe ihrer Jungen und musste sich eingestehen, dass ihre Kinder womöglich wieder einmal ohne richtiges Essen und ein echtes Bett schlafen gehen mussten. Im Schatten der flatternden Sowjetflagge fühlte sie sich wie abgeschnitten von allem, was ihr vertraut gewesen war, und allein gelassen von jedem, den sie jemals geliebt hatte, mit Ausnahme ihrer Jungen.

Sie blickte zum Himmel und flehte: »Du musst uns helfen. Wir haben niemanden, an den wir uns noch wenden können.«

# TEIL VIER
# DIE GESCHICHTE ZWEIER GEFANGENER

# Achtundzwanzig

***27. September 1945***
***Gefangenenlager Poltawa***

Vier Monate waren seit seiner Festsetzung vergangen und Emil wachte von den Rufen der sowjetischen Wachen auf und erkannte, dass er eine weitere Nacht überlebt hatte. Er richtete sich auf und bemerkte erleichtert, dass sich die Männer unmittelbar neben ihm ebenfalls auf ihren Betten rührten. Nachdem er die Stiefel geschnürt hatte, schlurfte er zur Treppe und trat hinaus in die Morgendämmerung.

Emil stellte sich in der inzwischen vertrauten Formation auf, wobei er nach dem Hitze-Inferno des Kellers in der kühlen Herbstluft zitterte. Drei Reihen vor ihm links stand Nikolas. Sie arbeiteten beide im Krankenhaus, allerdings niemals in derselben Gruppe, und seit Juni hatten sie nicht mehr miteinander gesprochen, was Emil ganz recht war. Zwei Gefangene führten ein Pony mit einem großen hölzernen Karren an ihnen vorbei.

Der Karren kam mit leerer Ladefläche an und verließ das Museum jeden Morgen und jeden Abend beladen. Emil sah ihn auf dem Weg zum Essen und wenn er zurück zum Schlafen ging. Seit seiner Ankunft im Mai hatte er den Karren kein einziges Mal leer vom Museum wegfahren sehen.

An jedem Morgen fand man tote Männer in den Betten und jeden Morgen wurden ihre Leichen aus dem Keller geschleppt, auf den Ponykarren geladen und mitgenommen, um auf einem Feld in der Nähe des Waldes am Rand der zerstörten Stadt begraben zu werden. Die Männer, die während des Tages bei der Arbeit starben, wurden auf den Todeskarren gehoben und dann abends von zwei anderen Gefangenen weggebracht.

Das Begräbniskommando war freiwillig. Wer sich dazu bereit erklärte, bekam als Entschädigung doppelte Rationen an Brot, Suppe und Rückenspeck.

Trotz der Regel seines Vaters, alles zu essen, was er bekommen konnte, hatte Emil sich nicht dafür beworben, auch wenn er so zusätzliches Essen erhalten hätte. Bei der Vorstellung, die Toten zu begraben, kehrten die quälenden Erinnerungen an jene Nacht in Dubăsari zurück.

Er bemerkte auch, dass die Freiwilligen der Begräbniskommandos trotz der Extrarationen nicht lange durchhielten. Verschiedene Krankheiten grassierten im Lager und der direkte Umgang mit den Leichen erschien Emil wie eine Fahrkarte in die Ewigkeit. Wie eine vielköpfige Hydra kamen und gingen Krankheiten, nur um immer wieder zurückzukehren. Die Ruhr schwankte zwischen einer Plage und einer Epidemie. Mücken fühlten sich in dem feuchten Keller wohl und Malaria ging um. Um die Verbreitung von Typhus zu vermeiden, wurden ihnen die Haare kurz geschoren, und alle zwei Wochen wurde ihre Kleidung ausgekocht, um die Läuse zu töten, die diese Krankheit übertrugen. Die Sowjets versuchten ebenfalls, ausreichend Trinkwasser für die Gefangenen abzukochen, doch es gab immer wieder Ausbrüche von Cholera.

Tatsächlich schien es kein Mittel zu geben, um die Männer um Emil herum vom Sterben abzuhalten. Mit ihm waren etwa zweitausend Männer nach Poltawa gekommen. Seitdem waren nach seiner Zählung zweihundertfünfzig Männer gestorben, sodass sie jetzt nur noch eintausendsiebenhundertfünfzig Männer waren, um die Stadt wiederaufzubauen.

Während Emil arbeitete, während er marschierte und während er schlief, ging ihm diese Zahl immer wieder im Kopf herum: Eintausendsiebenhundertfünfzig Männer waren noch übrig, um eine Stadt für dreihunderttausend Menschen wieder aufzubauen. *Das ist unmöglich. Dafür würden wir zwanzig Jahre benötigen.*

Jeden Morgen hatte er sich eingeredet, dass es ausreichen würde, Poltawa zu überleben, selbst wenn er nicht entkommen konnte.

*Doch für zwei Jahrzehnte? Und was würde mir dann noch bleiben, um zurückzugehen?*

Emil wäre dann Anfang fünfzig, fast im Alter seines Vaters, als ihn die Sowjets gehen ließen. Seine Söhne wären für ihn zu Fremden geworden. Adeline hätte ihn schon lange aufgegeben und einen anderen Mann und ein anderes Leben begonnen. Und wie würde er sie überhaupt finden?

Emils Zuversicht begann zu wanken. Er bemerkte, wie viel Gewicht er verloren hatte und damit auch einiges von seiner Kraft und seinem Durchhaltevermögen. Das Betonmischen war eine schwere Arbeit, und er konnte nicht mehr in demselben Tempo arbeiten wie noch vor einem Monat. Seine nachlassende Produktivität erregte die Aufmerksamkeit der Wachen und der Vorarbeiter, die ihn an jenem Nachmittag zweimal ausschimpften, damit er schneller Betonblöcke produzierte, während das Fundament aushärtete.

Als er an jenem Abend zurück zum Museum marschierte, wobei er das letzte Stück seiner Brotration kaute, erkannte Emil, dass er zwei Regeln seines Vaters gebrochen hatte, nämlich hart zu arbeiten und unbemerkt zu bleiben. Doch wie konnte er hart arbeiten und unbemerkt bleiben, wenn sie ihm nicht genug zu essen gaben?

*Zwanzig Jahre mit Männern, die in dieser Geschwindigkeit umfallen?*, fragte er sich, während er sah, wie das Begräbniskommando mit drei weiteren Toten abfuhr, die während der Arbeit gestorben waren. *Die Zahlen sind falsch. Sie lügen. Wir werden es kein Jahr durchhalten. Ich werde auch kein Jahr durchhalten. Wenn ich nicht flüchte, dann werde ich hier sterben.*

Emil fühlte sich beengt und bekam leichte Atemnot, während er die Stufen hinunter in den gefürchteten Keller stieg, wo er in der hinteren Ecke an der Wand einen freien Platz auf einem unteren Bett fand, wo er keine anderen Männer neben sich hatte. Er spürte bereits, wie sich die Hitze in dem niedrigen Raum aufstaute, zog seine Stiefel aus, legte sie zum Schutz zwischen sich und die Wand und nutzte seine Jacke als Kopfkissen.

Er schloss die Augen und erinnerte sich an Adeline an dem Tag, als er sie geheiratet hatte, als seine Lippen nach der Zeremonie ihren Mund berührt hatten und sie alles war, was er in seinem Leben brauchte, und ihre Zukunft unglaublich strahlend ausgesehen hatte. Anschließend hatten sie eine kleine Feier gehabt. Frau Kantor hatte einen Akkordeonspieler engagiert, damit alle tanzen konnten. Wegen des langsamen Hochzeitstanzes mit Adeline war Emil zunächst nervös gewesen, doch als er sie in den Armen hatte, da war es so natürlich wie Atmen gewesen. Nach ihrem ersten Tanz spielte der Mann mit dem Akkordeon ein mitreißendes Lied, das ihre Füße in Bewegung setzte und ihn unglaublich glücklich machte, vielleicht so glücklich, wie er nie zuvor gewesen war.

»Ich liebe dich, Emil Martel«, hatte Adeline irgendwann gerufen.

»Ich liebe dich auch, Adeline Martel«, hatte Emil erwidert. »Du gibst mir das Gefühl, als würde ich in Russland einschlafen und im Paradies aufwachen.«

Als er jetzt in dem Gefangenenlager in seinem Bett lag, schlief er mit dem Gedanken ein: *Du gibst mir noch immer dieses Gefühl, Adella. Sei stark und warte auf mich.*

* * *

***28. September 1945***
***Gutengermendorf, sowjetisch besetzter Teil Deutschlands***

Am folgenden Morgen spürte Adeline, wie ihr Herz vor Glück anschwoll, als sie zusah, wie der fast achtjährige Woldi und der fast sechsjährige Willi einen grasbedeckten Hang hinunter und durch ein Feld reifender Sonnenblumen in Richtung Dorf gingen. Es war Freitag und es war ihr erster Schultag. Heute sollten sie geprüft und ihren Klassen zugeteilt werden. Am Montag würde dann der richtige Unterricht beginnen und Adeline erinnerte sich an ihre eigenen ersten Schultage und verspürte die gleiche Aufregung wie sie.

*Sie werden es lieben,* sagte sie sich. *Es sind Jungen. Sie werden es hier lieben und ich werde es lernen.*

Sie hatten sich ja schon sehr angepasst, oder etwa nicht? Nachdem sie draußen in der Nähe des Reichstags hungrig übernachtet hatten, fanden sie eine Flüchtlingsunterkunft für zwei Tage, bevor die sowjetischen Besatzungsbehörden sie mit dem Zug nach Gutengermendorf schickten.

Ein älterer Mann namens Peter Schmidt hatte sie widerwillig am Bahnhof abgeholt und zu seinem Bauernhof anderthalb Kilometer von dem Dorf entfernt mitgenommen. Seine Frau Greta war nicht sehr glücklich darüber, dass ihr zusätzlich zu den bereits in ihrem Haus einquartierten russischen Soldaten noch eine dreiköpfige Familie aufgezwungen wurde, doch sie gab Adeline und den Jungen ihr eigenes Zimmer in einem Außengebäude, wo es sauber und trocken und sicher war.

Aufgrund ihrer Erfahrungen ließen sie Adeline als Hilfskraft auf dem Feld arbeiten. Innerhalb weniger Wochen hatte sie ihren Wert bewiesen und das Paar wurde freundlicher, was sich noch steigerte, als sie feststellten, dass sie in der Küche genauso begabt war wie beim Jäten, Mähen oder Dreschen.

»Sie wachsen so schnell«, sagte Frau Schmidt. Sie hatte sich hinter Adeline gestellt, die mit der Hand ihre Augen gegen die Sonne bedeckte und die Jungen bei den Sonnenblumen herauskommen und zu einer Reihe Ulmen und Kastanien gehen sah, die die Dorfgrenze markierte.

»Zu schnell, Frau Schmidt«, sagte Adeline. »Ich wünschte, mein Mann wäre hier, um das zu sehen.«

Die ältere Frau legte die Hand auf Adelines Schulter. »Fast jeder hat wegen Hitlers Krieg irgendwen verloren, den er geliebt hat.«

Adeline lächelte traurig und nickte, da sie wusste, dass der Sohn der Schmidts im vergangenen Winter an der Westfront gestorben war, wo er mit der Wehrmacht gegen die vordringenden Alliierten gekämpft hatte.

»Aber vielleicht ist ja dein Emil einer der Glücklichen«, sagte Frau Schmidt. »Vielleicht siehst du ihn eines Tages durch das Dorf kommen. Doch du solltest dich nicht zu lange mit solchen Träumen aufhalten. Diese Träume, Adeline, können dir das Herz brechen.«

Adeline dachte an ihre Mutter. »Das weiß ich. Was ist mit den Sonnenblumen?«

»Wir müssen alle ernten, bevor die Dämmerung hereinbricht. Peter meint, es wird heute Nacht regnen, die erste echte Abkühlung der Saison.« Sie machte eine Pause. »Willst du, dass wir heute Nacht auf die Jungen aufpassen?«

»Bitte«, sagte Adeline. »Ich kann gar nicht sagen, was das für eine große Hilfe ist.«

»Das mache ich doch gern«, sagte sie. »Wenn die Soldaten betrunken sind, dann sind sie wie Wilde.«

Adeline ging mit den anderen beiden Feldarbeitern hinunter zu den Sonnenblumen, wo sie den Tag damit verbrachte, sie abzuschneiden und zu bündeln, um sie dann hoch zur Scheune zu bringen, wo sie zum Trocknen mit dem Kopf nach unten aufgehängt wurden. Erst danach wurden die Kerne gesammelt. Sie mochte diese Aufgabe, denn sie war ihr vertraut, und das gab ihr Trost und Frieden während der langen Arbeitsstunden.

Sie sang und summte stundenlang alte Lieder, bis sie sich daran erinnerte, wie Emil den Jungen immer Gutenachtlieder gesungen hatte, bevor sie schliefen. Es war das einzige Mal während des ganzen Tages, dass sie innehielt und weinte.

Spät am Nachmittag kehrten die Jungen zurück. Sie kamen aus dem Dorf gerannt, während sie die letzten Sonnenblumen abschnitt. Sie liefen zu ihr, als sie sie bemerkten, umarmten sie und erzählten von der Schule, den Lehrern, ihren neuen Freunden und fragten, ob sie am nächsten Tag mit ihnen im Dorf spielen konnten. Schließlich war es Samstag, sodass bis Montag keine Schule war, außerdem hatte Willis neuer Freund einen echten Lederfußball. Sie waren so aufgeregt und erfüllt von den Neuigkeiten ihres Lebens, dass es ansteckend war, und Adeline konnte nicht anders, sie lachte und klatschte und wollte sie über jede Einzelheit ihres Tages ausfragen, seit sie fortgewesen waren.

Dieses Gefühl blieb auch während des Abendessens und sogar danach, als Adeline die Jungen im Mondlicht vom Bauernhaus zurück zu dem Außengebäude brachte, wo sie schliefen. Sie fühlte sich zufrieden mit dem Tag, fast einverstanden mit ihrem Schicksal. Sie hatte Aufgaben verrichtet, die ihr gefielen, und dabei für Menschen gearbeitet, die sie mochte. Im Gegenzug dafür hatten sie ihre Familie gut ernährt, und nun würde sie mit einem Dach über dem Kopf neben ihren Schuljungen schlafen gehen.

»Ist das unser schönes grünes Tal, Mama?«, fragte Willi, bevor sie hineingingen.

»Schön ist es ja«, sagte Adeline gähnend.

»Keine Berge und es fließt kein großer Fluss hindurch«, sagte Woldi in mildem Protest.

»Ist es das, Mama?«, fragte Willi erneut. »Mir gefällt es hier.«

Sie lächelte ihn an. »Erinnerst du dich, was ich dir gesagt habe, als du mir letztes Jahr in Rumänien dieselbe Frage gestellt hast?«

»Nein.«

»Ich schon«, sagte Woldi. »Du hast gesagt ›Dies ist das grüne Tal, in dem wir heute sind, und wir sollten es genießen‹.«

»Das stimmt«, sagte sie und küsste ihn auf den Kopf, dankbar dafür, dass ihr älterer Sohn aus seinem Schneckenhaus zu kommen schien, das sich während seiner wiederholten Begegnungen mit Panzern und Granaten gebildet hatte.

* * *

In jener Nacht schlief Adeline unruhig, doch sie wachte wie fast jeden Morgen seit ihrer Ankunft auf dem Bauernhof vor der Morgendämmerung auf. Sie zog sich leise an, um die Jungen nicht aufzuwecken, und trat hinaus in die frische Luft, roch den Herbst und blickte nach Osten zu den ersten Sonnenstrahlen. Sie hatte angefangen, sich vorzustellen, dass sie zu Emil gehörten, der sich nach ihr streckte.

An jenem Samstagnachmittag half sie bis drei Uhr dabei, das Heu zu harken, als Willi und Woldi vom Spielen aus dem Dorf zurückkehrten. Nachdem sie geduscht hatten, gingen Adeline und die Jungen ins Bauernhaus, wo Frau Schmidt bereits ihr Abendessen zubereitet hatte: dünne Scheiben Schweinefleisch mit Zwiebeln, gedünstet mit schwarzem Pfeffer, Kürbis aus dem Garten, dazu Apfelsoße mit Früchten von den Bäumen hinterm Haus. Es schmeckte so unglaublich gut, dass Adeline sie um das Rezept bat, was die alte Frau noch mehr erfreute.

*Es gibt noch Freundlichkeit und gute Menschen,* dachte Adeline, während der Bauer und seine Frau mit den Jungen über ihren Tag in der Schule plauderten. Erneut war sie in Gesellschaft ihrer Söhne und dieses Paares zufrieden, fast wie zu Hause, und sie fühlte sich dafür ein wenig schuldig und beklommen. Dieser Bauernhof und dieses Dorf waren nicht so weit im Westen, wie sie hätte gehen können, und sie würde hier nicht die Freiheit finden, nach der sich Emil gesehnt hatte. Es spielte keine Rolle, wie angenehm sich ihr Leben im Augenblick anfühlte, denn die Sowjets kontrollierten Ostdeutschland erst seit weniger als fünf Monaten.

*Gib ihnen etwas Zeit,* dachte Adeline. *Sie werden diesen Ort ruinieren und die Herzen dieser guten Menschen, werden ihr Land nehmen, sie vertreiben, Hass säen und sie gegeneinander aufbringen. Das ist sicher, denn das ist es, was Stalin macht. Alle Tyrannen machen es so. Und ich will nicht hier sein, um das zu erleben. Ich will nicht, dass die Jungen vom Leben so niedergeschlagen werden, dass sie …*

»Adella?«, sagte Frau Schmidt. »Hast du mich sagen hören, dass es schon fast fünf Uhr ist? Samstagabend?«

Adelines Blick schoss zur Uhr. »Tut mir leid. Ich war in Gedanken woanders«, sagte sie, stand auf und eilte zur Spüle, um sich um das Geschirr zu kümmern.

Als sie damit fertig war und die Jungen abtrockneten und einräumten, umarmte sie die beiden und gab ihnen einen Kuss auf die Wange. »Mama wird am Morgen wieder zu Hause sein, und wir überlegen uns irgendeinen Spaß, den wir zusammen machen können.«

»Wie zum Beispiel?«, fragte Willi.

»Die restlichen Äpfel pflücken«, sagte Frau Schmidt. »Von jedem Baum. Ihr müsst die höchsten Leitern hinaufklettern und die reifsten Früchte essen.«

Beide Jungen begannen zu grinsen, umarmten ihre Mutter noch einmal und kehrten zurück zu ihren Aufgaben. Frau Schmidt folgte ihr nach draußen auf die bescheidene Veranda.

»Vielen Dank«, sagte Adeline erneut.

Die ältere Frau nahm ihre Hände und sagte: »Du hast schon genug durchgemacht. Wir müssen es nicht noch schlimmer machen, oder?«

»Nein«, sagte Adeline und drückte ihre Hände. »Wir sehen uns morgen früh. Achten Sie nur drauf, dass die Jungen ihre Tür verschlossen lassen.«

»Früh ist gut! Ich werde dafür sorgen, dass sie sich ausschlafen.«

Adeline ging zurück auf ihr Zimmer und verstaute eine Decke, ein Kissen, eine Flasche Wasser und eine kleine Lutherbibel von Frau Schmidt in einem großen Stoffbeutel. Sie nahm den Beutel über die Schulter und verließ das Außengebäude und den Hof, ging den Hügel hinunter zu dem abgeernteten Sonnenblumenfeld und dem Dorf. Dort verschreckte sie drei Rehe, die wegen der Sonnenblumenkerne gekommen waren, die während der Ernte auf den Boden gefallen waren.

Zu ihrer Linken hörte sie Männer lachen und singen. Sie blickte über die nördlichen Felder zu der unbefestigten Straße, die vom Dorf zum Bauernhof führte, und sah drei sowjetische Soldaten, die ebenfalls bei den Schmidts untergebracht waren. Die Männer waren zu weit entfernt, um sie deutlich zu erkennen, doch sie wusste, dass jeder von ihnen eine Wodkaflasche bei sich hatte, die er von der Roten Armee bekommen hatte. Es war Samstagabend und Wodkanacht, eine Entschädigung dafür, dass sie die übrigen sechs Wochentage größtenteils nüchtern blieben. Es war ebenfalls Vergewaltigungsnacht, denn als eine Art ungeschriebenes Gesetz durften sich die sowjetischen Soldaten jede Frau zwischen sechzehn und fünfzig Jahren als Kriegsbeute nehmen, ob diese einwilligten oder nicht.

Adeline würde nicht einwilligen und sie würde auch nicht zur Kriegsbeute werden. Sie wandte ihre Aufmerksamkeit von den Russen weg und eilte weiter durch das abgeschnittene Feld und über ein südlicher gelegenes zu jener Reihe von Laubbäumen, die sich langsam bunt verfärbten. Die Luft war bereits kühler geworden. Das Licht der abendlichen Sonne leuchtete sanft und golden. Pferde wieherten auf ihren Weiden und in der Ferne krähten Hähne. Sie konnte hinter sich die Söhne lachen hören, die bis zum Einbruch der Dunkelheit spielen durften.

* * *

Adeline erreichte die Baumreihe und hielt im Schatten einer alten Ulme. Sie schloss die Augen und horchte und atmete, die Nasenlöcher weit geöffnet für den Geruch der Blätter und des geschnittenen Grases. Sie hatte noch immer den Geschmack der Apfelsoße im Mund und für einen Augenblick konnte sie sich fast eine Welt ohne Elend und Zwietracht vorstellen.

Dann hörte sie die Männer rau in der Ferne singen, die bereits betrunken waren, bald gesättigt und dann noch betrunkener und auf der Suche nach einer Frau. Adeline hielt sich im Schatten der Bäume und ging an ihnen entlang hinter Häusern her, die sie an die besseren Häuser in Birsula erinnerten, darunter vor allem eins, bei dem sie immer an Frau Kantors Haus denken musste. Sie blieb aber nicht stehen, um es zu bewundern, sondern eilte weiter, wo die Bäume enger zusammenstanden, bis sie an der Rückseite der alten evangelischen Kirche und außer Sichtweite der durchs Dorf verlaufenden Hauptstraße war.

Adeline ging noch fünfundzwanzig Meter weiter an der Kirche vorbei, sah sich dann um und vergewisserte sich, dass sie allein war, bevor sie sich zum Pinkeln hinhockte, bevor sie zur Kirche zurückkehrte. Die kleine Hintertür war nur angelehnt. Sie hielt inne, um zu horchen und zu dem schmalen Streifen der Dorfstraße zu blicken, den sie einsehen konnte. Niemand war dort. Niemand sprach.

Sie eilte über die vierzig Meter breite Grasfläche, die sie von der Tür trennte, drückte sie auf, glitt hinein und schloss sie fast unmittelbar hinter sich. Sie drehte sich um, atmete tief und langsam, während sich ihre Augen an das düstere Innere gewöhnten, und sah zwei Frauen in den Vierzigern, die bereits in den Reihen vorn und links lagerten, außerdem eine wesentlich jüngere Frau rechts auf halbem Weg im Mittelgang.

Adeline kannte sie vom Sehen, wenn auch nicht ihre Namen. Sie alle hatten in ihren Häusern sowjetische Soldaten einquartiert. Eine nach der anderen betraten Frauen die Kirche durch die Hintertür und suchten sich Schlafplätze. Adeline bevorzugte eine Bank hinten rechts. Die meisten Frauen, die Zuflucht in der Kirche suchten, waren Einheimische, entweder aus dem Dorf oder der unmittelbaren Umgebung. Sie wussten, wer Adeline war und wo sie lebte, und kannten ihre Umstände. Sie behandelten sie mit Höflichkeit, doch nur mit wenig Wärme und schon gar nicht freundschaftlich.

Das war für Adeline in Ordnung. Sie war aus einem einzigen Grund dort: um in Sicherheit zu schlafen, damit sie aufstehen und früh nach Hause gehen konnte, um bei Willi und Woldi zu sein, während die Russen ausschliefen und an ihrem Kater litten und sich fragten, wo all die Dorffrauen am

Samstagabend waren. Sollten sie doch. Sie würde morgen Äpfel pflücken und die Fülle und Schönheit der Erntezeit genießen, bevor sie vorbei war und der Schnee das Land bedeckte.

In der alten Kirche waren sechzehn Frauen, als einer der Väter der zwei jüngsten Mädchen eine gute Nacht wünschte. Eine ältere Frau verriegelte hinter ihm die Tür. Adeline hörte, wie er die Tür von der anderen Seite verriegelte und sie mit drei verschiedenen Schlössern verschloss.

Adeline saß auf ihrer Decke und blickte nach vorn an den kleinen Frauengruppen vorbei, die miteinander flüsterten. Für ein paar Minuten starrte sie in das verschwindende Licht am Altar und zu dem Schatten, den das hoch oben hängende Kreuz an der Wand dahinter warf.

Als sie den Schatten des Kreuzes nicht länger sehen konnte, trank sie etwas von ihrem Wasser und sagte sich, dass es ein schöner Tag gewesen war. Besser als erwartet.

Doch dann dachte sie an Emil und verspürte tiefen Schmerz in ihrem Herzen. Wenn sie mit Frau Schmidt oder draußen auf den Feldern oder mit den Jungen in ihrem Zimmer war, dann konnte sie die Gedanken an ihn fernhalten. Doch hier in der zunehmenden Dunkelheit der alten Kirche gab es nichts, um sie abzulenken, und ihre Einsamkeit war fast überwältigend.

Wie lang konnte sie es aushalten, von Hoffnung und einem Versprechen zu leben? Sie hatte sich immer vorgenommen, nicht wie ihre Mutter zu werden und ihr Leben nicht auf eine Hoffnung zu gründen, dass jedes Türklopfen die Rückkehr ihrer Liebe bedeutete, nur um dann zu öffnen und wieder und wieder enttäuscht zu werden.

Als es völlig dunkel war und sie hören konnte, wie sich die anderen Dorffrauen zum Schlafen niederlegten, tat Adeline dasselbe, wobei sie feststellte, dass sie die Bibel gar nicht geöffnet hatte, als noch ausreichend Licht zum Lesen war. Doch dann wiederum fragte sie sich, als sie die Decke hochzog und ihr Kissen aufschüttelte, warum sie überhaupt beten sollte, wenn sie doch sowieso keine Antwort mehr erhielt.

Erschöpft von sechs Tagen Arbeit schlief Adeline schnell ein und versank in tiefer, traumloser und barmherziger Dunkelheit.

Acht Stunden später wachte sie vom Geräusch der Schlüssel in den Schlössern und dem Anheben des Balkens vor der Tür auf. Die Hintertür öffnete sich und wurde angelehnt. Sie sammelte schnell ihre Sachen zusammen und ging nach draußen, um die Morgendämmerung und die ersten Lichtstrahlen zu betrachten, die sich ihr aus dem Osten entgegenstreckten.

* * *

***1. November 1945***
***Poltawa, Ukraine***

Die sowjetischen Wachen läuteten in der Dunkelheit mit Triangeln, das Rasseln und Klirren drang in die Köpfe der überlebenden Gefangenen, die noch schliefen. Emil stand benommen auf. Am Nachmittag zuvor hatte er Krämpfe und Durchfall gehabt und befürchtete, dass er sich die Ruhr eingefangen hatte, die noch immer im ganzen Lager Leben forderte. Doch er hatte ein Stück Kohle gekaut, um seinen Magen zu beruhigen, und konnte die Nacht durchschlafen. Er fühlte sich noch immer elend, doch wenigstens hatte er nicht die ganze Nacht draußen in der Latrine mit dem Hintern über einer kalten Planke verbringen müssen.

»Aufstehen!«, bellten die Wachen und läuteten erneut die Triangeln. »Bewegt euch!«

Emil zwang sich in seine Hose und Stiefel, die noch immer vom Vortag feucht waren. Als er sich Jacke und Mütze anzog, fragte er sich, was die Russen wohl glaubten, wie lange sie noch überleben würden, wenn sie Mitte November mit solcher Kleidung arbeiten mussten.

*Es kümmert sie nicht, ob wir leben oder sterben,* dachte er, als er die Stufen hinauf aus dem Keller trat und durch die Tür ins strahlende Licht kam. Wegen der noch feuchten Kleidung, den klammen Socken und Stiefeln zitterte Emil fast sofort und musste mit den Füßen aufstampfen und die Arme schwingen, um warm zu bleiben, während sich hinter ihm der Keller leerte.

Das Begräbniskommando kam pünktlich. Zwei neue Gefangene führten das Pony mit dem Leichenkarren zum Wareneingang des Museums. Sie verschwanden im Keller und kehrten mit zwei Toten zurück, seit Tagen die niedrigste Zahl. Die Wachen befahlen Emil und den anderen Gefangenen, zu einer neuen Kantine im Keller des Rathauses zu gehen. Als sie losgingen, blickte er zu den Männern des Begräbniskommandos. Allein in den letzten zwei Monaten hatte er fast einhundertsiebzig Tote gezählt. Sie waren inzwischen nur noch tausendfünfhundertachtzig Männer, um die Stadt aufzubauen.

*Wie lange können wir durchhalten?,* fragte er sich erneut. *Wie lange kann ich durchhalten?*

Als sie in den Keller hinabstiegen, beschloss Emil, dass er heute noch durchhalten würde. Was danach geschehen sollte, das wusste er nicht. Doch er nahm sich fest vor, den Tag zu überleben und ein weiteres Morgen zu erleben. Oder bei dem Versuch zu sterben.

Während er in der Reihe stand, hörte er, wie sich die Köchinnen über fehlendes Anmachholz beschwerten. Er nahm sich einen Teller heiße Kohlsuppe, seine tägliche Brotration, ein Stück alten Käse und ein wenig kalte Wurst, die das Beste war, was er seit seiner Ankunft in Poltawa zu essen bekommen hatte. Während er bei der Wurst und der Suppe verweilte, erinnerte er sich an die Holztrümmer überall am Krankenhaus.

Beim Gehen fragte er eine Köchin, wie viel sie für einen Arm Brennholz bezahlen würde. Sie nannte einen Rubel. Das war ein ganzer Rubel mehr als das, was er jetzt hatte, deshalb versprach er ihr, dass er am Abend Holz bringen würde. Dann wappnete er sich für das, was vor ihm lag, und ging wieder nach draußen, wo es sich noch kälter anfühlte als zuvor.

Die Dunkelheit wich langsam dem Tag. Er beobachtete den östlichen Horizont, während es heller wurde, und fühlte sich etwas besser, als seine Gruppe in Richtung Krankenhaus ging. Emil hatte immer gedacht, dass Adeline wie die Morgendämmerung strahlte, und nach sechs Monaten Gefangenschaft schien er sie bei Sonnenaufgang am stärksten zu spüren. Zumindest dachte er da am häufigsten an sie, an ihr Lächeln und an ihren Duft, an das Glitzern in den Augen, wenn sie ihn neckte. Diese Erinnerungen ließen Emil lächeln und halfen ihm durch den vierzehnstündigen Arbeitstag, wie sie es bereits während der anderen vierzehnstündigen Arbeitstage getan hatten.

Und die Erinnerungen halfen ihm auch an jenem Morgen. Im Monat zuvor hatte Emil eine Möglichkeit gefunden, wie er Zement und dann Beton in größeren Mengen herstellen konnte, indem er ihn mit einem meterlangen Holzstück in einer großen metallenen Pferdetränke vermischte, das er sich zurechtgeschnitten und daraus eine Rührkelle gemacht hatte.

Mit dieser Methode hatte er mittels Pferdetränke und Rührkelle seine Produktion gesteigert. Und es gelang ihm, seine Stärke und sein Gewicht zu halten. Zusätzlich schnauzten ihn die Vorarbeiter und Wachen nicht mehr ständig an. Er gab ihnen das, was sie wollten, und blieb so unbeachtet.

Deshalb war Emil mehr als besorgt, als er sah, wie jemand mit einem zusammengerollten Plan in der Hand den Bereich der Betonproduktion betrat, jemand, der schlimmer war als eine Wache oder ein Vorarbeiter. Es war der zuständige Inspektor der Anlage, ein großer Russe namens Iwanow, der dunkle Tränensäcke unter den Augen hatte und dem immer eine glimmende Zigarette im linken Mundwinkel baumelte, ohne jemals runterzufallen.

Tatsächlich hatte Emil noch nie mit Iwanow gesprochen, doch jetzt kam der Verantwortliche für den Wiederaufbau des Krankenhauses unter das Blechdach und direkt zu ihm. »Du baust meine Betonblöcke, richtig?«

Emil war verunsichert durch die Anwesenheit des großen Russen, doch er nickte.

»Ich brauche mehr«, sagte er. »Doppelt so viele, wie du jetzt für mich machst. Nein, drei Mal so viele. Wir sind hinter dem Zeitplan zurück. Wir müssen einen Großteil des Gebäudes abschließen, bevor der Schnee kommt. Was brauchst du, um deine Tagesproduktion zu verdreifachen?«

Emil hatte nicht damit gerechnet, danach gefragt zu werden, deshalb überlegte er gut, bevor er antwortete.

»Drei Männer als Hilfe«, sagte er. »Wärmere Kleidung und Stiefel für sie und für mich. Dreimal so viele Blockformen. Dreimal so viel Material.«

Dann zeigte er auf den Kalkhaufen an der Rückwand seines Arbeitsbereiches. »Ich brauche einen wesentlich größeren Lagerplatz für die Materialien mit festen Wänden und einem Dach und einen bedeckten, ummauerten Arbeitsplatz, groß genug für drei Pferdetränken wie diese hier. Und drei Bootspaddel. Und wenn es kälter wird, dann brauchen wir eine Möglichkeit, den Beton warm genug zu halten, damit er sich richtig setzt.«

Iwanow warf ihm einen Blick zu, als betrachte er ihn jetzt mit anderen Augen. »Sonst nichts?«

Emil zögerte, doch dann sagte er: »Doppelte Rationen. Wir werden das zusätzliche Essen brauchen, wenn wir lebendig bleiben und arbeiten sollen.«

Der Russe zündete sich eine neue Zigarette an, steckte sie in den linken Mundwinkel, nahm einen Zug und blies ihn nach rechts heraus. »Zwei Männer. Alles andere bekommst du, wie du es brauchst. Und wenn du bis nächste Woche um diese Zeit nicht dreimal so viele Blöcke machst, dann wirst du rausgeholt und erschossen.«

# Neunundzwanzig

Der Inspektor hielt sein Wort. Innerhalb von zwei Tagen hatte Iwanow Emils Arbeitsbereich erweitert, rudimentäre Wände hochziehen lassen und ein längeres, breiteres Blechdach aufgesetzt, das sich über den gesamten Lagerbereich erstreckte, der eine breite Hintertür hatte, durch den die verschiedenen Materialien hereingebracht werden konnten.

Am frühen Morgen des dritten Tages kamen seine zwei Männer im Abstand von ein paar Minuten. Der erste Gefangene war ein gedrungener Zentralasiate mit einem kürbisartigen Kopf, ein Usbeke namens Krull, der erzählte, dass ihn die sowjetische Armee eingezogen und zum Kämpfen nach Polen geschickt hatte. Als die Rote Armee den Sturm auf Berlin begann, hatte er genug vom Krieg gehabt und sich unerlaubt entfernt. Auf dem Weg in den Osten hatte man ihn erwischt.

»Ich bin nach Osten gekommen«, sagte Krull. »Nur nicht weit genug.«

Der zweite Mann, der durch die Tür trat, war der letzte Mensch, den Emil sehen wollte. Nikolas musste sich bücken und den Kopf einziehen, um durch die kleinste der drei Türen zu kommen. Er hatte viel Gewicht verloren und hinkte noch immer.

Er sah Emil und verzog das Gesicht. »Was machst du denn hier?«, fragte er.

»Ich arbeite hier«, erwiderte Emil. »Mach einfach, was ich dir sage, und wir werden keine Probleme haben.«

»Von dir nehme ich keine Befehle an, Martel.«

»Doch, das wirst du«, sagte Iwanow.

Der Inspektor der Anlage war gerade durch die Tür getreten, hinter ihm kamen ein paar Wachen, die Winterkleidung und Stiefel trugen. »Du wirst genau das tun, was Martel sagt, wenn er es sagt. Ist das klar? Oder möchtest du lieber den ganzen Winter draußen arbeiten?«

Nikolas war nicht glücklich, doch er sagte: »Ich werde bleiben.«

* * *

Die schweren Stiefel und dicke Kleidung waren eine große Verbesserung, was die Wärme betraf, und durch die Mauern und das Dach waren sie weniger dem Wind und Wetter ausgesetzt, das sich im November 1945 zunehmend verschlechterte. Doch das Verdreifachen der Produktion ließ Emil härter als zuvor arbeiten, wobei er ausreichend Rohmaterialien und Wasser bewegte und vermischte und goss, um Iwanows Forderung nach Beton zu erfüllen, während der Winter immer kräftiger aus dem Norden grollte. Auf dem Weg zurück zum Rathauskeller und seinem Abendessen verweilte er noch und sammelte einen Arm Holzreste, die er für einen weiteren Rubel in der Tasche zu der Köchin trug.

Jeden Tag sagte sich Emil, dass es leichter gehen und er einen Weg finden würde, um mehr Betonblöcke zu produzieren und weniger zu arbeiten. Doch das tat er nicht oder konnte er nicht. Selbst mit den größeren Tränken zum Mischen und den Paddeln arbeiteten er, Nikolas und Krull so schwer, um die vorgegebene Quote zu erfüllen, dass er an den meisten Tagen, nachdem er das Holz für die Köchinnen beschafft hatte, trotz der doppelten Rationen zu müde und zu hungrig war, um noch klar zu denken.

Die übrigen Gefangenen des Lagers bekamen kurz nach Emils Mannschaft ebenfalls mehr Winterkleidung, und sie alle erhielten eine zusätzliche Viertelportion Essen, um die Anforderungen des Arbeitens in der Kälte zu kompensieren. Doch auch die wärmeren Kleider und das zusätzliche Essen konnten die Krankheiten nicht auslöschen, die weiter unter den Gefangenen grassierten, immer wieder aufflammten und durch den Museumskeller und die anderen Keller in der Nähe fegten, wo der Rest der überlebenden Gefangenen schlief.

Drei Tote an einem Morgen. Zwei an jenem Abend. Drei am nächsten Morgen. Fünf am Abend. Dann zeigte der Typhus erneut seine hässliche Fratze. Am nächsten Morgen wurden sechs Männer tot aufgefunden. Fünf am Abend. Neun am nächsten Morgen. Emil hörte das Pony vor Anstrengung keuchen und die Achse des Begräbniskarrens quietschen, als er mit zwei neuen Gefangenen wegfuhr, die sich freiwillig für das Kommando gemeldet hatten.

Die Sowjets reagierten auf den Typhus-Ausbruch damit, dass die Männer ihre dicken Kleider ausziehen mussten, um sie in einer kochenden Laugelösung zu tränken. Nachdem sie durch eine weitere Entlausungsdusche geschickt wurden, zwang man sie, die nassen Wollkleider wieder anzuziehen und während des Tages in der Kälte zu tragen, damit sie nicht einliefen. Viele holten sich davon eine Lungenentzündung.

»Wir werden alle sterben«, sagte Nikolas später im Monat verbittert, als sie gerade die neunte Betonladung des Tages mischten. »Es ist nur eine Frage der Zeit.«

»Das ist es immer«, sagte Krull.

Nikolas höhnte zu dem Usbeken: »Wer hat dich denn gefragt?«

Er wechselte von Russisch auf Deutsch und klang längst nicht mehr schneidig, als er sagte: »Ich fühle mich hier nicht richtig, Martel.«

»Wer tut das schon in diesem Loch?«

»Es ist mehr als das: hier drinnen und da oben«, sagte Nikolas, berührte die linke Seite seiner Brust und die Stirn. »Alles fühlt sich schwer und dunkel an. Ich habe ständig Albträume und Gedanken, die nicht weggehen. Sie alle sagen mir, dass es nur eine Frage von Zeit ist.«

»Wie Krull schon sagte, ist es das immer«, erwiderte Emil.

Nikolas schüttelte heftig den Kopf und schrie ihn an: »Du verstehst es nicht! Ich bin verdammt und du auch, Martel! Wir sind verdammt für unsere Sünden, verdammt seit dem Moment, als wir die Waffe gezogen und beschlossen hatten, bei diesen Juden abzudrücken. Das ist nur ein Schritt hinunter in die tiefe Hölle, die uns erwartet, nachdem wir uns zu Tode geschissen oder gehustet haben!«

Draußen läutete die Triangel, was das Ende des Arbeitstages signalisierte. Emil wurde schwer ums Herz, als er den restlichen Beton eingegossen hatte. Er wollte an Adeline denken, doch ihr Bild drang nicht zu ihm durch, weil ihm Nikolas' Worte ständig durch den Kopf gingen.

*Verdammt seit dem Moment, als wir die Waffe gezogen und beschlossen hatten, abzudrücken … Das ist nur ein Schritt hinunter in die tiefe Hölle, die uns erwartet …*

Er erinnerte sich an jene Nacht in Dubăsari, sah Haussmann, wie er mit der Luger auf ihn zielte, und fühlte erneut, wie er seine Meinung änderte und beschloss, den Abzug bei diesen armen jüdischen Kindern zu drücken. Emil hörte die Echos seiner eigenen Stimme, dann die des SS-Offiziers und dann Nikolas'.

*Einverstanden, ich mache es.*

*Kluge Entscheidung.*

*Verdammt seit dem Moment, als wir die Waffe gezogen und beschlossen hatten, abzudrücken.*

Während er hinter Nikolas zu der Kantine ging, dort aß und dann zurück zum Museum marschierte, hörten diese drei Stimmen in Emils Kopf nicht mehr auf. Im Keller machten sie weiter, in der Dunkelheit, und auch dann noch, als er in einen unruhigen Schlaf fiel, wo er von Albträumen gequält wurde, von Schweißausbrüchen und so schmerzlichen Krämpfen in der Brust, dass er dachte, er hätte einen Herzinfarkt.

In jener Nacht starben acht Männer. Am nächsten Tag kamen sechs bei der Arbeit ums Leben und zwölf starben vor dem nächsten Sonnenaufgang an Typhus. Es waren zu viele Leichen. Der Leichenkarren konnte sie nicht alle tragen, und das Pony hatte so große Schwierigkeiten, dass sie einen dritten Mann zum Schieben bekamen. Doch auch so mussten sie zwei Leichen zurücklassen. Das Letzte, was Emil von ihnen sah, waren Krähen, die an ihren Augen pickten.

*Verdammt …*

* * *

Der Dezember kam mit grausamer Macht und blieb so, ein weiterer Schritt hinunter in die Hölle, wie Nikolas es vorhergesehen hatte. Die Temperaturen sanken schlagartig und es begann zu schneien. Iwanow trieb sie an, das Tempo bei der Produktion beizubehalten, da die Mauern fast fertig aufgebaut waren. Doch sie hatten Schwierigkeiten, ihren Arbeitsplatz warm genug zu halten, damit sich der Beton setzen konnte, bis Iwanow ihnen einen Holzofen beschaffte.

Eine Woche verging und dann zwei, und das Tempo beim Sterben schwankte nur leicht. Emil bemerkte, dass sie jetzt jede

Woche mehr als hundert Männer verloren. Als Weihnachten näher rückte, vermutete er, dass von den zweitausend Männern, die im Mai nach Poltawa marschiert waren, nur noch weniger als eintausend am Leben waren.

*Wir sind verdammt für unsere Sünden.*

Um diesen Gedanken zu verdrängen, sagte sich Emil, dass es keinen Gott gab und keinen Himmel und deshalb auch keine Hölle. Es gab nur das, was man mit eigenen Augen sehen konnte, und der Einzige, der daran irgendwas ändern konnte, das war er selbst. Doch die Schmerzen in seiner Brust verschwanden nicht und die düsteren Gedanken, die ihn bedrängten, wurden nicht weniger. Er wollte sich einreden, dass er Manns genug war, schließlich war er Emil Martel, der schon anderen schrecklichen Zeiten und Ereignissen die Stirn geboten hatte. Er sagte sich, dass er Poltawa immer noch überleben könnte, selbst wenn er mit eigenen Augen erkannte, dass es nicht stimmte.

Am 19. Dezember 1945 begann Nikolas zu husten und bekam Fieber, sodass er langsamer arbeitete. Iwanow war außer sich. Er wollte, dass das Krankenhaus bis Neujahr fertig gebaut und das Dach aufgesetzt war.

»Arbeite schneller oder ich finde jemanden, der dich hier ersetzt, und du kannst wieder zu den anderen nach draußen gehen«, sagte Iwanow und ging.

An jenem und den vier folgenden Tagen arbeiteten sie sechzehn Stunden. Holz sammeln, essen, nachts zum Museum zurückkehren – Emil bekam es kaum noch bewusst mit. Sein Leben bestand nur noch aus dem Klingeln der Triangel, Verlassen des Bettes und Hinausgehen in die dunkle, eisige Kälte und dann stundenlangem Mischen und Gießen, wobei ihm sein müder, überlasteter Verstand immer wieder sagte, dass er von unbekannten Mächten verdammt sei, weil er sich dazu entschieden hatte, jene drei Juden zu ermorden. Diese

Überzeugung wurde immer wieder bestärkt, wenn Nikolas Blut hustete.

Schließlich war es Krull, dem das fiebrige Tempo zu viel wurde. Ohne irgendeine Vorwarnung unternahm der usbekische Deserteur einen weiteren Fluchtversuch, als sie am Abend des 23. Dezember 1945 durch einen Schneesturm zurück zum Museum gingen. Die Wachen lachten laut, liefen ihm hinterher und schlugen ihn mit ihren Gewehrkolben nieder. Krull stand wieder auf und rannte los. Da schossen sie ihm in den Rücken.

Nikolas marschierte hustend rechts vor Emil. Er sah ihn über die Schulter hinweg an und krächzte: »Ich hab es ja gesagt. Nur noch eine Frage der Zeit.«

* * *

Am Weihnachtstag klingelte die Triangel früh am Morgen. Emil fühlte sich benommen, als er sich anzog und aus dem Keller stieg. Jeder Muskel in seinem Körper war verspannt und schmerzte.

*Ich weiß nicht, wie lange ich das noch durchhalte,* dachte er. Damit begann eine Gedankenkette, die sich zu einer Besessenheit steigerte. *Nikolas hat recht. Es ist nur noch eine Frage der Zeit. Ich bin verdammt für das, was ich getan habe. Verdammt.*

Draußen fiel jetzt mehr Schnee und der Wind wurde stärker. Emil musste den Unterarm schützend vor die Augen heben, um zu erkennen, wie Nikolas auf seine Position humpelte, sich dann vorbeugte und hustete. Das Pony mit dem Leichenkarren und die drei Männer des Todeskommandos waren wie Phantome, die im Schneesturm vorbeizogen und das Museum an jenem Morgen mit nur sieben Toten verließen.

An ihrem Arbeitsplatz wartete der Inspektor auf sie.

»Ich brauche von euch neun weitere Ladungen«, sagte Iwanow. »Neun weitere und wir können den Dachstuhl bauen und das Dach aufsetzen.«

»Wir haben einen Mann weniger«, sagte Emil.

»Und ich kann euch bis morgen keinen weiteren geben«, sagte Iwanow und ging.

*Neun Ladungen mit nur zwei Mann?* Emil machte sich ohne weiteres Zögern kommentarlos an die Arbeit, schaufelte Material in die Schubkarre und leerte es in die Pferdetränken. Nikolas jedoch schien wie in Trance zu sein, humpelte halb so schnell wie üblich, blieb alle paar Meter stehen und wurde von Hustenanfällen durchgeschüttelt. Stunden später beendete Emil die siebte Ladung und war bereit, den Beton in die Formen zu gießen, als Nikolas hinter ihm heftig zu husten begann.

Er hörte etwas fallen und fuhr herum, sah Nikolas keuchend auf dem Boden, Blut lief ihm aus dem Mundwinkel.

»Martel«, röchelte er.

Widerwillig kam Emil näher und hockte sich neben den Mann, der nach Luft rang.

»Sag mir«, sagte Nikolas.

»Was soll ich dir sagen?«, fragte Emil.

Nikolas würgte und hustete so heftig, dass seine Augen hervortraten und sein Gesicht rot anlief, bevor er mühsam hervorbrachte: »Sag mir, dass mir für das vergeben wird, was ich getan habe. Sag mir, dass ich nicht direkt in die Hölle fahre, weil ich diese ganzen Juden umgebracht habe.«

Emil blickte in seine erschrockenen Augen und schüttelte den Kopf. »Ich kann dir nicht vergeben, Nikolas. Ich kann mir ja selbst nicht einmal das verzeihen, was ich getan habe.«

Nikolas' Ausdruck wurde noch entsetzter. »Nein«, keuchte er, dann machte er ein gurgelndes Geräusch, bevor er hustete und einen schaumigen roten Blutstropfen auswürgte, der ihm von den Lippen über das Kinn lief.

Nikolas hielt die gequälten Augen einen Moment auf Emil gerichtet, dann drehte er sich auf die Seite und regte sich nicht mehr.

* * *

***24. Dezember 1945***
***Gutengermendorf, sowjetisch besetzter Teil Deutschlands***

Später am selben Nachmittag holte Adeline einen frisch gebackenen Apfelkuchen aus Frau Schmidts Ofen und versuchte, fröhlich zu sein, auch wenn es Heiligabend und Malias Geburtstag war und sie seit neun Monaten nichts mehr von ihrem Mann gehört hatte.

Während sie den Kuchen zum Abkühlen auf den Herd stellte, hörte sie Willi und Woldi im anderen Raum kichern.

Herr Schmidt war mit ihnen in den Wald gegangen und hatte einen kleinen Baum geschlagen. Die Jungen halfen ihm beim Dekorieren mit Lametta und Schleifen und alten Christbaumkugeln, die seit Ewigkeiten im Besitz der Familie Schmidt waren. Draußen begann es zu schneien.

»Ich frage mich, wie lange die Sowjets euch erlauben werden, Weihnachten zu feiern«, sagte Adeline zu Frau Schmidt, die Brot in Scheiben schnitt. »Bei uns war das nämlich verboten.«

Die ältere Frau starrte sie an. »Verboten? Das hat ja nicht einmal Hitler gemacht.«

»Hitler ist nicht Stalin«, sagte Adeline. »Stalin ist schlimmer.«

»Lass meine Untermieter bloß nicht hören, dass du das sagst.«

»Niemals«, sagte Adeline. »Bald wird es auch eine Geheimpolizei geben.«

»Nein«, sagte sie. »Keine Gestapo mehr.«

»Es wird eine kommunistische Gestapo sein, wie auch immer sie dann heißen wird, und innerhalb weniger Monate werden eure Nachbarn und sogar alte Freunde dazu bereit sein, über euch auszusagen, um nicht selbst nach Sibirien geschickt zu werden.«

Frau Schmidt setzte sich auf einen Stuhl am Feuer. Sie schaute eine Weile in die Flammen und blickte dann zu Adeline. »Würdest du aussagen?«

»Niemals«, sagte Adeline sofort. »Solches Geflüster hat mir meinen Vater für immer genommen. Das würde ich niemandem antun.«

»Gut«, sagte die ältere Frau. »Dann können wir einander vertrauen.«

Willi kam in die Küche. »Das riecht hier so gut! Kann ich etwas Kuchen haben?«

»Nach dem Essen«, sagte Adeline. »Jetzt raus aus der Küche.«

»Oh, schade«, sagte er.

Woldi sagte: »Ich hab's dir ja gesagt.«

»Hab's dir ja gesagt«, wiederholte Willi in gekünsteltem Tonfall, als er an seinem älteren Bruder vorbeiging.

»Die Hühnchen und Kartoffeln sollten jetzt fertig sein, Adeline«, sagte Frau Schmidt und nahm ihren Stock zu Hilfe, um auf die Beine zu kommen.

Bevor sie antworten konnte, hörten sie Stiefel an der Vordertreppe und die drei bei den Schmidts einquartierten Sowjetsoldaten traten ein. Zunächst kam Charkow herein, ein Hauptmann von Mitte zwanzig. Adeline bemerkte fast sofort das Glasige in Hauptmann Charkows Augen und sein breites, ungewöhnliches Lächeln, das er ihr zuwarf. Er hatte eine Wodkaflasche in der Hand. Sie blickte weg und holte tief und zittrig Luft. Frau Schmidt sah sie warnend an. Er war eine Gefahr für Adeline, das spürte sie auch.

»Riecht gut!«, sagte Hauptmann Charkow, als die zwei anderen Offiziere zu ihm kamen, die beide jünger waren. »Wann essen wir?«

Die zwei Soldaten hatten ebenfalls getrunken und jeder trug eine Flasche, die noch zu zwei Drittel gefüllt war.

»Wir holen die Vögel jetzt aus dem Ofen«, sagte Adeline, wandte sich zu dem größeren der beiden Herde und öffnete ihn, dann zog sie zwei goldbraune Hühner, die mit Zwiebeln gefüllt und von roten Kartoffeln umgeben waren, aus dem Ofen.

Sie stellte das Blech auf die Arbeitsplatte und machte sich daran, frisches Brot und dampfende Schüsseln mit gekochtem Kohl und Rosenkohl aus dem Garten der Schmidts auf den langen Eichentisch zu stellen, bevor sie sich um die Hähnchen kümmerte. Adeline zerlegte die Vögel mit einem scharfen Messer und häufte die Stücke auf einen großen Teller.

Frau Schmidt rief: »Peter, Essen ist fertig!«

* * *

Kurz darauf kam Herr Schmidt mit zwei großen Flaschen selbst gemachtem Bier und nahm an dem einen Ende des Tisches Platz, während sich seine Frau am entgegengesetzten Ende niederließ. Hauptmann Charkow setzte sich mit seinen jungen Offizieren auf eine der Bänke. Adeline setzte sich zu Frau Schmidt mit Willi zu ihrer Rechten und Woldi rechts neben Willi, den Russen gegenüber.

Für einen Augenblick betrachtete Adeline das Essen und erinnerte sich an Heiligabend im Vorjahr, als sie so wenig zu essen hatten. Sie wusste, dass sie froh und dankbar sein sollte, doch als das Brathähnchen und die Beilagen herumgereicht wurden, musste sie an Emil denken und mit welchen Schrecken er allein zu kämpfen hatte. In ihrer Kehle bildete sich ein Kloß.

Die Russen unterhielten sich, während sie aßen und tranken. Adeline war froh, als sie bemerkte, dass sie sich mit ihrem Wodka zurückhielten und ihn nicht in sich hineinschütteten, wie es manche Rotarmisten taten, die sie gesehen hatte, und auch ihre Cousine Marie, alles gequälte Seelen, die vergessen wollten. Doch heute Abend wirkten die drei Soldaten recht harmlos, sodass Adeline sich ein wenig entspannte.

Dennoch wollte sie sich so verhalten, als wäre der Feiertag ein Samstagabend. Es würde kalt in der Kirche sein, doch sie wollte ihre dicken Kleider und Decken mitnehmen, und schon bald würde der Weihnachtstag anbrechen. Sie wollte zurückkehren, bevor die Jungen aufwachten. Wegen der russischen Soldaten würden sie erst am Weihnachtsmorgen die Bescherung feiern. Und obwohl Adeline nicht das Geld hatte, um ihren Söhnen Geschenke zu kaufen, hatten es die Schmidts getan, und sie wollte die Gesichter von Willi und Woldi sehen, wenn sie sie auspackten …

»Du kannst wirklich glücklich sein, Adeline«, sagte Hauptmann Charkow und riss sie aus ihren Gedanken.

Sie sah ihn verwundert an.

»Deine Söhne«, sagte er. »Du hast sie bei dir, während meine liebe Frau und mein kleiner Junge allein in Leningrad sind.«

»Darüber bin ich auch glücklich«, sagte sie. »Doch ich wäre noch glücklicher, wenn mein Ehemann nicht in einem Gefangenenlager wäre.«

»Das glaube ich«, sagte Charkow und goss sich einen Fingerbreit Wodka ein.

»Ich bin so voll«, sagte Willi und rieb sich den Bauch, nachdem er seinen Teller geleert hatte.

»Kein Platz mehr für Mutters Kuchen?«, fragte Frau Schmidt.

Willi runzelte die Stirn. »Das habe ich nicht gesagt.«

»Bist du dir sicher?«, neckte ihn Adeline.

»Mama!«, sagte Willi. »Das ist nicht nett.«

Adeline lächelte, stand auf und kehrte mit dem Kuchen zurück. Die Jungen nahmen sich jeder ein Stück. Willi verschlang seins mit drei Bissen. Woldi nahm sich Zeit und knabberte an seinem Stück, während der Teller herumgereicht wurde. Als Frau Schmidt den Teller mit dem letzten Stück Adeline gab, leerte Hauptmann Charkow seinen Wodka und goss sich einen weiteren Fingerbreit ein.

»Das war ein ganz vorzügliches Mahl«, sagte er auf Russisch und hob sein Glas zu den Schmidts und zu Adeline. »Wir danken euch, denn es erinnert uns an die Perversion eines Systems, das es zwei alten, nutzlosen Menschen wie den Schmidts hier erlaubt, so viel Land zu besitzen und so viel davon für sich einzustecken.«

Adeline merkte, dass er direkt mit ihr sprach, da die Schmidts kein Russisch verstanden. Sie errötete und sah von ihm weg.

Charkow fuhr fort. »Unter unserem System in den alten Tagen wären die Schmidts als ›Kulaken‹ verurteilt worden: Menschen, die grob von der Arbeit anderer profitiert haben. In den alten Tagen hätte man sie von ihrem Land geworfen. Ist es nicht so, Adeline?«

Adeline blickte auf und stellte fest, dass er sie eingehend betrachtete. »Ja.«

Sie wusste, dass sie es dabei hätte bewenden lassen sollen, doch sie fügte hinzu: »Und das Land wäre dann an Idioten gegeben worden, die keine Ahnung von der Landwirtschaft haben. Und es wäre keine Überraschung, wenn sie dann nichts produzieren und die Menschen verhungern würden.«

Die Augenbrauen von Hauptmann Charkow zuckten, doch er erwiderte nichts, blickte sie nur noch ein paar Momente an, bevor er sein Glas leerte und sich ein weiteres einschenkte.

Adeline stand auf und säuberte die Küche, bis sie glänzte. Zuletzt trocknete sie das Tranchiermesser ab, drehte sich von der Spüle weg und sagte: »Jungs, Zeit fürs Bett.«

»Es ist doch gerade erst dunkel geworden«, sagte Hauptmann Charkow. »Setz dich und trink was mit uns.«

»Das Bier hat mich bereits ein wenig schicker gemacht«, sagte Adeline. »Willi? Woldi?«

Willi gähnte, als er aufstand. »Ich bin müde.«

»Ich auch«, sagte Woldi. »Mama, bekommen wir morgen Weihnachtsgeschenke?«

»Wir werden sehen«, sagte sie, lächelte alle an und nickte zu Hauptmann Charkow. »Gute Nacht. Wir sehen uns alle morgen.«

»Morgen«, sagte Charkow, goss sich ein weiteres Glas ein und nickte ihr zu, als sie durch die Tür in den Schnee traten.

* * *

Anderthalb Zentimeter Schnee waren auf den kahlen Boden gefallen, was dafür ausreichte, um die Landschaft schön und sicher aussehen zu lassen, als Adeline und die Jungen zu ihrem Außengebäude gingen. Sie ließ die Jungen ihre Schlafanzüge anziehen, und dann hielten sie sich an den Händen, wie sie es fast jeden Abend seit Emils Festsetzung gemacht hatten, und beteten für ihn, bevor sie die beiden ins Bett steigen ließ.

»Morgen ist der Geburtstag von Jesus«, sagte Willi. »Er ist mit Eseln geboren.«

Seine Mutter lächelte und sagte: »So ungefähr.«

»Und wir glauben, was Jesus gelehrt hat«, sagte Woldi. »Darum feiern wir Weihnachten, richtig, Mama?«

Adeline zögerte, nickte dann aber. Sie wollte ihnen eine gute Nacht wünschen und gehen, doch dann überlegte sie es sich anders und nahm die Bibel, die ihr Frau Schmidt gegeben hatte. Sie blätterte zu dem Buch Lukas und las ihnen die Weihnachtsgeschichte vor.

»Siehst du, da waren Esel«, sagte Willi, als sie geendet hatte.

»Ja, da waren welche«, sagte Adeline lachend und küsste ihren jüngeren und dann ihren älteren Sohn auf den Kopf. »Und Schafe und andere Tiere.«

Sie ließ das Licht lange genug an, um sich ihren Mantel anzuziehen und die Steppdecke zu nehmen, zwei Decken und das Kopfkissen und die Wollmütze, die ihr Frau Schmidt gegeben hatte. Sie drehte sich, um ihnen gute Nacht zu wünschen, nur um festzustellen, dass sie bereits schliefen. Sie dachte wieder an Emil, wie er Momente wie diesen niemals erleben würde, und trotz des wunderbaren Essens in ihrem Bauch fühlte sie sich der Liebe und der Zeit mit ihm beraubt.

Adeline ging aus dem Zimmer in den kleinen Flur, machte die Tür hinter sich zu und verschloss sie, während sie dachte: *Sie berauben mich, sie rauben mir meine Söhne, und sie haben mir Emil geraubt. Sie berauben uns noch immer!*

Draußen fiel noch immer sanft der Schnee. Adeline ging in einem Bogen um die Scheune, um sich zu orientieren, dann ging sie durch die Dunkelheit und den Schnee in Richtung der Baumreihe, die das Dorf begrenzte. Zweimal kam sie vom Weg ab, bevor sie die blattlosen Bäume fand und ihnen hinter den Häusern des Dorfes folgte, bis sie zu der alten Kirche kam.

Wie es ihre Gewohnheit war, ging Adeline zunächst an der Kirche vorbei, um zu pinkeln, dann ging sie zur Hintertür, die angelehnt war. Doch als sie die Tür aufdrückte und auf die Geräusche anderer Frauen horchte, konnte sie nichts vernehmen. Die verglasten Fenster der Kirche waren für den Winter vernagelt, deshalb konnte sie es wagen, im Innern Licht anzumachen. Sobald sie im Innern war und die Tür hinter sich zugemacht hatte, ohne sie jedoch zu verriegeln, da womöglich noch andere Frauen Zuflucht für die Nacht suchten, holte sie aus ihrer Tasche eine Kerze und ein paar Streichhölzer.

Sie zündete die kleine Kerze an, die genügend Licht warf, dass sie die wabernden Wolken ihres Atems sehen und erkennen konnte, dass sie tatsächlich allein in der Kirche war. Sie begann zu zittern und erkannte schnell den Grund dafür. Da die Kirche verrammelt war, drang während des Tages fast kein Sonnenlicht hinein, sodass sich die Luft im Innern nicht aufwärmen konnte. Tatsächlich fühlte es sich hier noch kälter an als draußen im fallenden Schnee.

Adeline ging zu der Kirchenbank, wo sie normalerweise ihre Samstagnächte verbrachte, und bereitete sich ihr Bett. Dabei dachte sie an Woldi, wie er gesagt hatte: *Und wir glauben an das, was Jesus gelehrt hat, richtig, Mama?*

Einen Moment saß sie mit gefalteten Händen da und fühlte sich hin- und hergerissen zwischen dem Wunsch, sich auf die Knie niederzulassen und zu beten, und der Angst vor dem Beten, weil sie nicht angehört werden würde oder auf die falsche Weise, wie an jenem Tag in der Nähe des Reichstags, als sie weder Essen noch Unterkunft hatten. Schließlich neigte sie den Kopf und bat Gott, ihr dafür zu vergeben, dass sie schon so lange nicht mehr gebetet hatte.

»Es war schwer ohne Emil, Herr«, flüsterte sie, jener Kloß schwoll erneut in ihrer Kehle. »Für die Jungen zu sorgen und für die Schmidts zu arbeiten … Ich bin dankbar für das Dach über meinem Kopf und für das gute Essen, das wir bekommen. Doch pass bitte auf Emil auf, wo immer er ist. Beschütze ihn, Herr. Er ist ein guter Mann. Der einzige Mann, den ich habe und will. Deshalb bringe ihn bitte zu uns zurück und beschütze mich und die Jungen in der Zwischenzeit.«

Sie senkte den Kopf und seufzte, bevor sie die Decken und Laken auseinanderfaltete. Sie richtete ihr Kopfkissen und wollte gerade die Kerze ausblasen, als die Hintertür aufgedrückt wurde und jemand mit einer Taschenlampe hineinleuchtete. Viele der Frauen, die Zuflucht in der Kirche suchten, hatten Taschenlampen, deshalb wartete sie zunächst und wollte sehen, welche von ihnen sich dazu entschieden hatte, der Kälte zu trotzen.

Hauptmann Charkow trat ein und blickte sich um, sah sie im Kerzenlicht stehen. Er lächelte betrunken, hob die fast leere Flasche und winkte damit durch das Innere der Kirche.

»Wie romantisch, Adeline«, sagte er. »Was für ein perfekter Ort.«

# Dreissig

***Sechs Stunden zuvor, derselbe Heiligabend***
***Poltawa, Ukraine***

Nikolas' Tod hatte Emil stärker aufgewühlt, als er erwartet hatte. Er hatte den Mann gehasst, als er lebte, dennoch empfand er Mitleid dafür, wie Nikolas aus dem Leben geschieden war, verängstigt und ohne Vergebung im Angesicht der eigenen Verurteilung.

*Ich werde vor kein Gericht kommen,* dachte Emil, nachdem er Nikolas' Leiche bedeckt und zum Einfrieren nach draußen gezerrt hatte. *Da gibt es nichts jenseits dieses Lebens. Das Einzige, worauf man sich verlassen kann, ist man selbst.*

An jenem Tag arbeitete Emil, bis er fast umfiel, um allein die Betonquote zu erreichen, die Iwanow festgesetzt hatte. Als er den restlichen Beton in die Blockformen gegossen hatte, setzte er sich neben den kleinen Holzofen und schloss die Augen.

*Ich bin genug. Ich alleine kann überleben …*

Die Triangel klingelte und signalisierte das Ende des Arbeitstages. Benommen öffnete Emil die Augen und spürte in seiner Brust und seinem Kopf dieselbe Dunkelheit, die Nikolas beschrieben hatte, und sie war so schwer und kalt, dass er nicht wusste, ob er aufstehen konnte. Schließlich gelang es ihm, doch ihm war schwindlig und er musste sich an der Mauer festhalten, bevor er seine Mütze und die Handschuhe nehmen und hinaus in den tobenden Schneesturm treten konnte. Nikolas' Leiche war fast vollständig vom Schnee bedeckt.

»Einreihen!«, riefen die Sowjetwachen. »Marschformation!«

Emil ging zu einem der Wachtposten, mit dem er vertraut war, zeigte auf Nikolas' Leiche und wurde darüber informiert, dass das Begräbniskommando kommen würde. Er hielt inne, um zu sehen, wie sich der Schnee auf Nikolas' gefrorenen Körper legte, dann nahm er die Stelle des toten Mannes in der Reihe ein. Er würde morgen wieder Holzreste sammeln.

Während Emil durch den Sturm zum Rathauskeller trottete, um dort zu essen, hatte er das Gefühl, dass er jeden Moment umkippen würde. Sein Verstand und seine innere Stimme wurden tückisch, nur noch aufs Überleben gerichtet und anstachelnd.

*Einen Fuß vor den anderen. Einen Fuß …*

*Ich bin genug. Ich bin Emil Martel, verdammt. Ich bin …*

Und dann Nikolas' Worte: *Wir sind verdammt seit dem Moment, als wir die Waffe gezogen und beschlossen hatten, abzudrücken.*

Während Emil immer wieder das Echo von Nikolas' Worten hörte, taumelte ein Stück vor ihm ein Gefangener aus der Reihe und brach im Schnee zusammen. Ein Soldat ging zu dem gefallenen Mann und trat ihn. Als er nicht reagierte, zerrte ihn die Wache an die Seite und ließ ihn dort.

Emil war selbst kaum in der Lage, aufrecht zu stehen, als er dumpf auf die neue Leiche blickte und Nikolas erneut in seinem Kopf hörte: *Es ist nur eine Frage der Zeit.*

Die Gefangenen bewegten sich weiter. Emil mühte sich zu folgen, einen Fuß, einen Schritt, einen Fuß, einen Schritt. Ihm wurde wieder schwindlig und er schwankte, fast fiel er hin. Schwarze Punkte tanzten vor seinen Augen. Er glaubte das Bewusstsein zu verlieren und im Schnee zu sterben, ein weiterer eingefrorener Körper auf dem Todeskarren, und geriet in Panik, versuchte krampfhaft, sich wach zu halten. Schließlich stolperte Emil und fiel auf die Knie. Er war vollkommen leer, konnte nichts mehr aufbringen. Er gab auf.

*Ich kann es nicht. Ich bin nicht genug. Ich bin auch nur ein Mann. Es tut mir leid, Adeline. Ich schaff es nicht allein … Ich brauche Hilfe. Ich brauche …*

Eine Hand ergriff ihn grob unter der Achsel und riss ihn auf die Beine. Emil schreckte zurück ins Halbbewusstsein und blickte verwirrt zu der Wache.

»Du wirst mir heute nicht sterben«, sagte die Wache. »Iwanow will dich am Leben.«

Emil spürte sein Gleichgewicht zurückkehren und sagte: »Mir wird es gleich besser gehen, wenn ich gegessen habe.«

Die Wache nickte und sagte: »Die Messe ist da vorne.«

Am Eingang zum Rathauskeller wurde die Reihe langsamer. Dieser Bereich war von Flutlicht hell erleuchtet. Emil hielt den Kopf gesenkt, besiegt und fern von jeglicher Hoffnung. Er fühlte sich, als hätte er nichts mehr zum Kämpfen übrig, jenseits seiner Fähigkeit, aufzustehen und mit der Reihe zum Essen und zum Schlafen zu gehen. Er wusste, er war so schwach, dass er sterben würde, wenn er erkrankte.

*Vielleicht wäre das besser. Auf lange Sicht weniger Qual für Adeline und die Jungen. Und wenn ich vor das letzte Gericht komme, dann möchte ich das lieber früher als später tun.*

Emil schwankte erneut, als seine Verzweiflung immer stärker wurde, bevor sie sich wie ein bodenloser Schlund aus purer Hoffnungslosigkeit und Furcht auftat. Er hatte das Gefühl, als würde er in die Dunkelheit stürzen, und er tat das Einzige, was ihm einfiel: Er warf den Kopf zurück, hielt das Gesicht in das

Schneetreiben und reckte beide Arme in die Nacht und den Sturm.

»Hörst du mich?«, krächzte er. »Wenn du es tust, dann nimm mich lieber jetzt als später.«

* * *

Die Gefangenen gingen weiter zu den Stufen. Emil ließ die Arme herunter und taumelte einen Schritt weiter. Warum kümmerte er sich überhaupt noch ums Essen? Es war vorbei. Sieben Monate hatte er durchgehalten. Er schaffte es nicht mehr allein. Und Gott? Gott war nur eine Geschichte in einem …

»Die Biene ist ein Wunder«, hörte er einen Mann auf Deutsch sagen, doch mit einem seltsamen, starken Akzent. »Keine Biene, dann auch keine Blumen, keine Früchte, keine Schönheit, kein Leben.«

Die Reihe machte einen Schritt vorwärts. Emil ging mit, hob den Kopf und suchte nach der Herkunft dieser Stimme.

Im Schneesturm tauchte eine fahle Erscheinung auf: Ein schneebedeckter Gefangener führte das Pony und den frostbedeckten Todeskarren mit vier Leichen darauf. Zwei andere Gefangene halfen von hinten, die Räder des beladenen Karrens durch den fünfzehn Zentimeter tiefen Schnee zu treiben.

Der vorausgehende Gefangene hatte seine Kapuze auf, als er das Pony an einen Pfosten ungefähr zwanzig Meter von Emil entfernt band, sich dann zu den anderen beiden wandte und sagte: »Esst Honig und ihr lebt ein langes Leben. Es ist ein Geschenk von Gott. Macht dich stark. Lässt dich lange leben. Wir essen jetzt zuerst und dann den Friedhof, ja?«

Emil blinzelte und schüttelte ungläubig den Kopf, doch dann verließ er seinen Platz in der Reihe, als wäre er von einer magnetischen Kraft angezogen, und ging zu den Männern des

Todeskommandos, die sich ans Ende der Warteschlange für das Essen stellen wollten.

Emil folgte ihnen und rief: »Korporal?«

Es war stürmisch und die drei Gefangenen gingen weiter.

»Imker!«, rief Emil. »Überlebender von Stalingrad!«

Zwei der Männer gingen weiter. Doch derjenige, der das Pony geführt hatte, blieb stehen, zog die Kapuze zurück und drehte sich, um Emil mit einem verblüfften und dann belustigten Ausdruck anzusehen, als hätte ihm jemand einen Witz ins Ohr geflüstert, den er erst jetzt begriff.

»Martel«, sagte Korporal Gheorghe und grinste ihn an. »Ich sagte doch, dass ich dich wiedersehen würde, und da stehst du jetzt!«

* * *

***Gutengermendorf, sowjetisch besetzter Teil Deutschlands***

Hauptmann Charkow knipste die Taschenlampe aus, steckte sie in die Tasche und schlenderte in Adelines Richtung, in der einen Hand die Wodkaflasche, während er mit der anderen seinen langen Mantel aufknöpfte.

»Ein perfekter, wirklich perfekter Ort«, sagte der Russe. »Ich bin überrascht, dass keiner von uns daran gedacht hat, als wir uns überlegt haben, was an den Samstagabenden mit den ganzen guten Frauen von Gutengermendorf geschehen ist. Doch deine Spuren im Schnee haben nicht gelogen, und hier sind wir nun.«

»Nein«, sagte Adeline. »Nicht mit mir.«

Charkow lächelte und kam näher. »Oh ja, mit dir. Das ist mir erlaubt. Du, liebe Adeline, bist eine Kriegsbeute, eine ältere, erfahrenere Kriegsbeute. Und eine, die ich sehr genießen werde, denn selbst wenn es hier drin kalt ist wie eine Hexentitte, so weiß ich doch, dass es unter deinem Rock herrlich warm ist. Und das richtige Geschenk für uns beide an Heiligabend.«

Sie sagte nichts, doch sie spürte, wie Furcht und Scham in ihr keimten. Er war zum Ende der Kirchenbank gekommen, wo sie schlafen wollte, und bemerkte, dass die Bettwäsche dort ausgebreitet lag.

»Du hast wirklich vorausgedacht«, sagte er und trank den restlichen Wodka. »Wie reizend.«

Der Sowjetoffizier warf die Flasche in die nächste Bankreihe und kam auf sie zu, öffnete seinen Gürtel, der lange Mantel geöffnet.

»Nicht, oder …«

»Oder was?«, sagte er, nur um abrupt einen Meter vor ihr stehen zu bleiben, als er das Tranchiermesser sah, das sie in der Hand hielt.

»Oder ich schneide dich in Stücke«, sagte sie. »Ich bin gut mit dem Messer.«

Charkow lächelte. Er schloss die Augen ein Stück, als er einen Schritt zurückwich. »Da bin ich mir sicher, dass du es bist. Ich habe gesehen, wie du mit dem Hühnchen umgegangen bist. Doch ich bin kein Hühnchen, Adeline, und dein Messer erschreckt mich nicht.«

Er griff in seinen Mantel und zog eine Pistole, die er auf sie richtete. »Jetzt lass es fallen, damit wir unseren Spaß haben, einverstanden?«

»Ich habe einen Mann«, sagte sie, ohne das Messer zu senken.

»Das ist mir egal.«

»Du hast eine Frau, ein Baby.«

»Nicht heute Nacht«, sagte er lächelnd.

Adeline schluckte und sagte: »Wenn du noch näher kommst, dann werde ich dich umbringen. Also erschieß mich.

Bringen wir es hinter uns. Ich bin lieber tot, als dich auf mir zu haben.«

Charkow wurde wütend und er entsicherte die Pistole. »Denkst du, das tue ich nicht?«

»Mach schon und erschieß mich«, sagte sie erneut. »Die Stadt wird den Schuss hören. Sie werden dich wegen Mordes anklagen. Du kommst an den Galgen und deine junge Frau wird nicht nur erfahren, dass du ein Vergewaltiger bist, sondern auch ein kaltblütiger Mörder am Heiligabend. Und wenn du in deiner Zelle sitzt und auf den Tod wartest, dann bist du wie Raskolnikow in *Schuld und Sühne*. Du hast es gelesen. Natürlich hast du. Und du erinnerst dich daran, wie der Mord seinen Verstand gefressen hat. Wie Krebs vor dem Galgen. Willst du das wirklich, Hauptmann Charkow?«

Der Sowjetoffizier starrte sie an, die Pistole bebte in seiner Hand, bevor er an ihr vorbei zielte und schoss. Sie zuckte zusammen, erschrocken von dem Schuss, und stieß mit dem Messer nach vorn, da sie sicher war, er würde jetzt kommen.

Doch Charkow hatte die Kirchenbank bereits verlassen und eilte davon. Er zerrte die Hintertür auf und schnaubte: »Deutsche Schlampe!«, bevor er sie hinter sich zuschlug.

Adeline starrte ihm eine Sekunde hinterher, bevor sie mit dem Messer in der Hand zur Tür lief und den Riegel vorlegte. Dann überkam sie ein so heftiges Zittern, dass sie schnell zurück in ihre Bank taumelte, um nicht umzufallen. Ihr kamen die Tränen und ein Gefühl der Einsamkeit, gefolgt von der Gewissheit, dass ein Mann wie Charkow so etwas nicht auf sich beruhen lassen würde. Er würde sicher einen Weg finden, um sie anzugreifen oder zu bestrafen.

Es dauerte eine ganze Weile – die Kerze war schon fast aufgebraucht –, bis sie wirklich davon überzeugt war, dass er nicht zurückkehrte, und sie sich so weit beruhigte, dass sie das Tranchiermesser unter ihr Kissen legen konnte. Dann zog sie die Stiefel aus und zusätzliche Wollsocken und ihre Wollmütze an, bevor sie die Kerze ausblies und sich unter die Decken kuschelte.

Um die Gedanken von Charkow zu lösen, wollte sie ein Bild von Emil heraufbeschwören. Stattdessen fragte sie sich aber, wie sie sich verändert hätte, wenn ein weiteres Jahr verginge und sie nächstes Weihnachten erneut auf dieser Kirchenbank liegen würde und noch immer nichts von ihm gehört hätte. Die einsame Welt, die bei diesem Gedanken am Horizont auftauchte, erschreckte sie so sehr, dass sie sich zu einer Kugel zusammenrollte und vor dem Einschlafen betete, dass sie in einem Jahr in seinen Armen liegen würde.

* * *

***Poltawa, Ukraine***

Im Keller des Rathauses schlang Emil seine Suppe hinunter und machte sich über das zusätzliche Brot her und das gekochte Fleisch, Zwiebeln, Rüben und Kohl, die sie als Zugeständnis an den Feiertag erhielten. Immer wieder hob er den Kopf, um sich zu vergewissern, dass Korporal Gheorghe tatsächlich ihm gegenüber am Tisch saß und genauso heißhungrig aß.

Emil fühlte sich so gut wie seit Wochen nicht mehr, und er erkannte, dass es allein daran lag, dass der verrückte rumänische Soldat bei ihm war, der kein richtiger Freund war, ja nicht einmal ein Bekannter, sondern nur ein vertrautes Gesicht und eine Stimme an Heiligabend an einem kalten, fernen Ort.

Als er die heiße Suppe geschlürft und die Hälfte seiner Doppelration gegessen hatte, fragte Emil: »Wie bist du eigentlich hergekommen?«

»Die Sonne, die Sterne, der Mond …«

»Richtig«, sagte Emil und unterbrach ihn. »Aber erzähl mir nur von dem, was hier auf der Erde passiert ist.«

»Aber da oben beginnt es immer.«

»Ich bin mir sicher, dass es das tut, doch fang einfach da an, wo wir dich eine Tagesreise von der rumänischen Grenze entfernt verlassen hatten.«

Korporal Gheorghe dachte darüber nach und lächelte. »Du hast eine Schwägerin, an die ich mich erinnere. Noch immer süß wie Honig?«

»Malia, stimmt. Erzähl mir ab da.«

»Sie ist verheiratet?«

»Nicht, als ich sie das letzte Mal sah.«

Der Korporal lächelte, tippte sich an die Lippen und berichtete ihm dann, dass die hinter ihnen herkommende Rote Armee kurz nach der Abfahrt der Martels in Richtung Rumänien plötzlich angehalten hatte, um kurz vor der Grenze zu warten und sich mit Nachschub zu versorgen. Rumäniens Führer erkannten, was die Stunde geschlagen hatte, und beschlossen, dass es ihnen besser ergehen würde, wenn sie mit ihrer Loyalität von Hitler zu Stalin wechseln würden.

»Ich erhielt den Befehl, mich den Sowjets zu ergeben und ihnen mitzuteilen, dass wir jetzt für Moskau kämpften und nicht mehr für Berlin«, sagte er. »Doch als ich mit einer weißen Flagge am Gewehr zu ihnen kam, da verhafteten sie mich und schickten mich in ein Gefangenenlager in der Ukraine, doch nicht so weit im Osten.«

»Was ist dann passiert?«

Der Rumäne grinste. »Nach vier Monaten bin ich entkommen, habe mich auf den Weg nach Hause gemacht, um Imker zu werden, bin neunzig Kilometer weit gekommen und wurde erwischt. Sie schickten mich in ein zweites Lager. Ich bin wieder geflüchtet.«

Er tippte sich mit einem Finger an die linke Schläfe, direkt unter der Narbe aus Stalingrad. »Diesmal war ich klug und bin meistens bei Nacht marschiert. Und fast hätte ich es auch bis zur rumänischen Grenze geschafft.«

»Doch du wurdest wieder erwischt«, sagte Emil und schüttelte den Kopf. »Und sie haben dich nicht erschossen?«

Er lachte. »Kannst du das glauben? Sie sagten aber: In die Ukraine käme ich nicht mehr, sondern ganz weit nach Osten, um in den Minen zu arbeiten. Doch stattdessen haben sie mich vor fünf Tagen hergebracht. Das ist gut, glaube ich.«

»An diesem Ort ist überhaupt nichts gut«, sagte Emil und beschrieb dann die Krankheiten und die Sterblichkeitsrate unter den Gefangenen. »Es ist eine Todesfalle. Mit den Minen wärst du besser dran gewesen.«

»Das habe ich am ersten Tag gehört, als ich die Hand für das Begräbniskommando gehoben habe.«

»Wegen der doppelten Rationen?«

»Das auch«, sagte er, dann beugte er sich vor und flüsterte: »Ein Geheimnis? Das Begräbniskommando ist der Weg, wie ich aus den ersten zwei Lagern entkommen bin. Mach auch bei dem Kommando mit. Wir flüchten zusammen.«

Emil schüttelte den Kopf. »Du bringst dich um, wenn du diese Leichen berührst.«

Der Rumäne tippte sich wieder an die Schläfe. »Nicht, wenn sie gefroren sind, Martel.«

Emil dachte darüber nach. »Vielleicht. Doch warum das Begräbniskommando? Wie entkommst du damit?«

Der Korporal beugte sich noch weiter vor. »Russische Wachen? Sie fürchten Geister, weil da zu viele Tote an einem Ort sind. Sie würden niemals dahin gehen, wo die Leichen abgelegt werden. Bei einem Schneesturm können wir weglaufen.«

Emil verschränkte die Arme. »Sie erwischen dich zu Fuß. Das haben sie schon zweimal gemacht.«

»Diesmal nicht zu Fuß«, beharrte Korporal Gheorghe. »Das Pony ist kräftig, fast so groß wie ein Pferd. Wir reiten. Wir finden Eisenbahnschienen, finden einen Zug, springen auf, fahren nach Westen.«

Für einen Moment gefiel Emil die Idee, mit dem Rumänen zu flüchten. Offenbar war er nur halb verrückt, und schließlich hatte er vorhergesehen, dass sie sich wieder begegnen würden, oder etwa nicht?

*Und wenn er recht hat? Wenn wir tatsächlich …?*

Er dachte an den Haufen toter Menschen, die er dann am Morgen sehen würde und begraben müsste. Bei dem Gedanken kribbelte sein ganzer Körper.

»Ich kann das nicht.«

Korporal Gheorghe neigte den Kopf, das Lächeln war wieder da. »Wenn du es nicht kannst, dann musst du es. So ist es immer. Komm, wir flüchten zusammen. Wir finden deine Frau und ihre Schwester, süß wie Honig.«

Emil musste schlucken. »Es gibt Gründe, weshalb ich mich dem Kommando nicht anschließen kann.«

»Was für Gründe?«

Er spürte, wie sein Herz und sein Atem zu rasen anfingen, und merkte, dass er noch nie jemandem von Dubăsari erzählt hatte. Doch als er jetzt den Korporal über den Tisch hinweg anblickte, da fühlte er sich gezwungen, jene Nacht zu beschreiben und jemand anderem zu gestehen, was er getan hatte.

Während der nächsten zwanzig Minuten erzählte er Korporal Gheorghe die Geschichte von Dubăsari bis zu dem Moment, als Hauptsturmführer Haussmann ihm die Luger gegeben und ihm befohlen hatte, seine deutsche Treue zu beweisen, indem er die drei jungen Juden erschoss. Doch da klingelte die Triangel und sagte ihnen, dass sie die Kantine verlassen und sich auf den Marsch zum Museumskeller vorbereiten mussten.

»Was hast du getan?«, fragte Korporal Gheorghe.

»Ich …«

»Los«, rief eine Wache und zeigte dann auf den Rumänen. »Da sind noch zwei Leichen draußen. Einer auf der Straße. Einer beim Krankenhaus. Geh und hol sie.«

Er stand auf und blickte zu Emil. »Komm zum Begräbniskommando. Du musst mir erzählen, was du getan hast.«

Damit ging er weg. Emil sah dem Rumänen hinterher und bemerkte zum ersten Mal, wie leichtfüßig der Mann ging, so flüssig in seinen Bewegungen, als würde er schweben. Als Emil in den Schneesturm hinaustrat, der unvermindert tobte, war der Leichenkarren weg und mit ihm Korporal Gheorghe, der sich plötzlich wie die letzte Hoffnung anfühlte.

*Aber das Begräbniskommando?*

Während er zurück zum Museum marschierte, fühlte sich Emil bei dem Gedanken, Leichen auf den Karren zu heben – gefroren oder nicht –, als wäre er in einem so engen Raum eingesperrt, dass er kaum atmen konnte, während unsichtbare Hände seinen Magen zusammenquetschten.

* * *

### *Weihnachten 1945*
### *Gutengermendorf, sowjetisch besetzter Teil Deutschlands*

Adeline wachte zitternd in der dunklen Kirche auf, setzte sich und sah Licht unter der Hintertür. Fast wäre sie sofort aufgestanden, hätte ihre Sachen genommen und wäre zu Woldi und Willi zurückgekehrt. Stattdessen wickelte sie sich die Decke um die Schultern, kniete nieder und betete um Sicherheit für sich, die Jungen und Emil.

Als sie aufstand, um ihre Sachen zu falten und einzupacken, fühlte sich Adeline trotzdem nicht sicher. Solange Hauptmann

Charkow und seine Männer im Haus der Schmidts wohnten, würde sich das nicht ändern. Dieses Gefühl verstärkte sich noch, als sie die Kirche verließ und durch die Stadt und den Hügel hinauf zum Bauernhof ging.

In der Nacht hatte es sieben Zentimeter geschneit, bevor die Temperatur über den Gefrierpunkt gestiegen war. Jetzt nieselte es feuchtkalt und sie ging durch Schneematsch.

»Frohe Weihnachten, Mama!«, riefen Willi und Woldi, als sie die Tür zu ihrem Raum in dem Außengebäude aufschloss.

Sie sprangen aus dem Bett und in Adelines Arme. Sie hielt sie fest und küsste beide auf die Wange, bevor sie sagte: »Frohe Weihnachten, ihr Lieben.«

Willi trat zurück. »Bekommen wir Geschenke?«

Sie lächelte. »Ich habe gehört, dass Frau und Herr Schmidt heute Morgen Geschenke für euch unter dem Baum entdeckt haben.«

»Wirklich?«, sagte Woldi. »Was denn?«

»Zieht euch an und wir gehen und sehen nach.«

Innerhalb weniger Sekunden war Willi schlampig angekleidet und hüpfte aufgeregt hin und her, während Woldi sich langsamer und mit mehr Sorgfalt anzog.

»Komm schon, Woldi«, stöhnte Willi.

»Willst du, dass ich barfuß gehe?«

»Wenn es sein muss.«

»Das muss es nicht und das werde ich auch nicht«, sagte sein älterer Bruder und zog die Schuhe an.

»Mama!«

»Beruhige dich, Willi«, sagte sie. »Die Geschenke werden da auf euch warten.«

»Aber ich warte auch!«

»Und ich bin fertig«, sagte Woldi, stand auf und nahm seinen warmen Mantel.

Willi rannte voraus zum Haus der Schmidts und verschwand im Innern, während Woldi Adelines Hand hielt und neben ihr ging.

»Mama?«, sagte Woldi. »Wird es Willi wohl immer so eilig haben?«

Sie dachte darüber nach und lächelte. »Ich glaube ja. Das ist seine Natur.«

»Er geht immer so schnell, davon wird mir manchmal ganz schwindlig.«

Adeline lachte. »Ja, mich macht er auch manchmal schwindlig.«

Sie traten sich den Schneematsch von den Stiefeln, bevor sie ins Bauernhaus gingen. Frau Schmidt war schon aufgestanden und brühte Würstchen von dem Schwein, das sie im Vormonat geschlachtet hatten. Die Gerüche im Haus waren köstlich, während sie sich umsah und froh war, keinen der Soldaten zu sehen, vor allem Charkow.

»Frohe Weihnachten!«, rief Frau Schmidt aus der Küche, wo Willi bereits ein Plätzchen kaute.

»Frohe Weihnachten!«, erwiderte Adeline.

»Mama, darf ich auch ein Plätzchen haben?«, fragte Woldi.

»Natürlich«, sagte sie. »Es ist Weihnachten.«

Er zog den Mantel aus und hängte ihn auf, dann zog er die Stiefel aus, bevor er durch den Hauptraum in die Küche ging, um sich ein Plätzchen zu holen. Adeline folgte ihm und freute sich, das Feuer im Kamin tanzen zu sehen, während alles warm und einladend war.

Herr Schmidt trank heißen Tee. Als die Jungen ihre Plätzchen gegessen hatten, sagte er: »Ich glaube, ich habe unter dem Baum Geschenke für die Martel-Jungen gesehen.«

Willi und Woldi blickten zu ihrer Mutter, die nickte. »Geht nur.«

Sie rannten ins andere Zimmer und fanden zwei kleine Geschenke, die in Wachspapier eingewickelt waren. Willi und Woldi öffneten sie und zogen zwei hölzerne Kreisel heraus, die Herr Schmidt für sie geschnitzt hatte.

Er zeigte ihnen, wie man sie drehte und wie sie gegeneinander kämpfen konnten. Von ihrem lachenden Kreischen und dem Triumph, wenn einer den anderen umgeworfen hatte, fühlte Adeline sich besser als je zuvor, seit Emil weggegangen war.

Sie konnte durch das Fenster sehen, dass das Nieseln wieder zu Schnee geworden war. Herr Schmidt, der nach draußen auf ein Thermometer blickte, sah die Temperatur fallen, was für das andere Geschenk gut sei, wie er den Jungen mitteilte.

»Noch eins?!«, schrie Willi. »Wo denn?«

»In der Scheune«, sagte er. »Zieht euch Jacken und Mützen an, und ich zeige es euch.«

Woldi sagte: »Willst du mitkommen, Mama?«

Adeline hatte vor einer Woche von Herrn Schmidt erfahren, was er den Jungen noch schenken wollte, und sie nickte: »Ja, ich komme auch mit.«

»Ich habe heißen Tee und Apfelmost für euch«, sagte Frau Schmidt.

Sie zogen sich an und gingen gemeinsam nach draußen in den sanft fallenden Schnee und die zunehmende Kälte. Sie waren nur eine Stunde im Haus gewesen, doch der Schneematsch mit dem frischen Schnee war bereits gefroren, wurde fest und glatt, perfekt für das große Geschenk der Jungen.

Herr Schmidt hatte den Schlitten auf einer Werkbank in der Scheune stehen. Er hatte seinem Sohn gehört, als der noch ein Junge gewesen war. In der Vorwoche hatte der Bauer ihn repariert. Er hatte einen Sitz, zwei Kufen und ein Ruder zum

Steuern und Abbremsen. Er zeigte ihnen die Kufen – Holz mit eingeschraubten Metallrändern und einem zusätzlichen Metallstreifen unten in der Mitte – und wie man sie mit dem Steuerruder bewegte.

»Wer will zuerst?«, fragte Herr Schmidt. »Woldi?«

Adelines älterer Sohn wirkte unsicher. »Willi kann zuerst.«

Willi grinste und nickte. »Ja, bitte.«

Der alte Bauer führte sie aus der Scheune zurück in den Schnee und stellte den Schlitten oben an den Hang oberhalb des schneebedeckten Feldes und dem Dorf dahinter. Willi stieg auf und hielt das Ruder mit beiden Händen.

»Wie lasse ich ihn losfahren?«, fragte er.

»Ich schiebe dich an«, sagte Herr Schmidt, stemmte den Stiefel hinten an den Schlitten und gab ihm einen kräftigen Schubs. Mit einem Freudenschrei flog Willi den Hang hinunter und hinaus auf die ebene Fläche, bevor er umkippte. Adeline verspürte kurz Panik, bis sich ihr jüngerer Sohn auf die Knie drehte und lachend die Arme in die Luft warf.

Vorn am Schlitten war ein Seil befestigt, sodass Willi ihn den Hang hinaufziehen konnte. Woldi wirkte ein wenig ängstlich, bevor er losfuhr, doch nach Herrn Schmidts Anleitung flog er ebenfalls den Hügel hinunter auf die Ebene. Er stürzte nicht um, sprang auf, warf den Kopf zurück und rief: »Ich liebe es!«

Als er wieder oben war, sagte er: »Du bist dran, Mama.«

»Ja!«, sagte Willi.

»Ich glaube nicht …«

»Das ist ganz sicher«, sagte Herr Schmidt.

Widerstrebend setzte sich Adeline auf den Schlitten, sah dem Bauern zu, wie man das Ruder benutzte, und jauchzte dann vor Entzücken, als er ihr einen Schubs gab, und fuhr dann lachend immer schneller den Hügel hinab. Sie hielt das

Ruder gerade und kam noch weiter als die Jungen hinaus auf die Ebene.

Vor Entzücken lehnte sich Adeline für einen Moment keuchend zurück, blickte hoch zu den fallenden Schneeflocken und fühlte sich so lebendig wie nie, bis sie an Emil dachte und sich schuldig fühlte, weil sie sich amüsierte, während er in einem Gefängnis schmachtete oder noch schlimmer. Doch sie weigerte sich, den Jungen ihren Feiertag zu verderben, deshalb stand sie auf und zog den Schlitten den Hang hinauf.

Die Jungen rodelten weiter, doch Adeline war es zu kalt geworden. Sie kehrte zurück zum Bauernhaus, um Frau Schmidt in der Küche zu helfen. Doch als sie an der Scheune vorbeikam und zufällig zu den oberen Fenstern des Hauses blickte, bemerkte sie Hauptmann Charkow, der sie durch die Scheibe eines Fensters anstarrte.

Sie senkte den Blick und fühlte, wie ihre Fröhlichkeit verschwand, da sie in ihrem Herzen wusste, dass der sowjetische Offizier ein Mann war, der nichts vergaß. Sie hatte ihn einmal überlistet, und er würde es ihr heimzahlen wollen.

Beim Betreten des Hauses traf Adeline eine Entscheidung und ging direkt zu Frau Schmidt, um ihr davon zu erzählen, was in der Vornacht in der Kirche geschehen war.

»Ich kann nicht glauben, dass ich es sagen muss, denn Sie waren so gut zu uns, Frau Schmidt«, sagte Adeline, »doch sobald ich eine andere Unterkunft finde, werde ich Sie mit den Jungen verlassen.«

Frau Schmidt wurde traurig, kam dann aber zu ihr und umarmte sie.

»Das kann ich verstehen«, sagte sie. »Doch werde bitte nicht zu einer Fremden.«

* * *

*Poltawa, Ukraine*

Der Schneesturm endete in der Morgendämmerung mit heftigen Nordwestwinden, die strahlend blauen Himmel und atemraubende Kälte brachten. Die Sonne warf rosige Muster über die wirbelnde Winterlandschaft. Über Nacht waren achtundzwanzig Zentimeter Neuschnee gefallen. Wo der Schnee an windabgewandten Stellen zum Liegen gekommen kam, da war er pulverig und relativ leicht für das Pony zu bewältigen, um den Leichenkarren zu bewegen.

Doch wo der Schnee vom Wind verweht wurde, mussten Emil und Korporal Gheorghe ihren Weg unterbrechen und schaufeln, damit Räder, Achsen und Unterseite des Karrens nicht unter dem Gewicht der in der Nacht verstorbenen acht Gefangenen im Schnee stecken blieben. Die Körper lagen zu zweit nebeneinander und vier übereinander auf der Ladefläche, gefroren zu einem grausigen Stapel.

Bevor Emil an Heiligabend schlafen gegangen war, hatte er für sich beschlossen, sich nicht dem Begräbniskommando und Korporal Gheorghes Fluchtplan anzuschließen. Doch der Rumäne hatte mit einer Taschenlampe sein Bett gefunden und ihn um fünf Uhr morgens aufgeweckt.

»Ich bin der Einzige im Kommando«, hatte er gesagt. »Korporal Gheorghe braucht Martel. Und Martel braucht Korporal Gheorghe.«

Als er sah, dass der Mann nicht aufgab, war Emil aufgestanden und hatte sich angezogen, bevor er ihm die Treppe hinauf und hinaus in die minus zehn Grad kalte Luft gefolgt war. Jeder Knochen seines Körpers schmerzte von dem unmöglichen Arbeitstag zuvor, doch er half dem Rumänen, die gefrorenen Körper aufzuladen, darunter auch Nikolas, der blassblau angelaufen war. Zwei Sowjetwachen beobachteten sie und folgten ihnen, als sie das Pony mit dem Karren nach Süden führten, eine andere Richtung als die üblichen Ost-West-Wege, die er seit seiner Ankunft zweimal täglich gegangen war.

Emil war vorher noch nicht am Friedhof oder auch nur in dieser Gegend der zerstörten Stadt gewesen, deshalb blickte er sich jetzt interessiert um, sah große Teile von Poltawa, die noch immer aus schneebedecktem Brachland bestanden, ohne irgendwelche Hinweise auf menschliche Aktivität. Doch hier und da bemerkte er vereinzelte Anzeichen von Zivilisten, die Leben aus der eingefrorenen Kahlschlagzone kratzten. Darunter zahlreiche Kinder im Alter seiner Jungen, dreckig, verfroren und hohlwangig.

Als sie die Stadt mit den zwei Sowjetsoldaten hinter sich verließen, sagte Gheorghe: »Die Wachen sprechen kein Deutsch. Erzähl die Geschichte zu Ende. Der Nazi gibt dir die Pistole und sagt: Erschieß die drei Juden. Was hast du gemacht?«

Emil hielt das Pony an, als sie an den Rand eines großen schneebedeckten Feldes kamen, das auf der anderen Seite im Osten und Süden von dichtem Wald begrenzt wurde. Die Sonne stand jetzt hoch, wurde vom glitzernden Schnee reflektiert, dass man fast blind wurde. Er blinzelte, sah weitere Schneewehen und an manchen Stellen nackten Boden und verdorrtes Gras, wo der Wind eine erhöhte Stelle getroffen hatte.

»Versuch, im Gras zu bleiben. Wir graben Schneewehen aus, wenn wir das müssen«, sagte Korporal Gheorghe, als würde er seine Gedanken lesen. »Erzähl mir die Geschichte. Er hält dir eine Waffe an den Kopf?«

Emil holte ein paarmal tief Luft, versuchte dabei, den Kopf von dem Rumänen weg in den bitterkalten Wind zu drehen. Doch der raue Wind, der den lockeren Schnee vor sich hertrieb, zwang ihn dazu, sich dem Korporal und der Wahrheit zu stellen.

»Ich beschloss, sie zu töten, Korporal. Ich sagte Haussmann, dass ich es tun würde. In meinem Herzen war es bereits geschehen. Ich ging hin und versuchte, auf den Jungen zu zielen. Ich habe den Abzug gekrümmt.«

Als sie die Mitte des Feldes erreichten, erzählte Emil, wie ein ranghöherer Offizier wegen Himmlers Anordnung eingegriffen hätte und wie er stattdessen Kalk auf die unzähligen Juden schaufeln musste, die in jener Nacht gestorben waren.

»Ich habe zu Gott gebetet, nicht an der Ermordung der Juden teilnehmen zu müssen«, sagte Emil verbittert, »doch ich wurde nicht erhört. Stattdessen wurde mir diese Waffe in die Hand gedrückt, und ich habe die Entscheidung getroffen, die Kinder zu töten. Ich habe die ganze Nacht Kalk geschaufelt. Da waren so viele Männer, die schossen, und so viele unschuldige Menschen, die starben, dass ich aufgehört habe, an das gemeinsame Gute im Menschen zu glauben. Und ich habe aufgehört, an meine eigene grundlegende Güte zu glauben, denn ich hatte beschlossen, diese unschuldigen Menschen zu töten, diese Kinder. Während ich schaufelte, da wusste ich, dass ich für die Körper in der Schlucht beten sollte, doch ich konnte es nicht, weil ich nicht länger an Gott geglaubt habe.«

* * *

In der Mitte des Feldes blieben die Wachen stehen und sagten, dass sie dort auf sie warten würden.

»Wo begraben wir sie?«, fragte Emil.

»Gar nicht«, antwortete Korporal Gheorghe. »Der Boden ist gefroren. Wir werfen sie dort am Waldrand an der offenen Stelle ab. Den Rest erledigen Krähen und Wölfe.«

»Wirklich?«, fragte Emil verstört.

»Das ist der Grund dafür, dass die russischen Soldaten solche Angst vor dem Ort haben. Sie würden da niemals runtergehen. Und bei einem richtigen Schneesturm? Wir gehen da runter, spannen das Pony vom Karren los und flüchten. Wir haben einen guten Vorsprung, wenn der Schnee unsere Spuren verdeckt.«

Emil antwortete zunächst nicht, hatte noch immer das Bedürfnis, sich zu offenbaren.

»Bis gestern habe ich nicht mehr gebetet, Korporal Gheorghe«, sagte er, während er das Pony mit dem Karren eine abfallende Erhebung hinunterführte, wo der Schnee nur flach war. »Und heute wünschte ich, ich hätte es nicht getan. Ich glaube wieder, dass Gott nicht antwortet, dass er nicht existiert und dass die meisten Menschen von Natur aus nicht gut sind, mich eingeschlossen.«

»Was sind die meisten Menschen von Natur aus?«

»Bestien. Sie handeln vielleicht so, als wären sie gut. Doch dann kommt es zu einer Bedrohung ihres eigenen Lebens, und das alles geht verloren. Sie werden zu einem anderen Geschöpf, wie es bei mir gewesen ist, kein Mensch, sondern ein Wilder, ein Tier.«

Der Rumäne ging weiter. Das Pony blies durch seine Nüstern und trottete ebenfalls weiter.

Emil konnte die Stille nicht ertragen. Er sagte: »Vielleicht verdiene ich das hier. Vielleicht bin ich nur hier, um bestraft zu werden. Vielleicht soll mir nicht vergeben werden. Vielleicht soll ich meine Tage damit verbringen, Leichen zu den Wölfen und Krähen zu schleppen. Und vielleicht hat Nikolas recht gehabt. Ich war verdammt in dem Augenblick, als ich die Waffe zog und beschloss, diese drei Kinder zu töten.«

Sie erreichten den Fuß des Hügels und einen Teil des Feldes, wo sie größtenteils vom Wind geschützt waren. Der Schnee war tief und pulverig. Das Pony konnte den Karren leicht ziehen und schien den Weg zu der ausgebuchteten Lichtung an der Baumreihe zu kennen.

»Ich bin verdammt«, sagte Emil und schüttelte den Kopf. »Genau wie diese Männer, die wir abwerfen.«

Als sie die kleine Lichtung erreichten, fragte Korporal Gheorghe: »Wofür verdammt? Wofür? Du hast den Abzug nicht gedrückt. Du hast niemanden umgebracht.«

Emil sah ihn verärgert an. »Doch ich habe beschlossen, sie umzubringen. In meinem Kopf habe ich es bereits getan.«

»Aber du hast nicht geschossen.«

»Wegen des SS-Obersts. Wenn er nicht gewesen wäre, dann hätte ich sie erschossen. Ich hätte es getan. Ich habe beschlossen, jene unschuldigen Menschen umzubringen, nachdem ich gebetet hatte und nicht erhört wurde. Ich war so wütend auf Gott, dass er nicht gehört hat, dass …«

»Hat Gott nicht?«

Emil runzelte die Stirn. »Hat Gott was nicht?«

Die Räder des Leichenkarrens versanken im tieferen Schnee und das Pony kämpfte dagegen an. Der Rumäne antwortete nicht, als er zur Rückseite des Karrens ging, um zu schieben.

Emil kam zu ihm und fragte erneut: »Hat Gott was nicht?«

»Dich gehört.«

»Nein, er hat mich nicht gehört!«, sagte Emil scharf. »Wenn er mich gehört hätte, denkst du, dass ich dann hier wäre?«

»Das kann ich dir nicht beantworten, doch ich kann dir sagen, dass du gehört wurdest.«

»Dann eben ignoriert.«

»Nein, nein«, sagte der Rumäne, während er sich bemühte, den Leichenkarren in Bewegung zu halten. »Du hast Gott darum gebeten, dich nicht zum Mörder zu machen. Dann hast du Mut bewiesen und dem Nazi Nein gesagt. Du hast an Gottes Wort geglaubt, sechstes Gebot. Du sagtest, du würdest nicht töten.«

»Doch dann habe ich meine Meinung …«

»Stopp! Als du Nein gesagt hast, hast du da von der Anordnung Heinrich Himmlers gewusst, dass niemand umgebracht werden darf, wenn er sich weigert, einen Juden zu töten?«

Emil dachte darüber nach. »Nein.«

»Und als du dich geweigert hast, da hast du dein Leben riskiert, um das Richtige zu tun, und hast die Konsequenzen des Neinsagens akzeptiert. Von meinem Standpunkt aus glaube ich, dass du dem Allmächtigen in jener Nacht dein wahres Ich gezeigt hast und dafür belohnt wurdest.«

Emil konnte die Dinge so nicht sehen. »Ich hatte meine Meinung geändert. Ich wollte sie erschießen.«

»Aber du wurdest aufgehalten, ja?«, sagte der Rumäne, als sie sich dem Rand der Lichtung näherten. »Du musstest nicht töten, weil du das Richtige getan hast. Kannst du darin nicht die Hand Gottes sehen, Martel? Diesen Offizier dazu zu bringen, dass er dich davon abhielt, diese drei Juden zu ermorden? Ich bin kein kluger Mann, doch ich sehe darin so deutlich die Hand der universellen Intelligenz, wie ich diesen Weihnachtsmorgen und dich sehe.«

Emil starrte auf den Schnee vor sich und versuchte zu verarbeiten, was ihm der Korporal gerade gesagt hatte.

Seit mehr als vier Jahren hatte er Gott Vorwürfe gemacht und ihn schließlich verleugnet, weil er ihn dazu gezwungen hatte, die Entscheidung zum Ermorden der Juden zu treffen. Doch jetzt erkannte er tatsächlich in allem das Werk einer höheren Macht. Er hatte in jener Nacht nicht töten müssen, weil er sich zunächst geweigert hatte, das Falsche zu tun. Emils Herz schlug heftig. *Ich wurde gehört. Das wurde ich wirklich.* Emil war sprachlos, als er zu Korporal Gheorghe blickte, wobei er in ihm jetzt nicht mehr den Verrückten mit der Kopfverletzung sah, sondern einen seltsamen göttlichen Boten der Rettung.

»Glaubst du das?«, fragte Emil schließlich.

Der Rumäne nickte und sagte: »Ich glaube, das Allmächtige hat dich verschont, nachdem du dich geweigert hast, die drei Juden zu töten. Siehst du? Du warst für Gott ein Held. Und für deine Frau und deine Söhne und deine Schwägerin, süß wie Honig.«

Emil blinzelte. Ein Held? Er schüttelte den Kopf.

»Ein Held gibt nicht auf, und gestern habe ich aufgegeben«, sagte Emil. »Ich war schwach. Verloren. Ich hatte meine Grenze erreicht. Ich glaubte, dass ich es nicht mehr allein schaffen kann.«

Er lächelte. »Siehst du? Du hast das Herz eines Helden, doch du bist ein Mann. Du hast Grenzen. Selbst du kannst nicht allein gehen, kannst nicht alles allein machen. Und was hast du gemacht, als du gestern aufgegeben hast?«

Emil dachte zurück. »Ich hatte diese schreckliche Schwere in der Brust gespürt und ich habe darum gebetet, dass es weggeht.«

»Ja, du hast Glauben gezeigt und gebetet. Hast um Hilfe bei deiner Last gebeten. Das ist gut. Bitte das Göttliche jetzt, an deiner Seite zu gehen. Du wirst niemals wieder schwach oder allein sein. Mit dem Allmächtigen als Verbündeten kann selbst ein verrückter Imker mit einer Delle im Schädel die Schlacht von Stalingrad überleben!«

Das Pony stoppte mit einem Schnauben und der Karren kam im achsentiefen Schnee zum Stehen.

»Weit genug«, sagte der Rumäne und ging an seine Seite des Karrens. Emil tat es ihm nach. Erst da sah er die Wolfsspuren und Krähenfedern und einen oder zwei Knochen, die ungefähr drei Meter vor dem Pony aus dem Schnee ragten, dessen Flanken bebten und zitterten.

»Hier werfen wir sie einfach ab?«, sagte Emil.

»Sie werden das nie erfahren. Wir drehen den Karren um, wir heben, sie fallen, wir gehen.«

Sie führten das Pony in einem kleinen Halbkreis herum und lösten den Riegel, der die Ladefläche des Karrens unten hielt, dann hoben sie das Ende hinter dem Pony an. Der Stapel der acht Leichen glitt hinab in den tiefen Schnee. Nikolas' Leiche landete mit dem Gesicht nach oben.

»Wir sollten jetzt gehen«, sagte Gheorghe. »So werden die Wachen nicht misstrauisch.«

Emil hörte kaum, was der Rumäne sagte. Während er jetzt seine Vergangenheit in einem völlig anderen Licht sah und sich nicht länger gefangen fühlte von den Ereignissen jener Nacht in Dubăsari, ging er hinüber zu den Leichen von Nikolas und den anderen Gefangenen, die er nicht kannte. Am Weihnachtsmorgen 1945, nachdem er mehr als fünfzig Monate Gott verleugnet hatte, begann Emil zu beten, bat den Allmächtigen, an seiner Seite zu gehen und die Seelen der Männer zu sich zu nehmen, deren Leichen er den Vögeln, den Wölfen und dem Wind überließ.

# Einunddreissig

***25. Januar 1946***
***Berlin***

Adeline stieg mit den zwei großen, leeren Leinensäcken und der Handtasche, die Frau Schmidt ihr als Abschiedsgeschenk gegeben hatte, aus dem überfüllten Zug. Sie trat aus dem Bahnhofsgebäude, wo Männer unter sowjetischer Bewachung Bombenkrater auffüllten und neue Stahlgerüste bauten. Sie war erschrocken über den Anblick, der sich ihr bot. Als sie das letzte Mal im Sommer zuvor in Berlin gewesen war, musste sie sich mit ihren Jungen den Weg durch die Zerstörung bahnen, die überall zu sein schien. Jetzt waren die Straßen größtenteils wieder frei – abgesehen von der Schneeschicht –, und es herrschte reger Verkehr.

Sie zog einen Notizblock aus der Handtasche und sah nach einer Adresse. Dann fragte sie einen Polizisten und war erleichtert, als sie erfuhr, dass es nur ein paar Straßen entfernt war.

Während sie an diesem feuchtkalten Tag mit unangenehmem Nordwind durch Berlin ging, dachte Adeline, dass es wirklich bemerkenswert war, wie sehr sich ein Leben in nur einem Monat verändern konnte. Am Tag nach Weihnachten hatte ihr Frau Schmidt dabei geholfen, beim Gemeindeausschuss im Dorf wegen einer Umquartierung nachzufragen.

Als die Bearbeiterin nach dem Grund fragte, hatte Frau Schmidt gesagt: »Damit sie nicht vergewaltigt wird.«

Die Bearbeiterin war sofort freundlicher geworden: »Ich werde sehen, was ich für Sie tun kann.«

»Sie ist außerdem eine wunderbare Köchin. Es ist ein Verbrechen, sie hier als Landarbeiterin zu haben.«

Die Bearbeiterin runzelte die Stirn und tippte sich dann an die Lippen. »Wie gut als Köchin?«

Frau Schmidt sagte: »Sie schafft es, dass eine zähe alte Henne wie ein Frühlingshuhn schmeckt. Sie macht wunderbare Nudeln und Apfelkuchen.«

Die Frau sagte: »Lassen Sie doch das arme Ding für sich selbst sprechen. Können Sie Russisch? Kennen Sie irgendwelche russischen Gerichte?«

Adeline lächelte und nickte. »Ich spreche fließend Russisch und kenne viele russische Gerichte aus der Küche, in der ich damals in der Ukraine gearbeitet habe.«

Die Büroangestellte schickte sie sofort zu einem großen Haus am Stadtrand, dem Quartier der hochrangigen Sowjetoffiziere in der Region, darunter Oberst Wassiljew, der in seinen Sechzigern war, von korpulenter Statur und schroffer Natur. Doch er war begeistert von dem Schweinekotelett mit würziger Apfelsoße, das ihm Adeline zum Mittag bereitete, und stellte sie sofort an.

Als Adeline wegen ihrer Umquartierung glücklich zurück zum Büro der Angestellten eilte, hatte der Oberst dort bereits angerufen und alles erledigt. Am nächsten Morgen konnte sie zu ihrer neuen Unterkunft in einem Haus an der Hauptstraße des Dorfes ziehen, das unweit der Schule lag.

* * *

Als sie die Berliner Adresse erreichte, die ihr Oberst Wassiljew gegeben hatte, erinnerte sich Adeline daran, wie erleichtert sie gewesen war, als sie an jenem Tag zum Haus der Schmidts kam und feststellte, dass Hauptmann Charkow und die anderen Offiziere nicht zurückgekehrt waren. Frau Schmidt war aufgewühlt, weil Adeline bereits packte, freute sich aber für sie darüber, dass sich ihr Schicksal so schnell geändert hatte.

Adeline sagte den Jungen nur, dass sie eine Stelle als Köchin gefunden hätte und sie nun ins Dorf ziehen müssten, damit näher zu ihren Schulfreunden, was den beiden gefiel. Sie hatten so wenig Sachen, dass sie nicht mehr als eine Stunde brauchte, um alles in den kleinen Karren zu packen, den sie mithilfe von Herrn Schmidt auf sein größeres Fuhrwerk hob.

»Dürfen wir zum Rodeln zurückkommen?«, fragte Willi.

Der alte Bauer lächelte und tätschelte ihm den Kopf. »Wann immer ihr wollt.«

»Du bist immer herzlich willkommen, Willi, und du auch, Woldi«, sagte Frau Schmidt, die darauf bestand, mit ihnen ins Dorf zu gehen, damit sie sehen konnte, wie sie leben würden.

Sie fuhren in den letzten zwanzig Minuten bei gutem Licht los und es fielen dicke Schneeflocken durch die eiskalte Luft. Auf halbem Weg sah Adeline Hauptmann Charkow und die anderen zwei Sowjetoffiziere auf der Straße in ihre Richtung kommen.

Als Charkow Adeline, Willi, Woldi und ihren kleinen Karren sah, stellte er sich auf die Straße und blockierte den Weg. Herr Schmidt zog die Zügel, um sein Pferd anzuhalten.

»Was ist das?«, bellte Charkow. »Was geht hier vor?«

»Sie haben neue Unterkünfte im Dorf bekommen«, sagte Herr Schmidt.

»Darüber wurde ich nicht in Kenntnis gesetzt!«

»Anordnung von Oberst Wassiljew«, sagte Frau Schmidt. »Sie kocht jetzt für ihn.«

* * *

Wochen später in Berlin musste Adeline noch immer grinsen, als sie sich an die Wut auf Charkows Gesicht erinnerte, der zur Seite trat und sie böse ansah.

*In drei Tagen habe ich ihn zweimal überlistet,* dachte sie stolz, bevor sie zu einem sowjetischen Soldaten trat, der an der Tür des von ihr gesuchten Hauses stand. Adeline zeigte ihm ihre Papiere und das offizielle Schreiben von Oberst Wassiljew, das ihr den Zutritt verschaffte.

Der russische Wachtposten, der nicht viel älter als neunzehn sein konnte, nickte und reichte ihr die Unterlagen zurück, wobei er sagte: »Kauf mir etwas Schokolade, ja? Das Essen, das wir bekommen, ist Mist.«

»Ich kann nichts versprechen«, sagte Adeline.

Er seufzte und öffnete die Tür zu der Marketenderei für hochrangige Sowjetoffiziere. Sie trat ein und die Tür schloss sich hinter ihr. Adeline sah sich um und spürte, wie ihr der Atem stockte.

Der Raum war lang und breit mit einer niedrigen Decke und überall standen Regale voller Lebensmittel. Und nicht nur Grundnahrungsmittel. Da gab es Fleisch von frisch geschlachteten Rindern, Schweinen und Geflügel, es gab auf Eis gekühlte Heringe und andere Fische aus der Ostsee, Käse und Honig und zwanzig verschiedene Wodkasorten und vier Zigarettenmarken. Sie hatten sogar den besonderen Belugakaviar, den der Oberst ganz oben auf ihre Einkaufsliste gesetzt hatte.

Nach einem Leben, das selbst in den besten Zeiten von Mangel und Entbehrungen geprägt war, musste Adeline feststellen, dass das atemberaubende Aufgebot an Delikatessen und unendlicher Auswahl fast erdrückend war. Sie hatte gewusst, dass die Menschen in den oberen Rängen des kommunistischen Systems anders lebten als gewöhnliche Menschen, die sie zu unterstützen vorgaben. Doch sie hatte nicht geahnt, wie gut sie tatsächlich lebten, während andere seit Jahrzehnten litten, so wie sie und ihre Familie.

Beim Einkaufen rechnete Adeline im Kopf mit. Als sie die Liste fast abgearbeitet hatte, erkannte sie, dass der Oberst ihr mehr als genügend Geld zum Bezahlen der Einkäufe mitgegeben hatte. Und sie hatte ein wenig eigenes Geld dabei. Sie bezahlte für die Lebensmittel von Oberst Wassiljews Liste und tat so, als wollte sie gehen, dann spielte sie ein wenig Theater, starrte auf die Liste und seufzte.

»Ich habe ein paar Dinge vergessen«, sagte sie. »Kann ich die Taschen hier stehen lassen?«

Die Kassiererin, eine gelangweilte Rotarmistin, zuckte mit den Schultern. Adeline kehrte schnell mit einem Glas Blaubeermarmelade, drei großen Schokoladenriegeln, einem kleinen Schokoladenriegel und einer Käseecke zurück. Sie bezahlte mit ihrem eigenen Geld, denn sie wusste, dass der Oberst oder einer seiner Mitarbeiter die Quittung mit dem Wechselgeld überprüfen würde. Nachdem sie ein zweites Mal bezahlt hatte, wickelte sich Adeline den Schal gegen die Kälte um und trat nach draußen. Derselbe junge russische Soldat stand da, stampfte mit den Füßen und wirkte mager und unglücklich.

»Hier«, sagte sie und gab ihm das kleinere Schokoladenstück.

Der Soldat lächelte, dankte ihr und nahm es.

Als er die Verpackung aufriss, sagte er: »Es stimmt, weißt du das?«

»Was stimmt?«, fragte sie.

Nachdem er sich die Süßigkeit in den Mund gesteckt, gekaut und dann mit großer Zufriedenheit hinuntergeschluckt hatte, sagte er: »In der Sowjetunion, wenn du Schokolade, Wodka oder Zigaretten hast, dann kannst du ein Ja in ein Nein verwandeln und ein Nein in ein Ja.«

Sie dachte darüber nach und lächelte. »Wie heißt du, Soldat?«

Er zögerte. »Dimitri.«

»Einen schönen Tag noch, Soldat Dimitri«, sagte sie. »Ich will heute kein Ja oder Nein verwandelt haben.«

Der sowjetische Soldat neigte den Kopf zu ihr und sah sie verwundert an, bevor sich Adeline umdrehte und mit den Einkaufstüten wegging, eine in jeder Hand, um auf den rutschigen Straßen und Gehsteigen das Gleichgewicht zu halten. An jenem Tag dachte sie erst das zweite Mal an Emil. Auch in ihrem neuen Zuhause – ein einzelnes, großes Zimmer im Haus einer Witwe, die jünger als Frau Schmidt war – hatte sie sich ihre Gewohnheit bewahrt, bei Sonnenaufgang aufzustehen und nach Osten zu blicken, um an Emil zu denken und an sein Versprechen, sie zu finden.

Doch sie hatte gemerkt, dass es während des Tages, vor allem beim Kochen, am besten war, die Gedanken an ihn beiseitezuschieben. Die Tatsache, dass sie es schaffte, stundenlang nicht an Emil zu denken, verursachte ihr tief im Innern ein schreckliches Gefühl und … Adeline blieb stehen, als sie merkte, dass sie offenbar ein- oder zweimal falsch abgebogen war und jetzt nicht mehr wusste, wo sie sich befand.

Ein vorbeikommendes Mädchen wies ihr die Richtung zum Bahnhof. Als sie diesem Weg folgte, sah sie zwei Straßen weiter eine Menschenschlange vor einem Haus stehen, über dessen Tür eine weiße Fahne mit einem roten Kreuz hing. Da sie selbst als Flüchtling in Wielun in solchen Reihen gestanden hatte, dachte sich Adeline, dass die Menschen dort auf medizinische Versorgung warteten.

Doch als sie eine ältere Frau am Ende der Schlange fragte, erfuhr sie, dass die meisten dort warteten, weil sie während des Krieges von Angehörigen getrennt worden waren. Das Gebäude beherbergte das Internationale Rote Kreuz, wo Namen und

Adressen von Menschen aufgenommen wurden, um sie auf große Listen zu drucken, die dann an öffentlichen Plätzen in der sowjetischen, britischen und amerikanischen Zone ausgehängt wurden.

Adeline stand da und überlegte, ob sie sich auch einreihen sollte. Emil war in den Osten gebracht worden. Er hatte gesagt, dass er sie im Westen suchen würde. Doch wer wusste, wann oder ob er jemals die Chance haben würde, nach ihr und den Jungen zu suchen? Und wer wusste, ob diese Listen in fünf oder zehn Jahren noch immer irgendwo hängen würden? Sie schüttelte diesen Gedanken und andere Zweifel ab, die ihr durch den Kopf gingen, und stellte sich an.

*Es konnte nicht schaden. Oder?*

# Zweiunddreissig

***3. Februar 1946***
***Poltawa, Ukraine***

Ende Dezember hatte sich das Wetter geändert und wurde so grausam wie im Jahr zuvor. Es schneite fast ununterbrochen, zu viel, um wegzulaufen – selbst mit dem Pony –, und tagelang schafften es die Temperaturen nicht, höher als minus vier Grad zu klettern. Bei kalten Windböen von unter vierzig Grad in der Nacht hatten Emil und Korporal Gheorghe entschieden, dass es Selbstmord wäre, einen Fluchtversuch zu wagen. Sie würden Tauwetter abwarten, damit der Schnee etwas weniger wurde, und dann auf einen nachfolgenden Schneesturm, um ihre Spuren zu verdecken.

Auf Emils Bitte kam der rumänische Korporal zur Arbeit in den Betonbereich, nachdem dort ein weiterer Arbeiter gestorben war. Gemeinsam sammelten sie nach der Arbeit Holzreste für die Köchinnen. Und sie arbeiteten weiter zusammen im Begräbniskommando und schoben bei Sonnenaufgang und in der Abenddämmerung Leichen vom Ponykarren. Anfang Januar verschwanden die Körper fast über Nacht. Jetzt blieben sie tagelang in den verschiedenen Stadien der Verwesung liegen. Es starben so viele Männer, dass die Wölfe und Krähen nicht mehr mitkamen.

Von den mehr als zweitausend Gefangenen, die im Mai 1945 nach Poltawa marschiert waren, waren nur noch dreihundertachtzig am Leben, die am Wiederaufbau der Stadt arbeiteten, damit sie nach Hause durften. Doch die Verbreitung von Krankheiten und die Anzahl der Todesfälle schienen sich kaum zu verlangsamen. Wenn das Wüten einer Krankheit vorbei war, brach die nächste aus.

»In sechs Wochen werden wir alle tot sein«, sagte einer der Betonarbeiter, bevor er aus dem Arbeitsschuppen in die Kälte hinaustrat.

Korporal Gheorghe schob eine Schubkarre mit Kalk zu seinem Mischtrog und lächelte dem Mann hinterher. Er tippte sich an die Delle im Kopf und nickte zu Emil.

»Er wird in sechs Wochen tot sein, weil er sagt, dass er in sechs Wochen tot sein wird«, sagte der Rumäne, schüttelte den Kopf und lachte. »Warum sagt er denn nicht ›In sechs Wochen laufe ich durch Kleefelder und fange ein süßes Mädchen‹?«

Emil schnaubte vor Lachen, als er das Bild vor Augen sah, während er mit dem Holzpaddel seine letzte Portion Zement für den Tag verrührte. »Weil das eine recht wahrscheinlich und das andere nur Fantasie ist?«

»Beides sind Fantasien, beides sind Träume davon, was sein kann«, sagte der Korporal ernst, als er den Kalk in den Trog kippte. »Beides kann wirklich werden. Am Ende. Doch die Menschen lernen das nie. Sie erkennen niemals, dass das Göttliche, das Allmächtige, Gott auf ihre Hoffnungen und Träume hört und zu helfen versucht. Im Guten oder im Schlechten. Tod oder Kleefelder, wir haben die Wahl.«

»Wirklich?«

»Bei allem haben wir die Wahl. Hast du dich nicht entschieden, anders über Dubăsari zu denken?«

»Ja.«

»Und macht das etwa keinen Unterschied?«

Er hatte recht. Seit Korporal Gheorghe Emil eine andere Bedeutung seiner Erlebnisse von Dubăsari aufgezeigt hatte, fühlte er sich geistig und emotional besser als in den vier Jahren zuvor, die seit jener schrecklichen Nacht vergangen waren.

»Einen großen Unterschied.«

»Na also.«

»Doch das war die Vergangenheit«, sagte Emil und schüttete mehr Flugasche in die Betonmischung. »Wie kann das Denken die Zukunft verändern?«

»Nicht verändern, beeinflussen!«, lachte Korporal Gheorghe, während er sein Paddel nahm und umrührte. »Wie du jetzt über Dubăsari denkst, wird dein Leben in der Zukunft beeinflussen, oder nicht?«

Emil spürte, dass auch das richtig war, doch er konnte nicht genau sagen, warum. Das irritierte ihn, doch er nickte.

Der Rumäne sagte: »Und wenn du dich heute fragst, welche Möglichkeiten du hast, wirst du sie sehen? Wirst du sie in der Zukunft finden?«

»Was für Möglichkeiten?«

»Alle Möglichkeiten. Zum Beispiel eine Gelegenheit zur Flucht. Wenn du jetzt darüber nachdenkst, wirst du dann nach der Gelegenheit in der Zukunft suchen?«

Darüber dachte er nach. »Ja, das werde ich.«

»Mit allem anderen ist es dasselbe«, sagte er. »Was du suchst, ist das, was du findest, doch nur dann, wenn du es mit ganzem Herzen und Verstand verfolgst.«

»Nicht immer«, entgegnete Emil.

»Immer«, beharrte Korporal Gheorghe. »Das Problem ist nur, dass die meisten Menschen frustriert werden, wenn sie nicht sofort finden, was sie suchen, oder nicht so schnell das tun können, was sie tun wollen. Sie geben nach ein paar

Misserfolgen oder nach ein paar Jahren voll Mühen auf. Der Traum, der einmal ihr Herz erleuchtet hat, verdunkelt es jetzt, und ihr Denken verändert sich. Viel zu schnell verlieren sie den Glauben. Sie denken viel zu früh, dass ihr Traum niemals Wirklichkeit werden kann. Dabei besteht das Problem darin, dass sie nicht lang genug ihrem Herzen treu geblieben sind, damit das Allmächtige den Mond und die Sterne bewegen kann, um den Traum, nach dem sie suchen, Wirklichkeit werden zu lassen. Wenn die Skepsis erst einmal in ihrem Herzen und ihren Gedanken ist, dann hört es das Allmächtige und hilft ihnen nicht weiter. Deshalb werden Träume nicht wahr. Deshalb hast du nicht mehr in deinem Leben geschafft, Martel. Deshalb hast du deinem Namen nicht alle Ehre gemacht. Und deshalb werde ich Imker werden.«

Der Korporal lächelte und Emil wurde wütend. Er hörte damit auf, Beton in die Formen zu gießen. »Was meinst du damit, dass ich meinem Namen keine Ehre gemacht habe?«

»Du versuchst immer, ein Bauer zu sein, doch dein Nachname – Martel – erzählt der universellen Intelligenz eine ganz andere Geschichte.«

Emil sah ihn verwundert an. »Was denn für eine Geschichte?«

»Martel bedeutet auf Altfranzösisch ›Hammer‹. Selbst wenn du gut bei deiner Arbeit warst, so hast du doch kein Bauer sein sollen. Du hättest Bauarbeiter sein sollen. Du solltest der Hammer sein, nicht der Pflug.«

Für einen Moment hatte Emil Probleme mit der Denkweise des Rumänen, doch dann spürte er, dass er wieder recht hatte. Schon als Kind hatte er es geliebt, Sachen zu bauen. Eigentlich gefiel ihm sogar das Zementmischen und Gießen der Betonblöcke.

Er sah Gheorghe nachdenklich an. »Wo hast du all dieses Zeug gelernt?«

Der Korporal hörte mit dem Rühren auf und stützte sich auf sein Paddel. »Du erinnerst dich daran, als ich dir und deiner Familie von dem Schützen Kumar erzählt habe? Dem Inder, der mit mir in den Gräben bei Stalingrad war?«

Fast zwei Jahre waren vergangen seit jener Nacht, in der der rumänische Soldat mit dem gestohlenen Honigwein aus der Flusssenke aufgetaucht war, doch Emil konnte sich an den Großteil der Geschichte erinnern.

»Ist er nicht gestorben? Beim ersten Angriff erwischt worden?«

Der Korporal nickte traurig. »Weil er glaubte, er würde sterben. Er hat es mir gesagt, bevor es geschah, und so war es dann auch. Schütze Kumar hatte sein Wissen von seinem Großvater in Indien und dennoch starb er, weil er nicht an den Traum eines Lebens nach der Schlacht glauben konnte. Er starb, weil er tief in seinem Herzen an den Traum seines Todes glaubte. Ich weiß, es ist seltsam und verstörend, so zu denken. Doch ich weiß auch, dass es stimmt. Ich habe von einem Leben als Imker geträumt und es tief in meinem Herzen geglaubt, schon bevor mich die Mörsergranate erwischt hatte. Deshalb konnte ich unversehrt durch die Schlacht gehen. Deshalb werde ich Poltawa überleben, nach Hause gehen und Imker werden.«

»Weil du noch immer diesen Traum in deinem Herzen trägst, wo man ihn dir nicht nehmen kann?«

Er lächelte und begann wieder zu rühren, dann sagte er: »Jetzt beginnt Martel zu verstehen.«

Der andere Betonarbeiter kehrte zurück und sie verstummten. Korporal Gheorghe schien völlig zufrieden mit seiner Arbeit zu sein. Doch Emil war den restlichen Tag mit der Denkweise des Rumänen beschäftigt. Zum Teil wollte er es glauben, doch ein anderer Teil in ihm blieb zutiefst skeptisch.

Als sie später Holzreste für die Köchinnen der Kantine sammelten, sagte er: »Also, erklär mir, wie das funktioniert. Hat Schütze Kumar geglaubt, dass Gott hinter all dem steckte?«

»Kein Gott in der Art, wie wir es gelernt haben«, sagte er und winkte mit einem Holzstück zu dem fallenden Schnee. »Es ist das Göttliche. Alles ist das Göttliche, das Allmächtige, die universelle Intelligenz. Du, ich, alles.«

»Ich habe keine Ahnung, wovon du sprichst.«

Korporal Gheorghe runzelte die Stirn, legte dann aber die Hand an die Brust, schloss die Augen und legte den Kopf zurück, sodass die Schneeflocken auf sein Gesicht trafen. Einen Moment später öffnete er die Augen, senkte das Kinn und sah ihn auf eine so warme und beruhigende Weise an, dass sich Emil auf seltsame Art mit ihm verbunden fühlte.

Gheorghe sagte: »Soldat Kumar hat geglaubt, dass alle Dinge im Leben im Grunde eine einzige Sache sind, eine äußerst intelligente, universelle Macht, die er das Göttliche oder die universelle Intelligenz nannte, oder das Allmächtige. Ich bin Teil des Göttlichen. Du bist auch ein Teil davon. Alles ist Teil dieser Lebenskraft, die man Gott nennen kann, wenn man es sich so einfacher vorstellen kann. Du bist Teil von Gott und Gott ist ein Teil von dir. Deshalb kennt das Göttliche deine Gedanken, deine Träume und Gefühle, Martel. Das Allmächtige ist in dir und du bist darin.«

Emil grübelte darüber, während sie die Holzstücke auf den Armen zur Kantine trugen. Nachdem sie das Holz bei den Köchinnen abgegeben, dafür ihre Bezahlung erhalten hatten und sich zum Essen hinsetzten, sagte Emil: »Du hast nicht ›Gebete‹ gesagt.«

Der Rumäne ließ die Hand mit dem Suppenlöffel in der Luft verharren und sah verwundert zu Emil: »Gebete?«

»Du hast gesagt, Gott höre unsere Gedanken, Träume und Gefühle, doch du hast nicht Gebete gesagt.«

»Oh«, sagte er und führte den Löffel mit Suppe an den Mund. »Laut Schütze Kumar hört und versteht das Göttliche Gebete und Gedanken, doch das sind nicht Gottes wichtigste Sprachen.«

»Ach so«, sagte Emil. »Und was sind Gottes wichtigste Sprachen?«

Korporal Gheorghe lächelte, legte die Hand an die Brust und sagte: »Was auch immer du für Gefühle im Herzen trägst, Martel, vor allem Liebe. Gott hört laut und deutlich, wenn du Liebe fühlst. Das Allmächtige weiß, wenn du dich gut fühlst. Die universelle Intelligenz reagiert, wenn du glücklich bist oder mutig oder auch dann, wenn du einfach nur ruhig bist. Es versteht, wenn du dankbar bist für das Wunder deiner Existenz, und es eilt dir zu Hilfe, wenn du einen Traum hast, der anderen Menschen hilft. Das Göttliche hört all die Sprachen des Herzens und der Schönheit.«

Der Korporal wurde wieder sachlich und zeigte auf Emils Brust. »Alle Sprachen des Herzens, Martel. Schütze Kumar sagte, wenn du dunkel in deinem Herzen bist, wenn dir zu viele böse Gedanken im Kopf herumgehen, dann hört Gott auch zu. Wenn du leidest und dein Leben verfluchst, dann hört das Allmächtige genau zu. Wenn du keine Güte in deinem Herzen oder deinen Gebeten hast. Keine Liebe. Keine Ruhe. Kein Verlangen, anderen zu helfen. Keine Dankbarkeit für das Wunder deines Lebens. Wenn du Dinge wie Hass oder Zorn in deinem Herzen hältst oder Neid oder Missgunst, wenn es in deinem Leben nur darum geht, wie alles ungerecht für dich und gegen dich ist, dann versteht das Göttliche auch jene alten Sprachen der Selbstzerstörung. Die universelle Intelligenz wird dir in jedem Fall helfen, auch wenn deine Träume von einem dunklen Ort stammen, doch dabei werden dich die Träume schließlich zerstören. Wenn du mir nicht glaubst, denke an Hitler oder irgendeinen anderen Tyrannen.«

Gheorghe legte die Hand wieder an sein Herz. »Also lebe hier, Martel. Liebe das Leben an jedem Tag und in jedem Augenblick wie ein Wunder und träume auf eine Weise, die anderen hilft, und das Göttliche wird dich hören und du wirst unbeschadet durch Schlachten gehen und bekommst alles, was sich dein Herz wünscht.«

Emil wusste nicht, ob er die Hälfte von dem glaubte, was der Rumäne ihm erzählte, doch er fragte: »Sogar Bienenstöcke?«

Korporal Gheorghe lachte und drohte Emil scherzhaft mit dem Löffel. »Ja, viele Bienenstöcke, um viel Honig zu machen, denn der ist gut für die Menschen. Macht sie stark und lässt sie lange leben.«

* * *

Nachdem sie aufgegessen und den Ponykarren mit den Toten zu der Ausbuchtung am großen Feld gebracht hatten, ging Emil ins Bett, während die Worte des Rumänen ihm noch immer durch den Kopf wirbelten. Es war eine Menge zu verarbeiten, doch als er sich gerade über seine Lage ärgern wollte – über die Härte des Bettes, die Feuchtigkeit des Raums, die noch immer sterbenden Männer und darüber, wie sehr er Adeline und die Jungen vermisste –, hielt er inne und unterließ es. Wenn Gott oder das Göttliche oder das Allmächtige, oder wie immer man es auch nennen mochte, auf die dunklen Gefühle hörte, die er im Herzen empfand?

Stattdessen versuchte er, dankbar für das Bett und den feuchten Raum zu sein, denn er lag nicht draußen im Schnee, und dankbar für die sterbenden Männer, denn sie erinnerten ihn daran, dass er noch lebte, dass es für ihn noch Möglichkeiten gab, dass er einen Weg zur Flucht finden würde.

Emil stellte sich die kommende Schneeschmelze vor, den treibenden Sturm, von dem Korporal Gheorghe glaubte, dass er nach der Schmelze einsetzen würde, und wie die beiden auf dem Rücken des Ponys in der Dämmerung im fallenden Schnee von dem verwunschenen Begräbnisplatz davonritten, Hunden aus dem Weg gingen, auf einen Zug sprangen und schließlich nach Westen flohen. In seinem Herzen wurde es ganz warm und er wurde ganz aufgeregt bei diesen Träumen, bis tief in seinen Schlaf hinein.

Als er am nächsten Morgen vom Klang der Triangel erwachte, versuchte er, sich Adelines grünes Tal vorzustellen: die Berge mit ihren schneebedeckten Gipfeln um eine üppige smaragdfarbene Talebene herum, wo Weizen wie Unkraut wuchs und sich ein kristallklarer Fluss hindurchschlängelte. Er sah sich mit einer Angel am Fluss stehen und begann den Tag mit einem Lächeln.

Am 4. Februar 1946 trat Emil vor der Morgendämmerung aus dem Keller hinaus in die Dunkelheit und sah zehn gefrorene Leichen im Schnee beim Pony und dem Todeskarren. Es hatte sich kein anderer Gefangener für diese Aufgabe gemeldet, deshalb stellten sich Emil und Korporal Gheorghe hinter den Karren und schoben, während das Pony ihn durch die eisigen Rinnen und den tiefen Schnee über das große Feld oberhalb der Baumlichtung zog. Es waren jetzt so viele Tote, für die man beten musste, dass Emil befürchtete, seine Gebete abzunutzen. Und wie sollte er sich dabei gut fühlen?

»So langsam glaube ich, dass es viele Dinge gibt, bei denen du recht hast oder Schütze Kumar recht hatte«, sagte Emil, als sie sich daranmachten, die Leichen abzuladen. »Ich erkenne jetzt deutlich, dass meine Gebete in jener Nacht in Dubăsari erhört wurden, denn ich war ganz ruhig dabei, als ich das Richtige tat. Gott hat geantwortet und ich musste diese drei Kinder nicht töten.«

»Das stimmt.«

»Aber was ist mit den Juden, die in jener Nacht gebetet haben?«

»Was meinst du damit?«

»Die Juden haben Gott auch um ihr Leben angefleht. Ich habe sie gehört, und das Allmächtige hat nicht geantwortet. Es hat auch nicht den Menschen geantwortet, die in den Todeslagern umgekommen sind. Was hätte dein Schütze Kumar dazu gesagt?«

Der Rumäne starrte lange geradeaus und schüttelte dann den Kopf, bevor er den Riegel zog und sich mit den Schultern gegen die Unterseite des Leichenkarrens drückte. Emil warf sich ebenfalls dagegen, und mit einem dumpfen Schlag fielen die gefrorenen Körper in den Schnee.

Emil stand da und blickte zu dem Korporal, als sie die Ladefläche des Karrens wieder senkten und verriegelten. »Warum hat Gott ihnen nicht geantwortet? Warum hat das Allmächtige nicht den Millionen Ukrainern geantwortet, die unter Stalin verhungert sind?«

Der Rumäne wirkte gequält, als er sagte: »Du fragst, als würde ich die Absicht der universellen Intelligenz kennen, doch das tue ich nicht. Vielleicht sind die Millionen in der Ukraine gestorben, damit Menschen wie du sofort losrannten, als sich die Gelegenheit bot, ein neues Leben im Westen zu beginnen. Vielleicht sind so viele Juden gestorben, damit die Überlebenden zum härtesten und stärksten Volk auf der Erde wurden, deren Menschen dabei helfen würden, dass es nie wieder Todeslager und Hungersleiden gibt. Nie wieder.«

Während sie zum Krankenhaus zurückgingen, dachte Emil über jene Flüchtenden und Überlebenden nach, verspürte ein Stechen im Herzen und erkannte, dass selbst wenn Korporal Gheorghe recht hatte, selbst wenn die Hungernden in den Westen gingen und es zu Wohlstand brachten, selbst wenn die überlebenden Juden zum stärksten Volk der Welt wurden, so würden sie doch alle immer noch Menschen sein, und sie hätten noch immer gebrochene Herzen wegen dem, was ihnen und ihren Familien angetan wurde.

* * *

In jenem Februar blieb es fast zwei Wochen trocken, doch die Kälte war weiterhin eisig und drang durch alle Knochen. Das Todeskommando schlug sich mühsam einen Weg durch das Feld zu der Lichtung, wo sie weiterhin täglich fünf Leichen abluden.

Emil konnte sehen, wie sich der Schnee auf dem Waldboden absetzte, doch der Himmel war so klar, dass er und Korporal Gheorghe leicht zu verfolgen und einzufangen wären, wenn sie davonlaufen würden. Mit jedem weiteren Tag wurden seine Zweifel stärker und die Dunkelheit in seinem Herzen größer.

Doch Korporal Gheorghe blieb standfest. »Es wird eine Schmelze und dann ein Schneesturm kommen.«

Mitte des Monats träumte Emil von dem Wirbelsturm. Er sah, wie er und der Rumäne den Ponykarren zur Lichtung zogen, während die Schneeflocken immer dichter fielen. Der Wind wurde stürmisch und warf einen weißen Vorhang zwischen sie und die russischen Wachen, als sie das Pony vom Karren abspannten, aufsaßen und davongaloppierten. Der Schnee war knietief, doch sie schienen wie Geister hindurchzuschweben, während sie in den Wald und die Nacht verschwanden.

Und dann dämmerte der Morgen und der Schnee fiel weiter und das Pony schwitzte stark. Sie kamen zwischen den Bäumen hervor und sahen einen Zug, der auf der Strecke stand. Vor der Lokomotive hoben Männer einen gefallenen Baum von den Schienen.

Dann stiegen die Männer in den Zug. Emil und Korporal Gheorghe eilten gebückt zu dem nächsten der

Schüttgutwaggons. Emil erreichte die Leiter zuerst, erinnerte sich an seine verunglückte Schwester und klammerte sich an die Sprossen. Die Lokomotive seufzte und der Zug fuhr an, während er weiter hochkletterte.

»Martel!«

Emil blickte nach unten und sah, dass der Rumäne nur eine Hand an der Leiter hatte und sich bemühte, mit dem Zug mitzukommen. Emil streckte eine Hand nach ihm aus. Doch der Korporal ließ die Leiter los und fiel. Emil sprang und tauchte hinter ihm in die Dunkelheit.

* * *

Beim Klang der Triangel fuhr Emil hoch. Warum hatte ihn niemand früher geweckt? Er sprang auf, zog sich seine dicke Kleidung an, sah nach den hundert Rubel, die er den ganzen Winter über durch den Verkauf der Holzstücke gespart hatte, und eilte die Stufen hoch und hinaus in die bittere Kälte, um sich auf seine Position zu stellen. Der Ponykarren war da, doch er war leer.

Emil war überrascht. Es war schon mehr als fünf Wochen her, seit sie zuletzt eine Nacht gehabt hatten, in der kein Gefangener gestorben war. Einer der Wachtposten, die normalerweise morgens das Begräbniskommando begleiteten, stand neben dem Karren.

»Keiner?«, fragte Emil auf Russisch.

Die Wache schüttelte den Kopf und sagte: »Gut für dich, aber suche dir jemanden, der heute Abend die doppelte Ration essen will und dir beim Betonmischen hilft. Der Rumäne ist verlegt worden.«

Emil spürte, wie sich sein Magen zusammenzog. »Verlegt? Wohin? Warum?«

»Er wurde in den Süden in ein Hochsicherheitslager am Asowschen Meer verlegt, bevor er versuchen konnte, vom Begräbniskommando zu flüchten. So ist er schon zweimal aus anderen Gefangenenlagern entkommen. Hat er dir das nicht erzählt?«

Die Wache betrachtete Emil jetzt genau.

»Nein«, sagte Emil. »Er hat nur von Honig gesprochen und davon, dass er Imker werden will.«

Der Russe hob eine Braue. »Nun, das ist ein netter Traum, der nicht wahr werden wird. Zumindest nicht da, wo er hinkommt. Stell dich an. Du hast zu essen und Blöcke zu gießen.«

Wie an jedem Tag seit seiner Ankunft in Poltawa versuchte Emil weiter, den Überlebensregeln seines Vaters zu folgen. Und mit einem innerlichen Kopfnicken in Richtung Korporal Gheorghe versuchte er, in der Kantine dankbar zu sein, während er seine Doppelportion allein aß und zu glauben versuchte, dass er entkommen würde.

Doch beim Gang zu seinem Arbeitsplatz fühlte sich Emil wieder allein. Bis zum Mittag musste er sich eingestehen, dass er den Rumänen vermisste und die interessante Sichtweise, die er auf fast alles im Leben hatte.

Ja, er hatte einen Schlag vor den Kopf bekommen. Doch die Verletzung schien bei dem Rumänen eine Denkweise hervorgebracht zu haben, mit der Emil nie zuvor konfrontiert worden war, eine Sicht von der Welt als einem Ort, der mehr war, als er zu sein schien, an dem alles miteinander verbunden war und wo Träume Wirklichkeit wurden, wo Einbildung, Glaube und Bemühen mit dem Funken von Gottes Gnade zusammentrafen, um vollständig und wirklich und gut zu werden.

Emil konnte es sich nicht erklären, doch bei diesen Gedanken wurde er von warmen Gefühlen durchdrungen. Er war zutiefst berührt und hätte fast geweint, doch nicht aus Trauer oder Sehnsucht oder Schmerz. Da saß er im Dreck der

Betonarbeiten inmitten der seuchengeschüttelten und hoffnungslosen Zerstörung von Poltawa und hätte fast vor Freude geschluchzt, als er erkannte, dass Korporal Gheorghe ihn zu einem anderen Menschen gemacht hatte, auf eine Weise verändert, die er niemals für möglich gehalten hätte, und er fühlte sich gesegnet und demütig, da jetzt alles um ihn herum wie wundersam erschien.

Die trostlosen Holzwände. Die kleiner werdenden Haufen mit Schotter, Schlacke und Kalk. Die Mischtröge. Die Blockformen. Die Krankenhausbaustelle draußen. Das entsetzliche Essen. Der Museumskeller. Die Ruinen von Poltawa. Die toten Männer. Der Korporal. Sein eigenes Leben. Seine Liebe. Seine Kinder. Seine Frau. Sein Schicksal. Seine Flucht.

Emil sagte sich, dass er nur einen Weg auswählen und ihm folgen musste und dann tief im Herzen darauf vertrauen, dass er ihn dahin führte, wohin er gehen wollte. Jeder Schritt nach Westen in die Freiheit. Jeder Schritt nach Westen zu Adeline und den Jungen.

* * *

Die sechzehn Tage nach Emils Erkenntnis seiner unendlichen Möglichkeiten waren genauso trocken wie die sechzehn davor. Und seine Mitgefangenen starben wieder mit einer Quote von fünf bis sechs pro Tag. Doch Emil ignorierte das alles. Er goss seine Betonblöcke und quälte sich anschließend mit dem Leichenkarren ab, wobei er wusste, dass der nächste Schneesturm kommen würde, denn es kam immer ein nächster Schneesturm.

Er sagte sich das immer wieder, während er in einem ständigen Zustand des Staunens in den Himmel und auf alles um sich herum blickte. Er erkannte, dass selbst der gefürchtete Museumskeller, jene Gruft für so viele Männer, dem Traum von irgendwem entsprungen war. Emil sammelte weiter Holz gegen Geld und betete weiter für die Toten, wenn er sie ablud. Dankbar für jeden Augenblick seines Tages ging er schlafen und dankbar wachte er am nächsten Morgen auf.

Es dauerte bis Ende Februar, dass die Schneeschmelze einsetzte, und dann bis in die erste Woche im März 1946, dass Emil das Flüstern eines herannahenden Sturms hörte. Innerhalb von zwei Tagen sprachen die Wachen und Vorarbeiter von nichts anderem. Ein Schneesturm mit dichtem Schneefall, bitterer Kälte und starkem Wind wurde angekündigt. Alle Arbeiten sollten ausgesetzt werden, bis er vorbeigezogen war.

Am 9. März 1946 wachte Emil vor der Morgendämmerung auf und war sich sicher, dass die Befreiung unmittelbar bevorstand, dass er an diesem Morgen oder Abend die Gelegenheit bekommen würde, sich Korporal Gheorghes Traum von der Flucht zu erfüllen. Als er aus dem Keller stieg, fiel der Schnee bereits kräftig genug, um seine Spuren zu verwischen. Der Wind wurde ebenfalls stärker und auf dem Ponykarren lagen zwei Leichen.

*An diesem Morgen verlasse ich diesen Ort,* schwor sich Emil immer wieder, während er zu dem Karren ging. *Heute Nacht schlafe ich nicht in dem Keller und auch nie wieder.*

Er erreichte den Karren, wo eine ihm unbekannte Wache stand, eine kräftige russische Frau anstelle des Soldaten, der ihn sonst immer begleitete.

»Ich bin vom Begräbniskommando«, sagte Emil auf Russisch.

»Heute nicht«, sagte sie. »Heute kommst du mit mir. Steig dort in den Laster.«

»Aber die Leichen«, sagte er. »Es ist nicht richtig, dass sie hier den ganzen Tag liegen.«

»Warum?«, sagte die Frau. »Glaubst du, es kümmert sie, ob sie heute Morgen oder Abend von den Wölfen gefressen werden? Nein, steig in den Laster.«

»Wohin werde ich gebracht? Ich arbeite am Krankenhaus und mache Betonblöcke.«

»Heute nicht, denn du hast fast keinen Kalk mehr und es kommt eine neue Ladung.«

Emil wusste, dass sie tatsächlich nicht mehr viel Kalk übrig hatten. Er spähte zu dem Pony mit dem Karren und sagte sich, dass er vor der Abenddämmerung zurück sein würde. Bevor er auf die Ladefläche des Transporters kletterte, beschloss er, dass er allein zu dem Knochenfeld gehen würde. An diesem Abend würde er fliehen.

Kurz darauf setzten sich drei andere Gefangene zu Emil hinten in den Laster. Sie wurden zur Kantine gebracht, um früh zu essen, und waren bereits fertig, als sich die übrigen zweihundertneunundvierzig Männer, die noch im Gefangenenlager lebten, draußen aufstellten.

Sie kehrten zurück auf den Laster und fuhren los. Emil schloss die Augen, sah sich in jenem Traum, den er vor Korporal Gheorghes Verlegung gehabt hatte. Im schwachen Licht rannte er an die Seite des langsam fahrenden Zuges, um sich an einer Sprosse festzuhalten.

Diese Vorstellung ermutigte Emil. *Heute ist die Nacht,* dachte er und spürte Dankbarkeit in seinem Herzen. *Heute Nacht schickt mir das Allmächtige ein Wunder.*

Doch als sie den Bahnhof erreichten und er die Waggons voller Kalk auf einem Nebengleis an einem überdachten Ladedock sah und auf der anderen Seite die Kipplaster, die auf die Beladung mit dem Kalk warteten, kamen Emil ernste Zweifel, dass die Aufgabe schnell zu erledigen war.

* * *

Tatsächlich arbeiteten Emil und die anderen drei Männer zehn ermüdende Stunden, bevor sie sich an den zweiten Waggon mit Kalk machen konnten. Der Sturm hatte bereits zwölf Zentimeter Schnee gebracht, und es schneite noch immer heftig. Bis zum Einbruch der Dunkelheit hatte Emil noch eine Stunde. Er sah sich die ganze Zeit nach der kräftigen russischen Soldatin um und hoffte darauf, dass sie für diesen Tag endlich die Arbeit für beendet erklären würde. Doch sie rührte sich nicht.

Schließlich ging er zu ihr. »Ich muss für das Begräbniskommando rechtzeitig zurück sein.«

»Mir wurde befohlen, dich hierzubehalten, bis die Arbeit fertig ist«, fuhr sie ihn an. »Dann kümmert sich heute jemand anderes um die Leichen.«

Die Wache sagte das mit solcher Entschiedenheit, dass sich Emil beim Umdrehen geschlagen geben musste, zumindest für diesen Tag. In der Vergangenheit hätte ihn dieses Unglück erzürnt, als ein weiterer Beweis für sein brutales, elendes und unglückliches Leben. Doch er ließ es nicht zu, dass ihn der Ärger übermannte. Er kehrte einfach zu seiner Arbeit zurück und wusste, wenn er heute nicht fliehen würde, dann würde er es morgen tun. Er spürte es tief in seinem Herzen und mit jeder Faser seines Daseins.

Es wurde dunkel und der Wind verwirbelte den Schnee. Auf den Schienen neben dem überdachten Gleis am Ladedock, wo Emil den Kalk in Schubkarren schaufelte und dann auf die Ladefläche der Laster brachte, kam ein anderer Zug in den Betriebshof gerollt. Da Emil seine Arbeit unbedingt noch an diesem Abend beenden wollte, um nicht am nächsten Morgen zurückkehren zu müssen, hatte er keine Pause mehr gemacht, seit er vor mehr als einer Stunde mit der weiblichen Wache gesprochen hatte.

Emil ging jetzt zu ihr und sagte: »Erlaubnis zum Pinkeln.«

Doch bevor sie antworten konnte, schepperte es auf einmal laut.

Einer der Kipplaster war beim Verlassen des Ladedocks auf dem Eis ins Rutschen geraten und mit einem anderen kollidiert, der gerade einfahren wollte. Die Wache wandte sich dorthin, um die Situation aus der Nähe einzuschätzen.

Emil rief hinter ihr her: »Erlaubnis zum Pinkeln!«

»Erteilt!«, schrie sie zurück und eilte zu den beiden Fahrern, die aus ihren Kabinen getreten waren und den Eindruck machten, als wollten sie sich schlagen.

Emil kletterte von der Laderampe hinunter auf die Kupplung zwischen zwei Güterwaggons und sprang auf der anderen Seite des Nebengleises herunter in den Schnee. Er landete ungefähr zwanzig Meter entfernt von dem anderen Zug, der stehen geblieben war. Er knöpfte gerade seine Hose auf, als ihn ein seltsames Gefühl überkam und ihm einen Schauer über den Rücken schickte.

Und dann erkannte Emil den Grund. Der andere Zug. Wenn er recht hatte, wenn er bei Verstand war, dann fuhr der Zug direkt vor ihm in Richtung Westen.

Er zögerte für einen Sekundenbruchteil, doch dann erinnerte er sich daran, wie Korporal Gheorghe ihm gesagt hatte, dass Träume immer so wahr werden, wie man es nicht erwartete, dass die universelle Intelligenz fast immer einen besseren Plan auf Lager hat. Er hatte sich das Pony und einen verrückten Ritt vorgestellt und wie er den Zug zum Anhalten zwingen musste, indem er einen Baum auf die Schienen legte. So war es einfacher. So war es leichter.

Emil erinnerte sich daran, wie er Adeline gesagt hatte, dass er den Weg in die Freiheit erkennen würde, wenn er ihn sähe, und jetzt war die Freiheit direkt vor ihm. Er musste nur die Gelegenheit wahrnehmen.

Der nach Westen fahrende Zug ruckte und bewegte sich, die Räder quietschten und übertönten die Schreie der russischen Wache und der zwei Fahrer hinten an der Laderampe. Während er spürte, wie er vor Glück explodierte, sprintete Emil zum Zug, hielt sich an der nächsten Leiter fest und kletterte hinauf.

Der Waggon hatte kein Dach. Es war ein Schüttgutwaggon und fast vollständig gefüllt mit schneebedeckter Kohle. Als der schneller werdende Zug zu einem beleuchteten Bereich des Betriebshofs kam, warf sich Emil flach auf die Kohle, mit dem Gesicht nach unten, wobei er sich fortwährend sagte, dass er vertrauen musste, daran glauben, dass es getan und er bereits fort war.

Er spürte, wie der Zug Fahrt aufnahm, hörte Stimmen, aber keine Rufe. Und dann wurde es um ihn herum dunkel und stürmisch und er hörte nur noch das Klackern der Schienen und das Pfeifen und Heulen des Windes. Schließlich erhob sich Emil auf die Knie und sah, wie die Lichter von Poltawa hinter ihm durch den Vorhang des fallenden Schnees schwächer wurden.

Nach zweihundertfünfundneunzig Tagen im Fegefeuer, in denen er gesehen hatte, wie fast eintausendachthundert seiner Mitgefangenen gestorben waren, und nachdem er viele Leichen abtransportiert und für sie gebetet hatte, legte Emil jetzt den Kopf zurück und streckte die Arme weit in den Schneehimmel und wusste genau, dass das unbeugsame Herz eines Mannes und Gottes geheimnisvolle Gnade Träume tatsächlich wahr machen konnten.

# Dreiunddreissig

***9. Mai 1946***
***Gutengermendorf, sowjetisch besetzter Teil Deutschlands***

Gut siebzehnhundert Kilometer entfernt brachte Adeline die Jungen ins Bett, küsste beiden die Stirn und verließ leise ihr Schlafzimmer, wohl wissend, dass sie bald darauf schlafen würden. Sie ging in die Küche, wo Katrina Holtz ihren Tee trank.

»Sind sie noch hier?«, fragte Adeline die mittelalte Besitzerin des Hauses.

»Sie sind gekommen und gegangen, wie üblich enttäuscht«, sagte Frau Holtz und lachte.

»Soll ich gehen und Erika sagen, dass sie hochkommen soll?«

»Nein, sie hat gemeint, sie würde es da unten genießen. Dort hat sie Zeit zum Lesen.«

Während die beiden jungen Sowjetsoldaten, die auf dem Flur gegenüber von Adeline untergebracht waren, an ihr kein Interesse gezeigt hatten, hatte Erika, die siebzehnjährige verwaiste Nichte von Frau Holtz, ihre Aufmerksamkeit geweckt. An sechs Abenden in der Woche war Erika anwesend und dabei freundlich zu den Russen, ohne sie jedoch in irgendeiner

Weise anzustacheln. An den Samstagabenden jedoch brachte ihre Tante sie in einen versteckten Raum im Keller, der sich hinter einem großen breiten Regal mit Krügen und Büchern und Werkzeugen befand.

Adeline fühlte sich nicht länger in Gefahr und brauchte daher die Samstagnacht nicht in der alten Kirche zu verbringen. Das lag an ihrer Anstellung bei Oberst Wassiljew, die ihr einen unsichtbaren, jedoch starken und unmissverständlichen Schutzschild bescherte. Sie glaubte, dass sie in Sicherheit sei, solange sie ihre Kochkünste anwandte und den Oberst fett und glücklich machte. Und Wassiljew ließ ihr alle Freiheit, nach Berlin zu fahren und in dem sowjetischen Offiziersladen einzukaufen, wo sie häufig auch Dinge für sich, die Jungen und für Frau Holtz und Frau Schmidt einkaufte.

Allerdings ging sie nur noch selten zum Hof der Schmidts, denn Hauptmann Charkow lebte noch immer dort und sie ging ihm lieber aus dem Weg. Doch hin und wieder begegnete Adeline Frau Schmidt im Dorf und hatte bei einer der letzten Begegnungen erfahren, dass sie Backschokolade für den Kuchen anlässlich des anstehenden Geburtstags ihres Mannes benötigte.

»Ich werde Frau Schmidt eine Überraschungslieferung machen«, sagte Adeline ihrer Hausherrin. »Ich verspreche, dass ich nicht lange brauchen werde.«

»Bist du dir sicher?«, fragte Frau Holtz. »Immerhin ist es Samstagabend.«

»Ich nehme den hinteren Weg über die Felder. Niemand wird mich sehen und ich bin mir sicher, dass die bei ihr einquartierten sowjetischen Offiziere bereits für ihr Zechgelage nach Berlin gefahren sind.«

Sie merkte, dass es ihrer Hausherrin nicht gefiel, doch sie verließ die Küche, zog sich ihre Stiefel und den Mantel an, in dessen Tasche ein Stück Backschokolade war, bevor sie sich ihren warmen Schal um Hals und Kopf wickelte. Adeline trat aus der Vordertür von Frau Holtz' kleinem senffarbenen Haus, atmete tief die kühle Luft ein, zog die Handschuhe über und wartete darauf, dass sich ihre Augen an die Dunkelheit gewöhnten. Sie wandte sich nach links, trat durch die großen Schwingtore und ging durch fünf Zentimeter hohen Neuschnee an dem großen Ziegelschuppen vorbei, wo sie ihren kleinen Karren abgestellt hatte.

Sie löste den Riegel des kleineren Hintertors und ging unter den kahlen Ästen der Ulmen hinaus aufs Feld. Der Viertelmond über ihrem Kopf wurde vom Schnee reflektiert und gab ihr gerade ausreichend Licht, um zu dem Hügel und dann dem Haus der Schmidts zu gelangen. Sie war noch nicht halb über dem Feld, als sie an jenem Tag zum ersten Mal an Emil dachte.

* * *

Adeline blieb abrupt stehen, denn sie merkte, dass sie an diesem Tag nicht früh aufgewacht und nach draußen gegangen war, um nach Osten zur Morgendämmerung zu blicken. Wann hatte sie damit aufgehört? Gestern? Den Tag davor?

Adeline fühlte sich leer und erkannte, dass schon mehr als eine Woche vergangen war, seit sie früh aufgestanden war, um zu beten und sich die wenigen Bilder anzusehen, die sie von Emil hatte. In der letzten Woche war das Wetter sehr schlecht gewesen. Doch seitdem hatte es aufgeklart und sie hatte keine Entschuldigung. Und sie hatte ebenfalls vergessen, vor dem Schlafengehen mit den Jungen zu beten!

Sie neigte den Kopf, schloss die Augen und versuchte, sich Emils lächelndes Gesicht vorzustellen. Sie konnte sich deutlich an ihn an jenem Tag erinnern, als sie sich kennengelernt hatten, so ein junger, robuster und schüchterner Mann, der bereits so viel überlebt hatte. Sie konnte sich daran erinnern, wie gern er lachte und sang und tanzte, wenn er etwas Bier oder selbst gemachten Wein getrunken hatte. Doch die einzige andere deutliche Erinnerung, die sie aufrufen konnte, war sein beklommenes Gesicht, als ihn die polnischen Milizionäre fortzerrten.

*Geht nach Westen, Adeline! Geht so weit nach Westen, wie ihr könnt, und ich verspreche, dass ich dich finden werde!*

Da draußen in dem abgeernteten und schneebedeckten Sonnenblumenfeld hallten Emils Worte in Adelines Kopf, als sie die Augen öffnete und weiterging, dabei zu berechnen versuchte, wie viel Zeit schon vergangen war, seit er ihr genommen wurde. Als sie erkannte, dass es auf den Tag fast genau ein Jahr her war, blieb sie wieder stehen und legte die behandschuhte Hand an den Mund, um die Schluchzer der Einsamkeit und der Unsicherheit zu unterdrücken, die ihr aus der Kehle drangen. *Lebt er noch? Wo ist er? In Sibirien? In einer Mine?*

Der Gedanke, dass ihr geliebter Emil Zwangsarbeit leistete und in einem engen heißen Tunnel unter der eingefrorenen Ödnis arbeitete, warf Adeline fast auf die Knie. Doch dann blies ihr eine kräftige Böe den Schnee ins Gesicht, sodass sie aufschreckte und bemerkte, wie kalt ihr war. Eiskalt.

Adeline wollte laufen, um wieder warm zu werden, doch an manchen Stellen war der Schnee zu tief, und in ihrem Kopf formte sich eine Reihe aus Fragen, die sich ständig wiederholten: Lebte Emil noch? Würde sie ihn jemals wiedersehen? Und wenn er noch lebte und sie irgendwie finden würde, würde sie ihn überhaupt erkennen, wenn sie ihn sah? Und die Jungen? Sicherlich nach einem Jahr oder zwei. Doch nach zehn Jahren? Einem ganzen Jahrzehnt voll Unsicherheit?

Als sie schließlich den Hügel erklommen hatte und an der Scheune der Schmidts vorbeikam, sagte sie sich, dass sie zehn

Jahre warten konnte, wenn Emil das konnte. *Doch was ist, wenn Emil es nicht aushält? Wann gebe ich auf?*

Ihre Mutter hatte niemals aufgegeben und ihr Vater war niemals zurück nach Hause gekommen. Emils Mutter hatte aufgegeben, ihren Mann jemals wiederzusehen, und er war an ihrer Tür aufgetaucht, lebendig, doch innerlich gebrochen.

Während sie zur Eingangsterrasse des Bauernhauses ging, fragte sie sich, wie ihr Leben verlaufen würde, wenn das ebenfalls Emils Schicksal wäre, und spürte eine fast erdrückende Last auf ihren Schultern. Sie schüttelte sie schnell ab. Es tat ihr nicht gut, so zu denken. Sie musste den Glauben bewahren, dass er unversehrt zurückkehren würde. In der Zwischenzeit musste sie für ihre Jungen da sein und die Erinnerung an ihren Vater in ihren Herzen lebendig halten. *Doch wenn ich schon Schwierigkeiten damit habe, mich an sein Gesicht zu erinnern, wie könnten sie es?*

Adeline wollte gerade an die Tür klopfen, als sie Klaviermusik hörte. Sie duckte sich und spähte an den Blendläden vorbei und sah, dass der Bauer und seine Frau nebeneinander am Klavier saßen. Frau Schmidt spielte und ihr Mann sah sie mit so tiefer, unsterblicher Liebe an, dass Adeline zu Tränen gerührt war. Sie waren seit fast vierzig Jahren verheiratet und hatten eine schreckliche Tragödie erlebt, dennoch hatte ihre Liebe nicht einfach nur überlebt. Sie war intensiver geworden und erblüht. *Ist das kein Grund zur Hoffnung?*

Sie überlegte kurz, das Paar allein zu lassen und wieder zu gehen. Doch dann hörte die Musik auf und sie hörte Herrn Schmidt klatschen.

Frau Schmidt war erfreut, als Adeline schließlich an die Tür klopfte, begrüßte sie wie eine lang vermisste Tochter und küsste sie auf die Wange, als sie ihr die Schokolade gab. Herr Schmidt sagte, dass er schlafen wollte, und ging nach oben.

Hauptmann Charkow und seine Männer waren glücklicherweise auf Urlaub in Berlin.

Adeline sagte, dass sie nicht lange bleiben konnte und bald zurückmüsse, falls einer der Jungen aufwachte, doch sie verbrachte eine ganze Stunde mit ihrer Freundin. Sie hörte sich die Befürchtungen der älteren Frau über die Gesundheit ihres Mannes an und teilte ihr einige ihrer eigenen Sorgen mit.

»Ich frage mich manchmal, wer ich ohne Emil sein würde«, sagte Adeline.

»Du würdest du sein«, sagte Frau Schmidt sanft.

»Was?«

»Du bist bereits ohne ihn, Adeline. So wirst du ohne ihn in der Zukunft auch weiter du sein, und von dem, was ich sehe, ist Adeline Martel mehr als genug für das, was ihr das Leben noch entgegenwerfen wird.«

Sie umarmte die ältere Frau und dankte ihr für ihre Freundlichkeit und Unterstützung.

»Ich danke dir«, sagte Frau Schmidt und umarmte sie ebenfalls. »Du bist eine gute Freundin.«

Adeline fühlte sich besser, als sie das Haus verließ. Da sie wusste, dass die Sowjets in Berlin waren, beschloss sie, über die Straße zurück ins Dorf zu gehen. In der Ferne bellten ein paar Hunde. Der Schnee knirschte unter ihren Stiefeln, doch es lag bereits ein angenehmer Duft in der Luft. Der Frühling kündigte sich an.

Sie hörte Frau Schmidt sagen: *Adeline Martel ist mehr als genug für das, was ihr das Leben noch entgegenwirft.*

*Stimmt das?*, fragte sich Adeline. *Bisher ja, aber …*

* * *

Ein Automotor sprang an. Vor ihr auf der Straße tauchten Scheinwerfer auf und blendeten sie. Sie hob den Arm, um das Licht abzuwehren, und hörte, wie eine Autotür geöffnet wurde.

»Frau Martel?«, fragte eine freundliche Frauenstimme.

»Ja?«, entgegnete Adeline unsicher und blieb stehen. »Wer sind Sie?«

»Leutnant Eloise Gerhardt vom Kommissariat 45 der Deutschen Volkspolizei«, sagte sie. »Ich würde gern ein paar Worte mit Ihnen sprechen. Kommen Sie, ich fahre Sie nach Hause, während wir uns unterhalten.«

Adeline zögerte.

Die Stimme von Leutnant Gerhardt wurde strenger. »Frau Martel, tun Sie, was man Ihnen sagt. Sie haben hier keine andere Wahl.«

Adeline fügte sich und ging auf den Scheinwerfer zu, wobei sie im Näherkommen bemerkte, dass die Polizeibeamtin eine große stämmige Frau in einem langen graugrünen Wollmantel war. Sie hatte dunkles, kurz geschnittenes Haar, ein eckiges Kinn, eine hervorstehende Nase und einen strengen Blick.

»Bitte«, sagte Leutnant Gerhardt und zeigte auf die offene Hintertür. »Sie zuerst.«

Widerwillig stieg Adeline in die Limousine und sah, dass ein Mann am Steuer des Autos saß. Die Polizistin stieg neben ihr ein und sagte: »Machen Sie bitte das Innenlicht an und fahren Sie Frau Martel langsam auf dem langen Weg nach Hause. Wir haben viel zu besprechen.«

Der Fahrer brummte etwas und legte den Gang ein. Das Licht im Wagen ging an.

Leutnant Gerhardt lächelte. »Sie werden meine Fragen aufrichtig beantworten, ja? Ansonsten wäre das schlecht für Sie.«

Erst da wurde Adeline bewusst, dass sie mit einer Beamtin der Geheimpolizei sprach, ähnlich derjenigen, die vor so langer Zeit ihren Vater mitgenommen hatte.

»Ja?«, fragte Leutnant Gerhardt mit kälterem Tonfall.

»Ja«, stammelte Adeline. »Wenn ich kann.«

»Gut. Sie kochen für Oberst Wassiljew?«

»Ja. Und für zahlreiche seiner hochrangigen Offiziere.«

»Sie fahren häufig auf Anordnung des Obersts zu der Marketenderei nach Berlin?«

Adeline runzelte die Stirn und wunderte sich, warum sie danach gefragt wurde, und antwortete: »Ja. Er gibt mir eine Liste und das Geld. Ich fahre hin und kehre zurück. Es gibt immer eine Quittung.«

»Sie geben also zu, dass Sie auf Oberst Wassiljews Anweisung eine regelmäßige Besucherin des Ladens sind. Häufiger als die meisten anderen Kunden. Wussten Sie das?«

Adeline schüttelte den Kopf. »Nein.«

»So ist es aber. Die Partei beobachtet das. Sehen Sie, Ihr Oberst ist ein Fresssack. Er hält sich für etwas Besseres als die anderen, die dort einkaufen, und er missbraucht seine Position, um sich zu mästen.«

Adeline sagte nichts dazu.

Leutnant Gerhardt lächelte. »Und Sie nutzen Ihre Position ebenfalls, nicht wahr, Frau Martel?«

Sie wusste nicht, was sie darauf erwidern sollte.

»Sie scheinen immer etwas zu vergessen, nachdem Sie für die Einkäufe des Obersts bezahlt haben«, fuhr die Geheimpolizistin fort. »Dann kaufen Sie, was Sie wollen, und geben dem Wachtposten auf dem Weg nach draußen ein Schmiergeld. Oder Sie kaufen etwas für jemanden wie Frau Schmidt oder Frau Holtz und bestechen dann den Wachtposten auf dem Weg nach draußen. Ja?«

Adeline schluckte schwer und nickte dann. »Ja. Ich …«

»Sie sind Schwarzhändlerin, Frau Martel. Das ist ein Verbrechen gegen die Partei und gegen den Staat. Sie könnten wie Ihr Ehemann ins Gefängnis gesteckt werden und Ihre Kinder werden zu Staatsmündeln.«

»Nein, bitte«, sagte Adeline voll Panik. »Das waren nur kleine Sachen. Leckereien für meine jungen Söhne. Dinge, die Frau Schmidt brauchte. Sie ist alt und …«

»Die Partei interessiert sich nicht für Frau Schmidts Alter oder ihre Bedürfnisse«, sagte Leutnant Gerhardt scharf. Dann wurde ihr Ausdruck milder. »Aber sie interessiert sich für Sie, Adeline. Also werden Sie mit Ihren Schwarzmarktaktivitäten aufhören und mir erzählen, was Oberst Wassiljew wöchentlich einkauft oder zusätzlich einkaufen lässt und was er sagt, wenn er betrunken und von Ihrem Essen voll ist. Verstehen Sie mich?«

Adeline verstand sehr wohl. Sie war unter Stalin aufgewachsen. Sie wusste, wie die Kommunisten Nachbarn gegen Nachbarn ausspielten, Arbeiter gegen Vorgesetzte und Mann gegen Frau, indem sie auf eine Weise Angst verbreiteten, die jeden Widerstand erstickte. Und wenn sie genug über jemanden gesammelt hatten, dann ließen sie ihn auf Nimmerwiedersehen für Verbrechen verschwinden, die er nicht einmal begangen hatte.

»Haben Sie verstanden?«

»Ja«, sagte Adeline und neigte den Kopf. »Ich verstehe.«

»Gut«, sagte Leutnant Gerhardt. »Wohnen Sie nicht da vorn?«

Adeline war so durcheinander, dass sie zweimal gucken musste, bevor sie nickte. »Ja, dort, mit den großen Toren und der Scheune.«

Der Fahrer hielt an. Adeline fasste an den Türgriff, doch da spürte sie die Hand der Geheimpolizistin wie eine Klaue auf der Schulter.

»Noch eine Frage, bevor Sie gehen«, sagte Leutnant Gerhardt und lächelte auf ihre wissende Art, die Adeline bereits zu fürchten gelernt hatte. »In Berlin haben Sie beim

Internationalen Roten Kreuz Ihren Namen und Frau Schmidts Adresse auf eine Liste setzen lassen.«

*Woher wusste sie das?*

»Ja«, sagte Adeline erneut nervös. »Die Liste ist für Flüchtlinge, Familien, die einander zu finden versuchen. Ich habe Frau Schmidts Adresse angegeben, da ich nicht wusste, wie lange ich bei meiner gegenwärtigen Adresse bin.«

Die Geheimpolizistin sagte: »Warum haben Sie das gemacht?«

»Ich habe mich dort eingetragen, da ich hoffe, dass Emil es vielleicht eines Tages sieht.«

»In Berlin? Wo er doch im Osten ist?«

»Ich …«

Für einen Augenblick sagte Leutnant Gerhardt nichts.

Adeline spürte, wie sich ihr die Kehle zuzog und sie vor Anspannung bebte, während sie sich dazu zwang, der Frau in die Augen zu blicken. »Ich will meinen Mann zurück. Ist das so falsch, Leutnant?«

»Nein, doch an Ihrer Stelle würde ich nicht mehr darauf hoffen, dass er jemals zurückkehrt. Ich habe gehört, dass in dem Gefangenenlager, in das man ihn geschickt hat, zahlreiche Seuchen grassieren. Täglich sterben dort Männer.«

»Und Emil?«, sagte sie und hörte ihre Stimme beben.

»Ich weiß es nicht. Die Partei hat nur erfahren, dass dort kaum noch jemand am Leben ist. Es tut mir leid, Frau Martel. Doch je schneller Sie sich damit auseinandersetzen, dass er tot ist oder es bald sein wird, desto schneller können Sie ein neues Leben beginnen. Sie können jetzt aussteigen, Frau Martel, doch wir treffen uns nächsten Freitag nach Ihrer Arbeit, ja?«

Adeline war bestürzt über die Neuigkeiten – *Emils Schicksal – ein Gefangenenlager, in dem zahlreiche Seuchen grassieren … täglich sterben Männer … kaum noch jemand am Leben.* Sie nickte stumm und öffnete die Tür. Als sie ins Haus kam, antwortete sie Frau Holtz nicht, die aus der Küche nach ihr rief und fragte, wo sie so lange gewesen war. Sie hängte ihren Mantel und den Schal auf, zog die Stiefel aus und ging ins Schlafzimmer.

Sie schloss die Tür hinter sich und stand eine Weile in der Dunkelheit, während sie auf das Geräusch ihrer schlafenden Söhne horchte. Emils schlafende Söhne. Adeline begann zu weinen, riss sich dann aber zusammen, um sich auszuziehen und ins Bett zu steigen. Woldi rührte sich und drehte sich neben sie. Sie starrte weiter in die Dunkelheit und hörte Leutnant Gerhardts weiche, brutale Stimme.

*Es tut mir leid, Frau Martel. Doch je schneller Sie sich damit auseinandersetzen, dass er tot ist oder es bald sein wird, desto schneller können Sie ein neues Leben beginnen.*

Adeline legte sich mit beiden Armen das Kissen auf den Kopf, biss in den Stoff und schrie endlich los.

# Vierunddreissig

***10. März 1946***
***Zwei Stunden westlich von Poltawa, Ukraine***

Emil zitterte so heftig auf dem Kohlenwaggon, dass er es nicht mehr kontrollieren konnte. Seine dicke Wollkleidung war mit feuchtem Schnee bedeckt und er war dem heulenden Wind ausgesetzt. Was hatte er sich nur dabei gedacht, als er auf diesen Zug gesprungen war? Vielleicht war er dem Gefangenenlager entkommen, doch er würde sicher bald sterben, wenn er keinen Schutz finden würde.

Zunächst hatte Emil versucht, sich in die Kohle einzugraben. Doch nur wenige Zentimeter tiefer war er auf eine Eisschicht gestoßen, in der die Kohlen festgefroren waren. Er wollte sie mit dem Stiefel lostreten, doch er brachte sich nur selbst aus dem Gleichgewicht und wäre fast seitlich vom Zug gefallen, der häufig an Kreuzungen anhielt, insgesamt aber schneller fuhr als derjenige, mit dem er in den Osten gekommen war. Er nahm an, dass er jetzt ungefähr fünfundsiebzig Kilometer von Poltawa entfernt war, vielleicht noch mehr.

Das Zittern wurde immer schlimmer und seine Gedanken wurden trübe. Er merkte, dass er kurz vor dem Erfrieren war.

Als er die Bremsen quietschen hörte und der Zug langsamer wurde, kroch Emil an das hintere Ende des Waggons. Bis zum Halt des Zuges krümmte und streckte er immer wieder die Finger, um die Durchblutung zu verbessern, bevor er die Leiter hinunterkletterte.

Von der untersten Sprosse sprang Emil in den tiefen Schnee. Er stapfte nach hinten zum nächsten Waggon, ergriff eine Sprosse der Vorderleiter und kletterte hoch, nur um festzustellen, dass er ebenfalls voll Kohlen war. Der Zug stand noch immer. Doch wie lange noch?

*Länger, als du es in der Kälte aushältst, Emil.*

Seine Finger brannten vor Schmerz, doch er zwang sich die Leiter hinunter und mühte sich weiter in Richtung hinteres Ende des Zuges. Der fuhr langsam an.

Er konnte kaum sehen und streckte die Hände aus, versuchte, die Position der Leiter abzuschätzen. Die eine Leiter am Ende des zweiten Schüttgutwaggons rutschte ihm durch die Handschuhe, während der Zug schneller wurde. Er griff nach der Vorderleiter des dritten Schüttgutwaggons, konnte sich aber nicht festhalten.

Im Bewusstsein, dass er im Sturm und in der Dunkelheit zum Sterben verurteilt wäre, legte Emil die Hand an die Seite des dritten Waggons und ließ ihn an den Fingerspitzen vorbeigleiten, bis die Lücke zwischen den Waggons kam und er dann nach oben griff und sich mit den schmerzenden Händen zu der näher kommenden Leiter des vierten Waggons streckte. Mit der linken Hand erwischte er eine obere Sprosse und mit der rechten die Seite der Leiter, dann wurde er sofort mitgerissen, wie Korporal Gheorghe in seinem Traum. Der Rumäne hatte losgelassen und Emil war ihm hinterher in die Dunkelheit gesprungen.

Doch diesmal nicht. Mit all seiner verbliebenen Kraft hielt sich Emil mit der linken Hand fest und stieß die rechte nach oben, fand eine höhere Sprosse. Mit einer weiteren gewaltigen Anstrengung fanden seine Stiefel die unterste Sprosse der Leiter.

Schneebedeckt und vom Wind durchgerüttelt, keuchend und schwitzend hing er fast eine Minute wie ein riesiger weißer Kokon an der Leiter. Als seine Zähne zu klappern begannen, kletterte er höher. Oben angekommen, fasste Emil über den Rand des Waggons und suchte tastend nach Kohle. Er spürte nichts als den Wind, deshalb setzte er sich rittlings auf die Seite des Kohlenwaggons und streckte den rechten Fuß so tief er konnte.

Nichts. War der Waggon etwa leer? Zumindest teilweise.

Er überlegte, dass er besser nach unten und aus dem Wind kommen sollte. Deshalb zog er auch sein linkes Bein über den Rand und baumelte für eine Sekunde an den Fingern, bevor er losließ. Er fiel drei Meter tief und schlug mit den Absätzen voran auf schneebedeckten Stahl. Von dem Aufprall bekam er keine Luft mehr und befürchtete einen Augenblick, dass er sich die Rippen gebrochen hatte.

Als er sich schließlich aufsetzen konnte, erkannte er, dass er recht gehabt hatte, denn hier in der Dunkelheit in der vorderen Ecke des leeren Schüttgutwaggons war er gut vor dem Nordwestwind geschützt. Und der Schnee schien nachzulassen.

Ein wenig aufgemuntert kämpfte er sich hoch und zuckte zunächst zusammen, dann spreizte er die Beine weit und stützte sich mit dem Rücken in die Ecke, bevor er sich über die Kleidung strich und den feuchten, angebackenen Schnee abzuwischen versuchte. Die ersten paar Schneestücke steckte er sich in den Mund, um seinen Durst zu bekämpfen. Dann knöpfte er sich die Jacke auf und hob Hemd und Pulli, um den Bauch in die Kälte zu halten und so den Schweiß zu trocknen.

*Bleib so trocken wie möglich. Beweg dich, um warm zu bleiben. Überlebe,* dachte er.

Als Emil den Eindruck hatte, den meisten Schnee von seiner äußeren Kleidung entfernt zu haben, trat er den Schnee auf dem Boden des Waggons aus seiner Ecke und hatte bald eine kniehohe gebogene Schneemauer vor sich gebaut. Er duckte sich in die Dunkelheit und hatte den Eindruck, dass die Mauer noch mehr von dem Wind abhielt. Während er sie bis auf Brusthöhe weiterbaute, verlor er jedes Zeitgefühl.

Nachdem er sich erneut den Schnee von der Kleidung gewischt hatte und sich schließlich auf den Boden seiner kleinen Festung niederließ und mit dem Rücken gegen die Ecke lehnte, zuckte Emil wegen seiner geprellten Rippen zusammen. Der Wind war jetzt fast völlig verschwunden und es schneite auch nicht mehr. Er schloss die Augen und sagte sich, dass er irgendwann etwas essen musste. Vom Verkauf des Holzes hatte er etwas mehr als einhundert Rubel in seiner zugeknöpften Hemdtasche. Er brauchte nur noch einen Ort, wo er sie ausgeben konnte.

Die Wolkendecke öffnete sich an manchen Stellen und man konnte den Himmel erkennen. Er sah den Viertelmond und aus unverständlichen Gründen gab ihm dieser Anblick ein Gefühl der Wärme, das sich noch verstärkte, als der Himmel ganz aufriss und er den Polarstern fand. *Ich kann bei Nacht navigieren und gehen, wenn es sein muss.*

Nachdem er sich den Mantel ausgezogen hatte, um den restlichen Schnee abzuschütteln, setzte sich Emil in die Ecke des Waggons und döste trotz der schmerzhaften Kälte des Stahlbodens ein. Dann merkte und hörte er, wie die Bremsen den Zug wieder verlangsamten.

* * *

Diesmal tauchten Lichter auf und sie fuhren in eine Art Bahnhof. Da er jetzt etwas sehen konnte, entdeckte er an der gegenüberliegenden Innenseite des Waggons eine Leiter. Er wusste, dass er besser schneebedeckt in seinem Versteck hinter der selbst gebauten Mauer bleiben sollte.

Doch wie sollte er herausfinden, wohin der Zug fuhr, wenn er nicht wusste, wo er sich befand? Er konnte genauso gut auf dem Weg nach Moskau oder Leningrad sein. Diesen Gedanken begrub er sofort wieder. Denn obwohl die zurückgelegte Strecke Kurven und Schlenker hatte, so log der Polarstern nicht. Sie waren permanent nach Westen gefahren.

*Doch wie weit nach Westen?*

Emil konnte seine Neugier nicht zügeln, kletterte aus seiner Schneefestung und schlich durch den Waggon. Er kletterte die innere Leiter hoch und war nervös, weil die Lichter so hell waren. Am liebsten hätte er einen schnellen Blick riskiert. Doch er überlegte, dass er mit einer schnellen Bewegung die Aufmerksamkeit auf sich ziehen würde. Deshalb hob Emil den Blick so langsam wie möglich über den Rand des Waggons und sah nach links und nach rechts, bevor er langsam den Kopf senkte.

Er war in einem großen Betriebshof mit vielen Güterwaggons auf den anderen Gleisen. Ein ganzes Stück vor ihm arbeiteten Männer an einer Laderampe. Sie waren so weit entfernt, dass Emil beschloss, noch einen Blick zu riskieren, und er bemerkte ein Schild auf Russisch. Jetzt wusste er, wo er war: Lubny. Durch diesen Bahnhof waren sie auch auf dem Weg nach Osten zum Gefangenenlager gekommen. Zwischen dem Verlassen des Zuges in Lubny und der Ankunft in Poltawa waren damals ungefähr neun Stunden vergangen. Er hatte keine Uhr bei sich, doch er wusste, dass seit seiner Flucht noch keine neun Stunden vergangen waren.

Vielleicht waren es vier, vielleicht auch fünf. In jedem Fall reiste Emil bedeutend schneller nach Westen, als er jemals zu hoffen gewagt hätte. Und zum ersten Mal seit Beginn seiner Flucht gestattete er sich, an Adeline, Woldi und Willi zu denken.

Wo würde er zuerst nach ihnen suchen? In Liegnitz? Zurück in Polen, wo man ihn festgesetzt hatte? Doch er hatte Adeline gesagt, sie solle so weit nach Westen gehen, wie sie konnte, und er würde sie finden.

Er hörte Männerstimmen, die auf Russisch miteinander sprachen. Er hob erneut den Kopf und sah zwei Sowjetsoldaten, die neben dem Zug an jenem Kohlenwaggon vorbeikamen, in dem er zunächst geflüchtet war, vier Wagen vor ihm. Einer der beiden kletterte die Leiter des Waggons hoch und sah sich darin um, bevor er wieder herunterkam.

Sie kamen einen Waggon näher. Der andere Soldat kletterte hoch und blickte hinein.

»Njet«, sagte er mit weinerlicher Stimme. »Nur Kohle.«

»Du hast gehört, was sie sagten: Er ist auf diesen Zug gesprungen«, sagte sein Partner in einer wesentlich tieferen Stimme. »Wenn er nicht vom Zug gefallen ist, dann ist er hier.«

Emil senkte langsam den Kopf und kletterte die Leiter hinunter. Er starrte auf seine Stiefelspuren auf dem schneebedeckten Boden des leeren Waggons und erkannte, dass er seine Chance vertan hatte. Wäre er hinter der Schneewand geblieben und hätte sich dort vergraben, dann hätte er es womöglich geschafft.

»Deine Runde«, hörte er den weinerlichen Soldaten sagen, gefolgt vom Geräusch knirschender Stiefelschritte und von Handschuhen, die an der Seite des Waggons unmittelbar vor Emils Wagen nach oben kratzten.

Er stand da auf dem Boden seines Waggons und schüttelte den Kopf über seine pure Dummheit. Er würde erwischt und nach Poltawa zurückgeschickt werden. Oder er würde sogar wie Korporal Gheorghe an einen schlimmeren Ort geschickt werden.

»Dieser ist außer Schnee leer«, sagte der mit der tiefen Stimme.

»Ich nehme den hier«, sagte der jammernde Soldat.

Emil schloss die Augen. Er war nicht nur entkommen, um Adeline und die Jungen zu finden. Nachdem so viele Männer um ihn herum gestorben waren, war er auch entkommen, um zu leben. *Doch jetzt werde ich zum Sterben zurückgeschickt.*

Der Zug kroch einen Meter vor und blieb dann stehen. Der Soldat auf der Leiter fluchte. Emil wurde aus dem Gleichgewicht gebracht, blieb aber stehen.

»Das hat an der Schulter wehgetan«, schimpfte der weinerliche Soldat wütend, bevor der Zug anfuhr und wieder stehen blieb. »Geh du rauf.«

Ihre Stimmen waren jetzt ganz nah, direkt auf der anderen Seite der Waggonwand. Der Soldat würde hochklettern, hineinblicken und Emil unter sich sehen. Alles wäre vorbei. Er hätte Korporal Gheorghes Traum von der Flucht mit dem Zug erfüllt, doch sein eigener Traum, in den Westen zu gehen und sich mit seiner Familie zu vereinen, war unmittelbar davor, auf immer vernichtet zu werden.

»Zum Teufel damit«, sagte der Soldat mit der tiefen Stimme. »Ich brech mir keinen Arm oder Bein für einen geflüchteten Kriegsgefangenen. Wenn er in einem dieser letzten Waggons ist, dann ist er ohnehin bis zum Morgen tot. Die Temperaturen sollen sinken, bis auf fünfundzwanzig unter null.«

* * *

Emil hatte das Gefühl, als würde ihm das Herz aus der Brust springen. Er konnte ihre Schritte hören. Sie gingen davon!

Der Zug fuhr an und rollte wieder los, wurde immer schneller, und Emil ließ Lubny hinter sich und war jetzt auf dem Weg nach Kiew, der größten Stadt in der Ukraine. Emil hielt sich an der Leiter fest und machte langsame Kniebeugen, hoch und runter. Wenn die Temperaturen wirklich unter minus fünfundzwanzig fallen würden, dann musste er sich die ganze Nacht bewegen. So war es am besten, fest, langsam und beständig.

Während er seinen Rhythmus fand, dachte Emil an Kiew. Der Hauptbahnhof Darnyzja wurde sicherlich von Sowjetsoldaten bewacht. Würden sie auch die Waggons durchsuchen? Er musste wohl davon ausgehen, dass sie sich jeden Waggon genau ansehen würden. Zunächst überlegte er, östlich von Kiew vom Zug zu springen. Dann fragte er sich: *Was würde Korporal Gheorghe machen?* Und er kam auf einen kühneren Plan.

Bei dem Gedanken musste er lachen, er wurde richtig albern. Er schloss die Augen und konnte sich nur an ein einziges Mal in seinem Leben erinnern, dass er sich so gefühlt hatte: die Nacht, als er und Adeline geheiratet hatten und sein Herz vor Glück geblubbert hatte.

Plötzlich konnte Emil jene Nacht deutlich vor sich sehen. Er sah, wie er Adeline am Ende der Zeremonie küsste. Er sah, wie er mit ihr zur Akkordeonmusik tanzte, in ihre liebenden Augen blickte, die Hände an ihrer Taille hatte.

Während er sich weiter an der Leiter im Waggon festhielt, merkte Emil, dass ihm nicht mehr so kalt war, solange er sich an diese Erinnerung hielt. Er ließ die Augen geschlossen, hörte die muntere, schnelle Akkordeonmusik in seinem Kopf, dann ließ er die Leiter los und begann zu tanzen.

* * *

Emil tanzte und lachte stundenlang in seiner Einbildung mit Adeline, wobei er manchmal umgeworfen wurde, wenn der Zug eine enge Kurve nahm, sodass er in den Schnee auf dem Boden des Waggons fiel. Doch das kümmerte ihn nicht weiter, denn in seinem Kopf und seinem Herzen war Adella bei ihm und sie feierten zusammen und das war alles, was zählte.

In der Morgendämmerung war er jedoch kurz vor dem Delirium. Er war schon länger als einen Tag wach, davon zehn Stunden mit schwerer Arbeit beim Kalkschaufeln und sechs beim Tanz mit seiner Braut. Und die Sowjetsoldaten hatten mit der Kälte recht gehabt. Er wusste nicht, ob es fünfundzwanzig Grad unter null war, doch seine Handschuhe klebten an der Stahlleiter fest und der Schnee war krustig und knirschend geworden. Ihm taten die Füße und der untere Rücken weh.

Beim ersten Anzeichen von Licht am Himmel schüttelte Emil im weiterhin fahrenden Zug seine Benommenheit ab und kletterte die Innenleiter des Waggons hinauf. Oben blickte er sich um und sah die mehr als vertraute Landschaft der ländlichen Westukraine mit ihren weiten Feldern, die von schmalen Hecken begrenzt und mit Schnee bedeckt waren, so weit das Auge reichte. Er war überrascht, dass die Landschaft eine Welle der Nostalgie in ihm auslöste. Er erinnerte sich an einen Moment in seiner Kindheit, als sein Vater ihn aus der Schule geholt hatte, damit er auf dem Hof arbeitete. Er erinnerte sich daran, wie er traurig die Schule verlassen hatte, die ihm viel Spaß bereitet hatte, doch ebenfalls begeistert davon war, seinem Vater für einen langen Arbeitstag nach draußen auf die Felder zu folgen.

Er dachte an seinen Vater, seine Mutter und Schwester, und er fragte sich, ob er einen von ihnen jemals wiedersehen würde. Waren sie bei Adeline? Oder waren sie zurück nach Friedensthal gegangen, wie es seine Mutter gewollt hatte? Waren sie irgendwo hundert Kilometer südwestlich von ihm?

Er beschloss, dass er trotzdem nach Westen gehen würde, selbst wenn sie dort waren. Er würde seinen Traum erfüllen.

* * *

Emil kauerte noch immer unterhalb des Waggonrandes, als der Zug eine Stunde später auf einen Betriebshof am Kiewer Hauptbahnhof fuhr. Es war windig und eiskalt bei strahlendem Sonnenschein. Als er auf dem Hof verteilt Männer bei der Arbeit sah, jedoch keine Soldaten, hievte er sich über die Seite des Waggons und rutschte fast die Außenleiter hinunter. Er entfernte sich schnell vom Zug und war für den frischen Wind dankbar, der den Schnee aufwirbelte und seine Spuren verwischte. Nachdem er an anderen Waggons vorbeigegangen war, bemerkte er eine Spitzhacke auf dem Boden, die fast vom Schnee begraben war, und nahm sie an sich.

Emil legte sie über die Schulter und folgte den Schienen zum Gebäude des Hauptbahnhofs. Ein anderer Eisenbahnarbeiter kam am oberen Absatz einer niedrigen Betontreppe aus einer Tür. Er lächelte, ging an dem Mann vorbei und erwischte die Tür. Er trat in einen langen, schmalen Flur, ließ seine Augen sich an die Dunkelheit gewöhnen und spürte ein ungewohntes, zugleich angenehmes Gefühl auf dem Gesicht und hörte Geräusche, die er seit mehr als einem Jahr nicht mehr vernommen hatte. Als er besser sehen konnte, folgte er der Quelle seines Gefühls und der Geräusche: die beträchtliche Lücke zwischen der Türschwelle und den schwingenden Flügeltüren am Ende des Flurs, durch die ein ständiger Hitzestrom drang und man die Geräusche einer betriebsamen Menschenmenge hören konnte.

Am Ende des Flurs war links eine Tür angelehnt. Er drückte sie auf und fand einen leeren Raum mit Drahtgeflechtspinden, wahrscheinlich für die Eisenbahnarbeiter. Er ging hinein und fand neben dem Spindraum einen Waschraum mit einem tiefen Spülbecken und einem Spiegel. Emil nahm die Wollmütze ab und trat an den Spiegel.

Zum ersten Mal seit mehr als einem Jahr sah er sein Gesicht und seinen Zustand. Es war ein schockierender Anblick. Adeline hätte ihn nicht erkannt, wenn er sie zum Tanz aufgefordert hätte. Er erkannte sich selbst kaum.

Emil hatte mehr als fünfundzwanzig Kilo verloren. Seine schäbige, abgetragene Gefängniskleidung hing an ihm wie an einer Vogelscheuche. Sein Kopfhaar und sein Bart waren struppig und ungleichmäßig geschnitten. Die Wangen waren eingefallen und die Zähne ganz gelb. Seine Wangenknochen drückten gegen die schorfige und schlaffe Haut, die dreckverschmiert war. Doch am meisten verstörten ihn seine Augen, die tief in ihren Höhlen lagen und finster und hart blickten.

Er wusste, dass er damit ein schreckliches Risiko einging, doch er wusste auch, dass er nicht durch den Hauptbahnhof von Kiew gehen konnte, wenn er wie jemand aussah, der sich gerade selbst aus dem Grab gezogen hatte. Deshalb kämpfte sich Emil aus seiner Jacke, zog Pullover und Hemd aus. Mit jedem Atemzug drückten sich seine Rippen wie Klaviertasten gegen die Haut seines geprellten und lädierten Oberkörpers.

Er stellte den Wasserhahn an und hielt den Kopf unter das eiskalte Wasser. Er schrubbte mehr als zehn Minuten und tauchte immer wieder unter das Wasser, bis seine wahren Züge sichtbar wurden. *So,* dachte er, als er wieder in den Spiegel blickte. *Jetzt würden mich Adella und die Jungen fast erkennen.*

Dabei bemerkte er, wie etwas in seinem Blick lebendig wurde, ein Glitzern, das zuvor nicht da gewesen war. Es erinnerte Emil an den Plan, der ihm in der Nacht zuvor gekommen war. Er lächelte und ging in den Raum mit den Spinden, die er durchsuchte, bis er einen verwaschenen blauen Overall fand, dazu ein Paar Arbeitsstiefel, die neuer waren als seine, und ein Hemd und eine Wolljacke, die bedeutend sauberer war als seine Gefängnisjacke.

Als Emil sich die gestohlene Kleidung anzog, hatte er kein schlechtes Gewissen. Er selbst war ein ganzes Jahr zu Unrecht in ein Gefangenenlager geworfen worden und brauchte jetzt die Kleider. Das Leben konnte auch einmal für andere ungerecht sein. Seine alten Kleider warf er in einen leeren Spind, nachdem er seine Rubel genommen und das Bündel in der Hosentasche unter dem Overall verstaut hatte. Dann verließ er den Raum, wobei er etwas überrascht darüber war, dass ihn niemand gestört hatte. Doch dann bemerkte er, dass laut der Uhr und dem Arbeitsplan, den er an der Mauer gesehen hatte, die Schicht erst vor weniger als einer Stunde begonnen hatte.

Emil ließ die Spitzhacke im Flur und trat durch die Türen hinaus in das organisierte Chaos von Kiews Hauptbahnhof. Die vielen Stimmen. Die grellen Farben nach den vielen Monaten in Grau. Die erstaunlichen Gerüche von frischem Essen. Die gestressten Gesichter der Menschen, die nach Hause in ihr Leben zurückkehrten oder in Züge stiegen, um ein neues zu beginnen. Für einen Moment war alles so überwältigend, dass Emil sich an einer Wand abstützen musste, um nicht umzukippen.

Der Hunger brachte ihn wieder zu sich. Er folgte den unwiderstehlichen Gerüchen in den Wartebereich mit den Fahrkartenschaltern, da er wusste, dass dort fliegende Händler Essen anboten. Er fand mindestens zehn davon – vorwiegend Frauen – und zwang sich dazu, sich zunächst alles anzusehen, bevor er schwarzen Tee bestellte, dazu zwei Brötchen und eine Scheibe Salami. Es gab noch mehr Speisen, nahrhafter und süßer, die er viel lieber als erstes Mahl nach der Gefangenschaft zu sich genommen hätte, doch Emil war besorgt, dass sein Magen rebellieren würde, wenn er das tat. Er fand eine Bank und aß langsam sein Essen. Ein Soldat ging an ihm vorbei, ohne ihn eines Blickes zu würdigen.

Schließlich verbrachte Emil drei Stunden damit, im Bahnhof herumzugehen, sich umzusehen und zu horchen, bis er herausgefunden hatte, wann die nächsten Güter- und Passagierzüge nach Westen abfahren würden. Er hatte noch mehr als ausreichend Geld, um sich eine Fahrkarte nach Polen zu kaufen, doch er befürchtete, dass er dafür Papiere vorweisen musste, die er nicht mehr hatte. Schließlich holte er sich wieder die Spitzhacke und kehrte zurück zum Güterbahnhof.

Es war noch immer bitterkalt und windig. Er fand den Güterzug, nach dem er gesucht hatte, und versuchte an zahlreichen Waggons die Schiebetüren, bis er eine unverschlossene fand. Er tat so, als würde er neben dem Waggon ein Loch graben, bis der Zug sich in Bewegung setzte.

Emil kletterte gerade mit der Spitzhacke hinein, als er hinter sich Rufe hörte. Er stieg ein, drehte sich um und bemerkte ein paar Arbeiter, die zu ihm gerannt kamen. Einer rief: »Hey, das ist meine Jacke!«

»Ich hab dir meine gelassen!«, schrie Emil, schloss die Tür und warf sich mit seinem ganzen Gewicht dagegen, während der Zug immer schneller wurde.

Am nächsten Bahnhof verließ Emil den Zug. Zu groß schien ihm das Risiko, dass die Arbeiter womöglich wegen eines Diebes und blinden Passagiers angerufen hatten. Nach Einbruch der Dunkelheit erwischte er den nächsten Güterzug nach Westen und stieg am nächsten Halt wieder aus. Die folgenden zehn Tage wurde das für Emil zu einem Muster und einer Art Überlebensstrategie.

In den Bahnhöfen und Depots fand er nicht nur Essen, Wasser und Wärme, sie boten ihm außerdem eine Gelegenheit, von den Gerüchten und der Propaganda zu hören, die im Nachgang der sowjetischen Besatzung durch die ukrainische

Gesellschaft ging. Was er hörte, überzeugte ihn nur noch stärker davon, dass das neue Leben unter Stalin und den Kommunisten dasselbe wie das alte war: begründet auf Angst, Tyrannei und der Vernichtung von jedem, der einen originellen Gedanken oder einen Traum hatte.

* * *

Am Morgen seines elften Fluchttages, es war der 20. März 1946, wurde es schließlich warm. Am Abend jenes Tages wurde Emil kurz nach Übertreten der polnischen Grenze, als er in der Stadt Chełm aus einem Güterwaggon sprang, von der örtlichen Polizei erwischt.

Als Teil seines Plans hatte er sich auf diese Möglichkeit vorbereitet und verhielt sich seltsam, genau wie Korporal Gheorghe, sprach Russisch und erzählte, dass er ein Überlebender von Stalingrad sei, der in der ersten Angriffswelle in die Luft gejagt wurde und dann unversehrt durch die Schlacht gegangen sei. Er wollte nur nach Hause kommen, um seine Frau und seine Söhne zu finden, die er in Liegnitz zurückgelassen hatte. Die Soldaten glaubten ihm nicht und steckten Emil in ein Gefängnis, zusammen mit anderen, die auf ihre Deportation zurück in den Osten warteten.

Die anderen Männer im Gefängnis waren unglücklich und aufgebracht. Doch Emil blieb bemerkenswert ruhig, da er der Überzeugung war, dass dies nur eine Umleitung auf dem Weg zu seinem Traum war. Er würde nach Westen gehen. Er würde Adeline, Woldi und Willi finden.

Am nächsten Tag wurde er vor der Deportation bewahrt, als ihn die Wachen fragten, ob er schon einmal auf einem Bauernhof gearbeitet hätte. Emil benahm sich noch immer wie ein Mann, der ein Schrapnell an den Kopf bekommen hatte, nickte aber ernst und wurde mit zwanzig anderen Männern in einen Laster gesetzt, die aus verschiedenen Gefangenenlagern entkommen waren. Man brachte sie in ein neues Lager, dessen Insassen auf Feldern Gemüse anpflanzen mussten.

Acht Wochen später – es war Ende Mai 1946 – hörte Emil, dass der Bäcker der Lagerküche Unterstützung brauchte. Als er Adeline kennengelernt hatte, hatte er zwar Feuerholz für eine Bäckerei geschlagen, doch ansonsten hatte er eigentlich keine Erfahrung mit dem Backen. Aber Emil lernte schnell. Während der nächsten vier Wochen stand er täglich um drei Uhr morgens auf und ging zur Bäckerei, um Teig zu mischen und die Öfen anzuheizen. Er konnte die ganze Zeit frisches Brot essen, nahm an Gewicht zu und freundete sich mit dem Bäcker an, der vor dem Krieg eine Weile in Deutschland gearbeitet hatte.

Ende Juni machte ein Gerücht im Lager die Runde, das sich sehr bald bestätigte: Die Pflanzsaison war vorbei und so war es auch mit ihrer Nützlichkeit. Das Arbeitslager sollte geschlossen und die Gefangenen am nächsten Morgen auf Laster steigen und dann mit dem Zug nach Osten gebracht werden.

Wenn Emil jemals nach Westen gehen und seine Familie finden wollte, dann musste es jetzt sein. Er dachte wie ein verrückter Rumäne und kam auf einen relativ einfachen Plan, den er schweren Herzens mit dem Bäcker teilte und ihn darum bat, ihm die russischen Rubel gegen polnische Złotys einzutauschen, damit er sich eine Zugfahrkarte nach Hause zu seiner Familie kaufen konnte.

Der Bäcker stimmte dem Vorschlag schließlich achselzuckend zu. In jener Nacht wich Emil von seiner üblichen Routine ab und kehrte nicht zurück in sein Bett, nachdem er den Teig gemischt und geknetet hatte. Stattdessen legte er sich am Morgen des 29. Juni 1946 gegen fünf Uhr dreißig hinter den Öfen auf den warmen Boden der Backstube und »schlief ein«. Er wartete drei Stunden, nachdem die Laster mit den anderen Gefangenen abgefahren waren. Dann verließ er die

Bäckerei. Der Bäcker rief etwas hinter ihm her, eine polnische Wache kam heran und der Bäcker erzählte dem Soldaten, dass er Emil schlafend in der Backstube erwischt hätte, wo er doch mit den anderen auf dem Laster sein sollte.

Emil wurde zum Lagerkommandanten gebracht, wo er sich wieder seltsam verhielt und nur sagte, dass er eingeschlafen sei und den Zug nicht verpassen wollte. Nach der Auflösung des Lagers hatte der Lagerkommandant die ländliche Gegend so schnell wie möglich verlassen wollen und war nun verärgert über diese Verzögerung.

Als er gefragt wurde, was man mit Emil machen sollte, da das Lager jetzt offiziell geschlossen war, dachte der Kommandant kurz darüber nach und sagte dann: »Bringt den hirnverletzten Idioten raus zum Tor, verpasst ihm einen ordentlichen Tritt in den Hintern und lasst ihn gehen. Soll sich jemand anderes mit ihm beschäftigen.«

*Emil Martel geht nach Westen und findet seine Frau und seine Söhne,* dachte er und hörte Korporal Gheorghes Stimme, während er sich vom Gefängnistor entfernte, dabei sein wundes Hinterteil rieb und immer wieder stumm seinen Dank ausrichtete an Jesus, Gott, das Göttliche, die universelle Intelligenz, das Allmächtige, die Sterne, den Mond und die Planeten, bis er außer Sichtweite war.

* * *

Aufgrund des wärmeren Wetters und weil er Kontakte mit anderen Menschen vermeiden wollte, schlief Emil fast drei Wochen lang tagsüber in den Wäldern und marschierte meistens in der Nacht, wobei er den Sternen folgte, um so viel Abstand wie möglich zwischen sich und dem letzten Gefangenenlager außerhalb von Chełm zu bringen. Er wartete bis zum Morgen des 19. Juli, als er in die kleine Ortschaft Puławy nordwestlich von Lublin kam und sich dort am Bahnhof eine Fahrkarte bis zum letzten Halt vor der deutschen Grenze kaufen wollte.

Der Angestellte sah ihn befremdet an, sagte aber: »Das wäre dann Rzepin.«

»Rzepin, ganz genau«, bestätigte Emil. »Da wohnt meine Großtante.«

Der Angestellte war skeptisch, verkaufte ihm aber die Fahrkarte. Nachdem er sich Proviant für die Fahrt besorgt hatte, bestieg Emil den Zug und nahm einen Platz am Fenster ein, zog sich den Hut über die Augen und schlief, während der Zug ihn durchs Land brachte. Zweimal musste er den Zug wechseln, einmal in Warschau. Er wollte den dritten Zug in Rzepin verlassen und dann in der Dunkelheit über die deutsche Grenze gehen.

Doch zwölf Stunden nach seiner Abfahrt, als der dritte Zug gerade einen ausgedehnten Halt in der Stadt Posen einlegte, erkannte Emil seine Gelegenheit. Es war früher Abend, noch ein paar Stunden bis zum Einbruch der Dunkelheit, und er war wieder hungrig geworden. Emil verließ den Zug und betrat den Bahnhof, wo er eine große Männergruppe von fast fünfzig Personen bemerkte, die ausgemergelt und schäbig gekleidet unter der Aufsicht von drei bewaffneten Sowjetwachen auf dem Boden saßen.

Er kaufte die üblichen Bestandteile seiner eintönigen Ernährung und fragte die Angestellte am Fahrkartenschalter, was das für Männer wären. Sie erklärte ihm, dass es deutsche Kriegsgefangene auf dem Weg nach Hause waren. Kurz zuvor hatte es eine Art Übereinkunft gegeben, die einen Gefangenenaustausch ermöglicht hatte.

Emil war sprachlos und erinnerte sich wieder daran, wie der Rumäne immer davon gesprochen hatte, dass sich Möglichkeiten auftaten, wenn man nur eine deutliche

Vorstellung davon hatte, wohin man gehen wollte. Er fragte: »Sie meinen, die gehen alle nach Westdeutschland?«

»Nach Braunschweig in die britische Zone. Ich nehme mal an, das ist Westen.«

Emil dankte ihr und ging an eine Stelle, wo er essen und die deutschen Gefangenen und die sowjetischen Soldaten sehen konnte. Die Männer auf dem Boden machten einen entspannten Eindruck, selbst als Gefangene, da sie glücklich auf dem Weg nach Hause waren.

*Und warum auch nicht?*, dachte Emil. *Im Westen sind sie vielleicht noch eine Weile im Gefangenenlager, doch wenn sie rauskommen, dann sind sie freie Männer. Was man nicht von den Männern sagen kann, die in die andere Richtung gehen.*

Dann erinnerte er sich an etwas anderes, was Korporal Gheorghe ihm gesagt hatte: dass die meisten Menschen die Tür zum Glück offen stehen sahen, doch dann nicht handelten, nicht durch die Tür traten und kein Risiko eingingen, nur um dann festzustellen, wie die Tür vor ihrer Nase zugeschlagen wurde.

*Du entscheidest, dann handelst du. Du wählst das Schicksal, dann gehst du durch die Tür.*

Eine andere Gruppe deutscher Gefangener kam zur gleichen Zeit mit verschränkten Händen hinter dem Kopf in den Bahnhof, als der Schaffner von den Gleisen kam und alle Passagiere auf dem Weg nach Westen ausrief. Emil traf seine Entscheidung und handelte voll Vertrauen darauf, stopfte die Essensreste in die Jackentasche.

Die drei Sowjetsoldaten der ersten Gruppe befahlen ihren Gefangenen, sich hinzustellen und die Hände hinter dem Kopf zu verschränken, als die nachfolgende, größere Gruppe an ihnen vorbeizukommen versuchte, um bessere Plätze im Zug zu bekommen. Es gab ein Gedränge, Knurren, Fluchen. In dem Durcheinander schob sich Emil zwischen die Gefangenen und verschränkte seine Hände hinter dem Kopf.

* * *

Niemand überprüfte Emils Papiere, als er den Zug betrat. Wenn sie es getan hätten, dann hätte er ihnen seine Fahrkarte nach Rzepin gezeigt und wäre am nächsten Halt wieder ausgestiegen. Stattdessen wurde der Zug an der deutschen Grenze durchgewunken, fuhr dann schneller und brachte Emil zügig nach Westen.

Während der Fahrt veränderte er seine Geschichte und erzählte den Männern, die ihn nach seiner Herkunft fragten, dass er Korporal Emil Martel sei, ein Volksdeutscher, der für die Wehrmacht gekämpft hatte. Er hatte Stalingrad überlebt und am Dnjepr gekämpft, wo er seine Unterlagen verloren hatte, bevor er gefasst wurde und an einem Ort namens Poltawa ins Gefängnis gesteckt wurde.

»Aber du bist kein Deutscher«, schniefte einer der Männer. »Warum bist du mit uns hier?«

Emil blickte ihn fest an, lächelte dann und bot ihm etwas von seiner Salami an. »Nein, ich bin kein Deutscher. Doch Reichsführer Himmler selbst dachte, dass ich reineres arisches Blut hätte als die meisten anderen. Deshalb wurde meine Familie von der SS geschützt und nach Deutschland gebracht. Sie warten auf mich.«

Der Mann schien darüber erstaunt zu sein und nahm dankend die Wurst. »Wo denn?«

»Braunschweig«, sagte er. »Sie sind dort in einem Flüchtlingslager.«

»Britische Zone«, sagte der Mann und sein Misstrauen schwand, während er etwas von der Wurst kostete. »Das ist nicht weit davon entfernt, wohin sie uns bringen.«

»Ich bin nur froh, dass meine Familie in der Nähe und sicher ist, bis ich auch freikomme.«

Anderthalb Stunden später fuhr der Zug südlich an Berlin und Adeline und den Jungen vorbei. Irgendwann würde Emil herausfinden, dass der Abstand zu ihnen weniger als achtzig Kilometer gewesen war.

Schließlich hielten sie in Wolfsburg. Emil und die anderen Gefangenen wurden auf den schmalen Bahnsteig hinausbefohlen, während die drei Personenwaggons, in denen sie gefahren waren, an eine andere Lokomotive gekoppelt wurden. Inzwischen war es drückend heiß und die Gefangenen waren nervös und unruhig, als man ihnen mitteilte, dass sie ihre Dokumente vorzeigen sollten, bevor sie zurück in den Zug konnten.

Emil ging mutig zum Anfang der Reihe und war bereit, sich auf seinem Weg weiterzumogeln. Doch noch bevor er den Soldaten mitteilen konnte, dass er seine Papiere in Stalingrad verloren hatte, wurde ihm befohlen, sich an die Wand des Zugdepots zu stellen. Der Waggon direkt hinter der Lokomotive füllte sich mit Gefangenen und die Soldaten, die die Papiere überprüften, gingen weiter zum nächsten Waggon in der Reihe.

Emil sah, wie sie den Tisch für die Überprüfung der Unterlagen vortrugen und an die offene Tür des Waggons stellten, bevor sie dem nächsten Mann in der Reihe befahlen, seine Dokumente vorzuzeigen. Niemand schien ihn zu beachten, deshalb schlenderte er den Bahnsteig hinunter, sprang am anderen Ende hinunter und überquerte die Schienen vor der Lokomotive, wo er dem Zugführer zuwinkte.

Auf der anderen Seite des Zuges eilte er zum dritten Passagierwaggon, der leer war. Gebückt kletterte er hinein, eilte über den Gang und setzte sich auf den dritten Platz, bevor er sich duckte und abwartete.

Er hörte, wie der Tisch vor dem Waggon weitergeschoben wurde. Als der erste Gefangene den Waggon betrat, tat Emil so, als würde er sich die Schuhe binden, bevor er sich wieder aufsetzte. Als er zu dem Mann spähte, der den Platz neben ihm einnahm, erkannte er den Gefangenen, dem er zuvor die Wurst gegeben hatte. Der Mann nickte ihm zu und blickte weg.

Emil schwitzte von der Hitze und der riskanten Situation, er nahm seine Kappe ab und tat so, als würde er schlafen, bis sie schließlich in Richtung Süden losfuhren. Weniger als dreißig Minuten später bog der Zug nach Westen ab und blieb mitten in einer hügeligen Ackerlandschaft stehen. Emil konnte sehen, wie sich ein Fluss durch üppige Felder schlängelte, und musste an Adelines grünes Tal denken. War er endlich angekommen? War sie bereits da?

Doch dann kam ein sowjetischer Soldat von hinten durch den Waggon.

»Holt noch einmal eure Papiere raus!«, rief er. »Zeigt mir eure Papiere! Wenn ihr in die britische Zone wollt, dann haltet eure Papiere bereit. Sofort!«

# Fünfunddreißig

***24. Dezember 1946***
***Gutengermendorf, sowjetisch besetzter Teil Deutschlands***

An jenem Heiligabend wachte Adeline morgens um fünf Uhr auf und stieg aus dem Bett, wobei sie sich fühlte, als wären ihre Beine und Arme aus Blei. Ihr Kopf pochte und war schwer, als sie sich im Dunkeln anzog, den Raum verließ und ihren Mantel und die Einkaufstasche aus Leinen nahm.

Sie trottete hinaus in die Kälte und ging zum Bahnhof, um den Zug zu nehmen, der um fünf Uhr dreißig nach Berlin fuhr. Sie wollte die Erste sein, wenn der Offiziersladen um sieben Uhr öffnete. Dann würde sie rechtzeitig zurückkommen, um das Mittagessen und die Abendmahlzeit für Oberst Wassiljew und seine Offiziere zuzubereiten, und könnte noch immer vor Einbruch der Dunkelheit nach Hause kommen, um den Abend mit den Jungen feierlich zu begehen.

Während sie allein auf dem Bahnsteig stand und mit den Füßen gegen die Kälte aufstampfte, fühlte sich Adeline abwechselnd nervös und zutiefst traurig. Zunächst schob sie das auf den schrecklichen Schlaf, den sie in letzter Zeit hatte. Doch nachdem sie in den Zug gestiegen war und die Augen geschlossen hatte, schob sich der wahre Grund für ihre Schwermut nach vorn.

Nachdem sie im vergangenen Jahr am Weihnachtsabend in der alten Kirche Hauptmann Charkow mit dem Fleischermesser abgewehrt hatte, hatte sie sich gefragt, wer sie sein würde, wenn ein weiteres Jahr vergangen wäre und sie sich immer noch ohne ein Lebenszeichen von Emil auf der kalten, harten Kirchbank wiederfinden würde.

*Eine arme, einsame Frau,* dachte sie. *Das bin ich ein Jahr später. Eine arme, einsame Frau, die der Tatsache nicht ins Auge sehen kann, dass sie wahrscheinlich eine arme, einsame Witwe ist, die sich an falsche Hoffnungen klammert. Das deutet Leutnant Gerhardt jedes Mal an, wenn ich sie treffe, oder? Emil ist an irgendeiner Krankheit gestorben, und ich bin gezwungen, meine Umgebung auszuspionieren. Meine Mitbewohner. Meine Nachbarn. Den Oberst und seine Männer.*

*Was ist das für ein Leben? Und zu was für Menschen werden Woldi und Willi? Wird ihnen auch in der Schule gesagt, dass sie ihre Freunde aushorchen sollen? Oder mich?*

Das alles machte sie wütend und verbittert. Sie fragte sich, was die letzten zwei Jahre und neun Monate wirklich waren. Sie hatten den langen Treck überlebt und das letzte Kriegsjahr, nur um dann grausam voneinander getrennt zu werden. Sie hatte versucht, so weit wie möglich nach Westen zu gehen, doch sie war nicht weit genug gekommen. Sie hatte versucht, ihr Leben still zu leben, den Glauben an Emils Rückkehr zu bewahren, nur um es mit Vergewaltigern und Geheimpolizisten zu tun zu bekommen, die ihr erklärten, dass ihr Glaube närrisch und deplatziert war.

*Was habe ich getan, um so etwas zu verdienen?*, fragte sich Adeline. *Warum in Gottes Namen werde ich so bestraft?*

* * *

Als sie in Berlin am Bahnhof ankam, wusste Adeline, dass sie nicht in Gottes Namen bestraft wurde. Sie wurde bestraft im Namen des Kommunismus, in Josef Stalins Namen, wie sie auch in seinem Namen bestraft worden war, als sie ihr vor fast zwei Jahrzehnten den Vater genommen hatten.

*In den Osten. Dem Wind und den Wölfen ausgesetzt. Um nie wiedergesehen zu werden.*

*Wie Emil.*

Adeline spürte, wie sich etwas in ihr verlagerte, und sie erkannte traurig, dass sie nicht die innere Kraft besaß, um ein Fragezeichen hinter diesen letzten Gedanken zu setzen. Nachdem sie bei einem der wenigen Verkäufer im Bahnhof, die bereits geöffnet hatten, einen Tee getrunken und ein Stück Strudel gegessen hatte, ging sie durch die Straßen zum Offiziersladen und vermisste auf einmal ihre Mutter, Malia und ihren Bruder Wilhelm.

*Was war aus ihnen geworden? Wo waren sie? In dem kleinen Ort, in dem ich sie verlassen habe? Werde ich sie jemals wiedersehen oder von ihnen hören? Oder sind sie ganz aus meinem Leben verschwunden? Um niemals wiedergesehen zu werden. Wie …*

Adeline bremste sich, bevor sie den Namen ihres Mannes dachte, doch sie sah Emil deutlich vor sich, wie sie ihn das letzte Mal gesehen hatte, als er von den Soldaten fortgeführt wurde und ihr zurief, so weit in den Westen zu gehen, wie sie konnte, und er würde sie finden. Sosehr sie sich auch bemühte, so konnte sie es nicht verhindern und brach in Tränen aus. Das war wahrscheinlich das allerletzte Mal, dass sie ihn gesehen hatte. Dieses Bild würde ihr bleiben, bis sie alt und faltig wäre und mit der Ungewissheit über Emils Schicksal sterben würde. Würde sie jemals erfahren, was aus ihm geworden war?

Die Frage ließ sie in die tiefste Finsternis ihrer Seele fallen, eine so vollkommene Verzweiflung, dass sie kaum den vertrauten Soldaten an der Tür des Ladens bemerkte.

Er sagte: »Heute Abend brauche ich Schokolade für meine Freundin. Und irgendwelche Zigaretten.«

»Schokolade und irgendwelche Zigaretten bescheren mir einen Besuch der Geheimpolizei.«

»Ich musste reden«, sagte er. »Das habe ich gesagt. Sie haben meine Schwester bedroht.«

»Sie bedrohen immer jemanden, oder nicht?«, sagte sie und ging hinein.

Adeline durchquerte schnell den Laden, da sie genau wusste, was sie wofür brauchte. Als sie damit fertig war, riet ihr die Stimme in ihrem Kopf, die sie ihr sicheres Ich nannte, an die Kasse zu gehen, zu bezahlen und dann den Laden zu verlassen. Doch jetzt ärgerte sie sich über diese Stimme. Jahrelang war sie ihr gefolgt. Es war dieselbe Stimme, die ihr sagte, dass sie es nicht verdiente zu essen, als sie hungerte, und die ihr die Schuld am Tod des ersten Woldi gab, die niemals versäumte, ihr zu sagen, dass sie ein Flüchtling sei, den keiner wollte. Die Stimme, die ihr flüsterte, dass sie nicht so gut war wie die Menschen um sie herum, die ihr sagte, dass sie kein Risiko eingehen sollte, sondern einfach weitermachen, sich und die Jungen schützen sollte. Die Stimme, die immer aus Furcht sprach.

Adeline stand lange da und starrte ins Leere, bevor sie sich schließlich fragte, wohin diese Stimme sie gebracht hatte. War sie wirklich sicherer als zuvor, als sie von ihrer Mutter weggegangen war? Sie wusste genau, dass die Antwort Nein hieß, wenn man von dem Dach über dem Kopf ihrer Familie, einem warmen Platz zum Schlafen und ihrer Arbeit absah. Solange sie hier war und unter den Sowjets leben musste, mit Menschen wie Leutnant Gerhardt zu tun hatte, würde die Antwort immer Nein lauten.

Tief im Innern spürte Adeline, wie sich ihre Wut in Trotz verwandelte, was sich gut anfühlte. So gut, dass sie einen Stift herauszog und ein paar weitere Artikel auf die Liste setzte. Sie nahm die Artikel und legte sie zusammen mit der Bestellung für Oberst Wassiljew auf die Theke. Sie fügte ihr Geld hinzu und bezahlte.

Draußen reichte sie dem Wachtposten eine Tafel Schokolade. »Wenn du dem Leutnant davon erzählst, dann kaufe ich dir nie wieder etwas. Frohe Weihnachten.«

»Das darfst du nicht sagen.«

»Und ich habe es trotzdem getan«, sagte sie und ging zum Bahnhof.

* * *

Acht Stunden später zog Adeline einen gebratenen Kapaun aus dem Ofen in der Küche der offiziellen sowjetischen Offiziersmesse, die sie den »Weißen Raum« nannte, weil Oberst Wassiljew darauf bestanden hatte, weiße Tischdecken passend zu den Wänden und dem Fußboden zu verwenden. Sie trug den Vogel zu einem kleineren Ofen, um ihn warm zu halten, zusammen mit bedeckten Schüsseln frisch gemachter Eiernudeln mit Zwiebeln und zwei Laib braunem russischen Brot, das mit Knoblauchstücken gebacken wurde, wie es der sowjetische Oberst mochte. Sie öffnete den großen Kaviarbehälter und schüttete den Inhalt zusammen mit Wassiljews Lieblings-Cracker und vier Sorten Käse auf einen Teller. Zwei Flaschen Wodka und drei Flaschen Riesling lagen bereits draußen im weißen Raum in einer Waschschüssel auf Eis.

Nachdem sie den langen Tisch mit einer frischen Tischdecke, Besteck und Kristallgläsern gedeckt hatte, putzte Adeline die Küche blitzblank. Als sie schließlich damit fertig war, beschloss sie, nicht mehr an die Dinge zu denken, die falsch in ihrem Leben waren. Für heute würde sie nach Hause gehen und sich bemühen, die Zeit mit Woldi und Willi zu genießen. Und vielleicht würde sie auf das Angebot von Frau Schmidt zurückkommen und den Heiligabend wieder mit ihr und Herrn Schmidt verbringen.

Während sie daran dachte, wie aufgeregt die Jungen wegen ihrer Geschenke sein würden, und sich langsam besser fühlte als den ganzen Tag über, zog sich Adeline Mantel, Handschuhe und Schal an und trat hinaus in die eisige Luft. Der Winterhimmel des Spätnachmittags war zu einem fahlen Blau geworden, das kältere Temperaturen ankündigte. Sie war kaum um die Ecke gegangen, als die gefürchtete schwarze Limousine neben ihr anhielt. Das hintere Fenster war bereits nach unten gedreht.

»Frau Martel«, sagte Leutnant Gerhardt, als wären sie gute Freundinnen. »Wie schön, dass ich Sie erwischt habe. Steigen Sie bitte ein. Ich bin mir sicher, dass Sie mir viel zu erzählen haben nach Ihrem Feiertagseinkauf.«

* * *

Adeline hatte bereits mit einem Besuch der Geheimpolizei gerechnet. Deshalb war ihr Leinenbeutel auch leer und deshalb hatte sie ihre Geschenke zurückgelassen, versteckt in einem Schrank in der Vorratskammer der sowjetischen Offiziersmesse. Sie stieg ein und schloss die Tür. Sie blieben stehen, der Motor im Leerlauf, derselbe mürrische Fahrer rauchend am Steuer.

»Was haben Sie in der Tasche?«, fragte Leutnant Gerhardt.

Adeline zeigte ihr, dass sie leer war, und reichte ihr dann die Quittung für alle Artikel, die sie vorher am Tag eingekauft hatte.

Leutnant Gerhardt betrachtete die Liste, wobei ihre Kiefermuskeln zuckten. »Das alles kauft der Oberst?«

»Nein, dabei sind auch noch Wünsche von mindestens sechs seiner Stabsoffiziere«, erwiderte Adeline. »Sie haben alle mit ihrem eigenen Geld bezahlt. Hauptsächlich guten Wodka.«

»Geben Sie mir ihre Namen. Nennen Sie mir die einzelnen Bestellungen.«

Adeline tat es, fügte jeweils einen oder zwei der von ihr gekauften Artikel bei den Offizierslisten hinzu und wartete, während Gerhardt alles in einem braunen Block notierte und dann fragte: »Was noch?«

»Ich habe gekocht, aufgeräumt und bin gegangen«, sagte Adeline. »Die Offiziere werden sich frühestens in einer Stunde zum Essen hinsetzen.«

Leutnant Gerhardt schrieb weiter und blickte nicht auf, als sie sagte: »Sie enttäuschen mich, Adeline. Ich habe Sie wiederholt darum gebeten, zu bleiben und sich ihre Gespräche am Tisch anzuhören.«

»Und das habe ich«, sagte sie. »Ist es meine Schuld, wenn sie nur über Frauen, Essen und Trinken reden und Vermutungen anstellen, wie bald sie wieder zurück zu Mutter Russland können?«

Die Geheimpolizistin hob den Kopf. »Warum sind Sie heute Abend nicht geblieben?«

»Es ist Weihnachten …«

»Diese blödsinnigen Gewohnheiten werden nicht länger von der Partei geduldet, Adeline.«

»Ich bin um drei Uhr morgens aufgestanden. Ich habe zwölf Stunden schwer gearbeitet, Leutnant. Ich gehe jetzt nach Hause zu meinen Söhnen, und hier ist ein Geheimnis, das Sie nicht aus irgendwem herauskitzeln müssen: Ich werde heute Abend und auch morgen blödsinnigen Gewohnheiten folgen, die nicht von der Partei geduldet werden, doch für die mir Oberst Wassiljew aus gleichermaßen blödsinnigen Gründen freigegeben hat.«

Gerhardt legte den Stift beiseite und blickte Adeline lange unerbittlich an, bevor sie sich zu ihr vorbeugte und murmelte: »Versteh meinen freundlichen Ton nicht als Schwäche, Adeline. Ich bin hier die Partei und die Partei vergisst niemals. So funktioniert das.«

Adeline wusste, dass sie an dem Punkt besser schweigen sollte, doch sie starrte gleichermaßen zurück zu der Geheimpolizistin und erwiderte: »Ich denke, das weiß ich besser als Sie, Leutnant. Ich habe den Großteil meines Lebens unter dem Sowjetsystem gelebt. Sie fangen gerade erst an und das bedeutet, dass die Akte, die man irgendwo über Sie angelegt hat, im Augenblick noch recht dünn ist, doch sie wird mit jedem Tag dicker, Woche für Woche, Monat für Monat, Jahr für Jahr. Bis man keine Verwendung mehr für Sie hat.«

Die Geheimpolizistin lehnte sich zurück und betrachtete sie nun mit anderen Augen.

»Es gefällt Ihnen hier nicht, Adeline, oder?«

»Ich mag meine Arbeit. Ich koche gern. Die Schule ist gut für meine Jungen.«

»Aber es könnte besser für Sie sein, nicht wahr?«

Adeline war unbehaglich zumute, als spürte sie eine Falle.

»Ich will mich nicht beschweren, Leutnant«, sagte sie.

Gerhardts Lächeln war dünn. »Das glaube ich nicht. Ich glaube, Sie haben viele Beschwerden im Kopf. Aber Sie sind klug, Adeline. Niemand hat jemals etwas davon gehört, dass Sie sie laut aussprechen würden.«

Adeline schwieg.

Die Geheimpolizistin betrachtete sie und lächelte, als könnte sie ihre Gedanken lesen.

»Eine Warnung, Adeline. Mit jedem weiteren Tag wird die Grenze in den Westen dichter.«

Adeline runzelte die Stirn. »Ich verstehe nicht.«

»An der Grenze baut man Türme und Zäune. An manchen Stellen patrouillieren sie schon mit Hunden, und es werden weitere trainiert. Und täglich werden immer mehr Menschen bei dem Versuch erschossen, unerlaubt in den Westen zu gehen. Vor allem Flüchtlinge.«

»Ich weiß nicht, was …«

Gerhardts Lächeln verschwand. »Denken Sie noch einmal genau drüber nach, bevor Sie in Versuchung geraten, Adeline. Ich sage Ihnen das nur zu Ihrem Besten, wie auch für Ihre Söhne.«

»Ich weiß noch immer nicht …«

»Sie erzählen kaum noch von Frau Schmidt.«

Adeline hatte das Gefühl, als würde sie in alle möglichen Richtungen gezerrt. »Was gibt es da zu erzählen? Sie ist alt. Ihr Mann ist krank. Manchmal setze ich mich zu ihr.«

»Und die russischen Offiziere, die dort wohnen?«

Sie konnte sehen, dass Leutnant Gerhardt sie nicht gehen lassen würde, ohne etwas vorgeworfen zu bekommen, deshalb sagte sie: »Einer von ihnen, Hauptmann Charkow, ist ein Vergewaltiger.«

Die Geheimpolizistin zog das Kinn zurück. »Ein Vergewaltiger?«

»Er hat letztes Jahr Heiligabend versucht, mich in der Kirche zu vergewaltigen, wo ich mich an den Samstagabenden und Feiertagen versteckt hatte. Ich habe ihn mit einem Fleischermesser abgewehrt.«

Leutnant Gerhardts dünnes Lächeln kehrte zurück, während sie ihr Notizbuch öffnete und sagte: »Wie schön für Sie, Adeline. Ich werde es mir notieren.«

Als das Auto der Geheimpolizei davonfuhr und sie am Bordstein zurückließ, tat Adeline so, als wollte sie nach Hause gehen, bevor sie in einem Bogen zur Küche zurückkehrte, um ihre Geschenke zu holen, die sie dann zusammen mit ein paar anderen Delikatessen aus der Vorratskammer in die Leinentasche tat. Sie verließ die sowjetische Offiziersmesse ein zweites Mal, fühlte sich dabei rebellisch und aufmüpfig, wie sie mit Leutnant Gerhardt umgegangen war und Essen von den Russen genommen hatte.

Doch was war das für eine Warnung über die dichter werdenden Grenzen? Wusste die Geheimpolizistin, dass Adeline im Vorjahr in Berlin in die britische Zone gegangen war? Oder nahm sie einfach Adelines aufsässigen Tonfall als Beweis dafür, dass sie unglücklich genug war, um flüchten zu wollen?

Es spielte in jedem Fall keine Rolle. Denn als sie zu Hause ankam, hatte ihr die Vorstellung, dass täglich Menschen beim Versuch des Grenzüberschreitens erschossen wurden, diese Idee aus dem Kopf verbannt.

Ihre Vermieterin Frau Holtz war mit Tagesgepäck auf dem Weg nach Berlin, um mit ihrer Nichte Verwandte zu besuchen. Die russischen Soldaten waren bereits in die Stadt gegangen.

»Sieht so aus, als wären wir Weihnachten allein, Mama«, sagte Woldi.

»Können wir einen Baum fällen?«, fragte Willi.

»Unser Raum ist zu klein für einen Baum. Aber macht jetzt keine deprimierten Gesichter. Wir sind von den Schmidts eingeladen worden, so wie letztes Jahr.«

Die Jungen jubelten. Woldi fragte: »Bekommen wir auch Geschenke wie letztes Jahr?«

»Vielleicht«, sagte sie und lächelte.

»Können wir rodeln?«, fragte Woldi.

»Da bin ich mir sicher.«

»Auch abends?«

»Nein, heute ist kein Mond. Es wird stockdunkel. Aber holt eure Sachen und vielleicht könnt ihr rodeln, bevor es dunkel wird.«

Zehn Minuten später hatten sie ihre warme Kleidung angezogen und traten zur Tür hinaus. Adelines Leinenbeutel war voller Essen und Geschenke. Sie nahmen den längeren Weg und erreichten den Hof der Schmidts, als die Sonne am dunstigen Horizont sank und ihr schräges Licht durch die kahlen Bäume sandte. Frau Schmidt war begeistert, dass sie gekommen waren, und sagte den Jungen, dass sie bis zur Dunkelheit mit dem Schlitten fahren konnten. Zum Glück waren Hauptmann Charkow und seine Kameraden schon lange weg. Adeline blieb mit den Jungen bei ihrer ersten Runde draußen. Tief in ihrem Herzen fühlte es sich gut an, sie dabei zu beobachten, wie sie den Hügel hinaufkamen. Wie sie in dem einen Jahr gewachsen waren. Woldi war jetzt neun und Willi sieben.

»Mama!«, rief Willi. »Hast du gesehen, wie schnell wir waren?«

»Ein Geschwindigkeitsrekord!«, rief sie zurück. »Ich gehe jetzt rein zu den Schmidts. Bringt euch nicht um!«

»Das werden wir nicht!«, rief Woldi zurück.

Adeline lächelte und machte ein paar unbeschwerte Schritte. Dann stürzte die Tatsache auf sie herab, dass sie ein weiteres Weihnachtsfest ohne Emil verbringen würden, und brachte ihre Stimmung ins Wanken, wie sie schon tausendmal umgekippt war, seitdem er mitgenommen wurde. Sie trottete zur Vordertür von Frau Schmidts Haus und wurde fast von Trauer und Schwermut überwältigt, schlimmer als das, was sie an jenem Morgen empfunden hatte, als sich der Kummer wie ein Schleier um sie gelegt hatte. Ihre Sehnsucht nach Emil fühlte sich jetzt an, als wäre sie ihr durch den ganzen Körper gefädelt worden, wie die Fäden bei einer Marionette, die sie einmal gesehen hatte. Sie wollte damit aufhören und um die sichere Rückkehr ihres Mannes beten, doch sie wusste nicht, ob sie dafür noch die Kraft hatte.

Als sie schließlich ihre Trauer kaum noch zurückhalten konnte, blieb Adeline stehen. Sie schloss die Augen und betete zu Gott, dass er über Emils Seele wachen und ihr mitteilen sollte, ob er tot war, damit sie ihren Frieden mit seinem Ende machen konnte und mit der immerwährenden Liebe, die sie für ihn empfinden würde, was das Leben auch immer für sie bereithielt.

Die Tränen liefen über Adelines Wangen, als sie die Treppe hinaufging und in das warme, einladende Haus der Schmidts trat. Der Baum wartete darauf, dass die Jungen beim Schmücken halfen. Herr Schmidt sah besser aus als in den letzten Wochen und machte ein Feuer.

In der Küche arbeitete Frau Schmidt am Herd. Als sie die Tür hörte, drehte sie sich um und sagte: »Adeline, hat … Geht es dir gut?«

»Ich versuche es, Greta!«, sagte Adeline und brach erneut in Tränen aus.

Ihr Ehemann erhob sich besorgt und die ältere Frau eilte durch den Raum zu Adeline. »Meine Liebe, was ist denn los?«

»Es ist immer schwer um diese Jahreszeit, nichts zu wissen«, schluchzte sie. »Und diese böse Leutnant Gerhardt hat mir erzählt, dass Emil in ein Lager gekommen ist, wo in den ersten sechs Monaten fast alle an Seuchen gestorben sind. Er ist jetzt seit März letzten Jahres weg, und ich habe überhaupt keine Nachricht, ob er tot ist oder lebt.«

Frau Schmidt umarmte sie und sagte: »Ich kann mir das gar nicht vorstellen. Aber du hast deine Söhne. Egal was passiert, du wirst immer Emils Geist in ihnen haben.«

Sie erinnerte sich daran, dass ihre Freunde den Sohn im Krieg verloren hatten, hörte zu weinen auf und wich ein Stück zurück, um die ältere Frau anzublicken, die sie wehmütig ansah.

»Danke, dass du mich daran erinnerst, wie glücklich ich sein muss, Greta«, sagte Adeline.

Willi platzte ins Haus. »Mama, komm schnell. Du musst dir unbedingt den Himmel ansehen. Er ist so … Ich meine, du wirst es nicht glauben!«

Sie zögerte und wischte sich mit dem Ärmel die Tränen ab.

»Geh schon«, sagte Frau Schmidt. »Deine Söhne geben dir ein Geschenk, das du nicht glauben wirst. Könnte es etwas Schöneres geben?«

Adeline sah sie an, lächelte leise und schüttelte den Kopf. »Danke«, sagte sie erneut.

Sie knöpfte den Mantel zu und tat sich den Schal um den Kopf, dann trat sie nach draußen, wo Woldi und Willi ehrfürchtig nach oben starrten. Sie folgte ihren Blicken und war sprachlos.

Die Sonne war jetzt fast hinter den Horizont gesunken, doch ihr schwindendes Licht warf Feuerstrahlen auf fünf Wolken, die in langen, dünnen Spiralen ausgestreckt lagen, bemalte sie mit kräftigem Rot, Gold und Violett, wie zahlreiche Schleifen im Himmel darüber, die sich langsam drehten, als würden sie von einer schraubenden Brise angeblasen. Adeline lächelte hinauf zu den Schleifenwolken und spürte, wie ihre Söhne zu ihr kamen und die Arme um ihre Hüfte legten.

»Herzlichen Glückwunsch aus dem Himmel, Mama«, sagte Woldi.

Adeline spürte, wie ihr erneut die Tränen kamen, und sie umarmte ihre beiden Jungen fest, wobei sie noch immer den Himmel betrachtete, als sie das Öffnen der Tür und dann Schritte auf der Veranda vernahm.

Frau Schmidt sagte: »Nun seht euch das an!«

»Ist das nicht unglaublich?«, fragte Adeline, blickte zu ihrer Freundin und lächelte.

»Peter!«, rief Frau Schmidt. »Komm und guck es dir an, bevor es weg ist!«

Ihr Mann kam nach draußen, mühte sich in die Jacke, hörte aber damit auf, als er aufsah und die Schleifen bemerkte. Für einen Moment blieb ihm der Mund offen stehen. »Mein Gott, so etwas habe ich in meinem ganzen Leben nicht gesehen.«

Die Farben der Wolken veränderten sich mit jeder Minute, wurden roter und violetter und weniger golden, waren schließlich nur noch violett, bevor die Dunkelheit das Geschenk mit den Schleifen vom Himmel nahm und ihnen eine kostbare Erinnerung beschert hatte.

»Hat dir das Geschenk gefallen?«, sagte Willi, während sie zum Haus gingen.

»Eins der schönsten Geschenke überhaupt, danke«, sagte Adeline und umarmte ihre Jungen erneut.

Frau Schmidt war bereits wieder in der Küche, als sie eintraten. Und Herr Schmidt trug noch seinen dicken Mantel und die Wintermütze, als er sich hinhockte und sich um das Feuer kümmerte, das im Ofen zu tanzen begann, während Adeline und die Jungen ihre Wintersachen auszogen.

»Das wird sich in ungefähr fünfzehn Minuten gut anfühlen«, sagte Woldi.

»Ich sehe gern dem Feuer zu«, sagte Willi.

»Das gefällt jedem«, sagte Herr Schmidt, schloss die Ofenklappe und zerzauste Willi die Haare, bevor er Mütze und Mantel ablegte. »Wollt ihr ein paar Weihnachtslieder singen?«

Beide Jungen klatschten und blickten zu Adeline, die nicht so sehr in der Stimmung zum Singen war. Doch sie nickte. »Das wäre schön.«

Frau Schmidt rief: »Peter!«

»Greta?«, sagte er.

»Du hast gesagt, da war etwas in der Post für Adeline.«

»Oh«, sagte er und wackelte mit dem Finger, als hätte er sich gerade daran erinnert. »Ich glaube, ich habe es hier.« Er griff in die innere Brusttasche seines Mantels und zog einen dünnen Umschlag heraus. »Ich weiß nicht, warum sie es hergeschickt haben. Du bist doch schon fast ein Jahr weg.«

Gleichermaßen verwundert nahm Adeline den Brief, sah die gedruckte Adresse mit ihrem Namen, zu Händen Familie Schmidt, und eine Absenderadresse: »IRC-DPC-Alfeld«.

Die Jungen gingen in die Küche, wo Frau Schmidt Plätzchen aus dem Ofen zog.

»Wo ist Alfeld?«, fragte Adeline, als sie den Umschlag drehte und sah, dass die Lasche teilweise unverschlossen oder nur schlecht neu zugeklebt war.

»Keine Ahnung«, sagte Herr Schmidt. »Doch mein Gedächtnis ist auch nicht mehr das, was es mal war.«

Adeline schob einen Finger unter die Lasche, riss den Umschlag auf und zog ein einfaches Blatt Papier heraus und faltete es dann auseinander. Sie las den gedruckten Brief. Ihre freie Hand begann zu zittern und ging dann an ihre Lippen. Ihr Blick wurde verschwommen, bevor sie den Kopf zurückwarf und die Arme in die Luft hob, um in einer Mischung aus Unglauben und purer Freude laut aufzuschreien.

»Mein Gott, Jungs! Er kommt vom Internationalen Roten Kreuz! Papa lebt und ist frei! Er wartet im Westen auf uns!«

Die Jungen sprangen auf und ab und jubelten mit ihr.

»Wo ist er denn?«, rief Willi.

»Ein Vertriebenenlager an einem Ort namens Alfeld! In der britischen Zone!«

Woldi beruhigte sich und sah verwundert aus. »Wie ist er denn dahin gekommen?«

Sie blickte durch ihre Tränen zu dem Brief und musste sie erst abwischen, um ihn erneut zu lesen. »Das steht da nicht. Hier steht nur, er wartet darauf, dass wir ihm schreiben.«

Die Schmidts teilten ihre Freude, die an jenem Abend ansteckend war. Sie aßen und tranken und prosteten sich zu, bevor Herr Schmidt zum Klavier ging und ein fröhliches Lied anstimmte, das Adeline nicht kannte. Doch es war mitreißend und erinnerte sie an das Lied, das ein Akkordeonspieler bei ihrer Hochzeit gespielt hatte, und daran, wie sie und Emil dazu getanzt hatten, als würden sie in Russland einschlafen und im Paradies aufwachen.

Sie streckte die Hände nach Willi und Woldi aus.

»Was machen wir?«, fragte Woldi, als sie anfing, ihre Arme in die eine und die andere Richtung zu schlenkern.

»Wir tanzen«, sagte sie. »Wir tanzen die ganze Nacht, weil euer Vater lebt!«

# TEIL FÜNF
# DAS LETZTE GRÜNE TAL

# Sechsunddreissig

***13. März 1947***
***Gutengermendorf, sowjetisch besetzter Teil Deutschlands***

Adeline schloss in der sowjetischen Offiziersunterkunft die Tür zwischen der Küche und dem Speisebereich und überprüfte die Zuckerrüben, die sie gerade schmorte, um frischen Sirup zu machen, dann zog sie Emils vierten Brief aus der Tasche. Als sie ihn öffnete, zitterten ihre Hände, doch nicht vor Erschütterung und begeistertem Staunen, das sie empfunden hatte, als sie erfuhr, dass er lebte und in einem Vertriebenenheim fünfzig Kilometer südlich von Hannover in der Nähe von Alfeld lebte.

Natürlich war Adeline begeistert, als sie seinen letzten Brief bekommen hatte, doch sie war ebenfalls besorgt, als sie feststellte, dass – wieder einmal – jemand den Umschlag geöffnet und den Inhalt gelesen hatte, bevor sie dazu die Gelegenheit bekam. Leutnant Gerhardt, ohne Zweifel. Die Geheimpolizistin hatte auch gewusst, dass ihr das Rote Kreuz am Heiligabend geschrieben hatte. Deshalb hatte Gerhardt sie vor dem Versuch gewarnt, in den Westen zu gehen.

Seit jenem Brief gab sich die Frau die allergrößte Mühe, Adeline wissen zu lassen, dass sie jedes Wort las, das zwischen ihr und Emil gewechselt wurde. Die Geheimpolizistin wusste, dass er aus Poltawa geflüchtet und den ganzen Weg durch die Ukraine, Polen und Ostdeutschland gekommen war, sich dann mit einer Gruppe zurückkehrender Soldaten in die britische Zone geschmuggelt hatte – und mit der unschätzbaren Hilfe eines Würstchenfreundes, der Emil Papiere zuschob, mit denen dieser vor einem Soldaten herumwedelte und damit die Grenze passierte. Hauptsache, er hatte etwas zum Vorzeigen.

»Ihr Mann ist ein Krimineller, ein Staatsfeind«, sagte Leutnant Gerhardt mehrmals. »Und Sie werden ebenfalls eine Kriminelle und eine Staatsfeindin, Adeline, wenn Sie sich dazu entscheiden, mit Ihren Söhnen zu ihm zu gehen.«

Gerhardt schien es zu genießen, Adeline solche Dinge zu sagen. Diese wusste genau, dass die Geheimpolizistin auf diese Weise versuchte, sie zu einer entlarvenden Aussage zu verlocken. Doch sie war in dem Wissen aufgewachsen, dass in solchen Situationen die beste Reaktion entweder gar keine Reaktion oder eine gut platzierte Ablenkung war.

»Ich reiche für uns drei die Anträge ein, damit wir legal zu ihm können«, sagte Adeline jedes Mal, wenn Leutnant Gerhardt von Emil sprach, ihren Briefen und dem Verdacht, dass sie sich darauf vorbereiten würde, das sowjetisch besetzte Ostdeutschland zu verlassen.

»Sie werden Ihre Söhne bei der Flucht erschießen, wenn Sie das versuchen«, hatte Gerhardt gesagt, als sie das letzte Mal miteinander gesprochen hatten.

Doch bisher war es bei dem Verdacht der Geheimpolizistin geblieben. Leutnant Gerhardt hatte womöglich jedes Wort gelesen, das zwischen Adeline und Emil gewechselt wurde, doch sie hatte nicht herausgefunden, dass sie sich in ihren Briefen nicht nur ihre Liebe erklärten und ihr Leben und den sehnsüchtigen Wunsch, bald wieder vereint zu sein. Sie kommunizierten mit einem »Spiegelcode«, den sie schon früher in ihrem Leben benutzt hatten, als sie es mit kommunistischen Behörden zu tun hatten. Der Sprecher oder Schreiber musste nur einen Spiegel oder eine Reflexion oder etwas Silbernes wie die Oberfläche eines Sees oder Flusses erwähnen, und der Zuhörer oder Leser wusste, dass die nachfolgenden Sätze das genaue Gegenteil von dem waren, was gemeint war. Und die Verwendung der Worte »Ich mache« in einem Satz wies darauf hin, dass das Lügen vorbei war und sie jetzt wieder die Wahrheit sagten.

In ihrem ersten Brief an Emil hatte Adeline geschrieben:

> *Mein Geliebter,*
> *Du weißt gar nicht, wie überglücklich ich war, als ich Heiligabend Deinen Brief erhalten habe. Die Jungen waren so froh, dass sie auf und ab gesprungen sind und aus ganzer Kraft gejubelt haben! In jener Nacht habe ich in den Spiegel geblickt und gedacht, wie sehr ich mir wünschte, dass Du herkommen würdest, um bei uns zu sein. Unser Leben hier ist so viel besser, als es in Friedensthal war. Wir sind hier glücklich. Niemand hört hier unsere Gespräche ab, wie es früher war. Ich mache mir jede Stunde Gedanken über Dich, während ich in einer Küche arbeite. Woldi lernt Geometrie und Willi lernt das Lesen. Bis wir uns in den Armen liegen – ich liebe Dich von ganzem Herzen!*
> *Deine Adeline*

* * *

Jetzt las Adeline Emils letzte Antwort, die ihr den Magen verkrampfte. Von dem Adrenalin in ihren Adern wurde sie ganz zittrig.

*Meine geliebte Adeline,*
*ich bete, dass es Euch gut geht, dass Ihr glücklich seid und dass die Jungen kräftig wachsen. Neben dem Lager ist ein silbern schimmernder Teich und ich betrachte ihn häufig und frage mich, ob es nicht besser wäre, wenn ich nicht länger warte, sondern zu Dir und den Jungen komme. Die Grenze ist jetzt fast vollständig geschlossen. Ich habe gehört, dass der einzige Weg für Flüchtlinge in beide Richtungen nur noch der offizielle Weg ist. Gestern am Teich dachte ich, wenn das Leben so ist, wie Du es beschrieben hast, dann möchte ich, dass Du dortbleibst, und ich werde zu Dir in den Osten kommen. Lass Dir mit Deinen Plänen Zeit und warte, bis ich an Deine Tür klopfen werde, vielleicht schon bald. Ich mache mir gute Gedanken, weil ich Dich bald zu sehen hoffe und weil ich Dich liebe. Umarmung und Küsse von mir an die Jungen.*
*Dein Dich liebender Ehemann*
*Emil*

* * *

Adeline legte den Brief auf den Tisch und stützte das Gesicht in die Hände. Wenn sie den Brief richtig las, dann sagte ihr Emil nicht, dass sie darauf warten sollte, bis er zu ihr käme. Er sagte ihr vielmehr, dass sie als Flüchtlinge so schnell wie möglich über die Grenze kommen sollten, denn es gab noch immer

Orte, wo man das tun konnte. Doch sie hatte keine Ahnung, wo sie über die Grenze konnte, wo es noch keine Zäune oder Patrouillen oder Hunde oder Türme oder Kombinationen aus alldem gab, was sie und ihre zwei Jungen vermeiden und umgehen mussten.

Emils Worte von früher hallten in Adelines Erinnerung: *Irgendwann muss man sich dafür entscheiden, wo und wie man sein Leben verbringen will – in Sklaverei oder in Freiheit –, und wenn man die Freiheit wählt, dann muss man durch das Niemandsland rennen, während einem die Kugeln um die Ohren pfeifen, um dort anzukommen. Ich glaube nicht, dass es einen anderen Weg gibt. Wenn wir so ein Leben wollen, dann müssen wir dafür den Tod riskieren.*

Adeline blickte zu der Uhr in der Küche der sowjetischen Offiziersunterkunft und sah, dass es fast Mittag war. Oberst Wassiljew und sein Stab waren über Nacht in Berlin. Wenn der Sirup fertig und in die Gläser gegossen war, dann gehörte der Nachmittag ihr.

Nachdem sie die Gläser versiegelt hatte, ließ sie sie auf dem Tisch und beschloss, einen Spaziergang zu machen, um ihre Gedanken zu ordnen. Sie zog sich den Mantel an, wanderte durchs Dorf und merkte, wie sie auf die Straße abbog, die zum Hof der Schmidts führte. Sie war nicht mehr als hundert Meter weit gegangen, als sie sah, wie das Auto von Leutnant Gerhardt in ihre Richtung kam.

Für eine Sekunde überlegte sie, in den Wald zu gehen, um der Geheimpolizistin auszuweichen, doch dann dachte sie, das wäre wahrscheinlich das Schlimmste, was sie tun konnte. Also blieb Adeline stehen und wartete, bis die schwarze Limousine neben ihr anhielt. Das Fenster ging nach unten.

Leutnant Gerhardt lächelte dünn. »Ich hätte gedacht, dass Sie in der Küche sind, Adeline.«

»Ich habe den Nachmittag frei bekommen.«

»Ja, ich weiß. Wie war Ihre gestrige Reise zum Geschäft?«

»Später als geplant, da sie die Öffnungszeiten geändert haben«, sagte Adeline und reichte ihr den Einkaufszettel und die Quittung.

Gerhardt überflog die Liste. »Zigaretten?«

Adeline hatte sich auf diese Frage vorbereitet. »Der Oberst hat wieder zu rauchen begonnen.«

»Hm«, sagte Leutnant Gerhardt und nickte. »Und wohin gehen Sie?«

»Ich mache einen Spaziergang. Heute ist endlich mal wieder ein schöner Tag.«

»Keine Ahnung.« Gerhardt schnaubte. »Ich komme gerade von Ihrer Freundin, Frau Schmidt. Ihrem Mann geht es wieder schlechter. Ein Schlaganfall, wie der Doktor glaubt.«

Adeline versuchte, sich nichts anmerken zu lassen, konnte aber nicht verhindern, dass sie nervös die Hände verkrampfte. »Dann könnte ich ihr vielleicht helfen. Kann ich bitte gehen?«

»Ich höre, Ihr Ehemann überlegt, sich uns anzuschließen?«

Sie nickte. »Das überlegt er.«

»Ist er nicht besorgt, wieder in den Osten geschickt zu werden, wenn er herkommt?«

Adeline wusste nicht, was sie sagen sollte, doch dann platzte es aus ihr heraus: »Ich glaube, er ist stärker darüber besorgt, dass er mich und meine Söhne nicht mehr sieht.«

»Das sollte er auch«, sagte Leutnant Gerhardt und kurbelte das Fenster hoch.

* * *

Das Auto fuhr davon. Adeline starrte ihm hinterher und wurde immer besorgter. Seit Emil Kontakt mit ihr aufgenommen hatte, hatte sie versucht, den Mittagszug zu erwischen, um im Strom der heimatlosen Flüchtlinge, die zum Betteln und Handeln in die Stadt kamen, mit Menschen sprechen zu können und zu erfahren, was sie darüber wussten, wie man die sowjetische Zone sicher verlassen konnte. Doch sie erhielt nur wenig verlässliche Informationen. Und jedes Mal riskierte sie mit ihren Fragen, dass Leutnant Gerhardt davon erfuhr.

*Emil will, dass ich flüchte, doch er kann mir nicht sagen, wie,* grübelte sie, bevor sie sich umdrehte und die Straße zu dem Weg ging, der zum Bauernhof führte. Ein paar Minuten später klopfte sie an die Tür. Frau Schmidt öffnete ihr, sah sie und lächelte traurig.

»Hast du schon gehört?«, fragte sie.

»Von Peter? Ja. Wo ist er?«

»Oben mit dem Doktor«, sagte die ältere Frau und eine Träne lief ihr über die Wange. »Er weiß nicht mehr, wer ich bin, Adella.«

Adeline umarmte Frau Schmidt, die ihre Umarmung fest erwiderte. Als sie sich trennten, setzte sich die Frau des Bauern an den Tisch und faltete die zitternden Hände, dann sagte sie: »Es wird immer schlimmer. Die Partei denkt, dass wir zu alt und jetzt auch zu gebrechlich sind, um einen Hof zu behalten. Wie du es vorausgesehen hast, werden wir umgesiedelt.«

Adeline fühlte mit ihrer Freundin. »Das tut mir leid, Greta.«

Der Arzt kam die Stufen heruntergepoltert. Er sah Adeline an, grüßte sie und sprach dann mit Frau Schmidt über den Zustand ihres Mannes. Er hatte Herrn Schmidt eine Spritze gegeben, sodass er jetzt schlief. Er ermahnte sie, ihrem Mann nichts zu essen zu geben, sondern nur Wasser, bis er am nächsten Tag wiederkommen *würde*. Dann verabschiedete er sich.

Die ältere Frau ging nach oben, um nach ihrem kränkelnden Mann zu sehen, und kehrte dann an den Tisch zurück, wobei sie wehmütig sagte: »Ich wünschte, wir *hätten* es schon letzte Woche getan, bevor er …«

»Was getan?«, fragte Adeline, blickte auf die Uhr und stellte fest, dass sie noch ungefähr eine Stunde Zeit hatte, bevor die Jungen aus der Schule kamen.

Frau Schmidt zögerte, bevor sie sagte: »Versuchen, in den Westen zu kommen. Wir haben Verwandte in der Nähe von Düsseldorf. Doch jetzt …«

Adeline haderte mit sich, dann fragte sie: »Was hat Leutnant Gerhardt *über mich wissen wollen*?«

»Sie will wissen, ob du versuchst, in den Westen zu gehen.«

»Und was hast du gesagt?«

»Dass du den korrekten Antragsprozess durchläufst.«

Adeline verspürte sowohl Erleichterung als auch einen Schauer der Aufregung, als sie sich vorbeugte, Frau Schmidts knochige Hände erfasste und der Freundin in die Augen blickte. »Kannst du mir sagen, wo ihr flüchten wolltet? Und wie?«

Greta schluckte schwer und nickte. »Doch ich weiß nicht, ob es klappt, Adeline.«

* * *

Fünf Tage später, am 18. März 1947, stand Adeline um halb drei morgens auf und weckte ihre beiden Jungen. Woldi wachte schlaftrunken auf, doch Willi stöhnte: »Warum müssen wir so früh auf, Mama?«

Sie flüsterte: »Leise. Wir treffen Papa.«

Willi zog sich das Kopfkissen vom Kopf. Woldi war sofort hellwach. »Wirklich?«

»Jetzt oder nie«, flüsterte sie und berührte beide an der Wange. »Geht und zieht euch die warmen Sachen an. Bindet die Stiefel fest zu. Wir haben einen langen Weg vor uns. Und seid bitte leise wie ein Mäuschen, wenn ihr rausgeht. Wir wollen doch nicht die Nachbarn oder ihre Hunde wecken.«

Willi sagte: »Mama …«

»Kein Wort mehr, bis ich es sage!«, zischte sie. »Versteht ihr?«

Die Jungen erschraken, doch sie nickten. So eindringlich erlebten sie ihre Mutter nur selten.

»Gut. Wartet draußen auf mich. Zieht die Vordertür leise hinter euch zu.«

Adeline verließ den Raum so leise wie möglich, zog sich Mantel und Stiefel an und trat zur Vordertür heraus, die sie aber angelehnt ließ. Es war knapp über dem Gefrierpunkt und fast stockdunkel, der abnehmende Mond wie ein dünner Splitter am Himmel, als sie das Vordertor öffnete, dessen Scharniere sie zwei Tage zuvor geölt hatte. Dann stapfte sie zu den großen Schiebetüren vor dem gewölbten Eingang der Scheune. Die Türen, deren Räder sie ebenfalls geölt hatte, schob sie nun leicht zur Seite, bevor sie den kleinen Karren mit ihren Habseligkeiten und den zwei Decken darüber hervorzog.

Adeline traf die Jungen am Hauseingang und bedeutete ihnen, ihr zu folgen. Sie gingen die Straße hinunter zur anderen Seite der Stadt und dem kleinen Bahnhof. Der Drei-Uhr-fünfzehn-Zug nach Berlin kam verspätet und war an dem Morgen recht leer. Der Schaffner erkannte sie, als sie für die Fahrkarten bezahlte.

»Heute mal den Frühzug mit den Kleinen?«

»Wir verbringen den Tag und Abend bei meiner Schwester und meiner Mutter in Falkenberg«, sagte Adeline und blickte die Jungen eindringlich an, damit sie ihr nicht widersprachen.

»Da werden Sie sicher vor zehn Uhr ankommen«, sagte er. »Die Fahrkarten für Falkenberg müssen Sie in Berlin kaufen.«

Als der Zug abfuhr, bemerkte Adeline, dass der Schaffner bei ihr bleiben und sich noch weiter mit ihr unterhalten wollte, doch sie zog eine Decke hervor und legte sie allen über den Schoß.

»Schlafen wir noch ein wenig«, sagte sie zu den Jungen und schloss sofort die Augen.

Sie wartete damit, die Jungen an sich zu ziehen, bis der Schaffner gegangen war. Dann küsste sie beide auf die Stirn, schloss erneut die Augen und stellte sich vor, wie sie Emil in die Arme lief und wie sie alle in Emils Armen lagen, endlich wieder eine Familie. Als sie das Bild deutlich vor Augen hatte, betete sie immer wieder zu Gott, dass es so geschehen würde. Sie konnte Emils Duft riechen und spürte seine starken Arme um sich. Sie hörte seine raue Stimme, die ihr sagte, wie sehr er sie liebte und dass sie niemals wieder getrennt sein würden. Glücksgefühle überfluteten sie und sie sah sich immer wieder in seinen Armen liegen. Während ihre Jungen schliefen, sah sie sich auf der ganzen Fahrt in Emils Armen und dankte Gott dafür, dass er es wahr machte und sie nach mehr als zwei Jahren der Trennung und des Wartens wieder zusammenbrachte.

* * *

Es war noch immer stockfinster, als sie an jenem Morgen um vier Uhr fünfundzwanzig in Berlin ankamen. Sie schüttelte die Jungen wach, faltete die Decke und legte sie zurück in den kleinen Karren.

»Sind wir schon da, Mama?«, fragte Willi mürrisch.

»Noch ein Zug, ein Gang und ein Zug«, erwiderte sie, während sie den kleinen Karren vom Bahnsteig in den Bahnhof zog. Sie sah nach dem Fahrplan und stellte fest, dass ihr nächster Zug um vier Uhr fünfundvierzig von einem entfernten Gleis abfuhr.

»Kommt, Jungs, schieben«, sagte sie. »Wir müssen uns jetzt beeilen.«

Der Bahnhof war überraschend voll für diese frühe Uhrzeit. Sie schlängelten sich durch die Menge, sahen zwei Soldaten, die in der Nähe des Haupteingangs Zigaretten rauchten und sich über irgendwas amüsierten. Adeline sah immer wieder zu ihnen, bis sie das richtige Gleis erreichten, ihnen den Rücken zudrehten und zu einem Zug mit zehn Waggons eilten.

Der erste Waggon war brechend voll. Wie auch der zweite. Vor dem dritten Waggon stand ein Schaffner und rauchte.

Er war Mitte zwanzig mit spärlichem Bartwuchs und Akne. Als er sah, wie Adeline und die Jungen mit ihrem kleinen Karren über den Bahnsteig kamen, drehte er sich missmutig in ihre Richtung.

Er verzog das Gesicht und zeigte mit der Zigarette auf den Karren. »Wohin wollen Sie denn damit? Und Sie sollten besser Papiere dabeihaben, wenn Sie nach Wolfsburg fahren wollen.«

»Oebisfelde«, sagte Adeline.

Er schob das Kinn zurück, während er paffte und den Kopf schüttelte. »Letzter Halt vor der britischen Zone. In meinen Zug steigen Sie nicht, meine Dame. Ich weiß genau, was Sie vorhaben. Wenn ich Sie mitnehme und es nicht melde, dann lande ich auf der schwarzen Liste. Und bringen Sie damit nicht Ihre Kinder in Gefahr, wenn Sie so etwas versuchen?«

Adeline blickte über die Schulter und sah, dass niemand hinter ihnen war.

»Nicht, wenn wir nicht erwischt werden«, sagte sie. »Und Sie werden auf keiner Liste auftauchen. Das verspreche ich.«

»Warum sollte ich dieses Risiko eingehen?«

Adeline griff unter die Decke, die über ihren Habseligkeiten im Karren ausgebreitet war, und zog zwei Gläser Sirup heraus. »Das habe ich aus Zuckerrüben gemacht, die ich selbst gesammelt habe.«

Der Schaffner sah zu den Gläsern und lachte. »Damit bekommen Sie nicht mal eins Ihrer Kinder auf den Zug.«

Sie verzog das Gesicht, griff aber erneut unter das Laken und zog eine Flasche Whiskey und eine Stange türkischer Zigaretten hervor, die sie im Geschäft der sowjetischen Offiziere für ihr halbes Gehalt gekauft hatte. Sie streckte beides aus.

»Das gehört Ihnen, wenn Sie uns in den Zug lassen und uns dabei helfen, den Karren in den Gepäckwagen zu bringen, und dann beim Aussteigen in Oebisfelde. Den Whiskey jetzt. Die Zigaretten, wenn wir Sie verlassen.«

Der Schaffner kaute eine Sekunde auf der Lippe, dann ließ er die Zigarette fallen und trat sie mit dem Absatz aus, bevor er die Flasche nahm. »Schieben Sie den Karren mit Ihren Gören da vorne hin.«

* * *

Fünf Minuten später saßen Adeline und die Jungen im vollen sechsten Waggon, auf der Seite gegenüber dem Bahnsteig. Willi und Woldi waren so müde, dass sie sich sofort an sie kuschelten und einschliefen, als sie die Decke über sie gelegt hatte. Sie wollte dasselbe tun, vor ihrer wachsenden Besorgnis flüchten, damit es in ihrem Kopf nicht weiter raste. Doch sie konnte nicht.

Adeline blieb überwachsam, horchte auf die Menschen, die sich um sie herum unterhielten, und fragte sich, ob sie ebenfalls in die Freiheit flüchteten.

Der Zug fuhr an. Die Jungen bewegten sich im Schlaf und Adeline musste alle Mühe aufbringen, um gegen die Angst anzukämpfen, die mit zunehmender Geschwindigkeit des Zugs immer stärker wurde. Als der Schaffner kam, um ihre Fahrkarten zu entwerten, roch er bereits nach Whiskey.

»Wie lange?«, fragte sie.

»Wir haben freie Fahrt«, sagte er. »Sie werden gegen fünf vor sechs da sein, kurz vor Sonnenaufgang und rechtzeitig, um von ihnen gesehen und erschossen zu werden, wenn Sie Ihre Flucht wagen.«

Er ging davon und wirkte fast belustigt. Adeline spürte einen bitteren Geschmack im Hals, während sie noch einmal wegen des Sonnenaufgangs nachrechnete, der laut einem Buch im sowjetischen Offiziersquartier um sechs Uhr dreiundzwanzig wäre. Wenn sie eine halbe Stunde abzog, dann hatte der Schaffner recht und sie würden bei Anbruch der Dämmerung in Oebisfelde sein. Mit jedem Schritt nach Verlassen des Zuges würde das Tageslicht heller werden und damit das Risiko der Entdeckung, das Risiko von Gewehrschüssen und Schlimmerem größer.

*Wir hätten früher kommen sollen! Wir hätten den Mitternachtszug nach Berlin nehmen sollen!*

Doch der Mitternachtszug wäre noch voller gewesen und der Bahnhof höchstwahrscheinlich ebenso. Dann wären sie ungefähr um drei Uhr morgens in Oebisfelde angekommen, mit einer dünnen Mondsichel am Himmel. *Wie hätten wir da etwas gesehen? Wie hätten wir herausgefunden, ob wir den richtigen Weg nehmen?*

Sie besaß keine Taschenlampe und hatte es nicht gewagt, eine aus dem Offiziersquartier zu stehlen, nur damit das Licht sie womöglich bei ihrer Flucht in die Freiheit verriet. Schließlich hatte sie beschlossen, dass die Flucht in der Nacht nicht das Risiko wert war. Doch als der Zug jetzt in Richtung Morgendämmerung dampfte, tat es ihr leid.

*Nein,* dachte sie und verdrängte das Gefühl. *Ich muss daran glauben, dass das die richtige Zeit und der richtige Weg ist.*

Adeline schloss die Augen und wäre tatsächlich fast eingedöst, als sie auf einmal die Frage des Schaffners in ihrem Kopf hörte: *Bringen Sie damit nicht Ihre Kinder in Gefahr?*

Sie schreckte wieder hoch, blickte angespannt zu Willi und Woldi und spürte ein Stechen im Herz aus Furcht um die beiden und um sich selbst. Sie waren in Gefahr, in schrecklicher Gefahr, sie alle. Seit sie das Haus mit dem Karren verlassen hatten, befanden sie sich in Gefahr. Wenn sie erwischt wurden, dann konnten die Sowjets sie von ihren Jungen trennen. Sie konnten sie in den Osten in ein Arbeitslager schicken und Woldi und Willi in ein Waisenheim. Mit jedem Kilometer auf der west-südwestlichen Strecke von Berlin nach Oebisfelde, zur Grenze und der britischen Zone dahinter verwandelte sich ihre Befürchtung in Angst und dann Entsetzen.

*Wenn ich erschossen werde? Wenn die Jungen erschossen werden? Und ich nicht?*

Adelines Verstand raste und warf sie mehr als ein Jahrzehnt zurück, und sie sah sich, als würde sie von der Decke ihrer Wohnung in Perwomajsk herabblicken, wo sie den ersten Waldemar in den Augenblicken nach seinem Tod im Arm hielt und erfahren musste, wie es sich anfühlte, wenn einem etwas aus dem Herzen gerissen wurde, eine so vollständige und vernichtende Qual, dass sie sich am liebsten hingelegt hätte und dort gestorben wäre.

* * *

Bei dem herzzerreißenden Gefühl jener entsetzlichen Erinnerung stöhnte Adeline.

»Mama?«, fragte Willi und riss sie zurück in die Wirklichkeit des Zuges. »Geht es dir gut?«

»Ja, ich …«, begann sie, während ihr Herz donnerte und ihr Magen sich zusammenzog, als sie auf ihren lieben kleinen Jungen in dem schwach erleuchteten Waggon blickte. »Warum?«

»Du hast geschrien. Du hast ›Waldemar‹ gerufen.«

»Was?«, sagte Woldi und erhob sich.

»Nichts«, flüsterte Adeline. »Schlaft weiter, ihr zwei.«

Während sich die Jungen wieder hinlegten und an sie kuschelten, versuchte sie, nicht an den kalten Schweiß auf ihrer Stirn und die Übelkeit im Magen und die Schwäche in der Brust und den Lungen zu denken, wenn sie sich vorstellte, dass einer von ihnen früher sterben würde als sie. *Das ertrage ich nicht. Das würde ich nicht mehr ertragen, Herr. Ich kann es nicht.*

Adeline merkte, dass sie die Luft angehalten hatte, und sie zwang sich dazu, noch einen Atemzug zu nehmen, und noch einen und noch einen. Und aus Gründen, die sie sich nicht erklären konnte, dachte sie auf einmal an vier Zeilen in Emils drittem Brief: »Erinnerst du dich an jenen Korporal Gheorghe? Den Rumänen mit dem eingedrückten Schädel und dem Honigwein? Ich habe ihn wiedergetroffen. Er lässt Malia Grüße ausrichten, wenn du die Gelegenheit dazu hast.«

*Korporal Gheorghe.* Natürlich erinnerte sie sich an ihn. Wie konnte sie ihn vergessen? Seinen hypnotisierenden Blick und wie er über die Schlacht von Stalingrad geredet hatte, wie er aufgewacht war, nachdem er bei der ersten sowjetischen Attacke getroffen wurde, wie er dann die Welt mit anderen Augen sah und wie er ohne jeden Zweifel gewusst hatte, dass er überleben würde, um davon zu berichten. Jener unerschütterliche Glaube hatte den Rumänen anscheinend beschützt, während er durch die blutigste Schlacht schritt, die jemals auf Erden stattgefunden hatte.

*Ich muss genauso glauben,* dachte Adeline. *Ich muss mit jeder Faser meines Daseins daran glauben, ich darf keinen Zweifel daran haben, dass wir es schaffen. Keinen Zweifel.*

Plötzlich erkannte Adeline, dass sie wesentlich ruhiger wäre und bessere Entscheidungen in der schwindenden Dunkelheit und dem zunehmenden Licht treffen würde, das vor ihr und ihren geliebten Jungen lag, wenn sie überhaupt keine Zweifel hätte, gar keine.

*Keine Zweifel, Adella. Du hast es bereits geschafft.*

Sie schloss die Augen und wiederholte die Worte immer wieder, während sie einschlummerte, bei der Vorstellung verweilte, wieder vereint zu sein, die sie schon im Zug nach Berlin hatte, Emils kräftige Arme um sich spürte, wie er sie beschützte, sie an seine Brust drückte, während sie …

»Gute Frau«, sagte der Schaffner und schüttelte sie an der Schulter. »Aufwachen. Nächster Halt Oebisfelde. Wir müssen Sie und Ihren Karren schnell vom Waggon bekommen. Verstanden?«

# Siebenunddreissig

***18. März 1947, 05:47 Uhr***
***Oebisfelde, sowjetisch besetztes Ostdeutschland***

»Verstanden?«, wiederholte der Schaffner gereizt. »Und ich will meine Zigaretten.«

Adeline schnürte sich die Kehle zusammen und ihr Herz raste erneut. Die Gedanken an den Verlust eines weiteren Kindes kehrten zurück. Wollten sie lähmen.

*Hör auf. Keine Zweifel, Adeline. Du hast es schon geschafft.*

»Sie bekommen die Stange, wenn wir draußen sind«, sagte sie. »Jungs, aufstehen. Wir gehen auf unseren Spaziergang.«

»Ein Spaziergang?«, schnaubte der Schaffner. »Gute Frau, wenn es darauf ankommt, dann wäre ich für einen Sturmlauf. Die Russen schießen erst, und dann …«

»Stopp«, sagte sie, als die Jungen langsam zu sich kamen. »Bitte, mein Herr. Für die Jungen.«

»Jaja«, sagte er und ging zur Rückseite des Wagens.

Willi sagte: »Ich bin durstig, Mama, und ich muss pinkeln.«

»Ich auch«, sagte Woldi.

Adeline faltete die Decke zusammen und merkte, dass sie vergessen hatte, Wasser einzupacken.

»Wir pinkeln, wenn wir aussteigen, und finden vor dem nächsten Zug Wasser«, versprach sie.

Willi stöhnte. »Wann ist das?«

Sie wollte gerade losschimpfen, bremste sich aber rechtzeitig. »Schneller, als du denkst.«

Der Zug wurde langsamer. Sie blickte nach draußen, suchte den Osten, um die Morgendämmerung zu finden, und entdeckte schließlich den blassvioletten Hauch weit hinter einem Kornfeld, das mit einem Zentimeter Neuschnee bedeckt war.

»Los geht's«, sagte sie, schob die Jungen in den Gang und folgte ihnen zum hinteren Ausgang. »Die Martels sind unterwegs zu einem neuen Abenteuer.«

»Das sagst du immer«, sagte Willi.

»Weil wir immer unterwegs sind«, sagte Woldi in herablassendem Ton.

Adeline blickte wieder nach draußen und sah die Umrisse von Dächern, bevor der Zug mit einem Quietschen und einem Zischen neben einem zweigeschossigen Bahnhofsgebäude aus Ziegelstein an dem einzigen Bahnsteig zum Stehen kam, der von Gaslampen und der anbrechenden Morgendämmerung erleuchtet war.

»Kommen Sie jetzt«, sagte der Schaffner. »Schnell.«

Sie stieg aus dem Zug und befahl den Jungen, auf dem Bahnsteig zu warten, dann eilte sie dem Schaffner hinterher und fragte: »Sind wir die Einzigen, die hier aussteigen?«

Sie kamen an den Gepäckwagen und er blieb stehen und sagte: »Die Einzigen auf dieser Fahrt, die verrückt genug sind. Die meisten Leute nehmen den früheren Zug nach Oebisfelde und versuchen es im Dunkeln.«

»Man hat mir gesagt, dass es Bäume gibt, die uns verbergen.«

»Da waren einmal Bäume, durch die man schleichen konnte, um ungesehen über die Grenze zu kommen«, sagte er, als er ihren Karren absetzte. »Die wurden letzte Woche gefällt und man hat damit begonnen, die Stümpfe auszugraben. Es wird so langsam zu einem echten Niemandsland an der Grenze.«

*Keine Zweifel, Adeline. Du hast es schon geschafft. Bist bereits in Emils Armen.*

»Danke für die Information«, sagte sie und reichte ihm die Zigaretten. »Und Ihre Freundlichkeit.«

Adeline rechnete damit, dass er etwas Abfälliges erwidern würde. Stattdessen nahm er die Zigaretten, seufzte und sagte: »Ihnen viel Glück, gute Frau. Und Ihren Jungen. Jemand hat mir gesagt, wenn man den mittelalterlichen Turm in der Stadt sehen kann, dann ist man zu weit gegangen und wird wahrscheinlich gesehen und angehalten, noch bevor man versuchen kann, an die Grenze zu kommen.«

»Gut zu wissen«, sagte sie und ging mit dem kleinen Karren zu den Jungen.

Der Schaffner stieg in den ersten Passagierwaggon. Als Adeline Willi und Woldi erreicht hatte, fuhr der Zug an und ließ sie allein auf dem Bahnsteig, während der östliche Horizont jetzt blassviolett mit einem düsteren Rot durchzogen war.

Willi tänzelte herum und sagte: »Ich habe Durst und muss pinkeln.«

»Ich auch«, sagte Woldi.

»Das geht hier nicht«, sagte sie. »Draußen.«

Sie schoben und zogen den Karren durch den leeren Bahnhof. Adeline bemerkte, dass sich der Karren nur ganz schwer ziehen ließ, als würde eins der Räder schief stehen. Sie zogen ihn aus dem Bahnhof hinaus auf die verschneite Treppe, von der man über die Kreuzung zweier Straßen sehen konnte, von denen die eine parallel zu den Schienen nach Westen verlief und die andere nach Süden in die Stadt führte. Letztere hatte ihr Frau Schmidt als die Richtige genannt.

»Sie halten dich an der Grenze auf, wenn du die gepflasterte Straße neben den Schienen oder die auf der Südseite der Stadt nimmst«, sagte Frau Schmidt. »Doch Peter und mir wurde gesagt, dass sich auf halbem Weg zwischen den beiden Straßen rechts eine diagonale Gasse befindet. Sie bringt einen zu einem Feldweg, der in westlicher Richtung durch Ackerland nach Dammdorf führt, ungefähr vier oder fünf Kilometer entfernt. Direkt vor der Grenze kann man auf der linken Seite ungefähr hundertfünfzig Meter weiter ein zweigeschossiges Haus sehen, von wo aus Sowjetsoldaten den Weg und die gepflasterte Straße nach Süden beobachten. Doch der Weg führt zwischen Bäumen hindurch, die die Grenze in der Nähe abschirmen. Wenn man zu diesen Bäumen gelangt, ohne gesehen zu werden, und sich verborgen halten kann, dann können sie einen nicht beim Überqueren sehen, bis es zu spät ist.«

*Doch die Bäume hatte man gefällt!*

* * *

»Mama!«, flüsterte Willi und tanzte weiter herum. »Ich muss so doll pinkeln wie damals, als ich in das Glas gemacht habe.«

Woldi sagte: »Ich muss auch pinkeln, aber nicht ganz so schlimm.«

»Geht da drüben hin.« Sie zeigte nach rechts. »Ich trage in der Zeit den Karren nach unten.«

Die Jungen eilten die Stufen hinunter zu ein paar Büschen und knöpften die Hosen auf. Adeline versuchte, den Karren über die Treppe nach unten zu bringen, doch er war ihr zu schwer, rutschte weg und holperte krachend über die Stufen, um dann mit einem Knacken auf der matschigen Straße zu landen.

»Was war das, Mama?«, flüsterte Willi.

Sie schob den Karren, spürte, dass er rollte, und sagte: »Ich weiß nicht.«

Willi war fertig und kam zu ihr gelaufen. Adeline spähte nach Osten zu dem rot-violetten Horizont, der immer heller wurde, während sie wieder Panik verspürte. Sie sah zurück zu Woldi, der noch immer bei den Büschen stand und pinkelte, als hätten sie alle Zeit der Welt.

»Lass uns gehen, Woldi!«, zischte sie.

»Er ist immer so«, sagte Willi, als Woldi aufschrak und zu ihnen gelaufen kam.

Adeline konnte schon fast die Züge ihres älteren Sohnes im Licht der Dämmerung erkennen, als er zu ihnen kam. Sie wusste, dass ihre Chance auf einen leichten Weg in die Freiheit mit jeder Sekunde schwand.

»Ihr beide hinter den Karren«, sagte sie. »Schnell jetzt. Und wenn ihr einen alten Turm vor uns seht, sagt Bescheid, damit ich anhalte.«

Sie gingen zwei Schritte, dann brach der Ausleger mit dem rechten Vorderrad des Karrens und das Rad fiel ab. Der Karren neigte sich und sackte darauf. Adeline starrte auf das abgebrochene Rad im Matsch.

»Was machen wir denn jetzt?«, fragte Willi.

Adeline wollte weinen. Doch der Sonnenaufgang rückte näher. Sie musste handeln, und zwar schnell.

Sie ging an die andere Seite des Karrens und erkannte, dass die Achsen von Vorder- und Hinterrad jeweils in einen rechteckigen Unterbau aus vier Holzstücken verbolzt waren. Die längeren Teile des Vierecks waren ungefähr fünfzehn Zentimeter auseinander an der Unterseite des Karrens befestigt. Die kürzeren Holzstücke waren über und in die Querbalken gebolzt worden.

Adeline bemerkte eine Lücke von vielleicht fünf Zentimetern zwischen den kurzen Stücken und der Unterseite des Karrens und hatte eine Idee. Sie nahm einen großen Stein und schlug damit gegen die linke obere Seitenschiene, die sie schnell vom Karren gelöst hatte.

Sie schlug die Nägel an der Schiene ein, um sich nicht daran zu stechen, dann führte sie die Schiene von links nach rechts durch die Lücke im Vorderradträger. Die Schiene stand nun zu beiden Seiten des Karrens um gute dreißig Zentimeter von der Unterseite heraus.

Adeline nahm ein Stück Seil, mit dem sie normalerweise ihre Sachen zu einem Bündel band, zerteilte es und band damit die Schiene an beiden Seiten des Karrens fest. Das alles dauerte viel zu lange. Die Sonne ging bereits auf, als sie damit fertig war. Für einen Moment überlegte sie umzukehren, doch der Gedanke daran, bald in Emils Armen zu liegen, hielt sie davon ab.

»Woldi, komm nach vorn und nimm die Stange. Willi, du schiebst wieder.«

Damit ging Adeline an die rechte Seite und bückte sich, um die Schiene zu erfassen, hob sie und das Vorderende des Karrens und ersetzte so das fehlende vierte Rad. Dafür musste sie allerdings eine seltsame, nach vorn gebeugte Haltung einnehmen, wobei sie den Großteil des Gewichts in der Mitte und dem unteren Rücken spürte, der fast sofort zu protestieren begann, als sie die Bahnhofstraße entlanggingen, die nach Süden führte, weg vom Bahnhof Oebisfelde und der Straße an den Gleisen nach Westen zur Grenze.

Sie kamen an Reihen kleinerer Häuser vorbei, die zwischen großen Häusern mit Ziegeln und Stuck verstreut lagen. Adeline schenkte ihnen kaum einen Blick. Der Schweiß lief ihr von den Brauen in die Augen, sodass sie kaum etwas sehen konnte, während sie den Hals reckte und nach vorn und in jede Seitenstraße zu blicken versuchte, die sie passierten, wobei sie aufmerksam auf alles achtete und horchte, was das Näherkommen einer Patrouille anzeigen konnte.

»Das riecht gut«, sagte Willi, als das Aroma von gebackenem Brot durch die Luft wehte.

Irgendwo in der Ferne hörte Adeline ein Geräusch wie Holz auf Holz, gefolgt von einem anderen, das ihr den Atem raubte. *Das war ein Gewehrschuss!*

Am liebsten wäre sie umgekehrt, doch sie tat es nicht.

*Keine Zweifel, Adeline. Du bist bereits bei Emil.*

Eine Straße. Zwei Straßen. Drei Straßen. Ihr brannten der Rücken und die Hände. Sie blickte nach vorn, suchte nach dem mittelalterlichen Turm, bevor sie zu weit gingen und jene diagonale Gasse verpassten, die sie zu dem Feldweg führte, der nach Westen verlief.

*Doch was war mit den Bäumen?*

Sie gingen weiter, die übrigen drei Räder des kleinen Karrens glitten mit ihrem Holz und Blech durch den Matsch, während sie an der Kreuzung zweier Straßen ein Rondell passierten. Sie gingen weiter nach Süden auf der Lessingstraße und die Sonne beleuchtete die Stadt immer heller. Warum war ihnen niemand begegnet?

»Mama«, sagte Willi.

»Ich habe dir gesagt …«

»Der Turm, Mama«, sagte Woldi.

Adeline sah in der Ferne den mittelalterlichen Turm von Oebisfelde, hoch mit einem Spitzdach und weit oben großen Fenstern.

Sie legte die Stange und das Vorderende des Karrens ab, drehte sich um und nahm ihn wieder auf, bevor sie rief: »Zurück auf den anderen Weg, Jungs!«

Sie brachte sie eilig außer Sichtweite des Turms zurück in Richtung Kreisverkehr. Bevor sie ihn erreichten, entdeckte sie zu ihrer Linken eine Gasse, die diagonal in nordwestlicher

Richtung verlief. Sie konnte sehen, dass am Ende der Gasse die Häuser aufhörten und dahinter freie Fläche kam. *War dort der Weg?*

Nach Adelines Einschätzung war er das. Sie keuchte vor Anstrengung, als sie den kleinen Karren durch die Hintergasse bewegten, vorbei an den Rückseiten der Häuser, in denen Lichter brannten und Kinder lachten und weinten.

Gegen Ende der Gasse sagte Willi: »Mama? Ich bin durstig und die Frau da holt gerade Wasser.«

Er zeigte auf die dämmrigen Umrisse einer alten Frau, die im Hof des letzten Hauses auf der rechten Seite einen Eimer aus dem Brunnen zog. Adeline blieb stehen, als die Frau das Wasser aus dem Brunneneimer in einen anderen goss.

»Entschuldigen Sie, gute Frau«, sagte Adeline. »Dürfte ich Sie um etwas Wasser für meine Jungen bitten? Wir sind einen weiten Weg gegangen und sie sind sehr durstig.«

Die alte Frau sah sie an und bemerkte den kleinen Karren.

»Nein«, sagte sie. »Ich habe die Nase voll, dem ganzen Verkehr zu helfen.«

Bevor Adeline sie noch weiter bitten konnte, hatte sie sich umgedreht, war an die Seite ihres Hauses gegangen und im Schatten verschwunden.

* * *

»Weiter geht's, Jungs«, sagte Adeline und hob den Karren, während die aufgehende Sonne die schneebedeckten Wiesen und die überwucherten Felder dahinter beleuchtete.

»Mama, ich habe Durst«, beschwerte sich Willi.

»Wir sind alle durstig, Willi«, fuhr sie ihn an. »Bitte, hilf Mama und sei jetzt still. Ich verspreche, dass ich dir Wasser gebe, so schnell ich kann.«

Frau Schmidt hatte erzählt, dass es eine unbefestigte Straße gab, die von Norden nach Süden verlief und die sie überqueren mussten, um zu dem Feldweg zu gelangen. Adeline konnte diese Straße jetzt sehen, direkt hinter einem an einer Seite offenen Schuppen im Hof der alten Frau, in dem Feuerholz gestapelt war. Sie kamen an dem Schuppen vorbei und erblickten den zweispurigen Weg nach Westen auf der anderen Seite der Nord-Süd-Straße, wo sie sich dann leicht links halten müssten.

Sie hatten gerade den ersten Schritt aus der Gasse in Richtung Weg gemacht, als sie das Klappern und Klingeln eines näher kommenden Pferdefuhrwerks hörten.

Sie blickte nach rechts und sah einen dunkelhäutigen Mann, der einen Pferdekarren voller Milchkannen fuhr. Er war fast bei ihnen und winkte ihr wild zu.

»Habt ihr denn keine Augen im Kopf?«, rief er und zeigte hinaus aufs Ackerland. »Da kommt eine sowjetische Patrouille vom Wachhaus! Geht zurück und versteckt euch!«

Adeline wartete nicht, um nachzusehen, sondern fuhr herum und ergriff die vordere rechte Ecke des Karrens mit der anderen Hand. »Geht wieder zurück!«

Willi und Woldi konnten die Furcht in ihrem Gesicht sehen und zogen, bis sie wieder in der Gasse waren. Der Mann mit dem Pferdekarren kam vorbei und winkte ihr zu, damit sie in den Holzschuppen der alten Frau ging. Adeline ächzte vor Anstrengung, als sie den Karren hinter den Schuppen hoben, und drängte die Jungen, ihr hineinzufolgen.

»Nicht bewegen«, keuchte sie. »Und keinen Pieps von euch!«

Adeline sah in ihren Gesichtern, dass die Jungen die Gefahr spürten, in der sie sich befanden, doch sie sagten nichts, als sie ihnen bedeutete, hinter den Holzstapel zu kriechen, während sie darüberspähte.

Der Schuppen war unsolide gebaut, mit zahlreichen Lücken zwischen den Brettern an der Rückseite, die zu der nicht asphaltierten Straße, dem Weg und dem Ackerland gerichtet war. Zuerst sah sie gar nichts. Doch dann kamen vier Sowjetsoldaten mit Gewehren und Bajonetten von einer tieferen Stelle des Wegs ungefähr fünfhundert Meter westlich der Stadt nach oben, die eine Gruppe Gefangener mit den Händen hinter den Köpfen zurück nach Oebisfelde zwangen. Hinter ihnen konnte sie ungefähr einen Kilometer weiter das Dach eines zweistöckigen Wachhauses erkennen. Von dort musste die Patrouille gekommen sein.

Innerhalb von Minuten waren sie nahe genug, dass Adeline feststellen konnte, dass es zwanzig Gefangene waren – fünfzehn Männer und fünf Frauen –, und hörte, wie die Soldaten sie auf Russisch beschimpften und sie Verräter der neuen Ordnung nannten.

»Nicht bewegen«, flüsterte sie zu den Jungen und blieb selbst wie erstarrt, als sie die Gefangenen so nah kommen sah, dass sie das pure Entsetzen in ihren Gesichtern erkannte.

Die Gefangenen waren ausnahmslos verdreckt, einige bluteten aus Gesichts- und Kopfwunden. Adeline versuchte, flach und leise zu atmen, als die Patrouille das Ende des Wegs erreicht hatte, weniger als zwanzig Meter von ihr entfernt. Den Gefangenen wurde befohlen, nach rechts zu gehen und dann südlich weiter zum Turm. Der Wind trug ihren sauren Geruch mit sich, als sie um eine Kurve bogen und aus ihrem Sichtfeld verschwanden.

Zwei Sekunden lang lag sie da, keuchte vor Erleichterung. Dann hörte sie eine Stimme, die nicht in ihrem Kopf sprach, sondern in ihrem Herzen, und die ein Gefühl antrieb, das sie völlig verstand.

*Das ist deine Gelegenheit, Adella! Nutze sie!*

In der mutigsten Tat ihres Lebens drückte sich Adeline von dem Feuerholzstapel ab, brachte die Jungen auf die Beine und sagte: »Gehen wir zu eurem Papa!«

* * *

Adeline bückte sich und hob erneut die Stange und das Vorderende des Karrens. Gemeinsam zerrten sie ihn zurück auf den Weg, bevor sie sich aufrichtete und nach Westen blickte, vorbei an den Feldern und dem sowjetischen Wachhaus zu einer fernen Baumreihe, drei, vielleicht vier Kilometer entfernt. Das musste die andere Seite der Grenze sein.

Ihr unterer Rücken brannte erneut, als sie den Karren über die unbefestigte Straße hinweg auf jenen Feldweg schoben, der an manchen Stellen von niedrigen Steinmauern flankiert war. Als sie hundert Meter außerhalb der Stadt waren, richtete sich Adeline so weit auf, dass sie nach Süden zu dem Mittelalterturm blicken konnte und bemerkte, wie sich etwas in seinem offenen Fenster bewegte.

Sie schluckte bemüht und musste sich zwingen, die Jungen nicht anzuschreien, dass sie den Karren und ihre restlichen Habseligkeiten stehen lassen und zur Grenze sprinten sollten. Da sie aber mit großen freien Flächen wie dieser aufgewachsen war, wusste sie genau, dass man ein rennendes Pferd sofort bemerkte, während eine langsam wegdriftende Kuh selten Aufmerksamkeit auf sich zog. Mit dem Gedanken gingen sie in einem langsamen und gleichmäßigen, verrückt machenden und rückenzermürbenden Tempo weiter. Die Zeit drängte, doch bald waren sie zweihundert Meter von der Stadt entfernt und dann dreihundert und vierhundert. Je weiter sie über den Feldweg kamen, desto mehr fühlte sich Adeline, als würde man ihr die Arme aus den Gelenken reißen. Ihr unterer Rücken brüllte noch immer und sie musste sich alle hundert Meter ausruhen, um den Schmerz zu ertragen.

Nach fünfhundert Metern westlich der Stadt kamen sie aus der Senke, durch die auch die Patrouille gekommen war. Auf diesem Wegstück geriet sie ins Stolpern und hatte das Gefühl, als hätte man ihr etwas Spitzes zwischen die Schulterblätter gestoßen. Adeline rang nach Luft, ließ die Schiene los und wurde fast überwältigt von einem Schmerz, den sie aus der Zeit kannte, als sie lange Tage gebückt auf dem Feld verbracht hatte. Sie krümmte sich und zitterte.

»Mama!«, sagte Woldi. »Geht es dir gut?«

Adeline konnte nicht sprechen, als sie sich aufzurichten zwang und dann ihre Schultern nach hinten und die Schulterblätter nach unten drehte. Ein paar Sekunden später spürte sie, wie sich ihre Wirbelsäule mit einem Knacken einrenkte. Der Schmerz ließ nach und sie stand keuchend da, wischte sich den Schweiß von der Stirn und schluckte gegen die Übelkeit in ihrer Kehle an.

»Mama?«, fragte Willi.

Bevor sie ihm antworten konnte, hörte Adeline von dort Gewehrschüsse, wo sie die Patrouille zuletzt gesehen hatte. Panik kam in ihr auf. *Erschießen sie jetzt die Leute, die letzte Nacht die Grenze überschreiten wollten? Was werden sie mit uns machen? Sie würden die Jungen doch nicht erschießen, oder?*

Für einen Augenblick war sie wie erstarrt. *Sollen wir weitergehen? Oder umkehren?*

Sie glaubte, eine Frau schreien zu hören, bevor eine zweite Salve abgefeuert wurde.

Woldi sagte. »Sie werden uns doch nicht erschießen, oder, Mama?«

Sie sah, wie erschrocken er war, und es schüttelte sie.

»Nein«, sagte sie, wobei sie sich des Piepsens in ihrer Stimme bewusst war. »Weiter geht's.«

Adeline holte zweimal tief Luft und dann bückte sie sich vorsichtig, um die Stange zu nehmen. Sie hob das Vorderende etwas höher als zuvor, klemmte die Schiene vor ihre unteren Oberschenkel und kümmerte sich nicht darum, dass der Karren aus dem Gleichgewicht war, bis sie achthundert Meter und dann einen ganzen Kilometer von der Stadt weg waren. Die Sonne war jetzt höher gestiegen und der Schnee begann zu schmelzen.

Mit jedem Schritt kam das zweigeschossige Bauernhaus in südlicher Richtung mehr in Sicht, das als sowjetisches Wachhaus diente. Als sie nur noch weniger als fünfhundert Meter von dem Wachhaus entfernt waren, konnte sie die Stümpfe des vormaligen Waldes sehen, der sie beim Übertreten der Grenze hätte schützen sollen. Einige Stümpfe waren bereits aus dem Boden gezogen worden. Sie konnte sehen, dass ihr Wurzelwerk den Weg hinter der Zufahrt zum Wachhaus blockierte.

*Kehr um, Adeline!*, rief eine Stimme in ihrem Kopf. *Sie werden dich erschießen! Sie werden die Jungen erschießen!*

Doch sie wusste, dass sie keine Chance hatten, vor Sonnenuntergang bei Emil zu sein, wenn sie jetzt stehen blieben, vielleicht niemals. Eine andere Stimme, stärker und mächtiger, sprach jetzt in ihrem Kopf.

*Keine Zweifel jetzt. Hab Vertrauen, Adella. Geh direkt an dem Wachhaus vorbei, wie Korporal Gheorghe durch die Schlacht von Stalingrad gegangen ist und den Bogen des Don überlebt hat.*

Ein sonderbares Lächeln verzog ihr die Lippen. Zu ihrer Überraschung ließ der Schmerz zwischen den Schulterblättern nach, auch in ihrem unteren Rücken, den Schultern und Hüften, als sie näher zum Haus kamen.

Dann wurde die ängstliche Stimme wieder lauter, als sie erkannte, dass das Wachhaus nicht hundertfünfzig Meter entfernt von dem Weg lag. Es war wesentlich näher, nicht mehr als fünfzig Meter zu ihrer Linken. Im Erdgeschoss gab es zwei große Glasfenster mit Blick zur Auffahrt.

*Sie werden dich entdecken, Adeline. Sie werden dich erschießen, bevor du …*

Adeline blieb stehen, um Luft zu holen und das Gefühl der Verzweiflung abzuschütteln. Aus weniger als fünfundsiebzig

Metern Entfernung blickte sie direkt zu den Fenstern und lächelte, als sie an den Imker dachte.

*Hab Vertrauen,* dachte Adeline immer wieder, als sie neben der Auffahrt und den umgedrehten Baumstümpfen waren, die den Weg versperrten. Noch immer lächelnd blickte sie zu den Fenstern und bemerkte im linken zwei sowjetische Soldaten. Sie stritten sich mit einem korpulenten Mann, der einen Homburger und einen langen dunklen Mantel trug. Einer der Soldaten sah in ihre Richtung. Sie lächelte, als sie den Blick vom Fenster wandte.

»Wir gehen herum, Jungs«, sagte sie und versuchte, überzeugt zu klingen, als sie den Karren um die Wurzelballen steuerte und dann feststellte, dass sich der Weg hinter den Stümpfen gabelte.

Der linke Weg bog nach Süden zu der ausgebesserten Straße. Der rechte Weg war schlammig mit tiefen Furchen und an manchen Stellen mit Schlaglöchern, außerdem von mehr umgekehrten Stümpfen blockiert. Dieser Weg schien am anderen Ende des Stumpffeldes einfach im Nichts zu verlaufen.

*Hab Vertrauen,* dachte Adeline, blickte vorwärts und glaubte, einen deutlichen Pfad durch das Stumpffeld über die Grenze und hinein in den dichten Wald auf der anderen Seite zu sehen. Sie blickte zurück über die Schulter zu den Fenstern des Wachhauses, sah jetzt, dass alle drei Männer zu ihr und den Jungen gewandt waren, doch noch immer mitten im Streit, wobei der Mann im Homburger mit den Händen durch die Luft fuhr.

»Wie weit gehen wir, Mama?«, fragte Willi.

Adeline lächelte, veränderte ihren Griff an der Stange und sagte: »Zu den Bäumen da vorn.«

»Das ist nicht weit«, sagte Woldi.

»Einen halben Kilometer. Mehr nicht. Wie der Weg von der Schule zu Frau Schmidt.«

Sie blickte ein drittes Mal zurück, als sie hundert Meter vom Wachhaus entfernt waren und sie die unteren Fenster nicht mehr sehen konnte, was bedeutete, dass die Männer sie und die Jungen auch nicht mehr sehen konnten. Adelines Herz stieg in die Höhe, als sie den kleinen Karren immer weiter durch die Furchen und um die Stümpfe bewegten, direkt nach Westen.

*Es ist geschafft,* sagte sie sich, während sie weitere fünfzig Meter Richtung Freiheit ging. *Wir sind bereits bei jenen Bäumen da vorn. Wir sind bereits im Zug nach Alfeld. Wir sind bereits bei Emil.*

Da zerriss ein Gewehrschuss die kalte Morgenluft, ein Knall und ein Zischen, das direkt zu ihnen zu kommen schien. Adeline erschrak und duckte sich, dann fuhr sie herum, als hinter ihnen ein weiterer Schuss aus der Richtung fiel, in der das Wachhaus lag. Sie konnte nicht sagen, wer auf sie schoss oder von wo genau geschossen wurde.

Doch es bestand kein Zweifel an dem Mann mit dem Homburger und dem langen schwarzen Mantel, der jetzt die Auffahrt hochgelaufen kam, mit den Armen winkte und zu ihnen rief: »Halt! Stopp!«

Sie riss die Augen auf. *Der ist von der Geheimpolizei!,* dachte sie.

Adeline war sich jetzt sicher, dass sie erwischt worden waren und erschossen würden, und sie spürte, wie sich ihr Vertrauen in jämmerliches Entsetzen verwandelte, als würde sie vor ihren Söhnen lebendig verbrannt oder ertränkt werden. Sie stieß vorwärts gegen die Stange und schrie zu den Jungen: »Drückt! Lauft! Schnell!«

Innerhalb von zwanzig Sekunden fühlten sich ihre Lungen an, als würden sie platzen, und ihre Beinmuskeln wurden zu Gummi. Für einen Moment fand sie keinen Weg zwischen den Stümpfen hindurch.

»Mein Gott!«, keuchte sie. »Hilf mir! Bitte!«

Sie machte ein paar Schritte und sah den Pfad durch das Labyrinth. Sie schleifte den Karren und die Jungen entlang, blickte zurück, als sie noch dreihundert Meter bis zu den Bäumen hatten, und sah, dass der Mann mit dem Homburger ein ganzes Stück aus der Zufahrt im Stumpffeld war und immer näher kam.

Als sie merkte, dass er sie bei diesem Tempo einholen würde, brandete in Adeline eine Energie auf, die sie nie zuvor gefühlt hatte und niemals wieder fühlen würde – eine Frau, die angetrieben wurde von Furcht, von Liebe und von Gnade, eine Mutter, die entschlossen war, ihre Kinder zu retten, eine Frau, die sich verzweifelt danach sehnte, ihren Mann wieder in den Armen zu halten.

Sie sah nur noch das Ziel vor Augen. Ihre Hände schmerzten, ihre Schultern brannten, und ihr Rücken fühlte sich an, als würde er in zwei Teile zerspringen. Doch ihre Beine waren wieder da und trieben sie an, während sie immer wieder Woldi und Willi zurief, dass sie weitergehen und nicht aufgeben sollten.

Plötzlich hatten sie es fast geschafft. Keine zweihundert Meter mehr. Selbst durch den brennenden Schweiß in ihren Augen konnte Adeline sehen, wo das Stumpffeld an einer Buschreihe aufhörte, mit ein paar vereinzelten Bäumen dahinter, bevor der echte Wald begann.

Ein Gewehr bellte. Sie hätte schwören können, dass die Kugel direkt an ihr vorbeiging.

Sie kämpfte gegen die Hysterie und schrie: »Bleibt geduckt und haltet nicht an, Jungs! Immer weiter!«

Ein weiterer trockener Gewehrschuss erklang, bevor drei weitere folgten, in kurzer, bedachter und gezielter Abfolge, während Adeline, Woldi und Willi den kleinen Karren zu der Buschreihe bewegten, zu den vereinzelten Bäumen, dem Wald, der Freiheit.

»Wo ist der Mann?«, rief sie.

»Er kommt näher, Mama!«, schrie Woldi.

Adeline senkte den Kopf und nutzte Woldis Worte ähnlich wie die Peitsche, die Emil während der Panzerschlacht bei den Pferden eingesetzt hatte, und trieb sie durch die nächsten hundert Meter. Es fühlte sich wie eine Ewigkeit an, bevor sie das Ende von Chaos und Mangel sehen konnte, direkt dort vor ihnen.

Innerhalb weniger Momente waren sie aus dem Stumpffeld, stolperten über einen kleinen Pfad und dann einen anderen hinunter, der sich nach Westen durch mattes graubraunes Gras wand, zwischen Weiden und Dornbüschen hindurch, bevor er in den dichten Wald führte. Am Rand blickte sie zurück und sah den Mann mit dem Homburger noch immer draußen im Stumpffeld, noch immer hinter ihnen her, vielleicht hundert Meter zurück.

»Nur noch ein wenig weiter, Jungs!«, sagte sie und tauchte in den Wald.

Der Wald war schattig und kahl, der Boden und die Bäume vom Schnee bestäubt. Vorn wurde der Weg breiter und mehr zu einem benutzten Pfad. Er wand sich zwischen Kiefern hindurch vorbei an einem kleinen Teich zu ihrer Rechten. Am anderen Ende des Teichs stand eine Sitzbank. Sicherlich war das weit genug.

Als sie die Bank erreichte, drehte sich Adeline ein weiteres Mal um und sah niemanden, der durch die Bäume hinter ihnen herkam. Ihre Bein- und Rückenmuskeln verkrampften sich, doch endlich erlaubte sie sich, langsamer zu werden, stehen zu bleiben und die Stange loszulassen. Erst da brach sie auf der Bank zusammen, nahm ihre weinenden, verschreckten Söhne in die Arme und schluchzte vor Freude.

»Wir haben es geschafft!«, flennte sie los, drückte sie nah an sich und lachte hysterisch. »Wir haben daran geglaubt und wir sind frei, Jungs! Und wir werden euern Vater sehen, bevor die Sonne untergeht!«

Hinter ihnen auf dem Weg knackte ein Zweig.

# Achtunddreissig

Adeline riss den Kopf herum und sah den Mann, der sie verfolgt hatte. Er kam auf sie zugehumpelt, sein Mantel verschmutzt und offen stehend, der Homburger schlammverschmiert in seiner schlammigen Hand, das Gesicht schlammverschmiert, rötlich und verschwitzt, während er den Kopf schüttelte.

Sie zog die Jungen näher an sich, als er wütend keuchte: »Fräulein, warum sind Sie nicht stehen geblieben, als ich gerufen habe, dass Sie stehen bleiben sollen? Jetzt gucken Sie mich an, ich bin voll mit Schlamm.«

»Die haben auf uns geschossen«, entgegnete sie kalt. »Und Sie können uns nicht dazu bringen, zurückzukehren.«

»Auf Sie geschossen?«, sagte er und legte den Kopf schief. »Kann Sie nicht dazu bringen, zurückzukehren?«

»Ganz genau«, sagte sie entschlossen. »Da müssten Sie uns schon umbringen, bevor wir das machen.«

Zu ihrer Überraschung warf er den Kopf zurück und begann dröhnend zu lachen. »Dann hatten Sie also gar keine Erlaubnis, über die Grenze zu gehen?«

Adeline schwieg.

»Natürlich nicht«, sagte er, setzte seinen schlammigen Hut auf und klatschte begeistert mit den schlammigen Händen.

»Wissen Sie eigentlich, was für ein Glück Sie und Ihre Jungen haben? Diese Menschen, die letzte Nacht erwischt wurden? Vier von ihnen, alle Wiederholungstäter, wurden in Oebisfelde erschossen, kurz nachdem die Wachen Sie aus der Stadt kommen sahen. Sie sind so kurz nach der Patrouille aufgetaucht, die Ihnen entgegengekommen war, dass die Wachen annahmen, Sie wären bereits angehalten worden und hätten die Erlaubnis zum Grenzübertritt bekommen.«

Sie starrte ihn ungläubig an. »Aber man hat vom Wachhaus auf uns geschossen. Und Sie haben uns verfolgt.«

Er musste wieder lachen. »Die Schüsse kamen von den Wachtposten, die Schießübungen gemacht haben. Die haben überhaupt nicht auf Sie geschossen. Es hat ihnen leidgetan, dass Sie den Karren tragen mussten. Deshalb haben die mich geschickt, um Ihnen beim Tragen zu helfen.« Er schmunzelte. »Ich helfe Ihnen trotzdem. Wohin wollen Sie denn?«

Als sie das hörte, brach sie in Tränen aus und fasste sich dann wieder. Sie schluckte mühsam, wischte sich die Tränen aus den Augen, ließ die Jungen los und stand dann mit zittrigen Beinen auf. »Ein Ort namens Alfeld?«

»Den ganzen Weg kann ich Ihnen nicht helfen, sondern nur bis Danndorf, doch der Bahnhof ist nicht weit.«

Auf einmal zitterte Adeline von Kopf bis Fuß, da sie erschöpfter war, als sie gedacht hatte. Als er vorschlug, das vierte Rad am Karren zu sein, nickte sie dankbar und ging mit ihm und den Jungen nach Danndorf.

Als sie dort ankamen, stillten sie zunächst an einem Brunnen ihren Durst und gingen in eine Bäckerei, wo Adeline ein Brot kaufte. Als der Besitzer hörte, dass sie gerade der Sowjetzone entkommen waren, schenkte er den Jungen kleine süße Küchlein und ließ sie das Telefon benutzen, um das Vertriebenenlager in Alfeld anzurufen.

Ihr wurde mitgeteilt, dass Emil auf dem Feld arbeitete, und sie hinterließ ihm eine Nachricht, dass sie es über die Grenze geschafft hatten und bald dort am Bahnhof ankommen würden. Der freundliche Helfer säuberte seine Kleider vom Schlamm und half ihnen dann, den kaputten Karren zum Bahnhof zu bringen.

Als sie schließlich auf dem Bahnsteig standen und sie dem Mann dankte, erkannte Adeline, dass sie so sehr mit der Tatsache ihrer erfolgreichen Flucht beschäftigt gewesen war, dass sie ihn überhaupt nicht nach seinem Namen gefragt hatte. Als sie es tat, lächelte er nur.

»Mein Name spielt keine Rolle. Hauptsache, Sie und Ihre Söhne sind in Sicherheit und dort, wo Sie sein wollen.«

Da bekam sie eine Gänsehaut und sagte: »Möge Gott auf Sie achtgeben, mein Herr.«

»Wenn ich Ihre Geschichte höre, dann würde ich sagen, dass er bereits gut auf Sie achtet, meine Dame, und auf Ihre Söhne und Ihren Mann«, erwiderte er, bevor er schmunzelnd davonging.

Adeline sah ihm hinterher und spürte ein Kribbeln, als würden Federspitzen sanft über ihren Körper streichen.

»Woran denkst du, Mama?«, fragte Woldi.

Sie lächelte und bekam feuchte Augen, als der gute Mann aus ihrer Sicht verschwand. »Ich habe an Gnade gedacht, an Gottes Liebe, und wie gesegnet wir doch sind, dass wir sie haben.«

* * *

### *Alfeld, britisch besetztes Westdeutschland*

Im Frühlingslicht des Nachmittags tigerte Emil über den Bahnsteig und fühlte sich so nervös wie damals, als er all seinen

Mut aufgebracht hatte, Adeline um ihre erste Verabredung zu bitten. Immer wieder überprüfte er sein Spiegelbild in der Scheibe des Bahnhofsgebäudes. Im Flüchtlingslager bekam er ausreichend zu essen, doch er hatte nicht einmal die Hälfte des Gewichts zurück, das er während seiner Gefangenschaft und Flucht verloren hatte.

Würde Adeline ihn erkennen? Und die Jungen?

Es spielte keine Rolle, er würde sie erkennen. Er würde sie auch erkennen, wenn sie ein ganzes Jahrzehnt getrennt gewesen wären. Da war er sich sicher.

Emil kehrte zurück zum Ende des Bahnsteigs, blickte nach Süden und versuchte, mit seinem Willen einen weiteren Zug auftauchen zu lassen. Eine ganze Weile sah er nichts als die Schienen, die in einer fernen Biegung verschwanden. In den vergangenen Jahren wäre er besorgter gewesen, mit jeder weiteren Minute ängstlicher wegen möglicher Katastrophen.

Doch seit er in den Westen entkommen war, war Emil ruhiger und selbstsicherer als je zuvor. Er hatte das Schlimmste überlebt, was ihm das Leben entgegenwerfen konnte, und diese Herausforderungen und seine Zeit mit Korporal Gheorghe hatten ihn verändert, ihn stärker und demütiger gemacht und bewusster gegenüber der Macht der Träume und der Magie des Lebens um ihn herum. Er würdigte jeden Sonnenaufgang und jeden Sonnenuntergang und war dem Allmächtigen dankbar für jedes Geschenk, das er dazwischen bekam.

Er hatte sich auch immer wieder vorgestellt, wie Adeline und die Jungen und er zusammen waren, als er merkte, wie gut sich das in seinem Herzen anfühlte. Im Vertriebenenlager hatte er allen erklärt, dass er seine Familie finden würde. Und als er Adeline und die Jungen durch das Internationale Rote Kreuz entdeckt hatte und sie anfingen, in ihrem Geheimcode zu kommunizieren, hatte er immer wieder offen erklärt, dass seine Familie nicht im Osten bleiben würde. Sie würden nie mehr unter Stalin leben.

Während er von einem Bein aufs andere trat, nahm Emil seine ganze Stärke und Gewissheit zusammen und sagte sich einen Schwur auf, den er im vergangenen Jahr mehr als tausend Mal wiederholt hatte.

»Sie kommen in den Westen«, sagte er entschlossen. »Sie kommen in die Freiheit. Sie werden nicht aufzuhalten sein. Wir werden nie mehr getrennt voneinander sein. Nie wieder.«

Ein schwaches Pfeifen war zu hören, und während sein Herz zu rasen begann, wurden ihm die Augen feucht und sein Magen flatterte wie ein Schwarm aufschreckender Vögel. Er hörte das Rumpeln des Zuges, bevor die Lokomotive auftauchte und näher kam. Plötzlich wusste er tief in seinem Herzen, dass sie in diesem Zug waren, und er musste all seine Beherrschung aufbringen, um dem Zug nicht entgegenzulaufen.

Die Lokomotive wurde langsamer und rollte an Emil vorbei, gefolgt von dem ersten Personenwaggon und dem zweiten, dann dem dritten. Er betrachtete jedes Gesicht, das zu ihm nach draußen blickte, und sah doch keinen von ihnen, bis der Zug zum Stehen kam, der Gepäckwaggon direkt vor ihm. Seine Aufregung ließ nach und er tröstete sich bereits, dass sie dann gewiss im nächsten Zug sein würden, als die Tür des Gepäckwagens zur Seite glitt. Da war der kleine Karren, an dem ein Rad fehlte, doch zweifellos war es der, den er vor so langer Zeit für die Jungen gebaut hatte.

»Emil!«

»Papa!«

Er fuhr herum, und die Träume und Hoffnungen, die mehr als zwei Jahre in ihm gelebt hatten, wurden Wirklichkeit und nahmen menschliche Gestalt an. Adeline sprang aus dem ersten Waggon und Woldi und Willi kamen direkt dahinter. Sie liefen aufeinander zu und fielen sich in die Arme.

Emil hielt Adeline ganz fest und ihre Beine waren wacklig und sie sanken zusammen auf die Knie, umarmten und küssten sich. Die Jungen kamen heran, um sie zu umarmen, alle zitterten, schluchzten und waren voller Glück, das so schön und rein war, dass es niemand von ihnen jemals wieder vergessen würde.

»Wir werden niemals wieder auseinander sein«, sagte Emil. »Das verspreche ich dir.«

»Niemals«, sagte Adeline.

»Niemals«, sagte Woldi.

»Überhaupt niemals«, sagte Willi.

Sie hielten einander fest, als wären sie von den Toten auferstanden, hörten kaum den Schaffner, der den kleinen Karren neben sie stellte. Der Zug fuhr aus dem Bahnhof, als Adeline schließlich den Kopf von Emils Schulter nahm, die Tränen wegblinzelte und ehrfürchtig lächelte, als sie hoch in seine Augen blickte und sah, dass sie voll strahlender Liebe zu ihr brannten, genauso, wie sie es sich erträumt hatte.

Überwältigt stammelte sie: »Unser Leben ist ein Wunder, Emil!«

»Ein Wunder nach dem anderen«, sagte Emil und küsste Adeline, als wäre es das erste Mal.

# Neununddreissig

***23. September 1951***
***An Bord der USS General R. M. Blatchford***

Nach Sonnenuntergang war Nebel aufgekommen und hatte die bewölkte Nacht dunkler als jede Nacht gemacht, an die sich Emil Martel erinnern konnte. Gegen Mitternacht wurde es nasskalt, was einem in alle Knochen fuhr, doch er weigerte sich, das Vordeck des Truppentransporters zu verlassen, wo er in der Nähe des Bugs stand und mit dem Blick nach Westen erste Anzeichen von Licht suchte.

Früher am Abend waren noch viele andere Reisende mit Emil an Deck gewesen, alle auf der Suche nach dem ersten Schimmer ihres neuen Lebens. Doch einer nach dem anderen war in seine Kabine gegangen und jetzt waren sie nur noch eine Handvoll Menschen, die noch immer Ausschau hielten.

Adeline trat hinter ihn und legte ihm die Arme um die Taille. »Willst du nicht ins Bett kommen? Sie haben gesagt, wir können sowieso nicht vor dem Morgen von Bord gehen, und in meinem Magen rumpelt es schon wieder.«

»Ich will es sehen«, sagte er. »Ich will, dass du und die Jungen es auch seht.«

»Einverstanden«, sagte sie und kuschelte sich an ihn. »Dann warte ich mit dir und hoffe, dass mein Abendessen zum ersten Mal unten bleibt, seit wir auf diesem Schiff sind.«

»Das wäre ein Geschenk.«

»Das wäre es wirklich.«

* * *

Für die Martels war jeder Tag nach ihrer Flucht vor dem Kommunismus und dem Beginn ihres neuen Zusammenlebens im Westen ein neues Wunder gewesen, ein Geschenk von Gott, wofür sie zutiefst und fortwährend dankbar waren. Emil und Adeline hatte es nicht gestört, dass sie für eine kurze Zeit in überfüllten Unterkünften im Vertriebenenlager gewohnt hatten. Und es störte sie auch nicht, so schwer auf dem Feld zu arbeiten, wie sie es unter Stalin getan hatten, während die Jungen in die Schule gingen. Das Essen war unendlich besser und sie waren wieder zusammen, frei, um etwas mit ihrer zweiten Chance im Leben zu machen.

Adeline erzählte Emil alles, was ihr und den Jungen geschehen war, nachdem er von den polnischen Milizionären mitgenommen wurde. Emil gab ihr eine überarbeitete Version der Ereignisse, nachdem er festgesetzt wurde. Er beschrieb den langen Marsch zum Zug, der ihn dann nach Poltawa brachte. Er erzählte ihr von dem Leben im Keller des Museums mit zweitausend anderen Männern und den Krankheiten, die seine Mitgefangenen dahinrafften. Er erzählte Adeline auch ein wenig von Korporal Gheorghe und wie er nach Poltawa gekommen war und wie sie auf dem Todeskommando waren und ihre gemeinsame Flucht geplant hatten, und dass der Rumäne zu einem anderen Gefangenenlager mit besserer Bewachung verlegt wurde. Und er beschrieb in Einzelheiten, wie er entkommen und dann mit den Zügen nach Westen gefahren war.

Doch Emil hatte noch immer das Gefühl, dass er Adeline nicht von dem Massaker in Dubăsari erzählen konnte, und obwohl er es dem rumänischen Korporal hatte beichten können, ging es nicht bei ihr. Er wollte Adeline nicht verletzen und befürchtete, dass sie dann auf irgendeine Weise weniger für ihn empfinden würde. Er hatte auch den Eindruck, dass sie bereits zu viel durchgemacht hatte.

Während des Sommers 1947 erhielten die Martels eine dauerhaftere Bleibe in Lütgenholzen südlich von Hannover, ungefähr zweihundertfünfundfünfzig Kilometer westlich von Berlin, wo Emil und Adeline weiter auf den Feldern arbeiteten, während man versuchte, für sie und die Millionen anderen Vertriebenen des Zweiten Weltkriegs und seiner Folgen dauerhafte Unterkünfte zu finden. Viele Flüchtlinge gingen nach Südamerika, zum Beispiel nach Argentinien. Andere hatten den Blick auf Kanada und die Vereinigten Staaten von Amerika gerichtet.

Die Martels wollten nach Nordamerika, doch sie brauchten einen Sponsor, einen Verwandten oder jemanden, der dort wohnte und bereit war, Emil eine Arbeit und seiner Familie für ein Jahr eine Unterkunft zu gewähren, bis sie auf eigenen Beinen stehen konnten. Sie mussten ebenfalls nachweisen, dass sie gesund waren. Adeline hatte sich niemals besser gefühlt, während sie sich in ihrem neuen Leben einrichteten. Woldi und Willi wuchsen, wurden kräftiger und machten in jenem ersten Jahr Riesenschritte in der Schule. Doch Emils Gesundheit war nicht gut. Er hatte Bauchschmerzen und war oft schwer krank mit Erbrechen und Durchfall. Er bekam Gelbsucht und wurde schwächer.

Im Sommer 1948 brach Emil auf dem Feld zusammen und kam in ein Krankenhaus, wo die Ärzte Eier und Larven in seinem Stuhl entdeckten. Man wusste nicht, ob es von dem Schweinemist kam, den Emil auf den Feldern verteilt hatte, oder von dem Müll und dem ranzigen Essen, das er manchmal auf seiner Flucht aus dem Gefangenenlager essen musste, jedenfalls stellten die Ärzte fest, dass er von einem Bandwurm befallen war, der seine Leber angegriffen hatte und ihn fast umbrachte. Sie verlegten Emil in die Chirurgie und gingen bei der Operation an seinem Rücken hinein und entfernten zwei Rippen, um an die Leber zu gelangen. Dort entdeckten die Ärzte entsetzt einen baseballgroßen Bandwurm.

Nachdem sie den Parasiten entfernt und eine Drainage gelegt hatten, kämpfte Emil tagelang gegen den Tod. Adeline und die Jungen hielten Wache und verloren dabei niemals den Glauben, dass er überleben würde.

* * *

Als Emil schließlich aufwachte, war er zwar schwach, aber glücklich darüber, am Leben zu sein. Doch nach einem Tag war er aufgewühlt und niedergeschlagen, überhaupt nicht mehr so, wie er nach der Flucht gewesen war.

Nachdem er eine Woche so im Bett gelegen hatte, den Oberkörper in Gaze gewickelt, fragte ihn Adeline, was ihn bedrückte. In dem Moment ahnte Emil, dass er niemals seinen Frieden finden würde, wenn er nicht damit aufhörte, Teile seiner Vergangenheit vor ihr zu verbergen.

»Ich werde nur ein einziges Mal darüber sprechen«, sagte er, »doch du sollst es erfahren. Erinnerst du dich daran, als wir nach Friedensthal zurückgekehrt waren und ich den Karren und die Pferde nahm und nach Dubăsari fuhr, um Dachzubehör zu besorgen?«

Adeline erinnerte sich und spürte, wie sie ein flaues Gefühl im Magen bekam. »Was ist passiert?«

Während eines langen Nachmittags, als die Jungen in der Schule waren, erzählte Emil ihr alles: Wie er von dem damaligen

Hauptsturmführer Haussmann beim Verlassen der Stadt aufgehalten wurde, wie Haussmann Emil und andere Volksdeutsche gezwungen hatte, zu einer entlegenen Schlucht zu gehen, wo SS-Männer Juden erschossen hatten, und wie er Gott darum gebeten hatte, ihn nicht Teil dessen werden zu lassen. Wie Haussmann ihm eine Luger gereicht und ihm gesagt hatte, dass er seine Treue gegenüber dem Reich beweisen sollte, indem er einen jungen Mann und zwei kleine Mädchen erschießt. Wie er sich zuerst geweigert hatte und wie ihm Haussmann eine Pistole an den Kopf gesetzt hatte, wie er seine Entscheidung zurückgenommen hatte, um seine eigene Familie wiederzusehen, und wie er sich auf das Schießen vorbereitete, als er von Haussmanns Vorgesetztem gestoppt wurde, der Himmlers Befehl zitierte, dass niemand gezwungen werden dürfe, Juden zu töten. Und wie er die Nacht damit verbracht hatte, die Hunderte von Menschen zu begraben, die dort erschossen wurden.

»Aber täusche dich nicht, Adella«, sagte Emil. »Ich habe die Entscheidung getroffen, sie zu töten, bevor ich aufgehalten wurde. Und ich hatte in Haussmanns Vorgesetztem nicht die Hand Gottes erkannt, bis ich an meinem schlimmsten Moment in Poltawa war und Korporal Gheorghe mir gezeigt hatte, dass ich das Richtige getan habe, und auch wenn ich mich zum Schießen entschlossen hatte, wurde ich davon abgehalten, es zu tun.«

Adeline hatte mit wachsender Furcht zugehört, was Emil womöglich getan hatte, bis er ihr die ganze Abfolge der Ereignisse beschrieben hatte. Als sie hörte, wie der Rumäne, der Stalingrad überlebt hatte, Emils Kopf und Seele in dem Gefangenenlager gerettet hatte, war ihre Angst vollständig verschwunden.

»Korporal Gheorghe hatte recht«, sagte sie und drückte ihm die Hand. »Du hast dich geweigert, Emil. Du hast nichts von Himmlers Befehl gewusst, und trotzdem hast du dich geweigert. Dazu brauchte es riesigen Mut, mein Lieber. Die Art von Mut, die den meisten Männern fehlt. Ich bin … Ich bin stolz auf dich, Emil, stolz darauf, deine Frau zu sein.«

Emil spürte, wie ihm die Augen feucht wurden. »Ich bin stolz darauf, dein Mann zu sein. Mir ist noch nie jemand begegnet, der so mutig und liebevoll und gut ist wie du.«

»Hör auf.«

»Es stimmt aber. Wir sind alle wegen deines Mutes zusammen und weil du dich geweigert hast, einfach aufzugeben.«

Adeline lächelte und wischte sich eine Träne ab. »Danke.«

Für ein paar Minuten hielten sie sich an der Hand und hatten einander nur lieb, bis Adeline sagte: »Weißt du, was mit Haussmann passiert ist?«

Emil nickte. »Ich habe es in der Zeitung gesehen. Nachdem wir das Flüchtlingslager bei Lodz verließen, wurde er zu einer Kampfeinheit verlegt. Er überlebte den Krieg, wurde verhaftet und sollte in Nürnberg vor Gericht kommen. Doch im Gefängnis verübte er Selbstmord, kurz vor Beginn des Prozesses.«

»Feigling.«

»Ja. Doch ich will nie wieder über Haussmann oder jene Nacht in Dubăsari sprechen. Einverstanden?«

Sie nickte. »Danke, dass du es mir erzählt hast.«

* * *

Am Vordeck der *General R. M. Blatchford* hörten Emil und Adeline in der Dunkelheit und dem Nebel ein Horn. Kurz danach läutete eine Glocke.

»Wir sind nah«, sagte Emil. »Wir müssen es sein.«

»Ich hole die Jungen, solange mein Magen noch ruhig ist«, sagte sie, küsste ihn und ging davon.

Emil blickte weiter über den Bug hinaus, während er davon überzeugt war, dass er längst Lichter gesehen haben müsste.

Doch wie alles während der vergangenen drei Jahre, so fanden die Ereignisse wesentlich langsamer statt, als er es sich wünschte.

Im Jahr zuvor hatten sie schließlich einen Sponsor gefunden, einen von Adelines lange vermissten Onkeln, der in den USA lebte, einen Bauernhof besaß und Hilfe gebrauchen konnte, weil sein Sohn kurz davorstand, zur Armee eingezogen zu werden. Emil sollte zwei Jahre für ihn arbeiten und die Familie im Austausch dafür Unterkunft, Verpflegung und ein kleines Gehalt bekommen, um auf eigenen Beinen stehen zu können, nachdem die Arbeitsverpflichtung erfüllt war. Mit der Zusage dieses Sponsors zogen die Martels in den Norden zu einem anderen Vertriebenenlager, wo sie Englisch lernten und ihr Einwanderungsantrag durch den nervenaufreibend langsamen Prozess der Überprüfung ihrer Identitäten und Vergangenheit ging.

Schließlich waren die Martels neun Tage zuvor nach Bremerhaven gefahren und an Bord eines Transporters gegangen, der US-amerikanische Besatzungstruppen nach Europa gebracht hatte und jetzt zurück nach Westen fuhr. Während der langen Reise nach Amerika war Adeline fast jeden Tag seekrank gewesen. Trotzdem knüpften sie, Woldi und Willi tiefe, fortdauernde Freundschaften mit anderen Volksdeutschen an Bord. Emil blieb größtenteils für sich, abgesehen von seiner Familie, verbrachte jeden Nachmittag auf dem Vordeck am Bug, betrachtete den Sonnenuntergang und träumte von ihrem zukünftigen Leben.

Emil sah sich nicht mehr als Vollzeitbauer. Zumindest nicht für längere Zeit. Wie Korporal Gheorghe bemerkt hatte, war er tief im Innern ein Hammer und kein Pflug. Obwohl er sich in Poltawa in Gefangenschaft befunden hatte, hatte er mit Freude dabei zugesehen, wie die Gebäude vor seinen Augen Gestalt annahmen. Es hatte etwas Magisches, wie der Traum eines Mannes auf Papier gezeichnet und dann Wirklichkeit wurde durch eine Gruppe von Männern und ihrer schweren Arbeit und ihren Kenntnissen. Vor langer Zeit hatte er bereits beschlossen, zumindest teilweise an das zu glauben, was ihm Korporal Gheorghe beigebracht hatte. Waren die Welt und das Universum alles eine Einheit? War Gott in ihm? War er in Gott? Emil kämpfte noch immer mit diesen Fragen. Doch mit einer Sache hatte der Rumäne recht: Um ein gutes Leben zu haben, brauchte man nur eine frohe, dankbare Stimmung, einen deutlich vorgestellten, aufrichtigen Traum und die Bereitschaft, ihm mit unverrückbarer Überzeugung nachzujagen, bis er schließlich Wirklichkeit wurde.

Emils Traum war es seit Jahren nicht gewesen, einfach im Westen zu überleben. Er wollte leben und dort gedeihen, anständiges Geld für ein anständiges Tagewerk verdienen, seiner Frau ein sicheres, angenehmes Leben in einem eigenen Haus bieten und seinen Jungen die Ausbildung zur Verfügung zu stellen, die er niemals hatte, und dazu die Gelegenheit, ihren eigenen Weg zu gehen, wenn sie dafür bereit waren. Außerdem wollte Emil insgeheim auch ein Auto haben. Während seiner Zeit in Deutschland hatte er sich in Autos verliebt und ihm gefiel der Gedanke, überall hinfahren zu können, wo er wollte, so frei, wie man es nur sein konnte.

* * *

Adeline kehrte mit den Jungen zurück aufs Deck des Truppentransporters, mit dem bald vierzehnjährigen Woldi und dem fast zwölfjährigen Willi, beide in Decken gewickelt und mürrisch, dass sie mitten in der Nacht aufgeweckt wurden.

»Ich sehe gar nichts«, sagte Willi.

»Ich bin müde«, gähnte Woldi. »Ich will …«

»Da!«, sagte Emil und zeigte über den Bug hinaus, wo ein Licht aufgetaucht war, zuerst schwach, dann heller werdend, und ein weiteres, gefolgt von Dutzenden anderen, als der leichte Nebel verwirbelte und ein wenig ausdünnte. Die Menschen auf dem Deck begannen zu klatschen und zu jubeln. Andere gingen, um ihre Familien zu holen. Als Schlepper herankamen, um das Schiff durch die Verrazano Narrows zu lenken, füllte sich das Vordeck mit Flüchtlingen, die jedes Mal aufjubelten, wenn der Nebel den Blick auf New York City freigab.

Das Schiff wurde langsamer, während es in die Upper New York Bay einfuhr, hielt dann und ging kurz nach ein Uhr früh vor Anker. Der Nebel hatte sich auf zehn Meter gelichtet und sie konnten an allen Ufern um sich herum die Lichter erkennen.

Emil wollte gerade sagen, dass es für die Nacht nichts mehr zu sehen geben würde und sie jetzt schlafen gehen könnten, als eine Brise aufkam und den Nebel aufwirbelte, sodass sich im Nordwesten eine Lücke im Himmel öffnete und die Hand der Freiheitsstatue mit der Fackel enthüllte.

Die Menschen um die Martels herum betrachteten atemlos das Schauspiel, da die Lücke mit jedem Augenblick größer wurde, den Arm enthüllte, dann das Gesicht und schließlich die Krone der Freiheit. Da verlor Emil die Beherrschung, ergriff Adeline und seine Jungen, hielt sie ganz fest an sich gedrückt und brach schluchzend zusammen.

Während alle auf dem Deck ihre Begeisterung herausschrien oder über ihre eigene Rettung in Tränen ausbrachen, schluchzte Emil: »Wir haben es geschafft! Wir haben es gemacht!«

»Dein Traum ist wahr geworden, Emil«, sagte Adeline und küsste ihn. »Hier liegt er vor dir.«

Da war der Nebel bereits nach Osten weggeweht und hatte die Dame in ihrer ganzen Pracht enthüllt. Emil blickte ehrfürchtig auf die Statue, schüttelte seine Faust und flüsterte: »Freiheit. Alles, was sich ein Mensch nur wünschen kann.«

»Wir müssen noch immer Mamas grünes Tal finden«, sagte Willi.

»Das hier ist genug«, sagte Adeline, die ebenfalls außerstande war, den Blick von der Statue zu lösen. »Ich brauche das Tal nicht.«

»Aber übermorgen fahren wir dahin, oder nicht?«, fragte Woldi.

»Übermorgen steigen wir in den Zug«, sagte Emil und küsste Adeline. »Dann haben wir eine dreitägige Fahrt vor uns.«

»Zu dem schönen grünen Tal?«, fragte Willi.

»Das muss es sein«, sagte Woldi.

* * *

Als der Zug vier Nächte später in den Betriebsbahnhof der winzigen Ortschaft Baker weit weg im östlichen Montana einfuhr, bombardierte ein außergewöhnlich früher Herbststurm die Gegend mit Schnee. Adelines lange vermisster Onkel wartete mit seinem Jeep. Der kleine Karren war im Austausch gegen eine Holzkiste in Deutschland zurückgeblieben, in der ihre Habseligkeiten steckten und die sie jetzt aufs Dach des Jeeps banden. Durch den Schneesturm fuhren sie zu dem Bauernhof, wo sie die nächsten zwei Jahre leben und arbeiten würden.

Der Sturm heulte, als sie den Bauernhof erreichten und zu ihrer Schlafbaracke geführt wurden, wo sie erschöpft in ihre Betten sanken. Als Emil am nächsten Morgen in der Dämmerung aufwachte, war der Sturm vorbeigezogen und die Temperaturen gesunken. Die Sonne schien strahlend auf die trostloseste und kargste Schneelandschaft, die er je gesehen hatte.

»Wir sind in Sibirien«, murmelte er ungläubig. »Was zum Teufel habe ich getan?«

Während des nächsten Monats, als für die Jungen der Schulbesuch in der Ortschaft begann und Emil die Arbeit auf dem Hof kennenlernte, wuchs seine Überzeugung, dass er einen Riesenfehler gemacht hatte, seine Familie nach Amerika und nach Montana, vor allem nach Baker, zu bringen. Die Überzeugung wuchs noch mehr, als sich der Winter festsetzte und Adelines Onkel und seiner Frau die wahren Kosten der Verpflegung und Unterkunft von vier zusätzlichen Mündern immer deutlicher wurden, sodass sie sich immer öfter über die Mengen beschwerten, die Willi und Woldi am Esstisch verputzten. Emil versuchte, so viel wie möglich zu arbeiten, und er sagte sich, dass sie den Hof nach einem Jahr verlassen würden.

Doch im Februar 1952 nahm seine Frustration weiter zu. Ihre Sponsoren hatten damit aufgehört, Emil das ganze Gehalt zu zahlen, da sie meinten, sie müssten etwas von der Summe einbehalten, damit jeder genug zu essen bekam. Dann erhielt der Sohn des Hauses von seinem militärischen Ausbildungslager die Bescheinigung der Wehruntauglichkeit und kehrte zurück nach Hause. Anfang März teilte Adelines Onkel ihr mit, dass sie nicht genügend Arbeit und Essen hätten. Sie und ihre Familie müssten den Bauernhof verlassen und es allein versuchen. Adeline und Emil sollten sich woanders Arbeit suchen, und zwar schnell.

Anstatt gegen die Situation anzukämpfen, anstatt wütend und verbittert darüber zu sein, dass er wieder so ein Pech hatte, fuhr Emil umgehend nach Baker und entdeckte, dass dort das erste Krankenhaus der Stadt gebaut werden sollte. Er fand den Vormann und fragte ihn in gebrochenem Englisch nach Arbeit. Der Vormann erwiderte, dass er nur Arbeit für Hilfsarbeiter und Betonmischer anzubieten hätte.

»Betonmischen? Das kann ich vom Aufbau eines Krankenhauses in dem russischen Gefangenenlager, aus dem ich entkommen bin«, sagte Emil lächelnd.

»Du bist aus einem russischen Gefangenenlager entkommen?«

»Ja. Von da kenne ich mich mit Zement aus.«

»Dann bist du angestellt.«

# Vierzig

Die Martels mieteten sich ein kleines Haus in Baker in der Nähe von Emils Arbeitsplatz. Adeline fand eine Stelle für fünfzig Cents die Stunde als Zimmermädchen im einzigen Motel der Stadt. Woldi änderte seinen Vornamen offiziell von Waldemar zu »Walter« und fand nach der Schule eine Aushilfsstelle in der Metzgerei und als Vorführer im Kino. Willi änderte seinen Namen von Wilhelm zu William und nannte sich »Bill«. Er packte Lebensmittel im örtlichen Geschäft ein und wischte im Kino den Fußboden.

Sie legten ihr Geld zusammen und sparten, bis sie sich gegenüber der Schule ein kleines Grundstück leisten konnten. Sie bezahlten für ein Kellerfundament, das gegraben und gegossen wurde. Emil arbeitete tagsüber auf der Krankenhausbaustelle und bei anderen Projekten und baute abends zusammen mit Bill den Unterboden auf das Fundament. Außerdem installierten sie Rohrleitungen, Kabel und einen Holzofen im Keller.

Den ganzen Winter 1952/53 wohnten die Martels im Keller, ertrugen nächtliche Temperaturen von minus dreißig Grad und starke Schneestürme. Doch es war ihr Keller und Emil und Adeline hätten nicht glücklicher sein können. Und um sie herum ereigneten sich immer wieder kleine Wunder.

Walter erwähnte, dass der Metzger häufig die Schweineköpfe und Haxen wegwarf, weil sie niemand wollte. Adeline konnte das nicht glauben und bat ihn, die Fleischabfälle nach Hause zu bringen. In jenem Winter machte sie daraus im Keller Schweinskopfsülze, Brühe und geschmorte Haxen. Emil scherzte gerne darüber, dass sie so viel kostenloses Schweinefleisch aßen, und sagte, dass sie die Ukraine verlassen hatten und jetzt im siebten Schweinehimmel seien.

Das Einzige, was Adeline fehlte, waren ihre Mutter und Schwester, mit denen sie zwar korrespondierte, was durch das Schließen des Eisernen Vorhangs jedoch nur unregelmäßig und schwierig ging. Es wurde alles gelesen, was sie sich schrieben. Lydia kränkelte und Malias Leben war davon bestimmt, dass sie sich um die Mutter kümmerte.

Sie hatten kein Zeichen von Emils Eltern oder seiner Schwester, seit Adeline sie das letzte Mal gesehen hatte, als sie zum Zug zurück nach Friedensthal gingen. Er fing an, auf dieselbe Weise an Karoline und Johann zu denken, wie er auch an seinen älteren Bruder Reinhold dachte: Geister, die für ihn vom Winde verweht waren.

Doch Weihnachten 1953 war das Haus endlich fertig und sie feierten die Tatsache, dass es bald abbezahlt sein würde. In der Auffahrt stand auch ein 1947er Chevrolet. Emils Vorgesetzte staunten immer wieder über den unermüdlichen Einsatz, den der Mann Tag für Tag in eisigen Temperaturen aufbrachte – häufig ohne Handschuhe –, während er Zement mischte oder dabei half, eine neue Mauer zu stützen.

Adeline machte weiter in dem Motel sauber und vollbrachte ihre Wunder in der Küche. Außerdem wurde sie ein aktives Mitglied der lokalen lutherischen Kirche. Bill arbeitete lieber mit seinem Vater, als in die Schule zu gehen, doch Walter blühte im Klassenzimmer auf.

Tatsächlich wurde Walter im Frühling 1956 – zwei Monate vor dem Abschluss – Jahrgangsbester der Baker High School, etwas mehr als vier Jahre nach seiner Ankunft in Amerika, als er nur ein paar Brocken Englisch beherrschte. In jenen Jahren des Lernens, als er seinem Vater beim Arbeiten auf den Baustellen zusah, interessierte er sich immer mehr für Architektur. Walter bewarb sich an zwei Fakultäten und wurde an beiden angenommen.

Nach ihrer Flucht vor der sowjetischen Überwachung hatten sich die Martels geschworen, nie wieder getrennt voneinander zu leben. Deshalb bestiegen Emil, Adeline und Walter in jenem Frühling gegen Ostern einen Zug in Richtung University of Chicago. Sie wollten sehen, ob sie es sich vorstellen konnten, in der Windy City zu leben, während Walter an einer der besten Architekturschulen der Welt lernte. Doch nach weniger als anderthalb Tagen empfanden sie Chicagos South Side als dermaßen eng und erdrückend, dass sie einstimmig beschlossen, mit dem nächsten Zug zurück nach Montana zu fahren.

* * *

Ungefähr einen Monat später – es war Mitte Mai – fuhren Emil und Adeline westlich nach Bozeman, wo sie nie zuvor gewesen waren, um sich dort ein Haus zu suchen. Walter würde auf die Architekturfakultät der Montana State University gehen und sie wollten die Familie zusammenhalten. Walter und Bill hatten sie in Baker zurückgelassen, da die Jungen Abschlussprüfungen hatten und arbeiten mussten.

Auf dem ganzen Weg kämpften sie mit dem typischen Frühlingswetter in Montana: Regen, dann Schneetreiben, danach intensiven feuchten Schneefall, der die Frontscheibe bedeckte und sie zum langsamen Fahren zwang, weil die Autos von der Straße rutschten.

»Erinnerst du dich noch an all die Karren, die wir auf dem langen Treck aus dem Schlamm ziehen mussten?«, fragte Emil. »Als wir vor dem Bären davonliefen und mit den Wölfen rannten?«

Adeline lächelte: »Wenn ich die Augen schließe, dann kann ich mich noch an alles erinnern. Der Schlamm. Die Kälte. Die Bomben. Die Panzer. Das Gute und das Schlechte.«

»Zum Glück gibt es bessere Dinge, an die man in Amerika denken kann.«

»Gott sei Dank dafür.«

In der Nähe von Big Timber gab es erste Anzeichen, dass sich das Unwetter verziehen würde, mit dünneren Wolken, die wie dunkelrote Finger über den Himmel jagten. Adeline fand sie hypnotisierend. Als sie sich Livingston näherten, begann sie einzudösen und schlief.

Vielleicht waren es jene Wolken am Himmel, vielleicht war es auch Emils Reden über den langen Treck, doch Adeline träumte lebhaft von jenem Tag, als sie mit ihrer Mutter und Schwester im Wagen hinter sich Friedensthal verließen und Jahre der Unsicherheit und des Leidens vor ihnen lagen. Willi hatte sich auf ihrem Schoß zusammengerollt und sie spürte jeden Buckel der Straße durch die harte Holzbank des Karrens, als Woldi sie fragte: »Wohin fahren wir, Mama?«

* * *

Eine Hupe ertönte so laut, dass Adeline aus dem Schlaf schreckte.

Ein großer Laster hupte ein zweites Mal und wich ihnen im treibenden Schneeregen auf einer steilen kurvigen Straße aus, die man kaum durch die Frontscheibe erkennen konnte.

»Emil?«

»Mir geht es gut.«

Ein plötzlicher Blitz zeigte, dass sie auf einem dicht bewaldeten Bergpass waren. Dem Blitz folgte unmittelbar eine donnernde Explosion, so laut wie die Panzerkanonen, denen sie damals ausgewichen waren, als sie vor Stalins Armeen flüchteten. Der Donner erschütterte das Auto.

»Vielleicht sollten wir von der Straße runter!«, schrie Adeline.

»Ich kann nicht«, sagte Emil. »Da sind Autos hinter mir und man kann nirgendwo abfahren!«

Für einen Augenblick plätscherte der Regen nicht mehr auf das Auto herab und sie konnte hoch über ihnen einen fahlen Felsvorsprung aus dem Wald ragen sehen, der wie die Umrisse eines Frosches aussah. Zwei Biegungen hinter dem Froschfelsen wurde die Straße flacher und der Regen begann erneut.

»Bozeman zwei Meilen«, las Adeline auf einem Schild.

»Da vorn ist eine Ausfahrt«, sagte Emil. Als dann der Regen wieder heftiger wurde, versagten die Scheibenwischer. Er kurbelte das Fenster herunter und steckte den Kopf nach draußen, blinzelte in den Regen, als er bremste und die Ausfahrt nahm, die sie auf eine Schotterstraße brachte, die nach links unter dem Highway hindurchführte. Er hielt unter der Brücke und fummelte an den Scheibenwischern, bis sie wieder funktionierten.

Zurück im Wagen fuhr Emil weiter, bis der Weg auf eine Querstraße traf, und wollte umkehren. Da sah er ein Schild mit den Namen von Bauernhöfen und Pfeile, die in beide Richtungen wiesen. Das unterste Schild wies nach rechts: »Montana State Ag Fields«.

»Da«, sagte Emil. »Es sieht so aus, als könnten wir von hier direkt zur Fakultät fahren.«

Eine weitere Regenwelle überschwemmte sie, während sie eine lange Schotterstraße entlangfuhren, die im rechten Winkel abbog, doch immer weiter nach Westen führte. Irgendwann konnten sie den Highway zu ihrer Rechten sehen, bevor sie in eine Schlucht kamen. Auf dem Weg nach unten wurde die Straße holperiger und sah auf dem Weg zur anderen Seite wie ausgewaschen aus.

»Vielleicht sollten wir doch besser umkehren«, sagte Adeline.

»Das Schild sagt, dass es direkt vor uns ist«, beharrte Emil und trat aufs Gaspedal.

Sie schossen die andere Seite wieder hinauf, schleuderten durch den Schlamm und hüpften durch Schlaglöcher und Pfützen, die die Frontscheibe braun bespritzten und die Scheibenwischer wieder fest stehen ließen. Vom Himmel schüttete es noch immer herab, als sie oben ankamen, und Adeline konnte durch die beschmutzten Scheiben erkennen, dass sie auf einer Art Hochebene waren, mit einem Bauernhof zu ihrer Linken und direkt dahinter über der Straße einem Stacheldrahtzaun mit einem Schild: »Sackgasse«.

Emil sagte nichts und legte den Rückwärtsgang ein, als Adeline den Arm ausstreckte und sagte: »Warte!«

Sie starrte durch ein sauberes Stück der Frontscheibe auf die Sonnenstrahlen, die hinter dem Plateau durch die Lücken in der Wolkendecke schienen. Adeline fühlte einen inneren Zwang und bebte von Kopf bis Fuß, als sie die Autotür öffnete, ausstieg und nach Westen blickte. Beim Anblick des atemberaubenden Tals, das sich vor ihr und um sie herum in Hunderten von Grüntönen entfaltete, stöhnte sie laut auf.

Zahlreiche säulengleiche Sonnenstrahlen beleuchteten Felder, die bereits von den Blüten des Frühlingsweizens smaragdgrün gefärbt waren. Andere beleuchteten die verdrehten, limonenfarbenen Reihen blühender Pappeln und Espen am Ufer verschiedener Bäche, die sich über den Talboden in Richtung Rinderstadt Bozeman und einem Fluss namens Gallatin verteilten, den sie in der Ferne glitzern sah.

Sie hörte, wie Emil hinter ihr die Wagentür öffnete, doch sie drehte sich nicht zu ihm. Sie war zu sehr von den Wolken gebannt, die mit jeder Sekunde höher stiegen und dabei die sechs mächtigen Bergzüge enthüllten, die das Gallatin-Tal umgaben, ihre Ausläufer smaragd- und meeresgrün vom frischen Gras und blühenden Wildblumen, dann jade- und olivfarbig von den Kiefer- und Fichtenwäldern, die sich an den zerklüfteten Bergflanken zu den steilen Felswänden erhoben, die frisch vom Schnee bedeckt waren und in den blauesten Himmel ragten, den sie je gesehen hatte.

Emil kam zu Adeline und stellte sich neben sie, als ihr ein überwältigendes Gefühl von Liebe und Glück aus dem Herz quoll und ihr die Tränen über die Wangen liefen.

»Das ist so schön«, flüsterte sie und fühlte sich demütig und ehrfürchtig. »Als hätte Gott es für mich gemalt, Emil. So viel schöner, als ich es mir jemals hätte vorstellen können.«

»Guck mal hinter uns.«

Sie drehte sich um und blickte zurück auf eine hügelige, grasbedeckte Landschaft hin zu dem Bergpass, über den sie gekommen waren. Das Unwetter zog sich gerade zurück, mit zurückbleibenden zerrissenen Wolken und vereinzelten Schauern, die von der Mittagssonne erwischt wurden und einen riesigen Regenbogen über das Ostende des Tals schickten, der schnell von einem zweiten Regenbogen begleitet wurde, bevor ein dritter auftauchte. Die vielfarbigen Bögen, die ihre Anfänge kilometerweit voneinander entfernt hatten, schienen den grünen Hügeln zu entspringen, sich zu erheben und zusammenzustoßen, um gemeinsam in Rot, Blau, Violett und Gold mit purer, atemberaubender Intensität zu leuchten.

»So etwas habe ich in meinem ganzen Leben noch nicht gesehen«, sagte Emil, als er den Arm um Adelines Schulter legte.

Sie schob den Arm um seine Taille und legte den Kopf an seine Brust, sah die Regenbogen fast eine Minute strahlen und pulsieren, bevor sie zu einem blassen farbigen Schimmer ausbleichten und dann zu kostbaren Erinnerungen wurden.

»Wir werden niemals von hier weggehen, Emil«, schwor Adeline und blickte wieder nach Westen zu dem letzten grünen Tal ihrer langen und unglaublichen Reise.

»Nicht bis zu dem Tag, an dem wir sterben«, sagte Emil und hielt sie ganz fest.

# Einundvierzig

Nachdem sie nach Baker zurückgekehrt waren, um ihre Dinge zu packen und das Haus zu verkaufen, zogen Emil und Adeline Martel in das Gallatin Valley im Südwesten Montanas und blieben für immer dort, von kurzen Reisen abgesehen. Und nach all den Strapazen und Tragödien, die sie durchlitten hatten, schien von diesem Zeitpunkt an fast alles zu Gold zu werden, was die Martels berührten.

Bevor Walter und Bill im Herbst mit der Hochschule begannen, hatte Emil in Bozeman ein Grundstück in Fußnähe zur Universität gekauft und damit begonnen, ein neues Haus zu bauen.

Nachdem er mit seinem Haus fertig war, ergriff er die Gelegenheit beim Schopf, als in der Nähe der niederländischen reformierten Kirche im weniger schicken Nordteil der Stadt drei kleine Grundstücke zum Verkauf standen. Er überlegte, dass die alternden niederländischen Bauern, die westlich von Bozeman wohnten, für ihren Ruhestand vielleicht ein kleines Häuschen in der Nähe ihrer Kirche haben wollten, und kaufte alle drei Grundstücke. Dann begann er mit der Hilfe von Bill nach der Schule mit dem Bau des ersten Hauses.

Sie bauten gerade den Dachstuhl, als ein holländischer Bauer vorbeikam und fragte, ob das Haus zum Verkauf sei, was Emil bestätigte. Der Bauer fragte nach dem Preis, schreckte davon nicht zurück, sondern reichte Emil eine Zwanzigdollar-Note, um das Haus zu reservieren, bis seine Frau es sich ansehen konnte. Am nächsten Tag kehrte der Bauer mit seiner Frau zurück, stellte ein paar Fragen und ging dann zur Bank, um den gesamten Kaufpreis auf einmal zu entrichten.

An einem einzigen Tag war *Emil Martel & Son Construction* geboren und kapitalisiert.

* * *

Wenn er nicht an den Häusern arbeitete, die sein Vater baute, versuchte Bill mit sechzehn, einen Job auf der Baustelle des Sportzentrums der Montana State University zu bekommen. Als ihn die verantwortlichen Bauunternehmer ablehnten, ging er davon und schwor sich, in Zukunft größere Projekte zu bauen, als sich jeder von ihnen vorstellen konnte.

Im folgenden Jahr ging Bill kurz vor dem Abschluss von der Schule, arbeitete in Vollzeit für seinen Vater, heiratete seine Teenagerliebe Lynell Lewis und blickte nicht mehr zurück. Die Martels waren bald so gefragt und finanziell erfolgreich, dass Adeline und Emil ihren Bruder Wilhelm in die Vereinigten Staaten holen konnten, nachdem sie seinen Namen auf einer Flüchtlingsliste des Roten Kreuzes gefunden hatten. Ihre Schwester Malia konnte sie aber nicht dazu überreden, zu ihnen zu kommen, auch nicht nach dem Tod ihrer Mutter Lydia im Jahre 1964.

Walter beendete das College, heiratete Deeann Kessler und arbeitete viele Jahre als Architekt in Billings, bis Emil und Bill ihn 1967 fragten, ob er sich ihrer expandierenden Firma anschließen wolle. Martel Construction wuchs noch schneller, bis das nächste Unglück eintrat.

Nachdem er bis spät in der Nacht Bauangebote zusammengestellt hatte und auf dem Weg nach Hause war, wurde Walter seitlich von einem betrunkenen Fahrer gerammt, der ein Stoppschild übersehen hatte. Man musste ihn aus dem Auto schneiden und er lag wegen einer Kopfverletzung zwei Tage im Koma. Es dauerte ein Jahr, bis er wieder voll arbeiten konnte.

Im Februar 1971 erfuhr Emil verblüfft, dass sein älterer Bruder Reinhold, der von der Wehrmacht eingezogen wurde und während des Krieges vermisst blieb, noch lebte und frei war, nachdem er sechsundzwanzig Jahre in einem Gulag in Sibirien verbracht und Holz gefällt hatte. Emil und Adeline kauften sofort Flugtickets und flogen als US-Bürger zurück nach Westdeutschland, wo sie den inzwischen fünfundsechzigjährigen Reinhold besuchten.

Sieben Jahre später kehrten Emil und Adeline erneut nach Westdeutschland zurück, weil Reinhold Resi gefunden und ihr ein dreimonatiges Reisevisum besorgt hatte. Sie waren dort, als sie ankam. Beide Brüder waren so bewegt, sie zu sehen, dass Adeline scherzhaft meinte, sie hätten wegen zu viel Freude fast noch ins Krankenhaus gemusst. Dann erzählte Resi ihren zwei Brüdern, wie ihr Vater im Juni 1945 auf dem Weg zurück in die Ukraine von polnischen Milizionären brutal zusammengeschlagen worden war. Johann überlebte die Reise nicht. Zurück in ihrem Haus in dem kleinen Bauerndorf Friedensthal schwand Karoline langsam dahin und verstarb in den frühen Sechzigerjahren.

Resi erzählte ihnen, dass sie im Kommunismus glücklich war, doch bald erkannten Emil und Adeline, dass sie sehr verbittert und dem Alkoholismus erlegen war. Fast die ganze Zeit mit ihnen war sie betrunken und lehnte schließlich ihr Angebot ab, sie nach Amerika zu holen. Sie zog es vor, in die

Hölle zurückzukehren, die sie kannte, statt in das Paradies zu gelangen, das ihr fremd war. Es war das letzte Mal, dass Emil sie sah. Resi starb in den frühen Achtzigerjahren.

Auf ihrem Rückflug in die Vereinigten Staaten fragte sich Emil, warum manche Menschen dazu bereit waren, sich selbst zu entwurzeln und um jeden Preis die Freiheit zu suchen, während andere damit zufrieden waren, weiter in ihrem Elend zu schmoren. Das führte ihn in Gedanken zu Korporal Gheorghe und er fragte sich erneut, was wohl aus dem Rumänen geworden war, der ihm dabei geholfen hatte, in Poltawa zu überleben, und der ihm das Bewusstsein gegeben hatte für die Wunder und Chancen, die sich überall um ihn herum zeigten.

Im Jahre 1979, achtundzwanzig Jahre nach ihrer Ankunft im Hafen von New York, konnten die beiden Martel-Brüder ihrem Vater eine Unternehmensübernahme anbieten und dazu eine Pension, damit er anständig in den Ruhestand gehen konnte.

»Ruhestand? Was soll ich denn den ganzen Tag tun?«, fragte Emil.

»Geh angeln, Papa«, sagte Bill. »Du hast immer gern geangelt, und hier gibt es einige der besten Fische auf der Welt.«

Emil angelte gern und er war es müde, bei zwanzig Grad unter null ohne Handschuhe Nägel einzuschlagen. Nach ein paar Überlegungen und Gesprächen mit Adeline nahm er das Angebot seiner Söhne an.

Von einem Teil der Pauschale, den ihm seine Söhne am ersten Tag seines Ruhestandes überreichten, kaufte sich Emil einen goldenen Cadillac, mit dem er stolz durch Bozeman und das Gallatin Valley fuhr, die Angeln im Kofferraum.

Währenddessen konnte Emil beobachten, wie Martel Construction gedieh, wie seine Söhne Kinder bekamen und wie sich seine ganze Familie, einschließlich Reinhold mit seiner neuen Frau, in seinem Haus versammelten, lachten, sich

Geschichten erzählten, den selbst gemachten Wein tranken und Adelines Kochkünste genossen.

Walter arbeitete fünfzehn Jahre mit Bill, bis ein Streit mit einer Gewerkschaft im Jahre 1982 dazu führte, dass einer ihrer Bauwagen mit Molotowcocktails beworfen wurde. Für Walter, den die Panzerkanonen als Kind traumatisiert hatten und der des Kampfes zwischen gewerkschaftlich organisierten und anderen Arbeitern müde war, war dies der Tropfen, der das Fass zum Überlaufen brachte. Er erklärte Bill, dass das Baugeschäft für ihn erledigt sei, und bat darum, von ihm ausbezahlt zu werden. Bill war darüber nicht sehr erfreut. Er fühlte sich von seinem Bruder im Stich gelassen, besorgte aber das Geld. Danach hatten sie drei Jahre lang keinen Kontakt miteinander, was Emil und Adeline sehr beunruhigte, die dafür beteten, dass sie miteinander ihren Frieden machten.

Im Jahr 1985 musste sich Emil einer Operation an der Gallenblase unterziehen, was normalerweise ein zweistündiger Routineeingriff war. Doch wegen seiner vorherigen Bandwurmoperation kam es zu Komplikationen und er wäre fast auf dem Operationstisch verstorben. Als Bill und Walter kurz nach seinem Aufwachen gemeinsam in sein Krankenzimmer traten, sagte er Adeline, dass dies einer seiner glücklichsten Tage überhaupt sei.

1987 wurde bei Emil Lungenkrebs im Endstadium festgestellt, was ihn dazu brachte, über sein bemerkenswertes Leben nachzudenken. Inzwischen war er natürlich zu der Überzeugung gelangt, dass es nur wenige Individuen gab, die sich völlig auf sich selbst verlassen konnten. Irgendwann haben die meisten Menschen mit Hindernissen oder Situationen zu tun, die unmöglich zu überwinden scheinen, wenn sie nicht den starrköpfigen Willen besitzen, zu träumen und zu lernen, sich selbst zu bescheiden und auf eine größere Macht zu verlassen, während sie daran arbeiten, ihre Vorstellung Wirklichkeit werden zu lassen.

Er bemerkte oft, dass alles Schwierige, was er zu überwinden hatte, ihn für die nächste Schwierigkeit vorzubereiten schien. Die Zeit im Gefängnis wirkte jetzt wie eins der besten Dinge, die ihm jemals widerfahren waren, denn nach seiner Flucht hatte er das Leben auf eine ganz andere Weise gesehen. Jeder Moment, jede Gelegenheit, die ihm nach Poltawa gegeben wurde, war wie ein Geschenk – von Gott, dem Allmächtigen, dem Göttlichen, der universellen Intelligenz oder wie auch immer Korporal Gheorghe es genannt hatte –, und er dankte für diese Geschenke, indem er über fast alles glücklich und froh war.

Kurz darauf starb Emil mit fünfundsiebzig Jahren, ein zufriedener, erfüllter Mann, der erlebt hatte, wie sein Erwachsenendasein unter brutaler Unterdrückung begann und sich in Armut und Hunger fortsetzte, nur damit es in Freiheit endete, gesegnet mit Reichtum jenseits seiner kühnsten Träume.

* * *

Vor und nach Emils Tod stand Adeline an jedem Morgen aus dem Bett auf und kniete nieder, um Gott für ihr wunderbares großes Glück zu danken. Auf dieselbe Weise beendete sie den Tag. Menschen aus ihrer Umgebung, die sie seit Jahrzehnten kannten, sagten, dass sie unermüdlich froh und dankbar für jede Wohltat war, die ihr im Leben beschert wurde.

Sie hatte ebenfalls beschlossen, nie wieder hungrig zu sein.

Hinter dem Haus hatte sich Adeline einen großen Garten angelegt, wo sie Rekordernten an Gemüse erzielte, das sie für den Winter einmachte, und riesige Kohlköpfe, aus denen sie Sauerkraut machte. Emil hatte ihr einen Rübenkeller gegraben, wo sie im Winter Kartoffeln und Zwiebeln einkellerte. Sie liebte die Küche, die ihr die Jungen gebaut hatten und die sich zu einem Treffpunkt für Familie und Freunde entwickelte, wo jeder willkommen war und gesättigt wurde, vor allem ihre Enkelkinder, die sie abgöttisch liebte.

Jeden Sonntag besuchte sie den evangelischen Gottesdienst. Sie liebte es, in einen Schönheitssalon zu gehen und sich die Haare und die Nägel machen zu lassen. Und weil sie als Kind niemals eine Puppe besessen hatte, häufte Adeline eine große Sammlung an, die ihr Stolz und ihre Freude war.

Walter und seine Frau reisten 1993 nach Europa und konnten Adelines ältere Schwester im ehemaligen Ostdeutschland besuchen. Malia hatte ein schweres Leben geführt, sich aber ihren amüsierten Optimismus und ihre eigentümliche Sicht auf die Welt bewahrt. Sie starb zwei Jahre später im Alter von siebenundachtzig und wurde neben ihrer Mutter in Falkenberg begraben.

Zu jenem Zeitpunkt gab es im *Bozeman Daily Chronicle* in der Ausgabe zum 4. Juli ein Interview mit Adeline. In dem Artikel erzählte sie von ihrem Leiden und Hungern in der Ukraine, von den Qualen des langen Trecks, der Trennung, als Emil nach Poltawa geschickt wurde, seiner Flucht vor dem Kommunismus, ihrer Flucht vor dem Kommunismus und von ihrer unendlichen Dankbarkeit für das Land, das sie schließlich aufgenommen hatte.

»Gott segne die Vereinigten Staaten von Amerika«, sagte Adeline. »Nur in Amerika ist eine Geschichte wie unsere möglich gewesen.«

Tatsächlich konnte Adeline sehen, wie Bill von einer kleinen, hölzernen Packkiste vor seiner Bürotür zum Erfolg getrieben wurde. In der Kiste waren einmal die letzten Habseligkeiten der Martels gewesen, als sie in die Vereinigten Staaten kamen. Wie der kleine Karren aus seiner Erinnerung gemahnte die

Kiste Bill ständig daran, wie verzweifelt arm seine Familie gewesen war, als sie in den Hafen von New York kamen, und wie weit sie seitdem gekommen waren.

Sie konnte zusehen, wie Bill und seine Söhne Martel Construction zu einem dynamischen Unternehmen mit Wohn- und Gewerbeprojekten in den USA und dem Ausland aufbauten. Sie sah auch, wie Bill und ihre Enkelsöhne etwas von ihrem Glück zurückgaben, indem sie einen Teil der Erweiterung des Montana State Bobcat Stadium finanzierten und bauten. In Dankbarkeit benannte die Schule das Footballfeld nach Bill in »Martel Field«.

In ihren späteren Jahren wurde Adeline immer häuslicher, wobei sie weiter ihre Freunde und Familie in der Küche unterhielt, wo sie ihren berühmten Apfelkuchen servierte. Wenn sie Glück hatten, dann erzählte sie sogar Ausschnitte von ihren erschütternden Abenteuern auf dem Weg ins letzte grüne Tal oder eine ihrer häufigen Beobachtungen über das Leben.

»Weißt du, ich hatte immer gedacht, das Leben sei etwas, das mir geschieht«, erzählte sie einer alten Freundin, als sie gebrechlicher wurde. »Doch jetzt weiß ich, das Leben geschah für mich.«

Sie waren draußen im Garten und sie freute sich darüber, wie er vor Leben nur so strotzte.

Rückblickend erzählte Adeline, wie sie sehen konnte, dass der ganze unglaubliche Bogen ihrer Reise und alles, was ihr und Emil widerfahren war, sie tatsächlich immer für die nächste, schwierigere Herausforderung vorbereitet hatte, wobei sie beide ständig gelernt und sich auf dem ganzen Weg angepasst hatten.

Inzwischen waren mehr als fünfzig Jahre vergangen, seit sie und die Jungen aus der sowjetischen Besatzungszone entkommen und wieder mit Emil zusammengetroffen waren, doch sie wunderte sich noch immer über die Ereignisse jenes Tages.

»Wenn jene alte Frau uns Wasser aus ihrem Brunnen gegeben hätte, dann wären wir niemals von dem Mann mit dem Milchwagen gewarnt worden, um uns im Schuppen zu verstecken, und wir wären wahrscheinlich direkt in diese sowjetische Patrouille gelaufen«, sagte sie. »Und wenn wir dann nicht zu der Grenze gegangen wären, wie wir es getan hatten – kurz nach der vorbeiziehenden Patrouille mit den Gefangenen –, dann hätten die Sowjetsoldaten in dem Wachhaus nicht angenommen, dass wir die korrekten Unterlagen bei uns hatten, um die Grenze zu überschreiten, und hätten uns nicht jenen schlammigen Engel von Mann geschickt, um uns dabei zu helfen, den Karren zum Bahnhof zu bringen. Die Grenzsoldaten hätten uns aufgehalten, und wer weiß, was dann passiert wäre?«

Nachdem ihre Freundin über diese Geschichte gestaunt hatte, bat sie Adeline, ihr die wichtigsten Dinge zu nennen, die sie während ihres langen und bemerkenswerten Lebens gelernt hatte.

Adeline dachte kurz darüber nach und sagte dann: »Klage nicht immerzu über die schlechten Dinge, die dir geschehen, Liebes. Versuche, in jeder Grausamkeit das Schöne zu sehen. Es macht dich frei. Vergiss den Schmerz, wenn du ein gebrochenes Herz heilen willst. Versuche, für jeden Rückschritt oder jede Tragödie dankbar zu sein, denn indem du sie durchlebst, wirst du nur stärker. Darin sehe ich die Hand Gottes. Ich sehe seine Hand auch in jedem richtigen Schritt und in jedem falschen, den wir in unserem Leben gehen, alles bringt uns irgendwie vorwärts, doch manchmal drehen wir uns auch wie jenes Blatt im Kreis, an das ich mich immer erinnern werde, wie ich es am ersten Tag des langen Trecks im Wind gesehen habe. Wir werden genau wie dieses Blatt weitergeweht, tänzeln herum, drehen uns und kommen zu diesem Leben, von dem wir träumen. Und hier bin ich jetzt so viele Jahre danach und lebe noch immer diesen Traum. Das ist wirklich ein Wunder, oder nicht?

Und jetzt gibt es für mich nur noch das eine Wunder, zu sterben und in Gottes Arme zu kommen.«

Und wie alle großen und weisen Heldinnen es schließlich tun, verstarb Adeline Martel neun Monate später am 5. April 2006, knapp zwei Wochen vor ihrem einundneunzigsten Geburtstag, im Kreise von Bill und Walter und ihren Familien. Ihre Seele verließ mit ihrem letzten Atemzug ihren Körper, in den kosmischen Wind geworfen, von der Gnade geleitet, ein Flüchtlingsgeist, der zur Erlösung aufstieg, zu ihrem Herrn und zu ihrem geliebten Emil, der in einem neuen und ewig währenden Paradies auf sie wartete.

# Nachwort

Ich hoffe, die Geschichte der Familie Martel hat Sie genauso berührt, inspiriert und verändert wie mich, als ich sie das erste Mal hörte. Die zwei Jahre dauernde Arbeit daran bedeutete für mich eine der größten Ehren meiner Laufbahn, und ich werde der ganzen Familie für immer dafür dankbar sein, dass sie mir zugetraut hat, Emil und Adeline lebendig zu machen.

Eine häufig gehörte Frage lautet, wie viel meiner historischen Erzählungen auf Fakten basiert.

Ohne jede einzelne Wendung und jeden Handlungswechsel zerpflücken zu wollen, so kann ich für *Das letzte grüne Tal* sagen, dass Josef Stalin tatsächlich während des Holodomor von 1932 bis 1933 mehr als vier Millionen Ukrainer hat verhungern lassen. Stalin hat ebenfalls Millionen Menschen im Nachgang des Zweiten Weltkriegs festgesetzt und zur Zwangsarbeit verurteilt. Unter den Befehlen des sowjetischen Diktators kamen viele Volksdeutsche, die auf dem langen Treck waren, in sibirische Arbeitslager. Unzählige dieser Gefangenen kehrten niemals zurück.

Historiker glauben, dass bei der Flucht vor der Roten Armee zwischen zwanzig- und fünfundzwanzigtausend Volksdeutsche ums Leben kamen, auf dem langen Treck von der Ukraine nach

Ungarn und in den Zügen, die die Flüchtlinge von Budapest in den Norden nach Lodz brachten, das auch als Ellis Island des Dritten Reiches bezeichnet wurde.

Unter den Reinheits- und Einwanderungsgesetzen von Heinrich Himmler und verstärkt durch seine »Reichskommission für die Festigung deutschen Volkstums« hat die SS mehr als dreihundertfünfzigtausend Volksdeutsche nach Lodz gebracht. Die meisten Flüchtlinge erhielten die Kleidung und Unterkünfte, die vorher den deportierten Juden aus der Region gehörten.

Laut Yad Vashem, der israelischen Holocaust-Gedenkstätte, wurden von dem SS-Einsatzkommando der Einsatzgruppen D von Anfang bis Mitte September 1941 rund achtzehntausend Juden auf den Feldern und Schluchten außerhalb der Stadt Dubăsari massakriert. An dieser und Dutzenden anderen Gräueltaten in der Ukraine haben nach dem deutschen Einmarsch angeblich auch Volksdeutsche teilgenommen, die wie die Figur Nikolas Mitglied des Selbstschutzes waren.

Später in ihrem Leben und nach Emils Tod erzählte Adeline einer ihrer Enkeltöchter, dass Emil ein paar Wochen nach ihrer Rückkehr nach Friedensthal im August 1941 zum Kauf von Dachzubehör für ihr neues Haus mit den Pferden und ihrem Fuhrwerk weggefahren sei. Sie sagte, dass Emil zwei Tage später zurückkehrte und so aufgewühlt war, wie sie ihren Mann noch nie erlebt hatte. Er erzählte ihr, dass die SS ihn gezwungen hatte, erschossene Juden zu vergraben. Er hatte sich geweigert, jemals wieder darüber zu sprechen. Adeline hatte niemals gesagt, wohin Emil für seinen Einkauf gefahren war, doch Dubăsari war und ist von ihrem Dorf aus die nächste große Ortschaft.

Emil Haussmann war zur Zeit des Massakers von Dubăsari Hauptmann im Einsatzkommando 12 der Einsatzgruppen D und diente unter Obersturmbannführer Gustav Adolf Nosske, dem später in Nürnberg der Prozess gemacht wurde und der für seine Kriegsverbrechen ins Gefängnis kam. Haussmann wurde für seine Bemühungen in den frühen Tagen der »Endlösung« und dem sogenannten »Holocaust der Kugeln«, der sich nach der deutschen Invasion im Juni 1941 in der Ukraine und Transnistrien abspielte, in der SS befördert. Drei Jahre später war Haussmann Teil einer SS-Einheit, die das reine Blut des langen Trecks begleitete und beschützte. Kurz vor seinem Prozess in Nürnberg brachte er sich um.

In den Monaten vor dem deutschen Einmarsch in die Sowjetunion hatte Heinrich Himmler dabei zugesehen, wie politische Gefangene als Test für die Umsetzung der Endlösung erschossen wurden. Berichten zufolge war Himmler so erschüttert, dass er sich übergeben musste und später den Befehl gab, dass niemand getötet oder ins Konzentrationslager geschickt werden durfte, der sich weigerte, Juden zu ermorden. Er wollte wahre Überzeugungstäter an den Waffen.

Während der Nürnberger Prozesse haben zahlreiche Nazi-Kriegsverbrecher zu behaupten versucht, dass man sie dazu gezwungen hätte, am Holocaust teilzunehmen und dass sie gar keine andere Wahl hatten. Um diese Aussage als Teil ihrer Verteidigung zu untermauern, suchten ihre Anwälte wiederholt nach Belegen oder Berichten von Personen, die sich geweigert hatten, Juden zu ermorden, und dann als Folge davon erschossen oder eingesperrt wurden. Sie blieben damit erfolglos.

Historiker glauben, dass westliche alliierte Soldaten während der letzten Phase des Krieges und unmittelbar danach rund achtzigtausend deutsche und volksdeutsche Frauen vergewaltigt haben. Sie schätzen auch, dass sowjetische Soldaten im selben Zeitraum mehr als eine Million deutscher Frauen vergewaltigten.

Als sich 1952 der Eiserne Vorhang senkte, wurde die Grenze in Oebisfelde, wo Adeline in die Freiheit gelaufen war, mit Wachtürmen, Zäunen, Mauern, Antipanzergräben und Minenfeldern verstärkt, um die Menschen in Ostdeutschland von der Flucht in den Westen abzuhalten. Nach dem Fall der Sowjetunion und Deutschlands Wiedervereinigung wurden die Befestigungen abgerissen und die Felder, die sie und ihre Söhne überquert hatten, ausreichend gut wiederhergestellt, dass ich einen guten Teil der Fluchtroute von Adeline und den Jungen nachgehen konnte, obwohl sich das Gelände und die Vegetation zweifellos verändert hatten.

* * *

Mitte Mai ist die Landschaft des Gallatin Valley im Südwesten Montanas tatsächlich in Grüntönen gepinselt und einer der schönsten Orte der Welt. Am östlichen Ende von Bozeman und dem Tal sieht man um diese Jahreszeit häufig nach Hagelstürmen dreifache Regenbögen.

Bill Martel ist jetzt achtzig Jahre alt, pensionierter Witwer und lebt noch immer zeitweilig in Bozeman, wo ich ihn das erste Mal 2017 getroffen habe. Walter Martel ist zweiundachtzig, pensioniert und noch immer verheiratet. Er und seine Frau sind weiter gen Westen gezogen, um in der Nähe ihrer Kinder und Enkel zu sein. Sie leben in Hamilton in Montana.

Nachdem ich im August 2018 den Großteil der Strecke des langen Trecks durch Moldawien, Rumänien, Ungarn und Polen nachverfolgt habe, bin ich mit den älteren Brüdern in die Ukraine gefahren, wo wir zehn Stunden über eine schreckliche Straße geholpert sind, um die Ruinen des Hauses ihrer Kindheit in Friedensthal zu besuchen. Als sie den Ort sahen, wo ihre Reise in die Freiheit begonnen hatte, wurden beide Männer in der Zeit zurückgeworfen und von ihren Gefühlen überwältigt.

Zwei Tage später, und um ihnen eine dreizehnstündige Fahrt über eine noch schrecklichere Straße zu ersparen, charterte ich ein Flugzeug, das uns von Odessa nach Poltawa brachte, wo wir den Platz des vormaligen Gefangenenlagers aufsuchten. Wir fanden das Rathaus, wo Emil gegessen hatte, wie auch das Krankenhaus, bei dessen Wiederaufbau er mitgeholfen hatte.

Dort befand sich auch das in Restaurierung befindliche Heimatmuseum von Poltawa, das aber für die Öffentlichkeit geschlossen war, als wir es betreten wollten. Wir gingen ums Haus und fanden den Museumsdirektor Oleksandr Suprunenko, der sich zunächst weigerte, uns wegen der andauernden Bauarbeiten eintreten zu lassen. Dann erfuhr er, dass Emil dort Gefangener war, der beim Begräbniskommando gearbeitet und den Köchinnen Feuerholz verkauft hatte, bevor er flüchtete. Der Direktor lachte und erzählte uns, dass seine Mutter eine jener Köchinnen war, und machte mit uns eine private Tour durch das Museum.

Suprunenko zeigte uns Fotografien ausgemergelter und gequälter Gefangener, die das Museum wiederaufgebaut hatten. Er führte uns in den Keller und berichtete, dass die Sowjets das Lager Poltawa im Jahre 1947 wegen der anhaltenden Seuchen und Todesfälle auflösten, wenige Monate nach Emils Flucht. Die Überlebenden wurden in andere Lager im Osten verlegt, manche bis nach Sibirien, bevor neue Gefangene gebracht wurden, die an einer anderen Stelle wohnten und den Wiederaufbau der Stadt beendeten. Als sie das in dem Raum hörten, wo ihr Vater vor und nach seinen täglichen Fahrten mit dem Todeskommando geschlafen hatte, brachen Bill und Walter in Tränen aus.

Sie sagten, dass Emil nur selten über das Gefangenenlager sprach, doch es bestand kein Zweifel daran, dass er Poltawa als ein anderer Mann verließ als der, der er bei seiner Ankunft gewesen war. Vor seiner Gefangenschaft hatte Emil wenig Bemerkenswertes getan, an Gott gezweifelt und geglaubt, dass er und seine Familie die Kommunisten und Nazis am besten überleben würden, wenn sie sich auf sich selbst verlassen und unauffällig bleiben würden, dabei möglichst wenig sichtbaren Ehrgeiz zeigten. Nach Poltawa war ihr Vater jedoch zutiefst spirituell und waghalsig. Emil schien überall Wunder und Gelegenheiten zu sehen, und er ging große Risiken ein, für die er in seinem weiteren Leben belohnt wurde.

»Irgendwas oder jemand hat meinen Vater in diesem Lager verändert«, sagte Bill. »Was oder wer oder wie? Ich weiß es nicht. Er war kein großer Redner. Doch er musste in dem Gefangenenlager Verbündete gehabt haben. Einen oder zwei Männer, mit denen er reden und denen er vertrauen konnte. Ich denke, Sie werden sich überlegen müssen, wie Sie das erklären!«

Da hatte ich bereits eine Ahnung von dem Was, Wer und Wie, denn im Monat zuvor hatte ich in Bîrlad in Rumänien den achtundneunzigjährigen Gheorghe Voiculescu interviewt, dessen Erfahrungen und Sichtweisen des Lebens die Grundlage zu Korporal Gheorghes Figur bildeten. Herr Voiculescu war klug, witzig und schien wahrhaft von Wohlwollen zu glühen und zu strahlen, während wir uns unterhielten.

Er erinnerte sich genau daran, wie er auf dem langen Treck mit Volksdeutschen gesprochen und ihnen geholfen hatte, als sie im Frühling 1944 nach Westen zogen. Davor hatte Voiculescu in der brutalen Schlacht von Stalingrad am Bogen des Don gekämpft, wo er von einem Granatsplitter getroffen wurde und eine Gehirnerschütterung erlitt. Er erzählte mir, dass er von der Explosion geweckt wurde und mit völliger Sicherheit wusste, dass er gesegnet war, den Krieg überleben und Imker werden würde. Voiculescu ging unversehrt durch die restliche Schlacht, während neben ihm sowjetische Soldaten und Panzer kämpften und viele um ihn herum starben.

Am Ende des Kriegs entkam Voiculescu aus zwei sowjetischen Gefangenenlagern, bevor er in ein Hochsicherheitslager am Asowschen Meer geschickt wurde. Nach vier Jahren Zwangsarbeit wurde er entlassen. Bei seiner Rückkehr nach Bîrlad wurde Voiculescu wie ein Held empfangen, da er einer der wenigen Überlebenden der Schlacht am Don war. Zur Anerkennung wurde er zum Oberst befördert und mit diesem Rang von der rumänischen Armee pensioniert.

Nach seiner Entlassung arbeitete Voiculescu eine Zeit lang in einer Fabrik, nutzte aber den Großteil des verdienten Geldes, um sich seinen Traum zu erfüllen und Imker zu werden, was seine lebenslange Leidenschaft war. Er pries fortwährend die Wunder von Honig, Gelée royale und Bienenstichen, überlebte drei Ehefrauen und feierte im April 2020 seinen hundertsten Geburtstag.

Der echte Korporal Gheorghe war zweifellos eine der bemerkenswertesten und erleuchtetsten Personen, die ich je kennenlernen durfte.

* * *

Zwei Tage nach unserem Besuch des Gefangenenlagers und unserem Staunen über Emils Verwandlung verließen Walter und ich die Ukraine, um weiter nach Deutschland und Polen zu fliegen und Adelines Fluchtroute zu folgen, während Bill nach Hause in die Vereinigten Staaten flog.

Vor unseren Flügen erzählten mir die Brüder beim gemeinsamen Frühstück am Flughafen, dass es sich für sie anfühlte, als hätte sich in ihrem Leben der Kreis geschlossen, unabhängig davon, was wirklich mit ihrem Vater in Poltawa geschehen war. Sie hatten mit allem ihren Frieden gemacht, was sie durchlitten hatten, fühlten sich gesegnet für alles, was sie erhalten hatten, empfanden tiefe Ehrfurcht vor der Liebe ihrer Eltern, dem Mut und der Entschlossenheit und verspürten tiefe und endlose Dankbarkeit für die lange und gefährliche Reise, die sie als Jungen gemacht hatten, als ihre Familie alles riskierte und mit den Wölfen rannte, um in die Freiheit zu gelangen.

Während ich bewegt und inspiriert mit Bill und Walter am Flughafen von Kiew saß, wenige Tage, bevor ich damit anfing, die Geschichte von Emil und Adeline Martel aufzuschreiben, schrieb ich in mein Notizbuch die Worte, die ich benutzen werde, um ihre Geschichte zu beenden.

»Das ist eine amerikanische Geschichte, eine Immigrantengeschichte, eine spirituelle und universelle Geschichte. Dass wir alle es wagen, solchen Träumen nachzujagen, solche Gnade zu erleben und solche wundervollen Leben zu führen.«

Mark Sullivan, Bozeman, Montana, 21. Juli 2020

# Danksagung

Ich bin vielen Menschen zu Dank verpflichtet, die mir bei den Recherchen und dem Schreiben von *Das letzte grüne Tal* geholfen haben.

An erster Stelle stehen Bill und Walter Martel und ihre Familien. Ich danke der gesamten Familie Martel, dass sie ihre Geschichten von Emil und Adeline mit mir geteilt hat. Ich bete darum, dass ich ihnen gerecht geworden bin.

In Rumänien und Moldawien hat mein enorm einfallsreicher Führer Florin Burgui eine Handvoll Menschen ausfindig gemacht, die den langen Treck der volksdeutschen Flüchtlinge im Frühling 1944 entweder überlebt oder beobachtet hatten. Dazu gehören Victoria Chmara (91 Jahre), Nicolae Hurezeanu (95), Ioan Muth (95), Gheorghe Voiculescu (98) und Victor Caldarar (96). Vielen Dank für das Teilen der Erinnerungen.

Hilfe habe ich ebenfalls erhalten von Flavius Roaita vom Nationalmuseum der rumänischen Geschichte in Bukarest, Ottmar Trasca vom Institut für Geschichte »George Barițiu« in Cluj-Napoca und Dan Ramf, einem rumänischen Historiker, der mehr als zweihundertfünfzig Überlebende und Zeugen des deutschen Rückzugs aus der Ukraine befragt hat. Die Historiker Corneliu Stoica, Dorin Dobrincu und Lutz Connert halfen mir dabei, die Notlage der Menschen zu verstehen, die nach Ende des Zweiten Weltkriegs von den Sowjets in den Osten deportiert wurden, und jener, die niemals zurückkehrten.

In Ungarn erhielt ich wertvolle Einblicke in die Evakuierung und den Transit der volksdeutschen Flüchtlinge durch Budapest auf dem Weg nach Polen.

In der Ukraine führte uns Dr. Sergey Yelizarov, Experte für die Geschichte volksdeutscher Siedlungen, zu den Resten der Siedlung Friedensthal wie auch nach Poltawa, wo Oleksandr Suprunenko uns dabei half, die Bedingungen und Herausforderungen des Gefangenenlagers während jener Zeit zu verstehen, als Emil dort war.

*Roter Hunger,* Anne Applebaums Buch über Stalins Aushungern der Ukraine, gab mir eine gute Vorstellung davon, was die Martels vor dem Krieg durchgemacht haben. Für mein Verständnis des Holocaust und der sowjetischen und deutschen Herrschaft in der Ukraine wurde ich unterstützt von Arbeiten der Historiker Wendy Lower, Gail Gligman, Alexander Dallin, Joshua Rubenstein, Ilya Altman, Eric C. Steinhart, Diana Dumitru, Ray Brandon, Daniel Joseph Goldhagen, Gerard Reitlinger, Sefer Zikaron und Avigdor Shachen. Vielen Dank dafür!

Die Schriften von Dr. Alfred de Zayas gaben mir einen tieferen Einblick in die Vertreibung der Volksdeutschen in Mittel- und Osteuropa zwischen 1944 und 1948. Die Forschung von Dr. Eric J. Schmaltz von der Northwestern Oklahoma State University beschrieb mir den Transfer der Volksdeutschen in den Warthegau in Polen durch die SS und ihre Indoktrination in Hitlers Großdeutschland. Ich bedanke mich für die kundige Führung.

Silva Lass-Adelmann war meine Übersetzerin bei den Recherchen in den politischen Archiven des Auswärtigen Amtes in Berlin im Hinblick auf den langen Treck. Mir halfen ebenfalls Archivare des rumänischen Nationalarchivs in Bukarest, im US Holocaust Memorial Museum in Washington, D. C., und in Yad Vashem, der Internationalen Holocaust-Gedenkstätte in Jerusalem.

Ich fühle mich gesegnet, weil mir Krishnaji, Preethaji und der echte Kumarji in der O&O Academy in Indien die Prinzipien der spirituellen Philosophie der »Einheit« vermittelt haben. Diese Erfahrung hat Teile des Buches inspiriert und mein Leben verändert. Seid gesegnet.

Danke an meine frühen Leser: Damian Slattery, Connor Sullivan und Betsy Sullivan.

Ich danke meiner Lektorin Danielle Marshall bei Lake Union Publishing, die von Anfang an einen unerschütterlichen Glauben in dieses Projekt bewiesen hatte, und Mikyla Bruder, Verlegerin von Amazon Publishing, die ebenfalls eine große Unterstützerin der Martel-Geschichte war. Ein Dank geht ebenfalls an den Editor David Downing und die Redakteurin Jane Steele dafür, dass sie die Geschichte stärker und die Prosa straffer gemacht haben.

Dank auch an mein unglaubliches Publicity-Team – Dennelle Catlette bei Amazon Publishing und Dana Kaye, Julia Borcherts und Hailey Dezort bei Kaye Publicity. Ich weiß es zu schätzen, dass ihr es in die Welt hinaustragt!

Und eine große doppelte Verbeugung für meine Literaturagentinnen Meg Ruley und Rebecca Scherer, dass sie die verschiedenen Entwürfe von *Das letzte grüne Tal* immer wieder gelesen haben. Eure Augen und euer Gespür machen mich zu einem besseren Autor. Danke auch an Jane Rotrosen, Sabrina Prestia und alle anderen bei der Literaturagentur Jane Rotrosen, die meinen Traum vom Schreiben lebendig halten.

Printed in Poland
by Amazon Fulfillment
Poland Sp. z o.o., Wrocław

17068451R00364